제멋대로 순정 ⓒ이노 / Pepper ⓟ예원북스

제멋대로
순정

제멋대로 순정

초판 1쇄 찍은 날 | 2017년 1월 5일
초판 1쇄 펴낸 날 | 2017년 1월 16일

지은이 | 이노
펴낸이 | 예경원

편집 | 유경화

펴낸곳 | 예원북스
등록번호 | 제396-2012-000132호
등록일자 | 2012. 7. 25
YRN | 제1-0176호

주소 | 경기도 고양시 일산동구 호수로 646-24 위너스 21-Ⅱ 206A호 (우) 10401
전화 | 031-819-9431 팩스 | 031-817-9432
http://cafe.naver.com/yewonromance
E-mail | yewonbooks@naver.com

ⓒ 이노, 2017

ISBN 979-11-5845-284-1 03810

제멋대로
순정

이노
장편
소설

GOLDLINE · ROMANCE · STORY

LINE GOLD

C · O · N · T · E · N · T · S

프롤로그

서른둘. 해솔은 적지도, 그렇다고 너무 많지도 않은 나이를 먹도록 살아오면서 한 가지 깨달은 삶의 법칙이 있었다. 정말 뭘 해도 안 되는 날이 있다. 뒤로 넘어져도 코가 깨지고, 말 그대로 재수 옴 붙은 날. 해솔에게는 오늘이 딱 그런 날이었다.

AK건축 리모델링 사업부에 속한 그녀는 최근 갤러리의 리노베이션 공사를 담당하게 됐다. 한번 일을 맡으면 살이 쭉 빠지고 정신이 피폐해진다는 말이 돌 정도로 예민한 클라이언트와의 계약이었다. 오전에 그 일로 공사현장에 방문했던 해솔은 납품된 타일을 확인하고는 급하게 사무실에 복귀했다. 또랑또랑해 보이는 커다란 눈과 흰 피부 때문에 또래보다 동안 소리를 들었던 그녀였지만, 지금은 평소와 많이 달라 보였다. 생기를 잃고 사색이 된 얼굴은 그 어느 때보다 초췌해 보였다.

"신지혁. 타일 색상 코드 제대로 확인한 거 맞아?"

"왜요? 뭐 문제 있어요?"

"타일 색상이 달라. 이거 봐."

"어? 진짜네."

"이거 발주 누가 넣었어?"

"발주는 예리 씨가 넣었는데. 예리 씨! 잠깐 이리 좀 와요."

해솔이 다급하게 사무실로 복귀한 이유는 주문한 타일에 문제가 생겼기 때문이었다. 타일은 언뜻 보기엔 미묘한 차이라고 해도, 클라이언트가 요구한 색상의 타일과 분명 차이가 있었다.

"저 분명 제대로 발주 넣었는데……."

제대로 주문했다는 부하 직원의 말에 해솔은 타일을 납품하기로 한 업체에 이 문제를 따지려 했지만, 업체 역시 제대로 된 제품을 납품했다는 답변만을 돌려주었다. 정황을 알아보니 결국 실수는 해솔의 팀에 있었다. 들어온 지 이제 석 달 된 신입사원이 발주서에 체크를 잘못한 것이다.

'진짜 미묘한 차이인데, 그냥 이대로 진행할까?'

잠시 고민하던 그녀는 고개를 가로젓고는 한숨을 내쉬었다. 결국 타일을 납품한 업체에 사정하고 또 사정했다. 타일을 전 수량 교환해 주기로 했지만, 납품 시일이 사흘가량 늦어졌고 그만큼 공사가 지연되어 클라이언트에게 양해를 구해야만 했다. 그렇게 퇴근 시간이 되어서야 어느 정도 문제가 해결되었다 싶어 한숨 돌린 순간이었다. 산 넘어 산이라고 또 다른 문제가 터졌다.

"금액이 그리 크지는 않은데."

팀원 중 누군가가 풀 죽은 목소리로 작게 중얼거렸다.

"지금 그게 문제야? 나 없는 사이에 대체 일들을 어떻게 한 거야?"

"이게 일정이 좀 빡빡하다 보니까 다들 업무량이 한계였어요."

"그럼 차라리 기한을 늦춰달라고 말했어야지."

"저희가 말한다고 해서 씨알이나 먹히겠어요?"

"그렇다고 일을 이렇게 진행해?"

결재까지 마친 기안서의 자재 중 일부 금액이 잘못된 것을 알았다. 해솔이 일주일간 외부 출장으로 자리를 비운 사이 수습할 수 없는 일이 터졌고 그녀의 멘탈도 그와 동시에 나가 버렸다. 결국 그 일은 윗선까지 보고가 되어 리모델링 사업부 전체가 깨졌다. 해솔은 하루 사이에 산산조각 나다 못해 가루가 되어버린 멘탈을 위로하려 그날 저녁, 술을 마셨다. 그것도 주량을 넘어선 엄청나게 많은 양의 술을 말이다.

"괜찮아~ 까짓것 응? 감봉밖에 더 되겠어. 어?"

벌써 같은 말만 열두 번째. 허공에 삿대질하며 비틀거리는 해솔의 걸음이 위태로워 보였다. 지혁은 더 단단하게 그녀를 붙들었다.

"팀장님. 알겠으니까 윽! 좀 똑바로 걸어요."

"나 똑바로 걷고 있어."

술을 마시기로 한 두 사람은 차를 회사에 두고 퇴근을 했다. 간단하게 마신 뒤 버스를 타고 돌아갈 생각이었지만, 오늘 일로 속이 많이 상한 해솔이 주량보다 많은 양의 술을 마셨고 지혁은 계획했던 대로 집에 돌아갈 수 없었다.

'눈 풀렸다 싶었을 때쯤, 말렸어야 했는데.'

술에 취한 해솔을 홀로 돌려보낼 수도 없어 택시를 탔지만, 속이 메슥거린다며 오는 내내 지혁을 긴장하게 하는 바람에 결국 집에서 조금 거리가 있는 곳에서 내려야 했다. 그리고 그 선택이 얼마나 잘못된 것이었는지 뒤늦게 깨닫고 후회했다. 멀지 않은 거리라도 술 취한 사람을 부축한 채 걷는다는 건 생각보다 힘든 일이었다.

"하아, 일주일 내내 커피 사게 할 거예요. 윽! 평소에는 안 그런데 왜 술만 먹으면 애처럼 이러는 거예요, 대체."

턱 끝까지 숨이 차올랐다. 길바닥에 그대로 버리고 가고 싶었지만 지혁은 마음을 다잡으며 이마에 맺힌 땀을 닦아냈다. 해솔의 집이 눈에 보이기 시작했다. 보기만 해도 기죽을 정도로 큰 집이었다.

'하긴, AK건축 대표인데 저 정도는 살겠지.'

팀원들은 모르고 있지만, 지혁은 그녀의 아버지가 AK건축의 대표인 것을 알고 있었다. 신입 시절, 팀의 막내라는 이유 하나만으로 술에 취한 해솔을 몇 차례 데려다주게 되었고, 그때 일을 계기로 그녀가 AK건축 대표의 딸이라는 것을 알게 되었다. 입이 무거운 편인 지혁은 딱히 그 일에 대해 떠들지 않았고 해솔은 그런 지혁을 마음에 들어 했다. 물론, 그 뒤로 술을 먹으면 항상 해솔을 데려다주는 일을 도맡아 해야 해서 피곤해졌지만 말이다.

"주해솔?"

대문까지 고작 열다섯 걸음도 남지 않은 상태에서 지혁의 걸음이 멈췄다. 담배를 피우고 있는 남자가 두 사람을 바라보고 있었다. 얼굴이 잘 보이지 않았음에도 남자에게서는 왠지 모를 위압감이 느껴졌다.

"누구시죠?"

남자는 대답 없이 입에 물고 있던 담배를 바닥으로 던졌다. 물웅덩이에 떨어진 담배는 치직— 소리를 내며 불꽃이 꺼졌다. 저벅— 느릿하고 여유로운 몸짓으로 걸음을 옮긴 남자의 얼굴이 어둠 속에서 점점 윤곽을 드러냈다.

지혁도 키가 작은 편이 아니었지만 남자는 지혁보다 더 컸다. 체격도 다부졌고 어둠 속에서 본 것임에도 상당히 준수한 외모를 가지고 있다는 걸 알 수 있었다. 지혁의 앞까지 다가선 남자는 설핏 인상을 구기며 입술을 움직였다.

"그거."

"네?"

"그거, 이리 주세요."

그거? 지혁이 뒤를 돌아봤다. 자신에게 한 말이 맞는 건지 확인하기 위해서였다. 골목에 다른 사람은 없었고 그는 자신의 손을 내려다봤다. 남자에게 줄 만한 게 없었다.

"뭐 해? 달라잖아. 얼른 드려."

속도 모르고 옆에서 중얼거리는 해솔의 말에 지혁은 헛웃음을 터트렸다.

"그러니까 뭘요."

"그거."

이번에는 정확하게 남자의 손가락이 해솔을 가리켰다.

"그 주정뱅이."

'그거가 주 팀장님을 말하는 거였어?'

평온한 어조에 지혁은 잠시 할 말을 잊은 얼굴을 했다. 침묵이 길어지자 남자의 미간에 잡힌 주름이 조금 더 깊어졌다. 흉흉한 기세를 느낀 지혁은 조금 전보다 한껏 낮춘 목소리로 물었다.

"팀장님, 아는 사람이에요?"

"응?"

뒤늦게 고개를 든 해솔이 눈에 잔뜩 힘을 줬다. 질문에 답은 안 하고 자신을 붙들고 있는 지혁의 손을 밀어냈다.

"어? 집에 다 왔네? 우리 집이다."

"에?"

"잘 가라, 신지혁. 우리 예쁜 지혁이. 월요일에 보자!"

"팀장님!"

지혁에게서 순식간에 벗어난 해솔은 두 걸음을 채 걷지 못하고 비틀거리며 균형을 잃었다. 깜짝 놀라 붙잡으려 했지만 남자의 행동이 더 빨랐다. 지혁은 재빠르게 해솔의 반대편 손을 잡았다. 낯선 사람에게 그녀를 통째로 넘겨줄 수는 없었다.

"저기요, 누구신데……."

그 순간, 웃는 기척이 났다.

"달라니까, 말 되게 안 듣네?"

"뭘 믿고요?"

지혁은 지지 않고 남자의 시선을 받아내며 물었다. 느슨해진 남자의 입술 끝이 슬쩍 위로 올라간 순간이었다. 해솔을 순식간에 자신의 품으로 끌어당겨 어깨에 들쳐 멘 남자는 대문을 향해 거침없이 걸음을 옮겼다.

"이봐요!"

당황한 지혁이 뒤를 바짝 쫓다가 앞을 가로막으려 했지만, 이어진 행동에 더는 남자의 앞을 가로막지 못했다. 남자가 주머니에서 카드키를 꺼내었다. 그리고 문이 열렸다. 너무도 쉽게.

"보통 수상한 사람에게 키를 내어주지는 않겠죠."

"아."

"확인했으면 그만 가봐요."

얼어버린 지혁을 두고 남자는 대문 안으로 모습을 감췄다.

"내려주세요."

"얌전히 있어."

"세상이 거꾸로 보여요. 땅이랑 하늘이 뒤집혔는데, 지구가 멸망하려나 봐."

정원을 가로질러 걷는 동안 해솔은 어깨 위에서 내려달라며 발버둥을 쳤다. 그것으로도 모자라 지구가 곧 멸망할지도 모른다며 슬퍼했다. 결국 남자는 걸음을 멈추고 해솔을 내려주었다.

"대체 술을 얼마나 마신 거야?"

바닥에 내려놓자마자 또 비틀거리며 중심을 잡지 못하는 그녀의 팔을 붙들었다. 피부 위로 닿은 손끝이 차갑다. 주변 온도보다 시린 감각에 해솔은 몸을 한껏 움츠렸다.

"별로 안 마셨어요. 저 멀쩡해요."

"주정뱅이들이 늘 그렇게 말하지. 똑바로 서."

어린아이 혼내는 듯한 말투였다. 해솔이 반항하듯 남자를 보며 대답했다.

"자, 섰어. 똑바로."

"눈앞에 있는 게 누군지 자각도 못했으면서 반말은."

"네가 누군데. 나 이렇게 똑바로 설 수 있는데."

해솔이 두 팔을 몸에 딱 붙이고 차렷 자세를 했다. 그 행동에 작게 웃음을 터트린 남자가 심술을 부리듯 손을 떼어냈다.

"어어?"

몸을 지탱하던 힘이 사라지자 비틀거리며 금세 균형을 잃은 몸이 땅으로 꼬꾸라지듯 쓰러졌다. 다행히 땅과 충돌하는 일은 없었다.

"거봐."

남자의 단단한 팔 때문이었다. 허리를 감은 팔이 안정적으로 그녀를 다시 붙들었다. 조금 전 땅으로 꼬꾸라질 뻔했던 것 때문인지 해솔은 남자의 팔에 애처롭게 매달렸다.

"무서워. 놓지 마."

실내에 불이 켜져 있었지만 집은 사람이 없는 것처럼 고요하기만 했다. 그는 집 안 구조에 익숙한 듯 자연스럽게 해솔을 침대로 옮겼다. 목을 답답하게 조이고 있던 단추 하나를 풀어낸 뒤 팔짱을 낀 채로 해솔을 내려다봤다. 눈을 뜬 그녀는 주변을 확인하다 남자의 얼굴을 물끄러미 올려다봤다. 흐릿했던 시야가 조금씩 또렷해졌다.

"어? 서도형이다."

느릿한 말투로 남자의 이름을 내뱉은 해솔이 붉어진 뺨을 매만지다 다시 눈을 감은 채로 웃었다.

"나 오늘 하루 되게 재수가 없었는데. 꿈에 너 나오는 거 보니까 진짜 최악인가 보다."

끼익— 매트리스에서 작은 소음이 울려 퍼졌다. 무게가 실린 방향을 따라 해솔의 몸이 살짝 움직였고 그 기척에 다시 눈을 떴다. 몸을 숙인 도형이 위에서 그녀를 내려다보고 있었다. 거리가 가까웠다.

"어떡하냐. 이제 앞으로 계속 볼 건데."

잠에 취한 얼굴로 해솔이 두 눈을 깜빡였다. 그리고 그의 눈을 마주 보며 속삭였다.

"싫어."

도형의 얼굴에서 잠시 표정이 사라졌다. 하지만 그는 언제 그랬냐는 듯 단단하게 굳어졌던 입매를 끌어 올렸다. 해솔은 이내 잠들었고 몸을 일으켜 세운 그는 천천히 방을 둘러봤다. 한쪽에 놓인 액자가 시선을 끌었다. 교복을 입고 환하게 웃고 있는 해솔의 사진을 손끝으로 툭 건드린 도형은 다시 한 번 손을 뻗어 사진 위를 느릿하게 매만졌다.

1

서늘한 공기가 피부에 닿았다. 아직 잠에서 완전하게 깨어나지 못한 상태로 손을 뻗은 해솔은 느릿한 움직임으로 침대 위를 더듬었다. 손에 잡히는 게 없자 결국 억지로 힘겹게 실눈을 떴다. 이불의 위치를 파악한 뒤 그것을 목까지 끌어당기고는 다시 눈을 감았다.

"추워."

술을 먹으면 몸에 열이 올라 창문을 열어두는 것으로도 모자라, 이불을 덮지 않고 자는 습관이 있었다. 여름이야 괜찮다지만 가을에서 겨울로 넘어가는 이 시기에는 상당히 곤란한 습관이었다. 푹신한 이불에 얼굴을 푹 파묻은 그녀는 무엇에 놀란 건지 갑자기 이불을 확 쳐내고는 번쩍 눈을 떴다.

"아, 오늘 출근 안 해도 되는구나. 토요일이지."

여과 없이 쏟아져 내리는 햇빛에 인상을 찌푸리며 상반신을 일으켜 세웠다. 두통에, 갈증에, 아프기까지. 몸 여기저기서 소리 없는 비명을 질러

댔다. 창문을 열어두고 잔 탓에 감기 기운까지 있는 것 같았다.

"대체 얼마나 마신 거야."

두 손으로 얼굴을 쓸어내리고는 주변을 둘러봤다. 밀려드는 숙취에 앓는 소리가 절로 새어 나왔다. 회사에서 깨진 뒤 술을 마시고, 지혁에게 부축을 받아 집으로 돌아온 것까지 기억이 났다.

"월요일에 얼굴 보면 커피 사라고 난리 나겠네."

조각조각 난 기억들을 순서대로 짜 맞추던 해솔의 얼굴이 그 순간 굳어졌다. 지혁에게 부축을 받고 집으로 돌아온 것까지는 확실히 기억났지만, 그 뒤로는 꿈과 현실의 경계가 모호해졌기 때문이었다.

"서도형을 본 것 같은데."

홀로 중얼거린 말에 해솔은 픽 바람 빠진 웃음소리를 내고는 고개를 가로저었다.

"설마. 걔가 여기 있을 리가 없지."

꿈이라 단정 짓고는 자리에서 일어났다. 방 안의 공기가 평소보다 서늘한 탓에 절로 몸이 움츠러들었다.

"일단 좀 씻자. 황금 같은 주말을 잠만 자며 보낼 수는 없지."

따뜻한 물에 몸을 좀 담그고 싶었다. 갈아입을 옷을 챙겨 들고 문을 벌컥 열었지만 그녀는 방에서 한 걸음도 나서지 못하고 멍하니 정면만 바라보다 다시 문을 닫았다.

'내가 지금 뭘 본 거야?'

굳어진 얼굴로 닫힌 문을 가만히 응시했다. 깜빡이는 두 눈은 이유 모를 불안감을 담아내고 있었다.

"그럴 리가 없지. 파리에 있어야 할 서도형이 여길 왜."

어제 그 기억은 꿈이어야 했다. 해솔이 고개를 세차게 가로저었다. 머릿속의 생각들을 정리하기도 전에 문이 벌컥 열렸다. 문은 해솔이 연 것이 아니었다.

"지금이 몇 신데, 이제야 일어나?"

잘못 본 게 아니었다. 이 자리에 없어야 할 남자가 바로 눈앞에 서 있었다. 소식은 계속해서 듣고 있었지만 제대로 얼굴을 마주한 것은 대략 8년 만이었다. 그럼에도 해솔은 마치 어제 본 사람처럼 눈앞의 남자가 조금도 낯설지 않았다. 자신보다 머리 하나는 더 큰 키와 다부진 어깨, 웃지 않을 때면 유독 차가워 보이는 인상 역시 그대로였다. 조금 더 나이를 먹었을 뿐, 그녀의 눈에는 하나도 변하지 않은 모습이었다.

멍하니 서 있는 해솔을 향해 도형은 손을 뻗었다. 검지와 중지가 툭— 그녀의 목덜미에 가볍게 닿았다.

"또 창문 열어두고 잤냐."

자신의 것과 조금 다른 체온이 확연하게 와 닿았다. 그것이 해솔을 다시 현실로 끌어당겼다.

"네가 왜 여기 있어?"

목에 닿았던 손끝이 멀어졌다. 그는 허리에 손을 올린 채 가늠하듯 해솔의 얼굴을 바라봤다. 그 시선이 집요해 해솔은 저도 모르게 뒤로 한 걸음 물러서고 말았다.

"어제 그 녀석 누구야?"

"내가 묻는 말에 먼저 대답이나 해."

"너보고 팀장님이라고 하던데, 팀원?"

"네가 왜 여기 있냐니까?"

"아무리 팀원이라도 그 늦은 시간에 술에 잔뜩 취해서……."

"서도형!"

그의 말을 자르고 해솔이 소리쳤다. 잠시 무겁게 감도는 침묵 속에 도형은 담담하게 답했다.

"왜?"

"나 지금 벽이랑 대화하니? 너 내 말 안 들려? 네가 왜 여기 있냐니까?"

그는 안 그래도 가까운 거리를 좁혀왔다. 해솔은 주춤거리며 그만큼 뒤로 물러섰다. 어느새 뒤로 물러설 공간이 더는 존재하지 않았고 코앞에는 도형이 서 있었다. 거리가 가까워도 너무 가깝다는 생각이 들었다.

"뭐, 뭐야?"

손을 뻗어오는 도형의 행동에 잔뜩 긴장한 해솔이 눈을 질끈 감고 몸을 굳힌 순간이었다. 드르륵— 창문 닫히는 소리가 유난히 크게 귓가에 전해졌다. 슬쩍 눈을 뜨자 느릿한 행동으로 창문을 걸어 잠그며 자신을 바라보고 있는 도형의 모습이 눈에 들어왔다. 단순히 창문을 닫으려는 행동이었지만 이건 마치 품 안에 갇힌 꼴이 되었다. 그는 눈이 마주치자마자 픽— 실없는 웃음을 지었다.

"눈은 왜 감아?"

일부러다. 분명 일부러 그랬어, 이 자식.

"노, 놀랐잖아. 그냥 나한테 닫으라고 하면 될걸."

붉어진 얼굴로 더듬거리며 말한 해솔은 아직 창문 근처를 맴돌고 있는 손을 발견했다.

"치워."

신경질적으로 탁 소리가 나게 손을 쳐냈다. 그는 잠시 미간을 좁혔지만, 별다르게 반응하지 않고 그대로 손을 주머니에 꽂았다.

"내 질문에 대답이나 해."

"어제 한국 들어왔어. 앞으로 한국에서 일할 거고, 당분간 여기서 지낼 거야."

"그게 무슨 소리야? 여기서 산다고? 우리 집에서?"

청천벽력 같은 말에 해솔의 눈이 화등잔만 해졌다. 폭탄을 던져 놓고 혼자 평온한 얼굴을 한 도형이 그대로 돌아서려 하자 해솔이 그의 팔을 덥석 붙잡았다.

"너 그게 무슨 소리냐니까?"

"일어났음 밥 먹으러 내려오지, 거기서 뭣들 하고 있어?"

익숙한 음성에 그녀는 도형의 어깨너머를 바라봤다. 열린 문 앞에 아버지가 서 있었다.

"아빠."

"금방 내려갈게요. 안 그래도 해솔이 지금 일어난 것 같아서 같이 내려가려고 했어요."

해솔이?

다정하게 이름을 부르는 음성에 그녀는 흠칫 몸을 굳혔다. 도형은 아주 친근한 사이인 것처럼 어깨에 손까지 올렸다. 해솔의 입이 반쯤 벌어졌다.

"그래, 얼른들 내려와라."

아버지의 모습이 시야에서 사라지자 그와 동시에 어깨 위에 닿아 있던 손도 멀어졌다. 그대로 걸음을 옮기는 도형의 등 뒤를 뚫어질 듯 바라보던 해솔이 그를 불러 세웠다.

"야. 서도형."

뒤를 돌아보는 얼굴이 익숙한 듯 낯설다. 무슨 생각을 하는 건지 도통 알 수 없는 얼굴이었다.

"내려와. 밥 먹으면서 얘기하자고."

뭐라 할 새도 없이 문이 닫혔다. 도형의 모습이 시야에서 사라졌음에도 해솔은 한동안 그 자리에서 움직이지 못했다. 지금 대체 무슨 일이 일어난 건가. 신경질적으로 머리카락을 쓸어 올린 해솔이 아랫입술을 잘근 씹어 댔다.

숙취 때문에 안 그래도 아픈 머리가 이제는 깨질 지경이었다. 두 손으로 머리를 짚은 채 침대 위에 주저앉은 해솔은 집안일을 해주시는 아주머니가 2층으로 올라와 노크한 뒤에야 정신을 차리고 방을 나섰다. 그때까지도 머릿속에는 온통 서도형에 관한 생각들뿐이었다.

밥이 입으로 들어가는 건지 코로 들어가는 건지 알 수 없었다. 해솔은 젓가락질을 하며 아버지와 도형의 얼굴을 번갈아 바라보기에 바빴다. 묻고 싶은 게 산더미 같았지만, 도무지 대화에 끼어들 틈이 없었다.

어린 시절, 어머니가 돌아가신 뒤로 그녀의 아버지는 해솔뿐만이 아니라 오빠인 태훈에게도 더 엄한 모습을 보이고는 했다. 혹여 무슨 잘못을 했을 때 편부가정이라는 이유로 책잡히고 그로 인해 아이들이 상처를 받을까 싶어 더 엄하게 대했다는 것을 해솔은 알고 있었다. 나이를 먹고 성인이 된 뒤로는 덜했지만 그래도 지금처럼 아버지가 마음을 놓고 웃으시는 모습은 오랜만에 보는 것 같았다. 도형과 무슨 대화를 저렇게 다정하게 하는지 모르는 사람이 보면 부자지간으로 알 것이다.

"해솔이 너는 어제 몇 시에 들어온 거야? 보니까 차도 없던데."

고개 숙인 해솔이 밥알을 세고 있는 사이, 대화의 화제가 바뀌었다. 두 사람의 시선이 그녀에게로 쏠렸다.

"아, 그게……. 일이 좀 생겨서 차는 회사에 두고 왔어요. 어제 늦은 건……."

그녀는 젓가락 끝을 입에 문 채로 커다란 눈동자를 굴렸다. 정확히 몇 시에 집에 들어온 건지 알 수 없었지만, 상당히 늦게 귀가한 것만큼은 알 수 있었다. 그것도 술에 잔뜩 취해서 말이다.

'보름 전에도 팀 회식 때문에 늦어서 한 소리 들었는데.'

솔직하게 말하기에는 돌아올 잔소리가 겁이 났고, 거짓말을 하기에는 눈앞에 목격자가 있었다.

"그러니까, 어제 늦은 건……."

"집 앞에서 저랑 만나서 술 한잔하고 왔어요."

해솔이 변명거리를 찾지 못해 대답을 망설이는 사이, 도형이 요령 좋게 대화에 끼어들었다.

"조금만 마시고 들어오려고 했는데, 오랜만에 봐서 그런지 대화가 길어져서 시간 가는 줄도 몰랐어요. 죄송해요."

"그랬어? 뭐, 도형이 너랑 있던 거면 걱정할 거 없지."

흘깃— 도형의 시선이 그녀의 얼굴에 닿았다. 해솔은 순간적으로 모래 씹은 얼굴을 했다.

'하나도 안 고맙거든?'

무언의 의사를 눈빛으로 전달하자 도형은 짧게 소리 없이 미소 짓고는 식사를 이어나갔다.

"도형이 네가 앞으로 해솔이 좀 잘 챙겨줘라. 일도 좀 잘 가르쳐 주고."

"이미 잘하고 있잖아요. 리모델링 사업부 팀장이라고 들었는데요."

"아직 한참 부족하지. 어차피 리모델링 팀이야 너 있는 사업본부 소속 이니 네가 데리고 있으면서 가르칠 일 많을 게다."

잠자코 두 사람의 대화를 듣고 있던 해솔이 표정을 굳히고는 고개를 살짝 기울였다.

"아빠, 그게 무슨 말씀이세요?"

"무슨 말이긴. 사업본부 본부장으로 다음 주부터 출근할 게다."

"……누가요? 제가요?"

"뜬금없이 네가 왜 본부장으로 출근해?"

"그럼 누가 본부장으로 출근해요?"

"누구긴 누구야. 도형이지."

쨍그랑— 젓가락이 떨어져 밥공기와 부딪히며 큰 소리를 냈다. 얼마나 당황했는지 해솔은 자리에서 벌떡 일어난 것으로도 모자라 목소리까지 높이고 말았다.

"사업본부 본부장이요? 서도형이요?"

"밥 먹다 말고 이게 무슨 짓이야?"

"아빠."

"어서 앉지 못해?"

그녀는 마지못한 얼굴로 자리에 앉아 냉수를 한 컵 들이켰다. 그래도 진정이 되질 않아 숨을 한 차례 길게 토해내고는 가슴을 쓸어내렸다.

"아빠, 낙하산도 정도가 있지 갑자기 본부장이 말이 돼요? 아빠 딸인 저도 신입부터 시작했는데 서도형이 뭐라고 덜컥 그 자리에 앉아요?"

"주해솔."

"그렇잖아요."

"도형이 해외에서도 계속 이쪽 일 했고, 이름 있는 회사에서 실적도 많이 쌓아서 여러 회사에서 스카우트 제의 왔을 거다. 그래도 이 애비 회사라고 여기로 와준 건데 낙하산은 무슨 낙하산."

"아무리 그래도……."

"더 얘기할 것도 없어. 충분히 그 자리 앉을 실력 돼."

서도형이 해외에서 쌓은 경력에 대해서는 해솔도 들은 바가 있었다. 듣고 싶지 않아도 자연스럽게 들려올 정도로 녀석이 쌓은 실적들은 차고도 넘쳤다. 하지만 그래도 그렇지. 왜 하필 사업본부장이란 말인가.

반박할 말이 없어진 그녀는 아랫입술을 꾹 깨물었다. 아버지가 능력도 없는 사람을 본부장 자리에 앉힐 리 없다. 그걸 잘 알고 있기에 입을 다물었지만, 이내 꼭 짚고 넘어가야 하는 사실 하나를 깨달았다.

"그럼 아까 서도형이 여기서 지낸다고 말한 게 진짜로……."

"갑자기 들어오게 돼서 집 구하기가 어렵다더라. 어차피 우리 집이야 남는 방도 많잖아. 도형이도 예전에 거의 우리 집에서 살다시피 했으니 집 구할 때까지 몇 달 여기 있으라고 했다. 네 오빠도 없어서 적적하던 참인데, 잘됐지."

"아빠."

"아무튼, 그리됐으니 해솔이 너도 도형이 좀 잘 챙겨. 그리고 너희 두 사람, 내가 말 안 해도 잘하겠지만 회사에서는 공사 구분해야 한다."

"네, 잘 처신하겠습니다."

"그래."

갑작스러운 상황에 기함한 해솔이 해야 할 말을 잊고 입만 벌리고 있는 사이, 상황을 종결시키는 대답이 도형의 입에서 흘러나왔다.

"난 다 먹었으니 너희도 얼른 먹고 올라가서 쉬어라. 주말인데 쉬어야 지. 도형이는 짐도 정리해야 할 테고."

드륵— 의자 끌리는 소리가 들렸다. 해솔은 이제 거의 넋이 나간 얼굴을 하고 있었다. 잠깐 사이에 너무 많은 일이 일어났다.

"주해솔."

낮은 음성이 그녀의 시선을 자연스럽게 끌어당겼다.

"밥 먹고 주변 지리 좀 알려주라."

얘 지금 뭐래니?

해솔은 지금의 이 상황이 기가 차다 못해 뒷목 잡고 쓰러질 지경이었다.

"너 이 동네 이십 년 넘게 살았거든?"

"몇 년 나가 있었더니 낯설어서."

"낯설어?"

오지에 떨어트려 놔도 십 분이면 그곳에 적응해서 살 수 있는 사람이 바로 서도형이었다. 해솔이 자리에서 일어나 식탁 위를 손으로 짚었다. 꽤 가까워진 거리에서 그를 내려다봤다.

"내 눈에는 지금 네 행동이 제일 낯설어."

도형은 뭔가 더 할 말이 있는 것 같은 얼굴이었지만, 때마침 부엌에 들어온 아주머니로 인해 두 사람의 대화는 거기서 끝이 났다. 해솔은 빈 그릇을 개수대에 놓아두고는 부엌을 벗어났다. 뒤통수에 닿는 시선이 느껴졌지만 끝내 뒤를 돌아보지 않았다.

"뭐야. 그럼 진짜 서도형이랑 한집에서 살아야 하는 거야?"

방에 들어서자마자 나오는 건 한숨이었다. 아버지가 결정하신 일이라면 번복은 없을 것이다. 회사로도 모자라 집에서도 서도형의 얼굴을 봐야 한다니.

"미치겠네."

침대에 걸터앉은 해솔은 습관처럼 휴대전화를 찾았다. 그새 누군가가 연락을 한 건지 부재중 전화 한 통과 메시지가 와 있었다.

「어제 그 남자 누구예요?」

발신인은 지혁이었다. 얼마나 궁금했으면 인사도 없이 앞뒤 다 잘라먹고 이것만 보냈을까. 해솔은 물끄러미 액정을 내려다봤다. 대답에 선택지는 많았다. 서도형, 소꿉친구, 앞으로 우리 상사가 될 남자, 그리고 주해솔의 첫사랑.

"아, 싫다."

휴대폰 자판 위에 한참이나 머물던 손가락은 이내 짧은 답을 만들어냈다.

「알 거 없어. 남보다 못한 사이야.」

"뭐, 이것도 사실이니까."

툭— 휴대전화를 침대 위로 던지듯 놓아두고는 이불 속으로 파고들었다. 순식간에 잠이 쏟아져 내렸다. 멀어져 가는 의식 사이로 짧은 알림음이 두어 번 귓가에 들려왔다.

'지혁이겠지.'

손을 뻗으려다 관두고 다시 눈을 감았다. 서도형을 마주한 것은 고작 몇 시간일 뿐인데, 지쳐 버린 심신은 아무것도 하고 싶지 않은 모양이었다. 해솔은 눈을 감은 채로 미간을 좁혔다. 회사에서는 물론이고 집에서도 서도형의 얼굴을 봐야 하는 앞으로의 일이 막막하게 느껴졌다.

해솔의 이마에 자그마한 핏대가 솟아올랐다. 서늘한 날씨였음에도 속에서 열불이 나는 탓에 그녀는 연신 손으로 부채질을 했다.

"여기도 많이 바뀌었네."

그런 해솔의 상태와는 상관없이 주변을 둘러보며 여유롭게 걸음을 옮기는 도형의 모습은 평화로워 보였다. 해솔은 그의 등을 노려보며 터벅터벅 지친 걸음을 옮겼다. 시선을 느낀 건지 우뚝 걸음을 멈춘 도형이 갑작스럽게 뒤를 돌아봤고 해솔도 자연스럽게 그 자리에 멈춰 섰다.

"뒤통수 뚫리겠다."

"뚫리라고 보는 건데 아무래도 안 뚫릴 거 같아. 못 본 새에 앞뒤로 철판을 깔았네."

서도형은 자기 손에 쥔 것을 이용할 줄 아는 인간이었다. 해솔의 늦은 귀가에 대해 알리바이를 만들어준 것은 그에게 이용할 만한 가치가 있는 일이었고 그는 그것을 빌미로 해솔을 협박했다. 정확히 1시간 14분 전에 일어난 일이었다.

"나가자."

"어딜?"

"주변 지리 알려달라니까."

"싫다고 했잖아."

그녀는 눈도 제대로 뜨지 못한 상태에서 이불을 끌어당겼다. 싫다는 의사를 완강하게 내보이듯 베개에 얼굴까지 푹 파묻었다.

"주해솔."

머리 위에서 떨어진 묵직한 음성만 아니었다면, 뒤이어 덧붙여진 말만

25

아니었다면, 해솔은 도형이 곁에 서 있든 말든 그대로 잠을 청했을 것이다.

"너 어제 새벽 3시에 들어온 건 기억하냐?"

순간적으로 잠이 확 달아났다. 방 안에는 침묵이 감돌았고 해솔은 그대로 눈을 뜰 수밖에 없었다. 이불을 슬쩍 치워낸 뒤 고개를 든 불편한 자세로 도형을 올려다봤다.

"……뭐?"

"새벽 3시 넘어서 들어왔다고."

"말도 안 돼. 내가 그렇게 늦게 들어왔다고?"

"그것뿐이야? 남자한테 부축 받고 인사불성 돼서 들어왔지."

"누가 인사불성이 돼? 나 정신 똑바로 차리고 있었거든?"

스프링 튀어 오르듯 몸을 일으킨 해솔이 발끈하며 크게 소리쳤다. 그런 해솔을 가만히 내려다보던 도형은 갑자기 두 팔을 몸에 붙이고 차렷 자세를 했다.

"네가 누군데. 나 이렇게 똑바로 설 수 있는데."

해솔이 했던 말과 행동을 그대로 따라 한 도형이 자세를 풀고는 픽— 가볍게 웃음을 흘렸다.

"이게 정신 똑바로 차리고 한 말이라고?"

"아니, 그건……."

"아저씨 뭐 하시려나."

"야!"

"나갈 거지?"

"씨이."

"얼른 내려와."

해솔은 결국 강제로 끌려 나올 수밖에 없었다. 다시 생각해도 어처구니가 없는 상황에 신경질적으로 머리카락을 헝클어트렸다.

'많이 마시긴 했는데, 아무리 그래도 그렇지 새벽 3시까지 마셨단 말이야? 신지혁 이 자식은 안 말리고 뭐 했어?'

한숨을 푹 내쉬고는 다시 도형을 바라봤다. 그는 주머니에 손을 꽂은 채로 해솔을 마주 보고 있었다. 청바지에 셔츠, 그 위에 얇은 카디건을 챙겨 입은 모습은 대충 입은 것 같은데도 꽤 멋스러웠다. 누구는 집 앞 슈퍼 가는 차림인데, 누구는 대충 입어도 꽤 신경 쓴 차림으로 보였다. 이래서 패션의 완성은 얼굴이라고 하는 모양이다.

"주해솔."

"왜?"

불만 가득한 얼굴로 괜스레 땅을 툭 걷어차는 시늉을 한 순간, 도형이 눈짓으로 자신의 옆을 가리켰다. 저 녀석이 또 왜 저러나 싶어 상황을 가늠하는 사이, 그는 다시 한 번 눈짓으로 자신의 옆을 가리키며 말했다.

"이리 와서 걷지?"

"내가 왜?"

"뒤에서 졸졸 쫓아오는 강아지 같아서 신경 쓰여."

"졸졸? 너는 내가 지금 좋아서 널 따라가는 거 같아?"

"아니니까 문제지."

"뭐?"

"그러다 뒤에서 나 물까 봐."

"야!"

해솔이 발끈하며 성큼성큼 걸음을 옮겼다. 순식간에 거리를 좁혀 곁에 서자마자 그는 손에 들고 있던 야구 모자를 해솔의 머리 위에 툭 얹어놓듯 씌워주었다.

"안 그래도 못난 얼굴에 기미 생길라."

"뭐?"

"자외선 차단제를 바르든가, 모자라도 챙겨 쓰든가."

"모자 하나 빌려주고, 또 뭘 요구하려고?"

해솔이 모자를 벗으려 했지만 도형의 행동이 더 빨랐다. 그는 손을 뻗어 머리 위를 꾹꾹 힘주어 눌렀다. 덕분에 모자를 벗기는커녕 푹 눌러쓴 꼴이 되어버렸다.

"이거 안 놔?"

벗어나려고 발버둥 쳤지만, 키 차이 때문에 안 그래도 불리한데다 힘으로도 그를 이길 수가 없었다.

"뭐 요구 안 해."

"야!"

"그거 네가 선물한 거잖아."

발버둥 치던 해솔의 행동이 멈췄다. 그녀는 천천히 손을 내리고 몸에 힘을 풀었다. 도형의 손도 그제야 떨어져 나갔다. 해솔은 상가 건물 유리에 비친 자신의 모습을 바라봤다. 모자는 거의 쓰지 않은 듯 새것 같았다.

'이게 언제 적 선물인데 아직도 가지고 있어?'

도형은 어린 시절부터 해솔과 한 살 터울의 오빠인 태훈을 따라 야구를 했다. 고등학교 시절에는 주전으로, 대학 시절에는 동아리 활동으로 계속했을 만큼 야구를 좋아했다. 그런 그에게 해솔은 땡볕에 얼굴 다 탈지도 모른다며 모자 선물을 자주 했었다.

"너 어디 아파?"

"딱히 아픈 곳은 없는데."

"아니면 갑자기 왜 이래? 네가 나한테 어떻게 하고 갔는데, 지금에 와서 이렇게 뻔뻔하게 굴어?"

"뭐 좀 마실래?"

"너 외국에서 몇 년 살더니 화법이 이상해진 거 알아? 질문에는 대답을 하는 거야. 다른 질문을 하는 게 아니라."

"그래서……."

말끝을 흐리며 무심하게 주변을 둘러본 도형이 다시 해솔을 내려다봤다.

"안 마실 거야?"

아까부터 갈증이 나던 참이었지만 응, 이라고 대답하기에는 어쩐지 자존심이 상했다. 하지만 재차 물은 질문에 대답하지 않으면 자신의 것만 사고도 남을 녀석이었다. 해솔이 결국 시무룩한 얼굴로 대답했다.

"나 지갑 안 가지고 나왔어."

그는 답이 떨어지기 무섭게 손을 뻗어 해솔의 팔을 붙들었다. 다정하게 손을 잡아준 것도 아니고 팔을 붙들고 가는 게 꼭 끌려가는 것만 같았다. 해솔은 잠시 그를 노려봤지만, 더는 저항할 힘이 없어 화도 내지 못했다.

"아메리카노 한 잔이랑, 키위 주스 주세요."

카페에 들어선 그는 의견을 묻지도 않고 멋대로 주문을 했다. 해솔은 특별한 경우가 아니면 한겨울에도 차가운 음료를 먹는 편이었다. 그것도 과일 주스를 즐겨 마셨다.

얼마 지나지 않아 주문한 음료가 나왔고 카운터에 가까이 서 있던 해솔이 음료를 받으려 했다. 하지만 도형이 먼저 쟁반째로 그것을 가져갔다. 테이블을 향해 걸음을 옮기는 그를 따라가며 해솔이 입을 삐죽였다.

"마시고 갈 거야? 가면서 먹으면 되잖아."

"걸으면서 뭐 먹는 거 안 좋아해."

"다른 것도 아니고 음료인데, 걸으면서 먹으면 좀 어때?"

작게 중얼거린 해솔은 하는 수 없이 그의 맞은편 자리에 앉았다. 음료를 한 모금 넘기자 갈증이 조금 사라졌다. 그녀는 의자에 좀 더 편히 몸을 기댄 채로 유리 벽 너머를 바라봤다. 잎이 떨어진 거리는 조금 휑한 느낌이었다.

버릇처럼 입안의 빨대를 잘근 씹어대다가 정면을 바라봤다. 도형은 조용히 커피를 마시고 있었다. 음료를 반이나 비워낼 동안 오가는 대화가 없었다. 딱히 뭘 말해야 좋을지 몰랐다.

'이렇게 공통된 화제가 없었나? 예전에는 그냥 아무 일도 아닌 걸로 웃고 떠들었는데.'

그리 생각하며 해솔이 고개를 든 순간, 눈이 마주쳤다. 그리고 충동적인 질문이 입 밖으로 나왔다.

"갑자기 마음이 변한 이유가 뭐야?"

앞뒤 잘라먹은 질문이었지만 도형은 알아들은 것 같았다. 해솔은 손에 든 컵을 테이블에 내려놓았다. 아무리 기다려도 돌아오는 답이 없다. 긴 침묵이 해솔을 짓눌렀다.

"그만 마실래."

안 그래도 좋지 않았던 기분이 바닥을 쳤다. 해솔이 먼저 자리에서 일어섰고 도형 역시 더는 커피를 마실 생각이 없는 건지 함께 카페를 벗어났다. 앞서 걷는 그녀의 걸음은 집을 향하고 있었다.

'아, 괜히 찬 거 마셨나. 안 그래도 감기 기운 있는 것 같았는데.'

창문을 열어놓고 잔 탓에 아침부터 몸이 좀 으슬으슬하다 싶더니 시간이 지날수록 몸 상태가 더 좋지 않은 것 같았다. 그냥 푹 잤어야 했는데, 누구 때문에 끌려 나와서는 이 고생이다. 괜스레 서도형에 대한 원망만 커졌다. 약이라도 사가야 하나 생각하고 있던 와중에 귤을 판매하는 트럭이 눈에 들어왔다. 걸음을 멈춘 해솔이 뒤를 돌아보고는 도형을 향해 손을 내밀었다.

"서도형. 나 돈 좀 빌려줘."

"뭐?"

"귤 사갈래."

도형은 순순히 주머니에서 지갑을 꺼내어 지폐 한 장을 빼냈다. 트럭이 있는 쪽으로 걸어가 직접 귤을 사고는 그것을 해솔에게 내밀었다.

"땡큐."

귤을 반으로 갈라 껍질을 벗겨냈다. 집에 도착할 때까지 하나씩 까먹다 보니 순식간에 다섯 개나 먹어버렸다. 반 정도 줄어든 봉투를 뒤늦게 확인한 도형이 짧게 헛웃음을 터트렸다.

"먹어보란 소리도 안 하냐?"

힐끗— 그를 향해 시선을 준 해솔은 남은 귤껍질을 마저 깠다. 도형에게 줄 거라 생각했지만 자신의 입으로 그것을 한 번에 밀어 넣었다. 우물우물 연신 입을 움직이다 꿀꺽 귤을 삼켜내고는 봉투에서 새로운 귤을 다시 꺼내 들었다.

"걸으면서 뭐 먹는 거 안 좋아한다며?"

약 올리려고 한 말이었는데, 도형은 또 짧게 웃고 말았다. 조금 전의 웃음과는 느낌이 달랐다. 정말 즐거워서 지은 미소 같았다. 해솔이 저도 모르게 멍하니 그 얼굴을 바라봤다. 그사이 도형은 담배 하나를 꺼내어 입에 물었다.

"너 담배 펴?"

"어."

"안 폈잖아. 언제부터?"

"한국 떠날 때쯤."

그건 해솔이 모르는 서도형의 시간이었다. 도형에 대해 모르는 게 없던 시절이 있었다. 지금은 아는 것보다 모르는 게 더 많을 것이다. 서도형이 담배를 피우는 것조차 몰랐던, 지금의 이 상황처럼.

"그래."

작게 중얼거린 그녀는 귤이 담긴 봉투를 한쪽 손목에 걸고는 걸음을 조금 서둘렀다.

"떨어져서 걸어. 나 담배 연기 싫어."

하지만 거리는 조금도 좁혀지지 않았다. 해솔이 속력을 낸 만큼 도형이 맞춰 걸었기 때문이었다. 그는 거리를 두는 대신 불을 붙이지 않은 담배를 입에서 빼내었다. 반으로 구겨 버린 담배를 길에 설치된 휴지통에 주저 없이 버렸다.

"술이나 끊어, 이 주정뱅이야."

툭— 모자 쓴 머리를 가볍게 건드리는 손길이 느껴졌다. 목소리에 웃음기가 묻어나 있는 것 같았지만 해솔이 고개를 돌렸을 때 그는 이미 다른 방향으로 고개를 돌려 버린 후였다. 집에 도착할 때까지, 더는 시선이 마주치는 일은 없었다.

집에 도착한 해솔은 곧장 샤워부터 했다. 드라이어를 꺼내어 젖은 머리카락을 말린 뒤 방의 온도를 2도 높여두었다.

"아무래도 감기 같은데."

기침은 나지 않았지만 몸이 으슬으슬했고 미열이 나는 것 같았다. 1층으로 내려가 약을 찾아볼까 하다가 그마저도 귀찮아 그대로 침대 위에 누워 버렸다. 발은 바닥에 닿은 채 엉덩이부터 상반신만 걸친 불편한 자세였다.

"자고 나면 괜찮아지겠지."

해솔은 그 상태로 조금의 미동도 없이 천장을 바라보다 고개를 왼쪽으로 돌렸다. 시선 끝에는 도형이 사준 귤이 담긴 봉투가 놓여 있었다.

해솔과 도형은 오랜 친구 사이였다. 두 사람의 부친이 서로 막역한 사이였고 같은 동네에서 같은 해에 태어나, 유치원부터 고등학교까지 같은 곳을 졸업했다. 그 오랜 시간 동안 두 사람은 늘 함께였다. 무심한 것 같아도 해솔을 잘 챙겨줬고, 그녀에게 무슨 일이 생기면 가장 먼저 달려와 줄 사람이 서도형이었다. 분명 그랬는데.

'언제부터였더라? 달라지기 시작한 게.'

해솔이 기억을 더듬었다. 하지만 얼마 못 가 짧게 신음을 내고는 손을 들어 이마를 짚었다. 갑작스럽게 머리가 아팠다. 아무래도 이 상태로는 편히 잘 수 없을 것 같았다.

"아, 약을 먹고 자야 하나."

일어나야 하나 말아야 하나 갈등하는 사이, 노크 소리가 들렸다. 문 앞에 있는 사람이 누구인지 알 것 같아 그녀는 대답하지 않고 눈을 감았다. 허락도 없이 문이 열리는 소리가 들렸다.

"들어오라고 한 적 없는데."

"노크했잖아."

"왜? 나한테 볼일 끝난 거 아니야? 동네 구경 덜 했어?"

돌아오는 답이 없었고 곁에서 움직이는 기척이 느껴졌다. 해솔은 그제야 눈을 뜨고 옆을 바라봤다. 도형은 침대에 걸터앉아 턱을 괸 채로 그녀를 내려다보고 있었다. 씻고 온 모양인지 앞머리가 젖어 있었다. 청량한 내음이 코끝을 스쳤다.

"야."

"왜?"

"열 있지, 너."

해솔은 잠시 당황해 답을 하지 못했다. 열이라고 해봐야 미열인데, 그 사소한 변화를 알아챌 만큼 서도형이 자신에게 관심이 있었던가.

"아닌데."

해솔은 고개를 돌렸고 다시 눈을 감았다. 그런 거 쉽게 알아채지 말아줬으면 좋겠다. 특히 그 상대가 서도형이라면 더더욱.

곁에서 다시 움직이는 기척이 느껴졌다. 그대로 방을 나설 것이라 생각했지만 아니었다. 대체 왜 안 나가고 버티는 걸까.

"할 말 더 없으면 그만 나가지 그……."

커다란 손이 이마를 덮었다. 자신의 체온과 다른 차가운 감각에 해솔은 반사적으로 눈을 번쩍 떴다.

"손, 남들보다 차갑거든."

그리 말하는 도형의 옆얼굴은 무표정에 가까웠다. 상냥하지도, 다정하지도 않은 단조로운 음성을 끝으로 그는 해솔을 향해 고개를 돌렸다. 해솔이 도형의 손을 쳐내려던 행동을 무의식중에 멈췄다. 이마를 덮다 못해 눈을 반쯤 가린 커다란 손 사이로 도형의 얼굴이 보였다.

"빌려줄게, 잠깐."

잠시였지만 무표정한 그 얼굴이, 언뜻 웃고 있는 것도 같았다.

"미쳤어."

잤다. 그것도 아주 푹. 기억의 끝은 차가운 손을 이마에 가져다 댄 행동과 웃은 건지 아닌 건지 확실하지도 않았던 서도형의 얼굴이었다. 눈을 떴을 때 해솔은 침대 중앙에 누워 있었고 시간은 이미 오후 4시를 넘기고 있었다. 4시간 가까이 잠을 잔 것이다.

"어떻게 그 상태에서 푹 잘 수가 있어, 주해솔."

머리카락을 있는 대로 헝클어트리고는 닫힌 문을 바라봤다. 통로 하나를 사이에 두고 맞은편에 도형이 지내는 방이 있었다. 방을 나선 해솔은 기척을 살폈다. 이상하리만큼 집 안이 고요했다. 괜스레 목을 가다듬는 척 소리를 내보고 두어 번 노크까지 했지만 돌아오는 답이 없었다.

"뭐야. 어디 나갔나?"

문을 열고는 조심스레 안으로 들어섰다. 짐 정리를 대충 끝낸 듯 방 안은 서도형의 평소 생활 습관을 드러내는 것처럼 깔끔했다.

"아무튼 서도형, 부지런하기도 하지. 이걸 언제 다 정리했어?"

해솔은 천천히 주변을 둘러봤다. 건축과 디자인에 관련된 서적들이 책장에 꽂혀 있고 사용한 지 오래된 것 같은 낯익은 글러브가 한쪽에 놓여있었다. 해솔의 오빠인 태훈이 선물한 글러브였다.

"버릴 줄을 모르지. 이건 또 언제 적 건데 아직 가지고 있어? 이제 야구도 안 하면서."

글러브를 손에 쥐고 이리저리 만져 보고 있던 순간이었다.

"뭐 해?"

"엄마야!"

놀란 해솔이 뒤를 돌아보고는 두어 걸음 물러서려다 책장에 크게 몸을 부딪쳤다. 아직 꽂아두지 않고 대충 올려두었던 책 서너 권이 그대로 쏟아져 내렸다. 두 손을 들어 머리를 가렸지만, 시간이 지나도 딱히 충격은 느껴지지 않았다.

"넌 하루라도 사고 안 치는 날이 없지?"

도형이 손을 뻗어 해솔의 머리 위를 막아주었기 때문이었다. 그녀는 뒤늦게 놀란 가슴을 쓸어내렸다.

"놀랐잖아. 기척 좀 내고 다녀. 아니면 노크라도 좀 하든가."

"넌 네 방 들어가는데 노크하고 들어가?"

"그건 아니지만."

도형이 부딪친 팔을 몇 차례 매만지고는 바닥에 떨어진 책을 주워 책장에 마저 꽂아두었다. 해솔의 손에 들린 글러브도 다시 제자리에 가져다 두고는 옷장을 열어 넥타이와 셔츠 하나를 꺼내어 들었다.

"어디 가려고?"

"아버지 뵈러."

도형이 고등학교를 졸업함과 동시에 서울에서의 생활을 정리한 그의 아버지는 시골의 작은 마을로 내려갔다. 무슨 이유에서인지 언제부터인가 부자 사이가 서먹해진 느낌이었는데 그래도 꼬박꼬박 안부 전화도 드리고 얼굴도 비치는 모양이었다.

"머리 꼴 봐라."

"어?"

꺼내어 든 옷을 침대 위에 올려두고 해솔에게 시선을 보낸 도형이 헛웃음을 터트렸다. 안 그래도 자다 일어난 상태의 부스스한 머리를 헝클어트리기까지 했으니 엉망일 것이 분명했다. 해솔이 손을 들어 급하게 머리를 매만졌다. 그사이 불쑥 내밀어진 손이 다시 이마를 짚었다.

"열은 내렸네."

"너 그렇게 자꾸 불쑥불쑥 내 이마 만질래?"

발끈하며 소리친 것이 무안할 정도로 손은 금세 떨어져 나갔다. 그는 무심한 얼굴을 한 채 눈짓으로 문을 가리켰다.

"그만 나가지?"

"왜?"

"옷 갈아입을 건데. 뭐, 거기 있을 거면 계속 있어도 되고."

하얀 니트 끝을 양손으로 교차해 잡은 도형이 순식간에 상의를 벗었다. 해솔이 깜짝 놀라 서둘러 그의 방을 나섰다. 못 본 새에 성격이 더 나빠진 거 같았다. 괜스레 닫힌 문을 흘겨보고는 다시 방으로 들어선 그녀는 창밖 날씨를 확인했다.

"서도형 나가면 집에 혼자 있어야 하는데, 나도 나갈까?"

불러낼 만한 사람이 누가 있는지 찾아보려 휴대전화를 손에 든 순간, 때마침 전화가 걸려왔다. 액정에 뜬 이름과 번호를 확인한 해솔은 떨떠름한 얼굴을 했다. 친오빠인 태훈에게서 걸려온 전화였기 때문이었다.

"웬일이야. 오빠가 나한테 전화를 다 하고?"

[서도형은 왔냐?]

"뭐야. 오빠도 서도형 오는 거 알고 있었어?"

도형의 귀국에 대해 해솔만 몰랐다. 지금 보니 다 한통속이었다. 아무렇지 않은 척 억지로 웃고 있었지만, 그녀의 눈가에 작은 경련이 일어났다.

[다시 보니 반갑던?]

"반갑기는."

[왜? 그래도 니들 되게 친했잖아.]

"……그거야 다 옛날 일이지."

한 템포 늦은 대답을 건넨 뒤 책상 앞에 앉은 그녀는 검은색 펜 하나를 손에 쥐었다. 펼쳐져 있는 노트에 의미 없는 글자들을 적어 내려가다가 자연스럽게 화제를 바꿨다.

"집에 언제 와?"

[조만간 갈 거야.]

태훈은 프로야구 선수로 활동하고 있었는데 올 시즌에서는 팀이 아깝게 준우승을 했다. 평소에 서로 티격태격하지만, 그래도 하나밖에 없는 오빠라고 마음이 쓰였다.

"밥은 제대로 먹고 다녀?"

[그럼 내가 어디 가서 굶고 다니겠냐?]

"굶고 다닐 위인은 아니지. 내 주위에 무인도에 떨어트려 놓아도 정말 잘살 거 같은 사람이 딱 두 명 있는데……."

[나랑 서도형?]

"잘 아네."

[서도형 좀 바꿔봐.]

해솔이 힐끗 등 뒤의 문을 바라봤다. 아직 옷을 갈아입고 있을지도 모를 일이고 다시 그 방에 들어가고 싶지는 않았다.

"직접 전화 걸지 왜 나한테 바꿔달래?"

[주해솔이 오늘 오빠한테 매우 까칠하네? 이게 군기가 빠져서는.]

"네 동생 여자애거든. 제발 남동생 대하듯 하지 말아줄래?"

지금 대화에서 대체 웃을 포인트가 어디 있는 건지. 태훈의 큰 웃음소리가 들려왔고 해솔은 잠시 휴대전화를 귀에서 떼어냈다. 기차 화통을 삶아 먹었나. 목소리만 크다.

[조만간 집에 갈 거니까 서도형한테도 그렇게 전해.]

"직접 전하라니……."

[끊는다.]

해솔이 말을 끝맺기도 전에 태훈은 자기 할 말만 하고 서둘러 전화를 끊어버렸다. 까만 어둠이 들어찬 액정을 물끄러미 내려다보던 그녀는 차에 시동 거는 소리를 듣고는 자리에서 일어나 창가로 다가섰다.

"차는 또 언제 샀대?"

시동을 걸고 차에서 내린 도형이 손목에 찬 시계를 내려다보고는 정확하게 해솔의 방을 올려다봤다. 피할 틈도 없이 눈이 마주쳤다. 그는 눈짓으로 자신의 옆을 가리켰다. 잠깐 내려오라는 의미인 것을 단번에 알아챘다.

"왜 오라 가라야."

불만을 표하면서도 해솔은 집 밖으로 나서 도형의 앞에 섰다.

"왜?"

"너 그때 부축하고 왔던 남자, 네 밑에 있는 팀원 맞지?"

지혁을 말하는 걸 단번에 알아들은 해솔이 고개를 끄덕였다.

"입단속시켜. 회사에서 내 얼굴 봐도 말 안 나오게."

"그런 거로 이상한 얘기 떠들고 다닐 애 아니야."

"꽤 신임하나 보네?"

"꽤? 각별하지. 우리 팀에서 내가 제일 신임하는데."

커프스를 매만지던 도형이 고개를 들어 다시 시선을 맞춰왔다. 조금 미묘한 표정이었다. 지혁이 불안해서 그런가 싶어 해솔은 정말 걱정할 거 없다며 재차 대답했고, 그는 곧 작게 고개를 끄덕였다.

"차는 언제 샀어? 이제 보니까 한국 들어오는 거 꽤 오래전부터 준비했나 봐?"

"어."

"근데 왜 집은 못 구했대?"

해솔이 차를 구경하려 한 바퀴 원을 그리며 주변을 돈 순간이었다.

"안 구했어."

"응?"

"안 구했다고."

잘못 들은 건가 싶어 해솔은 운전석 쪽으로 빠르게 다가섰다.

"너 지금 뭐라고 했어?"

"못 구한 게 아니라, 안 구했다고."

"뭐?"

"갔다 올게."

문이 닫혔다. 늘 이런 식이다. 서도형은 항상 이런 식으로 폭탄 하나를 던지고 정작 본인은 무심한 얼굴을 했다. 해솔이 차 문고리를 잡았다. 하지만 그새 잠긴 문은 열리지 않았다.

"야! 제대로 설명하고 가!"

창문까지 손으로 두드렸지만 해솔의 외침을 깡그리 무시한 도형의 차는 골목을 벗어나 곧 시야에서 사라졌다.

"야! 서도형!"

이미 사라진 그를 부르는 해솔의 외침만이 골목을 가득 채웠다. 10분이나 그 자리를 떠나지 못하고 씩씩거리던 해솔은 집에 오기만 해보라며 아득 이를 갈았다.

하지만 도형은 그날 집에 돌아오지 않았다. 귀가하신 아버지가 그의 행방에 관해 묻지 않는 걸 보니 미리 연락해 둔 모양이었다. 아버지를 통해 도형의 바뀐 전화번호를 알아낸 해솔은 그에게 전화를 했지만 온종일 전원이 꺼져 있었다.

결국 의문은 해결하지도 못한 채 월요일 아침이 밝았고, 잠을 설친 해솔은 조금 퀭한 얼굴로 출근했다.

"설마 금요일에 마신 술이 아직도 안 깬 건 아니겠죠? 상태 안 좋은데요?"

회사 1층 로비에 들어서자마자 등을 툭 건드리는 손길에 고개를 들었다. 해솔과 달리 상쾌한 얼굴로 출근한 지혁이 뒤로 걸으며 그녀의 얼굴을 살폈다.

"잠을 못 자서 그래. 일찍 나왔네?"

"회사에 차 두고 갔잖아요. 평소보다 좀 서둘러 나왔죠. 제 연락은 다 무시하더니, 왜 쉬지도 못했어요?"

남보다 못한 사이라는 답이 지혁에게는 호기심만 가중시킨 건지 그 뒤로 서너 통의 메시지가 더 왔다. 하지만 해솔은 그에 관해서는 답하지 않았다. 그녀는 손에 들고 있던 봉투에서 캔 커피 하나를 꺼내어 지혁의 손에 쥐여주었다.

"얼렁뚱땅 캔 커피로 넘어갈 생각하지 마시고……."

마치 입을 틀어막으려는 듯이 연이어 마카롱, 수제 초콜릿, 종합비타민까지 안겨주자 조용해졌다. 지혁은 차가운 도시 남자처럼 생겼지만 생긴 거답지 않게 단것이라면 사족을 못 썼다.

"택시비는 오늘 내가 외근 나가야 해서 안 되고, 내일 점심 쏠게. 그걸로 대신하자."

"제가 정말 많이 봐주는 거예요."

그는 뒤로 걷는 것을 멈추고는 해솔의 곁으로 다가섰다. 초콜릿 하나를 꺼내어 포장을 벗겨내 입에 넣고는 해솔에게도 하나 먹으라며 권했지만 그녀는 됐다고 거절했다.

"고생했다. 새벽 3시까지 나랑 놀아주느라."

"팀장님 진짜 취했었나 보네요. 새벽 3시라니. 그 시간까지 팀장님이랑 놀아주고 싶어도 제 체력이 버티겠어요?"

초콜릿 하나를 더 까서 입에 넣은 지혁이 시선을 맞춰왔다. 그와 동시에 그녀의 걸음이 우뚝 멈췄다. 입가에 남아 있던 미소는 이미 사라진 지 오래였다.

"12시 되기 5분 전에 안전히 귀가시켰습니다."

엘리베이터의 버튼을 누른 지혁이 흥얼거리며 콧노래를 불렀다. 얼음이라도 된 것마냥 그 자리에 굳어진 채 서 있던 해솔은 지혁의 등을 바라보다 곧 이마를 짚었다. 속았다.

"아놔, 서도형 이 사기꾼 같은 자식."

휴대전화를 꺼내 들었다. 하지만 여전히 도형의 전화는 꺼져 있었다. 아득— 이를 갈며 끓어오르는 분노를 억누른 해솔은 한 손에 휴대전화를 꼭 쥔 채로 사무실을 향해 지친 걸음을 옮겼다.

"그래도 다행이에요. 감봉도 없고, 이대로 넘어가서."

평면도를 내려다보고 있던 해솔이 의자에 깊게 몸을 기대었다. 시선을 들어 지혁의 모습을 확인한 그녀는 손에 쥔 펜을 내려놓고는 기지개를 켰다.

"아, 벌써 11시 넘었네. 넌 어디 갔다 와?"

유명 카페의 로고가 새겨진 테이크아웃 컵이 지혁의 손에 들려 있었다. 두 잔인 걸 보면 하나는 해솔의 것인 모양이었다. 예상대로 그는 손에 든 컵 하나를 책상 위에 내려놓았다.

"또 실수하면 팀장님한테 쥐도 새도 모르게 테러당할 거 같아서 직접 타일 확인하러 갔다 왔죠."

"네 실수 아니잖아?"

"부하 직원 실수는 상사의 실수이기도 하다고 그랬잖아요. 저 신입사원 때."

"그래 놓고 아침에 출근하자마자 예리 씨 잡았어?"

"혼날 건 혼나야죠. 처음에 저 실수했을 때 팀장님이 저한테 어떻게 했는데 그런 말을 해요?"

해솔은 능청스럽게 어깨를 으쓱이고는 컵을 손에 들었다. 하지만 손바닥에 전해지는 온기에 살짝 미간을 좁히며 다시 컵을 내려놓았다.

"신지혁, 나 한겨울에도 음료는 대부분 아이스로 먹는 거 이제 좀 기억해 줄래?"

"아, 맞다. 팀장님 음료는 거의 아이스로 드시죠. 오늘은 그냥 드세요. 다음엔 꼭 기억하고 아이스로 사다 드릴게요."

"너한테 그 말, 스무 번도 넘게 들은 거 같아."

"원래 남자는 그런 세세한 거 잘 기억 못해요. 저는 그럼 이만 돌아가서 업무 시작할게요."

내려놓은 컵을 물끄러미 바라보던 해솔이 가볍게 웃음을 흘렸다. 도형이 묻지도 않고 덥석 키위 주스를 주문한 일이 떠올랐기 때문이었다.

'그러고 보니 확실히 해둬야겠지. 그 녀석 출근하기 전에.'

커피는 아무래도 좀 더 식으면 마셔야 할 것 같았다. 평면도를 서랍에 넣어둔 해솔이 자리에서 일어섰다.

"신 대리."

자리로 돌아가 업무를 시작하려던 지혁이 파티션 위로 고개를 빼꼼 들었다. 그녀는 눈짓으로 회의실 문을 가리켰다.

"잠깐 면담."

"네."

마시던 커피를 내려놓은 지혁이 그녀를 따라 회의실 안으로 들어섰다. 문을 닫자 전화벨 소리를 비롯해 희미하게 들려오던 소음들이 완전하게 사라졌다.

"뭐 길게 얘기할 일이에요? 앉을까요?"

"아니, 그럴 필요는 없고."

팔짱을 낀 채로 지혁을 마주하고 있던 그녀가 작게 한숨을 내쉬었다.

영문을 모르는 그는 왜 이러나 싶어 의아한 얼굴을 했다. 잠시 무거운 공기가 흘렀다.

"뭐 근심 있어요?"

"지혁아."

"네."

"그, 있잖아. 그날……"

"그날?"

"그러니까 우리 집에서 본 그……"

지혁의 반듯한 눈썹이 살짝 구겨졌다가 이내 무엇을 말하는 건지 눈치 채고는 고개를 끄덕였다.

"아, 그 사람. 팀장님답지 않게 뭘 그렇게 빙빙 돌려 말해요? 팀장님 비료 포대처럼 어깨에 멘 그 남자 말하는 거죠?"

"……그 자식이 나를 비료 포대처럼 어깨에 멨어?"

도형에게 술주정을 부린 건 기억이 났지만, 드문드문 끊겨 확실히 기억 나지 않는 부분들도 있었다. 지금 지혁이 말한 부분이 그랬다.

"이게 누굴 짐짝 취급하고 있어!"

해솔이 발끈하며 소리쳤다가 혹여 소리가 밖에 들렸을까 싶어 입을 틀어막았다. 창을 가리고 있는 블라인드 사이로 손가락을 밀어 넣고 사무실을 살폈다. 다들 아무렇지 않게 일에 집중하는 걸 보니 다행히 들리지는 않은 것 같았다.

"몸도 못 가눌 정도로 인사불성 된 게 누군데요?"

"그래도 그렇지. 지혁이 너도 여자를 막 그렇게 짐짝처럼 어깨에 메고 그래?"

"아니죠."

"그렇지?"

"딱히 중요한 사람 아니면, 버리고 갈 건데요?"

농담이라는 걸 알면서도 해솔이 흠칫했다. 지혁의 표정이 진심 같아서였다.

"너 진짜 힘들었구나."

"그걸 말이라고 해요? 팀장님 부축하느라 힘써서 허리랑 어깨는 빠질 거 같지, 돌아가는 길에 걸을 힘도 없어서 택시 타려고 했는데 택시는 안 잡히지."

"미안하다. 그래도 안 버리고 간 걸 보면 나는 너한테 중요한 사람이었구나."

"상사잖아요. 직장 생활에서 살아남으려면 상사한테 잘 보여야죠. 어떻게 길에 버리고 가요?"

"딱히 나한테 예쁘게 보이려고 잘하는 것도 아니잖아?"

"예외는 있죠. 아무리 예쁜 짓을 해도 그런 사항은 절대 인사고과에 반영 안 시킬 사람."

"매정한 놈."

"갑자기 제 욕은 왜 해요? 아무튼, 그 남자가 왜요? 남보다 못한 사이라면서요? 물어봐도 다 무시하고 대답도 안 해주더니, 뭔가 중요한 사람이라도 되는 거예요?"

지혁의 시선이 힐끗 창가로 향했다. 업무를 보던 중이었으니 빨리 대화를 마쳐야 할 것 같아서였다. 해솔도 같은 생각인 건지 슬슬 본론을 꺼냈다.

"그게, 그날 그 시간까지는 분명 남보다 못한 사이가 맞았는데."

"네."

"아마 며칠 뒤에는 달라질 거 같아서."

달라져? 살짝 미간을 좁힌 지혁은 그날 밤에 본 도형의 모습을 떠올렸다. 해솔을 대하는 행동이나 지혁을 경계하는 태도를 보면 두 사람 사이에 확실히 뭔가 있는 것으로 보이긴 했다. 곰곰이 생각에 잠겼던 지혁이 머릿속에 떠오른 생각 하나를 무심코 입 밖으로 냈다.

"설마 결혼해요?"

"미쳤어?"

"그럼 뭔데요?"

"상하관계가 될 거 같은데. 이게 너한테도 적용되는 말이거든."

"네?"

"아마 조만간 사업본부 본부장으로 취임할 거야."

지혁의 얼굴에서 표정이 사라졌다. 너무 놀라 말이 안 나오는 것 같았다. 해솔이 어색하게 웃으며 설명을 덧붙였다.

"나랑 소꿉친구인데. 아, 물론 줄 타고 들어온 건 아니고. 너도 우리 아버지 성격 알지? 차차 알겠지만 그 녀석 실력 있는 거야 이미 보증된 것 같아. 아버지가 워낙 신임하기도 하고."

"……와."

굳어져 있던 그는 한참 만에야 탄성과도 같은 신음을 뱉어냈다.

"다른 사람도 아니고 사업본부 본부장? 그럼 상사 될 사람한테 내가 수상한 사람 취급을……."

"무슨 일 있었어?"

"얼굴도, 이름도 모르는 사이에 덥석 팀장님 데리고 가려 해서 수상한 사람 취급했어요. 상황이 좀 그랬으니까 그 정도 반응은 딱히 실례될 만한 짓은 아니었던 것 같은데, 문제는 왠지 미운털 박힌 느낌 들었거든요."

"걱정하지 마. 아까 네가 말한 예외 말이야."

"예외?"

"예쁜 짓을 해도 절대 인사고과에는 반영하지 않을 사람."

"네."

"그거 서도형도 마찬가지거든. 업무 능력만으로 평가할 테니 그런 거로는 걱정 안 해도 될 거야."

"뭐, 그런 거라면 걱정 없고요."

혼잣말처럼 작게 중얼거린 지혁이 고개를 끄덕이고는 손목에 찬 시계를 내려다봤다. 이제 정말 자리로 돌아가야 할 것 같았다.

"그럼 저 부른 이유는 새로 오는 본부장 보고도 놀라지 마라, 아는 척 마라, 떠들지 마라, 이거죠?"

"굳이 정리하자면 그렇지."

"알겠습니다."

"내가 이래서 신지혁을 좋아해."

"그 애정 저 말고 다른 사람 주시죠. 대화 끝났으면 그만 나가서 일하겠습니다."

지혁이 먼저 회의실을 나섰고 해솔이 가볍게 웃음을 터트리며 그의 뒤를 따라나섰다. 자리로 돌아가 다시 평면도를 꺼내 든 해솔은 한참 일에 집중하다가 휴대전화를 손에 들었다. 최근 발신 기록은 모두 서도형의 번호였다. 이렇게 장시간 전원을 꺼둘 거라면 휴대전화는 대체 왜 가지고 다니는 건지.

"됐다. 묻는다고 해서 제대로 대답해 주지도 않을 텐데, 이래 봐야 내 시간만 아깝지."

신경질적으로 휴대전화를 내려놓은 그녀는 짧게 한숨을 내쉬고는 시간을 확인했다. 외근을 다녀와야 할 것 같았다.

"현장 다녀올 테니까 무슨 일 있으면 전화해요. 늦어지면 바로 퇴근할 거니까."

"네, 다녀오세요."

가방을 챙겨 들고 자리에서 일어선 그녀가 사무실을 나섰다. 또각또각― 복도를 울리는 구두 소리가 점차 멀어졌다.

❖

점심을 먹고 사무실로 복귀한 지혁은 담배가 떨어진 것을 확인하고는 지갑을 챙겨 들었다. 업무 시작 전까지 아직 여유가 있었다. 돌아오는 길에 커피도 한잔 사먹어야겠다고 생각하며 엘리베이터의 붉은 숫자를 올려다보고 있을 때였다.

"안녕하세요."

"네, 안녕하세요."

인사를 건네는 목소리에 지혁은 상대방의 얼굴을 확인도 못 한 채 인사부터 건넸다. 점심을 먹은 뒤라 그런지 졸음이 쏟아졌다. 작게 하품을 하며 뒤늦게 얼굴을 확인하려 고개를 돌린 지혁은 그대로 굳어져 버렸다. 다른 움직임은 모두 멈췄지만, 하품하던 입만 그 순간 꾹 다물어졌다.

"또 보네요. 우리 구면이죠?"

"……네."

정장을 차려입은 도형이 곁에 서 있었다. 어둠 속에서 언뜻 봤을 때도 위압감이 장난 아니다 싶었는데 밝은 곳에서 보니 입이 떡 벌어질 만큼 잘생기기까지 했다.

'왜 여기 있지?'

본부장 취임에 대해서는 아직 팀에 전달된 게 없었다. 지혁은 오늘 아침 해솔을 통해 전해 듣긴 했지만 분명 조만간이라고 한 걸 보면 시일이 남았을 것이 분명했다. 지혁이 빠르게 눈동자를 굴리는 사이 엘리베이터가 도착했다.

"안 탑니까?"

"네? 아, 아니요. 탑니다."

사무실에 두고 온 게 있다며 다음 엘리베이터를 타도 괜찮았을 텐데. 너무 놀라 핑계 댈 걸 생각하지 못하고 엘리베이터에 탔다. 도형은 지하 2층 버튼을, 지혁은 1층 버튼을 각각 눌렀다.

엘리베이터의 문이 닫히자 도형은 기다렸다는 듯이 지혁의 목에 걸린 사원증을 내려다봤다. 지혁이 자신을 대하는 태도가 바뀐 거로 봐서 이미 해솔에게 대강 이야기를 전해 들었다는 것을 짐작할 수 있었다.

"신지혁 대리."

"네."

최대한 시선을 피하려고 했으나 무시할 수 없는 부름에 지혁이 시선을 맞췄다. 잘생긴 얼굴에 호감과 같은 감정은 묻어나 있지 않았다. 미소 따위도 보이지 않았다. 어떻게 보면 무심하고, 어떻게 보면 또 차가운 인상이었다.

"출세하는 가장 빠른 길이 뭔지 압니까."

"네?"

뜬금없는 질문에 지혁이 저도 모르게 얼빠진 얼굴을 하고 말았다.

"줄을 잘 서는 겁니다."

"아."

"물론 여기서는 실력도 되어야 한다는 전제 조건이 붙지만."

"……네."

어느덧 도형은 입가에 미소를 그려내고 있었다. 여전히 호감을 담은 미소는 아니었다. 눈치가 빠른 편인 지혁은 도형의 말에 숨은 의도가 무엇인지 알 것 같아 변명하듯 말을 덧붙였다.

"팀장님과 저는 아무 사이도 아닙니다."

"각별하다던데."

"……설마요."

생각하는 그런 의미는 절대 아닐 텐데. 지혁이 다시 변명하듯 말을 덧붙이려다 자신이 왜 그래야 하나 싶어 관두었다.

"저기, 그럼 혹시. 팀장님과 본부장님은……."

"각별하지."

"……."

"여러 의미로."

1층에 도착한 엘리베이터의 문이 열렸다.

"안 내립니까?"

"아, 네."

서둘러 엘리베이터에서 내린 지혁이 돌아서서 인사를 건네었다. 문이 닫히기 전 도형은 그를 향해 웃으며 말했다.

"다음에 제대로 한번 인사하죠. 뭐, 주해솔까지 셋이 한자리에서 봐도 괜찮고."

웃는 얼굴인데 입만 웃고 있는 것 같은 표정이었다.

'뭐야, 저거. 눈이 안 웃었어. 눈이 안 웃고 있다고.'

스르륵— 엘리베이터의 문이 느리게 닫혔다. 지혁은 얼빠진 얼굴로 서 있다가 헛웃음을 터트렸다.

"예외는 무슨. 미운털 제대로 박힌 것 같은데."

담배 생각이 더욱 간절해졌다. 그는 서둘러 회사 앞 편의점으로 지친 걸음을 옮겼다.

2

외근을 나갔던 해솔은 시간이 늦어지자 회사로 복귀하지 못하고 바로 퇴근을 했다. 평소보다 유독 조용한 집 안 분위기에 고개를 갸웃거리다 부엌으로 고개를 쏙 내밀었다. 아주머니가 식기를 정리하고 있었다.

"다녀왔습니다."

"왔어? 오늘은 평소보다 좀 늦었네."

"외근 나갔다가 일이 좀 늦어져서요. 아버지는요?"

"어르신은 모임 있다고 저녁 드시고 오신다고 했어. 저녁은?"

"저도 오면서 간단하게 먹고 왔어요. 서도형은 2층에 있어요?"

"글쎄. 저녁 생각 없다면서 아까 뒤쪽 정원으로 나가는 것 같았는데. 아직 안 들어온 모양이네."

아주머니의 대답에 해솔은 뒤쪽 창가로 시선을 돌렸다. 뒷마당에서 대체 뭘 하기에 이 시간까지 안 들어오는 걸까.

"찾는다고 전해줄까?"

"아니요. 저 올라가 볼게요."

아주머니에게 꾸벅 인사를 건네고 2층으로 올라갔다. 도형의 방문은 닫혀 있었다. 아무런 기척이 없는 걸 보니 뒤쪽 정원에 나가 있는 것이 확실한 것 같았다. 샤워를 하고 편한 옷으로 갈아입은 해솔은 침대에 걸터앉아 가만히 창밖을 바라보고 있었다. 도형이 정원에서 뭘 하는 건지 계속 신경이 쓰였다. 그녀는 결국 방을 나서 뒷마당으로 걸음을 옮겼다.

'뭐 하는 거야?'

어둑어둑해진 정원에는 작은 조명이 몇 개 켜져 있었다. 도형은 그곳에 서서 손에 목장갑까지 낀 채로 물을 뿌리고 있었다. 장갑에 흙이 묻어 있는 걸 보니 일을 한 모양이었다. 부러졌던 나무 의자가 원상 복구되어 있었고 조금 어수선했던 정원이 말끔하게 정리된 느낌이었다. 뒤늦게 기척을 알아챈 도형이 뒤를 돌아보고는 살짝 미간을 좁혔다. 그의 반응에 해솔이 움찔했다.

"왜? 또 뭐?"

"머리 말리고 나와."

"이러고 있으면 알아서 말라."

"또 감기 걸려서 골골대려고."

"내가 언제 골골댔어? 그리고 오늘 그렇게 안 추운데 뭐."

"들어가지?"

"안 춥다고."

쏴아아―

"꺄아!"

해솔의 비명이 정원 가득 울려 퍼졌다. 못 박힌 듯 그 자리에서 굳어진 그녀는 경악한 얼굴로 자신의 꼴을 내려다봤다. 정원을 향해 있던 호스가 순식간에 해솔에게로 향했고 많은 양은 아니었지만 무방비 상태로 서 있던 그녀는 그 물을 고스란히 뒤집어써야 했다.

"너…… 지금 이게 무슨 짓이야?"

"이제 들어가서 옷 갈아입고 머리 말리면 되겠네."

중간을 모르는 녀석이다. 도형은 늘 말로 안 되면 행동으로 보였다. 이게 안 되면 이렇게라도 해서 하게 해야지, 라는 식이었다. 씩씩거리면서도 해솔은 들어갈 생각을 하지 않고 되레 한쪽에 자리를 잡고 앉았다. 지금 들어가면 왠지 모르게 지는 것 같아 고집을 부리는 것이었다. 물을 잠그고 장갑을 벗은 도형이 한쪽에 놓아둔 수건을 손에 들었다. 펼친 수건이 해솔의 머리 위에 내려앉았다.

"고집은. 왜 나왔는데?"

"내 속 뒤집어놓고 얼마나 멀쩡한 얼굴로 있는지 구경하러 나왔다. 왜?"

"내가 언제 네 속을 뒤집어놨어?"

"집 말이야, 집! 못 구한 게 아니라, 안 구했다며?"

"그게 뭐?"

잠시 말문이 막혔다. 그녀는 이 문제로 잠까지 설쳤는데, 도형은 그게 뭐가 문제냐는 듯이 태연한 반응을 보였다.

"너 그거 되게 이상한 말인 거 알지? 마치 일부러 우리 집 들어오려고 집 안 구했다는 소리 같잖아."

"맞아."

갈수록 태산이었다. 예상치 못한 답에 해솔은 잠시 당황스러워했다. 도무지 무슨 생각을 하는 건지 알 수 없었다.

"왜? 네가 그러면 안 되는 거잖아."

"안 될 건 또 뭔데?"

"너 사람 약 올려? 내가 회사로도 모자라서 한집에서 네 얼굴 보는 게 편하겠어? 근데 어쩔 수 없이도 아니고 일부러 그랬다고?"

"안 편하겠지. 그거 알고도 난 여기 있는 거고."

"뭐?"

"신경 써."

"너 지금 뭐라고……."

"계속 보면서 신경 쓰라고. 예전처럼."

"웃기지 마. 서도형 너, 내가 우습지? 내가 예전에 너 좀 좋아했다고……."

어쩐지 조금 울먹이는 목소리였다. 말끝을 흐린 해솔이 숨을 한 번 고르고는 혼잣말을 하는 것처럼 중얼거렸다.

"됐다. 말을 말자. 그래 봤자 다 지난 일인데."

도형이 그녀의 머리 위에 놓인 수건에 손을 가져다 댔다. 물기를 제거해 주려는 행동이었지만 해솔이 손을 쳐냈다. 잠시 굳어졌던 그가 수건의 양쪽 끝을 확 잡아당겼다. 순식간에 거리가 좁혀져 도형의 얼굴이 코앞에 있었다. 해솔의 눈이 화등잔만 해졌다.

"일찍 좀 다녀."

"웃겨. 내 걱정하는 척하지 마."

"척이 아니라 하는 거야."

"뭐?"

"그 걱정이라는 거."

수건 끝을 잡고 있던 손이 떨어져 나갔다. 거리가 멀어지는 것과 동시에 도형에게서 풍겨오던 향이 옅어졌다. 그는 해솔의 맞은편 자리에 앉았다.

"들어가."

"싫어."

해솔의 고집에 그는 짧게 한숨을 내쉬고는 입고 있던 남색 카디건을 벗어 건네었다.

"그거라도 입어. 직접 들쳐 메고 들어가기 전에."

빈말을 하지 않는 도형의 성격을 알고 있었기에 해솔은 결국 카디건을 건네받았다. 넉넉하다 못해 큰 카디건을 어깨 위에 걸치자 화가 난 것 같던 그의 기세가 조금 누그러졌다. 풀벌레 우는 소리가 어디선가 아득하게 들려왔다. 시선을 조금 더 오른쪽으로 움직이자 일정하게 설치해 둔 조명 빛을 받은 그의 옆얼굴이 눈에 들어왔다. 뭔가 곰곰이 생각하는 표정이었다.

"서도형."

정원을 응시하던 그의 시선이 해솔의 얼굴에 닿았다. 그의 얼굴을 마주하고 있자 조금 전 마음을 어지럽혔던 그의 말이 다시금 선명하게 머릿속에 떠올랐다.

'계속 보면서 신경 쓰라고. 예전처럼.'

그녀는 과거 도형에게 세 차례나 고백했다. 고등학교 졸업식, 대학 시절, 그리고 도형이 한국을 떠나던 날. 그만큼 좋아했고, 서도형이 전부인 시절도 있었다.

"나는 네가 무슨 생각을 하는 건지 정말 모르겠어."

그는 원래 제멋대로인 성격이었다. 그걸 알고 있기에 뜻 모를 도형의 말들과 행동에도 해솔은 발끈하기만 했을 뿐, 그것을 이상하다 여기지는 않았다. 그런데 어느 순간부터 조금 이상하지 않은가 하는 의문이 들었다. 그리고 지금 이 순간, 그 의문에 대한 답을 짐작할 수 있을 것 같았다. 도형은 지금 해솔을 흔들고 있었다.

"적어도 지금은 아는 거 같은데."

해솔의 표정을 읽어낸 그가 평온한 어조로 말했다. 그녀는 입 안쪽의 여린 살을 깨물었다. 마르지 않은 물기가 머리카락 끝에서 방울져 툭— 떨어져 내렸다. 그게 또 마음에 안 드는 건지 도형의 미간이 좁혀졌다. 해솔은 여전히 자신에게 닿아 있는 집요한 시선을 피하지 않은 채로 답했다.

"몰라."

"몰라?"

"그래."

"한국, 너 때문에 온 거야."

돌려 말하는 법이 없지. 설마 했던 답이 정말 도형의 입에서 나왔다. 아무렇지 않은 척하고 싶었지만, 테이블 위에 놓인 해솔의 손에 절로 힘이 들어갔다.

"왜?"

"네가 울었잖아."

해솔은 순간 호흡을 멈췄다. 마치 못 들을 말을 들은 것처럼 표정이 사라진 그녀의 얼굴은 단단하게 굳어져 있었다.

"뭐?"

"나쁜 놈, 나쁜 새끼, 그렇게 욕을 하더니."

고개를 숙인 도형의 손에는 어느새 지포 라이터가 들려 있었다. 달칵— 소리를 내며 뚜껑을 열었다가 닫았다. 손안의 라이터를 한 차례 매만지고는 다시 고개를 든 그가 담담하게 말했다.

"보고 싶다며."

보고 싶다는 한마디에 달려왔다. 그 로맨틱한 대답을 건네는 남자치고,

"보고 싶다고 울었잖아, 네가."

눈앞의 도형은 여전히 다정하지도, 상냥하지도 않았다.

머리 위를 덮고 있던 수건을 그대로 끌어 내린 해솔이 도형의 얼굴을 가만히 바라봤다. 거짓말을 하는 얼굴은 아니었다. 서도형은 이런 이야기를 농담으로 할 사람도 아니다. 하지만 해솔은 그의 말을 이해할 수도 인정할 수도 없었다. 기억에 없는 일이었으니까.

"말이 되는 소리를 해. 꿈이라도 꿨어? 내가 언제 너 보고 싶다고 울었다는 거야?"

"그랬어."

"난 네 바뀐 전화번호도 어제 처음 알았거든? 그것도 아버지 통해서 알게 된 건데, 번호도 없이 어떻게 너한테 전화를 걸어?"

"내가 걸었으니까."

"뭐?"

"전화, 내가 걸었다고."

커다란 눈동자를 굴리는 해솔의 얼굴에 혼란이 가득 들어차 있었다. 아무리 기억을 더듬어봐도 도형이 한국으로 들어오기 전, 그와 통화한 기억 따위는 없었다.

"설령 네가 전화를 걸었다고 해도 내가 그걸 기억 못할 리 없잖아? 안 그래?"

"그러니까……."

말끝을 흐린 도형이 몸을 일으켰다. 시야를 가린 그의 움직임에 주변이 조금 어두워졌다. 해솔은 자신을 내려다보는 그를 고개가 꺾일 정도로 올려다봤고 도형은 손을 들어 그녀의 이마를 툭 밀어냈다.

"술 좀 작작 먹어."

그 말을 끝으로 도형은 먼저 정원에서 모습을 감췄다. 맞은편 빈자리를 멍하니 바라보다 이마를 매만진 해솔이 고개를 기울였다.

"술?"

여전히 기억에 없는 일이었다. 하지만 정말 술을 마시고 도형과 통화를 한 거라면 가능성은 있었다. 그것이 몇 년 만의 통화라면, 그것도 도형이 먼저 전화를 건 것이라면, 확실하게 아닐 거라고 부정할 수 없었다. 술을 먹으면 간혹 필름이 끊길 때가 있었으니 아침에 깨어나 까맣게 잊어버렸을 것이다.

"그럼 진짜 내가 술 먹고 그런 소리를 지껄였다고?"

이게 웬 개망신이야― 우는 소리를 내며 해솔이 머리를 쥐어뜯었다. 젖은 수건처럼 테이블 위에 축 늘어진 몸을 기대고 있던 해솔이 고개를 슬쩍 들어 2층에 있는 도형의 방을 올려다봤다. 정원에 나올 때까지만 해도 부재를 드러내듯 어둠이 들어차 있던 방에는 이제 불이 켜져 있었다.

"그렇다고 그 말에 또 진짜 한국에 올 건 뭐야?"

해솔이 다시 테이블 위에 엎드리며 눈을 감았다.

"지금에 와서 내가 좋아진 건 아닐 거 아니야."

무척이나 작은 음성이었다. 하지만 정원이 유독 조용한 탓인지 해솔의 귀에는 크게만 들려왔다. 어쩐지 조금 서글퍼져 눈을 감은 채로 아랫입술을 꾹 깨물었다. 쌀쌀해진 날씨에 몸을 움츠리며 그만 들어가야 하나 고민하고 있던 순간이었다.

툭— 툭—

머리 위로, 테이블 위로, 무언가가 소리를 내며 떨어져 내렸다. 슬쩍 시선을 들어보니 구겨서 작게 뭉친 종이가 눈에 들어왔다. 해솔이 인상을 찌푸리며 고개를 들었다. 도형이 창가에 기대어 앉아 있었다. 마침 종이 뭉치 하나를 추가로 더 던지려던 참이었는지 손에 그 증거가 들려 있었다. 그는 그것을 허공에 한 번 던졌다가 다시 손에 쥐며 말했다.

"언제까지 거기 있을 거야? 올라와."

"감기 안 걸려."

"올라오지?"

"걸려도 내 몸뚱이니까 신경 쓰지 말라고."

그가 살짝 미간을 좁히는 것이 눈에 보였고 해솔이 움찔했다. 이런 건 차라리 안 보이면 좋을 텐데 쓸데없이 시력만 좋다.

"주해솔."

"왜?"

"네가 말한 몸뚱이, 걱정 안 해."

"그럼 왜 올라오라는 건데?"

그는 태연한 얼굴로 말했다.

"카디건 가져와."

"뭐?"

"물건을 빌려 썼으면 돌려줄 줄을 알아야지."

어깨 위를 덮고 있는 카디건을 힐끗 내려다본 해솔이 입을 반쯤 벌렸다. 억지로 손에 쥐여준 게 누군데.

"야!"

자리에서 벌떡 일어선 해솔이 소리쳤다. 그녀는 그 순간 확신했다. 자신 때문에 왔다는 대답은 절대 좋은 의미를 포함하고 있지 않을 것이다. 사는 게 심심했거나, 이제 와서 놀리고 싶어진 모양이지. 서도형은 그런 인간이다.

"내가 달라고 했어? 네가 준 거잖아!"

"돌려주지?"

"누가 안 준대?"

"가져와."

"그러니까 이따 준……."

"지금 당장."

해솔은 씩씩거리면서도 결국 걸음을 돌려 집 안에 들어설 수밖에 없었다. 성난 걸음으로 2층에 올라간 그녀는 도형의 방문을 열자마자 카디건을 던져 버렸다. 그리고 문을 쾅— 소리가 나게 닫았다.

"성질은."

닫힌 문 너머에서 들려온 그의 소리에 해솔이 소리쳤다.

"너만 할까!"

자신의 방으로 들어선 해솔은 침대 위에 걸터앉았다. 어느 정도 흥분이 가라앉자 손을 들어 목을 매만졌다. 하도 소리친 탓인지 목이 따끔거렸다.

"이러다 득음하겠네."

서도형이 온 뒤로 잠잠할 날이 없다. 해솔이 젖은 머리 그대로 침대 위에 엎드렸다. 새근새근 울리는 숨소리 사이로 툭— 투둑— 창을 두드리는 빗소리가 들려왔다. 얼마 지나지 않아 비는 쏴아아 소리를 내며 시원하게 쏟아져 내렸다. 해솔이 고개를 들어 잔뜩 흐려진 창밖의 풍경을 바라봤다. 조금만 늦었으면 물에 젖은 생쥐 꼴이 됐을 것이 분명했다.

"이런 거 하나도 안 고맙다고."

입을 삐죽이다가 닫힌 문을 바라봤다.

'또 감기 걸려서 골골대려고.'

절대로 서도형의 말 때문만은 아니었다. 감기 걸리면 자신만 손해라고 중얼거리며 해솔은 억지로 몸을 일으켜 세웠다. 머리카락을 말리고 따뜻한 차까지 한 잔 마시고 난 뒤 잠을 청했다.

누군가 조심스레 문을 열었다가 방 안에 울리는 고른 숨소리를 확인하고는 다시 문을 닫았다. 이미 잠에 취한 해솔은 그 기척을 알아채지 못했다. 돌아서는 발걸음 소리는 조금 더 시간이 지난 뒤에 들려왔다.

서도형의 취임으로 사내는 일주일 동안이나 그에 관한 이야기로 떠들썩했다. 서른둘이라는 많지 않은 나이에 본부장이라는 직함, 거기에 훈훈한 외모까지. 여사원들뿐만 아니라 남자 사원들도 본부장에 관한 이야기는 하루에 한 번 꼭 하고 넘어가는 것 같은 분위기였다.

"본부장님 말이에요. 사장 아들이라는 소문 돌아요."

비밀스러운 이야기를 하듯 한껏 낮춘 목소리에 모니터와 서류를 번갈아 확인하던 해솔이 고개를 들었다. 파티션에 기대어 선 지혁이 결재철을 그녀의 자리에 내려놓으며 덧붙였다.

"대표님 딸은 여기 있는데 말이죠."

"입 조심해. 누가 들으면 어쩌려고."

"이 정도로는 안 들려요. 그나저나 요즘 왜 이렇게 기분이 안 좋아요?"

"여기 가도 서도형, 저길 가도 서도형. 어딜 가도 같은 얘기라 귀에 못 박힐 것 같으니까 너만이라도 다른 주제로 대화를 좀 하면 안 될까?"

결재철을 열어 서류를 검토하고 사인을 한 그녀가 그것을 지혁에게 넘겼다. 그는 시간을 확인한 뒤 책상 위를 똑똑— 두어 번 두드렸다. 모니터를 응시하고 있던 해솔의 시선이 다시 그에게 닿았다.

"왜? 결재 받을 서류 또 있어?"

"그건 아니고요. 지난번에 점심 쏘기로 한 거 오늘 쏴요."

"뭐 먹고 싶은데?"

"순댓국."

"비싼 거 사달라고 할 줄 알았는데. 그걸로 괜찮아?"

"그러게요. 비싼 거 얻어먹어야 하는데, 왜 하필 오늘 순댓국이 먹고 싶어서. 팀장님 오늘 복권이라도 사야겠어요."

해솔이 낮게 웃음을 터트리며 고개를 끄덕였다.

"두 그릇 사줄게."

"그렇게는 못 먹으니까 하나는 킵해둘게요. 그럼 저는 이거 기술팀에 넘기고 현장에 좀 다녀오겠습니다."

"점심 먹고 들어와야 하는 거 아니야?"

"딱 맞춰 들어올 수 있을 거 같아요. 제가 순댓국 맛있게 하는 집 아니까 거기로 가요."

지혁은 사무실을 나섰고 해솔은 다시 일에 집중했다. 외근으로 자리를 비운 직원들도 꽤 있었고 다들 일에 집중하는 분위기라 사무실이 평소보다 조용했다. 모니터 화면을 응시하며 자판을 두드리던 그녀는 시간을 확인하고는 자리에서 일어나 기지개를 켰다. 집중해서 일하다 보니 어느덧 점심시간이 되어 있었다.

"점심들 먹고 하죠."

"아, 벌써 점심시간이네요. 오늘 식당 메뉴 별로던데. 다 같이 나가서 먹을까요?"

팀원 중 한 사람의 말에 다들 동의를 하는 건지 메뉴를 정하기 시작했다. 서랍 문을 잠그고 컴퓨터에 암호로 보안을 걸어둔 해솔은 베이지색의 트렌치코트를 챙겨 입었다.

"나는 신 대리랑 순댓국 먹기로 했는데, 우리 팀에 순댓국 못 먹는 사람이 둘이나 있으니 따로들 먹고 와요."

"네. 그럼 저희는 따로 점심 먹고 오겠습니다."

"맛있게 먹고 와요."

팀원들이 빠져나가고 마지막까지 사무실에 남은 해솔은 지갑과 휴대전화를 챙겨 들었다. 지혁에게 전화해 볼까 하는 참이었는데, 때마침 현장에 나갔다가 사무실로 복귀하던 지혁이 그녀를 발견하고는 뛰어왔다.

"딱 맞춰왔네."

"팀장님이 사주는 순댓국 먹고 싶어서 막 밟았어요. 두 그릇이나 사준다는데 오늘 꼭 한 그릇 먼저 먹어야지."

"현장은? 별일 없이 공사 잘 진행되고 있지?"

"아침에 잠깐 문제가 있었던 모양이에요."

"왜?"

"시끄럽다고 동네에서 민원 넣었대요."

"공사 협조문 돌리고 미리 양해 다 구했잖아."

"그 갤러리 바로 아래쪽에 카페 운영하시는 되게 깐깐한 아저씨 한 분 계셨잖아요. 그분이 민원 넣은 모양이에요."

"여태 아무 말 없다가 갑자기?"

"어제 평소보다 좀 늦은 시간까지 공사 작업을 한 모양이더라고요. 가서 사과하고 늦은 시간에는 작업 안 하겠다고 약속드리고 왔어요. 현장에도 그렇게 지시 내려놨고요."

"얼마나 늦은 시간에 공사를 진행했기에 민원까지 넣었어?"

"그러게요."

대화하면서 걷다 보니 어느새 엘리베이터 앞이었다. 버튼을 누르고 엘리베이터를 기다리며 두 사람은 대화를 계속 이어나갔다. 대부분 일에 관한 이야기였다.

―3층입니다.

띵― 소리를 내며 도착한 엘리베이터 문이 열리자 약속이라도 한 것처럼 두 사람 모두 입을 꾹 다물었다. 안에 반갑지 않은 사람이 타 있었기 때문이었다.

"안녕하세요, 본부장님."

"네."

한 박자 늦은 인사를 지혁이 건네고 해솔은 꾸벅 묵례를 건네었다. 다음 걸 탈까 잠시 고민했지만 지혁이 먼저 걸음을 옮겼다. 하는 수 없이 그를 따라 엘리베이터에 올라타 지하 2층 버튼을 눌렀다. 유난히 무거운 침묵이 거슬린 지혁은 두 사람의 눈치를 보다 어색하게 웃으며 먼저 입을 열었다.

"본부장님은 점심 드셨어요?"

"아직입니다. 주차장으로 가는 거 보니, 점심 먹으러 나가는 길인가 봅니다."

"네."

"같이 먹을까요?"

"……네?"

"같이 먹죠."

"싫어."

대답은 지혁의 입이 아닌 해솔의 입에서 나왔다. 도형이 곤란하다는 듯 웃으며 그녀를 바라봤다.

"주해솔 팀장, 여기 회삽니다. 공사 구분하라던 대표님 말씀 벌써 잊었습니까."

웃고 있었지만 분명 화를 담은 기색이 느껴졌다. 해솔은 입을 꾹 다물었다. 이건 자신이 실수한 게 맞다.

"죄송합니다. 제가 무의식중에 공사 구분 못하고 평소처럼 대했네요. 그런데 오늘은 정말 안 되겠습니다."

"어째서요?"

"중요하게 할 이야기가 있어서요. 저도 무척이나 아쉽지만 점심은 꼭 둘이 먹어야겠습니다."

"그래요?"

도형이 힐끗 지혁을 바라봤다. 강압적인 말도, 행동도 보이지 않았지만 그는 그 시선에 담긴 많은 의미를 읽어냈다.

"중요한 얘기는 이따 해도 되죠. 일하러 가는 것도 아니고 밥 먹으러 가는 건데. 같이 드시죠, 본부장님."

해솔이 고개를 획 돌려 지혁을 노려봤다. 쿡— 옆구리를 팔꿈치로 찔러도 지혁은 꿋꿋하게 버텨냈다.

"팀장님이 사주시기로 했는데, 한 명 더 늘었으니 오늘 점심은 제가 사겠습니다."

"아닙니다. 제가 사죠."

지하 2층에 도착한 엘리베이터가 멈췄다. 먼저 내린 두 남자를 따라 걸음을 옮긴 해솔은 어처구니없다는 얼굴을 했다. 언제 저렇게 친해진 건지 도형과 지혁은 꽤 다정하게 대화를 나누고 있었다.

"본부장님."

우뚝— 멈춰 선 도형이 뒤를 돌아봤다. 그는 오늘 회색 정장을 입고 있었다. 한 손을 주머니에 꽂은 채 자신을 바라보는 모습에 해솔은 순간 할 말을 잊은 채 서 있었다. 잘나긴 진짜 잘났다. 여사원들은 물론이고 남자

사원들까지 일주일 내내 저 남자에 대해 떠들 만도 했다.

"주 팀장?"

"네?"

"불렀잖아요. 무슨 할 말 있습니까?"

"아, 그게. 저희 오늘 순댓국 먹기로 했습니다. 본부장님, 그거 안 드시잖아요? 싫어하는 음식 중 하나일 텐데요."

순댓국은 도형이 먹지 않는 음식 중 하나였다. 못 먹는 것은 아니었지만, 분명 싫어하는 음식이었다.

"그러니까 식사는 다음에……."

"그럼 다른 거 먹죠."

도형은 아무 말도 안 했는데 지혁이 상황을 종결시켰다. 메뉴가 바뀐다면 결국 점심을 함께 먹어야 할 것이 분명했다. 신지혁, 이 자식이 대체 왜 이럴까? 해솔이 잠시 억지웃음을 지었다가 이를 악물고 말했다.

"우리 신 대리, 순댓국 드시고 싶다면서요?"

"갑자기 다른 음식이 먹고 싶어졌어요. 그리고 오늘은 본부장님이 사주신다잖아요. 순댓국은 다음에 팀장님이 사주세요."

"초밥 어때요? 얼마 전에 가본 곳이 있는데, 맛도 괜찮고, 가게도 시끄럽지 않은 게 꽤 괜찮았거든요."

도형의 의견에 지혁은 1초의 망설임도 없이 답했다.

"네, 그거 좋네요."

"좋기는. 너 초밥 싫어하잖아."

"좋아해요."

"언제부터?"

"지금부터요."

황당한 답에 굳어진 해솔을 두고 두 남자는 다시 걸음을 옮겼다. 결국 세 사람은 함께 점심을 먹어야 했다. 가게의 위치를 알고 있는 도형이 운전하기로 했고 그의 차로 움직였다.

"여기 진짜 괜찮네요."

지혁은 초밥을 좋아하지 않았다. 그런데도 가게에 대한 칭찬을 아낌없이 했다. 말이 가게 칭찬이지, 그 가게로 데려간 도형에 대한 칭찬을 한 것이나 다름없었다. 신지혁은 누구한테 먼저 아부 떨 성격이 아니었다. 대체 뭘까? 두 사람 사이에 뭐가 있는 거지?

젓가락 끝을 입에 문 채로 열심히 두 사람의 행동을 살피던 해솔은 결국 답이 나오지 않는 문제에 대해 홀로 생각하는 것을 관두었다. 도형이 말한 대로 초밥은 맛도 괜찮았고 가게 자체도 조용한 분위기라 마음에 들었다. 기왕 이렇게 된 거 비싼 거로 배나 채우고 가자며 열심히 먹었다.

"콜록―"

"그러다 체해요. 굶었어요?"

"콜록, 콜록."

사레가 들려 연신 기침을 해대는 해솔을 보고는 지혁이 물을 따른 컵을 건네었다. 기침이 멎지 않자 등을 두드려 주기까지 했다. 그 행동을 가만히 지켜보고 있던 도형이 젓가락을 내려놓았다. 무심한 그 특유의 시선은 해솔의 등을 두드려 주는 지혁에게 닿아 있었다.

"둘이 많이 친한 모양이에요. 가만 보니까 주 팀장이 다른 팀원들하고 신 대리를 대하는 태도에 많은 차이가 있네요."

"네?"

등을 두드리는 손이 멈췄다. 천천히 손을 떼어내는 사이에도 집요한 시선은 그 손끝에 닿아 있었다.

"대표적으로, 신 대리한테는 말도 놓고. 아니, 신 대리한테만, 이라고 해야 하나?"

"저한테만 말 놓고 그러는 거 아닙니다. 섞어서 쓰세요. 다른 팀원들한테도 반말할 때도 있고, 안 할 때도 있고요."

"보통은 안 하던데. 그리고 내가 볼 때는 꼭 신 대리한테 말을 놓네요. 그것도 진짜 편한 사이처럼."

"아, 여기에는 깊은 사정이."

"얼마나 깊은 사정인지 나도 좀 알고 싶은데."

지혁이 꼴깍 마른침을 삼켰다. 그때 그 얼굴이었다. 입은 웃는데, 눈은 안 웃는 거짓된 미소를 짓고 있었다.

'그냥 편의점에서 샌드위치나 사먹을걸. 내가 무슨 영광을 보겠다고 여길 와서는.'

지혁이 어색하게 웃으며 해솔을 힐끗 바라봤지만 그녀가 도움을 줄 수 있을 것 같지는 않았다. 그렇다고 자신까지 입을 다물고 있을 수도 없는 노릇이었다.

"팀장님이 AK건축 대표님 딸인 걸 아는 팀원이 한 명도 없습니다. 저만 우연히 알게 됐는데, 그때부터 제가 이것저것 뒤치다꺼리를 좀 하다 보니 신입 때부터 서로 볼꼴, 못 볼 꼴 다 봐서요. 딱히 특별하다거나 그런 건 아니고, 서로 편해요. 남매? 막 그런 거예요. 팀장님도 제가 동생 같고, 저도 팀장님이 누나 같고."

얼굴색 하나 바뀌지 않고 거짓을 늘어놓는 지혁의 말에 해솔의 기침 소리가 더 커졌다.

'누나 같은 소리 하고 있네.'

목까지 차오른 말은 끝내 소리가 되어 나오지 못했다. 이제 기침은 멎었지만 목이 따끔거렸다. 초밥 안에 있던 고추냉이가 목에 걸린 모양이었다.

"그렇죠, 팀장님?"

이유가 뭔지 모르겠지만 지금 지혁이 곤란한 상황인 건 알겠다. 동의를 구하는 지혁의 말에 해솔이 헛웃음을 터트렸다. 순댓국 대신 초밥을 선택해 놓고, 도움을 구하다니.

반말하게 된 계기는 그리 대단치 않았다. 술 먹은 해솔의 뒤치다꺼리를 하다 참다못한 지혁이 폭발한 적이 있었다. 필름이 끊기면 좋았겠지만 두 사람 모두 그 일을 생생하게 기억했다. 그것을 계기로 해솔은 놀리듯 지혁에게 반말을 종종하다가 그게 아예 굳어져 버려 지금에까지 왔다. 물론, 그때의 일을 흑역사로 여기는 지혁은 그 뒤로도 꼬박꼬박 존댓말을 쓰고 있었다.

"하극상 때문이지, 남매 같아서는 무슨."

해솔이 웃으며 물컵을 손에 들었다.

"야! 주해솔!"

갑작스러운 외침에 도형은 미간을 좁혔고, 지혁은 안색이 하얗게 질렸다.

"이라고 했지, 아마?"

"제가요?"

"그래, 네가요. 먼저 말 났잖아, 나한테."

"......"

"아, 길바닥에 버리고 가려고도 했지."

지혁이 손을 들어 이마를 짚었다. 딱 3년 전, 8월의 여름에 일어난 일이었다.

'아무리 좋은 회사를 들어가도, 바로 위 상사가 또라이면 그때부턴 헬이야, 헬. 지옥문을 열게 될 거다.'

동기 중 한 놈이 했던 말이 지금 이 순간 떠올랐다. 당시에는 흘려듣고 웃어넘겼던 말이 오늘따라 왜 이리 와 닿는지. 쓴웃음을 입가에 머금은 지혁이 쯧— 짧게 혀를 찼다.

"두고 갈까."

꽤 심각하게 고민하던 것을 입 밖으로 소리 내어 말한 그는 이내 고개를 가로저으며 가볍게 웃음을 흘렸다.

"그래도 상사인데, 후환을 어찌 견디려고."

눈앞의 벤치에 앉아 집에 가지 않겠다며 버티는 여자는 지혁의 상사였다. 모르는 게 있어 물어보면 일도 꼼꼼하게 알려주고, 잘못한 일이 있으면 따끔하게 지적할 줄도 알았다. 한 번은 지혁이 다른 팀의 상사에게 부당한 일을 당할 뻔한 적이 있었는데 나서서 도와주기까지 했었다. AK에 입사하고 6개월간 함께 일을 하며 지켜본 결과, 눈앞의 주해솔은 분명 좋은 상사에 속했다.

"그래, 좋은 상사지."

동기가 말한 지옥문을 열게 할 또라이 상사와는 분명 거리가 멀었다. 단, 거기에는 조건 하나가 붙었다.

"주량을 넘어선 술만 들어가지 않는다면 말이지."

입사한 지 6개월 사이에 총 여섯 번의 팀 회식을 했다. 거의 한 달에 한 번꼴로 회식을 한 셈인데, 상사인 주해솔은 오늘을 포함해 세 번이나 자신의 주량을 넘어선 술을 먹었다. 그리고 그 뒤치다꺼리는 자연스럽게 팀의 막내인 지혁이 해야 했다.

'일할 때랑 갭이 커도, 너무 크다고.'

세 번째 겪는 일임에도 익숙해지지 않는 건, 일할 때의 상사 주해솔과 술에 취했을 때의 주해솔은 정말 다른 사람 같았기 때문이었다. 거기다 그 주사도 참 다양했다. 한 번은 애처럼 뛰놀았고, 한 번은 뭐가 그리 서러운지 길바닥에서 엉엉 울었다. 그리고 오늘은 집에 가지 않겠다며 버티고 있었다.

"신지혁 씨."

"네, 네."

"저는 알아서 들어갈 테니 먼저 들어가세요."

오늘은 주사를 공손하게 부리고 있었다. 그래서 더 미칠 노릇이었다. 대체 어떻게 대처를 해야 하는 걸까. 이런 건 누가 알려준 적이 없는데.

"이 팀장님이 주 대리님 제대로 데려다주라는 미션을 주셔서요."

지혁은 도로 위를 빠르게 달리는 차량을 응시했다. 안 가겠다고 버티고 있지만, 여자 하나를 감당 못할 정도로 힘이 없지는 않았다. 일단 택시를 잡고 그 안에 어떻게든 밀어 넣으면 될 거 같았다.

"주 대리님."

다시 시선을 돌린 그는 표정을 구겼다. 벤치에 있어야 할 해솔의 모습이 보이지 않았다. 주변을 둘러보니 멀지 않은 곳에 나무를 붙잡고 서 있는 모습이 눈에 들어왔다. 대체 뭐 하는 걸까? 저벅— 느릿하게 걸음을 옮긴 지혁이 그녀의 뒤로 다가섰다.

"먼저 가세요, 신지혁 씨."

"……."

"자, 어서 가세요. 조심해서 가세요."

은행나무를 떠밀며 먼저 가라 인사하고 있었다. 나무 기둥을 한 번 바라보고, 꾸벅 인사까지 하는 해솔의 모습을 다시 한 번 확인한 지혁이 헛웃음을 터트렸다.

"어서 가라니까요. 왜 버티고 서 있어요? 가요, 가."

나무가 움직일 리 없었다. 해솔은 이제 나무를 향해 괜한 성질까지 내고 있었다. 지혁은 때마침 다가오는 택시를 향해 손을 흔들었다. 나무 바로 옆으로 멈춰 선 택시의 뒷문을 열고 순식간에 해솔을 그 자리에 태웠다.

"어? 어?"

"자, 다 됐어요. 출발."

반항은 했지만 워낙 순식간이라 해솔이 정신을 차렸을 때는 택시가 이미 출발을 한 뒤였다. 두 번이나 그녀를 데려다준 적이 있던 지혁은 기사에게 목적지를 설명하고는 좌석에 몸을 기대었다.

"하아, 이제 좀 살겠네."

숨을 한 차례 고르며 힐끗 해솔에게로 시선을 보냈다. 집에 안 가겠다고 두 시간 넘게 버틴 것이 거짓말이라도 되는 것처럼 지금은 또 얌전히 앉아 있었다. 제 풀에 지친 모양이라 생각하며 고개를 돌리려는 순간이었다. 차에 태운 지혁을 원망이라도 하는 모양인지 울먹이는 목소리가 들려왔다.

"혼자 생각할 게 있었는데."

"집에 가서 하세요. 얼마나 좋아요. 조용하고 안전하고. 시간도 늦었겠다, 혼자 생각하기 딱 맞지. 방문 잠그고 조용히 혼자 방에서 생각하세요."

"아무것도 모르면서."

"네, 네. 저는 아무것도 모르니까 무조건 집에 가서 하세요."

지혁은 정면을 응시한 채로 대충 대꾸하다 그대로 눈을 감으려 했다.

"신지혁 씨."

"또 왜요? 이제 좀 얌전히……."

옷깃을 잡는 기척이 느껴져 눈을 뜨고 고개를 돌린 그는 해솔의 표정을 보자마자 좋지 않은 상황을 예감했다.

"나 속이……."

"네?"

믿고 싶지 않아 못 알아들은 척했지만, 지혁의 몸은 이미 긴장으로 뻣뻣하게 굳어졌다.

"속이……."

"안 돼. 참아요."

"못 참겠어요."

"아이씨, 진짜."

룸미러로 뒤를 확인하는 기사의 시선마저 어쩐지 조금 살벌해졌다. 결국 두 사람은 목적지에 도착하지 못하고 택시에서 내렸다. 택시비를 내고 돌아선 지혁은 깊은 한숨을 내쉬었다. 해솔은 문을 닫은 상가 앞에 쭈그려 앉아 있었다.

"괜찮아요?"

"네. 완전 괜찮아요."

생수라도 한 병 사다 줘야 하나 고민하며 물은 질문에 이상하리만큼 태연한 답이 돌아왔다. 안 좋은 예감에 뻣뻣하게 굳어진 고개를 억지로 돌린 그는 그 자리에서 굳어지고 말았다.

"괜찮아졌네. 거짓말처럼."

지혁은 억지로 미소 지었다. 화를 낼 수 없어 웃은 건데 해솔이 마주 웃어주자 이제는 기가 차다 못해 폭발할 노릇이었다.

'와, 진짜 사람 미치게 하네?'

택시는 보냈고, 두 사람이 내린 곳은 택시 잡기도 어려운 곳이었다. 거기다 해솔의 집과 어중간한 거리라 기본요금밖에 안 나올 것이 분명했다. 설령 지나가는 택시가 있다 해도 목적지를 들으면 그냥 가버릴 것이다.

"신지혁 씨."

"왜 자꾸 불러요?"

"달리기 잘해요?"

"뛰는 거 정말 싫어해요."

"잘됐다."

"뭐가요?"

"난 잘하거든요."

"……뭐?"

한 박자 늦게 반응한 지혁이 해솔의 모습을 찾았지만 이미 빈자리만이

덩그러니 눈에 들어왔다. 오른쪽으로 고개를 돌린 지혁은 믿을 수 없다는 눈으로 해솔의 뒷모습을 바라봤다.

"진짜 미친 거 아니야?"

해솔이 달리고 있었다. 조금 전까지 술에 취해 있던 모습이 거짓말인 것처럼 잘 달렸다. 취기가 남아 있으니 당연히 비틀거리다 넘어지기도 했지만, 오뚝이처럼 일어나 다시 달렸다. 틈틈이 뒤를 돌아보며 지혁과의 거리를 확인하는 것도 잊지 않았다. 지혁의 인내심도 거기서 끝이 났다.

"야! 주해솔! 거기 안 서? 서라고!"

지혁은 정말 달리기를 싫어했다. 하지만 싫어한다고 했지 못한다는 소리는 아니었다. 추격전은 단 3분 만에 종결이 되었다. 도망가려는 해솔을 붙잡은 지혁은 씩씩거리며 넥타이를 끌어 내렸다. 넥타이로 해솔의 한쪽 손목을 단단히 묶고 반대쪽 부분을 손에 몇 차례 감아쥐었다.

"와, 진짜 내 여동생 같았으면 한 대 쥐어박기라도 하지."

해솔은 도망가지 못해 억울한 얼굴을 했지만, 달리느라 체력이 다한 건지 더는 반항하지 않았다.

"이제 얌전히 집에 갑시다?"

"신지혁 씨, 나 다리가 아파서 못 걷겠어요."

"조금 전에 미친 듯이 달리는 걸 내가 봤는데 어디서 거짓말을. 육상해도 되겠던데."

"진짜인데."

울먹이는 목소리에 마음이 또 약해진 지혁이 고개를 숙여 뒤늦게 해솔의 무릎을 내려다봤다. 아까 넘어지다 다친 건지 청바지의 무릎 부분이 살짝 찢어져 있고, 그 부분에 피가 나고 있었다.

"아 씨, 그러게 왜 술 처먹고 달리기야! 달리기는!"

"왜 반말해요? 내가 상사인데."

"어차피 기억도 못 할 거면서."

해솔이 지혁의 앞에서 주사를 부린 것은 이번에 세 번째였고, 앞선 두 번 모두 필름이 끊긴 건지 다음날 그 일에 대해 기억하지 못했다. 사실 필름이 끊기는 것은 열다섯 번 중 한 번꼴로 일어나는 일이었지만, 두 번 연달아 그 일을 목격한 지혁은 구십구 퍼센트의 확률로 해솔의 필름이 끊길 거라 단정했다.

'그래도 1%의 확률이 남아 있으니, 이 정도까지만 하자. 혹시 기억한다고 해도 이 정도로 나한테 행패를 부렸는데, 뭐라고 할 수 있겠어?'

지혁이 주머니에서 손수건을 꺼내었고 그것을 길게 접어 해솔의 무릎 위에 대고 묶어주었다.

"많이 아파요?"

"네."

"집에 가서 제대로 치료해요. 이제 좀 얌전히 가고요."

넥타이 끈은 풀어주지 않은 채 걸음을 옮겼다. 손을 잡고 가기에도 뭐한 상대이고, 그렇다고 업고 가자니 그럴 만한 힘이 남아 있지 않았다. 다행스럽게도 해솔은 더는 반항하지 않고 지혁의 뒤를 쫄래쫄래 따라갔다.

"신지혁 씨."

"네."

"다시 존대하네?"

"대리님이 얌전히 있으니까, 저도 얌전해진 겁니다."

"그럼 도망가면 또 반말해요?"

"이번엔 진짜 버리고 갈 거예요."

진심으로 한 말이었다. 그걸 알아챈 건지 해솔도 계속해 얌전하게 굴었다.

"신지혁 씨."

"그렇게 부를 때마다 무서우니까 이제 그만 불러요."

"처음에는 그렇게 안 봤는데, 오늘 보니 우리 옆집 살았던 놈이랑 되게 닮았어요."

"세상에 얼굴 닮은 사람이 얼마나 많은데요. 대리님도 나 중학생 때 같은 반 앞자리에 앉았던 애랑 닮았어요."

"얼굴 말고. 그놈이 얼마나 잘생겼는데. 더럽게 잘생겼어."

"그럼 뭐가 닮았는데요?"

"싸가지가 없어요."

우뚝— 걸음을 멈춘 지혁이 해솔을 돌아보고는 뒷목을 잡았다. 혈압으로 쓰러지기 일보 직전이었다.

"하, 내가 진짜 싸가지가 없으면 아까 거기에 버리고 갔겠지."

"또 반말해. 내가 상사인데."

지혁은 이마에 자그마한 핏대까지 세웠다가 숨을 한 차례 고르며 침착하려 애썼다. 다 왔다. 해솔의 집이 눈에 보이기 시작했고, 조금만 참으면 된다는 생각으로 다시 걸음을 옮긴 순간이었다. 넥타이 끈이 팽팽하게 당겨졌다. 해솔이 갑작스레 걸음을 멈췄고 그로 인해 두 사람의 거리가 멀어진 탓이었다.

"나쁜 놈."

"네?"

해솔이 주먹 쥔 손으로 지혁의 등을 퍽— 소리가 나게 때렸다. 너무 놀라 비명도 지르지 못한 지혁은 해솔이 또 왜 이러나 싶어 굳어진 채로 서서 상황을 주시했다.

"나쁜 자식. 진짜 갔어. 내가 매달리기까지 했는데."

한 차례 더 주먹질이 가해졌다. 지혁이 맞은 등을 매만지며 뒤로 피했지만 주먹질은 멈추지 않았다.

"저기요, 대리님. 누구랑 착각하는 건지는 모르겠지만……."

"개자식."

"그러니까 그 개자식이 누군데 가만있는 저를 때려요?"

지혁의 외침에 드디어 주먹질이 멈췄다. 가만히 얼굴을 응시한 해솔이 천천히 손을 내리고는 작게 중얼거렸다.

"그러게. 그놈 아니네."

"그놈이 누군데요!"

"옆집 살았던 나쁜 놈."

더는 화낼 힘도 없었다. 그냥 엿 먹이려는 거 아닌가? 이제 취한 게 맞는지 의심스러울 정도였다. 한숨을 내쉰 지혁은 다시 걸음을 옮겼고, 해솔은 또 얌전히 따라갔다. 집 앞에 도착한 지혁은 1초의 망설임도 없이 초인종부터 눌렀다.

"누구세요?"

집에 데려다준 두 번 모두 여자가 인터폰을 받았었는데, 오늘은 남자였다. 목소리에서 왠지 모를 무게감이 느껴졌다.

'아버지인가?'

"누구시냐니까요."

"아, 신지혁이라고합니다. 같은 회사 팀원인데, 주 대리님이 술에 취해서요."

"잠시만 기다려요."

지혁은 벽에 기대어 반쯤 잠든 해솔의 모습을 바라봤다. 손목을 묶은 넥타이를 풀어주고 있는데 띠이— 소리가 나며 대문이 열렸다. 문을 열고 모습을 드러낸 사람은 50대 중반으로 보이는 남자였다.

'어디서 봤더라?'

해솔의 아버지로 짐작되는 남자는, 왠지 모르게 낯이 익었다.

"어허, 이 녀석 참. 아무리 회식 자리라고 해도 적당히 마시라고 그리 말했는데. 이리 줘요."

"네."

"여기까지 데려다주느라 고생했어요. 차라도 한잔하고 갔으면 좋겠는데, 시간이 늦어 어렵겠죠?"

"괜찮습니다. 늦었는데, 그만 돌아가 보겠습니다."

꾸벅 인사를 한 지혁은 선뜻 발걸음을 돌리지 못했다. 다시 한 번 눈앞에 선 남자의 얼굴을 확인한 그의 표정이 점차 미묘해졌다. 해솔의 아버지는 그 기색을 알아챈 듯 점잖게 웃어 보였다.

"해솔이가 종종 자기 팀 신입사원에 관해 얘기했는데, 아무래도 그 사원 같네."

"네?"

"못 본 거로 해줘요. 해솔이 입사도 자기 실력으로 했고, 승진도 스스로 한 거니까. 아무래도 사원들은 그런 소문에 민감할 것 같아서."

"아…… 네."

"조심해서 돌아가요."

"네. 그럼 가보겠습니다."

걸음을 돌린 지혁은 빠르게 골목을 벗어나 집이 안 보이는 위치에 도달하고 나서야 뒤를 돌아봤다.

"세상에."

몇 시간 사이에 일어난 일이 주마등처럼 머릿속을 스쳐 지나갔다. 혹시라도 오늘 일을 해솔이 기억이라도 하면 끝장이었다. 직급이 조금 높은 바로 위의 상사라면 먼저 주사를 부린 거니 어떻게든 그냥 넘길 수 있었겠지만, 지금은 상황이 달라졌다.

"그러니까 주 대리님이……."

AK건축 대표의 딸이었다. 금수저를 물고 태어난 상사인 것이다. 오늘 일로 술이라면 당분간 입에 대기도 싫어질 것 같았는데, 어쩐지 지금 당장 술을 마셔야 할 것 같았다. 결국 집으로 돌아가는 지혁의 손에는 캔 맥주 하나와 소주 한 병이 담긴 봉투가 들려 있었다.

"그래서요? 그게 계기가 됐다는 겁니까?"

잠자코 이야기를 듣고 있던 도형이 무심하게 물었다.

"하필 그 일을 다음날 제가 멀쩡하게 기억했고, 좀 놀려먹다가 친해졌어요."

"좀 놀려먹었어요? 완전히 놀려먹었지."

"아무튼 그 뒤로도 신 대리가 제 비밀 지켜주기도 했고, 혹시라도 다른 팀원이 알게 될까 봐 제가 술에 취하면 먼저 나서서 데려다주기도 했거든요. 다른 사람보다 편해서 제가 말 놓고 지내는 거 맞습니다. 뭐, 사내 규정에 부하 직원에게 존댓말 써야 한다는 규정 같은 건 없으니까요."

별로 달갑지 않은 기억인 듯 지혁은 인상을 찌푸렸고 해솔은 또 그게 우스워 작게 웃음을 터트렸다. 그런 두 사람의 모습을 가만히 바라보고 있던 도형이 시간을 확인하고는 벗어두었던 겉옷을 챙겨 들었다. 세 사람 중 가장 적은 양을 먹었지만, 벌써 식사를 마친 모양이었다.

"두 사람, 더 먹을 거예요?"

"네? 아니요. 다 먹었어요."

지혁은 원래부터 초밥을 좋아하지 않았고, 해솔은 예전 일을 얘기하며 틈틈이 식사했다. 딱히 더 먹고 싶은 생각은 들지 않아 자리에서 일어섰다.

"나 잠깐, 화장실 좀."

해솔이 화장실로 향한 사이, 두 남자는 식당 밖으로 나가 담배를 한 대 피웠다. 침묵이 불편해 무슨 이야기를 해야 할까 고민하는 사이, 도형이 먼저 말문을 열었다.

"주해솔 팀장, 늘 그렇게 주량 이상으로 마시고 그래요?"

"아니요. 가끔 좀 과하게 마시긴 하는데, 보통 조절해서 마셔요. 제가 옆에서 말리기도 하고요. 최근에는 그런 일 계속 없다가, 얼마 전에 한 번……"

"아, 그때."

"네, 그때요."

"주해솔 뒤치다꺼리하느라 고생이 많았겠어요."

"고생은요, 무슨."

지혁은 멋쩍은 얼굴로 웃으며 목을 긁적였다. 처음에는 귀찮기도 했지만, 자주 있는 일도 아니었고 이제는 정이 들어서 그런지 그런 행동마저 밉지 않았다.

"대신 맞은 거 억울하기도 할 테고요. 옆집 사는 그 개자식 대신 등 맞았다면서요."

"아. 그거요? 그 개자식이 누군지 몰라도, 대신 맞은 등이 좀 아프긴 했어요. 무슨 힘이 그렇게 센지 멍까지 들었거든요. 본부장님도 그 사람 아세요?"

"잘 알죠. 누구보다 잘 알지."

"아시는구나. 본부장님이랑 팀장님은 엄청 친하신가 봐요?"

"이웃사촌이었어요. 예전에는 바로 옆집 살았습니다."

"아, 네."

고개를 끄덕이고는 담배를 입에 가져다 대려던 지혁이 멈칫했다.

"……바로 옆집이요?"

"네."

도형은 얼마 피우지 않은 담배를 그대로 꺼버렸다.

"그 옆집 사는 개자식이 접니다."

"……네?"

"그 개자식이, 나라고."

생각지도 못한 답에 지혁의 얼굴은 딱딱하게 굳어졌고, 경악으로 물든 두 눈은 그 어느 때보다 커다래졌다. 조금의 시간이 더 흐르고 나서야 반쯤 벌어진 입술 사이에서 아— 하고 신음과도 같은 탄식이 새어 나왔다.

기분 탓일 수도 있겠지만 조금 전 도형의 목소리에서는 흉흉한 기세마저 느껴졌다. 그는 굳어진 지혁을 향해 자신의 명함을 한 장 건네었다.

"웬만하면 주량 이상으로 마시는 일은 앞으로 없을 테지만, 그래도 혹시 저 주정뱅이가 주량 이상으로 마셔서 술에 취하는 일이 생기면 여기로 전화해요."

"……."

"길바닥에 버리지는 말고."

지혁이 명함을 건네어 받았다. 종이 한 장의 무게가 천근처럼 느껴졌다.

"차 빼고 있을 테니 주해솔 나오면 같이 와요."

도형은 아무 일도 없었던 것처럼 사람 좋은 얼굴로 웃었지만, 지혁은 마주 웃어줄 수가 없었다. 뚜벅— 발걸음 소리가 멀어지고 나서야 그는 참았던 숨을 뱉어냈다.

"뭐야? 너 표정이 왜 그래?"

이마를 짚은 채 깊은 한숨을 내쉬는 지혁의 뒤로 해솔이 다가섰다. 그는 차마 고개를 들지 못했다.

"서도형, 아니, 아니지. 본부장님은?"

"팀장님."

"응?"

"제가 만년 대리로 살면, 그건 다 팀장님 때문이에요."

"뭐?"

"분명 팀장님 때문입니다."

울먹이는 그의 목소리에 원망이 가득했다.

3

회의실에 꽤 많은 인원이 모였다. 건축 설계팀, 개발 사업부, 리모델링 사업부, 기술부에서 각각 두세 명의 인원이 참여한 미팅이 진행되고 있었다. 갑작스러운 미팅은 본부장인 도형의 호출로 이루어졌고 리모델링 사업부에서는 해솔과 지혁이 자리를 잡고 앉아 있었다.

"건축 설계팀에서는 현재 디아엔터테인먼트의 신사옥 공사 건에 대한 일을 진행하고 있습니다. 지상 4층, 지하 1층의 규모로 연면적은 약 1만 1,090㎡이며……."

건축 설계팀의 조재우 팀장이 현재 자신의 팀에서 맡은 일과 진행 상황에 관해 설명하고 있었다. 해솔은 지루한 얼굴로 앞에 놓여 있는 생수병을 손에 들었다. 다른 팀에서 무슨 일을 진행하고 있는지 그녀가 알아야 할 필요가 없었기 때문이었다. 물을 한 모금 마신 그녀는 조 팀장의 설명을 경청하고 있는 본부장의 얼굴을 힐끗 응시했다. 잠시 쳐다본 것뿐인데 그 순간 눈이 마주쳤다. 스치는 시선인 듯 아주 찰나의 시간이었다. 도형은 어느새 다음으로 마이크를 잡은 지혁을 응시하고 있었다.

"리모델링 사업부 신지혁 대리입니다. 현재 저희 팀에서는 유나 아트 갤러리의 리노베이션 공사를 진행하고 있습니다. 이미 공사에 착수한 상태이며 남은 일정은 일주일 정도 예정 잡고 있습니다."

미리 제출한 서류를 넘겨보던 도형이 펜 끝으로 종이 위를 툭툭 두드리다 고개를 들었다.

"1층이 아트샵, 2층이 전시장이네요. 작은 평수의 공사는 아닌데, 일정을 꽤 **빡빡**하게 잡은 거 아닙니까."

"클라이언트가 원하셔서요. 큰 규모의 전시를 준비하고 있는데 최대한 그 일정에 맞추길 원하셨습니다."

"그러다 날림 공사하면……."

"안 합니다."

마이크 앞에 선 지혁이 아닌 다른 사람의 입에서 대답이 나왔다. 회의실 내 모두의 시선이 해솔의 얼굴에 닿았다. 단칼에 잘라 대답한 그녀는 불쾌한 기색을 숨기지 않았다.

"리노베이션 공사라고 해도 날림 공사하면 붕괴 위험 있습니다. 사람 목숨과 관련된 일인데, 당연히 그 정도는 인지하고 일하고 있습니다. **빡빡**하긴 해도 할 수 있는 일이니까 받아들인 겁니다. 그래서 제가 기술팀에도 그렇게 발바닥에 땀나도록 뛰면서 협조 요청한 거 아니겠습니까."

도형을 향해 있던 그녀의 시선이 맞은편에 앉은 기술부의 팀장에게로 향했다.

"그렇죠, 이 팀장님?"

"……뭐, 그렇죠."

"그래도 공사 진행하다 보면 예외인 상황이 생길 수도 있을 텐데요?"

서류를 한 장 더 넘긴 도형은 추가로 문제가 될 수 있는 부분을 지적했다. 차분하고 담담한 말투였지만, 회의실 내부가 조용해진 탓인지 그의 목소리는 유독 크게 느껴졌다. 지혁이 마른침을 꼴깍 삼켰다. 자신이 대답해야 하는 부분인가 싶어 다시 마이크 앞에 섰지만 그보다 해솔이 더 빨랐다.

"안 그래도 중간에 타일 색상 건으로 문제가 좀 생겨서 처음 예정보다 며칠 더 늦어지긴 했습니다. 그런 경우에는 일정 맞추려고 날림 공사하는 게 아니라 당연히 양해 구하고 공사 일정 더 연장합니다. 다행히 클라이언트 쪽에서도 이해해 주셨고요."

유난히 날림 공사라는 말을 할 때 해솔의 억양이 세다는 것이 느껴졌다. 도형의 착각만은 아닌 듯 회의실 안에 모인 인원들이 두 사람의 기색을 살피고 있었다. 표정에는 드러나지 않았지만, 해솔이 어금니를 악물었다.

'날림 공사? 저 자식이 나를 뭐로 보고.'

잠시 침묵이 감돌았다. 보이지 않는 실이 두 사람 사이에 팽팽하게 당겨지고 있는 느낌이었다.

"주해솔 팀장."

"네. 본부장님."

"주 팀장 말대로 건축은 사람 목숨과 관련된 일인데 당연히 그 정도는 인지하고 일하는 거 알고 있습니다. 그 기본도 안 된다면 지금 그 자리에 앉아 있겠습니까."

리모델링 사업부에서 제출한 서류를 다시 내려다본 도형이 공사 예정 기간과 그 규모를 확인했다.

"할 수 있는 일이니까 진행한 건 알겠습니다. 그래도 내가 보기엔 일정이 빡빡한 게 맞고, 그걸 리모델링 사업부에서도 인지하고 있을 겁니다. 틀립니까?"

"맞습니다."

"그럼 업무 보고받으면서 상사인 내가 염려되는 마음에 그 정도 말은 할 수 있다고 봅니다."

도형이 고개를 들었고 눈이 마주친 상태에서 그가 물었다.

"불쾌합니까?"

"아닙니다."

대답이 떨어지고 나서야 해솔의 얼굴에 머무른 시선이 떨어져 나갔다.

"신지혁 대리, 계속해요."

마이크 앞에 선 지혁이 큼— 소리를 내며 괜스레 목을 한번 가다듬었다. 리모델링 사업부의 업무 보고가 한동안 이어졌고, 본부장의 질문에 지혁은 착실하게 대답했다. 다른 팀의 보고가 모두 끝날 때까지 자리를 지키고 앉아 있던 사람들은 미팅이 끝나고 나서야 우르르 회의실을 빠져나갔다.

회의실을 나서며 시간을 확인한 해솔이 깊은 한숨을 내쉬었다. 차라리 팀별로 따로 보고를 받았으면 시간이 절약됐을 텐데, 예상보다 너무 많은 시간을 허비했다.

"갑자기 업무 보고는 왜 받는 거야?"

"아무래도 중간에 취임했으니 부서별로 무슨 일을 진행하고 있는지, 그 일이 어디까지 진행됐는지 한꺼번에 확인하려는 거겠죠. 사업본부 소속 부서들 앞으로 진행할 일들 체계적으로 관리하려는 거 아니에요?"

지혁이 목캔디 하나를 꺼내어 해솔에게 내밀었다. 포장을 벗겨 입안에 넣자 시원한 박하 향이 가득 들어찼지만 기분은 영 나아지지 않았다.

"왜 그렇게 저기압이에요?"

"아까 못 들었어? 뭐? 날림 공사?"

"우리 보고 날림 공사했다는 것도 아니고, 염려돼서 말씀하신 거 맞는 거 같은데요. 뒤에 보고한 개발 사업부에도 비슷한 말 했잖아요."

"일정 그렇게 잡으면 힘든 거 누가 몰라? 정말 안 되는 건 어쩔 수 없다지만 직원들 빡세게 굴려서라도 가능한 건 받아들여야 하는 거로 위에서 지시 내린 거잖아. 일차적으로 영업부에서 일을 그렇게 잡고 있고."

"그거야 전 본부장님이 부서들 압박했으니까 알게 모르게 그런 방침이 생겨난 거잖아요. 아무래도 일정 무리하게 잡는 거 전부 시정 조치 내릴 모양인데 더 잘됐죠. 뭐. 무리해야 한다는 거 알면서도 클라이언트 요구에 응해야 하는 거, 팀장님도 불만이었잖아요?"

지혁의 말이 맞았다. 날림 공사 이야기에 예민하게 반응하긴 했지만 도형은 아마 잘못된 방침을 고치려 할 것이 분명했다. 반박할 말이 없어 입을 꾹 다물었던 해솔이 괜스레 지혁을 흘겨봤다.

"서도형 아바타냐? 왜 이렇게 편을 들어줘? 넌 누구 편이야?"

"당연히."

"당연히?"

"전 정의의 편이죠."

기대했던 대답이 아니었다. 능글맞게 웃고 있는 지혁을 한번 쏘아보고는 정면으로 고개를 돌린 해솔이 으득으득— 소리가 나게 사탕을 씹어 먹었다. 그 기세가 어찌나 사납던지 곁에 서 있던 지혁이 잠시 걸음을 멈췄다가 픽 웃고 말았다.

"하나 더 줄까요?"

"됐어."

매몰찬 거절에 그는 꺼내 든 목캔디를 제 입으로 밀어 넣으며 창밖을 확인했다. 일기예보에서 비가 온다고 했는데 아무래도 예보가 빗나간 모양인지 날씨는 맑은 편이었다. 뭐가 그리 급한지 걸음을 빨리하는 해솔의 뒤로 그가 바짝 붙어 섰다.

"오늘 점심 나가서 순댓국 먹죠."

"갑자기 웬 순댓국?"

"지난번에 안 사주셨잖아요."

"내가 안 사준 거야? 네가 날 배신하고 초밥을 택한 거지."

"배신이라고 할 것까지야. 그리고 그날 팀장님이 제일 많이 먹었어요."

"체해서 저녁에 소화제 사먹었거든?"

"잘 먹어놓고 왜요?"

"서도형 얼굴 보고 먹어서 그런가 보지."

해솔은 엘리베이터 앞에 도착하자마자 버튼을 누르고는 다시 한 번 시간을 확인했다. 그녀는 사무실로 복귀하자마자 해야 할 일들을 머릿속으로 정리하고 있었고, 지혁은 그런 그녀를 내려다보며 의문 가득한 시선을 보냈다.

"왜 그렇게 봐?"

"좀 헷갈려서요."

"뭐가?"

"팀장님이랑 본부장님이요. 본부장님만 보면 두 분 괜찮은 관계인 것 같다가도, 팀장님만 보면 원수지간 같기도 해요."

지혁은 눈치가 제법 빠른 편이었다. 첫 만남에서도 그렇고, 얼마 전 식사 자리에서도 그렇고, 분명 도형이 자신을 경계하고 있다는 것을 그는 눈치채고 있었다.

'나를 경계하는 건 아무래도 그런 의미잖아?

거기다 냉정하고 무심하게 구는 것 같아도 술에 취한 해솔을 버리지 말라며 명함까지 건네었다. 그뿐인가. 각별하다는 말까지 했었다. 혹시 짝사랑인가? 홀로 꼬리에 꼬리를 문 의문에 고개를 갸웃하고 있을 때였다. 해솔은 간단한 문제에 답을 내어주는 것처럼 쉽게 결론을 내주었다.

"내가 좋아했어."

"역시 좋아했……. 네?"

본부장이 아니라?

예상치 못한 답에 잠시 당황한 지혁은 어쩐지 조금 서글퍼진 해솔의 표정을 확인하고는 입을 꾹 다물었다. 자신도 모르게 뭔가 실수를 한 건가 싶어 눈치를 보다 작게 한숨을 내쉬었다.

"꽤 폭탄 발언인데, 뭘 그렇게 담담하게 말해요?"

"담담한 일이 됐으니까 담담하게 말하지."

"다 지나간 일이다?"

"응."

유독 힘없는 대답이 작게 울려 퍼졌다. 표정은 전혀 아닌데? 지혁은 머릿속에 떠오른 의문을 굳이 입 밖으로 내지 않았다. 그 정도로 눈치가 없지는 않았다. 때마침 도착한 엘리베이터의 문이 열렸고 해솔의 뒤를 따라 엘리베이터에 오르려던 지혁은 문득 시선을 느끼고는 고개를 돌렸다.

'이거 봐, 이거. 저쪽도 저렇게 신경 쓰고 있는데 아니라고?'

복도 끝에서 도형이 해솔의 모습을 바라보고 있었다. 눈이 마주친 것은 아니라서 따로 인사를 하지는 않았다. 지혁은 그대로 해솔의 뒤를 따라 엘리베이터에 올라탔다.

"흐음."

"뭘 또 그렇게 골똘히 생각해?"

"그럼 지금은 반대예요?"

"뭐가?"

"좋아하잖아요."

"누가?"

"본부장님이."

"누굴?"

"팀장님을요."

리모델링 팀이 있는 3층 버튼을 누른 해솔이 기계적으로 질문하다 이내 기함한 얼굴을 했다. 그녀는 못 들을 말을 들었다는 반응을 보였다.

"너 서도형 앞에서 그런 소리 했다가 총 맞는다?"

"아니라고요?"

"내가 차였다고. 그것도 세 번이나."

예상치 못한 답이 또 한 번 해솔의 입을 통해 흘러나왔다. 좁은 엘리베이터 안에 잠시 침묵이 감돌았지만, 지혁은 평소처럼 장난스럽게 분위기를 풀어냈다.

"튕길 줄도 알아야지, 무슨 고백을 세 번이나 했어요? 밀당 몰라요, 밀당?"

"미안하다. 그런 거 생각 못할 만큼 좋아했거든."

"아니, 뭘 또 농담을 진담으로 받아들이고 그래요?"

지나간 일이라고 했지만 그 말을 할 때 해솔의 표정이 조금 어두워진 것을 알아챘다. 지혁은 괜스레 미안해진 마음에 이마를 긁적이며 그녀의 얼굴을 살폈다.

"얼굴 보기 불편하면 내쫓아달라고 해요. 아버지 회사인데 그 정도는……."

"야, 너 입조심하라고 했지?"

"아무도 없잖아요."

"그래도."

"제가 입조심할 게 아니라 팀장님이 술을 끊는 게 안전할 거 같지 않아요?"

"뭐?"

"백 퍼센트 확신해요. 내가 수고한 보람도 없이, 언젠가 술 때문에 걸릴 거야."

해솔이 그제야 웃었다. 아프지 않을 정도의 힘으로 지혁의 등을 때림과 동시에 엘리베이터의 문이 열렸다. 먼저 걸음을 옮기는 그녀의 뒤를 지혁이 따랐다. 한 손에 든 서류철로 뒷목을 툭툭 두드리며 걷던 그는 고개를 왼편으로 기울였다.

'아 근데, 아무리 봐도 좋아하는 거 맞는데.'

얼마 전 받은 도형의 명함을 꺼내 들었다. 평생 쓸 일이 안 생겼으면 좋겠지만, 궁금한 건 못 참는 성격이라 한 번쯤 확인해 보고 싶기도 했다.

'이건 그냥 감이지만……'

만일 전화를 걸 일이 생긴다면 그 시간이 새벽이라도 서도형은 나올 것 같았다.

"팀장님, 조만간 저랑 술 한잔할까요?"

"술 끊을 거야."

"끊기 전에 한 번만 더 마시죠?"

"싫어. 너랑 안 마셔."

"왜요?"

"밀당 모르냐며?"

"그걸 저랑 하면 어떻게 해요?"

앞서 걷던 해솔이 우뚝 멈춰 서서 뒤를 돌아봤다. 팔짱 낀 채로 지혁을 바라보는 표정에 장난기가 묻어나 있었다.

"그래, 너랑 나 사이에 밀당이라니. 아무래도 그렇지? 그럼 오늘 마실까?"

술 끊는다고 말한 지 1분도 안 지났는데, 참 빠르기도 하다. 작게 웃음을 흘린 지혁이 손바닥 뒤집듯 태도를 바꿨다.

"싫어요."

"뭐?"

"마음 바뀌었어요. 끊어요, 술."

"야, 신지혁!"

"그리고 저 오늘은 야근해야 해요."

작게 웃음을 터트리며 먼저 걸음을 옮긴 지혁은 명함을 다시 안쪽 주머니에 넣었다. 상사를 가지고 논다며 해솔이 잔소리를 퍼부었지만 그는 꿋꿋하게 앞만 보며 걸었다. 아무래도 명함은 당분간 쓸 일이 없을 것 같았다.

'그래, 당분간은 쓸 일이 분명 없어야만 했는데.'

그리 결론 내린 지 채 하루가 지나지 않았다. 하루는커녕 반나절도 지나지 않은 상태였다. 술에 취한 해솔을 눈앞에 두고 지혁은 벌써 다섯 번째 한숨을 내쉬고 있었다. 술을 끊겠다는 말은 그냥 해본 소리인 건지 그녀는 보란 듯이 술을 마셨다. 지혁과 함께 마신 것도 아니었다. 그래 놓고 지혁을 불러냈다. 그것도 이미 취한 상태에서.

"저 오늘 남아서 야근한 거 알고 있으면서, 혼자 술 먹고 저 불러냈다 이거죠?"

지혁은 오늘 정리할 일이 있어 퇴근이 조금 늦은 상태였다. 캔 맥주 하나를 샀고 집에 돌아가 TV나 보며 한가로운 저녁 시간을 보내려고 했는데 도어록 키를 누르려는 순간 해솔에게 전화가 왔다. 결국 옷도 갈아입지 못한 상태로 지금 이곳에 섰다.

"술을 끊기는. 앞으로는 팀장님이 콩으로 메주를 쑨다고 해도 그 말 안 믿어요."

지혁은 해솔을 벤치에 앉히고는 휴대전화를 꺼내어 들었다. 해솔이 도형을 반기지 않을 거라는 걸 알면서 안쪽 주머니에서 명함을 꺼내 들었다. 그리고 지체 없이 전화를 걸었다. 하지만 상대방이 전화를 받지 않았다.

"연락하라더니, 왜 안 받아?"

불만스러운 표정으로 작게 중얼거린 지혁은 현재 있는 장소와 해솔의 상태를 문자로 보냈다. 30분 정도 기다리다 오지 않으면 직접 데려다줄 생각이었다.

"물이라도 사다 줄게요. 어디 가지 말고 얌전히 있어요."

저벅— 멀어지는 발걸음 소리가 들려왔다. 벤치에 앉아 눈을 감고 있던 해솔은 그 소리가 멀어지고 나서야 힐끔 실눈을 떴다.

"의외네. 금방 눈치챌 줄 알았는데."

해솔은 사실 술에 취하지 않았다. 그 사실을 지혁이 알아챌 거라 생각했지만 평소 눈치 빠른 녀석이 오늘따라 유난히 둔감했다. 편의점 안에 들어선 지혁은 생수 한 병과 숙취해소제를 손에 들었다. 계산을 하고 있는 모습을 지켜보던 해솔은 주변에 저녁을 먹을 만한 식당이 있는지를 살폈다.

"뭘 사줘야 하나."

회식 때마다 자신의 뒤치다꺼리를 하느라 고생한 지혁에게 고맙기도 했고, 일 때문에 늦는 날은 저녁도 거를 것이 분명해 맛있는 걸 사줄 생각으로 불러냈다. 조금 장난을 친다는 게 이 상황이 됐지만 말이다.

'조금만 더 놀려주다가 같이 밥 먹으러…….'

"빨리 오셨네요."

갈 만한 식당을 찾으며 이리저리 분주하게 움직이기 바빴던 해솔의 눈동자가 그 순간 움직임을 멈췄다. 편의점을 나선 지혁이 누군가에게 말을 거는 음성이 들려왔기 때문이었다.

"문자 보낸 지 10분도 안 된 것 같은데요."

"마침 근처에 있었습니다."

왠지 모르게 익숙한 목소리에 해솔이 자연스럽게 그 방향으로 고개를 돌렸다가 화들짝 놀라며 눈을 감았다. 예상치 못한 인물의 등장에 모골이 다 송연해졌다. 미처 상황을 파악하기도 전에 가까워지는 발걸음 소리가 들려왔다. 긴장하다 못해 피가 싸늘하게 식는 느낌이었다.

'미쳤나 봐. 신지혁 지금 나 떠넘기려고 서도형 부른 거야?'

눈을 감고 있었지만 눈앞에 선 누군가의 기척이 느껴졌다. 무시무시한 기세에 해솔은 움직일 생각을 하지 못했다. 이대로 계속 취한 척하는 게 차라리 나을 것 같았다.

"늘 이런 식입니까?"

역시나. 이 상황이 그에게는 그다지 유쾌하지 않음을 드러내듯 이를 악문 목소리가 해솔의 머리 위에서 떨어졌다.

"같이 마셨는데 주해솔은 취하고 신 대리는 멀쩡하고?"

"억울합니다. 저 조금 전에 불려 나온 거고, 술은 한 모금도 입에 대지 않았습니다."

"그럼 이 주정뱅이는 뭡니까."

"저도 잘 모르겠습니다. 연락받고 나와보니 이미 그 상태였거든요. 술 깨면 본부장님께서 직접 좀 물어봐 주시죠."

거기까지 상황을 전해 들은 도형은 입고 있던 카디건을 벗었다. 지혁은 생수병의 뚜껑을 돌리며 그 행동을 유심히 지켜보고 있었다. 해솔의 어깨 위에 카디건을 덮어준 도형이 그녀를 부축하려 팔을 뻗었다가 잠시 미간을 좁혔다.

"신지혁 대리."

"네?"

"연락받고 나왔을 때 이미 이 상태고, 술을 같이 마신 건 아니라고 했죠?"

"네."

"그럼 주해솔이 술 마시는 걸 직접 본 것도 아닐 테고요."

"그렇죠."

"주해솔 주량, 어느 정도 되는지 압니까."

"아마 소주로는 3병에서 4병 정도······."

"잘 아네."

팔을 거둬낸 그가 해솔에게로 몸을 숙였다.

"근데 술 냄새 하나 안 나는 주정뱅이라······."

귓가에 가깝게 대고 속삭인 말에 해솔이 번쩍 눈을 뜨고 말았다. 도형의 얼굴이 코앞에 있었고 그대로 눈이 마주쳤다. 동요 없는 두 눈이 해솔을 바라보고 있었다.

"계속할 거야?"

고개를 살짝 기울인 그가 헛웃음을 터트렸다.

"계속할 거면 이왕 여기까지 온 김에 내가 들쳐 메고 가고."

도형은 굽혔던 몸을 반듯하게 세웠다. 조금 전 느껴지던 흉흉한 기세와는 다르게 느릿하고 여유로운 행동이었다.

"물론 그렇게 되면 이번에는 정원이 아니라 집 안까지 그러고 들어가야 할 거야."

아무리 근처에 있었다고는 해도 연락을 받고 10분 만에 달려온 도형이었다. 열 받은 기색을 그대로 드러낸 얼굴로 넥타이를 살짝 끌어 내린 그가 애써 입매를 끌어 올렸다.

"일어나."

지혁을 속이려 했을 뿐 도형에게는 잘못한 일이 없었다. 해솔은 조금 억울한 얼굴을 했지만 일단 조용히 자리에서 일어섰다.

"뭐야. 팀장님 술 안 마셨어요?"

도형의 어깨너머로 굳어져 있는 지혁의 모습이 눈에 들어왔다. 물을 마시려다 말고 가까이 다가선 그는 냄새를 맡아보고는 기가 차다는 얼굴을 했다.

"와, 진짜 술 냄새 하나도 안 나네? 저 놀리는 게 재밌어요?"

"그게 아니라, 너 밥 사주려고 그랬지."

"밥이요?"

"나 때문에 고생한 일도 많고, 오늘 야근까지 한다고 했잖아. 근처 온 김에 저녁 사주려고 하다가 장난 좀 친 건데……."

설마 서도형이 등장할 줄은 몰랐지. 말끝을 흐린 해솔이 그의 눈치를 봤다.

"그러니까 신 대리 밥 사주려고 벌인 판에, 날 불렀다?"

"내가 부른 건 아니잖아. 누가 너 부를 줄 알았어? 대체 연락처는 언제 주고받았어?"

"부하 직원이 상사 연락처 가지고 있는 게 뭐 어때서."

"이상하지. 되게 이상하거든?"

"뭐?"

"지혁이가 너한테 일로 연락할 일이 뭐가 있다고? 보고가 올라가도 나를 통해서 올라가야 맞는 거잖아?"

주고받는 대화 속에 가장 죽을 것 같은 얼굴을 하는 것은 지혁이었다. 도망가고 싶다. 그는 손을 들어 얼굴을 쓸어내렸다. 문자를 보낸 지 10분도 채 지나지 않아 이곳에 도착한 도형의 모습은 평소처럼 흐트러짐 없는 깔끔한 모습이었지만 호흡만은 조금 거칠었다.

'분명 뛰어온 거거든.'

무심한 얼굴을 하고 있을 때면 찔러도 피 한 방울 안 나올 것 같은 저 남자를 뛰어나오게 만들었다. 근데 이 상황이 다 사기였다. 지혁은 차라리 이대로 사라지고 싶었다.

"꼭 일로 연락해야 하는 건 아니지."

얼굴을 쓸어내리던 손이 멈칫했다. 어쩐지 조금 음산함마저 느껴지는 목소리에 지혁이 천천히 고개를 들었다. 도형과 시선이 마주쳤고 지혁의 목울대가 크게 한 번 움직였다.

"친해, 우리."

누구랑 누가?

찰나의 순간, 경악의 빛이 지혁의 얼굴 위로 스쳐 지나갔다. 여전히 도형의 시선은 한곳을 향하고 있었다. 마음속 질문을 듣기라도 한 듯 '누구긴 누구야, 너랑 나랑이지.' 라고 말하는 것 같은 눈빛이었다.

"그렇죠, 신 대리?"

"네?"

어째서 좋지 않은 예감은 빗나가지 않는 걸까. 눈앞의 남자는 분명 얼굴은 웃고 있는데 그 웃음에 화를 담은 기색이 역력했다. 불어오는 바람마저 스산한 느낌이었다.

"아니에요? 난 그렇다고 생각했는데."

"아니……."

"친하니까 이런 별거 아닌 일로 불러냈지."

"그러니까 그게……."

"친하다고 생각했으니까 이런 별거 아닌 일로 내가 여기까지 온 거고."

"……."

"그것도 이 늦은 시간에."

"네, 친해요. 엄청 친합니다."

지혁은 높낮이 없는 어색한 말투로 고개까지 끄덕이며 답했다.

"친해? 누가? 너랑 서도형이?"

"친해요."

"언제부터?"

"오늘부터요."

해솔이 기가 막힌다는 얼굴로 지혁을 흘겨봤지만 그는 꿋꿋하게 친하다고 답했다.

"신 대리는 야근까지 하고 퇴근한 거면 피곤할 텐데 그만 들어가 봐요. 아, 저녁 안 먹었다고 했지. 같이 먹고 들어갈래요?"

"아니요. 저 다이어트 중입니다."

29년을 살면서 한 번도 시도해 보지 않은 다이어트라는 것을 오늘 처음으로 입에 올렸다. 도형의 입가에 그려진 미소가 조금 짙어졌다. 답이 마음에 든 모양이었다.

"그래요, 그럼. 조심해서 들어가요."

"네. 그럼 내일 뵙겠습니다, 본부장님. 팀장님도 내일 봬요."

"야, 신지혁!"

자신을 부르는 목소리를 들었으면서도 지혁은 서둘러 그 자리를 벗어났다. 차에 올라타 시동을 걸고 이곳을 벗어나기까지의 행동이 어찌나 빠른지 순식간에 모습을 감췄다.

"너 지혁이 괴롭히냐?"

해솔이 어깨 위를 덮고 있는 카디건을 벗어 도형의 품에 떠밀며 물었다.

"내가 왜?"

"쟤 반응이 그렇잖아."

"아까 못 들었어? 자기 입으로 친하다고 하는 거."

"그걸 믿으라고? 네가 퍽이나 회사 부하 직원하고 친하게 지내겠다."

도형은 딱히 부정하지 않았다. 사실 믿으라고 한 말도 아니었고, 지혁의 대답이 워낙 어색해 우길 수도 없는 상황이었다.

"차는?"

"회사에 두고 왔어. 저녁 먹고 지혁이한테 데려다 달라고 할 생각이었는데."

"결국 술을 먹는다는 전제가 깔려 있었네. 그러니까 차를 두고 온 거고."

그는 숨겨진 의도를 금세 파악했다. 귀신, 귀신이다. 괜스레 큼, 하고 목을 한 차례 가다듬은 해솔이 대화의 화제를 돌리려는 건지 주변을 둘러보며 물었다.

"네 차는 어디 있는데?"

"걸어서 20분 거리."

도형이 손목에 찬 시계를 내려다보고는 걸음을 옮기며 답했다. 회사로 돌아가 차를 끌고 가는 것보다 그의 차를 타고 돌아가는 것이 훨씬 빠를 것 같았다. 함께 돌아가자는 말도, 따라오라는 말도 하지 않았지만 해솔은 당연하다는 듯이 도형의 뒤를 따라갔다.

"서도형."

"왜?"

"나 잠깐 편의점."

도형은 답하지 않고 걸음만 잠시 멈췄다가 불이 꺼진 상가 앞으로 가서 담배를 하나 꺼내어 입에 물었다. 시간이 늦더라도 인도에는 사람이 다니고 있기에 일부러 자리를 옮긴 모양이었다.

해솔은 편의점에 들어서서 필요한 물건을 몇 개 구입하고 다시 밖으로 나왔다. 담배를 끈 도형은 그녀의 손에 들린 봉투를 내려다봤다. 안의 내용물이 무엇인지 금세 알아채고는 미간을 좁혔다. 캔 맥주였다.

"이 주정뱅이가 진짜."

"누가 들으면 내가 무슨 중독자인 줄 알겠네. 네가 뭔가 굉장히 오해를 하나 본데, 나 원래 그렇게 취할 정도로 자주 안 마셔. 너 한국 들어왔던 날은 내가 속상한 일이 있어서 많이 마신 거라 타이밍이 나빴던 거지. 그리고 잦은 음주는 건강에 해롭지만 반주는 건강에도 좋다잖아."

"제시간에 밥도 안 챙겨 먹고 술 먹으면 건강에 참 좋겠다."

명백하게 비꼬는 말이었지만 틀린 말이 아니어서 해솔은 입만 삐죽거렸다. 평소 말이 그렇게 많은 편이 아니었는데 이제 보니 잔소리꾼이 따로 없다. 걸음을 옮긴 그녀는 손을 뻗으면 닿을 정도의 거리에서 도형을 올려다봤다.

"서 본부장님. 제가 오늘 좀 속상한 일이 있었거든요. 그래서 많이는 아니어도 꼭 한잔은 해야겠습니다."

"네가 속상할 일이 대체 뭐가 있어?"

"미팅 때 누가 우리 팀 대놓고 갈궈서 내가 마음이 좀 상했거든."

"무리하게 일정 잡는 거 시정해 주려는 거잖아. 그런 것까지 일일이 설명해 줘야 돼?"

"물론 알지만 말은 아, 다르고 어, 다른 거지. 조금 더 친절하고 상냥하게 말해주면 어디가 덧나?"

"친절하고 상냥하게?"

"그래. 친절하고 상냥……."

말끝을 흐린 해솔의 앞으로 도형의 발이 성큼 다가섰다.

"……하게."

끝맺지 못한 말을 뒤늦게 덧붙이며 그녀가 뒤로 한 걸음 물러섰지만 그대로 손목이 잡혔다. 다시 도형이 성큼 앞으로 한 걸음 다가섰고 두 사람의 거리는 조금 전보다 확연하게 좁혀졌다. 꼴깍— 마른침을 삼켜낸 해솔이 잡힌 손목을 힐끗 내려다봤다.

"이거 좀 놓고 말하지?"

"왜? 도망갈 거 같아서 못 도망가게 하려고 상냥하게 잡아줬는데."

도망갈 거 같아서 못 도망가게 하려는 것부터가 상냥하지 못한데, 대체 어디가 상냥하다는 건지.

"너 책장에 책 많던데, 국어사전은 없어?"

"왜?"

"가서 상냥하다의 의미가 뭔지 좀 찾아봐."

가볍게 웃음을 흘린 그는 해솔을 붙든 손에 힘을 풀었다.

"회사에서는 오늘처럼 늘 그런 식으로 대하고, 그런 식으로 말할 거야. 지금이야 다들 모른다지만 혹시라도 나중에 내가 너랑 아는 사이라는 게 알려지면 별거 아닌 행동도 몇 배는 부풀려 소문이 돌 테니까."

선을 긋고, 일부러 더 차갑게 말한 것은 결국 해솔을 위해서였다. 거기까지 듣고 나니 회의실에서 유독 차가웠던 도형의 말과 행동에 대해 해솔도 납득했지만 그래도 마음이 상한 것은 사실이었다.

하긴. 자그마치 몇 년을 좋아했는데. 지혁에게는 지나간 일이라고 말했다. 그만큼 시간이 흘렀고 해솔도 옅어진 감정에 당연히 그렇다고 생각했다. 하지만 도형이 다시 돌아와 눈앞에 있으니 조금씩 그 답에 대한 확신이 없어졌다.

'안 되지. 정신 차려라, 주해솔.'

고개를 두어 번 가로젓고는 고개를 든 해솔이 다시금 주변을 둘러봤다. 시간을 따로 확인한 것은 아니지만 도형이 말한 20분 정도의 거리는 걸어온 것 같았다. 예상대로 근처에 차를 세워둔 건지 도형이 멀지 않은 곳의 주차장으로 먼저 걸음을 옮겼다. 두 사람은 차에 올라타고 집으로 향했다.

"아버지는 주무시나 보네."

집에는 늦는다고 미리 연락해 둔 상태였다. 집 안은 고요했고 해솔은 거실에 최소한의 불만 켜두고는 곧장 부엌으로 향했다. 봉투 안에 든 캔 맥주를 식탁 위에 꺼내어두고 냉장고를 열어 안주로 뭘 먹으면 좋을까 고민하고 있을 때였다. 등 뒤에서 식탁 의자 끄는 소리가 들려왔다. 2층으로 올라갈 줄 알았던 도형이 식탁 앞에 앉았다.

"왜 안 올라가고 거기 앉아?"

"친절하게 같이 마셔주려고."

"사전 있으면 찾는 김에 친절하다의 의미도 같이 좀 찾아봐."

그는 양해도 구하지 않고 캔 맥주를 손에 들었다. 해솔이 냉장고를 뒤지다 말고 도끼눈을 떴지만 이미 캔 맥주 하나는 도형의 차지가 된 후였다.

"덧붙여서 절도도 무슨 의미인지 꼭 찾아보고."

비꼬듯 덧붙인 말에도 도형은 유유히 맥주를 목으로 넘겼다. 홀로 간단히 해 먹을 수 있는 안줏거리를 찾던 해솔은 냉장고에서 골뱅이 캔 하나를 발견했다. 오이까지 꺼내어 칼을 손에 쥐었다.

"뭐 하려고?"

"골뱅이 무침."

서걱— 오이를 써는 소리에 도형이 곧장 캔을 내려놓고 자리에서 몸을 일으켰다. 뭔가 마음에 들지 않는 기색이 얼굴에 드러나 있었다. 그의 움직임을 눈치채지 못한 듯 해솔은 오이를 어슷하게 써는 일에 집중하며 대화를 이어나갔다.

"근데 너 말이야. 회사에서 그러는 게 나한테 선 그으려는 이유라면 다른 사람들이랑은 좀 웃으면서 화기애애하게 지내. 아까도 벌 받는 것도 아닌데 미팅하는 회의실 분위기가 너무 무겁잖아."

"너뿐만 아니라, 다른 사람들과도 일정한 선은 긋는 게 좋아. 직원들하고 가깝게 지낼 생각 없어."

도형이 해솔의 바로 지척까지 다가섰다. 등 뒤에 선 기척을 뒤늦게 깨달은 그녀는 고개를 돌려 뒤를 확인하려다 쥐고 있던 칼에 손을 베였다. 통증에 짧은 신음을 뱉어냈다. 바로 뒤에 서 있던 도형이 그녀의 손을 끌어당겼다.

"불안하더라니."

"너 때문에 놀라서 그런 거거든? 왜 기척도 없이 뒤에 서 있어?"

도형이 개수대 쪽으로 손을 끌어당겨 흐르는 물에 베인 손가락을 가져다 댔다. 조금 깊게 베인 건지 피가 흘러내렸다.

"요리만 하면 꼭 상처를 달고 살았잖아, 너."

"그게 대체 언제 적 얘기야? 예전에나 요리 못했지, 지금은 다 하거든?"

"그래서 그 결과가 이거고?"

"그거야 네가 놀라게 했으니까 그렇지."

커다란 손이 베인 상처 주변을 매만졌다. 손을 잡아당기던 힘과는 다르게 조심스러운 움직임이었다. 작은 상처인데 뭘 그리 집중해서 보는 건지 민망해질 정도였다.

'이런 걸 상냥하다고 하는 거야, 이 멍청아.'

해솔은 천천히 손의 힘을 빼고 도형의 얼굴을 응시했다. 그는 남의 일 보듯 무심한 표정으로 상처를 확인하고 있었다. 그러다 쯧— 혀를 차고는 미묘하게 변한 표정으로 그녀의 손을 다시 쏟아지는 물 아래에 가져다 댔다.

"내가 예전에 요리만 하면 손에 밴드 붙이고 살았던 건 인정하는데, 지금은 잘해. 내가 모르는 네 시간이 있듯이, 네가 모르는 내 시간도 존재한단 말이야. 가령 네가 담배를 언제부터 피우게 된 건지, 외국에서 어떻게 살아왔는지, 내가 모르는 것처럼."

피는 멈췄다. 상처 주변을 응시하던 그가 고개를 들어 시선을 맞췄다.

"너도 모르잖아. 네가 없는 시간 동안 내가 어떻게 살아왔는지. 그사이에 많은 것들이 변했을 테고. 그러니까 예전 기억만 가지고 일일이 네 멋대로 판단하고 이렇게 반응하지 마."

쏴아아 쏟아지는 물소리가 두 사람 사이의 침묵을 메웠다. 해솔은 이제 도형에 대해 아는 것보다 모르는 게 더 많았다. 그건 도형 역시 마찬가지였다. 떨어져 지낸 시간만큼 서로에 대해 모르는 게 많아졌고 그만큼 많은 것들이 변했다. 도형은 아무런 말도 하지 않았다. 그 침묵이 견딜 수 없이 싫었다. 해솔이 놓아달라는 말을 하려는 순간이었다.

"니들 손잡고 뭐 하냐?"

해솔도, 도형도 그 상태로 굳어졌다. 분명 부엌에는 두 사람뿐이었는데 다른 이의 목소리가 들려왔다. 약속이라도 한 것처럼 두 사람 모두 소리가 들려온 방향으로 동시에 고개를 돌렸다.

"물세 니들이 내냐? 물 안 잠가?"

야구 모자를 눌러쓴 남자가 부엌 입구에 서 있었다. 해솔의 입이 반쯤 벌어졌고 도형의 표정은 천천히 구겨졌다. 웃는 것도 아니고 화를 내는 것도 아닌 기묘한 얼굴이었다.

"어쭈, 이것들 반기지는 못할망정 표정 봐라. 표정 관리 안 해?"

두 사람을 향해 다가선 남자가 물을 잠그고는 도형의 어깨에 친근하게 팔을 올렸다. 그 힘이 어찌나 센지 도형의 몸이 한 차례 크게 흔들렸다.

서도형은 사람을 대하는 일을 어려워하지 않았다. 그런 그가 유일하게 제멋대로 굴지 못하고, 아주 가끔은 어려워하는 사람이 한 명 있었다.

"오랜만이다, 서도형?"

씨익 웃는 얼굴로 그 당사자가 반갑게 인사를 건네었다. 해솔의 오빠, 태훈이었다.

태훈은 어린 시절부터 유독 도형을 예뻐했다. 여동생인 해솔보다 옆집에 사는 도형을 더 친동생처럼 여기고 예뻐한 걸 가족 모두가 알고 있을 정도였다. 다만, 그 예뻐한다는 방식이 남들과는 많이 다른 게 문제였을 뿐이다. 그 누구도 태훈이 도형을 예뻐한다고는 생각하지 않았다. 당사자인 서도형조차 처음에는 태훈이 자신을 싫어해서 괴롭히는 거로만 생각했다.

'예뻐할수록 놀리고 괴롭히는데, 특히 서도형은 좀 심하게 괴롭혔지.'

지금 도형이 짓고 있는 미묘한 표정을 해솔은 백번 이해할 수 있었다. 예상치 못한 태훈의 등장으로 잠시 놀라긴 했지만, 해솔은 곧 담담한 반응을 보였다.

"연락도 없이 갑자기 웬일이야? 그것도 이렇게 늦은 시간에."

"조만간 올 거라고 했잖아. 그리고 내 집 오는데 연락은 무슨 연락."

"여기 오빠 혼자 사는 집이야? 아빠한테는 연락했어?"

"당연히 미리 전화드렸지."

"오빠 온다고 했으면 아빠가 먼저 주무실 리가 없는데."

"조만간 집으로 돌아갈 거라고 했지, 정확히 오늘이라고는 말씀 안 드렸거든."

어처구니없는 답에 해솔이 표정을 구겼다. 두 사람이 그렇게 대화를 주고받는 사이, 도형은 잡고 있던 그녀의 손을 자연스럽게 놓았다. 하지만 그 자리에서 벗어날 수는 없었다. 어깨 위를 두르다 못해 목을 조이고 있는 태훈의 팔 때문이었다. 빠져나가려고 하자 태훈은 더욱 세게 힘을 주었다.

"이거 좀 놓고 말해. 숨 막혀."

"반가워서 그러지, 반가워서. 평생 안 올 것처럼 굴더니, 무슨 바람이 불었나. 우리 서도형이."

"형."

조금 전보다 현저하게 낮아진 음성에 해솔이 잠시 의아한 얼굴을 했다.

태훈은 개의치 않는 건지 가볍게 웃음을 흘리고는 손을 치워냈다.

"아버지는?"

"주무신다니까."

"니들은 안 자고 여기서 뭐 하는데?"

질문을 건넨 태훈은 곧 식탁 위의 캔 맥주를 발견했다. 해솔을 응시하며 그것을 손끝으로 툭툭 건드렸다.

"야, 내가 네 주량을 아는데 이걸로 되겠냐?"

"그냥 자기 전에 가볍게 마시려던 거야."

"가볍게는 무슨."

태훈이 뭐라 생각하든 상관없다는 듯 돌아선 해솔은 다시 오이를 써는 일에 집중했다. 피는 멎었다고 해도 치료를 하지 않고 다시 칼을 잡는 행동이 마음에 들지 않는 건지 도형이 그 모습을 한참이나 바라보고 있었다.

"야, 주해솔 뒤통수 뚫리겠다."

썰다가 만 오이 반 조각을 손에 든 태훈이 다시 식탁으로 다가서며 말했다. 칼질을 멈춘 해솔이 뒤를 돌아봤다. 정말 뒤통수가 뚫릴지도 모르겠다는 생각이 들 만큼의 집요한 시선이 자신을 향하고 있었다.

"왜?"

"구급함 어디 있어?"

"안방에 있을 거야."

안방에는 해솔의 아버지가 주무시고 계셨다. 닫힌 문을 응시하는 얼굴에 조금 난감해하는 기색이 잠시 스쳐 지나갔다.

"아버지 깨실지도 몰라. 그냥 둬."

도형 역시 같은 생각인지 구급함을 가지러 안방으로 걸음을 옮기는 일은 없었다. 상황은 그걸로 종결된 듯싶었다. 썰어낸 오이를 한쪽으로 모아 두고 주변을 정리하려던 해솔은 맥주 한 캔을 따서 마시고 있는 태훈의 모습을 뒤늦게 발견했다.

"오빠도 이따 올라가서 서도형이랑 같이 절도의 의미에 대해 찾아보도록 해."

"내 집에 있는 거 내가 마시는데 그게 왜 절도야?"

"이 집에 있어도 그건 내가 사온 맥주야. 그러니까 절도지."

태훈은 가소롭다는 듯 코웃음을 치며 맥주를 들이켰다. 더 말해봐야 자신의 입만 아플 것 같아 한숨을 내쉰 해솔은 다시 요리에 집중했다. 골뱅이 무침을 다 만들고 식탁 앞에 앉았을 때 결국 그녀의 몫으로 남은 맥주는 단 한 캔뿐이었다. 억울하다는 얼굴을 했지만 불만을 입 밖으로 내지 않았다. 차라리 벽을 보고 얘기하는 것이 나을 것이다. 하루의 끝마무리가 주태훈의 등장이라니. 일진이 사납다. 이보다 더 나쁜 운세가 있을까 생각하며 해솔은 순식간에 맥주 한 캔을 비워냈다.

"나 먼저 올라간다."

"왜 벌써 올라가?"

"오늘 하루 일진이 너무 사나웠는데 그 원인 제공자 둘이랑 같이 앉아 있으려니 더 우울해질 거 같아서. 둘이 오순도순 회포나 풀든가."

골뱅이 무침이 반이나 남았지만 남은 사람들이 알아서 먹겠거니 싶어 해솔은 홀로 부엌을 빠져나갔다. 두 남자는 잠시 대화 없이 자리를 지키고 있었다. 할 이야기가 많았던 것 같은데 막상 이렇게 마주 앉고 보니 무슨 이야기부터 꺼내야 좋을지 알 수 없었다.

"이거로는 좀 부족한 거 같은데. 오랜만에 둘이 나가서 한잔하자."

"내일 출근해야 돼."

여지없이 거절의 의미를 담은 대답이 돌아왔다. 어릴 때는 그래도 태훈의 말이라면 싫어도 따랐는데, 이제는 아닌 모양이었다. 그는 아쉽다는 기색이 역력한 표정으로 빈 캔을 손끝으로 툭 두드렸다.

"일할 만하냐?"

"그럭저럭."

대답하면서도 도형의 시선은 태훈을 향해 있지 않았다. 안 그런 척, 무심한 척하고 있어도 그는 조금 전 해솔이 사라진 방향을 바라보고 있었다. 태훈은 그 사실을 모르는 척하며 짧게 웃었다.

"그래서······."

말끝을 흐린 태훈이 깍지 낀 두 손 위로 턱을 가져다 댄 채 몸을 숙였다. 맞은편에 앉은 도형과의 거리가 조금 좁혀졌다. 그는 비밀스러운 이야기를 하듯 평소보다 조금 더 낮아진 음성으로 말했다.

"왜 마음이 바뀌었을까, 우리 서도형이가."

도형의 시선이 단번에 태훈을 향해 움직였다.

"뭘 또 그렇게 무시무시하게 쳐다보냐. 여기 너랑 나밖에 없잖아."

굳게 다문 입매가 어쩐지 조금 화가 난 기색을 담고 있었다. 그럼에도 태훈은 물러설 기미를 보이지 않고 집요하게 답을 기다렸다. 두 사람 사이에 잠시 침묵이 흘렀다.

"난 단 한 번도 바뀐 적 없어."

담담하고도 확고한 대답에 태훈은 웃었다. 그는 도형이 건넨 짧은 대답에 담긴 많은 의미를 알고 있는 몇 안 되는 사람 중 하나였다.

"네 마음이 바뀐 적은 없어도, 네 결정으로 인해 많은 게 바뀌었지."

가늠하듯 도형의 얼굴을 바라보며 말했지만 그의 표정에는 변화가 없었고, 무엇도 읽어낼 수 없었다. 뭔가 다른 반응을 기대했던 태훈은 재미없네— 하고 들릴 듯 말 듯 작게 중얼거렸다.

"그러니까 이 형 말을 좀 듣지 그랬냐. 내가 그때 그랬지? 너 분명 후회할 거라고."

"후회? 누가? 내가?"

도형은 자조적으로 웃었다. 평범하게, 아무렇지도 않게 잘 지내다가도 문득 한국으로 돌아가고 싶을 때가 있었다. 한 번, 두 번, 늘어가던 횟수는 어느 순간부터 세는 것조차 의미가 없어졌다. 밥을 먹다가도 생각이 났고,

길을 걷다가도 문득 돌아가고 싶어질 때가 있었다. 하지만 그렇다고 해서 도형은 자신의 결정에 대해 후회를 한 적은 없었다.

"안 해. 난 같은 일이 다시 한 번 일어나도 똑같이 할 기고 지금도 그 생각에는 변함없어."

"뭐? 그럼 너 왜 왔어?"

"말했잖아. 난 단 한 번도 바뀐 적 없다고. 그래서 왔어."

태훈은 황당하다는 얼굴을 했다. 생각했던 것과는 한참이나 다른 대답에 잠시 말문이 막혔다.

"그리고 다시 한 번 말하지만, 여전히 내 결정에 후회는 없어."

태훈은 식탁 위를 짚은 도형의 손을 내려다봤다. 와이셔츠 소매 아래로 드러난 손등에 2cm 정도 길이의 흐려진 흉터가 드러나 있었다. 시야에 드러난 것은 2cm였지만 셔츠를 들어보면 더 긴 흉터가 남아 있을 것이다. 그걸 보니 갑자기 입안이 썼다. 태훈의 표정이 좋지 않게 변했다. 그걸 알아챈 도형이 식탁 위에서 손을 떼어냈다.

"어디 가?"

좀 더 대화를 나누고 싶었던 태훈은 자리를 벗어나려는 도형의 등 뒤에 대고 물었다.

"담배 사러."

짧은 대답을 끝으로 도형은 집을 벗어났다. 홀로 남겨진 태훈의 한숨 소리가 좁은 부엌 안에 울려 퍼졌다.

"스톱!"

창문을 닫아놨음에도 우렁찬 목소리가 무엇을 말하는지 충분히 전해졌다. 차에 시동을 건 도형이 액셀을 밟으려다 깜짝 놀라 급하게 브레이크를 밟았다. 갑자기 튀어나온 해솔이 창문을 두드리며 차의 진로를 막으려 했기 때문이었다. 도형이 무시무시한 기세로 차에서 내리자마자 해솔이 그의 팔에 매달렸다.

"나 좀 태워줘."

"뭐?"

"차 두고 왔잖아. 버스 타고 가야 하는데, 늦었단 말이야."

시간을 확인한 그는 황당하다는 얼굴을 했다. 차가 막힌다는 것을 감안해도 늦지는 않을 시간이었다.

"뭐가 늦어?"

"오늘 우리 팀 회의 있는 날인데. 팀 회의 있는 날은 30분 일찍 출근해야 해."

도형이 아직 답을 건네지 않았음에도 해솔은 당당하게 보조석을 차지하고 앉았다. 반대쪽으로 걸음을 옮긴 그가 보조석 문을 벌컥 열었다.

"내려."

"야, 치사하게!"

"누가 보기라도 하면 뭐라고 말하려고?"

"오다가 만나서 태워줬다고 하면 되잖아. 아니면 근처에서 내려주든가. 야, 그리고 그런 거 걱정할 거면 네가 우리 집에서 나가야지. 같이 사는 거 걸리는 게 가장 큰 문제……."

말이 끝나지 않았음에도 도형은 문을 쾅— 소리가 나게 닫았다. 놀란 해솔이 움찔하며 어깨를 움츠렸다. 순식간에 운전석에 올라탄 그는 그대로 차를 출발시켰다.

"근처에서 내려."

"알았다니까."

시간을 한 차례 확인한 해솔은 차 안에서 옷매무시를 가다듬었다. 뒤이어 화장 상태를 확인하고 그대로 콤팩트를 닫으려다 무슨 이유에서인지 검지 끝을 물끄러미 응시했다.

아침에 일어나 세수를 하려던 그녀는 손에 붙어 있는 밴드를 뒤늦게 발견했다. 손을 다쳤지만 치료를 한 기억은 없었다. 피는 멎었고 별거 아닌 상처여서 그냥 잠든 기억이 전부였다.

해솔은 운전을 하는 도형의 모습을 바라봤다. 무심해 보이는 옆얼굴이 눈에 들어왔다. 설마— 그녀는 고개를 두어 번 가로저었다. 그럴 리가 없다.

"형은 언제까지 있을 거래?"

"당분간 계속 있을 건가 봐. 훈련도 집에서 오갈 거래."

교차로에서 신호에 걸린 차가 멈춰 섰다. 해솔이 조금 늦을 수도 있다는 메시지를 지혁에게 보내두고는 도형의 얼굴을 힐끗 응시했다.

"너 당분간 주말 반납이겠다?"

"왜?"

"왜긴. 주태훈이 왔는데 과연 네가 주말에 집에서 편히 쉴 수 있을까?"

도형의 표정이 확 구겨졌다. 그 반응에 해솔은 가볍게 웃음을 터트렸다.

"그러니까 진작 나가지 그랬어."

"네가 웃을 때가 아닐 텐데."

"내가 왜?"

"내가 형이랑 같이 나가는데, 너라고 얌전히 집에서 쉴 수 있겠어?"

해솔의 얼굴이 단번에 굳어졌다. 아니라고 부정하고 싶은데, 어쩐지 입이 떨어지질 않았다. 시간이 좀 더 흐른 뒤에야 창을 향해 고개를 돌리며 혼잣말을 하듯 중얼거렸다.

"싫어. 난 절대 안 나가. 절대."

절대 끌려 나가지 않겠다고 다짐하듯 재차 중얼거린 해솔의 말을 도형은 단번에 비웃었다. 차 안은 찬물을 끼얹은 듯 조용해졌다.

그래, 내가 잠시 정신 줄을 놓았나 보다. 너도 못 이기는 주태훈을 내가 무슨 수로 이기겠니.

"표정 안 풀래?"

"왜? 내 표정이 어때서? 나 원래 평소에도 이런 표정이었어."

해솔이 잔뜩 찌푸린 얼굴로 답하자 태훈이 검지로 그녀의 미간을 꾹꾹 눌렀다. 뒤로 안 밀려나려 힘을 줬지만, 힘의 차이를 이기지 못해 결국 제자리에서 두어 걸음 물러서고 말았다.

"지겹지도 않아? 아니, 매일 하는 게 야구면서 무슨 야구를 훈련 없는 날에도 하냐고."

"서도형이랑 하는 건 몇 년 만이지."

"그럼 서도형만 데리고 나오면 되잖아."

"짐꾼이 없잖냐."

바닥에 내려놓은 가방을 가리키며 건넨 대답에 해솔이 뒷목을 잡았다. 차를 타고 무려 한 시간 넘게 이동해야 하는 곳에 자신을 끌고 온 이유라는 것이 어처구니없을 정도로 황당했기 때문이었다.

"이거 잘 지키고 있어."

멀어져 가는 태훈의 뒷모습을 노려보다가 스탠드에 힘없이 주저앉았다. 도형의 말대로였다. 태훈이 돌아오자마자 두 사람의 주말은 고스란히 그에게 반납해야 했다. 해솔은 끝까지 안 나가겠다고 버텨봤지만 소용없었다. 겉옷을 챙겨 입어야 할 정도로 서늘한 날씨였음에도 속에서는 열불이 났다. 챙겨온 짐 속에서 음료수를 찾아 꺼낸 해솔이 순식간에 반을 마셔 버리고는 뚜껑을 닫아 옆에 내려놓았다.

"야, 도형이 오랜만이네."

주변이 조금 소란스러워졌다. 해솔의 시선이 자연스럽게 소리가 난 방향으로 움직였다. 가벼운 트레이닝복 차림으로 나타난 도형이 태훈의 친구들과 인사를 나누고 있었다. 그는 어릴 때부터 태훈에게 끌려 다니며 야구를 했다. 처음에는 흥미 없는 것처럼 굴었어도 워낙 승부욕이 강한 도형은 태훈만큼이나 야구를 열심히 했고 연습을 게을리하지 않았다. 저녁에도 늘 집에 와서 배트를 휘둘렀다. 결국 고등학생 때는 주전으로 들어가 4번 타자 자리까지 꿰찼다. 모든 일에서 그는 대충하는 법이 없었다.

해솔은 그런 도형을 좋아했었다. 새삼 떠올린 기억에 그녀는 픽 가늘게 웃음을 흘렸다. 그사이 인원이 모두 모인 건지 대충 팀을 짜고는 경기를 시작했다. 현역 프로 선수로 뛰고 있는 태훈과 민건을 중심으로 팀 구성을 짠 모양이지만, 그래도 태훈의 팀이 우세해 보였다.

"으, 지겨워."

몇 시간째 계속 앉아만 있으려니 고역이었다. 하품하며 기지개를 켜는데 갑자기 주변이 어두워진 느낌이 들었다. 고개를 들자 공수 교대로 잠시 쉬는 타임이 생긴 도형이 눈앞에 서 있었다.

"입은 왜 그렇게 내밀고 있어?"

"원래 이래. 근데 이거 언제까지 할 거야?"

"좀 있으면 끝나."

"그냥 대충 하고 가지? 어차피 승패 갈린 거 같은데."

도형은 해솔의 옆에 놓인 물병을 손에 들었다. 물을 한 모금 마시고는 입가를 닦아내며 운동장을 내려다봤다. 그는 무덤덤한 얼굴로 공을 던지고 있는 태훈을 보며 말했다.

"끝날 때까지 끝난 게 아니다. 몰라?"

해솔이 다리를 꼬고 앉아 턱을 괸 채로 그를 올려다봤다. 매사에 뭐가 이리 자신감이 넘칠까? 열세인 상황에서도 기죽지 않는 거야 도형의 성격이 원래 그런 편이니 이상할 거 없었지만 그래도 그는 몇 년이나 야구를 쉬었다.

"그래서 이긴다고?"

"기왕 하는 거 이겨야지."

"야, 네가 오빠 공을 참도 칠 수 있겠다. 첫 타석 삼진. 두 번째 타석 내야 땅볼이었잖아? 그것도 수비 실책으로 아슬아슬하게 세이프. 근데 바로 뒤에 민건 오빠가 병살타 쳐서 점수는 못 냈고."

안 보는 거 같으면서 해솔은 경기를 꽤 집중해서 본 모양인지 경기 내용에 대해 술술 이야기했다.

"옛날에나 잘했지 지금 몇 년을 쉬었는데 네가 오빠 공을……."

"치면?"

"뭐?"

"내가 큰 거 하나 치면 어떡할래?"

큰 거 같은 소리 하고 있네. 지겨운 얼굴을 하고 있던 해솔이 재미있는 일을 발견한 것처럼 갑작스레 눈을 빛내며 흥미 가득한 얼굴을 했다.

"못 치면?"

"뭐?"

"너 되게 자신만만한가 본데. 좋아. 2루타 이상, 아니면 타점 올리는 것까지 인정. 치면 네가 이기는 거고, 못 치면 내가 이기는 거고. 원하는 거 하나 들어주기. 콜?"

툭— 가방 위로 물병을 던진 도형이 대답 없이 자리로 돌아갔다. 그게 긍정의 의미라는 걸 해솔은 알고 있었다. 시합은 계속되었고 돌고 돌아 다시 도형의 타순이 돌아왔다. 마지막 공격이었다.

"그럼 그렇지."

2사에 주자가 두 명 나가 있었고 타석에는 도형이 서 있었다. 투 스트라이크 투 볼인 상황에 해솔은 이미 결과가 판가름 났다고 생각했다. 태훈은 아마 결정구를 던질 거고 경기는 그대로 끝이 날 거다.

"집에서 나가라고 하자."

이미 마음을 굳힌 해솔이 반 정도 남은 음료수를 마시기 위해 뚜껑을 연 순간이었다. 와— 함성 소리와 함께 시간이 멈춘 듯 그녀는 손가락 하나 까딱하지 못하고 굳어진 채 커다란 눈동자만 굴렸다.

'말도 안 돼.'

깡— 소리를 내며 날아간 공이 허공으로 높이 떠올랐다. 쭉 뻗으며 멀리 날아간 공은 외야수의 키를 넘겨 땅에 떨어졌다. 주자 두 명이 연달아 홈에 들어왔고 2루까지 달린 도형이 세이프 판정을 받고는 주먹 쥔 한 손을 들어 올렸다. 같은 팀인 사람들의 환호성이 그녀가 있는 곳까지 들려왔다.

"서도형 저 자식 결국 사고 치네!"

손을 내린 도형이 웃었다. 정말로 즐겁다는 듯, 꾸밈 하나 없이 순수하게 웃는 얼굴이었다. 해솔은 넋을 놓은 얼굴로 그 모습을 바라봤다. 고등학생 때도 저런 얼굴을 가끔 볼 수 있었다. 평소 무심한 얼굴을 하고 있던 도형이 오늘처럼 팀에 기여를 하는 득점을 하게 될 때면 아주 잠깐이지만, 저런 식으로 웃고는 했다. 그게 좋아서, 그 찰나의 순간이 너무 좋아서, 해솔은 도형의 경기를 자주 보러 갔었다.

"웃어봐."

"뜬금없이 이게 뭐래."

"아까 베이스에서 나 보고 웃은 거, 그렇게 또 웃어보라고."

"누가 너 보고 웃었대?"

"웃었잖아."

"너 본 거 아니야."

도형은 그렇게 말했지만, 순수하게 기뻐하던 순간의 가장 끝에는 늘 약속이라도 한 것처럼 해솔을 바라봤다. 지금도 그랬다. 야구모를 벗은 그는 해솔이 있는 방향을 바라봤다. 입가에 남은 미소가 채 지워지기 전이었다. 그것은 아주 오래전, 해솔이 가장 좋아했던 서도형의 모습이었다.

4

"넌 머리를 왜 달고 다니냐? 붕어 대가리도 아니고. 저 새끼 고등학교 때 4번 타자였던 거 그새 까먹었어?"

"그게 언제 적 일인데!"

"대학 가서도 프로로는 안 뛰었어도 야구는 계속했잖아."

"그래도 그렇지. 그 이후로 몇 년을 쉬었는데 어떻게 저렇게 쳐?"

"가끔 쳤나 보지."

"두 번째 타석 돌 때까지는 분명 못 쳤잖아."

"두 번 서고 보니 감 잡았을 수도 있고."

태훈의 말에 안 그래도 우울한 해솔의 기분이 바닥을 쳤다. 결국 서도형은 2타점을 만들어냈고 경기 결과는 도형의 팀이 역전승을 거뒀다. 두 사람이 내기했다는 사실과 그 내기에서 도형이 이긴 사실을 알게 된 태훈은 해솔을 바보 취급하면서도 이내 불구경하듯 흥미로운 얼굴을 했다.

"안 무섭냐?"

"뭐가?"

"서도형이 뭘 요구할지."

눈가에 작은 경련이 일어났다. 질 거라고는 생각지 않았기에 도형이 뭘 요구할지에 대해서도 생각해 보지 않았다. 씨이— 작게 중얼거린 해솔이 억울하다는 얼굴을 했다.

"서도형이랑 짜고 일부러 쉽게 던진 거 아냐?"

"이게 까불고 있어."

빈 물병으로 해솔의 머리를 콩— 때린 태훈이 몸을 일으켜 세웠다.

"짐이나 챙겨."

조금 전 물병으로 맞은 머리를 매만진 해솔이 아랫입술을 꾹 깨물었다. 말은 그렇게 했지만, 해솔은 태훈의 승부욕이 어느 정도인지 알고 있었다. 봐줬다는 건 생각할 수 없었다. 힘없이 일어선 그녀는 가방을 챙겼다.

"밥이나 먹고 들어가자."

"지난번에 먹었던 곳 어때?"

"그래, 거기 괜찮더라."

앞서 걸어가는 무리의 대화가 귓가에 전해졌다. 그렇게 뛰었으면서 지치지도 않는 건지 아예 저녁까지 먹고 들어갈 생각인 모양이었다.

'아, 집에 가고 싶다.'

터벅터벅 지친 걸음을 옮기는 해솔의 곁으로 누군가 다가서는 기척이 느껴졌다. 어깨가 가벼워졌다 싶어 고개를 들어보니 익숙한 얼굴의 남자가 가방을 대신 들어줬다.

"주태훈은 어쩜 변하지를 않냐. 이거 너보고 들라고 하든?"

태훈의 가장 오래된 친구인 민건이었다. 해솔이 최대한 불쌍한 표정으로 고개를 끄덕이자 짧게 웃으며 머리를 두어 번 토닥였다.

"네가 고생이 많다."

민건과는 어린 시절부터 자주 봐온 사이였고, 태훈의 친구 중 그녀가 가장 편하게 대하는 사람이기도 했다. 화기애애한 분위기 속에 즐겁게 대화를 나누며 함께 걸음을 옮겼다.

차를 세워둔 곳에 도착한 해솔은 목을 좌우로 움직이며 간단하게 스트레칭을 했다. 별로 한 것도 없이 관람만 했는데도 정신은 피폐해졌고 몸은 지쳤다. 슬쩍 빠지고 싶었지만 차를 안 가지고 와서 난감한 상황이었다.

"우리 먼저 출발한다. 이따 보자."

저녁을 먹고 들어가기로 한 이들은 약속 장소를 모두 알고 있는 건지 각자 자신의 차량으로 이동했다. 태훈에게 끌려 나오느라 지갑도 챙겨오지 못한 해솔은 차라리 도형에게 돈을 빌려 택시라도 타고 돌아가자는 생각으로 주변을 둘러봤다. 민건이 담배를 피우고 있는 모습을 확인한 해솔은 도형을 찾기 위해 차에서 조금씩 멀어져 갔다.

"서도형."

멀리서 걸어오고 있는 도형의 모습을 발견한 해솔은 그를 향해 뛰어갔다. 도형까지 왔으니 곧 출발할 것 같아 민건이 담배를 끈 순간이었다.

"야, 얼른 타."

"왜?"

"빨리."

태훈의 재촉에 영문을 알 수 없는 얼굴로 차에 올라탄 민건이 문을 닫았다. 태훈은 기다렸다는 듯 곧장 차를 출발시켰다.

"야, 쟤들 안 탔잖아."

당황한 민건의 말에 그는 코웃음을 쳤다.

"안 탄 게 아니지."

"뭐?"

"안 태운 거지."

뭐가 그리 즐거운지 혼자 신난 태훈이 그 어느 때보다 크게 웃음을 터트렸다. 차 안은 한동안 그의 웃음소리로 가득했다. 민건은 질렸다는 반응을 보였다.

"미친놈. 네 나이 좀 생각해라. 네가 지금 여동생 괴롭힐 때냐?"

"뭘 모르면 말을 마라. 이게 다 도와주는 거다."

민건은 이제 한심하다는 얼굴로 혀까지 찼다. 얼마나 밟은 건지 이미 거리가 꽤 멀어진 상태였다. 태훈의 팔을 주먹으로 툭 한 대 때려봤지만 그는 반항하듯 속력만 더 높였다.

"세워, 새끼야."

"너도 걸어가고 싶냐?"

"아, 이 새끼가."

"얌전히 내 말 들어라. 진짜 도와주는 거라니까. 나 같은 오빠가 세상에 어디 있냐?"

"너 같은 오빠가 세상에 둘 있으면, 그 세상이 평화롭겠냐? 헬이지, 헬."

결국 끝까지 차를 세우는 일은 없었다. 돌아가기에는 이미 늦은 것 같았다. 민건은 유리창에 머리를 툭― 기대며 한숨을 내쉬었다. 어떻게 해도 말을 듣지 않을 거 같아 포기했다. 안타깝지만 그 역시 주태훈을 이길 수는 없었다.

돌이 된 듯 굳어진 해솔이 황망한 얼굴로 차가 사라진 방향을 응시했다. 도형 역시 마찬가지였다. 차가 떠나는 모습을 발견하고 걸음을 멈춘 그는 태훈의 장난을 금세 눈치챘다.

"주태훈 진짜 미친 거 아니야?"

뒤늦게 사태를 파악한 해솔이 분노를 억누르지 못하고 소리쳤다. 워낙에 오랜만이긴 했지만 예전에 지겹게도 당했던 장난이었다. 이미 이런 장난에 이골이 난 도형은 시간이 좀 더 지나자 상황을 받아들인 얼굴로 담담하게 반응했다.

"이 근처에서 저녁 먹을 거 아니야. 어디로 갔는지 몰라?"

"몰라. 저번에 먹었던 곳이라고만 들었는데, 저번에는 내가 안 왔으니까 당연히 모르지."

엄지손톱을 물어뜯으며 태훈을 욕하던 해솔이 갑작스레 불안한 시선을 도형에게 보냈다. 반듯한 도형의 눈썹이 살짝 치켜 올라갔다.

"왜?"

"너 돈 있어?"

"있어."

"아, 다행이다. 그럼 그냥 택시 타고 가자. 나중에 반 줄게."

해솔의 얼굴에 안도의 기색이 스쳤다. 어차피 돈을 빌려 택시를 타고 돌아가려고 생각했던 해솔에게는 이 상황이 이제 전화위복이 되었다. 함께 이곳에 남게 된 도형이 택시비 반을 부담하게 됐으니 더 이득이기도 했다.

"내 가방은?"

"어?"

"가방."

"그걸 왜 나한테서 찾아?"

태훈의 짐을 실을 때 도형의 가방은 그보다 먼저 차 안에 실려 있었다. 그것을 떠올린 해솔이 다시금 불안한 얼굴을 했다.

"설마…… 돈이 가방 안에 있어?"

"그럼 돈 가지고 경기하냐?"

어째서 좋지 않은 예감은 늘 이렇게 잘 들어맞는 걸까. 결국 지금은 돈이 없단 소리였다. 절망스러운 상황에 손을 들어 얼굴을 가린 해솔이 헛웃음을 뱉어냈다. 누군가에게 연락하고 싶어도 두 사람 모두 휴대전화를 가방 안에 넣어둔 상태였다.

"가방 주태훈이 가져갔잖아. 차 안에 있단 말이야. 너 진짜 한 푼도 없어?"

해솔이 간절한 바람을 담아 급하게 주머니를 뒤졌다. 도형도 그제야 자신의 옷을 뒤적였다. 그의 주머니에서 반으로 접힌 지폐 몇 장이 손에 딸려 나왔다.

"칠천 원? 택시는 어림도 없네."

"일단 탄 다음에 집에서 계산해 주면 되잖아."

너무 궁지에 몰리면 쉬운 방법도 생각이 안 나는 법이었다. 도형의 답에 해솔이 그 방법이 있었다며 손뼉을 치며 기뻐했다.

"그 정도도 생각 못하고. 붕어냐?"

"너 우리 오빠랑 그만 놀아라. 어쩜 말하는 게 그리 똑같냐?"

"빨리 오기나 해."

서도형과 싸워봐야 입만 아프지. 체념한 해솔은 입을 꾹 다물고는 그를 따라 걸음을 옮겼다. 두 사람은 차가 다니는 큰길로 이동했다. 하지만 얼마 지나지 않아 다시 절망하고 말았다.

"뭐야. 버스도 한 시간에 한 대 다니고. 택시는 보이지도 않잖아. 무슨 동네가 이래?"

도형의 계획마저 틀어졌다. 야구 시합을 한 곳은 차가 잘 다니지 않는 동네였고, 택시를 찾아볼 수 없었다. 1시간 동안 기다렸지만 단 한 대도 보이질 않았다. 결국 두 사람은 수중에 있는 칠천 원으로 음료수를 하나씩 사서 버스에 올라타야 했다.

"우리 이래서 오늘 안에 집에 가겠냐."

뒤에서 두 번째에 있는 좌석에 앉았다. 버스 안에 탄 손님이라고는 두 사람을 제외하고 교복을 입은 학생 한 명뿐이었다. 버스는 조용한 분위기만큼이나 무척 느리고, 지나치게 안전하다 생각이 들 만큼의 운행을 하고 있었다.

'옛날 생각나네.'

고등학생 때는 늘 함께 버스를 탔다. 아침 연습으로 도형이 일찍 나가야 했지만 해솔이 그 시간에 맞춰 일어났고 함께 학교에 가는 것이 대부분이었다. 대학에 들어간 도형이 면허를 딴 뒤에는 한 번도 함께 가는 일이 없었지만 말이다.

"야."

옛일을 떠올리던 해솔이 무슨 이유에서인지 갑작스레 표정을 구기고는 도형을 불렀다. 그의 손에 생긴 상처를 뒤늦게 발견했기 때문이었다.

"너 손 다쳤잖아. 피까지 났네."

상처에 아주 잠시 시선을 준 그는 별거 아니라는 얼굴로 다시 창을 향해 고개를 돌렸다. 물로 한 차례 씻어낸 것 같긴 했지만, 까진 상처에서 피가 흘러나와 그대로 굳어 있었다.

"뭐야. 난 손 베인 거 가지고 그 잔소리를 하더니."

"밴드 있어?"

"없지."

"연고는?"

"있을 리가."

"살 돈은?"

없다. 수중에 있는 돈으로 음료수를 사먹었고 버스를 탔다. 남은 돈으로는 밴드를 살 수 없었다.

"그러니까 그냥 있어. 별거 아니니까."

"아까 말했으면 음료수 안 사먹고 밴드라도 샀을 거 아니야."

작게 툴툴거리는 목소리가 들려왔다. 그냥 며칠 두면 나을 상처였음에도 꽤 신경이 쓰인 모양이었다. 도형은 손을 주머니에 넣었다.

"이기면 소원 뭐 말하려고 했어?"

상처 난 손이 시야에서 사라지자 해솔의 시선이 자연스럽게 그를 향해 움직였다. 살짝 숙였던 고개를 제자리로 돌려놓으며 의자에 편히 몸을 기댄 그녀는 거짓 없이 솔직하게 답을 건넸다.

"우리 집에서 나가라고."

"아쉽겠네. 못 쫓아내서."

"알면 네 발로 나가든가. 소원 뭐 말할 거야? 매도 먼저 맞는 게 나으니까 빨리 말해."

"킵."

"킵이 어디 있어? 제한 둘 거야. 한 달 안에 말해. 그 뒤에는 무효야."

"그 안에 원하는 게 생기겠지. 지금은 없어."

보름이라고 할 걸 그랬다며 해솔이 뒤늦게 후회를 했다. 도형이 뭘 요구할지 한 달이나 마음 졸이고 있어야 한다고 생각하니 벌써 스트레스였다.

"내려."

"여기서? 왜?"

"택시 타고 가게."

버스가 큰길로 진입했고 번화가로 보이는 곳에 도착하자 도형이 벨을 눌렀다. 어차피 집까지 한번에 가는 버스가 아니었다. 모르는 동네라 길이 낯설기도 했고 버스를 갈아탈 돈도 없었기에 순순히 따라 내려 택시를 타기로 했다. 멀지 않은 곳에 택시 승차장이 보였다.

"배도 고프고, 춥고, 거지가 따로 없네."

해가 지기 시작했고, 주변 공기가 서늘해졌다. 그뿐만이 아니라 바람도 많이 불었다. 제멋대로 흩날리는 머리카락 때문에 그녀가 표정을 찌푸렸다. 머리카락을 한쪽으로 모아봤지만 여지없이 다시 흐트러져 산발이 되자 아예 포기한 듯 바람이 부는 대로 가만히 놔두었다.

"산발해서는."

뒤에 서 있던 도형이 자신의 모자를 해솔의 머리에 씌워주었다. 덕분에 머리카락이 바람에 마구 흩날리지는 않았지만, 그녀는 조금도 고맙지 않다는 얼굴로 입을 삐죽였다.

"좋게 주면 어디가 덧나? 바람이 세게 부는 걸 어떻게 하라고?"

"자르든가."

"네가 나 단발 안 어울린다고 했잖아. 자르지 말라고 예전부터 귀에 못이 박히게 말하는 바람에 내가⋯⋯."

소리치던 해솔이 말끝을 흐렸다. 딱히 도형 때문에 기른 머리가 아닌데, 마치 그런 식으로 되어버린 것 같은 상황이었다. 집요한 그의 시선이 해솔의 얼굴 위에 머물렀다. 감정을 추스르지 못한 얼굴로 도형을 마주한 해솔은 피하듯 모자를 깊게 눌러쓰며 돌아섰다.

"여름 되면 자를 거야."

아까의 상황과 다르게 택시는 금세 잡혔다. 집에 도착할 때까지 두 사람 사이에 오가는 대화는 없었고 택시 기사의 취향이 반영된 노래만이 좁은 공간을 채우고 있었다.

"기사님, 잠시만 기다려 주세요. 금방 지갑 가지고 나올게요."

결국 두 사람은 어둑어둑한 밤이 되어서야 집에 도착했다. 집 안으로 뛰어들어 간 해솔은 지갑을 챙겨 들고 다시 밖으로 나와 돈을 지급했다. 택시를 보낸 뒤 다시 안으로 들어서려는데 정원에 서 있는 도형과 맞닥뜨렸다.

"안 들어가고 뭐 해?"

오늘따라 정원에 있는 조명을 모두 켜놓지 않은 상태였다. 그 때문에 주변이 평소보다 어두워 잘 보이지 않았는데, 가까이서 보니 도형은 담배를 피우고 있었다. 해솔의 모습을 발견한 그는 얼마 피우지 않은 담배를 그대로 꺼버렸다.

"왜? 계속 피우지."

그는 대답 대신 해솔에게 성큼 다가섰고 그녀가 쓰고 있는 자신의 모자를 다시 가져가며 말했다.

"자르지 마."

불어오는 바람에 긴 머리카락이 흩날렸다. 흐트러진 머리카락을 손으로 쓸어 넘기려 멈칫한 해솔이 그를 올려다봤다.

"뭐?"

머리카락의 끝을 가볍게 손끝에 쥔 그가 해솔을 향해 고개를 살짝 숙였다. 웃음기 하나 없는 무심한 얼굴이 코앞에 있었다.

"나 때문이라며."

높낮이 없이 일정한 톤의 목소리가 어둠 속에서 속삭이듯 전해졌다.

"그럼 자르지 말라고."

그와 동시에 불어오던 바람이 멎었다. 도형은 손끝에 쥔 머리카락을 천천히 놓아주고는 돌아서서 멀어져 갔다. 아니라고 말했어야 했는데, 그는 이미 시야에서 모습을 감췄고 말할 타이밍을 놓쳐 버렸다.

"여기서 뭐 하나?"

등을 툭 건드리는 손길에 정신을 차린 해솔이 고개를 돌렸다. 잠시 멍한 상태로 상대방의 얼굴을 확인하던 그녀의 표정이 점차 구겨졌다. 그와 동시에 잊고 있던 분노도 함께 고개를 들었다.

"주태훈."

"어쭈, 이게 오빠한테. 호칭 똑바로 안 해?"

"길바닥에 동생을 버리고 가는 게 오빠야?"

주먹 쥔 손을 뻗었지만 태훈은 그것을 쉽게 피했다. 해솔이 씩씩거리다가 결국 화내는 것조차 포기했다. 아무리 주먹을 뻗어봐야 운동신경 좋은 태훈은 그것을 모두 피할 것이 분명했다.

"서도형은?"

"들어갔어."

"별일은 없었고?"

"무슨 일?"

뭔가를 가늠하듯 해솔의 얼굴을 바라보던 태훈이 짧게 한숨을 내쉬고
는 그녀를 지나쳐 갔다.

"저 병신. 밥상을 차려줘도 못 먹지."

"무슨 소리야?"

"그런 게 있어. 넌 몰라도 돼."

성큼— 걸음을 옮기는 태훈을 따라 해솔도 집 안으로 들어섰다. 집으로
돌아올 때는 그렇게 배가 고팠는데 막상 집에 도착하고 보니 아무것도 하
기가 싫었다. 해솔은 곧장 샤워부터 했고 저녁을 거른 채 침대에 누웠다.

"그러고 보니 저 자식 상처는 치료했나?"

몸을 옆으로 뒤척이고는 닫힌 방문을 바라봤다. 도형의 손에 난 상처가
떠올랐다. 상처를 가리듯 주머니에 손을 넣던 행동까지 연이어 떠올린 그
녀는 결국 몸을 일으켜 세웠다.

"뭐가 예쁘다고."

분명 그대로 내버려 뒀을 것이다. 툴툴거리면서도 해솔은 구급함을 놓
아둔 안방으로 향했다.

"아빠, 구급함 좀 잠깐 쓸게요."

"구급함은 왜? 어디 다쳤어?"

"아니요. 다친 건 아니고……."

해솔이 커다란 눈동자를 좌우로 한 차례 굴리며 다른 변명 거리를 찾았
다.

"새로 산 구두 좀 내일 신어보려고 하는데, 길이 안 들어서 밴드 좀 쓰
려고요. 저 내일 약속 있어서 아침에 나갔다가 늦지 않게 들어올 거예요.
아빠는 내일 집에 계실 거예요?"

"애비도 나간다. 오랜만에 골프 약속 잡았어."

연고와 밴드만 빠르게 꺼내어 주머니에 넣은 해솔이 그대로 방을 나서
려다 걸음을 멈추고는 뒤를 돌아봤다. 갑자기 좋은 생각이 떠올랐다.

"오빠도 데리고 나가세요."

"바쁜 녀석을 뭐 하러."

"되게 한가해 보이던데. 오늘도 서도형 데리고 나가서 친목 다진다고 친구들 불러내서 야구 시합하던걸요. 그리고 아버지 지인분들이면 오빠 인사시켜 줘도 나쁘지 않잖아요."

"그거야 그렇지."

"오빠 지금 연애도 안 하는 거 알죠? 인사도 시키고, 좋은 혼처 있으면 소개도 좀 해달라고 하세요."

"네 오빠 요새 정말 안 바쁘냐?"

"네."

"그럼 태훈이 좀 잠깐 방으로 오라고 해."

"그럴게요."

이 기쁜 소식을 알리기 위해 해솔은 빛의 속도로 방을 나섰다. 운동신경이 좋아 웬만한 운동을 즐기는 주태훈이지만 그가 유일하게 좋아하지 않는 스포츠가 골프다. 그걸 알고 있는 해솔은 일부러 태훈과 동행할 것을 아버지에게 제안한 것이었다. 오늘 일에 대한 작은 복수였다.

"오빠."

"뭐야. 기분 나쁘게 왜 그렇게 친근하게 불러?"

"친근하게 굴어도 뭐라고 하네. 아빠가 잠깐 방으로 오래."

"지금?"

"응."

아버지가 찾는다는 말에 태훈은 곧장 안방으로 향했다. 해솔은 내일 약속이 있어 일찍 외출할 예정이었다. 어차피 태훈에게 끌려 나갈 일도 없었지만, 그래도 내일은 그 어느 때보다 평화롭고 행복한 주말이 될 것 같았다.

"아마 저녁까지 먹고 들어와야 할 거다."

골프 모임에 한 번 가면 아버지는 대부분 저녁 늦게 집에 돌아오시고는 했다. 그 시간까지 함께 자리를 지키고 있어야 할 태훈을 떠올리니 묵은 체증이 다 내려가는 것 같았다. 해솔은 가벼운 발걸음으로 2층에 있는 도형의 방으로 향했다.

"얘는 또 어딜 갔어?"

노크하고 방에 들어섰지만 도형의 모습이 보이지 않았다. 참 신출귀몰하다 생각하며 뒤쪽 정원에 나갔나 싶어 창가로 다가섰다. 밖을 내다봤지만 정원에도 그의 모습은 보이지 않았다.

"씻나?"

해솔은 할 수 없이 연고와 밴드를 두고 가려 책상으로 다가섰다. 주머니에서 그것을 차례로 꺼내어 책상 위에 놓아두려던 그녀는 잠시 움직임을 멈춘 채 책상의 좌측 코너 쪽을 바라봤다. 스탠드 앞에 이미 밴드와 연고가 놓여 있었다. 연고는 새것으로 보일 만큼 거의 쓰지 않은 것이었다. 밴드 상자를 손에 든 해솔은 천천히 표정을 굳혔다. 구급함에 있던 밴드는 일반 밴드였다. 방수 밴드 같은 건, 단 한 개도 보이지 않았다.

"……방수 밴드."

며칠 전, 해솔이 요리를 하다 손을 다친 일이 있었다. 그리고 다음날 아침, 그녀의 검지에 붙어 있던 밴드는 지금 손에 든 것과 같은 크기의 방수 밴드였다.

"진짜 알 수가 없네."

서도형은 자신의 고백을 가차 없이 차버린 남자였다. 그뿐인가. 정말 다른 사람처럼 한순간에 해솔을 남보다 못한 사람처럼 대했다. 차갑고, 냉정하게.

그때의 기억을 떠올린 해솔이 잠시 눈을 감았다. 어지럼증이 느껴지는 건지 손을 들어 이마를 짚었다가 손에 든 밴드 상자를 내려두고 자신이 가져온 연고와 밴드를 다시 주머니에 넣었다. 해솔은 아무 일도 없었던 것처럼 조용히 방을 빠져나갔다.

❖

부재중 전화 10통. 문자메시지 20건.

태훈이 아침 10시부터 오후 2시가 될 때까지 도형의 휴대전화에 남긴 기록이었다. 골프 모임에 함께 간 그는 전화해서 자신을 빼내달라는 요청을 도형에게 남겼다. 메시지를 확인하는 도중에 다시 또 메시지가 왔다. 결국 도형은 참지 못하고 전화를 했다.

"대체 나보고 어쩌라고?"

[네가 아버지한테 전화해서 나한테 상의할 일이 좀 있다고 해. 그럼 금방 보내줄 거야. 내가 장담한다.]

"내가 형한테 상의할 일이 대체 뭐가 있어?"

[아니면 너도 오면 안 되냐?]

"골프에 취미 없어."

딱 잘라 돌아온 답에 태훈이 발끈하며 소리쳤다.

[나라고 있겠냐?]

"그거야 형 사정이고."

[너 어제 내가 좋은 기회까지 만들어줬는데 이럴 거야?]

좋은 기회는 무슨. 도형이 표정을 구기며 물을 튼 호스를 손에 쥐었다.

[나 좀 구해달라고! 주해솔도 약속 있다고 나간 마당에 너도 혼자 심심할 거 아니야!]

"안 심심해. 형은 오늘 저녁까지 먹고 들어와야겠네."

[이게 끔찍한 소리를. 야, 너 진짜 이럴래? 나 여기 조금만 더 있다가는 당장 다음 주부터 맞선 봐야 할 분위기란 말이야.]

여기저기서 여자를 소개해 주겠다고 한 모양이었다. 말은 저렇게 해도

125

태훈은 어른들 앞에서 한없이 깍듯하고 예의 있게 행동할 것이 분명했다. 그건 플러스 점수가 될 거고 결과적으로 그는 맞선 이야기에 더더욱 시달리게 될 것이다. 도형이 소리 없이 웃었다.

"이참에 결혼하든가. 끊는다."

[야! 서도형!]

도형은 가차 없이 전화를 끊었다. 그거로도 모자라 무음으로 휴대전화의 상태를 변경해 두고는 테이블 위에 뒤집어서 놓아두었다. 다시 정원을 손보다가 휴대전화를 한 차례 확인했지만 이제 포기한 건지 더는 전화나 문자가 오지 않았다. 그렇게 조용한 분위기 속에 정원 관리를 마치고 걸음을 돌리려던 순간이었다. 대문이 열리며 해솔이 안으로 들어섰다.

"괜히 새 구두는 신고 나가서, 발 아파 죽겠네."

투덜거리는 목소리가 들려왔다. 약속이 있어 나갔던 해솔이 생각보다 일찍 집에 귀가했다. 정원을 거슬러 올라오던 그녀는 우두커니 서 있는 도형을 발견하고 의아하다는 얼굴을 했다.

"넌 여기서 뭐 해?"

절뚝이는 불편한 걸음으로 도형에게 다가섰다. 거리가 가까워질수록 그의 표정이 좋지 않게 변해가고 있다는 걸 깨달은 해솔이 어중간한 거리를 두고 멈춰 섰다. 뭔가 기세가 심상치 않다. 그걸 깨닫는 것과 동시에 도형이 남은 거리를 좁혀 그녀의 앞에 섰다.

"또 왜 그렇게 심기가 불편한데?"

도형의 시선은 구두를 신은 해솔의 발에 닿아 있었다. 아버지와 태훈은 외출 중이고 집에 남아 있는 사람은 도형뿐이었다. 이럴 줄 알았으면 조금만 더 늦게 들어올 것을. 해솔은 난감하다는 얼굴을 했다. 그녀는 이제 눈앞의 심기 불편한 남자와 남은 주말을 보내야 했다.

"자, 이제 됐지? 밴드 붙였잖아."

소파에 앉아 있는 도형에게 다가선 해솔은 발목 뒤쪽에 나란히 붙인 밴드를 보여줬다. 새 구두를 신느라 까진 상처 위에 붙인 밴드였다. 도형이 무심한 시선으로 밴드를 붙인 발목을 바라보다 TV 화면으로 눈길을 돌렸다.

"뭐야. 밴드부터 붙이라고 무시무시한 기세로 던져 줄 때는 언제고."

해솔이 불만스럽게 중얼거리며 도형의 맞은편 자리에 앉았다.

"너 무슨 상처에 집착증 같은 거 있어? 왜 이렇게 다치는 거에 예민하게 굴어?"

도형은 묵묵부답이었다. 아주 태연한 표정으로 잘도 씹어 드신다. 해솔이 신경질 난 얼굴로 도형을 노려보다 리모컨을 손에 들어 TV를 껐다. 자연스럽게 그의 시선이 그녀에게로 향했다.

"사람이 말을 하면 좀 대꾸를 해. 쳐다보기라도 하든지."

도형은 그 말을 이행하듯 다리를 꼬고 앉아 턱까지 괸 채로 해솔을 바라봤다. 얼굴 위에서 떨어질 줄 모르는 시선에 그녀가 천천히 표정을 일그러트렸다.

"누가 또 그렇게 집요하게 보래? 무슨 말을 못하겠네, 진짜."

당황한 그녀가 먼저 시선을 피하고 나서야 도형은 가볍게 웃음을 흘리고는 TV 리모컨을 손에 들었다. 그가 보고 있던 것은 경제 뉴스였다. 뉴스를 함께 시청하던 해솔이 갑작스레 무릎을 굽혀 왼쪽 발을 소파 위로 들어 올렸다. 밴드를 붙인 곳이 신경 쓰이는 건지 그 주변을 매만지고 있었다.

"불편할 거 알면서 새 구두까지 신고 어디 갔다 온 건데?"

"애들 만났어."

"애들?"

"고등학교 동창."

커피 잔을 향해 뻗은 도형의 손이 허공에서 움직임을 멈췄다. 그는 천천히 손을 거둬내며 해솔의 모습을 가만히 바라보고 있었다. 정작 해솔은 반쯤 떨어져 있는 밴드를 다시 붙이는 일에 여념이 없어 보였다.

"나도 진짜 오랜만에 만나긴 했는데 애들이 네 얘기도 많이 하더라. 너 동창 모임에는 아예 단 한 번도 안 나갔다며?"

"너는?"

"응?"

"넌 자주 나갔어?"

"오랜만에 나갔다니까. 그러니까 너 안 나온 것도 몰랐지. 둘 다 안 나갔으니 알 리가 있나."

"다른 건?"

의미를 알 수 없는 질문에 해솔이 고개를 들었다. 허리를 숙인 불편한 자세로 도형을 올려다봤다.

"다른 일은 없었어?"

"무슨 일?"

질문에 대한 의미를 알 수 없었다. 해솔은 정말 순수하게 궁금해서 되묻는 얼굴이었다. 이상한 점을 감지할 수는 없었다. 가늠하듯 두 눈을 마주하던 그가 한숨을 내쉬었다.

"아니야."

"뭔데?"

"동창회치고 만난 시간이 너무 이른 거 아니야? 보통 저녁에 만나잖아."

화제를 돌리듯 도형이 자연스럽게 대화의 방향을 바꿨다.

"동창회는 무슨. 친한 애들 몇 명만 만나서 점심 먹은 거야."

서너 명이 모인 자리였다. 해솔은 고등학교 동창 모임에는 잘 나가지 않았다. 어쩌다 보니 정말 친하다고 말할 수 있는 친구들은 고교 동창보다는 대학생 때 만난 친구들이 대부분이었다. 그나마 친하게 지냈던 애들과 최근에 연락이 닿아 오랜만에 약속을 잡고 밥을 먹은 것이 전부였다.

"넌 왜 동창 모임 한 번도 안 나간 건데?"

"귀찮아."

지극히 서도형다운 답이라 납득이 됐다. 귀찮아서 모임에 나가지 않았다는 도형과 달리 해솔이 동창 모임에 잘 나가지 않았던 이유는 도형 때문이었다. 주해솔하면 서도형, 서도형하면 주해솔이라는 답이 나올 만큼 두 사람이 붙어 다닌 시절이 고등학생 때였고, 그로 인해 어느 모임에 나가게 되더라도 그녀를 향해 자연스럽게 도형에 대한 질문이 쏟아졌기 때문이었다. 그 외에도 하나의 이유가 더 있었지만, 해솔은 어느 순간부터 자연스럽게 그런 자리를 피하게 됐다.

"다음번에 가게 되면 얘기해."

자리에서 일어선 해솔이 2층 방으로 올라가려는 순간이었다. 그녀가 뒤를 돌아봤지만 도형은 다시 TV 화면을 바라보고 있었다.

"왜?"

"같이 나가."

해솔은 의외라는 얼굴을 했지만, 나쁘지 않다는 생각에 알겠다고 대답했다. 도형이 같이 나가는 자리라면 굳이 해솔에게 그의 소식을 묻는 사람도 없을 것이다.

"서도형 이 새끼 어디 갔어?"

다시 2층으로 올라가려 계단을 밟은 해솔이 흠칫 몸을 굳히고는 뒤를 돌아봤다. 도형 역시 인상을 찌푸리며 벌컥 열린 현관문을 응시하고 있었다. 목소리의 주인공이 누구인지 해솔과 도형은 단번에 알아챘다. 저녁까지 붙들려 있을 거라 생각했던 태훈이 흉흉한 기세를 드러내며 도형에게 다가섰다.

"이 새끼가 먼저 전화를 뚝 끊어?"

태훈이 팔을 뻗어 도형의 목을 졸랐다. 태훈이 그를 대하는 태도는 어린 시절과 별반 다르지 않았다. 도형이 초등학생이든, 고등학생이든, 서른

넘은 성인이든, 주태훈에게는 그저 저런 식으로 예뻐해 줘야 하는 동생인 모양이었다. 도형은 짜증을 냈고 태훈은 다시 한 번 목을 졸랐다. 다 큰 성인 남자 둘이 소파 위에 얽혀든 모습에 해솔이 혀를 차고는 고개를 가로저었다. 저건 대체 언제 철이 들까.

❖

복도를 걷고 있던 해솔이 잠시 자리에 멈춰 섰다. 한 손으로 벽을 짚은 채 아래를 내려다보고 있는 그녀의 표정이 좋지 못했다. 작게 한숨을 내쉬고 구두를 고쳐 신는데 뒤에서 누군가가 서류철로 등을 툭 건드렸다. 지혁이었다.

"걸음걸이가 왜 그래요?"

"내 걸음걸이가 왜?"

"저기서부터 걸어오는 게 상당히 불편해 보이던데요."

그는 복도 끝을 가리키며 말했다. 언제부터 뒤에 서 있던 건지, 불편하게 걷는 모양새를 본 모양이었다.

"어제 새 구두 신고 돌아다녀서 뒤가 까졌는데 이거 꽤 아프네?"

"새 구두 신어서 뒤가 까졌는데, 오늘 또 구두를 신고 왔어요? 운동화 신으면 될걸."

"옷이랑 안 맞잖아."

"그럼 운동화에 맞춰서 옷을 입으면 되잖아요. 여자들은 하이힐을 왜 그렇게 좋아하나 몰라."

"남자가 깔창 까는 거나, 키 높이 신발 신는 거랑 비슷한 심리 아닐까?"

그리 말하며 해솔은 그의 신발을 내려다봤다. 상당히 의심스러운 시선에 지혁이 황당하다는 얼굴을 했다.

"키 높이 아니거든요?"

"요새는 티 안 나게 참 잘 나와. 그렇지?"

"아니라고요."

"그래, 믿어줄게."

"아, 진짜. 아니라니까."

놀리는 재미가 있었다. 해솔이 작게 웃음을 터트리고는 그의 어깨에 팔을 걸치듯 올리며 몸을 기대었다. 예고도 없이 가해진 무게에 잠시 비틀거린 지혁이 이내 제대로 중심을 잡고는 한숨을 내쉬었다.

"기왕 여기까지 온 거 나 좀 업고 갈래?"

"허리 나가요. 그리고 보는 눈이 몇 개인데."

"설령 너랑 나랑 여기서 껴안고 있어도 아무도 의심 안 할걸?"

"의심은 안 해도 흉흉한 기세 내뿜으면서 사람 피 말리는 인간은 있을걸요?"

"누구?"

"있습니다. 그런 사람."

해솔의 팔을 치워낸 그는 시간을 확인했다. 곧 퇴근 시간이었다.

"사무실에 슬리퍼 있을 텐데, 그거라도 가져다줘요? 이따 집에 갈 때 운전해야 하잖아요."

"됐어. 사무실이 코앞인데 뭘. 그리고 차 안에 운동화 있어. 근데 너, 한동안 나한테 삐진 거 같더니 이제 풀린 모양이다?"

"삐지긴요. 그런 거로 사기 친 사람이 나쁜 거지."

"너 저녁 사주려고 그런 거라니까."

"다음부터는 아무리 불러도 안 갈 거예요. 양치기 소년의 최후가 어떤지 알죠?"

"글쎄. 어땠더라? 양이랑 늑대랑 소년이랑 오순도순 잘살았나?"

"동화 모욕해요?"

해솔이 크게 웃음을 터트렸다. 복도를 지나가던 이들이 두 사람을 한 번씩 쳐다보고 갈 정도로 큰 웃음소리였다. 지혁이 손을 들어 얼굴을 한 차례 쓸어내렸다.

"저 지금 되게 부끄럽거든요?"

"나중에 진짜 밥 사줄게. 장난 안 치고 맨정신으로."

"됐어요."

"진짜라니까."

지혁은 결국 알았다며 고개를 끄덕였다. 함께 걸음을 옮기며 사무실로 복귀하려는데 아무래도 해솔의 걸음이 불편해 보여 한쪽 팔을 잡아주었다. 그렇게 세 걸음 정도를 떼어냈을 때, 지혁은 자신의 행동을 후회하며 천천히 걸음을 멈췄다.

"왜 그래?"

그는 상당히 불편해 보이는 표정으로 정면을 응시하고 있었다. 해솔 역시 그의 시선이 향해 있는 방향으로 고개를 돌렸다. 맞은편 복도 끝에서 도형이 이쪽을 쳐다보고 있었다. 무심한 얼굴로 두 사람을 바라보던 그는 곧 개발 사업부 사무실로 모습을 감췄다.

"상사가 퇴근 시간에 사무실 찾는 것만큼 싫은 일도 없을 텐데. 그치?"

해솔이 동의를 구하듯 물었지만 지혁은 한숨만 깊게 내쉬었다.

"근데 개발 사업부에는 웬일이래?"

"큰 공사 하나 진행한다고 하던데요."

해솔은 처음 듣는 얘기였다. 자신도 모르는 걸 지혁이 어떻게 알고 있나 싶어 의아한 얼굴을 했고 그걸 알아챈 지혁이 설명을 덧붙였다.

"개발 사업부 팀장님한테 들었어요."

"요즘 부쩍 가깝게 지낸다?"

"원래 사이좋았어요."

"그래서? 어떤 공사인데?"

"경매에 나온 물건 중에 꽤 오래 입찰이 안 된 물건이 있었나 봐요. 그

거 사들여서 건물 다 부수고 새로 건물 올리고, 공시지가보다도 몇 배로 부풀린 다음 다시 매매하려는 모양이더라고요."

"꽤 오래 입찰이 안 된 거면, 별 볼 일 없는 거 아니야?"

"별 볼 일 없다기보다 원래 그 건물에 있던 입주자들 반발이 엄청 거셌거든요. 보증금도 못 받고 쫓겨나게 생겼으니 당연한 반응인데 그 리스크를 감수할 만큼 좋은 매물은 아니었어요."

"근데 그걸 왜 사들여? 서도형이라고 무슨 뾰족한 수가 있어?"

"설득했어요."

해솔의 눈이 커다래졌다. 그런 그녀를 향해 지혁은 손가락 세 개를 펼쳐 보였다.

"3년 유예 줬어요. 그동안 기존 상가 세입자들 내쫓지 않는 조건으로요. 그 외에도 몇 가지 요구 조건 들어준 모양이에요."

"뭐?"

"그 기간에는 임대료도 인상 없이 기존 그대로 받기로 했고요. 돈 한 푼 못 받고 쫓아내려는 사람들과 달리 그래도 3년의 기간을 주고 어느 정도 합의점을 내민 본부장님 편에 선 거죠."

"딱하긴 한데, 그걸 왜 우리 회사에서 감수해? 임대료야 받는다 치지만, 건물 사놓고 3년이나 묵히라고? 거기다 건물 새로 올리는 게 한두 푼 드는 일이야? 자선사업 하는 것도 아니고."

"자선사업은 무슨."

지혁은 멈췄던 걸음을 옮겼고 해솔도 뒤를 따랐다. 피로감이 몰려드는 건지 그는 손을 들어 뒷목을 매만지며 계속해서 말을 이었다.

"그 건물 있는 지역이 유동인구도 그렇게 많지 않고 노른자 땅이라고 불릴 만한 곳도 아니었는데, 딱 경매로 사들인 시점에 개발이 확정됐어요. 땅값이 오르기 시작했다는 거죠. 주변 개발될수록 건물 가치는 상승할 거 아니에요. 본부장님은 그 기간을 3년으로 잡은 거고, 건물 올린 뒤에 올라갈 만큼 올라간 시세로 처분하려는 거 아니겠어요? 처음이야 약간의 손해는 보겠지만, 결국 그거 다 채우고도 남을 수익이 날 텐데요."

거기까지 들은 해솔은 고개를 끄덕였다. 그렇게만 된다면 분명 돈이 되는 일이었다.

"개발 사업부 팀장님이 본부장님 보고 귀신같다고 하더라고요. 딱 이 시점에 거기 개발이 확정된 게 운이 좋은 건지, 실력인 건지는 아직 잘 모르겠지만요."

"둘 다라고 생각해."

서도형은 뉴스와 신문을 하루도 빠짐없이 챙겨 보며 자료를 찾고, 여러 가지를 조사했을 것이다. 그러니 운이라고만은 할 수 없었다.

사무실에 들어선 해솔은 남은 업무를 모두 마치고 퇴근할 준비를 했다. 이미 팀원들은 모두 퇴근을 한 뒤였고 가장 마지막까지 남은 사람이 해솔이었다. 해솔 역시 한시라도 빨리 차에 올라타 불편한 구두를 벗어 던지고 싶었다. 컴퓨터의 전원을 끄고 가방을 챙겨 드는데 띠링— 메시지 도착 알림음이 울렸다.

「기다려.」

도형에게서 온 문자를 내려다보는 해솔의 표정이 점점 구겨졌다.

"내가 무슨 집에서 키우는 강아지도 아니고."

짧은 문자에 발끈하고는 휴대전화를 가방 안에 신경질적으로 밀어 넣었다. 반항하듯 주차장으로 향한 그녀는 차에 올라타 시동부터 걸었다. 보조석 쪽에 놔둔 운동화를 꺼내려 허리를 굽힌 순간, 벌컥— 문이 열렸다. 화들짝 놀란 해솔이 커다래진 눈으로 위를 올려다봤다.

"내려."

살짝 거친 숨을 몰아쉬는 도형이 그곳에 서 있었다. 해솔이 열린 문을 다시 닫으려 했지만 차 문을 붙들고 있는 도형은 꿈쩍도 하지 않았다.

"내가 왜 내려? 이거 안 놔?"

한쪽은 내릴 생각이 없고, 한쪽은 물러설 생각이 없었다. 팽팽한 줄다리기가 이어졌다. 갑작스레 몸을 숙인 도형이 운전석 쪽으로 쑥 들어왔다. 놀란 해솔이 몸을 굳힌 채 움직이지 못하는 사이, 안전벨트를 풀어낸 그가 팔을 잡아당겨 해솔을 그대로 차에서 내리게 했다.

"야!"

"내 차 타."

가방까지 꺼내어 건네고는 곧장 차 문을 쾅 닫았다. 해솔이 신경질적으로 소리를 질렀다.

"내 차 놔두고 왜?"

"갈 데 있어."

"난 없어. 너 혼자 가."

해솔이 다시 차에 올라타려 했지만 문조차 열지 못했다. 도형이 팔을 놔주지 않았고 운전석에 기대고 있어 힘으로 그를 밀어낼 수도 없었다.

"이러다 누가 보면 어쩌려고 이래?"

"지금 아무도 없잖아. 네가 소란스럽게 굴지 않고 내 차에 조용히 올라타면 아무 문제 될 거 없어."

"근데 내가 네 차에 조용히 올라타고 싶지 않다는 게 중요한 거지."

"오늘 쓸 거야."

"뭘!"

"킵했잖아."

"킵?"

"내기 이긴 거."

운전석에 올라타려 기회를 엿보고 있던 해솔의 표정이 점차 굳어지더니 이내 입이 꾹 다물어졌다. 치사한 놈. 잊고 있었는데 굳이 써먹으려는 모양이었다. 해솔은 결국 도형의 차가 세워진 방향으로 걸음을 옮겼다.

"뭐 할 건데?"

"가면서 얘기할 테니까 일단 타."

차라리 누가 보기라도 하면 좋으련만. 오늘따라 주차장에 개미 새끼 하나 보이질 않았다. 그녀는 결국 도형의 차에 올라탔고 차는 주차장을 벗어나 도로로 진입해 어딘가로 향하고 있었다.

"이제 말해. 어디 가는데?"

"……."

"네 말대로 차에 탔잖아. 그럼 뭘 시킬 건지, 어디로 가는 건지, 그 정도는 알려줘야지."

가면서 얘기해 주겠다던 말과 달리 도형은 운전에만 집중한 채 침묵을 유지하고 있었다. 차가 신호에 걸려 잠시 멈춰 서고 나서야 운전석과 보조석 시트의 열선 버튼을 누르며 행선지를 말했다.

"저녁 먹으러 갈 거야. 모임 있어."

"무슨 모임?"

"대학 친구들 몇 명이랑, 나 파리에 있을 때 알고 지내던 녀석 중 한 명이 한국 들어왔대서 잠깐 좀 보기로 했어."

"근데 그 모임에 왜 나를 데려가?"

"네가 필요한 일이 생겼으니까."

해솔과는 인연이 없는 사람들이었다. 도형과의 접점은 대부분 고등학교에 다닐 때까지만 이어졌고, 그 이후에 만든 인간관계에는 서로가 속해 있지 않았다. 해솔은 의아하다는 얼굴을 했다.

"그러니까 내가 왜 필요한 건데?"

"여자 소개해 주겠다고 계속 성화였는데 이제 말로 거절해서는 안 될 수준이 됐어."

"그래서?"

"너랑 같이 나가면 더는 그런 소리 안 하겠지."

"그러니까 나보고 오늘 그 모임에서 네 여자 친구인 척을 하라는 거야?"

신호가 바뀌었다. 차를 출발시킨 도형은 아무런 대답을 하지 않았지만, 그게 긍정의 답이라는 것을 해솔은 알았다.

"무신경한 새끼."

작게 중얼거린 해솔은 고개를 반대편으로 돌렸다. 세 번이나 차버린 여자한테 그런 걸 시키다니. 도형의 무신경함에 혀를 찼다.

"그래, 좋아."

생각해 보면 못할 것도 없었다. 뭘 시킬지 걱정했는데 차라리 몇 시간만 함께 앉아 있으면 되는 일이니 더 다행인 것이 아닌가. 해솔은 긍정적으로 생각했다.

"근데 무슨 모임을 월요일에 해?"

"시간이 오늘밖에 안 되는 녀석이 있어서 급하게 잡은 거야. 술도 안 먹을 거고, 저녁만 먹고 일어설 거니까 그렇게 알아."

보조석에 편히 몸을 기댄 해솔이 고개를 끄덕였다. 두 시간 정도만 버티다 자리에서 일어서면 될 것 같았다. 그 이상 앉아 있겠다고 해도 아마 도형이 버티지 못하고 먼저 일어설 것이 분명했다.

"밥 먹다가 곤란한 질문하면 그냥 웃어. 대답하지 말고."

"아예 그냥 입 다물고 밥만 먹다 오라고 하지, 왜?"

"그러면 더 좋고."

해솔이 어처구니없다는 얼굴로 도형을 바라보다 차라리 말을 말자 싶어 아예 고개를 돌렸다. 저녁 식사만 하겠다는 도형의 말은 사실이었는지 약속 장소는 조용한 분위기의 레스토랑이었다. 그의 친구 중에는 여자를 데려온 사람도 있었는데, 저녁 식사 자리를 핑계로 도형에게 여자를 소개해 주려던 모양이었다. 해솔의 등장에 조금 당황스러워한 일행은 결국 중간에 자리를 떴다.

"도형이 이 자식, 영 여자한테 관심도 없고 소개해 준다는 말에도 꿈쩍

안 하더니 여자 친구가 있었네요."

"대체 언제부터 사귄 거예요?"

"어릴 때부터 알던 사이야. 집안끼리도 알고."

쏟아지는 질문에 도형이 대신 답했고, 해솔은 그저 웃음으로 대답을 대신하고 있었다.

"그럼 오래 알고 지낸 사이네. 소꿉친구가 연인으로 발전한 거잖아."

"도형이 진짜 돌부처 같았거든요. 얘 좋다는 여자들 많았는데 정말 꿈쩍도 안 했어요."

"맞아. 대학 때 우리 과에서 제일 예쁘다고 소문난 애도 이 새끼한테 목맸었는데."

"야, 해솔 씨 있는데 뭐 하러 그런 얘기까지 해."

"에이, 다 옛날 얘긴데 뭘. 괜찮죠, 해솔 씨?"

남자들의 수다도 만만치 않다고 생각하며 해솔이 고개를 끄덕이고는 괜찮다고 답했다.

"그럼 어릴 때는 친구였고, 언제부터 사귄 거예요?"

"한국 들어올 때쯤."

"왜 갑자기 귀국했나 했더니 이유가 다 있었네."

그 이후로도 여러 질문이 쏟아졌지만 그는 기본적인 질문에만 대답했고 해솔에 대해서는 잘 이야기해 주지 않았다.

"회사 일은 어때?"

대화는 곧 다른 화제로 넘어갔다. 해솔은 조금 편해진 마음으로 식사했다. 어차피 차는 가져오지 않았기에 와인 정도는 괜찮겠지 싶어 앞에 놓인 잔을 집어 들었는데 그 잔을 도형이 곧바로 가져가 버렸다. 해솔이 흘겨보자 한쪽 입매를 살짝 끌어당긴 그는 잔을 입술 위로 기울였다.

"너는 왜 마셔?"

해솔이 들리지 않게 목소리를 한껏 낮춰 도형을 향해 불만스럽게 말했다.

"네가 운전해."

나이프와 포크를 쥔 손이 부들부들 떨려왔다. 속으로는 칼을 갈며 겉으로는 화기애애한 얼굴로 눈빛 교환을 하고 있을 때였다. 맞은편 자리에 앉은 도형의 친구가 그 모습을 보고는 흥분한 듯 목소리를 살짝 높였다.

"와, 니들 지금 서도형 봤냐? 해솔 씨 와인도 못 마시게 하는 거?"

"진짜?"

모두의 시선이 두 사람에게로 쏠렸다. 해솔은 당황했고, 도형은 태연하게 식사를 이어나갔다.

"안 그럴 것 같은 놈이 애인 생기면 더하다니까? 막 저녁에 빨리 들어가라고 전화 몇 번이나 하고 그러지 않아요?"

"아니요. 그렇게까지는……."

"지금 딱 보니까 그런 거 같은데요, 뭘. 도형이가 잘해줘요?"

"네?"

해솔이 힐끗 도형의 얼굴을 바라봤다. 이럴 때나 대신 좀 대답을 해주면 좋을 텐데 도형은 무심한 얼굴로 식사를 이어나가고 있었다. 그녀는 결국 마음에도 없는 대답을 했다.

"네, 잘해줘요."

"자기 일 아니면 세상사 무심한 놈이 그래도 여자 친구라고 잘 챙기나 보네."

챙기기는. 해솔이 억지로 미소 지은 순간이었다.

"마셔."

도형은 보란 듯이 물을 따른 잔을 해솔의 앞에 놓아주며 말했다. 마치 평소에도 작은 행동으로 해솔을 잘 챙기듯이 말이다. 가증스럽기 그지없었다. 해솔이 기가 차다 못해 터져 나오려는 웃음을 꾹 참으며 물을 마셨다.

"저거 봐라, 저거."

도형의 그런 모습을 처음 본 건지 친구들은 한동안 그 주제로 대화를 이어나갔다. 대부분 식사를 마쳐 가는 분위기였기에 해솔은 조금만 더 참자는 생각을 하며 썰어낸 고기를 입안으로 밀어 넣었다. 식사 자리는 그로부터 30분이 더 이어졌고 후식까지 먹은 뒤에야 레스토랑을 빠져나왔다.

"이대로 가기 아쉬운데 가볍게 한잔하고 가지?"

"내일 출근도 해야 하고, 내가 갑자기 데리고 나온 거라 가봐야 해."

"그래? 그럼 뭐 어쩔 수 없지."

2차로 술을 한잔하자는 권유를 뿌리쳤다. 도형은 처음 약속대로 저녁 식사만 하고 돌아갈 생각이었다.

"해솔 씨, 다음에 도형이랑 같이 또 봐요."

"네."

"도형이 없이 부르셔도 됩니다. 부르면 언제든지 달려나올게요."

우르르 몰려든 도형의 친구들이 저마다 명함을 건네줬다. 해솔도 명함을 건네줘야 하나 싶었지만 도형이 불편한 기색을 담은 시선을 보냈다. 주지 말라는 뜻이었다. 금세 알아채고는 고개를 꾸벅 숙여 인사만 건네었다.

"오늘 즐거웠어요. 조심해서 들어가세요."

"네. 다음에 꼭 봬요."

인사를 건넨 해솔에게 잠시 기다리라 말한 도형은 친구들이 서 있는 방향으로 걸음을 옮겼다. 무언가 할 이야기가 있는 모양이었다. 그녀는 조금 떨어진 곳에 서서 도형을 기다렸다.

"아, 또 아프네."

싸하게 밀려드는 통증에 아래를 내려다봤다. 잠시 잊고 있었는데 다시 발목이 아파졌다. 안 그래도 상처 때문에 아픈 상태였는데, 불편한 구두를 몇 시간이나 더 신고 있었더니 한계에 달한 모양이었다.

"내놔."

머리 위에서 떨어진 음성에 해솔이 고개를 들었다. 주변을 둘러보니 그의 친구들은 모두 돌아간 뒤였다.

"뭘?"

"명함."

조금 전 건네받은 명함을 말하는 모양이었다. 가지고 있어봐야 쓸 일도 없을 것 같아 해솔은 순순히 명함을 건네주었다.

"내기 건은 이걸로 끝난 거다?"

"알았어."

"아."

차를 세워둔 곳으로 걸음을 옮기던 해솔이 발을 잘못 디딘 건지 짧은 신음을 내고는 비틀거렸다. 다행히 넘어지지는 않았지만 그대로 걸음을 멈추고 인상을 찌푸렸다. 서너 걸음 앞서 나갔던 도형이 그녀를 돌아봤다.

"왜?"

"발 아파서."

도형은 자연스럽게 해솔의 구두로 시선을 옮겼다. 그는 곧 뒤쪽 발목의 까진 상처를 기억해 낸 건지 미간을 좁혔다.

"너 진짜 붕어냐?"

"뭐?"

"발이 엉망이면 운동화를 신든가."

"운동화 편한 거 누가 몰라? 오늘 입은 옷에 구두가 어울린다고. 너 그 정장에 슬리퍼 신을 수 있어?"

"그럼 운동화에 어울리는 옷을 입으면 되잖아."

"신지혁이랑 같이 짰어? 왜 내가 똑같은 말을 하루에 두 번이나 들어야 해?"

도형은 복도에서 봤던 지혁과 해솔의 모습을 떠올렸다. 팔을 붙잡고 있던 게 부축을 해준 것이었다는 걸 그제야 깨달았다. 그럼 퇴근을 하기 전부터 발이 아팠다는 소리인데, 몇 시간 내내 저 구두를 또 신고 있었다.

"미련하기는."

"너한테 그런 소리 듣기 싫거든? 퇴근하려는 사람 붙잡고 차에 태운 게 누군데?"

도형이 한쪽 팔을 내밀었다. 해솔이 의아한 얼굴을 하자 한숨을 내쉰 그는 직접 해솔의 손을 붙들어 자신의 팔을 붙잡게 했다.

"잡으라고."

당장 구두를 벗어 던지고 싶을 정도로 아팠다. 해솔은 결국 도형에게 부축을 받으며 걸음을 옮겼다. 붙들고 있는 팔이 무척 단단했다. 야구는 관뒀어도 다른 운동은 꾸준히 한 모양이라 생각하며 해솔이 시선을 아래로 내렸다. 오늘은 꽤 추운 날씨였는데 도형은 셔츠의 소매 부분을 몇 차례 접어 올린 채로 걷고 있었다. 아마 식사 중에 접어 올린 걸 깜빡 잊고 내리지 않은 모양이었다. 그 팔을 한참이나 내려다보던 그녀가 고개를 살짝 기울였다. 손등에서 팔목까지 자리 잡은 흉터가 있었다. 꽤 오래전 생긴 흉터인 것처럼 보였다.

"너 이 흉터 뭐야? 이런 흉터가 있었어?"

탁―

갑자기 손을 쳐낸 도형 때문에 해솔은 하마터면 그대로 넘어질 뻔했다. 거부하는 게 확연하게 티가 날 정도로 손을 쳐냈고 도형 역시 놀란 건지 당황스러워하는 기색이 얼굴에 잠시나마 스쳤다. 굳어진 해솔을 향해 한 걸음 다가섰다가 다시 멈춰 선 그는 뻗으려던 손을 그대로 거둬냈다.

"대리 부를 거야."

도수가 높지 않은 와인이라고 해도, 도형은 꽤 많은 양의 와인을 마신 상태라 운전을 할 수 없었다. 그렇다고 발의 상태를 알고도 해솔에게 운전을 시킬 수는 없었다.

"잠깐 여기 있어."

그는 대리 기사를 부르고는 돌아서서 어딘가로 멀어져 갔다. 혼자 남겨진 해솔은 그가 사라진 방향을 한참이나 응시하다 손을 내려다봤다.

"뭐야."

예전에도 이런 적이 있었다. 거부당하고 한없이 떠밀리는 기분. 이유를 알 수 없어 더 서운했고 슬퍼했던 나날이 있었다. 선을 긋는 것처럼 그때의 기억을 상기시키는 지금의 이 상황에 해솔은 금방이라도 울 것 같은 얼굴로 웃어버렸다.

"별것도 아닌데, 더럽게 아프네."

구두를 신은 발이 아픈 건지, 거부당한 손이 아픈 건지, 더는 알 수 없었다. 차를 세워둔 곳으로 다가선 해솔은 닫힌 차 문을 확인하고는 한숨을 내쉬었다. 문을 안 열어주고 갔다. 차에 타 있으려고 했지만 그것마저 여의치 않게 된 상황에 결국 근처 벤치에 앉았다. 구두를 벗고 스타킹만 신은 발로 차가운 보도블록 위를 디뎠다. 발도 아프지만 어쩐지 속이 상해 기분이 더 우울해졌다.

"나쁜 놈."

작게 중얼거린 순간이었다. 툭— 둔탁한 소리를 내며 무언가가 앞에 떨어져 내렸다. 하얀 운동화였다.

"사이즈가 이백사십밖에 없어. 구두보다는 나을 테니까 좀 크더라도 일단 신어."

해솔의 발 사이즈는 230이었다. 도형은 그런 세세한 걸 또 기억하고 있는 모양이었다. 운동화를 사다 줬지만 어째서인지 해솔은 자리에서 움직이지 않았다. 그 모습에 작게 한숨을 내쉰 도형이 넥타이를 살짝 끌어 내렸다. 이내 무릎을 굽히고 그 앞에 앉아 직접 운동화를 신겨주고는 끈을 매줬다.

숨소리는 거칠지 않았지만 도형의 이마에는 땀이 맺혀 있었다. 이 추운 날씨에 말이다. 아마 운동화를 사기 위해 뛰어다닌 걸 테지. 해솔은 이런 도형의 행동을 이해할 수 없었다.

"주해솔."

"왜?"

"뭐 하나 묻자."

"말해."

동의를 얻었음에도 그는 곧장 질문을 건네지 않았다. 잠시 침묵이 흘렀다. 무슨 이야기를 하려고 이렇게 뜸을 들이나 싶었다. 깊이를 알 수 없는 두 눈이 어느새 그녀를 마주하고 있었다. 이유를 알 수 없이 갑자기 긴장되어 어깨를 굳힌 해솔이 그냥 자리에서 일어설까 고민하고 있던 순간이었다.

"왜 헤어졌어?"

질문의 의미를 이해하지 못한 그녀는 의아한 얼굴을 했다. 도형이 이번에는 정확하게 질문의 요지를 전했다.

"권승준 그 자식이랑."

낯익은 듯 낯선 이름 하나에 해솔의 얼굴에서 표정이 사라졌다. 그녀는 뒤늦게 후회했다. 고민하지 말고 자리에서 일어서야 했나 보다. 몇 년간 잊고 지낸 이름을 도형이 꺼내리라고는 생각지 못했다.

승준은 해솔의 옛 연인이었고 세 사람은 고교 동창이기도 했다. 승준과 해솔은 같은 대학에 진학했고 대학에 다니던 시절 3년을 넘게 사귀었지만 헤어진 뒤로는 연락은커녕 얼굴 한번 보지 못했다. 해솔은 무표정한 얼굴을 하고 있었지만 어쩐지 혼란스러워하는 자신의 감정을 그에게 고스란히 내보이고 있는 기분이었다. 아마도 저 집요한 시선 때문일 것이다.

"설마 와인 몇 잔에 취했어?"

더는 이 자리에 있고 싶지 않았던 해솔은 자리에서 일어섰다. 하지만 도형에게 손목이 잡혔고 자신의 의지가 아닌 당기는 힘으로 다시 자리에 앉고 말았다.

"나중에 듣기로는, 나 한국 떠났을 때쯤 헤어졌다던데."

스물네 살이 되던 해의 1월에 도형은 파리로 떠났다. 승준과 헤어진 것은 그가 한국을 떠나기 하루 전날이었을 것이다. 손목을 잡은 손에 꽤 힘이 들어가 있었다. 대답해 주기 전까지는 손을 놓아주지 않을 기세였다. 해솔이 흐트러진 머리카락을 쓸어 올리며 짙은 한숨을 내쉬었다.

"그래, 맞아. 근데 그게 뭐?"

"왜 헤어졌는데?"

"너랑은 상관없잖아. 갑자기 내 지난 연애사는 왜 꺼내는데?"

"3년 넘게 만났잖아. 죽고 못 사는 것 같더니, 왜 헤어졌어?"

죽고 못 산다니. 해솔이 가늘게 웃음을 흘렸다. 왜 헤어졌는지 알면, 서도형은 절대로 자신에게 이런 말을 못 할 것이다. 아니, 해서는 안 된다.

"세상 연인들은 사랑할 땐 다 죽고 못 사는 것처럼 굴어도 시간이 지나면 서로에게 소홀해지고, 헤어질 때쯤에는 결국 남보다 못한 사이가 되는 거야. 이별의 이유도 별로 특별할 건 없어. 나도 그랬고."

해솔은 도형의 눈을 똑바로 마주 봤다. 바람 소리조차 들려오지 않는 고요함 속에서 해솔의 목소리가 전부인 것처럼 그의 귀에 전해졌다.

"봐. 내가 어린 시절에 그렇게 죽고 못 사는 것처럼 널 좋아했어도…… 지금은 아니잖아."

허공에서 얽힌 시선이 잠시 서로를 마주하고 있었다. 무거운 침묵이 두 사람 사이를 채워 나갔고 그녀의 입술이 움직임을 보였다.

"……이제 됐지? 기사님 왔네. 그만 가자."

때마침 대리 기사가 도착한 걸 확인한 해솔은 벗어둔 구두를 손에 들고 자리에서 일어섰다. 사이즈가 커서 그런지 걸을 때마다 운동화에서 터벅터벅 소리가 났다. 그녀는 잠시 걸음을 멈추고 운동화 끝을 내려다봤다. 뒤에서 일정한 간격을 둔 채 따라오던 발걸음 소리도 멈췄다. 해솔이 다시 걸음을 옮기자 뒤를 따르는 발걸음 소리 역시 다시 들려왔다. 차에 올라탈

때까지 그 간격은 멀어지지도, 좁아지지도 않았다. 마치 지금 두 사람의
관계처럼.

❖

　베이지색 원피스에 검은 코트를 챙겨 입은 여자가 백화점을 나서려다
주차장에서 낯익은 남자의 얼굴을 보고는 걸음을 멈췄다. 정장을 차려입
은 남자는 멀리서 보기에도 눈에 확 띌 만큼 훤칠한 키에 잘생긴 외모를
가지고 있었다. 고개를 갸웃거리며 남자에게 다가선 여자는 거리가 가까
워질수록 남자가 자신의 고교 동창이라는 것을 확신하고는 반갑게 아는
척을 했다.
　"너 승준이 아니야?"
　차를 주차해 둔 곳으로 걸음을 옮기던 승준이 자신의 이름을 부르는 음
성에 걸음을 멈추고 뒤를 돌아봤다.
　"맞지? 나 정아야. 기억 안 나? 고등학생 때 같은 반이었는데. 강정아."
　처음에는 여자를 알아보지 못한 듯했지만, 곧 기억해 낸 듯 반갑게 인
사를 건네며 악수를 했다.
　"아, 오랜만이다."
　"그러게. 여기서 이렇게 만나네. 너 진짜 하나도 안 변했다. 멀리서 보
는데 무슨 모델인 줄 알았어."
　"모델은 무슨. 왜 이렇게 치켜세워?"
　"진짜야. 너 학교 다닐 때도 인기 엄청 많았잖아. 안 그래도 애들 만나
면 네 얘기 종종 했는데, 너도 모임 정말 안 나오더라."
　"몇 년은 외국에 있었고, 자리 좀 잡느라. 최근에는 또 운영하는 가게
리노베이션 공사도 예정하고 있어서 정신이 없었어."
　"무슨 일 하는데?"

"레스토랑 운영해."

"그래? 명함 하나 줘. 나도 나중에 한번 가보게."

승준이 명함을 건네었고 정아 역시 자신의 명함을 건네려 백을 뒤적였다. 그러다 실수로 안에 모아둔 명함 몇 장이 밖으로 쏟아졌다. 승준이 그대로 무릎을 굽히고 앉아 바닥에 흐트러진 명함을 함께 주워줬다.

"무슨 명함이 이렇게 많아?"

"다 받은 거야. 얼마 전에 애들 만나서 받은 것도 있는데 정리 한번 해야지."

주워 든 명함을 앞면으로 정리해서 주려 하나씩 넘겨보던 승준이 갑작스레 손을 멈추고는 기묘한 표정을 했다. 금세 태연한 얼굴로 다시 명함을 정리하는 듯했지만, 그는 이미 명함 하나를 다른 손에 빼낸 뒤였다.

"자, 여기."

"고마워."

주운 다른 명함은 모두 돌려줬지만 그중 하나를 돌려주지 않은 승준은 그것을 자신의 셔츠 주머니에 넣었다. 정아는 그것을 보지 못한 듯 자신의 명함 한 장을 찾아 꺼내고는 그대로 백을 닫았다.

"이건 내 명함. 차라도 같이 마시면 좋겠는데 내가 지금 선약이 있어서 아쉽네."

"나중에 레스토랑으로 한번 놀러 와."

"그래, 애들이랑 갈게. 바쁠 텐데 가봐. 다음에 보자."

정아가 멀어지고 승준 역시 차로 걸음을 옮겼다. 운전석에 올라탄 그는 시동을 걸고 차를 출발시키려다 잠시 핸들 위를 검지로 툭툭 두드렸다. 셔츠 주머니 안에 넣었던 명함을 다시 꺼내어 들었다. 앞면에는 커다랗게 그려진 회사 로고와 함께 AK건축이라는 이름이 적혀 있었다. 명함을 뒷면으로 뒤집은 승준은 손가락으로 느릿하게 그 위를 쓸어내렸다.

―리모델링 사업부 팀장 주해솔.

해솔의 명함이었다.

"미친놈. 이걸 왜 챙겨온 거야."

충동적이었다. 이해할 수 없는 행동에 작게 한숨을 내쉰 그는 명함을 정장 안쪽 주머니에 넣고는 차를 출발시켰다. 검은색 세단은 백화점을 벗어나 근처에 있는 오피스텔 주차장으로 들어섰다.

"피곤하네."

감은 두 눈 위를 지그시 누르는 동안 6층에 도착한 엘리베이터의 문이 열렸다. 도어록의 비밀번호를 누르고 집 안으로 들어선 그는 곧장 샤워부터 하고 냉장고에서 생수 한 병을 꺼내어 소파에 앉았다. 이상하리만큼 피로감이 몰려들었다.

"벌써 두 시니까 한 시간만 쉬었다가 바로 나가야겠다."

승준은 큰 규모의 레스토랑을 3개나 운영하고 있었고 그중 하나는 대대적인 확장 공사를 예정하고 있었다. 아직 공사를 맡길 업체를 선정조차 하지 못해 정신없는 나날을 보내고 있었다.

"차라리 하나를 정리할 걸 그랬나."

말은 그렇게 해도 1개의 본점과 2개의 지점 모두 매출이 높아 폐점을 하기는 쉽지 않은 일이었다. 한 시간 만이라도 눈을 붙이고 나갈까 고민하는 그의 시선에 전화기의 응답 기능 버튼이 붉은빛을 내는 것이 잡혔다. 그는 곧장 버튼을 눌렀다. 곧 익숙한 목소리가 들려왔다.

[대표님. 레스토랑 공사 건, 업체별로 견적서 받아 정리해서 보내두었습니다. 공사 기간과 예상 견적 금액, 그리고 이전 리모델링 경력 확인해서 두 개 업체로 추려 메일 보냈으니 확인해 주세요.]

메시지를 남겨놓은 사람은 승준의 개인 비서였다. 그는 쉬고 나갈 생각이 없어진 건지 책상 앞에 앉았고 자신의 메일 계정으로 접속했다. 보내두었다던 두 개 업체의 견적서 파일을 열어보았다.

"별 차이는 없네."

견적을 낸 금액도, 공사를 마칠 수 있는 기간도 두 업체 모두 비슷했다. 마우스 휠을 굴리던 그의 손가락이 갑작스레 움직임을 멈췄다. 무언가를 떠올리는 듯 눈동자를 좌에서 우로 굴리다 한쪽에 벗어둔 정장 재킷을 응시했다.

승준은 자리에서 일어나 재킷의 안쪽 주머니를 뒤졌다. 명함 하나가 손에 딸려 나왔다. 그것을 들고 다시 자리로 돌아왔다. 명함을 손가락에 끼운 채 앞뒤로 뒤집는 행동을 반복하다 의자에 편히 몸을 기대었다.

"뭐야, 꼭 이러려고 가지고 온 것처럼."

처음에는 이걸 왜 가져왔을까 싶었다. 자신의 행동을 이해할 수 없어 그는 집으로 돌아오는 길에 이 작은 종이를 버릴까 말까 한참 고민했었다.

"에이케이 건축 리모델링 사업부. 그리고……."

명함에 적힌 해솔의 이름을 물끄러미 바라보다 고개를 기울였다.

"레스토랑 리노베이션 공사라."

툭, 툭. 책상 위를 검지로 일정하게 두드리는 소리가 들렸다. 그렇게 1분 정도의 시간이 흘렀다. 그는 화면에 띄워놓은 견적서 파일을 모두 종료시키고는 컴퓨터의 전원마저 꺼버렸다. 겉옷과 스마트키를 챙겨 든 승준은 오피스텔을 나서며 비서에게 전화를 걸었다.

"공사 업체 에이케이 건축 쪽으로 알아봐요."

해솔의 명함은 여전히 그의 손에 쥐어져 있었다.

5

영업부에서 리모델링 사업부의 다음 일을 잡아주었다. 클라이언트와의 미팅 일정이 평소보다 급하게 잡혔고 그 자리에는 팀의 책임자인 해솔과 지혁이 함께 나가기로 했다.

"본부장님이 전 부서에 지시 내린 거 알죠? 아무리 클라이언트 요구라도 팀 책임자가 무리라고 판단하면 일정 조율하고, 그게 받아들여지지 않는다면 그 일은 거절해도 좋다고요."

"알아. 그게 왜?"

"영업부 불만이 말도 못한가 봐요. 여태까지는 아무렇지도 않게 해왔던 일을 이제 시정하라고 하니까요. 어렵게 일 잡아왔는데 클라이언트랑 그런 거로 마찰 생겨서 일 틀어지면 결국 영업부에서 또 일을 따와야 하니 배로 고생이잖아요."

영업부 팀장 성격도 보통이 아니었다. 나이도 나이지만, 자신의 의견을 굽히지 않는 거로 유명했다. 그럼에도 그저 불만을 표해낸 것에서 그치고 결국 본부장 의견대로 시행하는 걸 보니 서도형 파워가 보통이 아닌 모양이었다.

"여기인 것 같은데요. 아모르."

리모델링 사업부에서 이번에 맡게 될 일은 레스토랑 리노베이션 공사였다. 레스토랑 건물은 총 2층으로 규모가 상당히 컸다. 간판을 힐끗 올려다본 지혁이 감탄한 얼굴로 말했다.

"여기 파워블로그 같은 데서도 맛집으로 자주 언급되는 곳이라던데 장사 엄청 잘되나 봐요."

"그래?"

"저 아는 놈 중에 한 명이 여자 친구가 꼭 가보자고 하도 성화여서 어쩔 수 없이 같이 가봤다는데, 진짜 괜찮대요. 예약 안 하면 자리가 없을 정도라고 하더라고요."

"외관만 봐서는 깔끔한데. 장사까지 그렇게 잘될 정도면 지금 이 시기에 리노베이션 공사를 왜 맡겨?"

"그러니까요. 입소문 난 상황에서 공사 기간 동안 영업 못하면 금전적으로는 엄청 손해일 거 아니에요. 당장 수익보다는 더 멀리 보는 건가 싶지만."

"그런가 보다."

차에서 내린 두 사람은 아직 오픈 전인 레스토랑 안으로 들어섰다. 오픈 준비를 하고 있던 직원 한 명이 그녀에게 다가섰다. 해솔은 명함을 내밀었다.

"에이케이 건축 리모델링 사업부 주해솔이라고 합니다. 대표님과 약속 잡고 왔는데 계신가요?"

"사장님께 전달받았습니다. 이쪽으로 오세요. 곧 내려오실 겁니다."

직원이 안내해 준 자리는 레스토랑 가장 안쪽의 테이블이었다. 벽 전체가 투명한 유리 벽으로 이루어져 있어 야외에 꾸며놓은 정원과 테라스가 한눈에 보이는 자리였다.

"감사합니다."

커피 두 잔을 내어준 직원에게 인사를 건네고 자리에 앉은 해솔은 천천히 레스토랑 내부를 살폈다. 1층만 대충 둘러본 것뿐이지만 굳이 인테리어를 새로 하지 않아도 될 만큼 깔끔하고 세련된 느낌을 주고 있었다.

"지금도 훌륭한데 사장님이 욕심이 많으신가 봐요."

지혁도 같은 생각을 한 건지 한껏 낮춘 목소리로 해솔을 향해 말하고는 앞에 놓인 커피를 한 모금 마셨다. 그렇게 10분 정도의 시간이 지났을 때였다.

"기다리시게 해서 죄송합니다."

가까워지는 발걸음 소리와 함께 누군가가 두 사람에게 말을 걸었다. 해솔과 지혁은 동시에 자리에서 일어나 소리가 들려온 방향으로 고개를 돌렸다. 남자는 곧 두 사람의 앞에 섰다.

"아닙니다. 저희가 조금 일찍 온 겁니다."

지혁은 늘 하던 대로 이제는 습관과도 같은 인사를 먼저 건네었다. 상대방이 5분을 늦든, 10분을 늦든, 예의상 늘 하는 말이었다.

"대표님이 젊으시네요."

깔끔한 정장 차림의 남자는 웃음으로 대답을 대신했다. 이런 큰 규모의 레스토랑을 세 개나 운영하고 있어서 당연히 연령대가 좀 있을 줄 알았지만 지혁의 앞에 선 사람은 해솔의 또래로 보이는 젊은 남자였다.

'좋겠다. 젊은 나이에 이런 레스토랑을 세 개나 운영하고.'

부럽다는 시선으로 남자를 바라보고 있던 지혁이 뒤늦게 이상한 점을 깨달았다. 이쯤 되면 해솔이 명함을 건네며 인사를 해야 하는데 무슨 이유에서인지 잠잠하기만 했다. 옆을 바라보니 그녀는 놀란 얼굴로 눈앞의 남자를 바라보고 있었다.

"팀장님?"

지혁의 부름에도 반응이 없었다. 옷깃을 당겨봐도 마찬가지였다. 마치 굳어진 사람처럼 서 있기만 했다.

"왜 그래요? 어디 아파요?"

클라이언트의 눈치를 살피며 지혁이 낮은 목소리로 물었다. 남자가 자연스럽게 그녀에게로 시선을 돌렸다. 눈이 마주치고 서로의 시선이 얽혀들었다. 그는 굳어져 있는 해솔을 향해 웃으며 손을 내밀었다.

"오랜만이다."

친근하게 건네는 인사에 지혁은 놀란 얼굴을 했고 그녀는 짧은 숨을 토해냈다. 지난 8년간 입에 올리지 않았던 이름을 최근 들어 왜 이렇게 자주 입에 올리게 되는 걸까.

"……권승준?"

해솔은 그의 이름을 부른 뒤 조금 곤란하다는 얼굴을 했다. 도형이 파리로 떠나던 시점에, 그녀는 승준과 이별을 했다. 이별의 이유는 좋지 않았고, 추억이라 말할 수도 없었다.

이건 또 무슨 상황인가 싶어 소리 없이 눈동자를 굴린 지혁은 빠르게 눈동자를 굴리며 상황을 살폈다. 아는 사이인 건 확실해 보였지만 두 사람이 보인 반응에 온도 차가 있었다.

"나만 반가운 모양이네."

승준의 말에 뒤늦게 정신을 차린 해솔이 그가 내민 손을 잡았다.

"아니야. 나도 당연히 반갑지. 좀 놀라서 그래."

클라이언트로 승준을 다시 만나게 되다니. 상상도 못했던 일이었다. 해솔은 당황한 감정을 추스르고는 명함을 꺼내었다. 아는 사이긴 하지만 자신은 이 자리에 일 때문에 왔고 옆에는 지혁도 있었다. 그 사실을 떠올리며 다시 인사를 건네었다.

"에이케이 리모델링 사업부 주해솔 팀장입니다."

곧장 말을 높인 해솔의 태도에 그는 웃으면서도 살짝 미간을 좁혔다.

"편하게 해. 그렇게 거리 두면 내가 무척 서운한데."

승준이 고개를 기울이며 정말 서운하다는 기색을 얼굴에 담았다. 승준은 웃지 않을 때 묘하게 차가운 인상이었는데 예전에도 저런 식의 얼굴을 자주 하고는 했었다. 그게 장난을 거는 행동이라는 걸 알고 있는 해솔은 짧게 웃음을 터트렸다.

"너 진짜 하나도 안 변했구나."

"사람이 쉽게 변할 리가. 편하게 대해. 하루 이틀 진행될 공사도 아닐 테고 그사이에 얼굴 볼 일 많을 거 아니야."

"그래도 일하러 온 거니까."

"동창이라고 말하면 이상하게 생각할 사람은 없을 거 같은데. 그 정도 융통성도 없이 일하는 건 아닐 거 아니야."

"그럼 내가 자리 봐가면서 판단하고 행동할게."

썩 마음에 드는 대답은 아니었다. 하지만 강요를 하기에도 이상한 상황이었다. 일단 고개를 끄덕인 승준은 자신의 명함을 해솔과 지혁에게 각각 건네주었다. 그가 건넨 명함을 한 차례 확인하고 자리에 앉으려던 해솔은 뒤늦게 자신을 바라보고 있는 지혁의 시선을 알아챘다.

"나중에 설명해 줄게. 일단 앉아."

세 사람은 그제야 자리에 앉아서 일 얘기를 시작할 수 있었다. 해솔의 입장에서는 승준이 이 자리에 나온 것이 조금 놀라운 일이긴 했지만 문제가 될 것은 없었다. 그저 아주 조금 불편할 뿐이다. 하지만 개인적인 감정으로 일에 영향을 줄 수도 없었다.

"총 2층 건물의 리노베이션 공사로 2층 일부를 증축하고 옥상에 야외 테라스하고 정원 설치하려는 거 맞지? 공사 일정은 어느 정도 생각하고 있어?"

"빠르면 좋기야 하겠지만, 어느 정도 길어지리라는 건 생각하고 있어."

"듣기로는 유명 레스토랑이라고 하던데, 공사 기간 동안은 영업할 수 없을 거야. 기간 길어질수록 그사이에 손님이 많이 줄어들지 않겠어?"

"그래도 기간을 너무 짧게 잡으면 공사하는 쪽에서도 마음이 급해질 테고, 여유 가지고 하는 것보다는 아무래도 여러 가지 면에서 실수가 나올 수도 있잖아. 큰맘 먹고 하는 공사인데 확실하게 하고 싶거든. 그리고 서둘러서 공사하다 보면 종종 사고로 이어지는 경우도 많다고 들었는데, 서로 조율할 수 있는 부분은 조율했으면 해."

사실이었다. 아무래도 무리해서 공사하게 되면 종종 크고 작은 사고들이 일어나고는 했다. 해솔의 입장에서야 고마운 일이지만 클라이언트가 일을 주는 업체의 입장까지 고려해 주다니. 너무 오랜만에 받는 친절한 대우라 생소하기까지 했다.

"떨어진 매출은 다시 올리면 되고, 끊어진 손님은 다시 잡으면 돼. 여태까지 쌓아온 게 있는데 그 정도로 능력 없지는 않아. 이곳 외에도 두 곳이나 더 운영하고 있으니까. 여러 가지 생각해서 결정한 거고 그건 신경 쓸 거 없어."

"견적 내려면 가게 내부를 좀 확인해야 할 것 같은데, 아직 오픈 전이니까 지금 좀 둘러봐도 될까?"

"그렇게 해."

허락의 말이 떨어지자마자 가방에서 작은 수첩과 펜을 꺼내어 들고 자리에서 일어섰다. 지혁 역시 해솔을 따라 가게 내부를 함께 둘러봤다. 오픈 준비를 하는 직원들에게 방해되지 않을 선에서 움직였다. 지혁이 카메라로 내부 사진을 몇 장 찍고 해솔은 체크해야 할 부분들을 수첩에 메모로 남겨두었다.

"다 찍었어?"

"네. 이 정도면 된 거 같아요."

지혁은 찍은 사진들을 다시 한 차례 확인했고 해솔 역시 이 정도면 되겠다 싶어 수첩을 덮었다. 마지막으로 레스토랑 주변에는 무슨 시설들이 있는지 확인하려 걸음을 옮기는데 문득 얼굴에 닿는 시선이 느껴졌다. 그다지 멀지 않은 곳에 승준이 서 있었다. 그는 팔짱을 낀 채로 벽에 기대어 서서 그녀를 바라보고 있었다.

"다 둘러봤어?"

"응. 처음 우리 회사에 일 의뢰하신 분이 영업부에 미리 넘겨준 서류 있다고 들었는데, 나머지는 그거 확인하면 될 거 같아. 견적이랑, 대략적인 공사 예상 기간 잡아서 연락해 줄게. 아마 영업부에서 연락이 갈 텐데 조율하고 싶은 부분 있으면 말해주고, 조건 맞으면 그대로 계약하면 될 거야."

"일하는 중이니까 나랑 따로 차 한잔하고 가는 건 어렵겠네?"

"응. 바로 들어가 봐야 해. 일행도 있고."

"연락해도 돼?"

"당연하지."

클라이언트로서의 연락이라 생각했다. 무의식중에 답을 건넨 해솔은 곧 그의 표정을 보고 나서야 일로 연락하겠다는 말이 아닌 것을 알아챘다.

"일로 연락하겠다는 거 아닌데."

역시나.

"곤란해?"

해솔은 잠시 답을 망설였다. 승준과는 사이가 나쁜 것도 아니었고, 연락을 피할 이유 같은 것도 없었다. 그럼에도 망설여지는 것은 한 사람의 얼굴이 떠올랐기 때문이었다. 그녀는 다시 승준의 눈을 마주했다. 가볍게 웃으며 어깨를 으쓱였다.

"그럴 리가. 연락해."

"그래. 그럼 조만간 연락할게. 조심해서 가."

인사를 건네고 레스토랑을 나선 그녀는 스마트키를 지혁에게 건네었다. 차는 해솔의 차였지만 그는 이유를 묻지 않고 운전대를 잡았다.

"점심 먹고 들어갈까요?"

"아니, 들어가서 먹자."

자신의 개인적인 감정만 배제한다면 승준은 좋은 클라이언트에 속했다. 이번 일은 수월할 것이 분명한데 마음은 편치 않았다. 좌회전 신호를 기다리던 지혁이 이상하리만큼 가라앉은 차 안의 분위기를 감지하고는 조심스럽게 입을 열었다.

"아까 들어보니까 동창이라고 했고, 사이도 나빠 보이지는 않던데. 표정이 왜 그래요?"

"조금 불편해서."

"사이 나빴어요?"

"아니. 좋았어."

"근데 왜 불편해요?"

"그냥 동창은 아니고 헤어진 옛 남자 친구거든."

지혁이 표정을 구겼다. 옛 연인이 클라이언트라니. 상상만으로도 싫다는 얼굴을 했지만, 객관적으로 봤을 때 조금 전 레스토랑에서 만난 승준의 첫인상은 나쁘지 않았다. 거기다 해솔을 대하는 태도 역시 호의적이었다. 그는 핸들 위를 툭툭— 손으로 두드리며 잠시 생각에 잠겼다. 그사이 좌회전 신호가 떨어졌다.

"사람 나빠 보이지는 않던데요."

차를 출발시키며 건넨 말에 해솔은 곧바로 고개를 끄덕였다.

"잘 봤네."

"그럼 뭐, 최악은 아니잖아요?"

"그렇지."

"그럼 됐죠, 뭘. 근데 팀장님 삶도 참 버라이어티해요. 이렇게 만날 확률이 대체 얼마나 되겠어요?"

해솔은 턱을 괸 채로 눈동자를 굴렸다. 놀란 자신과 다르게 승준은 조금도 놀라지 않은 얼굴이었다. 마치 그 자리에 해솔이 나올 것을 알고 있었던 것처럼. 그게 마음에 걸렸다.

"우연치고는 이상하지 않아요?"

"그렇지?"

"네, 아무래도 알고 나온 것 같던데요."

지혁도 같은 생각인 모양이었다.

"팀장님은 엄청 놀랐는데, 상대방은 조금도 놀라지 않은 얼굴이었잖아요. 그럼 알고 나온 거지."

역시 그런 모양이었다. 해솔의 팀에서 일을 맡게 될 것을 알고도 AK건축에 일을 의뢰하려는 이유를 해솔은 짐작할 수 없었다. 끝이 나쁜 편은 아니었지만, 그렇다고 아름다운 이별도 아니었다.

"나 좀 자도 될까?"

"그러세요."

"미안. 도착하면 깨워줘."

해솔은 눈을 감고 창에 머리를 기댔다. 하지만 잠은 오지 않고 쓸데없는 생각들이 머릿속을 헤집었다.

'권승준과 처음 만난 게 언제였더라?'

아마 자신이 기억하는 것보다 더 오래전에 만난 적이 있을 테지만 그녀가 가장 선명하게 기억하는 것은 고등학교 졸업식 날 만났던 승준이었다.

"아, 짜증나."

운전하다 말고 지혁이 깜짝 놀라 해솔을 힐끗 쳐다봤다.

"왜요?"

"기억하기 싫은 게 떠올랐어."

그녀는 결국 눈을 떴고 짓이기듯 아랫입술을 깨물었다. 대체 무슨 기억인지 궁금해서 물어보려는 찰나, 작게 중얼거리는 목소리가 들려왔다.

"서도형 이 나쁜 새끼."

지혁은 반쯤 벌렸던 입을 다시 꾹 다물었다. 괜히 물었다가 불똥이 튈 것 같아 지금은 그저 운전에만 집중하기로 했다.

가장 가까운 사람이라 생각했던 도형의 태도가 변하기 시작한 것은 고등학교 졸업을 앞둔 겨울이었다. 함께 등교하는 일도, 하교하는 일도 없었다. 해솔의 집에도 놀러 오지 않았고 우연히 얼굴을 봐도 인사를 하지 않고 차갑게 지나갔다. 그는 정말 다른 사람이라도 된 것처럼 차갑게 해솔을 대했다. 그런 도형의 변화를 받아들일 수 없어 해솔은 힘들어했다.

"이유라도 알자. 너 나한테 왜 이래? 왜 갑자기 아는 척도 안 하고, 그렇게 냉정하게 구는 건데? 내가 무슨 잘못이라도 했어?"

도형은 무심한 눈길로 해솔을 내려다보다 귀찮다는 기색이 역력한 얼굴로 답했다.

"이유 같은 거 딱히 없어. 나야말로 네가 이러는 이유를 모르겠는데."

"서도형."

"내가 너한테 상냥하게 굴어야 할 이유라도 있어?"

"그런 말이 아니잖아. 왜 다신 안 볼 사람처럼……."

"그래. 안 볼 사람."

해솔의 말을 끊은 그는 상처 주는 말을 아무렇지도 않게 내뱉었다.

"어차피 이제 학교도 다르고, 볼 일도 없을 거 아니야. 안 볼 사이 맞지."

두 사람은 오랜 시간을 함께했다. 대학을 다른 곳으로 간다고 해서 끊어질 정도의 인연이 아니었다.

"야."

그대로 지나쳐 가려는 도형의 옷깃을 잡았다. 하지만 그는 해솔의 손을 차갑게 쳐냈다.

"이 정도로 했으면 그만 좀 알아들어. 귀찮게 굴지 좀 말고."

해솔이 상처받은 얼굴을 했지만, 그는 여전히 냉정하기만 했다. 더는 도형을 잡을 수 없었다. 홀로 남겨진 그녀는 결국 울음을 터트렸다. 그 뒤로도 도형의 태도는 더 냉랭해지기만 했고, 졸업식 날 해솔은 그에게 고백까지 했지만 단칼에 거절을 당했다.

가장 가까운 사이라 생각했다. 하지만 해솔은 졸업식에서도 그와 사진 한 장 함께 찍지 못했다. 당연하다 생각했던 둘의 관계가 그녀도 알 수 없는 사이에 무너지고 벽이 생겼다.

"그래. 잘 먹고 잘살아라, 서도형!"

졸업식이 끝나고 가족들과 저녁을 먹은 해솔은 몰래 집을 빠져나와 근처 공원으로 향했다. 커다란 분수대를 원형으로 둘러싸고 있는 스탠드에 앉은 채 도형에 대한 서운한 마음을 억누르려다 결국 또 울음을 터트렸다.

"누가 서운해할 줄 알고. 나쁜 놈."

오늘따라 공원에 사람이 없어 주변이 유난히 조용했다. 그녀는 울지 않으려 이를 악물었지만 커다란 눈에서는 눈물이 뚝뚝 떨어져 내렸다. 손바닥으로 눈 위를 꾹꾹 누르다 다시 북받쳐 오르는 감정에 긴 숨을 토해낸 순간이었다.

"왜 울어?"

해솔이 화들짝 놀라며 옆을 바라봤다. 처음에는 교복을 입은 다리와 하얀 운동화만 보였는데 갑자기 불쑥 주저앉은 남자애의 얼굴이 코앞에 있었다. 같은 학교 교복이었다. 거기다 밀가루가 묻어 있는 걸 보니 오늘 졸업을 한 동급생인 모양이었다.

"시간도 늦었는데, 여기서 뭐 해?"

해솔은 대답을 하지 못하고 바보처럼 입을 벌린 채 눈동자를 굴렸다. 얼굴이 조금 낯이 익었다. 이름이 뭐였더라? 기억을 더듬으며 눈동자를 굴리고 있는 사이, 남자가 손에 들린 무언가를 벌어진 해솔의 입으로 쏙 밀어 넣었다.

"뭐야?"

"사탕."

대답이 떨어지기가 무섭게 그녀는 단번에 표정을 구겼다. 해솔은 사탕이라면 자고로 새콤달콤해야 한다고 생각했다. 그런데 혀에 닿는 맛이 이상했다. 매운맛이 났다.

"요 앞 식당에서 가족들이랑 밥 먹었는데 주더라. 공짜로 준 사탕이라 그런지 되게 맛없더라고."

그걸 왜 날 줘?

해솔이 어이없다 못해 경악한 얼굴로 남자를 바라보다 사탕을 뱉어냈다. 그러자 태연한 얼굴로 손바닥에 올린 새로운 사탕을 해솔의 앞으로 내밀었다. 포장지에 쓰여 있는 생강 맛이라는 글자가 유독 눈에 들어왔다.

"하나 더 줄까?"

"너나 먹어."

그는 픽 웃으며 사탕을 주머니에 넣었다. 갈 길 갔으면 좋겠는데 그는 아예 옆에 자리를 잡고 앉았다. 고개를 숙여 해솔의 얼굴을 물끄러미 바라보다 눈이 마주치자 물었다.

"너, 나 알아?"

해솔은 남자의 이름을 생각하려다가 관뒀다. 알아서 뭐 할 건가. 서도형 말대로 졸업하면 다신 안 볼 사이다. 그리고 해솔은 오늘 졸업을 했다.

"몰라. 그러니까 그냥 가던 길 가."

신경질적인 반응에도 그는 웃었다. 묘하게 차가운 인상이라 생각했는데 웃는 걸 보니 느낌이 확 달랐다.

"야."

"왜?"

"눈물 멈췄다."

남자의 말에 해솔은 잠시 멍한 얼굴을 했다. 그녀도 깨닫지 못하는 사이, 눈물이 멈춰 있었다. 눈동자를 또르르 굴리다 바닥에 뱉어낸 사탕을 내려다봤다.

"생강 맛 사탕이 너무 충격적이었어."

그 작은 목소리에 남자는 크게 웃음을 터트렸다. 시원한 웃음소리가 조용한 공원에 울려 퍼졌다. 해솔은 눈가에 남은 눈물을 닦고 그제야 남자의 얼굴을 자세히 봤다. 얼굴이 낯이 익다 했더니 그는 도형과 같은 야구부였던 아이였다. 한참 만에야 이름을 기억해 냈다.

"너 야구부였지? 강승준? 아니, 아니다. 권승준, 맞나?"

"맞아. 야구는 관뒀지만."

"왜?"

"재능이 없어서."

기억하기로는 꽤 잘했다. 재능이 없는 것 같지는 않았는데.

"하긴. 내가 아는 누구는 재능이 넘쳐 나는데도 미련 없이 관두더라."

"서도형 말하는 거구나."

"알아?"

"알지. 우리 학년 애들은 대부분 알지 않나? 못하는 거 없잖아, 그 녀석."

왜 그가 없는 자리에서도 자신은 도형에 관한 이야기를 하고 있는 걸까. 해솔은 다시 우울해지려는 기분을 감추지 못했다. 자리에서 일어선 승준이 그녀의 앞에 서서 허리를 숙였다. 가만히 바라보다 다시 눈이 마주치자 예쁘게 웃어 보였다.

"졸업 축하해."

잠시 멍한 얼굴을 한 해솔은 짧게 웃음을 터트렸다.

"그래, 너도 졸업 축하한다."

3년간 같은 학교에 다녔어도 승준과는 잘 모르는 사이였다. 인사 한 번 제대로 나눠본 적 없는 아이와도 이렇게 서로 축하한다고 말을 해줄 수 있는데, 도형과는 하지 못한 것이 서운하다 못해 억울하기까지 했다.

"너 전화 오는 거 아니야?"

승준의 말에 해솔은 주머니에서 휴대전화를 꺼내어 들었다. 번호를 보니 태훈에게서 온 연락이었다. 몰래 빠져나왔는데 눈치를 챈 모양이다. 아무래도 집에 돌아가야 할 것 같아 자리에서 일어섰다.

"언제 또 볼지 모르겠지만, 오늘 고마웠어."

"뭐가? 생강 맛 사탕 준 게?"

"그거 말고. 위로해 주려고 앉은 거 아니야?"

그가 장난스럽게 놀란 표정을 지었다가 씨익 웃었다.

"눈치가 전혀 없지는 않네."

"혹시라도 다음에 우연히 만나게 되면 밥 살게. 뭐, 다시 만날 일은 없을 거 같지만."

다시 만날 일이 없다고 생각했다. 그러니 거의 빈말이나 다름없었다. 기약 없는 약속에 승준은 조금 곤란한 듯 웃으며 이마를 살짝 긁적이고는 해솔에게로 불쑥 고개를 숙였다.

"너, 약속 같은 거 함부로 하면 안 된다?"

"뭐?"

"조심해서 가라, 주해솔. 나중에 또 보자."

손을 흔들며 멀어져 가는 승준의 모습을 보다 해솔 역시 공원을 빠져나왔다.

"나중에 보자니."

조금 이상한 녀석이라 생각하며 해솔은 걸음을 옮겼다. 휴대전화를 다시 주머니에 넣으려는데 부스럭거리는 소리와 함께 손끝에 뭔가 걸리는 느낌이 났다.

"이건 또 언제 넣었어?"

생강 맛 사탕이 딸려 나왔다. 두 번 다시 먹고 싶지 않은 맛이라 사탕을 먹지는 않았지만 그렇다고 그것을 버리지도 않았다. 아마 방 안 어딘가의 방치된 상자 속에 깊숙이 넣어두었을 것이다. 그녀는 사탕의 행방에 대해서도, 승준에 대해서도 쉽게 잊었고 대학에 입학하고 난 뒤로는 새로운 생활에 적응해 나가느라 정신없는 나날을 보냈다. 바쁘게 흘러가는 시간 속에서도 도형과의 관계를 바꿔보려 했지만 그는 해솔의 앞에 모습조차 드러내지 않았다. 그와의 관계는 더 좋아질 것도, 더 나빠질 것도 없다고 말할 수 있을 정도로 그날 이후 달라진 것이 아무것도 없었다. 그렇게 한 달 정도의 시간이 흘렀을 때였다.

"주해솔."

등을 툭 건드리는 손길에 이어 누군가 친근하게 말을 걸었다. 수업을 마치고 집으로 돌아가려던 해솔은 걸음을 멈추고 뒤를 돌아봤다.

"밥 사라."

쏟아지는 햇살 아래 예쁘게 웃어 보인 남자가 무거워 보이는 해솔의 가방을 가져가 어깨에 멨다. 승준이었다. 해솔은 캠퍼스에서 다시 그를 만났다.

"네가 왜 여기 있어?"

"나 너랑 같은 대학 붙었는데, 몰랐구나."

"뭐?"

"그러니까 약속 같은 거 함부로 하면 안 된다니까. 점심 아직 안 먹은 거 맞지?"

주머니에 두 손을 꽂고 해솔을 향해 고개를 살짝 숙인 승준이 장난스럽게 속삭이듯 말했다. 다시 허리를 곧게 편 그는 손목에 찬 시계를 내려다봤다. 해솔은 이렇게 그를 다시 만난 게 신기하기도 했고, 어쩐지 속은 것 같아 분한 것 같기도 했지만, 그래도 반가운 마음이 가장 컸다. 그녀가 웃으며 작게 고개를 끄덕였다.

"뭐 먹을래?"

"진짜 사려고?"

"나보고 밥 사라고 기다린 거 아니야? 약속은 약속이니까."

"메뉴 내가 정해도 돼?"

"그래."

해솔은 결국 밥을 사기로 했다. 메뉴는 승준이 정하기로 했는데 학교 앞의 작은 돈가스집으로 향했다. 아기자기한 인테리어로 이루어진 작은 가게의 메뉴는 돈가스 하나뿐이었다.

"비싼 거 먹을 줄 알았는데 생각보다 양심 있네?"

"나 돈가스 좋아해. 여기 돈가스 되게 맛있거든. 소스 직접 만들어서 사용하는데 그게 맛있더라고."

"나도 알아. 자주 오는 집이거든."

돈가스는 해솔이 좋아하는 메뉴이기도 했다. 그리고 이곳은 해솔의 단골 가게이기도 했다. 주문한 돈가스가 나오길 기다리는 동안 해솔은 이곳에 도착할 때까지 계속 궁금했던 점을 물었다.

"너 근데 나 여기 다니는 건 어떻게 알았어? 설마 그때 또 보자는 얘기가 처음부터 알고 한 얘기였어?"

"응. 네가 복도에서 엄청 크게 떠들었잖아. 대학 붙었다고."

"내가?"

"나 서도형이랑 같은 반이었는데, 우리 반까지 와서 네가 서도형 붙들고 소리쳤어. 덕분에 거기 있던 애들은 네가 어디 대학, 무슨 과에 합격했는지 다 알고 있을걸."

"아."

해솔은 수시전형으로 대학에 합격했다. 아마 합격이 됐다는 소식을 들었을 때 가장 먼저 도형에게 축하를 받고 싶어 그의 교실로 달려갔을 것이다. 쉬는 시간을 이용해 잠을 자고 있던 그는 해솔 때문에 억지로 깨어났고 축하 대신 좀 조용히 하라는 말과 함께 딱밤을 때렸다.

"그랬나."

그리 대답하는 해솔의 얼굴에 아주 잠시 그늘이 드리워졌다. 얼굴 위에 닿는 승준의 시선이 느껴져 괜스레 헛기침하고는 물을 한 모금 마셨다. 어색한 공기가 잠시 흘렀다. 무슨 말을 해야 하나 고민하는 사이, 때마침 주문한 돈가스가 나왔다.

"자."

해솔이 돈가스를 반 정도 썰었을 때였다. 승준은 두 사람의 접시를 바꿨다. 먹기 좋은 크기로 썰어낸 돈가스가 그녀의 앞에 놓였다.

"너 꽤 상냥하네?"

"내가 또 한 상냥하지."

"의외야. 얼굴은 엄청 차갑게 생겼는데."

"진짜?"

"응. 웃으면 좀 나으니까 웃고 다녀."

그 말에 승준이 입매를 어색하게 끌어 올렸다가 이내 탁 풀어진 얼굴을 했다. 해솔이 크게 웃음을 터트렸다.

"야, 바보 같아. 그렇게 웃지는 말고."

"왜? 웃으면 좀 낫다며."

"됐으니까 밥이나 먹어."

승준은 성격이 쾌활한 편이었다. 겉으로 보기에는 차가운 인상이었지만 대부분의 사람에게 상냥했고, 장난도 잘 쳤고, 사람을 편하게 대해주는 면이 있었다. 거기다 두 사람은 취향도 비슷한 면이 많았고 성격도 잘 맞았다. 그날 함께 점심을 먹은 이후에도 자연스럽게 만남을 이어갔고 점차 함께 다니는 일이 많아졌다. 도형과 멀어진 그 시기에 반대로 해솔과 가장 가까워진 사람이 있다면 그건 바로 권승준이었다.

[많이 아파?]

"심한 건 아닌데 속이 좀 메슥거리고 두통이 좀 있어."

승준을 비롯해 친구들 몇 명과 영화를 보기로 약속한 주말이었다. 최근 제대로 잠을 자지 못한 일이 많았는데 그 여파가 한꺼번에 몰려오는 듯했다. 휴대전화를 반대편 귀로 옮겨서 전화를 받은 해솔은 미리 가져다 놓은 물컵을 손에 들며 시간을 확인했다.

"미안한데, 영화는 나 빼고 봐. 애들한테 얘기 좀 잘해주고."

[병원은 안 가도 돼?]

"그 정도는 아니야. 쉬면 괜찮을 거야. 애들 올 시간 되지 않았어?"

[안 그래도 저기 오네. 푹 쉬어. 심해지는 것 같으면 병원 꼭 가라.]

"그래. 영화 재밌게 봐."

통화를 마친 해솔은 힘없이 침대 위에 누웠다. 몸에 제대로 힘이 들어가지 않는 느낌이었다.

"설마 감기 몸살인 건가."

기침은 나지 않았지만 감기가 오려는 건가 싶었다. 에어컨을 켜자니 왠지 몸이 더 안 좋아질 것 같아 창문이라도 열어두자 싶어 자리에서 일어섰다. 창문을 활짝 열고 돌아서려는데 집 앞 골목에 하얀색의 세단 한 대가 들어서는 것이 눈에 들어왔다. 차에서 내리는 익숙한 얼굴에 해솔은 잠시 표정을 굳혔다.

"아니. 지금 집에 도착했어. 저녁에 다시 출발할게."

통화하며 차에서 내린 남자는 도형이었다. 거의 한 달하고도 보름 만에 얼굴을 보게 됐다. 대학에 입학하자마자 면허를 땄고 차를 샀다. 더는 해솔과 같은 버스를 타지도, 같은 학교에 다니지도 않았다. 동선이 겹치지 않으니 얼굴 볼 일이 거의 없었다.

"서도형."

해솔이 그를 불렀다. 통화를 끊은 그는 목소리를 들은 건지 잠시 걸음을 멈췄지만 끝내 돌아보지 않고 집 안으로 들어섰다.

"또 무시하네."

작게 중얼거린 해솔이 시무룩한 얼굴로 고개를 떨어트렸다. 같은 버스를 타지 않아서, 같은 학교에 다니지 않아서, 이런 이유는 사실 모두 핑계였다. 도형은 해솔을 피했다. 그 사실을 다시 한 번 떠올리자 왈칵 눈물이 쏟아져 나올 거 같았다. 조금 전 도형이 사라진 방향을 다시 확인한 그녀는 결국 참지 못하고 집 밖으로 뛰쳐나갔다.

"야, 서도형!"

초인종을 눌렀다. 하지만 대답이 없었고 해솔은 문을 두드리며 그의 이름을 불렀다. 집에 사람이 없는 것도 아니고, 분명 도형이 들어가는 걸 봤는데 그녀를 아예 무시하는 건지 묵묵부답이었다.

"없는 척하면 내가 그냥 갈 줄 알아?"

해솔과 도형은 서로의 집 열쇠를 가지고 있었다. 방으로 돌아가 열쇠를 꺼내어온 그녀는 망설임 없이 문을 열었지만 단 한 걸음도 안으로 들어설 수 없었다. 도형이 앞을 막아서고 있었다.

"뭐 하는 짓이야."

"집에 있었잖아. 왜 대답을 안 해?"

"뭐 하는 짓이냐고 물었어."

그는 샤워하고 나온 듯 수건 하나를 머리에 덮고 있었다. 젖은 머리카락에서 물방울이 뚝뚝 떨어져 내렸다. 차가운 시선이 문고리를 잡은 손을 한 번 내려다보고 해솔의 얼굴로 다시 움직였다.

"얘기 좀 해."

"할 얘기 없다고 분명 얘기했던 거 같은데."

"난 있어."

"귀찮게 굴지 말라고도 분명 얘기했고."

싸늘한 두 눈이 해솔을 마주하고 있었다. 가시 돋친 말을 아무렇지도 않게 건네고 상처를 주는 일에 서슴없었다. 이런 건, 해솔이 아는 서도형이 아니었다.

"너 왜 이렇게 나한테 못되게 굴어? 너 내 얼굴 한 달하고 보름 만에 보는 건 알아?"

해솔은 폭발하듯 감정을 토해냈다.

"안 볼 사이라고 했어? 안 볼 사이? 어떻게 안 봐! 집이 코앞이고 안 보고 싶어도 절로 보이는데! 조금만 둘러봐도 네 흔적 천지잖아. 내가 너랑 이 동네에서 몇 년을 함께 컸는데. 우리 집에, 내 방에만 봐도 네 흔적은 또 얼마나 많은데. 앨범만 펼쳐도 내 어린 시절부터 지금까지 너랑 함께하지 않은 시간이 없잖아."

크게 어깨를 들썩인 그녀는 원망 가득한 눈으로 그를 바라봤다. 하지만 여전히 도형은 무심하고 차가운 얼굴을 하고 있었다. 울지 않으려 했는데 자꾸만 시야가 흐려졌다. 해솔은 그대로 돌아서려는 도형의 팔을 붙들었다.

"내가 투명인간이야? 왜 무시해?"

도형은 그 작은 손을 힘껏 뿌리쳤다. 안 그래도 몸이 좋지 않은 상태에서 소리를 친 터라 몸에 힘이 들어가지 않았다. 해솔이 그대로 뒤로 떠밀려 균형을 잃었다. 돌아서려던 그가 잠시 놀란 기색을 보이며 손을 뻗었지만 다행히 그녀는 넘어지지 않았다. 등 뒤를 누군가가 받쳐 주었기 때문이었다.

"너보다 한참 작은 여자애를 그렇게 밀면 되겠냐."

뒤를 돌아본 해솔이 놀란 얼굴을 했다. 승준이었다. 도형은 손을 내리고 뭔가를 가늠하듯 승준의 얼굴을 바라보다 시선을 좀 더 아래로 내렸다. 커다란 두 손이 해솔의 양쪽 어깨에 닿아 있었다. 승준은 보란 듯이 두 손에 힘을 주며 그녀를 좀 더 자신 쪽으로 끌어당겼다.

"괜찮아?"

걱정하는 기색이 묻어난 목소리가 다정했다. 하지만 해솔의 시선은 다시 도형에게로 향해 있었다. 굳어진 얼굴로 계속해서 승준을 바라보고 있던 도형은 짧게 한숨을 내쉬며 문고리를 쥔 손에 힘을 주었다.

"무시하지 마."

울먹이며 건네는 말에 돌아서려는 도형의 행동도, 해솔을 돌려세우려던 승준의 행동도 멈췄다.

"피하지도 마. 제발 그러지 마, 서도형."

승준이 뒤에 서 있는 것도 잊고 그녀는 애원하듯 말했다. 해솔의 어깨가 크게 한번 들썩였다. 하지만 도형은 그대로 문을 닫았다.

"내가…… 내가 널 몇 년을 좋아했는데. 얼마나 많이 좋아하는데."

이미 닫힌 문에 대고 중얼거린 말을 끝으로 해솔은 결국 울음을 터트렸다. 소리 없이 눈물을 뚝뚝 흘리다 아예 주저앉아 버렸다. 그렇게 한참을 울다 고개를 든 그녀는 자리에서 벌떡 일어나 닫힌 문을 노려보았다.

"두고 봐. 매일 올 거야. 매일매일 귀찮게 해서 꼭 이유 알아낼 거야."

손바닥으로 눈 위를 꾹꾹 누르고는 훌쩍이며 자리에서 돌아섰다. 하지만 한 걸음을 채 떼어내지 못하고 멈춰 섰다.

"아."

짧은 신음을 흘린 그녀가 눈동자를 굴렸다. 승준이 그곳에 서 있었다는 것을 까맣게 잊고 있었다. 꽉 잠긴 목소리로 해솔은 사과를 건네었다.

"미안해."

"뭐가?"

그는 모르는 척 물었다. 오늘은 햇볕이 강한 날이었다. 하지만 조금 전까지 해솔의 위로는 그늘이 드리워져 있었다. 뒤에 선 승준이 햇볕을 막아 주고 있었다는 것을 뒤늦게 깨달았다.

"왜 왔어? 영화는 어쩌고."

"너 없으니까 재미없더라. 그래서 그냥 왔어."

늦은 시간이라 혼자 가기 위험하다며 집까지 몇 번 데려다준 적이 있어 해솔의 집을 알고 있었다. 아마 아프다는 말에 신경이 쓰여 와준 것이 분명했다.

"이건 못 먹겠다."

포장된 아이스크림이 그의 손에 들려 있었다. 유명 브랜드의 로고가 새겨진 쇼핑백을 눈짓으로 가리킨 그는 웃으며 주머니를 뒤적였다.

"대신 다른 거 줄게."

승준은 익숙한 포장지에 감싸인 작은 사탕을 해솔의 앞에 내밀었다. 생강 맛 사탕이었다. 조금 전까지만 해도 세상이 무너질 것 같았는데, 해솔은 그것을 보자마자 저도 모르게 웃음을 터트렸다.

"뭐야, 이게."

"지금 가진 게 이거밖에 없어서."

"너 사실대로 말해. 이거 식당에서 공짜로 얻어오는 거 아니지?"

그는 이마를 긁적이고는 난감하다는 얼굴로 웃었다.

"사실 우리 할머니가 드시는 사탕인데, 아침마다 우리 손자 먹으라고 서너 개씩 챙겨주시거든."

"그럼 너 먹지 그래."

"마음에 드는 여자애 주라고 해서."

멈칫한 해솔이 굳어진 얼굴로 고개를 들었다.

"주해솔."

"어?"

"서도형이 그렇게 좋냐?"

두 사람 사이에 긴 침묵이 흘렀다. 뭘 물었는지, 무슨 질문에 대한 대답인지도 가늠하기 어려울 정도의 시간이 지나고 나서야 해솔은 입을 열었다.

"응."

"그래."

그는 그저 가볍게 고개를 끄덕이고는 웃었다. 하지만 해솔은 마주 웃어줄 수가 없었다.

"오늘은 주해솔이 나랑 같이 놀아줄 기분이 아닌 것 같으니까 이만 갈게. 들어가서 쉬어."

승준이 돌아가고 집에 들어선 해솔은 그가 준 사탕을 책상 서랍에 넣어 두었다. 그리고 다음날 눈을 뜨자마자 도형의 집을 찾아갔지만 현관 열쇠는 어느새 바뀌어 있었다. 이제 네 자리는 없다, 다시는 찾아오지 말라는 완고한 거절의 의미 같았다.

"진짜 매정하다, 서도형."

어느 순간부터 당연한 일이 당연하지 않게 되고, 가까웠던 사이가 멀어지고, 늘 함께였던 시간이 서로 모르는 시간으로 바뀌었다. 해솔은 점차 그 사실에 무뎌졌고 어느 순간부터는 그 이유라는 걸 알아내려는 일을 포기하기 시작했다.

"팀장님, 다 왔는데요."

승준을 만났기 때문일까. 잊고 지낸 옛 기억이 새삼 떠올랐다. 상념은 거기까지였다. 차를 주차한 지 5분이 지났는데도 해솔이 내릴 기미를 보이지 않자 기다리다 못한 지혁이 말을 걸었고 그녀는 뒤늦게 정신을 차렸다.

"혼자 생각할 일 있는 거면 먼저 올라가 있을까요?"

"아니야. 올라가자."

사무실로 복귀한 두 사람은 사내 식당에서 점심을 해결했다. 오후에는 영업부에서 넘겨준 서류와 찍어온 사진, 그리고 미리 체크해 둔 메모를 바탕으로 견적을 포함한 기안서를 작성해 영업부로 넘겼다. 남은 업무까지 마무리하다 보니 퇴근 시간을 한참 넘긴 시간에 사무실을 벗어날 수 있었다.

"아, 눈에 뭐가 들어갔나."

엘리베이터의 붉은 숫자를 올려다보고 있던 해솔이 고개를 숙이고 조심스레 눈을 비볐다. 간지러움과 동시에 이물감이 느껴졌다. 속눈썹이라도 들어갔나 싶어 눈에 일부러 힘을 주어 두어 차례 깜빡이고 있는 사이, 엘리베이터가 도착했다.

"오늘은 퇴근이 좀 늦네요."

3층에 도착한 엘리베이터의 문이 열렸고, 누군가 아는 척을 해왔다. 해솔이 떨떠름한 얼굴을 했다. 하필이면 지금 가장 마주하고 싶지 않은 사람이 엘리베이터 안에 있었다.

"새로 진행하는 일 때문에 기안서 좀 작성하다 보니 늦었습니다."

아직 해솔처럼 퇴근을 하지 않아 복도를 지나다니는 직원 몇 명이 있었다. 그녀는 자연스럽게 답을 건네고는 엘리베이터에 올라탔다. 주차장이 있는 지하 2층 버튼이 이미 눌러져 있었다. 최대한 도형과 거리를 두고 선 해솔은 다시금 눈에서 느껴지는 이물감에 잠시 눈을 꾹 감았다가 떴다.

"울었어?"

뜬금없는 질문에 멍하니 도형을 올려다본 해솔은 곧 그가 왜 그런 질문을 했는지 알아챘다. 눈을 비빈 탓에 눈동자가 조금 붉어져 있었고 눈가에 눈물이 고여 있었다.

"울었으면 왜? 네가 그걸 왜 신경 써?"

해솔이 짧게 웃음을 흘리고는 삐딱하게 물었다.

"안 볼 사이라며."

"뭐?"

"내가 오늘 뜬금없이 예전 기억을 좀 떠올렸는데, 너 분명 나한테 그렇게 말했거든."

지하 2층에 도착한 엘리베이터의 문이 열렸다. 그와 동시에 해솔의 차가운 음성이 그 좁은 공간을 채웠다.

"안 볼 사이라고."

그 말을 남기고 먼저 걸음을 옮긴 해솔은 뒤 한 번 돌아보지 않고 그대로 운전석의 문을 열었다. 금세 뒤따라온 도형이 그녀의 손목을 잡았다. 마치 예상이라도 했던 것처럼 해솔은 조금도 놀라지 않은 담담한 얼굴로 그를 마주했다.

"주해솔."

"왜? 설마 잡아떼려는 건 아니지?"

"그때 이야기는 갑자기 왜?"

"네 태도가 손바닥 뒤집듯 다시 변해서 내가 잠시 잊고 있었어. 그때의 네가 나한테 어떻게 했는지. 근데 그게 하필이면 오늘 다시 떠올랐거든."

도형의 손을 쳐낸 해솔이 운전석에 올라타려다 화를 참지 못하고 다시 문을 쾅 닫았다. 몇 년이 지났는데도 그때의 도형이 왜 자신에게 그렇게 매몰차야 했는지 도저히 이해가 되지 않았다. 주변을 한 차례 둘러본 해솔은 주차장에 인적이 없다는 것을 확인하고 그에게로 다시 시선을 돌렸다.

"그래. 백번 이해해서 그냥 단순한 변덕이었다 치자. 아니면 내가 너한테 정말 잘못한 일이 있어서 화난 게 있었다고 쳐. 그것도 아니면 너한테 정말 어쩔 수 없는 사정이 있었다고 쳐."

화를 내는 목소리로 많은 가정을 내세운 해솔이 긴 숨을 한 차례 토해 냈다. 흥분한 감정을 조금 가라앉히려는 것처럼 보였다.

"그래. 아무튼, 무슨 이유가 있었다 치자고. 그 이유가 지금은 사라졌고, 그래서 네가 다시 예전처럼 날 대한다 치자. 그럼 적어도, 그때 왜 그랬는지 그 이유는 말해줘야지. 나는 아직 그 이유조차 모르는데."

무슨 생각을 하는 건지 가늠할 수 없는 깊은 눈동자가 해솔을 마주하고 있었다. 그는 조금도 동요하지 않는 얼굴로 서 있었지만 꽉 쥐어진 주먹에 힘이 들어가 있었다. 하지만 해솔은 그것을 보지 못했다.

"네 말대로 사정이 있었어."

"그래. 그러니까 그 사정이라는 게 대체 뭐냐고."

이어진 침묵에 해솔이 헛웃음을 터트렸다.

"여전히 말 못하겠다? 넌 늘 뭐가 그렇게 뻔뻔하고 제멋대로야?"

차 문을 연 그녀는 가방을 보조석에 던지듯 놓아두고 운전석에 올라탔다. 문을 닫기 전 냉랭한 음성으로 말했다.

"됐어. 나도 더는 듣고 싶지 않아."

조금의 망설임도 없이 시동을 걸고 주차장을 빠져나갔다. 그 자리에 남겨진 도형의 모습이 사이드미러를 통해 보였지만 해솔은 더 속력을 높였다.

"개자식. 끝까지 말 안 하겠다는 거지?"

더는 듣고 싶지 않다고 말했지만, 사실 신경이 쓰여 견딜 수가 없었다. 졸업식을 기점으로 확 바뀐 도형의 태도가 다시 예전으로 돌아왔다. 이유가 뭘까. 대체 이유가 뭐지? 해솔은 기억을 더듬다 한숨을 내쉬었다. 그때도 몰랐던 걸 지금 생각해 본다고 이유를 알 수 있을 리 없었다.

큰 사거리의 신호에 걸렸다. 해솔이 고개를 기울이며 그때의 기억을 다시 한 번 천천히 떠올리려 애썼다. 그해 겨울에 특별한 일은 없었다. 해솔은 수시전형으로 이미 진작 대학에 붙었고, 도형 역시 마찬가지였다. 딱히 싸운 일도 없었고, 틀어질 만한 일도 없었다. 입원했다가 퇴원을 한 해솔이 집으로 돌아왔고 그 뒤에는…….

'……입원?'

신호가 바뀌었다. 뒤에서 빵빵— 클랙슨을 울리는 소리에 뒤늦게 정신을 차린 해솔이 차를 출발시켰다가 이내 갓길에 차를 세우고 비상등을 켰다. 핸들 위를 검지로 툭툭 두드리다 눈동자를 좌에서 우로 굴렸다.

"내가 왜 입원을 했더라?"

아무리 떠올리려 애를 써봐도 그 이유가 기억나지 않았다.

"주태훈!"

집에 들어선 해솔이 노크도 없이 태훈의 방문을 벌컥 열었다. 통화 중이던 그는 깜짝 놀랐고 그대로 통화 종료 버튼을 터치했다. 황망한 얼굴로 액정을 내려다보다 짜증이 잔뜩 묻어난 음성으로 소리쳤다.

"야, 넌 노크도 없이 오빠 방문을 그렇게 벌컥벌컥 열어? 그리고 뭐? 주태훈? 이게 진짜."

"언제부터 그런 거 따졌다고. 그리고 왜 그렇게 놀라? 뭐 나쁜 짓이라도 했어?"

"나쁜 짓은 무슨."

태훈이 책상 앞 의자에 앉자 해솔은 책상과 가까운 곳에 있는 침대에 걸터앉았다.

"안 나가고 거기 왜 앉아?"

"물어볼 거 있어서."

"뭔데?"

"나 고3 때, 병원에 입원한 적 있지 않았어?"

기다리는 전화라도 있는 건지 휴대전화를 뚫을 기세로 쳐다보고 있던 태훈이 그제야 해솔에게로 시선을 돌렸다.

"그건 갑자기 왜?"

"기억나? 나 그때 왜 입원했었지?"

그는 잠시 대답이 없었다. 길어지는 침묵에 설마 태훈도 기억을 못하는 건가 싶어 해솔이 의아한 얼굴을 했을 때였다.

"왜긴 왜야. 교통사고 났었잖아."

"교통사고?"

"그 사고 때문에 너 그해 겨울에 있던 일, 전혀 기억 못했잖아."

끙— 앓는 소리를 내며 해솔이 옛 기억을 다시 떠올렸다. 태훈의 말처럼 분명 사고가 났다고 했다. 해솔은 그 사고란 것을 기억하지 못했고 가족들의 입을 통해 들은 것이 전부였다.

"아, 맞다. 나 그때 그 사고로 석 달 정도 기억이 없다고 했지."

부분 기억상실처럼 해솔은 교통사고를 당했던 기억도 없었고 수술을 받은 기억도 없었다. 석 달간의 기억이 통째로 사라진 상태에서 곧 졸업이라는 현실을 앞두고 조금 혼란스러워했던 기억이 났다. 해솔이 겪은 일이지만 잃어버린 기억이었고 가족들의 입을 통해 들은 사실이라 자신의 기억 같은 느낌이 없어 잊고 지냈던 모양이었다.

"근데 그건 갑자기 왜 물어?"

"그냥 예전 일 좀 떠올리다가 문득 기억이 나서. 근데 아무리 생각해 봐도 그 이유가 기억이 안 나더라고."

용건은 그게 다였는지 해솔이 자리에서 일어섰다. 그녀는 문을 반쯤 연 상태에서 다시 걸음을 멈춘 채 골똘히 생각에 잠겼다. 문이 닫히는 소리가 들려오지 않아 뒤를 돌아보자 해솔은 문고리를 잡고 있던 손을 놓으며 다시 태훈을 마주했다.

"오빠."

"또 왜?"

"그럼 혹시 내가 기억 못하는 그 석 달 사이에 나랑 서도형 사이에 무슨 안 좋은 일 있었어?"

가늠하듯 해솔의 얼굴을 바라보던 태훈이 잠시 미간을 좁혔다가 등을 돌렸다.

"그럴 일이 뭐가 있겠어?"

"아는 거 정말 없어?"

"없어. 그리고 그때 나 바빴잖아. 집에 거의 없었던 시기이기도 하고."

결국 태훈을 통해 알아낼 수 있는 것은 없었다. 조금 미심쩍은 부분이 있긴 했지만 한 번 모른다고 한 이상 그는 같은 질문에 다른 답을 내어주지 않을 것이 분명했다.

샤워를 하고 욕실을 나선 해솔은 방으로 향하려다 반쯤 열려 있는 도형의 방문 앞에서 멈춰 섰다. 불이 꺼져 있었다. 잠든 건가 싶었지만 방 안에는 인기척이 느껴지지 않았다.

"아직 안 들어온 거야?"

엘리베이터에서 만났을 때 분명 도형 역시 퇴근을 하기 위해 사무실을 나섰다는 것을 알 수 있었다. 사이드미러를 통해 봤던 그의 모습이 떠올랐다. 왜 버려두고 온 느낌이 드는 건지. 해솔은 고개를 가로저었다. 무슨 생각을 하는 건가. 서도형은 누군가의 말에 일일이 상처받는 사람이 아니었다. 그것도 고작 그 정도의 말로.

약속이 있을 것이다. 그것도 아니면 다른 일이 생겨서 늦는다거나. 그리 생각하며 방으로 들어선 해솔은 TV를 틀어놓고 매니큐어를 꺼내었다. 기존에 바른 매니큐어가 색이 벗겨진 곳이 있어 모두 지워내고 정성스럽게 두 번이나 덧발랐다. 그러는 사이에 보고 있던 드라마가 끝나고 화면에서는 광고가 나오고 있었다.

마지막으로 탑코트를 꺼내어 바르고 매니큐어를 한쪽으로 치워두었다. 애써 바른 매니큐어에 혹여 자국이라도 생길까 싶은 건지 무척이나 조심스러운 움직임이었다.

"아, 다 됐다. 이제 좀 쉬어야지."

두 손을 앞으로 펼치고 이제 TV 화면에 다시 집중하려는데 문 너머의 복도에서 발걸음 소리가 들려왔다. 해솔의 시선이 자연스럽게 닫힌 문으로 향했다.

'서도형 왔나?'

저도 모르게 문을 주시하고 있었다. 가까워지던 발걸음 소리가 사라졌다. 방으로 들어간 모양이라 생각하고 해솔은 시간을 확인했다. 11시를 넘긴 시간이 눈에 들어왔다.

"늦게도 들어왔⋯⋯."

벌컥— 노크도 없이 문이 열렸다. 말끝을 흐린 해솔이 깜짝 놀란 얼굴로 열린 문을 응시했다. 도형이 그곳에 서 있었다. 손을 앞으로 펼친 자세 그대로 인상을 찌푸렸다.

"깜짝이야. 넌 여자 혼자 쓰는 방문을 그렇게 노크도 없이 벌컥 여냐?"

몇 시간 전 태훈의 방문을 노크도 없이 벌컥 연 사실은 이미 잊은 모양이었다. 집요하게 자신을 응시하는 도형의 시선에 저 녀석이 또 왜 저러나 싶어 그녀는 뻣뻣하게 몸을 굳혔다.

"왜? 뭐 할 말 있어?"

긴장으로 예민해진 상태에서 슬리퍼 끄는 소리가 유독 크게 들려왔다. 거리를 좁혀온 도형이 바로 위에서 해솔을 내려다봤다. 거리가 가까워지고 나서야 술 냄새가 났다.

"뭐야. 너 술 먹었어?"

해솔이 인상을 찌푸렸지만 그는 대답 없이 침대에 걸터앉았다. 양반다리를 하고 앉은 채 이불을 덮고 있는 해솔과 침대에 걸터앉은 그의 거리는 팔을 뻗으면 닿을 만큼 가까웠다.

"취했으면 네 방 가서 자든가."

얼굴에 닿는 시선이 집요했다. 풍겨져 오는 술 냄새만 제외한다면 평소와 다르지 않은 모습이었다. 특유의 무심한 그 표정을 짓고 있었는데 지금은 어쩐지 그 얼굴이 길 잃은 강아지마냥 애처롭기도 했다.

"왜 그렇게 보는데?"

여전히 돌아오는 답은 없다.

"야, 서도형."

그가 손을 뻗었다. 느릿한 움직임이었지만 해솔은 어째서인지 움직일 수가 없었다. 그러다 매니큐어를 바른 손이 생각났다. 장장 두 시간에 걸쳐 바른 매니큐어였다. 해솔이 두 손을 보호하려 어중간하게 팔을 들어 올렸고 도형은 그대로 해솔을 품에 안았다. 눈동자를 굴리며 상황을 파악하려 했다. 하지만 이런 도형의 행동을 이해할 수 있을 리가 없었다. 해솔을 품에 안은 그는 혼잣말로 무언가를 중얼거리고 있었다.

"뭐라는 거야."

"⋯⋯해."

"뭐?"

무슨 말을 하는 건지 정확히 듣기 위해 도형에게 바짝 귀를 가져다 댔다. 몇 차례 같은 말만 중얼거렸고 그 말이 무슨 말인지 대충 짐작이 가려는 찰나, 갑자기 도형의 몸이 조금씩 자신을 짓누르는 느낌이 들었다.

"어? 어어?"

몸이 뒤로 기울었다. 그녀는 결국 쿵 소리와 함께 침대 헤드에 머리를 박았다. 멍하니 눈을 깜빡이다가 헛웃음을 터트렸다. 침대라서 다행이지 바닥이었다면 목을 다치거나 머리가 깨질 뻔했다. 도형은 거의 해솔의 몸 위에 눕다시피 기댄 채로 잠이 들어버렸다.

"야."

이 녀석을 어찌해야 하는 걸까.

"서도형."

어깨를 흔들어봐도 소용없었다. 허리는 또 어찌나 꽉 안고 있는지 빠져나갈 수가 없었다. 몸을 살짝 뒤로 빼낸 것이 해솔이 할 수 있는 전부였다. 빠져나가는 것을 포기하고 천장을 바라보며 작게 중얼거렸다.

"그러니까 대체 왜 이러는데?"

아무래도 이상하다.

"정작 이유는 안 말해주면서."

이건 정말, 이상했다.

"왜 이제 와서 사과하냐고."

도형이 귓가에 중얼거린 말은 사과였다. 해솔이 잘못 듣지 않았다면 그는 분명 미안하다는 말을 하고 있었다. 한숨을 내쉰 해솔은 몸을 좀 더 뒤로 빼내려 안간힘을 썼다. 불편한 자세로 잠든 도형의 얼굴을 바라보다 손을 뻗었다. 감은 눈 위에 조심스레 손이 닿았다. 조금 더 아래로 내려온 손이 뺨으로, 그리고 입술로 옮겨갔다. 입술에 손이 닿은 순간, 그가 눈을 떴다. 해솔이 화들짝 놀라 손을 떼어내고는 당황한 기색을 얼굴에 드러내지 않으려 시선을 피했다.

"깼냐? 너 사람을 두 번이나 깔아뭉……."

해솔은 또 한 번 말을 잇지 못했다. 뒤통수에 커다란 손이 닿았다. 애써 피한 시선이 다시 도형에게로 향했다. 긴 머리카락을 헤집고 들어선 손이 단단하게 머리를 잡아 앞으로 당겼다.

"너 지금 뭐 하는……."

소리가 사라지고 입술이 닿았다. 키스라고도 할 수 없는 짧은 입맞춤이었지만 너무 놀라 굳어진 해솔은 그를 밀어내지도 못했다. 도형의 몸이 다시 스르륵 아래로 내려갔다. 허벅지를 베고 새근새근 고른 숨소리를 내며 잠들었다. 그런 도형의 모습에 해솔은 헛웃음을 터트렸다가 열린 문을 보고는 그대로 굳어졌다.

"아."

대체 언제부터 저기 있었던 걸까.

"하던 거 계속해라."

"야! 주태훈! 잠깐 거기 서!"

해솔이 급하게 자리에서 일어서려 했지만 도형 때문에 움직이기가 쉽지 않았다. 태훈은 놀리듯 장난기 가득한 얼굴로 문 앞에 서서 두 사람을 바라보고 있었다.

"뭐 한 건데, 니들."

"난 피해자야. 조금 전에 봤잖아."

"글쎄. 내가 본 건 둘이 입 맞춘 모습뿐이라서."

"아니라고! 나도 당한 거라니까? 그리고 그렇게 보고만 있지 말고, 얘 좀 어떻게 해봐."

"나 요즘 어깨가 아파서. 아버지 부를까?"

"오빠!"

"부탁하는 태도가 공손하지 못하네, 내 동생."

"아, 제발!"

정말 아버지를 불러오려는 건지 태훈은 그 자리에서 돌아설 기세였다. 해솔이 다급하게 그를 부르자 못 이기는 척 방에 들어서서 도형의 팔을 잡아 부축했다.

"이 새끼는 왜 갑자기 안 하던 짓을 한대냐."

"나도 몰라."

"너랑 무슨 일 있었던 건 아니고?"

"일은 무슨. 왜 이러는지 내가 더 알고 싶거든?"

해솔은 정말 모른다는 얼굴이었다. 고개를 끄덕인 태훈이 도형의 팔을 어깨 위에 두르고는 돌아서려는데 자리에서 일어난 해솔이 그의 티셔츠 끝자락을 붙들었다. 걸음을 멈춘 태훈은 옷을 쥐고 있는 작은 손을 내려다봤다.

"오빠."

"왜?"

"그…… 아까 말한 거 말이야. 진짜 그 석 달 사이에 나랑 서도형이랑 아무 일도 없었어?"

태훈의 얼굴이 어쩐지 조금 매서워졌다. 분명 화를 내는 것은 아니었는데, 그렇게 느껴졌다.

"모른다니까. 쓸데없는 생각하지 말고 얼른 자."

해솔은 잡은 옷을 놓아주고는 고개를 끄덕였다.

"알았어."

두 남자가 빠져나간 방은 곧 고요한 침묵이 찾아들었다. 해솔은 닫힌 문을 한참이나 응시하다 고개를 기울였다.

"뭔가 있어."

도형은 분명 사정이 있었다고 말했다. 그리고 주태훈은 그 사정이라는 것을 알고 있는 게 분명했다. 근데 두 남자 모두 해솔에게 그것을 말해줄 생각이 없었다. 해솔은 엄지손톱을 잘근 씹었다.

"뭔가 있는 게 분명한데, 그걸 나만 모른다?"

자신이 관련된 일이 분명함에도 그것을 자신만 모르고 있는 것 같은 이 상황을 해솔은 이해할 수 없었다. 다시 침대에 걸터앉은 그녀는 고개를 왼편으로 돌렸다. 교복을 입은 자신의 사진이 그곳에 놓여 있었다. 졸업식에 찍은 사진이었다. 당연하게도 그곳에는 도형과 찍은 사진이 단 한 장도 없었다. 그게 당연한 일이 되었다. 대체 언제부터?

"……알아내자."

어디서부터, 어떻게 잘못된 건지.

"알아야겠어."

한 차례 포기했던 일이었다. 그 일을 해솔은 다시 하려고 했다. 누군가가 원하든, 원하지 않든.

6

해솔은 오후 업무 중에 커피나 한잔 마실까 싶어 직원 휴게실을 찾았다. 커피를 다 마시고 10분의 시간이 더 흘렀지만 그녀는 사무실로 돌아갈 기미를 보이지 않았다. 빈 종이컵을 손에 든 채 창밖의 풍경을 바라보고 있다가 이내 고개를 한쪽으로 기울였다. 손안에서 종이컵이 와그작— 구겨졌다.

"이게 날 피해?"

아침에 일어나 보니 도형은 이미 출근을 한 뒤였다. 엘리베이터에서 마주치거나, 사내 식당에서 보거나, 복도를 지나다니다가도 도형을 보게 되는 경우가 종종 있었다. 아무리 못 봐도 하루에 한 번은 마주치고는 했던 것 같은데 오늘따라 코빼기도 모습을 보이지 않았다.

"왜 죄 없는 종이컵한테 히스테리를 부리고 있어요? 그리고 자리 비울 거면 휴대폰 좀 들고 다녀요. 한참 찾았네."

해솔의 손에서 처참하게 구겨진 종이컵을 빼낸 지혁이 그것을 휴지통에 넣었다. 자리를 비운 그녀를 찾아다니느라 여기저기 돌아다닌 그의 얼굴에는 조금 짜증이 드러나 있었다. 처음에는 정말 커피 한 잔만 할 생각으로 직원 휴게실을 찾은 거라 휴대전화는 책상 위에 두고 온 상태였다.

"미안. 근데 나 땡땡이친 거 아니다? 점심시간도 절반이나 반납하고 일하다가 지금 잠깐 좀 쉰 거야."

자판기에 동전을 넣어 캔 음료 하나를 뽑아 든 지혁이 마개를 따며 해솔을 향해 다가섰다. 그의 손에는 서류 봉투 하나가 들려 있었다.

"그 아모르 있잖아요."

"아모르?"

그게 뭐야? 라는 얼굴로 물었다. 눈빛만 봐도 통하는지 지혁은 그걸 그새 잊었냐는 표정을 했다.

"같이 다녀왔잖아요. 그 레스토랑이요."

"아."

"우리 쪽으로 계약하겠다고 최종적으로 연락 왔대요."

"벌써?"

"네, 벌써요."

"말도 안 돼. 무슨 계약을 이렇게 일사천리로 해?"

"그러게요. 저도 이해가 좀 안 되긴 하는데, 사실 우리 쪽으로서는 고마워해야 할 일이잖아요. 보통 견적 내면 조금이라도 깎으려고 시도하니까 우리도 그거 생각하고 일차적으로 조금 더 올려서 견적 내는 건데, 아모르 측에서는 아예 깎을 시도조차 안 하고 바로 오케이했다는데요."

지혁은 영업부에서 건네준 서류를 해솔에게 넘겼다. 다른 업체와 견적을 비교할 생각이 아예 없었던 것처럼 답이 너무 빨리 돌아왔다. 흐음— 짧은소리를 내고는 봉투를 받아 든 해솔이 고개를 끄덕였다.

"아무튼, 잘됐네. 네 말대로 고마워해야 할 일이지."

"불편하면 일로 왔다 갔다 하는 건 제가 할게요."

"딱히 불편할 거 없다니까."

"표정은 안 그런데요."

"요즘 신지혁이 나 엄청 생각해 주는 것 같아서 눈물이 다 난다."

"눈에 인공눈물이라도 좀 넣고 거짓말하시죠?"

해솔은 가볍게 웃음을 흘리고는 봉투 안의 서류를 꺼내어 들었다. 대충 눈으로 내용을 한 차례 훑어내고는 지혁과 함께 휴게실을 나섰다. 당장 오후에 처리해야 할 업무를 머릿속에 떠올리고 있을 때였다.

"본부장님이네요."

앞서 걷고 있던 지혁이 어느새 속도를 늦추기 시작해 해솔의 옆에 섰다. 복도 창문을 바라보며 걷고 있던 그녀는 본부장이라는 말에 반응해 곧장 고개를 돌렸다. 엘리베이터 앞에 서 있는 도형과 정확하게 눈이 마주쳤다. 그런데 그는 무시하듯 고개를 휙 돌려 버리고는 엘리베이터에 올라탔다.

"서!"

도형이라고 이름을 부르려다 멈칫하고는 입을 꾹 다물었다. 복도를 지나가고 있던 직원들이 해솔을 바라봤다.

'아, 여기 회사지.'

뒤늦게 그 사실을 떠올린 해솔이 눈동자를 굴리다 지혁을 힐끗 바라봤다.

"서운하다, 신지혁!"

주변 사람들에게 들리도록 일부러 크게 말한 그녀는 지혁의 등을 한 대 때렸다. 꽤 아팠는지 깜짝 놀란 그는 맞은 등을 매만지며 황당하다는 얼굴을 했다.

"갑자기 뭔가요?"

"진짜 서운해."

"그러니까 뭐가 갑자기 서운한데요? 아까 그 종이컵에 들어 있던 거 커피 아니고 소주 아니에요?"

"뭐?"

"이슬이…… 윽!"

해솔이 팔꿈치로 뒤에 서 있는 그의 복부를 살짝 가격했다. 짧은 신음을 끝으로 지혁은 조용히 입을 다물었다.

모니터 화면을 장시간 쳐다보고 있는 작업에 목은 뻐근하고 두 눈은 건조했다. 서랍을 연 해솔은 인공눈물을 꺼내어 눈에 한 방울씩 떨어뜨리고는 잠시 눈을 감았다.

"아, 오늘은 이만하고 가야겠다."

컴퓨터의 전원을 끄고는 서랍 문을 잠갔다. 챙겨야 할 물건들을 가방 안에 넣고 자리에서 일어선 그녀는 주변을 둘러봤다. 퇴근 시간을 넘겼지만 아직 사무실에 남아 있는 직원이 있었다.

"아직 멀었어요? 오늘따라 퇴근이 늦네?"

"하던 것만 마무리하고 가겠습니다."

"그럼 먼저 들어갈게요. 수고해요."

"네, 내일 뵐게요. 조심해서 들어가세요."

사무실을 나선 그녀는 엘리베이터의 버튼을 누르고 시간을 확인했다. 이 시간쯤이면 도형도 퇴근했을 것이다.

"설마 집에서도 피하지는 못하겠지."

어금니를 꽉 깨물었다. 집에 가자마자 어제의 일에 대해 추궁할 생각을 하며 마음속으로 칼을 갈고 있는데 도착한 엘리베이터의 문이 열리고 익숙한 얼굴이 모습을 드러냈다. 아무래도 엘리베이터는 만남의 장소인 모양이었다.

"안녕하세요."

"네."

엘리베이터 안에서 서류를 들여다보고 있던 도형이 힐끗 시선을 들었다가 다시 아무렇지도 않게 서류를 보는 일에 집중했다. 해솔이 가시가 담긴 인사를 건네었다.

"오늘따라 얼굴 뵙기가 참 힘드네요."

"그다지 한가하지 못해서요."

뻔뻔하리만큼 당당하게 돌아온 답에 그녀는 기가 차다는 얼굴을 했다. 문이 닫힘과 동시에 집까지 갈 필요가 뭐 있나 싶어 어제 일에 대해 따지려는 순간, 타이밍 좋게 해솔의 휴대전화가 울렸다. 액정을 보니 저장되어 있지 않은 번호였다.

"여보세요?"

[아, 받았다. 지금 통화하기 괜찮아?]

"누구……."

말끝을 흐린 해솔이 눈동자를 굴렸다. 분명 저장되어 있지 않은 번호였는데, 목소리가 어딘지 모르게 익숙했다.

[번호 저장 안 했나 보구나.]

웃음기 섞인 음성에 어쩐지 서운해하는 기색이 묻어났다. 꺼림칙한 느낌이 드는 것과 동시에 한 사람의 얼굴이 떠올랐다. 설마.

[나야, 승준이.]

설마가 사람 잡았다. 조만간 하겠다는 연락이 왜 하필 오늘, 그것도 도형과 함께 있을 때여야만 했을까.

[혹시 퇴근했어?]

"아니. 지금 하려는 길이긴 한데."

기어들어 가는 목소리로 답을 건네며 해솔이 도형의 눈치를 살폈다. 뭔가 이상한 걸 감지했는지 도형은 지금 손에 들고 있는 서류를 보고 있지 않았다. 그의 시선은 정확하게 해솔을 향해 있었고 그녀는 어색한 행동으로 다시 시선을 피했다.

[그럼 지금 시간 돼?]

"지금?"

[어, 지금.]

"아, 그게. 내가 지금은 좀……."

곁에 서 있는 도형이 신경 쓰여 제대로 통화를 할 수 없었다. 그는 분명 주차장에서 내릴 것이다. 일단 1층에서 통화를 마치고 가는 게 좋을 것 같아 재빠르게 버튼을 눌렀지만 이미 때를 놓쳐 버렸다. 엘리베이터는 지하 1층에서 다시 지하 2층으로 유유히 내려가고 있었다.

[곤란해?]

지하 2층에 도착한 엘리베이터의 문이 열리고 해솔은 1층 버튼을 진작 누르지 못한 것을 후회해야 했다.

"어? 마침 내려왔네. 이 근처 왔다가 들렀어. 시간이 좀 늦어서 혹시 퇴근했으면 어쩌나 했……."

승준이 그 앞에 서 있었다. 통화 종료 버튼을 누르고 반갑게 인사를 건네던 그가 말끝을 흐리고는 시선을 옆으로 돌렸다. 도형을 보고는 잠시 표정을 굳혔다. 도형의 얼굴도 그 못지않게 굳어져 있었다.

"와, 이게 누구야. 서도형이네."

무거운 침묵이 잠시 흘렀지만, 승준은 언제 그랬냐는 듯이 반가워하는 기색을 보였다.

"한국에는 언제 왔어?"

인사를 건네는 말에 그는 답하지 않았다. 서류를 쥔 손을 천천히 아래로 내린 도형은 이 상황을 이해할 수 없다는 얼굴을 하고 있었다. 어쩌다가 이런 상황이 벌어진 걸까. 해솔은 시간을 10분 전으로 돌리고 싶었다. 조금만 더 일찍 사무실을 나왔어도 이런 일은 일어나지 않았을 텐데.

"근데 둘이 어떻게 같이 와?"

해솔의 얼굴을 한 번, 도형의 얼굴을 한 차례 확인한 승준이 고개를 살짝 기울이고는 물었다. 또다시 무거운 침묵이 흘렀다. 어찌해야 할까 고민하다 일단 내려서 이야기를 해야 할 것 같다는 결론을 내렸다. 앞으로 한 걸음 옮기려는데 도형이 손목을 덥석 잡았다. 승준의 시선이 그 손을 향해 움직였다가 다시 위로 향했다.

"일단 내리지그래? 다른 사람들도 이용하는 거잖아."

문이 닫히려 했다. 해솔이 열림 버튼을 빠르게 누르고는 걸음을 옮겼고 도형도 더는 고집을 부리지 않고 따라 내렸다. 문이 닫힌 엘리베이터는 유유히 위로 올라갔다.

"네가 여긴 어쩐 일이야?"

"보다시피, 해솔이 만나려고."

승준은 눈짓으로 그의 곁에 선 해솔을 가리키며 말했다. 도형이 미간을 좁혔다.

"지난번에는 분명 연락 안 하고 지낸 것처럼 얘기했던 것 같은데."

"그땐 정말 연락을 안 했으니까."

그녀는 왜 자신이 해명해야 하는 건지는 납득하지 못했지만, 일단은 대답하는 것이 편할 거 같았다. 한쪽은 웃고 있지만 속을 알 수 없고, 한쪽은 심기 불편함을 고스란히 얼굴에 드러내고 있었다. 흉흉한 기세에 기가 눌린 듯 해솔이 설명을 덧붙였다.

"이번에 우리 팀에서 맡게 된 일이 레스토랑 리노베이션 공사인데, 승준이가 거기 대표야. 너한테도 보고 올라갔을 텐데 못 받았어?"

그는 기억을 더듬었다. 안 그래도 조금 전 보고 있던 서류가 바로 리모델링 사업부에서 진행하게 될 공사에 관한 것이었다.

"아모르?"

"그래, 거기. 그리고 서도형은 외국에 있다가 우리 회사 사업본부 본부장으로 오게 됐어."

"사업본부 본부장?"

"응."

승준의 시선이 다시 도형의 얼굴에 닿았다.

"하고많은 회사 중에 왜 하필 에이케이 건축으로 왔을까."

"나야말로 왜 네가 에이케이 건축에 일을 맡겼는지 묻고 싶은데."

"안 될 이유라도 있어?"

"헤어진 옛 연인이 클라이언트라니. 주해솔이 불편할 건 생각 안 하는 모양이네."

"누가 누구한테 할 소리야, 그거."

갑자기 두통이 밀려들었다. 그건 해솔이 묻고 싶은 말이었다. 둘 다 연락도 없이 여태 죽었는지 살았는지도 모르게 조용히 잘살다가 왜 갑자기 자신의 앞에 나타난 걸까. 한 놈은 손바닥 뒤집듯 태도를 바꾸고, 한 놈은 헤어진 옛 여자 친구 직장에 일을 맡겨가며 굳이 계약까지 한 건지 그 이유를 알 수 없었다.

"서로 모르는 사이도 아닌데, 둘 다 표정 풀지?"

"그렇다고 웃으면서 인사할 사이도 아니었지."

"그러게."

두 남자가 각각 덧붙인 말이었다. 그녀는 손을 들어 이마를 짚었다. 7층까지 올라갔던 엘리베이터가 다시 아래로 내려오고 있었다. 직원들이 오기 전에 자리를 피하는 것이 좋을 것 같았다.

"여기 계속 있을 거야?"

두 남자 모두 대답이 없었다. 즐거워야 할 퇴근 시간에 이런 폭탄 같은 상황을 마주해야 한다니. 해솔은 지친 기색이 역력한 얼굴로 도형과 승준을 번갈아 바라보다 짙은 한숨을 내쉬었다.

"계속 있을 거면 둘이 알아서 대화하고 와. 미안하지만, 난 지금 당장 집에 가야겠어."

그리 말한 해솔은 먼저 승준을 가리켰다.

"여기까지 왔는데 미안하지만, 약속 잡고 온 거 아니잖아. 그렇지? 난 오늘 해야 할 일이 있어. 다음에 다시 연락해."

그리고 이어서 도형을 돌아봤다.

"그리고 넌."

집에 가서 얘기해, 라고 말하려다 입을 꾹 다물었다. 같은 집에 사는 걸 여기서 말할 수는 없었다.

"나중에 보자."

돌아선 해솔은 뒤 한 번 돌아보지 않고 차에 올라탔다. 그녀의 차가 주차장을 빠져나가고 난 뒤 지하 2층에서 멈춰 선 엘리베이터에서 직원들 몇 명이 내렸다. 도형을 알아본 직원들이 인사를 건네었다. 승준에게 더는 볼일이 없다는 듯 그 역시 걸음을 옮겼을 때였다.

"서도형."

도형뿐만이 아니라 직원들까지 모두 멈춰 서서 뒤를 돌아봤다. 이름을 부른 승준의 음성이 호의적이지 않았기 때문이었다. 모르는 사람이 들어도 냉랭하기 그지없는 목소리였다.

"먼저들 가세요."

별일 아니라는 듯 도형이 눈짓으로 가라는 표시를 하자 직원들은 눈치를 보다가 꾸벅 인사를 건넨 뒤 다시 가던 길을 가기 시작했다. 그는 주머니에 손을 꽂은 채 승준이 서 있는 쪽을 돌아봤다.

"생각이 바뀐 모양이네. 서도형 네가 다시 주해솔 옆에 있는 걸 보면."

뚜벅— 발걸음 소리가 울렸다. 도형은 조금도 서두르지 않는 여유로운 걸음으로 다시 승준의 앞에 섰다.

"왜 하필 에이케이 건축으로 왔냐니. 머리가 나쁘지 않다면 충분히 짐작하고 있을 텐데."

"내가 설마 그걸 모르고 물었을까."

그래, 다 알고 있었다. 권승준은 도형이 감추려 하는 일에 대해 전부 다 알고 있는 몇 안 되는 사람 중 하나였다. 그러니까 승준의 앞에서는 굳이 거짓을 말할 이유가 없었다.

"그래, 주해솔 때문에 온 거야."

"솔직하네. 그럼 나도 솔직하게 대답해야 하나? 나도 해솔이 때문에 여기에 일 맡긴 거야. 뭐, 너도 정말 몰라서 물은 것 같지는 않지만."

두 사람 모두 서로를 대하는 태도가 냉랭하기 그지없었다. 4층으로 향했던 엘리베이터가 다시 지하로 내려왔다. 직원 한 명이 엘리베이터에서 내리며 도형을 알아보고 인사를 건네었다. 주차장은 직원들이 오가는 곳이고 마침 퇴근 시간이기도 해서 도형은 편하게 대화를 할 수 없었다. 역시 그만 돌아가는 것이 좋을 것 같았다.

"권승준."

"말해."

"이제 와서 네가 뭘 하든 관심 없어. 단."

지금의 이 상황이 짜증스러운 건지 도형이 넥타이를 살짝 끌어 내리고는 승준을 마주했다.

"나와 주해솔 사이에 있던 일은 함부로 떠들지 마. 제삼자가 왈가왈부할 일이 아니야. 그러니까 여태 그랬던 것처럼, 입 다물고 있는 게 좋을 거야."

웃음기 하나 없이 건조한 얼굴. 새까만 두 눈동자는 분명하게 경고를 하고 있었다. 해야 할 말은 모두 전했고 도형은 미련 없이 그 자리에서 돌아섰다. 시야에서 그의 모습이 사라지고 홀로 남겨진 승준은 뒤늦게 웃음을 흘렸다.

"제삼자라……."

씁쓸하게 웃어 보이다 머리를 헝클어트리듯 매만졌다.

"그렇게 말하기엔 네가 감추려는 걸, 내가 너무 많이 알고 있지 않나."

그는 조금 전 도형이 사라진 방향을 차가운 시선으로 바라보고 있었다.

❖

집에 도착한 해솔은 아버지와 단둘이 저녁 식사를 했다. 곧바로 따라올 줄 알았던 도형은 감감무소식이었고 태훈은 약속이 있어 저녁까지 먹고 온다며 집에 미리 연락했다. 오랜만에 가져 보는 평화롭고 여유로운 식사 시간이었다.

"요즘 별다른 일은 없고?"

"네."

"도형이에 대한 사원들 평판은 어때? 별말 없이 잘 따르던?"

"일하는 면에서는 평판 좋아요. 좀 지나치게 쌀쌀맞은 면이 있긴 한데, 그건 아빠도 아시겠지만 서도형 성격이 워낙 그렇잖아요."

칭찬까지는 아니어도 도형에 대해 꽤 후한 평을 내렸다. 아버지가 해솔의 얼굴을 물끄러미 바라봤다. 시선을 느낀 그녀는 의아하다는 얼굴을 했다.

"왜 그렇게 보세요?"

"처음에는 반대하는 것 같더니, 지금은 평이 꽤 후하네."

"뭐, 일 잘하는 거야 사실이니까요. 처음에는 아빠가 저한테 상의도 없이 그 자식 불렀으니까 그렇죠."

"너는 도형이한테 그 자식이 뭐야, 그 자식이."

해솔이 멋쩍은지 젓가락 끝을 살짝 입에 물었다가 배시시 웃었다.

"회사에서는 본부장님, 본부장님, 하고 깍듯하게 부르니까 걱정하지 마세요. 제가 공사 구분 못하면 아빠가 뭐라고 하시기 전에 서도형이 먼저 도끼눈 뜰걸요?"

해솔의 말에 아버지는 작게 미소를 지으셨다. 계란말이 하나를 집어 들어 한입 베어 문 해솔이 잠시 아버지의 눈치를 보다 조심스럽게 입을 열었다.

"아빠."

"왜?"

"예전에 저 교통사고 나서 병원에 입원한 적 있었잖아요."

"교통사고?"

"고3 겨울에요."

처음에는 기억나지 않는 듯했지만 해솔이 정확한 시기를 말하자마자 아버지의 표정이 잠시 굳어졌다.

"그래, 그랬지. 그때 일은 갑자기 왜?"

"얼마 전에 고등학교 동창을 만났는데 어쩌다 보니 그 얘기가 나와서요. 저 그때 많이 다쳤었어요?"

"그냥 큰 수술 하나 받았다."

"혹시 어느 병원에서……."

"어허, 지난 일은 뭐 하러 자꾸 꺼내. 좋은 일도 아닌데."

그 주제로 대화를 이어갈 생각이 없는 것처럼 아버지는 선을 그었다. 짐짓 엄한 음성에 해솔도 더는 그때 일에 관해 물을 수가 없었다.

"도형이는 많이 늦는 모양이구나. 애비는 그만 방에 들어가마. 너도 쉬어라."

"네."

식사를 마친 아버지는 그대로 부엌을 빠져나갔고 홀로 남겨진 해솔은 멍하니 식탁 위를 내려다봤다. 조금 전 아버지의 반응으로 확실해진 게 있었다. 가족들 모두가 해솔에게 그때의 일에 대해 숨기려 하고 있었다.

"이제 오기까지 생기려고 하네. 내 일인데 왜 나만 몰라?"

입맛이 뚝 떨어졌다. 자리에서 일어선 해솔은 빈 그릇을 개수대에 넣고 커피를 한잔 마시려 전기 포트의 버튼을 눌렀다. 물이 끓기를 기다리다가 문득 도형이 생각나 시간을 확인했다.

"어디로 샜나?"

시간이 꽤 흘렀지만 도형은 여전히 집에 돌아오지 않았다. 승준과 따로 뭔가를 이야기할 만큼 두 사람이 친한 것도 아니었다. 차라리 사이가 나쁘다는 쪽이 더 맞을 것이다. 신경이 쓰였지만 굳이 전화까지 해서 확인을 하고 싶지는 않았다.

"뭐, 올 때 되면 오겠지."

해솔은 믹스 커피 한 잔을 타서 방으로 올라갔다. 음악을 틀어놓고 책상 앞에 앉아 여행에 관련된 에세이집 하나를 꺼내어 들었는데 갑작스레 문이 벌컥 열렸다. 깜짝 놀라 하마터면 커피를 엎을 뻔했다. 컵이 크게 흔들렸지만 다행히 쓰러지지 않았고 놀란 가슴을 쓸어내린 해솔은 뒤를 돌아봤다.

"놀랐잖아. 자물쇠라도 달아놔야 하나, 요즘 왜 이렇게 문을 벌컥벌컥 열어?"

문을 닫고 순식간에 거리를 좁힌 도형이 손에 들고 있던 서류 봉투를 책상 위에 툭 내려놓았다.

"아모르 대표가 권승준인 거 알고도 일 진행했어?"

봉투 밖으로 빠져나온 서류 몇 장이 눈에 들어왔다. 몇 시간 전, 그가 엘리베이터에서 보고 있던 서류였다. 해솔은 도형의 이런 반응을 이해할 수 없었다. 알고 진행했든, 모르고 진행했든, 자신이 추궁당해야 할 이유는 없었다.

"견적 내려면 가서 사진도 찍고, 면적도 확인해야 하고, 이것저것 다 알아봐야 할 거 아니야. 영업부에서 일 줘서 레스토랑에 찾아갔고, 거기서 승준이가 아모르 대표인 거 알았어. 나도 처음에는 좀 놀라긴 했는데 일에 내 개인적인 감정 내세워서 그걸 거절할 순 없잖아."

거기까지 말한 해솔은 책을 손에서 내려놓고는 도형을 향해 따지듯이 물었다.

"아니, 이게 아니지. 근데 내가 왜 이걸 너한테 해명해야 해? 그리고 권승준 클라이언트로는 아무 문제 없어. 되레 공사 일정 재촉도 안 했고, 편의 많이 봐주는 편이던데. 회사 입장에서는 고마운 거잖아."

그는 짜증스러운 한숨을 뱉어냈다. 안다. 일이다. 하지만 승준은 분명 해솔이 AK건축에 근무하고 있는 걸 알고 이곳에 일을 맡겼다. 도형의 입장에서는 그게 상당히 거슬리고 신경이 쓰일 수밖에 없었다. 승준과 해솔의 연결고리가 끊어졌다고 생각했는데 난데없이 클라이언트로 엮이게 된 것이 반가울 리 없었다.

"대체 왜 그러는데?"

해솔은 두 사람의 사이가 좋지 않은 걸 알고 있었다. 그래도 이건 일과 관련된 것이었기에 도형이 이 정도로 반응할 줄은 몰랐다. 생각보다 더 까칠한 반응에 의아해하며 물었지만 그는 묵묵부답이었다.

"혹시 아까 나 가고 나서 승준이랑 무슨 일 있었어?"

"권승준 다시 만난 게 언제야?"

"얼굴 본 건 어제야."

"그럼 뜬금없이 예전 기억이 떠올랐다면서 과거 일로 나한테 화냈던 이유가 그 자식 때문이야?"

그녀는 대답하지 못했고 그는 손을 들어 이마를 짚었다. 이런 점이 불쾌했다. 일은 몇 개월간 진행될 거고, 그사이에 해솔은 승준과 몇 번이나 얼굴을 봐야 할 것이다. 권승준은 끊임없이 해솔에게 과거 일을 기억하게 만드는 계기가 될 것이다.

"클라이언트 미팅은 보통 네가 나가?"

"그런 편이야. 지혁이나 유 주임이 나갈 때도 있긴 하지만."

흉흉한 기세는 조금도 수그러들지 않았는데 도형은 더 할 말이 없다는 얼굴로 돌아섰다.

"뭐야, 왜 저래?"

잘못한 것도 없는데 왜 잘못한 기분이 드는 걸까. 해솔이 작게 한숨을 내쉬고는 다시 자리에 앉아 에세이집을 펼치려다가 굳어진 얼굴로 고개를 들었다. 잊고 있던 중요한 사실 하나가 그 순간 떠올랐다. 해솔은 빠르게 도형의 방으로 달려갔다. 노크도 없이 문을 벌컥 열자 넥타이를 끌어 내리다가 멈칫한 그의 모습이 눈에 들어왔다.

"너 어제 일 나한테 사과 안 해?"

"무슨 사과?"

"무우우슨 사아아과?"

일부러 말을 길게 늘어트리며 비아냥댄 해솔이 문을 쾅— 닫고는 도형에게로 성큼 다가섰다.

"너 기억력이 너무 안 좋은 거 아니야? 바로 어제, 내 방에서, 네가 저지른 만행을 기억 못한다고?"

"아."

반응을 보니 필름이 끊긴 척은 안 할 모양이었다. 위풍당당한 표정을 짓고 있는 그녀를 향해 도형은 생각지도 못한 답을 건네었다.

"뭐? 네가 잠든 틈타서 내 얼굴 만진 거?"

경악으로 해솔의 입이 반쯤 벌어졌다.

"뭐, 뭐?"

당황해 말까지 더듬은 해솔과 달리 그는 태연한 얼굴이었다. 물론 좀 만지긴 했다. 근데 그때는 잠들어 있지 않았었나? 해솔이 눈동자를 굴리다가 목소리를 높였다.

"그거 말고! 네가 나한테 한 짓 말이야."

도형이 넥타이를 완전히 끌어 내려 침대 위에 던지듯 내려놓았다. 커프스를 풀어내고 목을 잠근 셔츠 단추 하나까지 툭 풀어낸 그는 짐작 가는 게 없다는 얼굴로 물었다.

"내가 무슨 짓을 했는데?"

"와, 이게 오리발을 내밀어? 네가 나한테······."

"너한테 뭐?"

해솔이 잠시 입을 다물었다. 그건 키스는 아니었다. 키스라고 보기에는 좀 어렵지 않은가. 정말 잠깐 닿았다가 떨어진 거라 입맞춤이라고 보기에도 좀 약했다.

"입 맞췄잖아."

그래도 닿은 건 닿은 것이다. 해솔은 당당하게 말했다.

"실수로 부딪친 게 아니라?"

"뒤통수 딱 잡고 당겼으면서 그게 실수라고?"

"스쳤잖아."

"뭐?"

"어쨌든 스치듯 닿은 건데 실수일 수도 있지."

"아~ 그래서 그게 실수다?"

"그건 아니고."

"뭐라는 거야. 실수라는 거야, 아니라는 거야?"

툭— 단추가 하나 더 풀렸다. 해솔이 서 있는 곳으로 방향을 튼 도형은 그녀의 속을 한 번 더 뒤집어놓는 말을 꺼내었다.

"넌 내가 술 먹고 실수할 놈으로 보이냐."

"그러니까 실수가 아니라는 거지? 빙빙 돌리지 말고 제대로 말 안 할 거야?"

"그래, 아니야."

잡아뗄 줄 알았던 도형이 결국 어제 일에 대해 순순히 인정했고 그게 실수가 아니라고 답했다. 예상했던 것과는 다른 반응에 잠시 말문이 막혔다. 굳어져 있는 해솔을 향해 그가 살짝 고개를 숙였다.

"아모르 관련 미팅은 앞으로 웬만하면 신지혁 대리 내보내. 네가 나가지 말고."

"아까도 말했지. 일이라고. 내가 나갈 상황이면 나갈 거야."

"주해솔."

"왜?"

"내가 너에 대해 괜찮지 않다, 라는 생각을 하게 만들지 마."

"뭐?"

"그럼 나는 또 여길 떠날 거니까."

해솔의 얼굴에서 표정이 사라졌다.

"그렇게 되면 정말, 두 번 다신 안 와."

"뭐야, 너 지금 나 협박해? 네가 어디로 가든 말든 나랑 무슨 상관이야?"

"상관없다는 사람 표정이 왜 그런데."

내 표정이 어때서 그러느냐고, 아무렇지도 않다고 말하고 싶었다. 하지만 목에 무언가가 걸린 듯 소리가 나오지 않았다. 도형은 경고하듯 말했다.

"그러니까 최대한 권승준 만나지 마."

그는 미리 챙겨둔 옷을 가지고 방을 나섰다. 등 뒤에서 문이 닫히는 소리가 들리고 해솔은 한 차례 길게 숨을 토해냈다. 두 번 다신 안 온다는 말에, 순간 가슴이 철렁했다.

"뭐야, 나쁜 자식. 재수 없어."

어쩐지 눈물이 날 것 같아 해솔은 아랫입술을 꾹 깨물었다. 억울하고 분했다. 그럼에도 어쩔 수 없다는 결론을 내렸다. 여전히 자신은 서도형 앞에서 약자였다.

해솔은 아침 일찍 출근한 뒤로 점심시간이 될 때까지 시공계획서를 작성하는 일에 집중했다. 뻐근해진 목을 좌우로 한 차례씩 움직이고는 모니터 화면의 시간을 확인했다. 어느새 점심시간이었다. 미리 잡아둔 약속을 떠올리고는 급하게 주변을 정리한 뒤 지갑을 챙겨 들었다. 차로 이동할 필요 없이 회사와 가까운 곳에 있는 카페로 향했다.

"해솔아, 여기."

약속을 잡은 상대방은 해솔보다 조금 일찍 도착한 모양이었다. 반갑게 손을 흔드는 이는 해솔의 고등학교 동창인 정아였다. 고등학교 친구들과는 몇 년이나 교류가 없었지만 얼마 전 친했던 친구 몇 명과 연락이 닿아 함께 식사한 이후로 계속해서 연락을 주고받고 있었다. 얼굴을 보는 것은 그 이후로 처음이었다.

"주해솔 네가 먼저 얼굴을 다 보자고 하고. 나 완전 감격스럽더라."

"이제 자주 보자고 했잖아. 뭐 마실래?"

"나는 레몬차. 요즘 커피 끊는 중이라."

밖의 추운 날씨와 다르게 카페 안은 훈훈했다. 입고 있던 코트를 벗어 옆자리에 두고는 정아를 마주한 그녀가 먼저 자연스럽게 대화를 이어나갔다.

"정아 너는 큐레이터 일 한다고 했나?"

"응."

"직장은 어딘데? 여기서 멀어?"

"조금."

"그럼 내가 너 있는 곳으로 갈 걸 그랬다."

"괜찮아. 어차피 나 오늘 쉬는 날이야. 넌 회사가 여기 근처야?"

"응. 아버지 회사 다녀."

"아, 너도 결국 건축 일 하는구나?"

"응."

주문한 레몬차와 과일 주스가 나왔다. 음료를 마시며 소소한 이야기를 주고받던 해솔은 시간을 한 차례 확인했다. 점심시간이 얼마 남지 않았다. 그녀가 오늘 정아를 만난 이유는 따로 있었다. 해솔은 잠시 망설이다 마음을 정한 건지 이내 입술을 떼어냈다.

"저기, 정아야."

"응?"

"너 혹시 예전에 나 교통사고 난 거 기억나?"

"교통사고?"

처음에는 기억나지 않는 건지 조금 놀란 얼굴을 했던 정아가 뒤늦게 손뼉을 한 번 치고는 고개를 끄덕였다.

"아, 맞다. 너 교통사고 나서 학교 안 나온 적 있었지."

"응."

"그때 몇 번이나 문병 가려고 하다가 결국 못 갔었는데. 애들이랑 네 걱정 얼마나 했는지 알아?"

"나 그때 많이 다쳤었어?"

"그게……."

말끝을 흐린 정아가 앞에 놓인 차를 한 모금 마셨다. 그녀는 고개를 살짝 기울이며 난감하다는 얼굴로 웃었다.

"자세한 건 나도 잘 몰라. 넌 연락도 안 되지, 어디 입원한 건지 병원도 모르지. 그래서 집으로 연락해 봤는데 네 오빠가 너무 완강하게 오지 말라고 해서 찾아가지도 못했어."

"우리 오빠가?"

"응. 목소리가 어찌나 심각한지. 그래서 나는 너 정말 크게 다친 줄 알고 얼마나 놀랐는데. 근데 겨울방학 끝나고 네가 학교에 나왔는데 너무 멀쩡한 거야. 그때 사고 기억이 없다고 했나? 그랬던 거 같은데. 아니야? 너무 오래전 일이라 내 기억이 정확한 건지 잘 모르겠네."

"어, 그건 맞아."

"그거 외에는 별다른 거 없다고 들었어. 근데 그때 일은 왜? 무슨 일 있어?"

"그냥, 별건 아니고……. 그때 사고 후유증으로 3개월 정도 기억이 없는데 드라마 보다가 그게 갑자기 생각이 나서. 보통 드라마에서는 그렇게 기억 잃으면 다시 되찾고 그러잖아."

"뭐, 기억상실이라는 게 영영 안 돌아오는 경우도 있겠지."

"그런가? 내가 드라마를 너무 많이 봤나 보다."

"다 잊은 것도 아니고 어차피 3개월 정도의 기억이라면 상관없지 않아? 야, 그리고 인생에서 수험생 시기가 가장 괴롭지 않냐? 그때 기억 찾아서 뭐 하려고? 뭐, 넌 일찌감치 수시 합격해서 괴롭지만은 않은 시기였겠지만."

정아의 말에 해솔이 작게 웃으며 고개를 끄덕였다. 그 뒤로 좀 더 대화를 나누다 회사로 복귀해야 할 시간에 맞춰 자리에서 일어섰다. 정아와 헤어지고 홀로 남겨진 해솔은 도로 건너편에 있는 회사로 향하기 위해 횡단보도 앞에 섰다. 그녀는 고개를 들어 흐린 하늘을 올려다봤다. 아무래도 비가 올 모양이다. 아니면 첫눈이 내리든가.

"수술받은 병원을 어떻게 알아내야 하나."

홀로 중얼거린 해솔이 다시 고개를 숙여 자신의 왼쪽 가슴을 내려다봤다. 그녀의 왼쪽 가슴에는 오래전 자리 잡은 흉터가 있었다. 아마 그때의 사고로 인해 수술을 받느라 남은 흉터일 것이다.

"아."

해솔이 저도 모르게 인상을 찌푸렸다. 갑작스레 속이 메스꺼운 느낌이 들었다. 주먹 쥔 손으로 가슴을 두드리다 신호가 바뀐 것을 확인하고는 횡단보도를 건너기 시작했다. 옷을 얇게 입은 것이 아님에도 몸에 이상하리만큼 한기가 드는 느낌이었다. 날이 추워져서 그런 건가 싶어 해솔은 걸음을 서둘렀다. 회사에 도착해 자신의 자리에 앉은 그녀는 숨을 몰아쉬었다.

뛰어온 것이 아님에도 호흡이 가빠진 느낌이었다.

"팀장님, 어디 아프세요? 안색이 너무 안 좋은데요."

팀원 한 명이 지나가다가 해솔의 상태를 확인하고는 걱정스럽게 물었다. 그녀는 괜찮다며 웃어 보이고는 책상 위에 놓여 있는 작은 거울을 손에 들었다. 평소보다 창백해진 얼굴이 그 안에 있었다.

"뭐야, 식은땀까지 났네."

손안이 축축하게 젖어 있었다. 길게 숨을 한 차례 토해내고는 창밖의 흐린 하늘을 올려다봤다. 어느새 빗방울이 떨어져 내리고 있었다. 비보다는 눈을 기대했는데, 아직 첫눈이 내리기에는 조금 이른 모양이었다.

"일이나 하자."

해솔은 곧 모니터 화면을 응시하며 자판을 두드렸다. 창백했던 안색은 원래대로 돌아왔고 한기도 사라져 있었다. 그녀를 괴롭히던 이유를 알 수 없는 초조함은 어느새 모두 사라져 있었다.

"아, 짜증나."

해솔이 신경질적으로 입술을 짓이기듯 씹어대다 손을 들어 머리까지 헝클어트렸다. 자신이 수술을 받았던 병원에 대해 알아보려 했지만 그것이 생각보다 쉽지 않았다. 너무 오래전 일이기도 하고 해솔은 그때의 기억이 아예 없었다. 그 와중에 가족들은 모두 입을 다물고 있으니 답답할 노릇이었다. 며칠째 고군분투해 봤지만 답은 나오지 않았다.

"너 뭐 하냐."

주말이었지만 훈련을 나가야 했던 태훈이 평소보다 일찍 귀가했다. 산발이 된 머리로 거실 중앙에 서 있던 해솔은 평소와 다르게 태훈을 무척이나 반겼다.

"오빠, 나랑 내기 하나 할까? 진 사람이 이긴 사람이 원하는 거 하나 들어주는 거야."

"안 해."

"왜?"

"내가 너한테 원하는 게 없거든."

가소롭다는 얼굴로 해솔을 비웃고 지나쳐 간 그는 곧장 방 안으로 들어섰다. 해솔은 방문이 닫히기 전 그를 따라 방으로 들어섰다.

"왜 들어와?"

"진짜 자꾸 이럴 거야? 내가 오빠 통장에 돈이 얼마 있는지 알려달라는 것도 아니고, 숨겨놓은 여자가 있는지 알려달라는 것도 아니고, 그저 내가 수술받은 병원이 어디냐고 물어보는 건데. 왜 얘기를 안 해줘?"

"너무 오래전 일이라 기억 안 나."

"웃겨. 그 말을 믿으라고?"

"그만 좀 해라. 다들 입 다물고 얘기 안 하는 건 그만한 이유가 있는 거겠지."

"그러니까 왜?"

그는 잠시 해솔의 얼굴을 가만히 바라봤다. 답답하기도 하겠지. 아무 말도 해주지 않는 가족들이 원망스럽기도 할 것이다.

"몰라."

그럼에도 태훈은 말할 수 없었다. 서도형이 살면서 처음으로 그에게 한 부탁이었다. 그것도 그 자존심 강한 녀석이 눈물까지 보였었다.

"나 약속 있어서 나가야 돼. 옷 갈아입을 거니까 그만 귀찮게 굴고 나가."

잠시 침묵이 흘렀고 이내 쾅— 문이 닫히는 소리가 등 뒤에서 들렸다. 힘을 얼마나 준 건지 문을 닫는 게 아니라 부술 기세였다.

"저거 성질머리하고는."

닫힌 문 너머에서 태훈의 목소리가 들려왔지만 해솔은 무시하고 2층으로 향했다. 분을 삭이지 못한 성난 손길로 문을 벌컥 연 그녀는 방으로 들어서기 전, 문득 한 가지 사실을 깨달았다. 오늘 하루, 도형의 모습을 보지 못했다.

"외출했나?"

돌아선 그녀는 닫혀 있는 방문을 가만히 바라보다 문 앞에 서서 노크를 했다. 돌아오는 답이 없었다. 조심스레 문을 열자 침대 위에 누워 있는 도형의 모습이 눈에 들어왔다.

"뭐야, 여태 자?"

해솔은 곧 미간을 좁혔다. 그는 자는 게 아니었다. 그 흔한 감기조차 잘 걸리지 않는 서도형이 침대 위에서 끙끙 앓고 있었다.

침대 옆으로 의자를 끌어온 해솔이 물에 적신 수건을 비틀어 짜서 몇 차례 접고는 그것을 도형의 이마 위에 올려놓았다. 아침부터 코빼기도 모습을 보이지 않았던 이유가 있었다.

"아프면 병원을 가든가."

서도형이 드러누웠다. 나름 진귀한 광경에 그러면 안 된다는 걸 알면서도 웃음이 터져 나왔다.

"야, 근데 너도 감기에 걸리긴 하는구나. 이렇게 앓아누운 거 처음 보는 거 같은데."

"시끄럽게 굴지 말고 나가."

"또 까칠하게 구는 거 봐. 죽 만들어서 가져와, 나가서 약 사와, 물수건 시중까지 들어줘. 이런 나한테 할 말이냐?"

평소라면 한 소리 더 돌아올 만도 한데 그는 입을 다물었다. 정말로 아픈 건지 안색이 좋지 않았다. 노크하고 방에 들어섰을 때 식은땀을 흘리는 도형을 보고 어찌나 놀랐는지. 며칠 전 일로 화가 단단히 나서 얼굴도 보기 싫었는데 이렇게 아픈 걸 보니 또 그냥 지나칠 수가 없었다.

"지금이라도 병원 갈래?"

"됐어. 약 먹었으니까 괜찮아지겠지."

목까지 꽉 잠겨 낮고 갈라진 음성이 새어 나왔다.

"목 아플 때는 생강 차 좋던데. 그거라도 한 잔 타다 줄까?"

"됐어."

"뭐 말만 하면 됐대. 그래, 그냥 쉬어라. 내 방에 있을 테니까 뭐 필요한 거 있으면 불러."

자리에서 일어서려는데 손목이 잡혔다. 엉거주춤한 자세로 엉덩이만 떼어냈던 해솔이 다시 자리에 앉았다. 그는 무의식중에 그녀의 손을 잡은 듯했다. 본인도 잠시 놀란 얼굴을 했다가 고개를 돌리며 눈을 감았다.

"잠깐 있든가."

"아까는 나가라더니. 그냥 여기 있으라고 하면 될 걸 잠깐 있든가, 이건 뭐야? 너 한국말 다시 배워. 아무래도 외국에 오래 있어서 화법이 이상해진 게 맞는 거 같다."

그는 대답이 없었다. 웃을 힘도, 반박할 힘도 더는 없는 모양이었다. 손목은 여전히 잡혀 있는 채였고 곧 방 안에는 고른 숨소리가 울려 퍼졌다. 약 기운이 돌아 잠이 든 듯했다.

"입 다물고 잘 때가 제일 낫네."

잠든 도형의 얼굴을 물끄러미 바라보고 있는데 휴대전화 벨 소리가 울려 퍼졌다. 해솔의 전화였다. 어렵게 잠든 도형이 깰까 싶어 급하게 음량 버튼을 눌렀다. 소리는 사라졌지만 액정에는 여전히 발신자의 번호가 떠 있었다. 그것을 뒤늦게 확인한 해솔은 물끄러미 휴대전화를 내려다보다 다시 도형의 얼굴을 바라봤다. 그는 아직 눈을 뜨지 않았다. 망설이는 사이 전화는 끊어졌다.

「부재중 전화 1통.」

기록 아래 뜬 번호는 승준의 번호였다. 해솔은 휴대전화의 오른쪽 버튼을 꾹 눌렀다. 화면에 나타난 메뉴 중 전원 끄기를 손끝으로 터치했다. 곧 까만 어둠이 액정에 들어찼다.

"전화했는데 처음에는 받지 않다가, 다시 전화하니까 전원이 꺼져 있는 건 날 피하는 건가?"

휴대전화를 천천히 아래로 내린 승준이 책상 위에 몸을 기대며 물었다. 대표실 중앙에 놓여 있는 소파에 앉아 차를 마시고 있던 규원이 그를 바라봤다. 찢어진 눈매 때문에 안 그래도 조금 사나워 보이는 이미지였는데 규원은 그 얼굴로 인상까지 찌푸렸다. 그는 당연한 걸 뭘 묻느냐는 반응을 보였다.

"당연히 네 전화 받기 싫다는 거지."

"그런가."

남의 입으로 확답까지 받고 나니 기분이 썩 좋지 않은 건지 승준의 표정이 미묘하게 구겨졌다. 중학교 때부터 그와 알고 지낸 규원은 그런 반응에 신기하다는 얼굴을 했다.

"왜? 누군데 네가 그런 표정을 하냐?"

키폰의 버튼을 눌러 비서에게 차를 한 잔 더 부탁한 승준은 그의 맞은 편 자리에 앉았다. 곧 따뜻한 홍차 한 잔이 테이블 위에 놓였다.

"예전 여자 친구."

"뭐? 야, 그럼 백 퍼지. 피하는 것 맞네."

"알고 있으니까 자꾸 그렇게 강조하지 마라. 나 상처받아."

"고작 이 정도 일로 상처는 무슨. 근데 너, 싫다는 사람한테 매달리는 성격 아니잖아. 뭘 그렇게 신경 써?"

"당분간 계속 얼굴 봐야 할 텐데, 쭉 이럴 건가 싶어서."

"그게 무슨 소리야?"

규원은 영문을 모르겠다는 얼굴을 했다. 헤어진 여자 친구와 그것도 승준을 피하는 여자와 왜 당분간 계속 얼굴을 봐야 한다는 건지 이해할 수 없었다.

"레스토랑 리노베이션 공사 맡겼거든."

"근데?"

"그 업체 담당자야. 그것도 팀장."

규원이 표정을 확 구겼다. 누군지는 몰라도 그 여자로서는 엄청나게 불편할 일이 아닌가.

"그냥 다른 곳에 맡기지 그랬냐. 불편하게."

불편해? AK 업체보다 더 좋은 조건에 견적을 넣은 곳도 있었다. 그럼에도 승준은 해솔이 있는 업체에 일을 맡겼다. 의도적이었다. 그는 담담한 얼굴로 말했다.

"난 딱히 그런 거 없는데."

"너 말고, 그 여자. 상대방 말이야."

"처음에는 그렇게 생각 안 했는데, 지금 보니 그런 것 같네."

"그렇게 말하는 거 보니 뭐가 더 있나 보다? 그냥 단순히 일로 엮인 건 아닌 것 같은데."

"눈치는."

"왜? 네가 차이기라도 했어?"

"헤어지고 싶지 않은데, 헤어졌거든."

"너한테 그런 사람이 있었어?"

규원은 처음 듣는 얘기에 놀란 기색을 드러냈다.

"헤어지고 싶지 않았으면 그때 잡지 그랬어."

"시작이 안 좋았어. 헤어질 때 상대방이 워낙 완강한 것도 있었고, 그것 때문에 나도 나대로 자존심이 상했고."

"근데 이제 와서 왜? 다시 보니 그때 마음이 생기든?"

"나도 모르겠어. 사실 해외에 있을 때는 잊고 지내려고 노력했고, 한국 들어와서는 바쁘게 지내다 보니 저절로 떠올릴 겨를도 없었어. 근데 최근 들어 이상하리만큼 다시 생각이 나긴 했는데 마침 그쪽 명함 한 장이 나한테 들어와서."

"뭐야, 그럼 너 미리 알고 일부러 거기에 일 맡긴 거야?"

"뭐, 그렇지."

승준은 부정하지 않았다. 오랜 시간을 알아왔지만 이런 반응을 처음 보는 것 같아 규원은 조금 신기하다는 얼굴을 했다. 소파 팔걸이 위를 툭툭 손끝으로 두드리는 얼굴이 사뭇 진지해 보였다. 물끄러미 그 얼굴을 바라보고 있던 규원이 소파에 몸을 편히 기대었다. 여전히 시선은 얼굴에서 떨어지지 않았다.

"왜 그렇게 봐?"

"왜 화가 났는데?"

"내가?"

"그래. 권승준 네가."

화가 난 걸 내색하지 않았지만 워낙 오래 알아온 사이다 보니 그게 규원의 눈에는 보인 모양이었다. 승준은 곤란하다는 듯이 미간을 좁혔다.

"네 앞에서는 거짓말도 못하겠다."

"너랑 나랑 몇 년을 알았는데 그런 걸 모르겠냐. 왜? 뭐 때문인데?"

"내가 생각했던 거랑 많이 다른 상황이라서."

"남자 친구라도 있든?"

그는 엘리베이터에서 마주했던 해솔과 도형의 모습을 떠올렸다. 해솔의 반응을 봤을 때, 분명 두 사람은 연인 관계가 아니었다. 소개한 대로 그저 도형이 돌아온 것이고 본부장으로 취임한 것뿐이다.

"그건 아니고."

"그럼 뭐가 문제야. 시작이 안 좋아서 잘라낸 거면 그 자리에 첫 단추 다시 잘 끼우면 되는 거지."

"안 그래도 그럴 생각이야."

"그러냐? 응원하마."

"네 응원까지는 필요 없고."

능청스러운 승준의 반응에 규원은 작게 웃었다. 별로 걱정할 일이 아닌 것 같아 더는 묻지 않고 나중에 얼굴이나 보여달라고 말했다. 대화를 좀 더 나누던 그는 시간을 확인했다. 지나가는 길에 얼굴도 볼 겸 차나 한잔 마시고 간다는 게 생각보다 시간을 지체했다.

"그만 가봐야겠다."

겉옷을 챙겨 들던 규원이 인사를 하고 돌아서려다 말고 다시 승준을 내려다봤다. 그는 중요한 사실을 뒤늦게 깨달았다.

"야, 근데 누군데? 생각해 보니까 네가 사귀었던 사람을 내가 모를 리가 있나."

"너도 알아."

"누구?"

"주해솔."

"뭐? 누구?"

규원이 인상을 확 찌푸렸다.

"야, 이 미친놈아."

"너 서른두 살이나 먹고 그런 욕 하면 남들이 뭐라고 안 하냐?"

"욕을 안 하게 생겼어? 딴 남자 좋다고, 못 잊겠다고 너 차버린 여자 뭐가 좋다고 이제 와서."

"다 알고 시작한 거니까."

"뭐?"

"다 알고 시작했다고. 내가 그렇게 하자고 했고."

"그게 무슨……."

"그러니까 주해솔이 나쁜 건 아니지."

승준은 이미 다 식어버린 차를 한 모금 더 마셨다.

"나쁜 건 그 애가 아니야."

오래전 일이었다. 몸이 좋지 않아 영화를 보러 가기로 한 약속을 지키지 못하겠다며 해솔이 연락을 했고 승준이 그녀의 집을 찾아간 적이 있었다. 해솔은 모르겠지만, 그날 해솔에게 차갑게 등을 돌리고, 무시하고, 그녀를 울린 도형이 몇 시간 뒤 승준을 찾아왔었다. 그때의 일을 떠올린 그는 다시 휴대전화를 내려다봤다. 여전히 돌아오는 연락은 없었다.

7

 승준은 영화를 보기로 한 약속까지 취소하고 몸이 아픈 해솔을 찾아갔지만 하필 타이밍이 좋지 않았다. 도형으로 인해 해솔이 우는 모습을 봤고, 별다른 위로조차 하지 못한 채 홀로 돌아와야 했다. 돌아오는 내내 그의 머릿속에는 차갑게 돌아서던 도형과 울고 있던 해솔의 모습이 떠올랐다.

 '서도형이 그렇게 좋냐?'

 '응.'

 툭— 툭— 셔츠 단추를 차례로 풀어내며 해솔과의 대화를 떠올린 그는 한숨과도 비슷한 웃음을 흘렸다. 넘어지려는 해솔을 뒤에서 잡아줬을 때 자신을 쳐다보고 놀란 기색을 보였던 도형의 표정이 연이어 떠올랐다.

 "하긴, 놀랍기도 하겠지."

 샤워를 하고 곧장 책상 앞에 앉았다. 해야 할 일을 미루는 편이 아니라 과제를 하려는데 똑똑 노크 소리가 들려왔다. 그는 시간을 먼저 확인했다.

아직 저녁을 먹기에는 조금 이른 시간이었다. 문을 열고 들어선 사람은 그의 어머니였다.

"공부하니?"

"과제 할 게 있어서요. 뭐 하실 말씀 있으세요?"

"그건 아니고, 밖에 네 친구가 왔는데."

승준이 의아한 얼굴을 했다. 연락도 없이 집까지 찾아올 사람이 딱히 떠오르지 않았기 때문이었다.

"친구? 누구요?"

"고등학교 친구라더라. 잠깐 전해줄 게 있어서 왔다고 하네."

"지금 거실에 있어요? 누구라고는 말 안 하고요?"

"이름이 서도형이라던데. 친구 맞니? 네 친구 꽤 봤지만, 엄마는 처음 보는 애라서. 들어오라고 해도 밖에서 기다리겠다고만 하고."

잠시 놀란 듯 그의 표정이 굳어졌다. 하지만 순식간에 그 기색을 감춘 승준은 태연하게 고개를 끄덕이고는 노트북을 덮은 뒤 자리에서 일어섰다.

"네, 고등학교 동창이에요."

"그래?"

"저 잠깐 나갔다 올게요. 전에 빌려준 책이 있는데 그거 돌려주러 왔나 봐요."

책상 한쪽에 놔둔 휴대전화를 챙겨 들었다. 샤워하느라 자리를 비운 사이 부재중 전화가 와 있던 것을 그제야 확인했다. 저장되어 있지 않은 번호였지만 승준은 그 번호가 도형의 것이라 짐작할 수 있었다.

끼익— 소리를 내며 무거운 대문이 열렸다. 밖으로 나선 승준은 주변을 둘러보며 도형의 모습을 찾았다. 언덕 아래로 이어진 길을 바라보다 뒤를 돌아보려는 순간이었다.

"윽."

짧은 신음과 함께 승준의 몸이 벽에 크게 부딪혔다. 모자를 푹 눌러쓴 남자가 갑자기 나타나서는 그의 멱살을 쥐고 놓아주지 않았다.

"뭐야? 이거 안 놔!"

승준이 발버둥을 쳤지만 남자는 힘에서 조금도 밀리지 않았다. 시간이 조금 더 지난 뒤에야 그 남자가 도형이라는 것을 알아채고는 움직임을 멈 췄다. 그제야 도형도 손에 힘을 풀었다. 모자 아래로 보이는 얼굴은 싸늘 하리만큼 굳어져 있었다.

"너 대체 뭐야."

이를 악문 듯 화난 음성이 승준의 귓가에 전해졌다. 그의 질문에 승준 은 아직 자신의 멱살을 쥐고 있는 손을 한 번 내려다보고 기가 차다는 웃 음을 터트렸다.

"뭐가?"

"네가 왜 주해솔이랑 같이 있어?"

"그게 뭐 이상한 일이야? 친하지는 않았지만 고등학교 동창에, 지금도 같은 학교야. 꽤 친하게 지내더니 그런 건 잘 모르나 봐? 주해솔이 얘기 안 했나?"

비아냥대는 것처럼 조소를 띤 입가가 곧 비틀어지듯 위로 올라갔다. 멱 살을 쥔 손을 쳐낸 그가 구겨진 옷을 툭툭 털어내고는 도형을 똑바로 마주 했다.

"아, 지금은 그런 걸 얘기할 만한 사이가 아닌가?"

"권승준."

"그건 그렇고. 나도 묻고 싶은 게 있는데. 서로 집까지 알 만큼 우리가 친했어? 친구라니, 누가? 너랑 내가? 최근 들은 얘기 중에 제일 재미있는 얘기잖아. 너랑 내가 친구라니."

"의도적이야?"

"뭐가?"

"주해솔 옆에 있는 거 의도적이냐고."

승준의 얼굴에서 점차 미소가 사라졌다. 그는 평소보다 살짝 낮아진 음성으로 단호하게 선을 그었다.

"무슨 우스운 상상을 하는 건지는 모르겠지만, 내가 해솔이랑 가까워진 건 너랑은 관계없어."

"그럼 우연이라고?"

"그래, 우연이야. 뭐, 결과적으로는 그 우연이 너로 인해 만들어진 거니까 말하고 보니 네 덕분이긴 하네."

도형이 주먹을 꽉 쥐었다. 불거져 나온 뼈마디는 지금 그가 어느 정도의 화를 참고 있는지를 드러내고 있었다.

"너, 그때 다 들었지?"

"뭘?"

정말 모르겠다는 얼굴로 물었지만 도형은 알 수 있었다. 승준은 다시 한 번 그를 비웃듯이 대답했다.

"주해솔은 교통사고로 다쳐서 입원한 거잖아."

도형이 말하는 그때가 언제인지, 무슨 이야기를 들은 건지 설명하지 않았음에도 승준은 그가 하는 이야기가 정확하게 무엇인지 알고 있는 것처럼 대답했다.

"모두가 다 그렇게 알고 있는 거 아닌가?"

해솔이 한 달간 학교를 나오지 못한 일이 있었다. 그 뒤 겨울방학이 시작되었고 개학을 하고 학교에 다시 나온 해솔은 멀쩡한 모습이었다. 교통사고를 당했다고 했고 3개월간의 기억이 없을 뿐 다른 곳은 모두 멀쩡하다고 했다. 모두가 그렇게 알고 있었다. 하지만 아니었다. 그리고 그 진짜 이유를 승준은 알고 있었다.

"걱정할 거 없어. 네가 이렇게까지 안 해도 나 얘기 안 할 거야. 죽어도 내 입으로는 얘기 안 해."

그는 짧게 웃음을 흘리며 덧붙여 말했다.

"누구 좋으라고."

혼잣말에 가까운 음성이 도형에게 들릴 듯 말 듯 귓가에 전해졌다. 승준이 그에게 한 걸음 더 가깝게 다가섰다. 비밀스러운 이야기를 하는 것처럼 그를 향해 속삭이듯 말했다.

"나는 말이야. 누구보다 네가 주해솔과의 인연이 끊어지길 바라는 사람이야."

승준의 한 손이 어느새 도형의 어깨 위를 덮었다. 손등부터 팔목까지 이어진 긴 흉터를 한 차례 내려다본 그는 다시 눈앞의 잔뜩 화가 난 검은 눈을 마주했다.

"그래서 나는 그때 네가 내린 결정, 아주 존중해."

동요 없던 눈동자가 잠시 흔들렸다. 시선을 피한 도형이 다른 곳을 바라보며 모자를 조금 더 깊게 눌러썼다. 그 손끝이 희미하게 떨렸다. 늘 무심하거나 당당해 보였던 그 얼굴에 공포, 두려움과 같은 감정들이 아주 잠시 드러났다. 끝내는 눈을 질끈 감았다. 승준은 그가 지금 무엇을 떠올리고 있는지 충분히 짐작할 수 있었다.

너도 상처를 받긴 받는구나.

잃을지도 모른다는 두려움을 느낄 줄도 알고,

가지지 못한 것에 대한 열망을 드러낼 줄도 아는구나.

그 모든 행동을 지켜보던 승준이 입가에 쓴웃음을 머금었다.

"상처 안 줘."

묵직하게 내려앉은 목소리에 도형이 눈을 떴다. 다시 승준을 바라보는 그의 두 눈은 고요했지만 살짝 붉어져 있었다.

"네가 걱정하는 게 그거라면 걱정할 거 없어. 너만큼은 아니어도 나도 주해솔 아끼거든."

더 이상의 대화는 무의미했다. 승준이 먼저 돌아섰고 도형도 같은 생각인 건지 그를 잡지 않았다. 집 안으로 들어선 그는 다시 책상 앞에 앉아 노트북을 열었다. 해야 할 과제가 남아 있는데 이상하리만큼 집중이 되질 않았다. 아무것도 손에 잡히질 않았다.

"아, 기분 더럽네."

결국 노트북을 덮고 고개를 뒤로 젖혔다. 의자에 머리를 기댄 채 멍하니 천장을 바라보다 짧은 알림음이 울리는 것을 듣고는 힐끗 시선을 돌렸다. 휴대전화 액정에 빛이 들어와 있었다.

「오늘 애써 집까지 와줬는데 미안해. 다음에 내가 밥 살게.」

해솔에게서 온 메시지였다. 문자를 내려다본 승준은 힘없이 웃었다. 자신은 그저 아는 것을 모르는 척했다. 그건 그 일의 당사자가 바라는 것이기도 했다. 나쁜 짓은 하지 않았고 상처를 주고 싶은 마음도 없다. 그럼에도 단 한 사람에게만큼은 미안했다. 승준은 눈을 감았다. 방 안에는 다시 고요한 침묵이 찾아들었다.

"야구 시합?"

승준이 사온 캔 음료를 받아 든 해솔은 그를 올려다보며 의아하다는 얼굴을 했다.

"응."

"너 야구 관뒀잖아."

"아는 형이 한 번만 시합 좀 같이 뛰어달라고 부탁을 해서. 꼭 이기고 싶은 경기라네."

"아, 그래서 나보고 네가 먹을 도시락을 싸서 응원을 와라?"

"뭐, 바쁘면 할 수 없고."

그녀의 옆자리에 털썩 주저앉은 승준은 시무룩한 얼굴을 했다. 어깨를

축 늘어트린 채 우울해하는 모습에 해솔이 웃음을 터트리고는 그의 등을
찰싹 소리가 나도록 한 대 때렸다.

"야, 너 연기나 해라. 외모도 되겠다, 무조건 성공할 것 같아."

그는 순식간에 표정을 바꾸더니 천연덕스럽게 웃었다.

"올 거야?"

"뭐, 바쁜 일도 없는데 갈게. 근데 나 요리 잘하지 못하는데."

"그냥 적당히 만들어와."

"아주머니한테 도와달라고 해야겠다."

해솔은 시합이 있는 날짜와 시간을 휴대전화의 플래너에 체크해 뒀다.
그런 해솔의 얼굴을 물끄러미 바라보던 승준은 캔 음료를 다시 가져가서
마개를 딴 뒤 그녀에게 건네었다.

"상냥하다, 권승준. 마개까지 따주는 매너 좀 봐."

그리 말하며 웃는 해솔의 눈이 조금 부어 있었다. 아마 어제도 울고 잔
모양이었다. 남들 앞에서는 티를 내지 않으려 더 밝은 모습을 보였지만 승
준은 짐작할 수 있었다. 서도형 때문에 운 것일 테지. 만나도, 만나지 않아
도 해솔은 늘 도형 때문에 울었다.

"수업 남은 거 있어?"

"하나."

"저녁 같이 먹을까?"

"너 수업 없잖아."

"도서관 가 있을게. 자료 찾을 것도 좀 있으니까."

해솔은 고개를 끄덕이고는 손목에 찬 시계를 내려다봤다. 슬슬 이동해
야 할 것 같았다.

"그럼 내가 수업 끝나고 도서실로 갈게. 이따 봐."

손을 흔들며 멀어져 가는 해솔의 모습을 응시하다 승준 역시 몸을 일으
켜 세웠다. 도서실로 가서 필요한 책들을 찾아 자리에 앉았다. 노트북을

열어 자료들을 정리하다 보니 시간이 훌쩍 지나갔다.

"슬슬 끝날 때 됐겠네."

사용한 책들을 제자리에 가져다 놓고 돌아온 승준은 노트북을 덮으려다 자리에 놓여 있는 캔 커피를 뒤늦게 발견했다. 노란 포스트잇이 붙어 있었다.

—괜찮으시면 시간 좀 내주세요. 도서관 정문 쪽에서 기다릴게요.

승준이 픽 웃고는 짐을 챙겨 들었다. 일부러 멀리 돌아서 나간 그는 자판기 뒤에 숨어 있는 해솔의 모습을 보고 뒤로 몰래 다가섰다. 만일 평소처럼 정문을 열고 나왔다면 여기 숨어 있는 해솔을 보지 못했을 것이다. 그는 기척을 죽인 채 다가서서 어깨에 손을 올렸다.

"뭘 그렇게 보고 있어?"

"아, 깜짝이야."

놀란 해솔을 보고 웃음을 터트린 그는 손에 쥐고 있는 캔 커피를 두어 번 흔들어 보였다.

"뭐야, 재미없게 난 줄 어떻게 알았어?"

"필체만 봐도 알지."

그리 말하고는 해솔의 손에 캔 커피를 쥐여주었다. 마시라고 준 건데 왜 다시 돌려주나 싶어 그녀는 손에 든 캔 커피를 가만히 내려다봤다. 해솔이 붙여놓은 것은 노란색 포스트잇이었는데 지금은 하늘색 포스트잇이 붙어 있었다.

—미안하지만, 선약이 있어서.

승준의 필체였다. 그걸 보고는 웃음을 터트렸다.

"가자, 저녁 먹으러."

두 사람은 학교 근처의 패밀리 레스토랑으로 향했다. 스테이크와 사이드 메뉴 하나를 주문하고는 한참이나 수다를 떨었다. 해솔은 최근 수업을 마치고 집에 돌아가면 늘 도형을 생각하다 우는 일이 많았다. 또다시 두 달 넘는 시간 동안 얼굴을 볼 수 없었음에도 달라지는 것은 없었다. 자신의 집에는 그의 흔적이 많아 생각을 안 하려야 안 할 수가 없었고 조금만 시선을 돌려도 도형과의 추억들이 가득했다. 그런 해솔이 그나마 승준과 있을 때는 조금이라도 웃을 수 있었다.

"지난번에 봤지? 내 친구 규원이."

"응. 그 키 크고 눈 이렇게 매서운 사람."

해솔이 손을 들어 눈꼬리를 위로 밀어 올렸다. 승준이 웃음을 터트리며 나중에 보면 똑같이 말해줄 거라며 그녀의 행동을 따라 했다.

"야, 농담이지."

"왜 맞는 소리 했는데. 규원이 눈 이렇게 찢어진 거 맞아."

"너 혹시라도 네 친구 앞에서 진짜 그러기만 해봐."

해솔이 그의 팔을 찰싹 소리가 나게 때린 순간이었다.

"오늘 서도형 완전 멋있지 않았냐? 나 진짜 무슨 액션 영화 찍는 줄."

한 무리의 손님이 가게 안으로 들어섰다. 승준과 마주 보는 쪽에서 걸어오고 있었는데 그 무리 중 낯익은 얼굴을 발견한 그가 대번에 표정을 굳혔다. 해솔 역시 익숙한 이름에 굳어진 얼굴을 했다가 뒤를 돌아봤다.

"주연이 너, 도형이한테 제대로 고맙다고 인사해라. 저 녀석 아니었으면 그 높은 계단에서 굴러서 병원에 입원해야 했을 거야."

"그래서 제가 오늘 밥 산다고 했잖아요. 도형아, 진짜 고마워. 네 덕분에 살았어."

"정주연 저거 덤벙대는 건 알아줘야 해. 그나저나 도형이 너 팔은 괜찮아? 아까 쟤 받쳐 주느라 난간에 부딪친 것 같던데."

"진짜? 팔 다쳤어? 어디 봐봐."

"괜찮아. 크게 다친 것도 아니고."

여덟 명 정도의 일행이 테이블 쪽으로 걸어오고 있었다. 해솔은 단번에 도형을 알아봤다. 눈이 마주쳤고 잠시 시간이 멈춘 듯했다. 하지만 도형은 아예 모르는 사람처럼 조금의 망설임도 없이 테이블을 지나쳐 갔다.

도형을 포함한 일행은 멀지 않은 곳에 자리를 잡고 앉았다. 즐겁게 대화하는 목소리와 웃음소리가 두 사람이 앉아 있는 테이블까지 들려왔다. 승준이 포크를 내려놓고 물을 한 모금 마셨다.

"그만 먹을까?"

"응."

아무래도 더는 식사를 이어갈 수 없는 분위기였다. 음식이 많이 남은 상태였지만 두 사람은 각자 짐을 챙겨 들고 자리에서 일어섰다. 계산을 마치고 가게를 나서기 전, 승준은 뒤를 돌아봤다. 도형의 시선이 해솔의 뒷모습에 닿아 있다가 그와 눈이 마주쳤다. 마치 승준을 보지 못한 것처럼 무심한 얼굴로 시선을 돌렸고 승준 역시 모르는 척 고개를 돌렸다.

"왜 비까지 오고 난리야."

가게 밖으로 나온 해솔이 한숨을 내쉬며 말했다. 실내에 있어서 몰랐는데 하늘에서 빗방울이 떨어져 내리고 있었다.

"오늘 비 온다고 했어."

일기 예보를 미리 본 승준은 덤덤한 어조로 말했다. 가방에서 작은 우산을 꺼내어 펼치고는 그것을 해솔의 손에 쥐여주었다.

"쓰고 가."

"뭐? 너는?"

"혼자 있고 싶을 거 아니야. 아니면 같이 있어?"

해솔은 멍한 표정으로 그를 올려다봤다. 손에 쥔 우산을 한 차례 내려다보고 다시 고개를 든 그녀는 금방이라도 울 것 같은 얼굴로 웃었다.

"그 표정 되게 이상해."

툭 건드리면 금방이라도 울 것 같은 얼굴이었다. 작은 어깨를 한 차례 두드리며 웃어 보인 승준이 빗속을 뛰어가려 했다. 하지만 해솔이 그를 붙들었다.

"같이 쓰고 가. 우산 주인이 비 맞고 가면, 나 혼자 마음 불편해서 이걸 어떻게 쓰고 가?"

"괜찮겠어?"

"안 괜찮을 게 뭐야. 내가 저 새끼 때문에 운 거 네가 한두 번 본 것도 아니고."

그리 말하는 해솔의 목소리는 울음을 참는 건지 벌써 떨리고 있었다. 승준이 앞으로 내디뎠던 걸음을 다시 뒤로 물렸다.

"그럼 한두 번 본 것도 아니니까 내가 한 번 더 본다고 쪽팔리거나 그러지 않지?"

"뭐?"

우산을 다시 가져간 그는 가게 쪽을 힐끗 응시하며 말했다.

"여기서는 울지 마. 저 새끼 있으니까, 좀 걷다가 울어."

그리 말하며 해솔의 어깨를 끌어당겼다. 작은 우산 아래 두 사람은 함께 걸었다. 해솔의 손등 위에 물방울이 떨어졌다. 우산은 확연하게 해솔 쪽으로 기울어져 있었고 그것이 빗방울이 아니라는 것쯤은 승준도 알고 있었다.

뚜벅— 작은 구둣발 소리가 빗소리에 섞여 희미하게 들려왔다. 등에 닿는 시선이 느껴졌지만 승준은 그 사실을 짐작하면서도 돌아보지 않았다. 그저 해솔의 어깨 위를 감싼 손에 조금 더 힘을 주었을 뿐이다.

"자, 다 됐다."

3단 도시락의 마지막 뚜껑을 닫은 해솔이 도시락통을 내려다보며 작게 미소 지었다. 그녀는 오늘 새벽부터 일어나 도시락을 준비했다. 오전에 출근한 아주머니의 도움을 받긴 했지만, 이렇게 스스로 도시락을 싸본 일은 처음이라 뿌듯하기까지 했다.

"맛있어야 할 텐데."

가방을 꺼내어 도시락을 그 안에 조심스레 담은 뒤 아이스 팩을 가방의 작은 주머니에 넣었다. 마지막으로 지퍼를 닫으려는데 손가락에 붙은 밴드가 눈에 들어왔다.

요리하다 중간에 손을 베었는데, 그게 한 번으로 끝나지 않았다. 곁에서 지켜보던 아주머니가 불안해서 안 되겠다며 결국 칼을 쓰는 일을 집중적으로 도와주었다. 밴드를 서너 개 붙여놓은 손은 한눈에 보기에도 엉망이어서 이쯤 되면 요리를 한 건지 누구랑 싸운 건지 모를 정도였다.

"대충 된 것 같으니까 나머지는 갔다 와서 정리하자."

일찍부터 일어나 움직인 탓에 몸은 피곤했지만 마음은 편했다. 그간 승준에게 도움받은 일이 많아 이 정도는 해주고 싶었다. 외출 준비를 하고 집을 나선 그녀는 야구 시합을 한다는 장소로 향했다. 택시에서 내려 승준에게 전화를 걸려는데, 때마침 그에게 전화가 걸려왔다.

"타이밍 기가 막히네. 안 그래도 전화하려고 했는데."

[혹시 출발했어?]

"왜? 안 올까 봐 걱정돼?"

[저기, 혹시 아직 출발 안 했으면 오늘 그냥 안 오는 게 좋을 거 같은데.]

"뭐?"

[생각해 보니까 오늘 날씨도 너무 덥고, 경기하는 내내 넌 그냥 기다리고 있어야 할 텐데 재미도 없잖아.]

해솔은 도형과 오빠인 태훈 때문에 야구 경기를 보러 다닌 적이 한두 번이 아녔다. 오늘보다 더 기온이 높았던 날, 땡볕에서 기다린 적도 있었다.

"괜찮아. 뭘 그런 거 가지고. 그리고 나 벌써 도착했단 말이야. 바로 앞인데 이제 와서 오지 말라고 하면 내가……."

말끝을 흐린 해솔이 그대로 걸음을 멈췄다. 눈가에 작은 경련이 일어났다. 승준의 목소리가 휴대전화 너머에서 들려왔지만 그녀는 대답하지 못하고 멍하니 정면만 바라보고 있었다.

[주해솔.]

"어? 아, 응."

[봤구나.]

뒤늦게 정신을 차린 해솔이 주변을 둘러봤다. 멀지 않은 곳에 승준이 서 있었다. 그리고 해솔의 바로 앞에는 도형이 있었다. 대학에 가서도 취미로 야구를 계속한다고는 들었다. 그런데 승준이 오늘 시합을 할 팀이 하필 도형이 속해 있는 팀인 모양이었다.

"도형이 너, 전에 손목 다친 건 괜찮냐? 시합 뛸 수 있겠어?"

도형의 뒤로 다가선 남자가 친근하게 그의 어깨에 손을 올렸다. 얼마 전, 계단에서 구를 뻔한 여자애를 보호하다가 손을 다쳤다고 했다. 패밀리 레스토랑에서 우연히 마주쳤던 날, 들려오던 대화를 통해 그 사실을 짐작했던 해솔은 자연스럽게 도형의 손을 바라봤다.

"별로. 문제없어."

도형은 마치 감추듯이 주머니에 손을 꽂았다. 그의 시선이 스치듯이 해솔의 손에 닿았다. 예전이라면 밴드를 붙인 손을 보고 화를 냈을 테지만 지금의 그는 상관없다는 얼굴로 돌아섰다. 그 뒷모습을 바라보고 있는데 승준이 빠르게 그녀에게로 달려왔다. 잠시 말을 잇지 못하는 그를 향해 해솔은 챙겨온 도시락 가방을 위로 들어 올려 보여주었다.

"나 도시락 싸오긴 했는데, 맛은 보장 못해."

"언제는 나보고 연기자 하라며? 맛없어도 맛있게 먹어줄 수 있어. 내가 또 한 연기해서 그런 건 잘해."

애써 태연한 척하려는 그녀의 행동에 승준 역시 맞춰주려는 건지 농담을 건네며 웃어 보였다. 하지만 오래가지 못했다. 애써 웃어 보여도 그늘이 드리워진 얼굴을 감출 수 없었다.

"미안."

쓴웃음을 입가에 머금은 승준이 괜스레 모자를 한 차례 벗었다가 다시 푹 눌러쓰며 사과를 건네었다.

"뭐가?"

"오늘 괜히 부른 것 같다. 알았으면 안 불렀을 텐데, 나도 여기 도착해서 알았어."

"괜찮아."

안 그래도 보고 싶었는데, 이렇게라도 얼굴을 볼 수 있으니 고마워해야 하는 거 아닌가. 그리 생각한 스스로가 끔찍하게 싫었지만 어쩔 수 없었다.

"저기 앉아서 보고 있을게."

"진짜 보고 가려고?"

"여기까지 왔는데 당연히 보고 가야지. 열심히 해. 이기면 더 좋고."

"그래."

해솔은 운동장을 내려다볼 수 있는 스탠드 쪽에 자리를 잡고 앉았다. 그녀 외에도 경기를 보러 온 사람들이 무리를 지어 몇 명 앉아 있었다. 곧 시합이 시작되었다.

"야, 서도형 진짜 잘한다. 뭐 저렇게 잘 쳐?"

"쟤 고등학교 때 4번이었다던데."

"진짜? 근데 왜 야구 계속 안 하고 관뒀지?"

"야구만 잘하면 모르겠는데, 공부도 잘하잖아. 그러니까 관뒀겠지."

곁에 앉은 무리의 대화가 들려왔다. 아무래도 도형의 대학 친구들인 모양이었다. 해솔은 자리를 한 번도 뜨지 않고 그곳에 앉아 있었지만 이상하리만큼 경기 내용은 눈에 들어오지 않았다. 승준이 참여하는 경기를 보러 온 것임에도 그녀의 시선은 도형에게만 닿아 있었다.

"와, 결국 이겼네."

"여기까지 응원 와줬는데 이기기까지 했으니까 도형이한테 밥 사라고 하자."

"야, 도형이가 오지 말라는 거 우리가 우겨서 온 거잖아."

자리를 뜨려 분주하게 움직이는 이들의 대화 소리가 다시금 들려왔다. 해솔도 그제야 정신을 차렸다. 서너 명의 무리가 멀어져 가고 주변이 한산해진 사이, 승준이 그녀에게로 달려왔다. 경기 결과는 도형이 속한 팀의 한 점 차 승리로 끝이 났다.

"여기까지 보러 와줬는데 이기지도 못하고."

모자를 벗은 그가 손을 들어 이마의 땀을 닦아내고는 멋쩍은 얼굴로 웃었다.

"너 야구 관둔 지 꽤 됐잖아. 그간 취미로 야구 하러 다닌 것도 아니었고 완전히 끊었다가 한 건데 이 정도면 잘했지."

"생각지도 못하게 연장까지 가는 바람에 늦어졌네. 기다리느라 더웠지?"

"아니. 그늘에 있었는데 뭘. 너야말로 땀투성이다."

해솔은 도시락 가방에서 음료를 꺼내어 승준에게 내밀었다. 고맙다는 짧은 인사를 건네고 음료를 마신 승준은 그제야 살 것 같다는 얼굴을 했다.

"그럼 이제 드디어 주해솔이 만든 도시락 먹어볼 수 있겠네."

"근데 나랑 같이 가도 돼? 뒤풀이 참가해야 하는 거 아니야?"

"나는 딱 시합만 뛰고 빠질 거라고 미리 얘기했어. 잠깐만 기다려. 인사만 하고 올 테니까."

돌아선 그는 시합을 함께 뛴 사람들이 서 있는 곳으로 달려갔다. 인사만 하고 오겠다고 했지만 생각보다 시간이 오래 걸리는 것 같아 해솔은 사람들이 모여 있는 방향으로 시선을 돌렸다.

"가긴 어딜 가, 인마."

"형, 이러면 약속이 다르잖아요."

승준과 친한 사이인 듯 장난스럽게 목을 조이고 있는 남자가 그를 가지 못하게 막아서고 있었다. 아무래도 뒤풀이까지 참가해야 할 모양이었다. 도시락을 싸온 것이 아깝긴 했지만 괜스레 방해되는 것 같아 해솔은 돌아가기로 했다.

「나 집에 급한 일이 생겨서 먼저 돌아갈게. 뒤풀이까지 마치고 와. 내일 보자.」

승준에게 문자를 보내고는 돌아섰다. 홀로 운동장을 빠져나온 해솔은 횡단보도 앞에서 잠시 걸음을 멈췄다.

"도시락 이대로 가지고 돌아가면 아주머니가 물어볼 텐데."

새벽부터 일어나 온갖 소란을 다 피우며 만든 도시락이었다. 어디 조용한 곳으로 가서 혼자라도 먹을까 생각했지만 썩 내키지 않았다. 밥 먹을 기분이 아닐뿐더러 혼자라는 사실이 더더욱 싫었다. 고개를 푹 숙인 해솔은 발끝을 내려다보다 문득 떠오른 기억에 힘없이 픽 웃고 말았다.

'넌 왜 혼자 밥을 먹어?'

'그게 어때서?'

'어떻긴. 나 있는데 왜 날 놔두고 혼자 밥을 먹냐고.'

주말에 도형의 집에 갔다가 홀로 밥을 먹는 모습을 본 적이 있었다. 도형의 아버지는 장시간 집을 비울 때가 많았고 도형은 스스로 식사를 챙겨 먹거나 홀로 밥을 먹는 일을 아무렇지도 않게 생각했다. 하지만 해솔은 유독 도형이 혼자 있는 모습을 보는 것을 싫어했다.

'우리 집 오라고. 나 있잖아.'

'요리도 못하는 게 큰소리는.'

'내가 안 만들어도 우리 집 냉장고에는 만들어놓은 밑반찬이 많거든요.'

그리 말하며 자연스럽게 밥을 퍼서 맞은편에 앉는 모습에 도형이 미간을 좁혔다.

'밥 안 먹었어?'

'응.'

도형은 연습을 하고 집에 돌아오는 바람에 그만큼 늦은 저녁 식사를 하는 중이었다. 아직 밥을 안 먹었다고 하기에는 너무 늦은 시간이었다.

'너 거짓말 진짜 못하는 거 내가 얘기 안 했냐?'

밥을 한 숟가락 떠서 입에 밀어 넣은 해솔이 빠르게 입을 우물거리고는 능청스럽게 말을 바꿨다.

'사실 저녁을 먹긴 했는데, 좀 부실하게 먹어서.'

'앞으로 우리 집에서 밥 먹을 거면 쌀 가져와.'

'야박하게. 대신 설거지는 내가 할게.'

언제였는지, 그 시기가 정확히 떠오르지 않는 기억이었다. 갑자기 눈시울이 시큰해졌다.

"아, 울면 안 되는데."

해솔은 고개를 들었다. 조금 전까지 그늘에 있었다고는 해도 더위에 몸이 지쳐 있는 상태였다. 뜨거운 햇볕이 그녀의 위로 쏟아져 내리고 있었다. 하늘을 올려다본 해솔의 몸이 곧 크게 흔들렸다. 현기증이 난 것이다. 비틀— 균형을 잃은 몸이 도로 쪽으로 쏠렸다.

"주해솔!"

빠앙— 클랙슨 소리와 함께 정신이 번쩍 들었다. 하마터면 큰 사고가 날 뻔했다. 멈춰 선 차가 창문을 내리고 해솔을 향해 뭐라 소리치고는 다시 멀어져 갔다. 몸이 도로 쪽으로 기울었지만 다행히 그녀의 몸은 쓰러지지 않았고 되레 인도 쪽으로 두어 걸음 물러서 있었다.

"너 미쳤어?"

허리를 단단히 감은 팔을 확인한 뒤에야 누군가가 자신을 끌어당겼다는 것을 깨달았다.

"바로 코앞이 도로잖아! 정신을 어디에다 두고 다니는 거야!"

소리친 도형이 숨을 크게 몰아쉬고는 손을 들어 얼굴을 쓸어내렸다. 그 손이 살짝 떨리고 있었다.

"화, 내주네."

이어진 해솔의 목소리에 도형이 멈칫했다. 천천히 손을 내린 그는 서글픈 얼굴로 자신을 올려다보는 그녀를 마주하게 됐다.

"그렇게 무시하고, 모르는 척하고, 차갑게 굴어도, 이런 일에는 화를 내주네."

"주해솔."

"내가 다치면 먼저 말도 걸어주겠다."

"그래서 뭐? 일부러 사고라도 내서 다치기라도 하겠다는 거야?"

"지금 심정으로는 그래."

도형의 얼굴이 딱딱하게 굳어졌다. 그가 진심으로 화가 났다는 것을 해솔은 알고 있었다. 그럼에도 멈출 수가 없었다.

"나 너무 힘들어. 그런 생각까지 들 정도로 힘들다고. 네가 나한테 왜 이러는지 계속 생각해 봤는데 정말 모르겠어. 그래서 미워하려고도 해봤는데 그게 안 돼."

고개를 가로저은 그녀가 도형의 팔을 붙들었다.

"네가 나 한 번만 봐주라. 내가 뭘 잘못한 건지 모르겠지만, 사과할게.

내가 무조건 미안해."

애원했다. 해솔은 아무것도 잘못한 것이 없음에도 미안하다며 사과를
했다.

"좋아해. 너 포기하려고도 해봤고 미워하려고도 해봤는데 그게 안 돼.
좋아해 달라고는 안 할게. 그냥 예전처럼만……."

"너 사람 말을 왜 이렇게 못 알아들어?"

해솔의 손이 갈 곳을 잃었다. 애원하듯 매달리는 작은 손을 쳐낸 도형
은 다시 한 번 차갑게 선을 그었다.

"네 마음이 어떻던 그게 나랑 무슨 상관이야? 내가 분명 거절했던 거로
기억하는데."

그는 그 말을 끝으로 돌아섰다. 저벅저벅— 멀어져 가는 발걸음 소리가
완전하게 사라졌을 때쯤, 해솔은 희미하게 떨고 있는 자신의 손을 내려다
봤다. 손이 너무 허전했다. 분명 짐을 들고 있었는데.

"아, 도시락 가방."

눈물 가득 고인 눈으로 주변을 둘러봤다. 멀지 않은 곳에 도시락이 쏟
아져 있었다. 조금 전 도로 쪽으로 쓰러질 뻔한 해솔을 도형이 잡아당겼을
때 그 충격으로 손에서 놓친 모양이었다. 걸음을 옮긴 해솔이 그 앞에 쭈
그려 앉아 쏟아진 도시락통을 정리하기 시작했다.

"인사만 하고 온다고 했잖아."

그녀의 곁에 또 다른 그림자가 드리워졌다.

"기다리라니까."

승준이었다. 그는 해솔의 옆에 함께 쭈그려 앉아 쏟아진 도시락을 정리
하는 일을 도왔다. 손이 엉망이 되는 것도 신경 쓰지 않고 쏟아진 음식들
을 통에 담았다. 마지막으로 뚜껑을 덮어 가방에 도시락을 넣어준 그는 가
방 안에 담겨 있던 작은 손수건을 꺼내어 해솔의 손을 닦아주었다. 그리고
엉망이 된 자신의 손도 닦아냈다.

"주해솔."

자꾸만 눈앞이 흐려지더니 결국 손등 위로 눈물이 뚝뚝 떨어져 내렸다. 자신의 이름을 부른 목소리를 듣고도 차마 고개를 들지 못했다.

끝났다. 정말 끝이다. 도형은 절대로 자신을 두 번 다신 돌아봐 주지 않을 것이다. 머리는 그리 말하는데 해솔은 이 끝나지 않는 마음이 어떻게 해야 없어지는 건지 알지 못했다.

"많이 힘들어?"

"……응."

"그럼 포기하면 되잖아."

"안 되니까 그렇잖아."

"잊으려고 노력은 해봤어?"

해솔은 손을 들어 눈물을 닦아내고는 붉어진 눈으로 승준을 바라봤다.

"노력? 몇 달이나 얼굴을 못 봤어도 서도형 생각밖에 안 나는데 무슨 노력?"

"너 그래도 나랑 있을 때는, 서도형 생각 많이 안 하잖아."

"……."

"아니야?"

그의 말에 담긴 의미를 해솔은 어렵지 않게 짐작해 낼 수 있었다. 눈물 가득 고인 눈으로 승준을 바라보고 있던 그녀가 아프게 웃었다. 볼을 타고 흘러내린 눈물이 또 한 번 손등 위를 적셨다.

"맞아. 그래서 뭐?"

"그럼 나랑 있으면 되겠네."

"무슨 소리를 하는 거야, 너."

"나는 안 돼?"

"권승준. 너 지금 네가 무슨 소리를 하는 건지 알고는 있어?"

"알아. 그리고 진심으로 하는 말이야. 내 옆에서 그렇게 있다 보면 잊을 수도 있는 거잖아. 조금씩이라도 서도형 지워낼 수 있을지도 모르고."

"너까지 왜 이래? 힘드니까 나보고 널 이용이라도 하라는 거야? 나 그렇게 나쁜 애 만들고 싶어?"

울음 섞인 목소리는 이제 조금 화가 난 기색을 담고 있었다.

"내가 원한 일인데, 그게 어떻게 네가 날 이용한 거야?"

이어진 승준의 말에 그녀는 할 말을 잊은 얼굴을 했다. 커다란 눈에서 눈물이 툭툭 방울져 떨어졌다.

"그렇게 해서라도 잊을 수 있으면 그렇게 해. 그러다 진짜 나 좋아해 주면 더 좋고."

그리 말하며 미소 지은 승준은 자신의 모자를 해솔의 머리 위에 씌워주었다.

"그렇게 하자, 주해솔."

해솔이 결국 크게 울음을 터트렸다. 자존심을 다 버려도, 매달려도 도형은 결국 돌아봐 주지 않았다. 그는 무너지듯 소리 내어 우는 해솔을 끌어당겨 품에 안아주었다.

다시 생각해 봐도 유쾌하지는 않은 기억이었다. 상념에서 깨어난 승준은 자신을 한심하다는 듯이 바라보고 있는 규원의 얼굴을 마주하고는 쓴웃음을 입가에 머금었다.

"왜 그렇게 봐?"

"몰라서 묻냐? 아오, 이 한심한 새끼."

승준이 말한 여자가 해솔이라는 것을 알게 된 규원은 화를 내려 했다. 때마침 걸려온 전화가 아니었다면 승준은 아마 그에게 몇 시간이나 시달려야 했을지도 모른다.

"다음에 다시 얘기하자."

규원은 돌아갔고 사무실 안에는 어느덧 승준만이 남게 되었다. 찻잔은 이미 다 비워낸 후였지만 그는 자리에서 일어서지 못했다. 분명 해야 할 일이 많은데, 무슨 이유에서인지 꼼짝도 하고 싶지 않은 기분이 들었다. 뒤로 목을 젖히고 두 눈을 감았다.

'그렇게 하자, 주해솔.'

모든 것을 다 알고 있는 자가, 아무것도 모르는 자의 가장 약해진 부분을 파고들었다. 주해솔은 지쳐 있었고, 상처받았고, 어디에든 기대고 싶어 했다.

"그래, 나쁜 건 주해솔이 아니지."

다시 같은 말을 중얼거린 그는 천천히 눈을 떴다. 주해솔에게 사실을 말해주지 않은 것도, 허울 좋은 말로 그녀를 이용한 것도, 결국 승준 자신이었다.

온기에 몸이 절로 나른해졌다. 해솔은 푹신하고 부드러운 촉감이 드는 무언가에 뺨을 비비고는 몸을 뒤척였다. 새근새근 고른 숨을 내쉬다가 뒤늦게 무언가 이상함을 깨닫고는 굳게 감겨 있던 눈을 떴다. 뺨에 닿은 것은 새하얗고 푹신한 이불이었다.

"……어?"

분명 도형의 간호를 하고 있었다. 그가 잠든 걸 본 것까지 기억나는데 어느새 그 침대 위에는 해솔이 누워 있었다. 스스로 이곳에 올라와 잠을 청했을 리는 없으니 도형이 눕혀놨을 것이 분명한데 그의 모습은 보이지 않았다.

"몸도 안 좋으면서 또 어딜 간 거야?"

물을 담아둔 작은 대야와 젖은 수건은 침대 옆 탁상 위에 그대로 놓여 있었다. 꺼두었던 휴대전화의 전원을 켜고 시간을 확인한 뒤 침대를 벗어났다.

"서도형."

이름을 불러도 돌아오는 답이 없었다. 2층 복도를 한 차례 둘러보고 1층으로 내려간 그녀는 정원에 있는 도형의 모습을 발견하고는 겉옷을 대충 챙겨 입고 밖으로 나갔다.

"너는 몸도 안 좋으면서 이 추운 날씨에 왜 밖에 나와 있어?"

담배를 피우고 있던 그는 뒤를 돌아봤다. 반도 피우지 않은 담배를 그대로 꺼버리고는 허공에 두어 번 손을 내저었다.

"왜 나왔어?"

"다 죽어가더니. 안색 괜찮아진 거 보니 그래도 좀 쌩쌩해진 모양이다?"

"누구 덕분에."

고맙다는 건지, 비꼬는 건지.

걸음을 옮긴 해솔은 근처에 놓여 있는 테이블 의자를 끌어와 앉았다. 날이 추워진 탓에 숨을 내쉴 때마다 하얀 입김이 흩어졌다. 몸을 살짝 움츠리며 다시 들어갈까 고민하는 사이, 담배와 라이터를 테이블 모서리 쪽으로 치워둔 도형이 그녀의 맞은편 자리에 앉았다.

"너 저녁은 어떡할래? 아주머니한테 죽 만들어달라고 할까?"

"됐어. 환자 취급 안 해도 돼."

"딱히 환자 취급한 거 아니거든?"

"얼굴에 베개 자국 남은 거 봐라."

해솔이 곧바로 손을 들어 뺨을 매만졌다. 마치 자국을 지우려는 듯이 매만지는 모습이었다. 도형은 그래서 그게 지워지겠냐며 짧게 웃음을 터트렸다.

"감기 옮으면 어쩌려고 태평하게 옆에서 잠을 자?"

"와, 또 손바닥 뒤집듯이 태도 바꾸는 거 봐. 네가 너무 아파서 기억이 잘 안 나는 모양인데, 아까 네가 나 못 나가게 잡았거든? 그래서 내가 거기 있다가 깜빡 잠든 거고."

해솔의 말이 끝나기가 무섭게 꽤 거센 바람이 불었다. 시린 겨울바람에 몸을 잔뜩 움츠린 그녀는 조금 걱정스러운 얼굴로 도형을 바라봤다.

"너 안 추워?"

"별로."

완전히 다 나은 게 아니니 들어가는 게 좋지 않겠냐고 말하려다 관두었다. 서도형이 자신의 말을 고분고분하게 들을 성격도 아니고 어차피 조금 있으면 저녁을 먹어야 할 시간이니 오래 앉아 있지도 못할 것 같았다.

"주해솔."

"왜?"

"병원 알아보고 다닌다며."

겨울이라 해가 짧아졌다. 어둑어둑해진 하늘을 올려다보던 해솔이 그를 향해 고개를 돌렸다. 가족에게는 자신이 수술받았던 병원이 어디냐며 묻긴 했지만 도형에게는 한 번도 묻지 않았다. 그럼에도 그는 해솔이 최근 무엇을 알아보고 다니는지 이미 알고 있었다.

"신경 쓰지 마. 내 일이야."

"주해솔."

"말해."

"내가 너에 대해 괜찮지 않다, 라는 생각을 하게 만들지 말라고 했을 텐데."

이 주제로 대화하게 될 줄 알았다면 진작 자리에서 일어나 집 안으로 들어갔을 거다. 해솔은 가시를 세우듯 날카롭게 물었다.

"뭐야. 그게 승준이를 만나는 일 말고 이 얘기에도 해당이 돼? 왜? 그래서 또 나 협박하려고?"

"그게 협박이 되긴 했어?"

지금 대답을 하면 목소리가 떨릴 것 같았다. 해솔은 잠시 입을 꾹 다물었다.

"울지 마."

"안 울거든? 어두워서 잘 보이지도 않으면서 넘겨짚지 마."

하마터면 목소리가 떨릴 뻔했다. 해솔은 자신의 얼굴이 자세히 보이지 않도록 최대한 몸을 뒤로 물리며 아무렇지도 않은 척을 했다. 그는 한쪽에 치워둔 지포 라이터를 손에 들었다. 딸각— 딸각— 소리가 불규칙하게 귓가에 전해졌다.

지이이잉—

그 순간, 테이블 위에 놓여 있는 휴대전화가 울렸다. 서로 다른 곳을 바라보던 두 사람의 시선이 한곳으로 향했다. 액정에 뜬 번호와 이름을 확인했다. 해솔은 잠시 움직임을 보이지 않다가 고개를 들어 도형을 바라봤다. 표정을 보니 그 역시 이미 액정에 뜬 이름을 확인한 것 같았다. 승준에게 걸려온 전화였다. 한참을 울리던 전화는 곧 끊어졌다.

"클라이언트가 왜 이 시간에 전화해?"

"클라이언트로서 건 전화가 아닌 모양이지."

두 사람 사이에 잠시 침묵이 흘렀다. 도형이 작게 한숨을 내쉬며 손을 들어 이마를 짚었다.

"주해솔."

"말해."

"다시 한 번 말하지만, 예전 일 알아보는 거 그만둬."

"아니. 계속할 거야."

해솔은 단번에 선을 그었다.

"네가 그랬지? 내가 안 괜찮다는 생각이 들게 하지 말라고. 그럼 넌 또

237

떠날 수밖에 없다고. 그 말이 뭐겠어?"

가능성을 남겨둔 말이었다. 언제든 다시 그때처럼 변할 수 있다는. 해솔은 그게 가장 무서웠다.

"지금이야 다시 예전처럼 돌아왔다지만, 결국 근본적인 게 해결이 안 됐으니 언젠가 또 나도 모르는 이유로 너는 나한테 등 돌릴 수 있다는 거잖아. 그럴 가능성이 여전히 남아 있으니까."

그녀는 입가에 웃음을 머금었다. 그가 자신에게 등을 돌렸던 그때의 기억이 떠오르는 듯 서글픈 미소였다. 더는 이 자리에 있고 싶지 않았다. 해솔은 휴대전화를 챙겨 들고 그대로 몸을 일으켜 세웠다.

"네가 왜 그래야 했는지 난 꼭 알아낼 거야. 떠난다는 협박도 이제 안 통해. 먼저 들어갈게."

집 안으로 들어선 그녀는 2층으로 올라가려다 말고 걸음을 돌려 안방으로 향했다. 노크했지만 돌아오는 답이 없었다. 아버지가 부재중인 것을 확인하고는 조심스럽게 안으로 들어서서 문을 닫았다. 현관문이 열리는 소리가 들려왔다. 도형일 것이다. 가까워지던 발걸음 소리가 다시 멀어지고 이내 완전하게 사라지자 해솔은 서랍장을 열어보기 시작했다.

가족들은 해솔에게 아무것도 말해주지 않았다. 도형 역시 마찬가지였다. 그럼 그때의 일에 대해 말해줄 수 있는 사람은 이제 단 한 명만이 남는다.

"이거 같은데."

해솔은 서랍장에서 검은색의 가죽 수첩 하나를 찾아냈다. 아버지가 지인분들의 연락처를 적어놓은 작은 수첩이었다. 빠르게 수첩을 넘기다 익숙한 한 사람의 이름을 찾아냈다.

"없는 번호라고 나오던데. 역시 번호 바뀌었구나."

메모지를 한 장 꺼내어 그 위에 번호와 이름을 적었다.

—서진형.

도형의 아버지였다.

한가로운 오후였다. 일을 하다 말고 잠시 자리에서 일어선 지혁이 물을 마시기 위해 정수기가 설치된 곳으로 향했다. 물을 마시느라 등을 지고 선 그를 향해 부하 직원인 준석이 다가섰다.

"대리님."

"네."

"아모르 대표님 오셨어요."

"콜록, 콜록!"

물을 마시다 말고 사레가 들린 지혁이 주먹 쥔 손을 들어 가슴을 두어 차례 내려쳤다. 반쯤 남은 물을 한 번에 마셔 버리고는 곧장 사무실 입구 쪽을 바라봤다. 승준이 그곳에 서 있었다. 지혁은 떨떠름한 표정을 지워내 고는 빠르게 입구로 걸음을 옮겼다.

"안녕하세요, 대표님."

"네. 안녕하세요."

"연락도 없이 여기까지 어쩐 일이세요?"

"리노베이션 공사 건으로 상의드리고 싶은 게 있어서요."

워낙에 시선을 모으는 외모라 그런지 주변 사람들의 호기심 어린 시선 이 모두 집중되어 있었다. 사무실 여직원들 눈동자 돌아가는 소리가 들리 는 듯했다.

"그런 거라면 전화 주셔도 될 텐데요."

"마침 근처에 볼일이 있어서요. 주 팀장님은 계신가요?"

지혁이 어색하게 미소 지어 보였다. 처음에는 괜찮다고 했지만 무슨 변덕인지 해솔은 담당자 미팅에 계속해서 지혁을 내보냈다. 이 눈앞의 잘생긴 클라이언트는 그런 지혁을 향해 매번 해솔의 안부를 물었다. 점점 심기가 불편해져 가는 게 안 그래도 눈에 보였는데 결국 한계에 달한 모양이었다.

"죄송하지만, 오늘 주 팀장님이 자리를 비우셔서요."

근데 하필, 가는 날이 장날이라고 오늘 또 해솔이 자리를 비운 상태였다. 의도한 것은 아니지만 어쩐지 의도한 것처럼 되어버린 상황에 지혁이 조금 난감한 얼굴을 했다.

"얼굴 보기 힘드네요."

웃는 얼굴이었지만 어쩐지 말에 가시가 있었다. 주변을 둘러본 승준은 어렵지 않게 해솔의 자리를 찾았다. 파티션에 팀장 주해솔이라는 이름이 새겨진 작은 명패가 붙어 있었다.

"결근입니까."

"아니요, 그건 아니고요. 출근하셨다가 개인적인 일이 좀 생겨서 먼저 들어가셨어요. 오늘은 회사로 복귀 안 하실 겁니다."

승준은 지혁의 얼굴을 바라봤다. 아마도 그의 말이 거짓인지 진실인지 가늠하고 있는 것 같았다. 거짓을 말한 것은 아니기에 지혁은 당당하게 그 시선을 받아냈다. 웃지 않는 남자의 얼굴은 웃을 때와 다르게 묘하게 차가운 인상이었다.

"리노베이션 건이라면 저한테 말씀하셔도 괜찮습니다. 응접실로……."

"아니요."

"네?"

"사실 공사 건 외에도 따로 하고 싶은 얘기가 있어서요."

역시나. 일은 핑계고 해솔을 만나기 위해 온 것이었다.

"다음에 다시 오죠."

"아, 네. 그럼 다음에 연락 주세요."

엘리베이터 앞까지 승준을 배웅한 지혁은 그의 모습이 시야에서 사라지자마자 깊게 한숨을 내쉬며 이마를 짚었다.

"아무래도 팀장님이 저 남자를 피하는 모양인데."

기세로 봐서는 조만간 회사로 연락도 없이 한 번 더 찾아올 것 같았다. 해솔에게 이야기는 해둬야겠다 싶어 휴대전화를 꺼내어 돌아서려는데 정면에서 이쪽을 향해 걸어오고 있는 도형의 모습이 보였다. 그는 곧바로 휴대전화를 다시 주머니에 넣고는 인사를 건네었다.

"안녕하세요, 본부장님."

"네. 혹시 주 팀장 자리에 있습니까."

"오늘 주 팀장님 찾으시는 분들이 많네요."

"저 말고 누가 또 주 팀장을 찾았습니까."

무의식적으로 한 말이었는데 그걸 짚고 넘어가자 지혁은 아차 싶은 얼굴을 했다. 승준과 해솔은 예전에 사귄 사이라고 했다. 그리고 눈앞의 남자는 아무리 봐도 해솔을 좋아하고 있었다. 불편한 관계일 것이 뻔했다. 이름을 말하면 혹시나 알아챌까 싶어 지혁은 최대한 돌려 말하려 애썼다.

"아, 이번에 저희 팀에서 일 맡게 된 레스토랑 대표분이요. 리노베이션 건으로 상의드릴 일이 있다고 오셨었는데……"

"권승준이 여기까지 왔었습니까."

이미 알고 있구나.

지혁은 입을 꾹 다물었다. 흉흉한 기세를 보아하니 아무래도 도형은 아모르 대표의 이름이 권승준이고, 그 남자가 해솔의 옛 연인이고, 두 사람이 다시 만났다는 것까지 알고 있는 것 같았다. 거기까지 상황 파악을 끝낸 지혁은 곤란한 얼굴을 했다. 자신은 또 의도치 않게 지뢰를 밟은 것이다.

"그래서 주 팀장은 아모르 대표와 같이 나갔습니까."

도형은 지하 2층으로 내려가고 있는 엘리베이터의 붉은 숫자를 보며 불쾌한 기색을 드러낸 채 말했다.

"아니요. 오늘은 퇴근하셨습니다."

"퇴근이요? 이 시간에?"

"반차 쓰셨어요. 급한 일이 생겼다고 하시던데요."

해솔은 평소처럼 출근 준비를 하고 여유 있게 집을 나섰다. 아침만 해도 그런 기색은 전혀 보이지 않았다. 집에 무슨 일이 생겼다면 태훈이나 해솔의 아버지를 통해 도형에게도 연락이 왔을 것이다.

"알겠습니다. 가서 일 봐요."

멈췄던 걸음을 다시 옮겨 사무실로 돌아온 도형은 해솔에게 전화를 걸었다. 하지만 전화를 받지 않았다. 태훈에게라도 물어보려 전화를 했지만 그 역시 전화를 받지 않았다. 휴대전화를 내려놓고 시간을 확인했다. 퇴근까지는 아직 두 시간이 남아 있었다.

그 뒤로도 해솔에게 한 차례 더 전화했지만, 여전히 연락은 닿지 않았다. 도형은 결국 일을 마치자마자 회사를 나서 집으로 돌아갔다. 2층으로 올라가 그녀의 방문부터 열어봤지만 해솔의 모습은 보이지 않았다. 다시 1층으로 내려온 그는 부엌으로 걸음을 옮겼다.

"아주머니."

"아, 도형 군 왔어? 오늘은 평소보다 퇴근이 좀 이르네?"

"네. 좀 서둘러서 왔어요. 혹시 주해솔 못 보셨어요?"

"해솔 양은 아직 안 들어왔는데."

"형은요?"

"방에 있을 거야. 뭘 잘못 먹었는지 탈이 나서 병원 갔다 왔는데 영 움직이지를 못하네."

그는 곧장 걸음을 돌려 태훈의 방문을 열었다. 침대 위에 축 늘어진 채 움직이지 못하는 태훈의 모습이 눈에 들어왔다. 옆에는 약 봉투가 놓여 있었다.

"대체 뭘 먹었길래 탈이 나서 병원까지 다녀와?"

"회."

늘 쩌렁쩌렁한 목청을 자랑하던 태훈이었지만 지금은 목소리에 힘이 하나도 없었다. 점심때쯤 갑자기 몸에 오한이 들기 시작하더니만 복통이 오고 설사에 열까지 났다. 화장실을 수십 번 들락날락하다가 병원을 가니 장염이라고 했다. 아무래도 어제저녁에 민건을 만나 먹었던 회가 원인이 된 듯싶었다.

"혹시 집에 무슨 일 있어?"

"있어."

"무슨 일?"

"보면 몰라? 내가 아프잖아."

그 건강하던 주태훈이 아픈 건 큰일인 것 같았지만 그건 도형이 원하는 답이 아니었다. 태훈이 아프다고 해서 해솔이 반차까지 쓸 리는 없었다.

"아저씨는?"

"오늘 저녁 모임 있다고 하셨는데 늦으실걸. 아, 죽겠네."

끙— 앓는 소리를 내며 몸을 뒤척인 태훈이 눈을 감은 채로 숨을 몰아쉬었다. 안색이 좋지 않았다. 식은땀까지 나는 걸 보니 꾀병은 아닌 모양이었다.

"장염이야?"

"어. 근데 넌 퇴근이 평소보다 좀 이른 것 같다?"

"조금 일찍 나왔어. 주해솔이 급한 일 생겼다고 반차 썼다는데 형은 뭐 아는 거 없어?"

"말 그대로 급한 일이 생겼나 보지."

"그러니까 뭐 아는 거 없냐고."

"주해솔에 대해서 네가 모르는 걸 내가 어떻게 아냐."

다시 한 번 반대로 몸을 뒤척인 태훈은 엎드린 상태로 숨을 몰아쉬었다.

"물 좀 떠와."

"떠다 마셔."

"너 진짜 이럴래? 일찍 온 김에 내 병간호나 해. 나 진짜 아파. 꼼짝도 못하겠다고."

천하의 주태훈이 장염 하나에 이리 엄살을 부리다니. 처음에는 그냥 돌아서서 나갈 생각이었지만 그래도 아프다는 사람을 두고 나가자니 마음이 조금 불편하긴 했다. 갈등하던 도형은 물 한 잔을 떠와 태훈에게 건네고는 의자를 끌어와 앉았다.

"너 전화 오는 거 아니냐?"

태훈의 말에 도형은 벗어놓은 코트 주머니 안에서 휴대전화를 꺼내었다. 액정을 가만히 내려다본 그는 고개를 살짝 기울였다가 자리에서 일어서며 전화를 받았다.

"네, 아버지."

아버지에게서 걸려온 전화였다. 그가 의아해한 것은 아버지가 먼저 전화를 거는 일이 좀처럼 없기 때문이었다. 도형은 잠자코 수화기 너머에서 들려오는 목소리에 귀를 기울이고 있었다. 무슨 소리를 들은 건지 얼굴이 점차 굳어지더니만 빠르게 코트를 다시 손에 쥐었다.

"지금 갈게요."

"어? 야! 서도형!"

뒤에서 소리치는 태훈의 목소리가 들려왔지만 도형은 돌아보지 않고 그대로 집을 나섰다. 차에 올라탄 그는 평소보다 거칠게 운전을 했다. 액셀러레이터를 밟아 속력을 높이며 이를 악문 목소리로 중얼거렸다.

"주해솔 이게 진짜."

도형은 아버지와의 통화로 뒤늦게 해솔의 행방을 알아냈다. 급하게 반

차를 쓴 그녀의 목적지는 다름 아닌 그의 아버지가 사는 집이었다.

❖

해솔은 오는 길에 사온 과일 바구니에서 사과 두 개를 꺼내어 먹기 좋은 크기로 썰었다. 예쁜 접시에 담아내고는 도형의 아버지가 좋아하는 황도를 따서 작은 그릇에 담아 함께 쟁반 위에 놓았다.

"통화 중이셨어요?"

"어? 아니다. 어서 이리 와서 앉아."

도형의 아버지는 방석 하나를 맞은편 바닥에 놓아주며 그 위를 툭툭 두드렸다.

"뭘 이런 걸 자꾸 해. 아저씨가 한다니까. 사과는 또 언제 사왔어?"

"오는 길에 하나 사왔어요. 아저씨 사과 좋아하시잖아요."

"손님인데 자꾸 이런 거 하지 말고 여기 그냥 편하게 앉아 있어."

해솔이 작게 웃음을 터트리고는 장난스럽게 서운한 기색을 얼굴에 드러냈다.

"제가 무슨 손님이에요, 아저씨. 저 서운하려고 그래요."

도형의 아버지와는 어린 시절부터 얼굴을 봤다. 시골로 내려간 이후로는 얼굴을 자주 볼 수 없긴 했지만 그래도 가까운 사이라고 말할 수 있었다. 해솔의 아버지와 도형의 아버지는 막역한 사이였고, 그녀가 도형과 워낙에 붙어 다닌 덕분에 해솔에게는 삼촌이나 다름이 없었다.

"얼른 드세요."

"그래, 잘 먹으마."

사과를 한입 베어 문 도형의 아버지는 티 나지 않게 해솔의 얼굴을 살폈다. 연락처를 바꿨는데 그걸 어떻게 안 건지 해솔이 바뀐 번호로 전화했다. 처음에는 그저 안부 인사를 하려 전화를 했나 싶었지만 예상외의 말이 돌아왔다.

'아저씨, 저 아저씨 뵈러 가도 괜찮죠? 이사한 집에는 자주 못 가봤잖아요. 뵌 지도 오래됐고요.'

다음에 오라고 했지만 이미 근처라는 답이 돌아왔다. 어쩔 수 없이 그럼 잠깐 들렀다 가라고 했다. 해솔이 이곳을 찾은 횟수는 손에 꼽을 정도로 적었지만, 그마저도 늘 그녀의 아버지와 함께였다. 갑작스럽게 해솔이 홀로 온 이유를 알 수 없어 마음이 편치 않았다.

"근데 여기까지 갑자기 어쩐 일이야."

"아저씨 보고 싶어서요. 뵌 지 오래됐잖아요."

"석훈이한테는 말하고 온 거야?"

"아니요. 아저씨가 서울 올라오시면 매번 아버지만 보고 가시고, 아버지가 아저씨 보러 가실 때는 제가 따라가려고 해도 두 분이 술 한잔하신다고 못 따라오게 하셨잖아요. 그래서 오늘은 저 혼자 몰래 왔어요."

"걱정하면 어쩌려고."

"제가 어린애도 아닌데요, 뭘. 여기가 해외도 아니고 오늘 집에 돌아갈 건데 무슨 걱정을 해요? 앞으로는 자주 놀러 올게요. 아, 과수원 일 하는 건 어떠세요? 안 하던 일이라 힘들지는 않으세요?"

"뭐, 그렇지. 이제 익숙해져서 괜찮아."

시골로 내려간 도형의 아버지는 작은 과수원을 운영하고 있었다. 겨울이라 지금은 좀 한가해진 것 같았는데, 한창 바쁠 때는 허리를 펼 새도 없다는 말을 들었다. 해솔이 어릴 때 본 아저씨는 늘 정장을 입고 있었다. 피부도 하얀 편이었는데, 지금은 햇볕에 그을려 까매진 피부가 눈에 들어왔다.

"얼굴이 까매지셨어요."

해솔의 말에 도형의 아버지는 멋쩍은 웃음을 지으며 손을 들어 뺨을 매만졌다.

"많이 까매졌지? 일하느라 신경을 안 썼더니 원."

"저는 지금 모습이 더 보기 좋은데요? 건강해지신 것 같고, 예전보다 편해 보이셔서 좋아요."

해솔의 말에 고개를 끄덕이고는 황도를 담은 접시를 손에 들었다. 해솔은 말 상대가 되어주기 위해 온 것처럼 소소한 이야기들을 했다. 과수원 일은 어떤지 묻고, 일이 한가한 겨울에는 뭘 하고 지내는지 안부를 묻고, 도형에 관해 이야기도 했다.

"처음에는 너무 딱딱하게 구는 거 아닌가 싶었는데, 직원들도 별 불만 없이 따르더라고요. 다들 신임하는 것 같고, 이런저런 실적도 내고 있고요."

"그래?"

"아시잖아요. 서도형 뭐든 대충 하는 법 없는 거."

안부 전화는 늘 도형이 먼저 하고 있지만 그래도 살가운 성격이 아니라서 자신에 대한 소소한 이야기들은 건너뛰는 경우가 많았다. 안 그래도 도형이 한국에 들어온 뒤로는 어떻게 지내는지, 회사 일은 잘하고 있는지 궁금했던 터라 해솔의 이야기에 좀 더 귀를 기울였다.

"서도형이 이런 얘기는 잘 안 하죠?"

"그렇지."

"그러게 아들 말고 딸을 낳으시지 그러셨어요. 지금이라도 어때요? 만나시는 분은 없어요?"

"요 녀석이. 못하는 소리가 없어."

"왜요? 서도형도 이제 결혼한다고 할 텐데, 아저씨도 좋으신 분 있으면 만나세요."

도형의 아버지는 그저 작게 미소 지으셨다. 이미 오래전 세상을 떠난 도형의 어머니를 무척이나 아끼고 사랑하신 분이었다. 좋으신 분 있으면 만나라고 했지만, 재혼은 하지 않으실 거라는 걸 해솔도 이미 알고 있었다.

"태훈이는 잘 지내니?"

"뭐. 오빠야 항상 잘 지내죠. 하고 싶은 일 하면서, 그 분야에서 인정도 받으면서. 우리 오빠만큼 평탄한 인생 사는 사람도 없을걸요?"

"누구보다 노력 많이 했으니까 그렇게 인정도 받는 거지. 제멋대로 굴어도 지 애비 말에는 한 번도 반기 든 적 없던 녀석이 처음으로 지 애비 의견도 꺾고 한 우물만 팠는데."

"그건 그래요. 오빠가 경영 배우라는 아버지 말 안 듣고 야구 하겠다고 고집부리는 거 보고 저도 좀 놀라긴 했어요."

해솔의 얼굴을 가만히 바라보고 있던 도형의 아버지는 그녀와 눈이 마주치자마자 인자하게 미소 지었다. 도형이 그랬던 것처럼 그의 아버지 역시 웬만하면 해솔을 만나는 자리를 피했었다. 그런데 해솔이 갑자기 자신을 찾아왔고, 그 이유를 알 수 없어 불안한 마음이 들었다. 하지만 해솔을 이렇게 눈앞에서 마주하고 있다 보니 어느새 불안감은 사라지고 되레 마음이 편해졌다. 별일 아니었는데, 도형에게 괜히 전화한 건가 싶었다.

"길 막힐 텐데, 슬슬 출발해야 하지 않겠어? 내일 출근도 해야 할 거 아니야."

"네. 그래야죠."

시간을 확인한 해솔이 손에 들었던 포크를 내려놓고는 도형의 아버지를 마주 봤다. 조금 전과 다르게 그녀의 표정이 사뭇 진지해졌다.

"아저씨."

"그래."

"저 실은, 오랜만에 아저씨 얼굴 뵙고 싶어서 찾아온 것도 맞지만 여쭤볼 게 있어서 왔어요."

해솔을 배웅하기 위해 자리에서 일어서려던 도형의 아버지는 주춤하며 움직임을 멈췄다가 다시금 자리에 앉았다. 아직 이야기는 꺼내지도 않았는데 안색이 어두워진 걸 확인한 해솔이 애써 웃어 보였다.

"대답하기 힘드시면 안 하셔도 돼요. 아저씨 곤란하게 해드리러 온 건 아니니까요."

"말해봐라. 뭐가 궁금해서."

"오래전 일이라 기억 못하실 수도 있는데 그래도 제가 물어볼 수 있는 사람이 이제 아저씨밖에 없어요. 저 열아홉 살에 교통사고 났었는데, 기억하세요?"

잠시 대답이 없었다. 사고에 대해 떠올리려는 게 아니라 대답을 망설이는 기색이 얼굴에 드러나 있었다.

"그래. 기억하지."

무거운 침묵이 흐르고 한참 만에야 돌아온 대답에 해솔은 고개를 끄덕였다.

"저 그때 수술도 받았다고 했는데, 많이 다쳤었어요?"

"큰 수술 하나 받았다고 들었다."

"혹시 저 수술받은 병원 어디인지 아세요?"

"그건……."

모른다는 대답은 나오지 않았다. 말끝을 흐린 얼굴에 난감한 기색이 스쳐 지나간 순간, 등 뒤의 미닫이문이 확 열리며 거친 숨을 몰아쉬는 도형이 모습을 드러냈다.

"나와."

"도형아."

도형의 아버지가 말리려 했지만 그는 해솔의 팔을 잡아 억지로 자리에서 일으켜 세웠다. 해솔은 이런 상황을 예상이라도 했다는 듯이 놀란 기색조차 보이지 않았다.

"괜찮아요, 아저씨. 저 그만 가볼게요. 미리 연락도 못 드리고 갑자기 찾아와서 죄송해요. 다음에는 미리 연락하고 오빠랑 같이 내려올게요."

꾸벅 고개를 숙인 해솔은 딱히 반항하는 기색 없이 도형의 손에 끌려 걸음을 옮겼다. 집 밖으로 나온 도형은 차를 세워둔 곳 앞에서 걸음을 멈춰 섰다.

"너 이게 무슨 짓이야?"

"나야말로 묻고 싶은데. 아저씨랑 대화 중인 거 못 봤어? 어떻게 사람을 그렇게 막무가내로 끌고 나와?"

"갑자기 여긴 왜 찾아온 건데?"

"모르는 사이도 아니고, 나한테는 삼촌 같은 분이야. 너 한국 들어와서 가끔 우리 아버지 뵙고 갈 때 나한테 연락하고 만났어?"

도형이 한국에 들어올 일이 생기면 자신의 아버지뿐만이 아니라 태훈의 얼굴도 보고 돌아갔다는 것을 해솔은 이미 알고 있었다. 얘기하지 않았을 뿐이지, 그 사실을 알아챘을 때마다 그녀는 또 한 번 울고는 했었다.

잠시 무거운 침묵이 흘렀고 해솔은 붙잡혔던 자신의 손목을 내려다봤다. 얼마나 세게 잡아당긴 건지 붉은 손자국이 남아 있었다. 그는 지금 해솔이 이곳에 왔다는 이유 하나만으로 화를 내고 있었다. 고작 이곳에 찾아왔다는 그 이유 하나만으로.

"지금 네 행동으로 확실해졌어. 그때 그 사고에 뭔가 문제가 있었다는 게. 내가 그간 정말 여러 가지를 생각해 봤거든. 왜 다들 나한테 숨길까? 대체 그게 뭔데? 그러다 가정 하나가 세워졌어. 꽤 그럴듯한 가정."

해솔은 고개를 들어 그의 눈을 똑바로 마주 보며 말했다.

"교통사고가 아닌 거야."

깊이를 알 수 없는 까만 눈동자가 동요를 보였다. 답은 나왔다. 역시 교통사고가 아니었다. 해솔은 가늘게 웃음을 흘렸다.

"다들 똑같이 말해. 교통사고가 났고 큰 수술을 했고 석 달의 기억을 잃었다. 그거 외에는 나한테 아무 문제가 없대. 근데 친구들이 문병 온다는 말에 오빠가 예민하게 반응했고, 넌 그 시점으로 날 대하는 태도가 바뀌었어. 그리고 지금까지 아무도 나한테 그때의 일에 대해 말을 해주지 않아. 물어보면 되레 화를 내. 그럼 답은 하나잖아. 그 사고에 뭔가 있는 거지."

"억측이야."

"아니. 단순한 교통사고라고 보기에는 네 행동도, 지금 가족들이 나한테 보이는 태도도, 모두 이해가 안 돼. 그게 아니라면 내가 납득할 만한 이유를 대."

도형은 답하지 못했다. 그 기나긴 침묵이 해솔에게는 되레 확신을 가져다줬다. 그녀는 굳어진 도형을 두고 자신의 차에 올라타 먼저 그곳을 빠져나갔다. 도형은 한동안 그 자리에서 한 걸음도 움직이지 못했다.

"도형아."

언제부터 서 계셨던 건지 등 뒤에서 그를 부르는 아버지의 음성이 들려왔다.

"미안하다."

해가 진 시골 마을은 주변이 온통 어두웠다. 가로등 불빛 하나 없이 어둠 속에 서 있던 그가 천천히 뒤를 돌아봤다. 선명하게 보이지 않아도 지금 자신의 아버지가 어떤 표정을 짓고 있을지 그는 짐작할 수 있었다.

"아버지 원망, 더는 안 해요. 이제 그럴 나이도 아니고요."

버석하게 마른 웃음이 그의 입가에 그려졌다.

"저는 그냥……."

말끝을 흐린 그는 손을 들어 얼굴을 반쯤 가렸다. 쉽게 토해내지 못하는 무언가를 삼켜내는 것처럼, 그의 목울대가 크게 한 차례 움직였다.

"주해솔이 몰랐으면 좋겠어요."

자신의 의지와는 상관없이 끔찍한 기억이 찾아들었고 이내 고통스러운 얼굴로 두 눈을 감았다. 그 순간조차 도형의 손끝은 가늘게 떨리고 있었다.

8

"어제 아모르 대표님 찾아왔었어요."

작게 속삭이는 음성이 머리 위에서 떨어졌다. 평면도를 내려다보며 작은 종이에 메모하고 있던 해솔이 놀란 얼굴로 고개를 들었다. 지혁이 파티션에 기댄 채로 서 있었다.

"누구?"

"권승준 씨요."

"회사로 찾아왔다는 말이야?"

"네."

"뭐 때문에?"

"상의할 일도 있고 마침 지나가는 길에 들렀다는데 그건 핑계 같고요. 아무래도 팀장님 만나러 온 거 같았어요. 다음에 다시 오겠다고 하더라고요. 전화드리려고 했는데 깜빡했어요."

그녀는 미팅 때마다 그 자리에 지혁을 내보냈고 전화마저 받지 않았다.

이쯤 되면 승준도 해솔이 자신을 의도적으로 피하고 있다는 것을 알아챘을 것이다.

"알았어. 가서 일 봐."

해솔은 평면도를 뒤집어 서랍 안에 넣어두고는 모니터 화면을 바라보며 자판을 두드렸다. 한참 일에 집중하던 해솔이 자판을 두드리던 손가락의 움직임을 멈추고는 휴대전화를 잠시 내려다봤다. 도형은 어제 자정이 될 때까지 돌아오지 않았다. 새벽이 되어서야 복도를 걷는 발걸음 소리가 들렸고 문 앞을 서성이는 기척이 느껴졌지만 끝내 닫힌 문은 열리지 않았다.

"교통사고가 아니라는 건 알아냈는데."

거기까지는 알아냈지만 그 이후가 문제였다. 대체 어떤 사고였는지는 말해줄 사람이 아무도 없었다. 해솔은 아침에 출근하는 길에 일부러 집과 가까운 마트에 들렀다. 그곳에는 오래 일을 했던 아주머니가 있었는데 넌지시 그때 일에 관해 묻자 모른다고 손사래를 쳤다. 그것도 과하게 말이다. 아무래도 미리 아버지가 손을 써놓은 것 같았다. 거기까지 생각이 미치자 어쩌면 자신은 영영 그때 일에 대해 알아내지 못할지도 모른다는 생각이 들었다. 해솔이 신경질적으로 아랫입술을 짓이기듯 깨물었다.

"팀장님."

"네."

"아모르 대표님인데 팀장님 바꿔달라고 하시네요."

자리에서 일어선 사원 한 명이 전화기를 가리키며 건넨 말에 일하고 있던 지혁이 파티션 위로 미어캣처럼 고개를 들었다. 두 눈에 호기심이 가득했다.

"돌릴까요?"

회사로 온 전화는 해솔이 피할 수 없었다. 원래 이런 성격 아니지 않았나? 생각지도 못한 승준의 집요함에 작은 의문이 드는 것과 동시에 가늘게 웃음이 새어 나왔다.

"네. 돌려주세요."

그녀는 전화를 받았다. 어차피 끝까지 피할 수도 없는 노릇이었다.

"리모델링 사업부 주해솔입니다."

상대방은 잠시 말이 없었다. 침묵이 흐르고, 이내 그의 낮은 웃음소리가 들려왔다.

[일로 전화한 거 아닌데, 끊어야 할까?]

"제가 바로 다시 전화드리겠습니다."

해솔은 전화를 끊고 휴대전화를 손에 들었다. 직원 휴게실로 향한 그녀는 잠시 망설이는 것처럼 액정을 내려다보다 결국 승준에게 전화를 걸었다. 얼마 지나지 않아 상대방의 목소리가 들려왔다.

[이제 통화하기 괜찮아?]

"말해."

[오늘 잠깐 좀 보자.]

그녀는 시간을 확인했다. 한 시간 뒤에는 업체에 외근을 나가야 했고 점심도 그곳에서 해결할 것 같았다.

[거절하면 나 진짜 상처받을 거 같은데.]

덧붙여진 말에 그녀는 작게 한숨을 내쉬었다. 승준은 클라이언트였다. 이렇게 계속 피할 수는 없으니 아무래도 한 번 만나 제대로 선을 긋는 것이 좋을 거 같았다.

"저녁에 보자. 퇴근 후에 연락할게."

[그래.]

통화는 그대로 끝이 났다. 까만 어둠이 들어찬 액정 위를 엄지로 느릿하게 쓸어내리다 고개를 들었다. 불편할 것이 분명한데도 승준이 왜 AK건축에 일을 맡긴 건지는 아직 의문이었다. 혹시 미련이 남은 건가? 그리 생각한 해솔은 빠르게 고개를 가로저었다. 울며 헤어지자는 말에 그는 한참이나 답이 없었다. 그리고 짧은 대답으로 상황을 종료시켰다.

'그래.'

그게 전부였다. 미련이 남았다면 그때 한 번이라도 잡으려고 했었을 것이다. 그게 아니었기에 더더욱 지금의 승준이 하는 행동들을 이해할 수 없었다.

"뭐, 저녁에 만나보면 알겠지."

커피를 한잔 마실까 하다가 관두었다. 직원 휴게실을 나선 해솔은 사무실이 아닌 기술부로 향하려 방향을 틀었다. 엘리베이터 앞에 도형이 서 있는 것을 봤지만 그녀는 망설임 없이 그의 곁에 섰다.

"안녕하세요, 본부장님."

그는 얼굴을 확인하고는 고개만 작게 끄덕였다. 엘리베이터의 붉은 숫자를 올려다보던 해솔은 뒤늦게 그의 얼굴을 살폈다. 안색이 좋지 않았다. 손을 들어 얼굴을 쓸어내리는 행동에는 피로감이 묻어나 있었다. 마치 한숨도 못 잔 것 같은 얼굴이었다.

"얼굴이 그게 뭐야? 누가 보면 내 걱정에 한숨도 못 잔 줄 알겠네."

엘리베이터의 문이 닫히자마자 해솔이 비꼬듯 말을 건네었다. 그는 답이 없었고 해솔은 입 안쪽의 여린 살을 깨물었다. 얼굴을 보면 어쩐지 심한 말을 하게 될 것 같아 그녀는 정면만 뚫어져라 바라본 채 그의 얼굴을 쳐다보지도 않았다.

—5층입니다.

도형의 목적지는 7층이었고, 해솔은 여기서 내려야 했다. 문이 열리고 망설임 없이 엘리베이터에서 내렸다. 그래도 상사이니 인사는 해야겠다 싶어 등을 돌린 순간, 그가 버석하게 마른 웃음을 지으며 대답했다.

"알면 그만 좀 해."

해솔은 못 박힌 듯 그 자리에 멈춰 서 있었다. 손을 든 그는 다시 한 차례 얼굴을 쓸어내렸다. 착각일지도 모르겠지만, 그 얼굴이 도형답지 않게 무척이나 지쳐 보여서 해솔은 해야 할 말을 잊은 채 멍하니 그를 쳐다보고만 있었다. 그사이 스르륵 문이 닫혔다. 그의 모습이 시야에서 사라지고 나서야 해솔은 현실로 돌아온 것처럼 간신히 입술을 떼어냈다.

"……뭐야."

알면 그만 좀 하라니. 그건 해솔을 걱정해서 한숨도 못 잤다는 대답이나 마찬가지였다.

❖

승준을 만나기 위해 약속 장소로 향한 해솔은 20분을 일찍 도착했다. 차가 막힐 것을 고려해 서둘러 나온 것이었는데 뜻밖에 길이 막히지 않아 일찍 도착해 버렸다. 시간을 한 차례 확인한 그녀는 창가 쪽 테이블에 자리를 잡고 앉았다.

'얼굴이 그게 뭐야? 누가 보면 내 걱정에 한숨도 못 잔 줄 알겠네.'

'알면 그만 좀 해.'

벌써 몇 번째인지 모를 한숨이 새어 나왔다. 그 짧은 대화가 온종일 해솔의 머릿속을 어지럽혔다. 해솔은 신경질적으로 아랫입술을 짓이기듯 깨물었다. 도형에 관한 생각으로 오후 내내 시간이 어떻게 가는지도 모를 정도였다.

"일찍 왔네."

지금도 그랬다. 누군가 다가서는 기척도 느끼지 못하고 도형에 대해 생각만 하고 있었다. 머리 위에서 들려온 익숙한 음성에 뒤늦게 정신을 차린 해솔이 고개를 들었다. 약속 시각까지는 아직 10분 정도의 시간이 남아 있었지만 승준이 눈앞에 서 있었다.

"길 막힐까 봐 일찍 나왔는데 너무 서두른 모양이야. 앉아."

해솔의 말에 그는 검은색 코트를 벗어 의자에 걸어두고는 자리에 앉았다. 약속 장소는 레스토랑이었다. 어차피 퇴근 후에 두 사람 모두 저녁을 먹어야 했고, 이왕 만나는 김에 함께 식사하기로 했다.

"레스토랑에서 만날 거면 네가 운영하는 가게에서 볼 걸 그랬나?"

"직원들 눈치 보여서 밥이나 편히 먹을 수 있겠어? 그리고 다들 너 누구냐고 물어볼걸."

"뭘 그런 거 가지고, 그냥 대답해 주면 되는 거지."

"내가 뭐라고 대답할 거 같은데?"

생각 없이 한 말에 그는 날카로운 질문을 건네었다. 해솔은 잠시 대답하지 못하고 침묵을 유지하다 애써 웃는 얼굴로 무거워진 분위기를 바꿔 보려 했다.

"친구라고 하면 되잖아."

"썩 내키지 않는데."

화를 내는 얼굴은 아니었지만 어쩐지 조금 가시를 세운 느낌이었다.

"주문부터 하자. 뭐 먹을래?"

그는 언제 그랬냐는 듯이 다시 상냥한 얼굴을 했다. 주문하고 음식을 기다리는 동안 두 사람은 소소한 대화를 나눴다. 해솔이 그간 승준과의 만남이나 전화를 피했던 일에 대해서 그는 먼저 이야기를 꺼내지 않았다. 아마 승준 나름의 배려였을 것이다.

"지혁이가 뭐 실수하거나 그런 건 없지?"

"응. 일 꼼꼼하게 잘하던데."

"다행이네."

"그래도 나는 네 얼굴 보고 일했으면 더 좋았을 거라 생각해."

고개를 들었을 때, 그는 해솔을 바라보고 있지 않았다. 작게 썰어낸 고기를 입에 넣고는 계속해서 식사를 이어가고 있을 뿐이었다. 해솔은 애써 담담한 얼굴로 대화를 이어나갔다.

"네가 잘 몰라서 그래. 나보다는 지혁이가 낫지. 실수라도 하면 친한 사이에는 더 말하기 어렵잖아."

"그런가? 근데 네 얼굴 한 번이라도 더 보려고 일 맡긴 건데, 이렇게 되면 내가 애쓴 의미가 없잖아."

해솔이 손의 움직임을 멈췄다. 그녀는 곧 포크와 나이프를 손에서 내려놓고는 물을 한 모금 마셨다.

"승준아."

"말해."

"처음부터 내가 에이케이 건축에 근무하는 거 알고 일 맡긴 거야?"

"응."

"왜?"

"다시 만나고 싶었으니까."

그 역시 물을 한 모금 마시고는 뒤늦게 해솔의 눈을 마주했다. 심각해진 그녀의 표정에 그는 쓴웃음을 입가에 머금었다.

"짐작 못했어? 그 정도로 눈치가 없지는 않잖아."

"이상하다고는 생각했지만, 네가 굳이 그럴 이유가 없다고 생각했으니까."

"왜 그럴 이유가 없다고 생각해?"

"헤어졌잖아."

"그랬지. 그건 네가 원해서였고."

"넌 조금도 미련 없이 굴었어."

"그렇게 보였어? 근데 그렇게 단정 지어 말하면 나 정말 상처받아."

"권승준."

"내가 널 잡지 못했던 건, 그때의 우리 관계는 언제든 네 말 한마디에 깨질 수 있는 관계였기 때문이야. 서로가 좋아서 시작한 게 아니었으니까."

손을 들어 얼굴을 한 차례 쓸어내린 그는 사뭇 진지해진 얼굴로 해솔을 바라보고 있었다.

"그래서 잡지 못한 거지, 내가 너한테 미련이 없어서 그렇게 놓아준 거라고 단정 지어 말하지 마."

"그래도 나는 지금의 네 행동, 이해 못하겠어. 이제 와서 왜?"

"그럼 서도형은?"

"뭐?"

"그 녀석은 왜 지금 네 옆에 다시 있는 건데?"

어쩐지 조금 비난하는 음성 같았다. 해솔의 눈가에 파르르— 작게 경련이 일어났다. 두 사람 사이에는 한동안 무거운 침묵만이 흘렀다. 희미하게 들려오는 피아노 연주곡이 끝을 향해 달려갈 때쯤이었다.

"그건 내가 제일 알고 싶어."

지친 기색이 역력한 음성으로 한참 만에야 답을 건넨 해솔이 뒤이어 작게 한숨을 내쉬었다. 더는 식사를 이어나가고 싶은 생각이 없었다. 그건 상대방도 마찬가지인 듯싶었다.

"그만 일어나자."

레스토랑을 먼저 빠져나온 것은 해솔이었다. 차가운 바람에 멍해졌던 머리가 조금이나마 맑아지는 느낌이 들었다. 인사는 건네고 가야 할 것 같아 승준을 기다리던 그녀는 주머니 안에서 울리는 진동을 느끼고는 휴대 전화를 꺼내어 들었다. 도형의 번호가 액정에 떠 있었다.

"왜?"

[어디야?]

저녁 약속이 있어 늦을 거라고 아버지에게는 따로 연락했다. 그가 저녁 식사를 아버지와 함께했다면 당연히 그 소식이 전해졌을 것이다. 도형은 알면서도 전화를 한 것이다. 누군가와 함께인지가 궁금했겠지.

돌아선 해솔이 잠시 답을 망설였다. 어차피 승준과는 이제 헤어지고 집으로 돌아갈 생각이었다. 괜히 그와 함께 있다는 사실을 알리고 싶지 않았다.

"이제 들어갈⋯⋯."

"나랑 있어."

순식간에 손이 가벼워졌다. 해솔은 말을 끝맺지 못하고 뒤를 돌아봤다. 자신의 휴대전화가 어느새 승준의 손에 들려 있었다. 그녀는 놀라 굳어진 채 그를 바라보고 있었다.

"어차피 집에서 매일 보는 얼굴인데, 하루쯤은 몇 시간 늦게 봐도 괜찮지 않아?"

승준은 그리 말하며 자연스럽게 해솔의 얼굴을 응시했다. 그녀의 얼굴은 마치 표정 없는 사람처럼 딱딱하게 굳어져 있었다. 그는 그대로 전화를 끊었다.

"서도형 지금 너희 집에 살더라."

"너, 그걸 어떻게……."

"네가 하도 피하니까, 너 만나러 집으로 갔었거든. 이사 안 했더라고. 다행이다 생각하고 있는데 그 집에서 서도형이 나오더라. 물론 그 녀석은 나 못 본 거 같지만."

조금 전의 사납던 기세와는 다르게 승준은 휴대전화를 쉽게 그녀에게 내밀었다.

"왜냐고 물었지."

전화가 울리고 있었다. 도형의 번호가 떠 있는 것을 확인했지만 해솔은 그 전화를 받을 수 없었다.

"너랑 다시 시작하고 싶어."

낮게 울린 목소리가 귓가에 전해짐과 동시에 전화는 끊어졌다. 가만히 그의 얼굴을 올려다보던 해솔은 뒤늦게 휴대전화를 건네어 받고는 손을 들어 이마를 짚었다. 설마 했던 답이 승준의 입에서 나온 순간, 무슨 말을 해줘야 할지 알 수 없었다.

"가끔 생각나긴 했어도, 별거 아니라고 생각했어. 죽을 만큼 보고 싶었던 건 아니니까 네 말대로 크게 미련이 남은 것도 아니라고 생각했고. 사실 이렇게 만나기 전까지 딱히 찾을 생각도 없었어."

고개를 끄덕인 그는 스스로 생각해도 어처구니없다는 듯이 작게 웃음을 터트렸다.

"근데 우연히 네 명함 한 장이 내 손에 들어왔고 그 뒤로는 마치 정해진 순서처럼 너 찾아서 일 맡기고, 연락하고 그러더라. 우습게도 내가 그랬어. 그저 억눌렀던 거지. 그러면 안 된다는 생각에."

고개를 숙인 그가 평소 대화를 나눌 때보다 조금 더 작아진 목소리로 속삭이듯 말했다. 혼잣말에 가까운 대화였다.

"그런데 넌 또 서도형이랑 함께 있고. 그 모습에 이렇게 화가 나는 걸 보면, 역시 내가 널 많이 좋아하긴 했나 봐. 하긴, 다른 남자 좋아하는 거 알면서도 그 긴 시간을 옆에 있었는데. 안 좋아했으면 그게 가능했겠어?"

"승준아."

"비난하는 거 아니야. 처음부터 알고 있었고, 내가 그러라고 했던 거니까."

고개를 든 그가 주머니에 두 손을 꽂은 채로 해솔에게 한 걸음 더 가까이 다가섰다.

"누구 잊으려고, 누구 대신에, 그런 거 말고. 이번에는 그냥 나 자체로, 네 옆에 있고 싶은데."

해솔이 대답을 망설였고 그는 서글프게 웃었다. 마치 그녀의 머릿속을 들여다보기라도 한 것처럼 그는 물었다.

"넌 그 녀석이 이제 다시는 너한테 등 돌리지 않을 거라고 확신해?"

대답할 수 없었다. 지금의 해솔이 가장 두려워하는 것이 바로 그것이었으니까.

"아니야."

그는 확신에 가득 찬 얼굴로 그녀를 뒤흔들었다.

"서도형은 너 또 버릴 수 있어."

꾹 눌러 담은 감정이 흘러넘치는 것은 한순간이다. 고요하게 잔물결이 일던 감정은 어느새 거세지고, 파도가 되어 예상치 못한 순간에 결국 흘러넘친다. 바로 지금처럼.

'내 옆에서 그렇게 있다 보면 잊을 수도 있는 거잖아. 조금씩이라도 서도형 지워낼 수 있을지도 모르고.'

잘되지 않을 거라 생각했다. 그렇지만 그 낮은 가능성에라도 매달리고 싶을 만큼 그때의 해솔은 지쳐 있었고 결국 승준의 그 말도 안 되는 제안을 받아들였다. 금방 끝이 날 거라 생각한 것과 달리 뜻밖에 그의 곁에서 오랜 시간을 함께 보냈다. 3년이 넘는 시간을 보내면서 울지 않은 날이 없었다고 한다면 거짓말이겠지만 그래도 남들 앞에서는 태연한 척, 괜찮은 척하며 지낼 수 있었다.

"지금 나갈게. 대체 왜 이렇게 일찍 나왔어?"

[천천히 나와.]

"춥잖아. 밖에서 기다리지 말고 어디 카페라도 들어가 있어."

[알았으니까 서두르지 말고 천천히 와.]

전화를 끊은 해솔은 외출 준비를 서둘렀다. 승준과 만나기로 했는데 그가 약속 시간보다 한 시간이나 일찍 나왔기 때문이었다. 대충 준비를 마치고 대문을 나선 순간, 익숙한 차 한 대가 골목에 진입해 가까운 곳에서 멈췄다. 도형의 차인 것을 그녀는 한눈에 알아봤다.

"네. 지금 도착했어요."

통화를 하며 내리는 도형의 얼굴을 해솔은 물끄러미 바라봤다. 3개월 만에 보는 얼굴이었다. 더는 그에게 매달리지도, 그의 앞에서 울지도 않았다. 도형은 여전히 냉담했고, 아는 척을 하지 않았고, 그녀에게 말도 걸지 않았다. 아예 모르는 사람처럼 대했고, 그렇게 많은 시간이 흘렀다.

"아니요. 마지막으로 보러 오셨던 분에게 판매하고 싶어요. 가격은 그쪽에서 제시한 그 금액으로 맞춰 드리겠다고 해주세요. 네."

차 문을 잠그고 돌아서려던 도형의 시선이 해솔에게 닿았다. 걸음은 멈췄지만 그는 여전히 통화 중이었다.

"네. 그럼 그렇게 알고 있겠습니다."

바로 돌아설 거라 예상한 것과 달리 통화를 마친 그는 잠시 그곳에서 움직이지 않고 해솔과 시선을 맞췄다. 평소와는 뭔가 조금 다른 느낌이었다. 도형을 향해 한 걸음 떼어내려는 찰나, 그는 마치 그런 해솔의 생각은 착각이라는 걸 일깨워 주는 것처럼 냉정하게 돌아서서 집 안으로 모습을 감춰 버렸다.

"무슨 착각을 하는 거야, 주해솔."

조소가 새어 나왔다. 돌아선 해솔은 승준이 기다리고 있을 약속 장소로 향했다. 함께 영화를 보고, 점심을 먹고, 평소처럼 즐겁게 지냈지만 축 가라앉은 기분은 도무지 나아질 생각을 하지 않았다.

"혹시 무슨 일 있어?"

그걸 승준이 눈치채지 못할 리 없었다. 카페로 자리를 옮겨 커피를 마시다 말고 그가 걱정스러운 얼굴로 물었다.

"어? 아니. 일은 무슨."

"기분 안 좋아 보이는데."

"그런 거 아니야."

"정말이야?"

"응."

그는 알겠다는 듯이 두어 번 고개를 끄덕였다. 해솔의 말을 완전하게 믿는 것이 아니라, 그녀가 지금 이유를 말하고 싶지 않다는 것을 눈치챘기에 더는 묻지 않으려는 행동이었다.

"내일은 뭐 해? 규원이가 낚시 가자고 하는데, 같이 갈래?"

"아, 나 내일은 안 될 거 같아."

"왜?"

"엄마한테 가보려고."

승준이 잠시 입을 다물었다가 조심스럽게 물었다.

"어머니는 돌아가셨다고 했지?"

"응. 나 어릴 때 돌아가셨어."

"혼자 가? 아니면 가족들이랑?"

"내일은 혼자 가려고."

"같이 가줄까?"

"아니야. 정말 혼자 가고 싶어서 그래. 넌 친구들이랑 낚시 갔다 와."

"알겠어. 무슨 일 있으면 꼭 전화하고."

그는 늘 해솔을 배려했다. 상냥하면서도 다정했고, 해솔이 곤란해하는 기색을 조금이라도 보이면 그것에 대해서는 깊게 파고들지 않았다. 해솔은 그런 승준에게 늘 고마우면서도 미안했다.

「조심해서 다녀와. 집에 도착하면 꼭 전화하고.」

승준이 보낸 문자에 너도 조심해서 다녀오라는 답장을 보내고는 집을 나섰다. 그녀의 어머니는 안개꽃을 좋아하셨다. 그래서 가족들은 어머니를 찾아갈 때면 늘 품에 한 아름 안을 수 있는 만큼의 안개꽃을 사고는 했다. 푸른색의 안개꽃이 있었다면 좋았겠지만, 하필 해솔이 방문한 꽃집에 판매하고 있는 것이 없었다. 그녀는 결국 하얀색의 안개꽃을 한 다발 사서 어머니가 계신 곳으로 향했다.

"누가 다녀간 모양이네."

해솔이 의아한 얼굴을 했다. 어머니를 모신 자리 앞에 이미 한 다발의 안개꽃이 놓여 있었기 때문이었다. 다녀간 지 얼마 안 된 것처럼 시들지 않은 푸른 안개꽃이었다. 무릎을 굽혀 꽃을 손에 든 해솔이 고개를 기울이고는 눈동자를 굴렸다.

"올 사람이 없는데."

태훈은 합숙에 들어가 한 달째 집에 돌아오지 못하고 있었고, 아버지는 오늘 중요한 모임이 있어 아침 일찍 집을 비우신 상태였다. 의아한 기색을 담은 얼굴로 꽃을 내려다보는 그녀의 얼굴이 한 사람의 얼굴을 떠올리고는 점차 굳어지기 시작했다. 해솔은 꽃을 놓아두고 달렸다.

"하아, 하아."

거친 숨이 턱 끝까지 차올랐다. 주변을 둘러보며 빠르게 달리던 해솔은 언덕을 내려가고 있는 누군가의 뒷모습을 발견하고 소리쳤다.

"서도형!"

이름을 불러놓고도 그럴 리가 없다고 생각했다. 도형이 이곳에 올 리 없다. 하지만 걸음을 멈추고 돌아선 남자의 얼굴을 마주한 순간, 해솔은 저도 모르게 참았던 눈물을 툭— 흘리고 말았다. 환상 같은 게 아니었다. 착각도 아니었다. 도형이 그곳에 있었다.

잠시 시간이 멈춘 것 같았다. 시린 겨울바람이 불었고 해솔이 눈을 감은 순간이었다. 저벅— 울리는 발걸음 소리가 들렸다. 그대로 또 외면하고 돌아가는 건가 싶었다. 눈물이 날 것 같아 손을 들어 억지로 눈을 비비고 다시 눈을 뜬 해솔은 멍하니 그의 모습을 바라봤다. 도형은 그녀에게로 걸어오고 있었다. 어느 정도의 거리를 두고 그가 멈춰 섰다.

"꽃, 네가 사왔어?"

무시하면 어떡하지. 또 차갑게 돌아서면 어떡하지. 해솔이 마음을 옥죄는 두려움을 꾹 누르며 어렵게 입을 떼어냈다. 또다시 무거운 침묵이 흘렀다. 해솔은 도형이 여전히 자신을 무시하려는 건가 싶어 체념하려 했다.

"어."

답이 돌아왔다. 기대하지 않았지만, 그 짧은 대답 하나에 심장이 쉴 새 없이 빠르게 뛰는 것 같은 기분이 들었다.

"왜?"

"아주머니가 좋아하셨던 거니까."

해솔은 조금 실망한 얼굴을 했다. 그게 이유의 전부인 모양이었다. 해솔이 보지 못하는 곳에서 도형은 아버지를 찾아뵙기도 했고, 태훈을 만나기도 했다. 그 사실을 알아챘을 때 해솔은 도형이 왜 자신에게만 이리 차갑게 구는 건지 더더욱 이해할 수 없었다. 돌아가신 어머니에게조차 도형이 보여주는 행동은 그대로였다. 조금도 변하지 않았다.

"고마워."

"뭐가?"

"꽃, 말이야."

"아주머니는 나한테도 어머니 같은 분이셨어. 딱히 네가 고마워할 건 없어."

선을 긋는 차가운 말이긴 했지만, 이전처럼 냉담한 얼굴로 해솔을 바라보고 있지는 않았다. 조금은 힘이 풀린 그런 얼굴이었다. 다정하게 대화를 나눈 것도 아니었고 고작 몇 마디의 대화를 나눈 것뿐이었지만 그래도 기뻤다. 조금 더 이야기해도 되는 걸까. 한참을 가늠하다 조심스럽게 입을 열었다.

"안색이 안 좋아. 살도 좀 빠진 거 같고."

"바빠서."

그리 말하며 손으로 얼굴을 한 차례 쓸어내린 그가 다시 해솔과 시선을 맞춰왔다. 도형의 얼굴에 잠시 머뭇거리는 기색이 드러났다.

"주해솔."

주변 소음이 사라진 것 같은 착각이 들 정도로 그의 목소리만이 전부인 것처럼 들려왔다.

"권승준하고는 아직 잘 만나고 있어?"

이어진 것은 생각지도 못한 질문이었다. 당황스러움에 속눈썹이 파르르 떨렸다. 무언가를 가늠하듯 자신을 집요하게 마주하고 있는 두 눈을 해솔이 먼저 피해 버렸다. 아무리 시간이 지나도 그는 자리에서 돌아서지 않았고 해솔은 마지못해 대답을 건네었다.

"어."

"3년 넘었나?"

"……그 정도 됐을 거야."

"생각보다 오래 만나네."

"좋은 애니까."

승준을 만난 것은 도형을 잊기 위해서였다. 하지만 그렇게 말할 수는 없었다.

"그래."

해솔이 뒤늦게 고개를 들었다. 그는 이제 해솔이 아닌 다른 곳을 보고 있었다.

"다행이다. 좋아 보여서."

대화는 그대로 끝이 났다. 도형은 돌아섰고 다시 걸음을 옮겼다. 해솔은 그를 잡을 수 없었다. 어쩐지 손을 뻗으면 차갑게 그 손을 쳐낼 것만 같아서였다. 그의 모습이 시야에서 사라지고 나서야 해솔은 다시 어머니에게로 돌아갔다.

"나 왔어, 엄마."

떨리는 목소리를 감추며 애써 웃어 보인 그녀는 천천히 고개를 숙였다. 그의 질문에 아니라고 말해야 했을까. 그래도 오늘은 이 정도의 대화를 했으니, 다음에는 더 나아지지 않을까. 그러다 보면 어느 순간 예전처럼 다시 얼굴을 보며 웃을 날이 오지 않을까. 그녀는 확신할 수 없는 그런 생각들로 텅 비어버린 마음을 달랬다.

"오랜만에 와서 이런 얼굴이나 하고, 진짜 불효녀다. 그치?"

어머니의 앞에 선 해솔은 다시 애써 웃어 보였지만, 그 거짓 웃음조차 오래가지 못했다.

"엄마, 나 너무 힘들어."

참았던 눈물이 다시금 뚝뚝 흘러내렸다.

"서도형이 나한테 웃어준 게 언제인지 이제 기억도 안 나."

다행이라니. 좋아 보인다니. 대체 어디가.

늘 해솔이 무언가를 말하기 전에 그녀의 상태에 대해 먼저 눈치를 챘던 서도형이 아니던가. 이제는 정말 그때의 도형은 어디에도 없는 것 같았다. 그 사실에 해솔은 슬퍼졌다. 시간이 아무리 흘러도, 그를 대신해 다른 사람에게 기대어도, 지우려고 노력해 봐도, 이 감정은 좀처럼 흐려지지 않았다. 해솔은 그를 다시 마주한 오늘, 그 사실을 깨닫고 말았다.

'내 옆에서 그렇게 있다 보면 잊을 수도 있는 거잖아.'

더는 아무런 의미가 없었다.

올겨울 들어 가장 추운 날이었다. 편의점에서 따뜻한 캔 커피를 산 승준은 추위 속에서 자신을 기다리고 있을 누군가를 떠올리며 공원으로 달려갔다. 그의 걸음이 멈춘 곳은 커다란 분수가 있고, 그 분수를 원형으로 둘러싼 스탠드가 있는 곳이었다. 해솔과 처음 만난 곳이었다.

"자, 커피."

"고마워."

홀로 생각에 잠겨 있던 해솔이 캔 커피를 받아 들고는 두 손으로 그것을 감싸 쥐었다. 온기가 손바닥 전체에 번져 나갔다.

"오늘 어디 가봐야 한다고 하지 않았어?"

"고등학교 선배가 잠깐 좀 보자고 했는데 그냥 안 간다고 했어."

"가지 그랬어."

"별로. 그런 자리 좋아하지도 않아. 그렇게 친하지도 않았고."

시간을 확인한 승준은 그녀의 옆자리에 털썩 주저앉으며 캔의 마개를 땄다.

"며칠 전에 어머니한테 다녀온다는 건 잘 다녀왔어?"

"응."

"그날 그냥 너랑 같이 갈 걸 그랬어. 난 지루해 죽는 줄 알았거든."

"왜?"

"규원이 녀석이 자기 낚싯대에는 고기가 안 잡혔으니까 잡힐 때까지 기다렸다가 같이 가야 한다고 붙잡는 바람에 거기서 계속 시간 죽였거든. 날씨는 또 얼마나 추운지."

불평하듯 말했지만 그의 얼굴에는 미소가 그려져 있었다. 웃음기 섞인 승준의 음성이 점차 멀어져 가는 느낌이 들었다. 머릿속에 들어찬 복잡한 생각들로 인해 대화에 집중할 수 없었기 때문이었다. 홀로 떠들던 승준의 목소리가 어느 순간 사라졌다는 것을 뒤늦게 깨달았다. 고개를 들자 시선을 마주한 그가 살짝 미간을 좁힌 채로 웃었다.

"딴생각하는구나."

"아, 미안."

"무슨 생각을 그렇게 해?"

둘러댈 말이 떠오르지 않았다. 턱을 괸 채로 해솔의 얼굴을 물끄러미 바라보던 그가 단번에 정곡을 찔렀다.

"서도형 만났어?"

해솔은 긍정도 부정도 하지 못했고 잠시 난감한 기색을 얼굴에 드러냈다. 아니라고 해봐야 그는 믿지 않을 것이다. 거기다 오늘 이 자리에 나온 이유를 떠올린다면 지금 이 질문에 거짓을 말할 이유도 없었다.

"어떻게 알았어?"

"네가 이럴 만한 이유는 그 녀석 하나뿐이니까."

가볍게, 마치 아무 일도 아니라는 것처럼 말했지만 씁쓸한 감정이 그의 얼굴에 드러났다. 캔 커피를 한 모금 마시고 정면을 바라보는 승준의 얼굴이 익숙한 듯 낯설었다.

"승준아."

"응."

대화할 때 승준은 대부분 눈을 마주 봤다. 하지만 지금의 그는 마치 해
솔이 무슨 이야기를 하려는 건지 아는 것처럼, 피하듯이 정면만을 바라보
고 있었다.

"우리 그만하자."

머뭇거리던 입술을 떼어내고, 전하기 힘들었던 그 말을 끝내 내뱉고 말
았다. 진작 이랬어야 했다. 처음부터 승준에게 기대지 말았어야 했는데.
해솔은 그렇게 뒤늦은 후회를 했다. 그의 시선이 천천히 해솔에게 닿았다.
담담하고 동요가 없는 얼굴을 하고 있지만 캔을 쥔 손에는 힘이 잔뜩 실려
있었다.

"미안해."

"이유는?"

"아무리 해도 안 될 거 같아. 너한테도 못할 짓이고."

"내가 괜찮다고 했잖아."

"넌 그냥 괜찮은 척하는 것뿐이잖아."

"주해솔."

"아니, 사실은 다 핑계야. 내가 괜찮지 않아. 괜찮다고 생각했는데, 나
하나도 괜찮지 않아, 승준아."

그는 조금 상처받은 얼굴을 했다. 자신은 괜찮지만 해솔이 괜찮지 않다
는 말은 상처가 되는 모양이었다.

"5분도 채 안 되는 시간이었어. 고작 그 짧은 시간 동안 서도형 마주한
거로 내가 버틴 시간이 송두리째 흔들린 기분이야. 그러니까 안 돼. 시간
이 얼마가 지나든 상관없어. 안 될 거야. 결국 너도 지칠 거고."

이별의 말을 전하는 순간만큼은 울면 안 된다고 생각했지만 마음과 다르

게 눈에서는 눈물이 뚝뚝 떨어져 내렸다. 승준이 그 눈물을 닦아주려 손을 뻗으려다 멈칫했고, 결국 그대로 손을 거둬냈다. 얼마의 시간이 지났는지 가늠할 수 없었다. 기나긴 침묵이 흘렀고 체념한 승준의 답이 흘러나왔다.

"그래."

그것이 전부였다. 그는 다시 생각해 보라는 말도, 비난의 말도 하지 않았다. 승준이 먼저 자리에서 일어섰고 해솔은 그대로 고개를 숙여 무릎 위에 얼굴을 묻어버렸다. 멀어져 가는 발걸음 소리가 점차 희미해져 가다가 다시금 가까워졌다.

"너무 오래 있지 말고, 들어가."

익숙한 음성과 함께 어깨 위를 덮은 무언가의 무게와 온기가 느껴졌다. 해솔은 끝내 고개를 들지 못했다. 저벅— 울리는 발걸음 소리가 귓가에서 천천히 멀어지다가 완전하게 사라졌다.

상처 주고 싶었던 게 아니었다. 누구보다 고마운 사람이었음에도 결국 그에게 상처를 줬다. 그 사실이 견딜 수 없이 싫었다. 홀로 남겨진 해솔은 자리에서 한참을 일어서지 못했다.

공원을 빠져나온 승준은 길 한가운데에 멈춰 선 채로 숨을 몰아쉬었다. 해솔과의 이별에도 담담하고 동요 없는 얼굴을 하고 있던 조금 전과는 무척이나 다른 모습이었다. 손을 들어 얼굴을 한 차례 쓸어내린 그는 주머니에서 휴대전화를 꺼내어 들었다. 통화 목록에서 고등학교 선배인 영우의 이름을 찾아 통화 버튼을 눌렀다. 상대방의 목소리가 들려오길 기다리는 동안 허공을 응시하고 있는 그의 시선이 조금은 매서웠다.

[여보세요.]

"형, 전데요. 오늘 어디로 가면 돼요?"

[안 온다더니. 오려고?]

"네. 갈게요."

[그래. 친한 건 아니었어도 이런 자리에는 와야지. 내가 주소 문자로 보내줄게.]

통화를 마치고 얼마 지나지 않아 문자 한 통이 도착했다. 승준은 어렵지 않게 영우가 알려준 가게를 찾았다. 가게 안에서는 누군가의 송별회가 이루어지고 있었다. 시끌벅적한 분위기 속에서 떠들고 있는 이들의 얼굴이 모두 낯익었다. 아무래도 가게를 통째로 빌린 모양이었다.

"왔냐?"

영우가 가장 먼저 승준을 알아보고는 인사를 건네었다. 승준은 대충 눈인사를 하고는 곧장 도형에게로 다가섰다.

"잠깐 나와."

"야, 주인공을 데리고 나가면 어떻게 해?"

"10분이면 돼요. 잠깐 얘기만 하고 돌려보낼게요."

"뭐? 야, 권승준 이 새끼 갑자기 왜 이래?"

주변에 있던 이들이 당황해 승준을 말리려 했지만 그는 도형을 억지로 일으켜 세웠다. 도형이 주변 사람들을 향해 괜찮다고 답한 뒤에야 분위기가 조금 풀어졌고 그는 승준을 따라 가게를 빠져나갔다. 화가 난 감정을 감추지 못하던 승준은 잠시 숨을 고른 뒤에야 자신을 따라나선 도형을 돌아봤다. 태연한 그의 얼굴을 마주하고는 화를 참는 것처럼 잠시 이를 악물었다.

"이상하지 않아? 쌀쌀맞아, 다정한 성격도 아니야, 늘 자기 입장이 최우선이고 제멋대로잖아. 근데 이상하리만큼 네 주변에는 사람들이 끊이지를 않아. 한국 떠난다는 말 한마디에 이렇게 다들 한자리에 모여서 송별회까지 해줄 만큼 말이야."

가게 안에 모인 이들은 고등학교 때 두 사람과 함께 야구를 했던 부원들이었다. 오늘 그들이 모인 이유는 다른 누구도 아닌, 도형의 송별회를 해주기 위해서였다. 도형은 내일 한국을 떠날 예정이었다. 그 사실을 승준은 알고 해솔은 모르고 있었다.

"그래도 한국 떠나는 건데, 해솔이한테는 얘기해야 했지 않아? 아예 모르고 있던데."

그때까지 아무 반응을 보이지 않았던 도형이 해솔의 이름이 언급되자 곧장 표정을 굳혔다. 도형이 감정을 드러내는 일이 있다면 그건 주해솔이 관련됐을 때뿐이었다.

"그래서 내가 이야기했어. 아무리 사이 틀어졌다고는 해도 주해솔은 알아야지."

"권승준."

"걱정 마. 예전처럼 주해솔이 너한테 매달리거나 힘들어할 일은 없어. 지금도 봐. 너 간다는데도 달려오는 일 없잖아."

그는 태연하게 거짓을 말했다. 팽팽하게 당겨진 실처럼 두 사람 사이에 긴장감이 흘렀다.

"기왕 가는 거, 다신 오지 마라. 이 말 하러 왔어."

돌아서려는 승준의 어깨를 도형이 붙들었다. 주먹이라도 한 대 날리려나 싶었지만 아니었다. 도형은 잠시 머뭇거리다 어깨를 붙든 손을 천천히 놓아주었다.

"잘 부탁할게."

예상치 못한 말에 승준의 표정이 그대로 구겨졌다.

"부탁? 네가 나한테?"

"가면 두 번 다신 안 돌아올 거니까."

황당해하는 얼굴로 그를 바라보던 승준의 입매가 곧 비틀리듯 위로 올라갔다. 그 짧은 말에 담긴 의미를 뒤늦게 눈치챘기 때문이었다. 도형은 지금 승준에게 해솔을 부탁하고 있었다.

"미친 새끼."

그 말을 끝으로 승준이 먼저 돌아섰다. 그냥 돌아가고 싶은 마음이 굴뚝같았지만 아무래도 영우가 신경 쓰였다. 자주 안 볼 사이기는 해도 선배인지라 조금 전의 행동에 대해 사과도 할 겸 인사를 하기 위해 가게 안으로 들어섰다. 역시나 화가 난 영우가 곱지 않은 시선으로 가게 안에 들어선 승준을 바라봤다.

"죄송해요, 형."

"넌 여기 네 선배가 몇 명인데 그따위 행동을."

"정말 죄송해요. 제가 도형이랑 좀 틀어진 일이 있어서 그랬어요."

"그래서 풀었어?"

"네."

"무슨 일인지는 모르겠지만 그냥 좀 넘어가지. 내일 아침이면 한국 떠날 놈한테 잘하는 짓이다."

"떠나기 전에 풀고 가야죠. 도형이도 곧 내려올 거예요."

"일단 앉아. 오늘은 도형이 송별회니까 나중에 따로 다시 얘기하자."

승준이 영우의 곁에 앉아 기분을 풀어주는 동안에도 도형은 가게 안에 모습을 드러내지 않았다. 도형이 돌아오기 전에 슬슬 일어날까 싶어 분위기를 살피고 있는데 테이블 위에 놓여 있는 휴대전화에 진동이 울리고 있는 것을 발견했다.

「주해솔.」

낮익은 이름 석 자가 액정에 떠 있었다. 휴대전화는 도형의 것이었다. 그것을 가만히 내려다보던 승준은 멋대로 전원을 꺼버리고는 휴대전화를 주머니에 챙겨 넣고 자리에서 일어섰다.

"형, 저 집에서 급한 연락이 와서 먼저 좀 가볼게요."

"야, 온 지 얼마나 됐다고."

"죄송해요. 다음에 제가 연락드릴게요."

이 정도면 할 만큼 했다는 생각이 들었다. 붙드는 손길을 뒤로하고 승준은 가게를 빠져나왔다. 집에 도착한 그는 도형의 휴대전화를 꺼내어 들었다. 여전히 전원은 꺼둔 채였다. 까만 어둠이 들어찬 액정 위를 손끝으로 매만지다 짙은 한숨을 내쉬었다.

"이제 하다 하다 못해, 남의 물건을 가져오냐, 권승준."

자신을 스스로 비난하듯 혼잣말을 한 그는 침대 위에 풀썩 누워 버렸다. 서도형은 내일 떠난다. 해솔은 그 사실을 알았을까. 뜬눈으로 밤을 지새웠고 아침이 되고 나서야 휴대전화의 전원을 켰다. 부재중 전화를 알리는 알림이 연이어 울렸다. 중간에 서너 개의 다른 번호가 있었지만 대부분이 해솔에게서 온 전화였다. 스무 통이 넘는 기록을 보고 나서야 승준은 그녀가 도형이 떠난다는 사실을 알았다는 것을 깨달았다.

「집 앞에서 기다릴게. 올 때까지 기다릴 거니까 나랑 얘기 좀 해.」

「정말 한국 떠나는 거 아니지?」

1분 간격으로 연이어 도착한 문자 뒤에 마지막 문자가 도착해 있었다.

「좋아해, 도형아. 가지 마.」

마지막으로 남겨진 문자는 두 시간 전에 도착한 문자였다. 짧은 그 한마디를 몇 번이나 썼다 지우기를 반복했을 해솔의 모습이 눈에 그려졌다. 겉옷을 챙겨 들고 집을 나선 그는 도형의 집 앞으로 향했다.

대문 앞에 서 있는 인영이 있었다. 그 사람이 해솔이라는 것을 어렵지 않게 알아챘다. 벽에 기대어 선 채 그 모습을 가만히 바라보다 도형의 휴대전화를 꺼내어 들었다.

'내일 아침이면 한국 떠날 놈한테 잘하는 짓이다.'

영우의 말을 떠올린 그는 손목에 찬 시계를 내려다봤다. 이미 정오에 가까워진 시간이 눈에 들어왔다. 잠시 망설이는 기색을 얼굴에 드러낸 채 해솔의 모습을 바라보고 있던 그는 도형의 휴대전화로 문자 한 통을 보냈다. 그리고 전원을 꺼버린 채 그것을 근처 쓰레기통에 넣어버렸다.

"주해솔."

저벅— 가까워지는 발걸음 소리와 자신의 이름을 부르는 음성에 해솔이 고개를 들었다. 지친 얼굴이 두 눈에 들어왔다.

"기다리지 마. 기다려 봤자 서도형 안 와."

"뭐?"

"나보고 가보라더라."

어차피 서도형은 떠났다. 해솔을 잘 부탁한다고 말까지 했을 정도이니, 아마 두 번 다신 안 올 거다. 그러니 그의 말이 거짓인지 진실인지 증명할 수 있는 사람은 아무도 없었다. 그래서 승준은 말할 수 있었다.

"다신 안 올 거래."

지금의 해솔을 누구보다 비참하게 만든 그 거짓말을.

승준은 그녀와 만나는 동안 누구보다 해솔에 대해 잘 아는 사람이 자신이라 생각했다. 하지만 지금만큼은 해솔이 무슨 생각을 하는 건지 알 수 없었다.

"그래?"

긴 시간이 흐르고 나서야 해솔은 그리 되물었다. 표정으로만 봐서는 조금도 동요하지 않는 얼굴이었다. 그녀는 곧 휴대전화를 꺼내었다. 도형에게 다시 전화를 해보려는 것이었지만 도착해 있는 문자를 뒤늦게 발견하고는 모든 행동을 멈췄다.

「다신 안 올 거야. 온다 해도 널 만날 일은 더더욱 없어. 그러니까 기다리지도 말고, 찾지도 마.」

아무렇지 않은 척했지만, 손이 가늘게 떨렸다. 결국 휴대전화를 손에서 놓쳤다. 둔탁한 소리를 내며 바닥에 떨어져 내린 휴대전화를 승준이 대신 손에 들었다.

"여기."

해솔이 그것을 손에 받아 든 순간이었다.

"거기, 누군지 모르겠지만 좀 비켜봐요. 오늘부터 여기 공사할 건데, 왜 이렇게 앞을 막고 있어?"

나이가 좀 있어 보이는 덩치 큰 남자 한 명이 두 사람을 향해 다가섰다. 어서 비키라는 듯이 손짓을 했고 해솔은 의아한 얼굴로 아저씨를 향해 물었다.

"공사요? 무슨 공사요?"

"무슨 공사냐니. 이 집 공사할 거라니까. 다 허물고 건물 새로 올릴 거예요. 얼른 비켜요."

"그게 무슨……."

"아, 얼른 비키라니까!"

살짝 민 것뿐인데 힘이 들어가지 않은 해솔의 몸이 크게 흔들렸다. 승준이 그녀를 부축하지 않았다면 그대로 넘어졌을 것이 분명했다.

"괜찮아?"

"어, 괜찮아. 미안."

사과한 뒤 몸을 바로 세운 해솔은 도형의 집 안으로 들어서는 두 남자를 바라봤다. 그녀는 승준에게 등을 돌린 채 두 남자의 행동을 주시하고 있었다.

"집이 예쁜데 아깝네. 이걸 왜 부숴?"

"그 학생이 일반 주택으로 살 사람한테는 절대 안 팔겠다고 하더라고. 이거 다 부수고 새로 건물 지을 사람한테만 팔 거라고 해서 손해까지 보고 그렇게 팔았어. 아예 계약서에 명시했다니까. 집은 꼭 부수고 새로 짓는 거로."

두 남자의 대화 소리가 해솔의 귓가에 전해졌다. 집을 부술 거라고 했다. 모두 부수고 새로 건물을 올릴 사람에게만 판매한다니. 그건 이 집을 부수는 것이 다른 누구도 아닌 서도형의 뜻이라는 의미였다. 두 사람의 추억이 담긴 이 집은 곧 무너져 내릴 것이다.

"주해솔."

승준의 목소리에도 해솔은 돌아보지 않았다. 더는 눈물조차 나오지 않을 것 같았는데 다시금 눈물이 흘러내렸다. 그리고 웃음도 함께 터져 나왔다. 승준은 저도 모르게 손을 뻗었지만 이어진 해솔의 말에 그 눈물을 닦아주지 못했다.

"내가 지금 제일 억울한 게 뭔지 알아?"

그녀는 억지로 미소 지었다. 이어진 목소리는 울고 있는 거라 생각할 수 없을 만큼 담담했다.

"서도형이 나한테 이렇게 하고 가도, 정말 두 번 다신 안 온다고 해도, 난 서도형을 진심으로 미워할 수 없다는 거야."

미워하는 척하고, 지금 이런 행동에 대해 비난하는 척하겠지. 하지만 끝은 같을 것이 분명했다. 이유를 모르는 냉대에도 해솔은 진심으로 그를 미워할 수가 없었다. 차갑게 변하기 전, 자신에게 보여주었던 그의 모습이 더 또렷하게 남아 있어서. 그 시간들이 너무 선명해서. 도저히 진심으로는 그를 미워할 수 없었다.

"아마, 평생 그럴 거야."

"그럼 너는 평생 이러고 살겠다는 거야?"

"잊으려고 노력은 하겠지. 진심으로 미워하지는 못해도, 언젠가 이 마음이 흐려지고 옅어지는 날은 오겠지."

"그렇다면 그냥 내 옆에서……."

"아니."

"주해솔."

"누군가에게 기대는 거로는 안 돼. 이게 내가 내린 결론이야."

승준은 결국 손을 거둬냈다. 더는 그녀를 붙들 수 없었다. 그 말이 완고한 거절의 의미나 다름없었기 때문이었다. 서도형이 이 자리에 있든 없든, 승준이 서 있을 자리는 없다는 것이다.

"그래."

그녀는 여전히 뒷모습을 보였다. 작은 어깨가 살짝 떨리는 것을 알아챘지만, 승준은 끝내 진실을 말해주지 않았다.

"잘 지내."

그 말을 끝으로 그는 돌아섰다. 겨울이 끝나가는 무렵이었다. 도형과 해솔의 관계도, 해솔과 승준의 관계도 마침표를 찍은 날이었다. 세 사람 모두 서로에게 제대로 된 인사조차 하지 못한 최악의 이별이었다.

도형이 떠나던 날의 기억은 흐려지지도 않은 채 평생을 따라다닐 것 같았다. 떠났다는 것을 알게 된 순간에 많이 울지 않았던 것은 그가 정말로 곁에 없다는 사실이 실감 나지 않았기 때문이었다. 하루가 지나고, 일주일이 지나고, 그 시간이 한 달이 되고, 석 달이 되었을 때야 해솔은 목 놓아 울었다. 그가 없다는 사실을 인정하고, 그 사실에 무뎌지고 나서야 더는 도형이 없다는 것에 대해 슬퍼하지 않게 됐다.

미동 없이 서 있던 해솔은 긴 숨을 한 차례 토해냈다. 불안해하던 기색은 온데간데없이 담담한 얼굴로 승준을 마주했다. 도형을 떠올리다 과거의 기억에 상처받고 우는 일에는 이제 정말 무뎌진 것처럼, 그녀는 금세 평상심을 되찾았다. 조금 전과는 완전하게 다른 사람 같았다.

"나도 알아. 서도형은 언제든 떠날 수 있다는 거. 안 그래도 본인한테 직접 협박까지 들었어. 자기는 또 떠날 수 있다고 하더라."

그녀는 힘없이 웃어 보이고는 어깨를 으쓱였다.

"근데 그게 뭐? 그거 나한테 더는 협박 안 돼. 너도 알지? 예전에 서도형 나한테 말 한마디 없이 그냥 한국 떠나 버린 거. 그렇게 제멋대로 나 버렸을 때도 버텼는데, 두 번은 못 하겠어?"

승준의 입매가 굳게 다물렸다. 웃지 않을 때면 서늘해 보이는 그의 얼굴은 지금의 해솔에게도 조금 낯설었다.

"너는 여전히 그 녀석뿐이라는 거네."

해솔은 잠시 대답을 망설였다. 도형뿐이라 대답하기에는 지금의 감정이 예전만큼 절절하지는 않았다. 하지만 그렇다고 해서 도형 외에 다른 사람을 마음에 담아본 적이 있는 것도 아니었다. 그럼 결론은 서도형 하나뿐이라는 거 아닌가? 의도치 않은 결론에 해솔이 픽 웃고 말았다.

"내가 서도형 때문에 힘들어할 때 네가 옆에 있어준 거 정말 고맙게 생각해. 하지만 그때도 말했듯이 나는 네 마음 받아줄 수 없어. 그렇다고 너한테 마음이 있는 것도 아니면서 다시 시작할 수도 없고."

"그때도 말했지만, 내가 괜찮다고 했잖아."

"아니. 넌 괜찮은 척한 거지. 너도 나도 결국 상처만 남겼잖아. 근데 그걸 또 한 번 반복하자는 거야? 서로한테 상처 주는 일을?"

"내가 상처받은 건, 네가 너무 쉽게 나와 헤어지는 걸 결정했다는 거야."

그녀는 잠시 말문이 막힌 얼굴로 승준을 바라보다 서글프게 미소 지었다.

"쉽게 생각한 거 아니었어. 누구보다 너한테 미안했고."

"그래. 그렇다 쳐. 하지만 서도형은? 너한테 이유 없이 상처 주고 등 돌렸어. 근데 다시 그 녀석 옆에 있겠다고?"

"이유가 있을지도 모르니까."

"뭐?"

"아니. 있을지도 모르는 게 아니라 분명 있을 거야. 서도형이 나한테 그렇게 매몰차게 대해야 했던 이유가 분명 있어. 아마 예전에도 내가 알아내려고 했던 것 같은데, 시간이 지나고 포기했던 거 같아."

승준이 티 나지 않게 어금니를 꽉 악물었다. 손을 들어 얼굴을 한 차례 쓸어내리고는 무언가를 가늠하듯 해솔을 바라보았다.

"그게 뭔데?"

"나도 아직은 몰라. 이제 다시 알아내려고 하는 중이고."

"서도형도 알아?"

"뭘?"

"너 이러는 거."

"알고 있어. 선전포고는 했거든. 뭐라고 협박하든 예전 일 다시 알아낼 거라고."

"그래서 뭐래?"

말투에 미묘하게 가시가 선 느낌이었다. 해솔은 잠시 머뭇거렸지만 착각이겠거니 싶어 계속 대화를 이어나갔다.

"아까 말했잖아. 또다시 떠날 수도 있다고. 그걸로 협박했어."

그 순간 승준이 짧게 웃음을 터트렸다. 해솔은 그 웃음의 의미를 알 수 없어 잠시 의아하다는 얼굴을 했고 홀로 생각에 잠긴 승준은 곧 고개를 끄덕이고는 해솔을 바라봤다. 평소처럼 조금 장난스럽게 미소 짓는 그의 얼굴이 눈앞에 있었다.

"단단히 마음의 준비를 하고 왔는데, 완벽하게 차였네."

"승준아."

"그래도 남자인데 세 번은 도전해 볼게."

예상치 못한 말에 해솔이 놀란 듯 눈을 크게 떴다. 곤란해하리라는 걸 알면서도 그는 물러서지 않았다.

"그 정도 기회는 줄 수 있잖아."

쓸쓸한 미소가 그의 입가에 그려졌다. 자신에게 미안해하는 해솔의 약한 부분을 파고들려는 것이었다. 하지만 복잡해 보이는 해솔의 표정과 머뭇거리는 입술이 아무래도 거절의 말을 건넬 것 같았다. 그녀가 안 된다는 확고한 거절의 말을 건넬 틈도 없이 그는 재빨리 화제를 바꿨다.

"차 가지고 왔어?"

"어? 응."

"미팅은 계속 네 밑에 직원 내보내도 괜찮지만, 내 연락은 피하지 않았으면 좋겠어. 그것도 어려울까?"

"아니야. 연락 피한 건 사과할게. 미안해."

"그래. 그럼 오늘은 이만 헤어지자. 조심해서 가."

결국 거절의 말을 건네야 할 타이밍을 놓쳐 버렸다. 해솔이 차에 올라타 먼저 그곳을 빠져나갈 때까지 승준은 그 자리에 못 박힌 듯 서 있었다. 그녀가 완전하게 시야에서 모습을 감춘 뒤에야 차에 올라탄 그는 시동만 걸어둔 채 자리를 지키고 있었다.

'나도 아직은 몰라. 이제 다시 알아내려고 하는 중이고.'

해솔의 말을 떠올리며 핸들 위를 툭툭 검지로 두드리던 그가 이내 짧게 웃음을 터트렸다.

"하루하루가 얼마나 불안할까, 서도형 그 자식은."

승준은 도형을 싫어했다. 자격지심이라 해도 좋았다. 그는 처음부터 서도형이 싫었다.

도형은 야구에 모든 것을 쏟아부은 사람들보다 더 재능이 뛰어난 사람이었다. 취미로 하던 야구는 그에게 쉽게 버릴 수 있는 것 중 하나였고 실제로 그는 야구가 아닌 다른 진로를 택했다. 어쩔 수 없이 포기해야 했던 승준과는 너무나도 달랐다. 그는 무엇 하나 부족한 것이 없었다. 그렇게 다 가진 서도형이 단 하나 가질 수 없는 것이 바로 주해솔이었다.

"그러니까 하나쯤은……."

못 가지는 것이 공평한 거 아닌가.

작게 중얼거린 말을 끝으로 승준의 두 눈이 낮게 가라앉았다. 승준은 서두르지 않기로 했다. 기다리면 저절로 틈이 생기고, 그 틈이 벌어지고, 간신히 쌓아놓은 모든 것이 붕괴될 것이다. 모두 알고 있었지만 저절로 틈이 생기기 전에 그는 도형에게 미리 선물을 하나 줄 생각이었다.

❖

"후."

해솔은 대문 앞에서 한 차례 심호흡하고 나서야 조심스럽게 안으로 들어섰다. 시간이 늦은 탓인지 집 안은 고요했다. 거실 한가운데에 멈춰 서 주변을 한 차례 둘러본 그녀는 곧장 자신의 방으로 향했다. 혹시나 도형이 찾아올까 싶어 치밀하게 문까지 걸어 잠근 뒤에야 긴장을 풀었다.

"일단 오늘은 자고, 내일 일은 내일 생각……. 엄마야!"

해솔이 커다란 눈동자를 굴렸다. 왜 방에 불이 켜져 있는 걸 이상하게 생각하지 않았던 걸까. 놀란 감정을 추스른 그녀는 가슴을 한 차례 쓸어내리고는 침대에 앉아 있는 도형을 바라봤다.

"놀랐잖아. 너 왜 주인도 없는 방에 함부로 들어와 있어?"

도형은 시간을 확인하고는 흉흉한 기세를 그대로 드러내며 해솔을 바라봤다.

"권승준 만났어?"

"내가 누굴 만나든, 그걸 왜 네가 관여해?"

도형이 몸을 일으켜 세웠다. 순식간에 거리를 좁혀 코앞에 선 그가 해솔을 내려다봤다. 등 뒤는 닫혀 있는 문이 있어 피할 수도 없었다.

"설마 권승준이랑 다시 시작이라도 할 생각이야?"

"너 대체 무슨 생각을 하는 거야? 그새 잊었어? 승준이 아모르 대표야. 에이케이에 일 맡긴 클라이언트라고."

"그래서 네가 오늘 권승준을 클라이언트로 만났어?"

해솔이 잠시 입을 다물었다가 헛웃음을 토해냈다. 왜 자신이 이런 말을 듣고 있어야 하는 건지 이해할 수 없었다.

"내가 권승준을 어떻게 만났든 그게 너랑 무슨 상관이야? 네가 나한테 이런 말 할 자격이 있어?"

"주해솔."

"그래. 클라이언트로 만난 거 아니야. 개인적으로 만났어. 너 때문에 내가 가장 힘들어했을 때 옆에 있어준 사람이 권승준이야. 당연히 친구로서 만날 수도 있는 거잖아."

"친구? 한쪽이 그 이상의 감정이 있는데 그런 관계가 성립된다고?"

"그럼 우리는?"

해솔의 물음에 그의 입이 꾹 다물어졌다.

"너랑 나는 뭔데? 친구도 아니고, 연인도 아니고, 원수도 아니고. 대체 뭐냐고."

무거운 침묵이 흘렀다. 도형 역시 정의할 수 없는 관계인 것은 아는 모양이었다. 해솔이 어깨를 들썩이며 크게 숨을 고르고는 도형을 내쫓기 위해 문고리를 잡은 순간이었다. 그녀의 손 위에 도형의 손이 겹쳐졌다.

"내가 말했지. 한국에 온 거 너 때문이라고."

문을 열지 못하도록 꽉 잡은 손에 힘이 잔뜩 들어갔다.

"이 정도로 말했으면 좀 알아들어."

"너 진짜 웃기는 거 알아? 네가 나 때문에 왔다고 하면 내가 웃으면서 너 반겨줘야 해? 네가 시키는 대로만 하고, 하지 말라는 건 하지 말고. 너 지금 나보고 그렇게 살라는 거야?"

해솔은 조금도 물러서지 않았다. 다시 몸을 돌려 도형을 마주했다. 까만 눈동자가 흔들림 없이 그를 바라보고 있었다.

"권승준 만나지 마."

"또 같은 말 반복하게 할 거야? 이유를 말하는 게 싫으면 나도 더 이상 너랑 할 말 없어."

아무것도 말해주지 않은 채 막무가내로 하지 말라고만 하는 도형의 말에 해솔은 기가 막힌다는 반응을 보였다. 도형의 손을 쳐내고 자리를 피하려는 그녀를 그는 다시 붙들었다.

"네가 그 녀석 만나는 게 싫다고."

"그러니까 왜!"

"제발 네 과거와 연관된 사람 만나지 말란 말이야!"

억지 부리는 아이처럼, 도형은 그렇게 말했다. 언성을 높인 두 사람의 외침이 방 안에 울려 퍼졌고 이내 조금 떨림을 담은 그의 목소리가 귓가에 전해졌다.

"제발 부탁이니까 내 말 좀 들어."

잠시 고요한 침묵이 흘렀다. 해솔은 조금 이상한 점을 느꼈다. 지금 그는 해솔이 승준을 만나는 것을 싫어하는 것이 아니라 불안해하고 있었다. 대체 왜?

해솔은 도형의 어깨너머를 힐끗 바라봤다. 창문이 열려 있었고 그 아래 창틀에 작은 재떨이가 놓여 있었다. 수북이 쌓인 담배꽁초가 도형이 이곳에서 얼마만큼의 시간을 보냈는지 나타내고 있었다. 해솔이 다시 눈앞의 까만 눈동자를 마주한 순간이었다.

띠링—

해솔이 무언가를 말하려다 말고 입을 다물었다. 알림음에 두 사람의 시선이 동시에 한곳으로 향했다. 도형은 주머니에서 휴대전화를 꺼내어 들었다. 액정을 내려다보는 그의 얼굴이 무서우리만큼 빠르게 굳어졌다.

"……왜 그래?"

그 얼굴이 어찌나 싸늘하고 무서운지, 해솔은 저도 모르게 긴장을 했다. 도형의 눈 밑에 작은 경련이 났고 뼈마디가 드러난 주먹은 작게 떨리고 있었다. 그는 지금 화가 나 있었다. 해솔은 이렇게까지 화가 난 도형의 모습을 본 적이 없었다. 그는 해솔의 어깨를 잡아 그녀를 밀어내고는 문을 열고 방을 나섰다.

"서도형!"

해솔의 부름에도 돌아보지 않고 도형은 그대로 집을 빠져나갔다. 차에 올라타 시동을 걸고 누군가에게 전화를 거는 그의 행동에는 조금의 여유도 없어 보였다. 차가 시내에 접어든 순간, 상대방이 전화를 받았다.

[반응 빠르네.]

"너 지금 어디야?"

[글쎄.]

"말해! 지금 어디냐고!"

[일단 머리 좀 식히지 그래?]

"권승준!"

화가 난 도형의 외침에 승준은 낮게 웃음을 터트렸다.

"죽어도 네 입으로는 얘기 안 한다며. 분명 네 입으로 그렇게 말했잖아!"

[뭘?]

그는 모르는 척 물었다.

[아.]

그리고 도형을 비웃듯 말했다.

[주해솔이 칼에 찔렸던 거?]

그 긴 시간, 도형이 차마 입에 담지 못한 말이 승준의 입에서는 너무도 쉽게 흘러나왔다. 실핏줄이 선 그의 두 눈에 물기가 어렸다.

"너 진짜 죽고 싶어?"

끼이익— 소름 끼치는 소리가 도로 위에 울려 퍼졌다. 갓길에 차를 세운 도형이 핸들에 이마를 기대고는 숨을 몰아쉬었다. 몰아치는 감정만큼이나 그의 어깨가 크게 들썩였다. 거친 호흡 소리는 승준에게까지 전해질 정도였다. 도형은 곧 손을 들어 두 눈을 가렸다.

"원하는 게 뭐야."

이를 악문 음성에 승준이 다시 한 번 작게 웃음을 터트렸다.

[그런 거 없어. 딱히 이걸로 널 협박해서 주해솔 곁을 떠나라든지 그런 말을 할 생각은 더더욱 없고. 사실 처음에는 그럴 생각도 했는데, 지금 다시 생각해 보니까 꼭 그럴 필요 없는 거 같아. 처음에 한 약속은 지킬 거야.]

"헛소리 마. 그럼 조금 전에 나한테 보낸 건 대체 무슨 의미인데?"

[주해솔은 기억 못하지만, 너는 잊지 않았으면 해서.]

도형의 얼굴이 굳어졌다. 그가 가장 두려워하고 있는 게 무엇인지 알고 있는 승준은 정확히 그 점을 짚어냈다.

[시간이 흘렀다고 해서 바뀌지는 않아. 구십구 퍼센트의 확률이 시간이 지나 이제 일 퍼센트로 줄었다고 해서 아예 그 확률이 사라진 건 아니잖아? 주해솔이 기억을 찾게 될 수 있는 가장 높은 확률의 장치는, 바로 너야. 서도형. 그거 잊지 말라고.]

띠링— 통화 종료음이 울려 퍼졌고 전화는 그대로 끊어졌다. 그는 천천히 휴대전화를 귀에서 떼어내 까만 어둠이 들어찬 휴대전화를 내려다봤다. 도형이 고통스러운 얼굴로 웃음을 터트렸다가 손을 들어 얼굴을 가린 채 두 눈을 질끈 감았다.

그가 도형에게 보낸 메시지는 어느 신문 기사를 찍은 사진이었다. 그냥 스치듯 보고 잊을 법한 기사. 오래된 신문의 기사를 찍은 사진이 도형의 휴대전화에 전송되어 있었다.

『사채로 인해 어마어마한 빚에 시달리던 강 씨(46세)는 정신적 압박을 견디다 못해 빚을 진 채권자 중 한 명의 집을 찾아갔다. 총 다섯 명의 채권자에게 빚을 졌지만 강 씨는 자신에게 가장 위해를 가하지 않고 돈을 갚을 기한까지 대가 없이 늘려준 남자를 오히려 표적으로 삼았다.

칼을 들고 집을 찾은 남자는 집 안에 있던 채권자의 아들 서 군(19세)에게 무차별적으로 칼을 휘둘렀다. 열아홉 살의 서 군은 남자가 휘두른 칼에 크게 다쳤고 함께 있던 주 양(19세)이 그 칼에 찔려 현재 목숨이 위험한 상황이다.』

손등부터 팔목까지 이어진 긴 흉터가 오늘따라 유난히 아팠다.

9

　수능시험을 막 끝낸 겨울의 초입이었다. 집으로 돌아온 도형은 자신의 침대 위에 편하게 누워 있는 해솔의 모습을 확인하고는 헛웃음을 터트렸다. 태평하게 귤을 까먹으며 만화책을 보고 있었다. 문제는 그녀가 누워 있는 곳이 도형의 침대라는 것이었고, 조금 전까지 이 집은 주인 없는 빈집이었다는 것이었다. 그럼에도 해솔은 조금도 문제 될 게 없다는 얼굴을 하고 있었다.

　"어디 갔다 와?"

　귤을 입에 쏙 밀어 넣은 해솔이 의아하다는 기색을 드러내며 물었다. 남들은 수능을 끝내고 논술에 면접까지 준비하며 바쁘게 지내고 있었지만, 일찌감치 수시에 합격한 그녀는 그 누구보다 태평해 보였다.

　"아는 형이 아르바이트 좀 대신 뛰어달라고 해서."

　"저녁은?"

　"먹었어."

고개를 끄덕인 해솔은 다시 만화책으로 시선을 돌렸다. 외투를 걸어두고 침대에 걸터앉은 도형은 셔츠 단추 하나를 풀어내며 해솔을 내려다봤다. 엎드린 자세로 만화책의 페이지를 넘기는 그녀의 얼굴이 조금 심각해 보였다. 아무래도 중요한 부분을 보고 있는 모양이었다.

"주해솔."

"왜?"

"가."

"뭐?"

"나 좀 자게 그만 가라고."

"네 침대 크잖아."

"그래서?"

해솔이 아무렇지도 않게 자신의 옆자리를 팡팡— 소리가 나게 손바닥으로 두드렸다.

"자, 여기 누워."

도형이 미간을 좁혔지만 그녀는 다시 만화책으로 관심을 돌렸다. 한숨을 내쉰 그는 할 수 없이 해솔의 옆에 누워 버렸다. 고요한 분위기 속에 스륵— 종이 넘기는 소리만이 드문드문 들려왔다. 보고 있던 책 한 권을 끝내고 다음 권을 집어 든 해솔은 뒤늦게 옆에 누운 도형의 모습을 확인했다.

"잔다며."

도형은 바로 누운 자세이고, 해솔은 엎드린 자세라 조금만 시선을 돌려도 서로의 얼굴이 보이는 위치였다. 자겠다던 도형은 무슨 이유에서인지 계속해서 해솔을 바라보고 있었다.

"집에 혼자 있을 때 문 좀 제대로 잠그고 있어."

뜬금없는 말에 해솔은 닫힌 방문을 확인했다. 날이 춥기도 했고 따로 문을 열어둔 곳은 없었다.

"현관은 자동으로 잠기잖아?"

"거실 창문."

도형의 집 거실에는 밖을 훤히 내다볼 수 있는 커다란 거실 창이 있었다. 평소에는 블라인드로 가려놓지만, 한 시간 전쯤 환기도 시킬 겸 해서 해솔이 잠시 창문을 열어두었다. 그 뒤에 닫기만 하고 창문을 잠그지 않았던 것 같다. 아마 블라인드를 내려놓지 않아서 도형이 들어오는 길에 확인한 모양이었다.

"아까 잠깐 열어두고 환기했는데, 안 잠갔나 보다."

"너희 집이야 아주머니도 있고, 아저씨도 계시지만 우리 집은 아니잖아. 혼자 와 있을 때는 제대로 잠그고 있어."

"문도 아니고 창문 좀 안 잠갔다고 무슨 잔소리를 그렇게 해? 걱정도 팔자야."

도형이 뒤통수에 받치고 있던 손을 뻗어 해솔의 볼을 쭉 잡아당겼다. 불시에 공격을 당한 해솔이 아, 소리를 내며 그가 볼을 잡아당기는 방향으로 고개를 숙였다. 도형과의 거리가 가까워져 코앞에 그의 얼굴이 있었다.

"그래서 어쩌겠다고?"

"자아 장그고 이쓰게."

볼이 잡혀 있는 탓에 어눌한 발음이 흘러나왔다. 손을 놓아주자 해솔이 붉어진 뺨을 매만지고는 입을 삐죽 내밀었다.

"너는 혼자 있을 때 창문 다 열어두고 자면서."

"내가 언제?"

"여름에 그랬잖아."

그거야 당연한 거 아닌가. 한여름에 더워 죽겠는데 그럼 창문을 꼭꼭 잠가두고 자란 소리인가 싶어 도형은 황당해했다. 그 말을 한 당사자도 뒤늦게 이건 아니다 싶었는지 씨이— 작게 소리를 내며 매트리스에 대고 발장구를 쳤다. 뭔가 반박을 하고 싶은데 마땅한 게 떠오르지 않는 모양이다.

"다른 사람 같이 있을 때는 괜찮아. 근데 혼자 있을 때는 잠가."

얼굴을 푹 파묻었다가 다시 고개를 든 해솔이 도형을 바라봤다. 침묵시위라도 하려는 건지 그녀는 대답하지 않았다. 도형은 5초 정도 더 기다리다 최후의 카드를 꺼내었다.

"한 번만 더 열어두면 집 열쇠 바꿀 거야."

"알았어."

해솔이 결국 꼬리를 내렸다. 흥미를 잃은 건지 만화책을 한쪽으로 모두 치워내고는 턱을 괸 채로 도형의 얼굴을 내려다봤다.

"내일은 뭐 해?"

"알바."

"내일도?"

"오늘 해보니까 일하기도 괜찮은 거 같고, 그 가게에서 마침 아르바이트생 한 명 더 구한다고 해서 사람 구해질 때까지만 하기로 했어."

"뭐야. 그런 게 어디 있어."

"왜?"

"나 심심하잖아."

아주 중대한 문제라도 되는 것처럼 심각한 얼굴이었다. 도형이 짧게 웃음을 터트렸다.

"심심하면 학원이라도 다니든가. 뭐 배우고 싶은 거 없어?"

"별로. 지금은 좀 쉬고 싶어."

"면허는?"

"나중에 따려고. 어차피 당장 차 가지고 다닐 것도 아니니까."

해솔은 열심히 귤껍질을 까며 대답을 했다. 껍질을 한쪽에 내려두고 귤 알맹이를 하나 떼어내려는 순간, 도형이 그 귤을 통째로 가져가 버렸다.

"네가 까서 먹어."

"하나 더 까."

해솔이 열심히 깐 귤을 낚아채 간 도형이 귤을 하나 떼어낸 순간이었다. 슥— 재빠르게 그를 향해 고개를 숙인 해솔이 도형의 손에 들린 귤을 입으로 쏙 낚아챘다. 그의 손가락이 해솔의 입술 안으로 살짝 모습을 감췄다가 다시 시야에 드러났다. 손에 든 귤은 이미 사라져 있었다. 해솔은 배시시 웃었고 도형은 뒤늦게 미간을 좁혔다.

"미간 좀 펴. 원래 내 귤이잖아."

귤을 먹은 것 때문이 아니라 먹는 방법 때문에 화를 내는 걸 모르는 모양이다. 도형이 자신의 손가락을 가만히 바라보다 한숨을 내쉬었다.

"다 먹어."

도형은 남은 귤을 해솔에게 건넨 뒤 다시 뒤통수에 손을 가져다 댄 채 천장을 올려다봤다. 아침 일찍 나가 아르바이트를 한 탓에 몸이 피곤했는데 막상 집에 돌아오니 또 잠이 오지 않았다. 아마 해솔이 옆에 있기 때문일 것이다.

"알바는 어디서 해?"

"디카페."

"에? 거기 주태훈 다니는 학교 앞에 있는 거 아니야?"

"맞아."

"여대생들 엄청 오는 카페잖아."

"카페에는 원래 여자 손님이 더 많아."

해솔이 잠시 생각에 잠겼다. 어쩐지 조금 심통이 난 얼굴로 중얼거렸다.

"거기 아르바이트생 한 명 더 구하려 했다는 거 거짓말이라는데 남은 귤 다 건다."

도형의 외모가 평균치보다 훨씬 높으니 그를 보러 오는 손님들이 늘어날 것이고 그건 매출에도 도움이 될 것이다. 그래서 예정에도 없던 아르바이트생을 한 명 더 뽑은 거라 생각했다. 해솔이 무슨 생각을 하는 건지 눈치챈 그는 가볍게 웃음을 흘렸고 남은 귤을 모두 가져가 그녀의 손이 닿지 않는 곳에 놓아두었다.

"뭐야. 안 먹는다며? 왜 가져가?"

"다 건다며."

"뭐?"

"나 출근하기 전부터 카페 앞에 아르바이트생 구한다는 종이 붙어 있었어."

너무 앞서갔나 보다. 해솔이 잠시 입을 꾹 다물었다가 기어들어 가는 목소리로 답했다.

"그렇다면 뭐, 다행이고."

그녀는 아쉽다는 얼굴로 귤이 담긴 봉투를 응시했다. 눈치를 보다 귤을 향해 손을 뻗어봤지만 도형의 수비에 가로막혔다.

"하나만."

"누구 마음대로."

기회를 엿보다 다시 손을 뻗자 그는 너무도 쉽게 해솔의 손목을 낚아챘다.

"야, 너 치사하게 이럴래? 귤 좋아하지도 않으면서."

몇 차례 그 행동이 반복되었다. 그 과정에서 해솔의 몸이 반쯤 도형의 몸 위에 올라탄 꼴이 되었고 움직임을 멈췄을 때는 어쩐지 껴안은 것과 비슷한 자세가 되어버렸다.

"안 내려가?"

도형이 미간을 좁힌 채 코앞의 해솔을 바라봤다. 해솔은 담담하게 대답했다.

"놔줘야 내려가지."

도형이 손목을 놓아주었고 해솔은 그의 위에서 몸을 치워내는 대신 빠르게 봉투를 향해 손을 뻗어 귤 하나를 획득했다. 그제야 제자리로 몸을 돌려놓고는 세상을 다 얻은 얼굴로 웃었다. 귤 하나에 행복해하는 걸 본 도형이 어처구니없다는 표정을 했다가 작게 웃음을 터트렸다.

"그럼 나 놀러 갈래."

"어딜?"

"디카페."

"오지 마."

"갈 거야."

"오기만 해."

"네가 거기 사장이야? 아니, 설령 사장이어도 이상한 거지. 내가 손님으로 가겠다는데 왜 막아?"

도형이 한숨을 내쉬었다. 뭐라 말해도 무조건 카페에 올 기세였다. 내일은 손님이 많아 해솔에게 신경 쓸 틈이 없을 것이고 그럼 또 아는 척도 안 했다며 툴툴거릴 것이 분명했다.

"내일 주말이라 손님 많을 거야. 방해야."

"나 너 보러 가는 거 아니야. 커피 마시러 가는 거야."

집 근처에 있는 카페 다 놔두고 거기까지 커피를 마시러 오겠다니. 말 같지도 않은 이유에 도형이 재차 한숨을 내쉬었다.

"진짜야. 절대로 너 보러 가는 건 아니니까 착각하지 마."

도형은 아예 눈을 감아버렸다. 진짜야— 작게 덧붙이는 해솔의 목소리에 그의 입가에는 어느새 희미한 미소가 그려졌다.

도형의 말을 들을 걸 그랬나 싶어 해솔은 뒤늦게 후회했다. 그가 아르바이트하는 곳은 평소에도 사람 많기로 소문난 카페였는데, 주말이라 그런지 카페 안은 더더욱 사람으로 넘쳐 났다. 커피와 치즈 베이글을 주문하고 그것을 반 정도 비워낼 때까지 해솔은 도형에게 말 한마디 걸지 못했다. 도형을 포함해 이미 아르바이트생 4명이 일을 하고 있었지만 해솔의 눈에는 그래도 사람이 부족해 보였다.

"완전 바쁘네. 이 정도면 아르바이트생 한 명 더 써야 하는 거 아니야?"

시간을 한 차례 확인한 해솔은 가방에서 책을 꺼내 들었다. 어차피 집에 가봐야 할 일도 없으니 책을 읽으면서 시간을 보내다가 그가 끝나면 함께 돌아가야겠다는 결론을 내렸다.

"왜 안 가?"

머리 위에서 떨어진 익숙한 음성에 페이지를 넘기다 말고 해솔이 고개를 들었다. 하얀 셔츠에 검은 앞치마를 허리에 두른 도형이 어느새 테이블 옆에 서 있었다.

"너랑 같이 가려고."

"내가 몇 시에 끝날 줄 알고?"

"뭐, 오늘 안에는 끝나겠지."

태평한 답에 도형이 그녀의 머리를 콩 쥐어박았다. 해솔이 두 손을 들어 올려 머리를 매만지고는 울상을 지었다.

"왜 때려?"

"빨리 가."

"싫어. 집에 가도 혼자 있잖아."

"아저씨는?"

"모임."

태훈에 대해서는 굳이 묻지 않았다. 훈련 때문에 벌써 한 달 이상 집을 비운 상태라는 걸 도형도 알고 있었다.

"나 떡볶이 먹고 싶어. 이따 가는 길에 사줘."

"내가 왜?"

"내가 너 기다려 줬으니까."

자기 멋대로 기다려 놓고 기다려 줬으니 보상을 해달란다. 날강도가 따로 없다 없다고 생각했지만 도형은 가볍게 웃음을 흘리고는 알겠다며 고개를 끄덕였다.

오후 5시가 되어서야 도형은 다른 아르바이트생과 교대를 할 수 있었다. 대학생으로 보이는 여자 아르바이트생이었다.

"주해솔. 갈 거니까 그만 일어나."

도형은 옷을 갈아입기 위해 카페 뒤편의 작은 방으로 향했고 해솔은 재빨리 책을 가방 안에 넣고 짐을 챙겼다. 돌아갈 준비를 마치고 주변을 둘러보니 그새 손님이 많이 빠져나가 한산해진 카페의 모습이 눈에 들어왔다.

"도형이 친구야?"

다 먹은 접시와 컵을 쟁반에 담아 자리에서 일어서려는 순간이었다. 해솔의 곁으로 조금 전 도형과 교대를 한 여자가 다가섰다.

"아, 미안. 반말해서 기분 나빴나? 도형이 친구면 나보다 어려서."

아니면 어쩌려고.

그 말이 목 끝까지 차올랐지만 해솔은 애써 미소 지었다. 도형과 같은 카페에서 아르바이트하는 사람이었다. 괜히 나쁘게 굴어 도형에게 불똥이 튈까 염려되어 해솔은 참기로 했다.

"네. 맞아요."

"여자 친구?"

"소꿉친구요."

"그렇구나."

왜 좋아하는 것처럼 보이는 걸까? 입가에 만연한 웃음을 보고 해솔이 떨떠름한 얼굴을 했다. 아직 치우지 못한 쟁반을 한 차례 내려다보고 도형이 사라진 방향을 힐끗 응시했다. 옷 하나 갈아입는데 왜 이리 오래 걸리는 건지. 빨리 이 자리를 피하고 싶었다.

"수능 끝나고 한창 바쁘겠다."

"별로 바쁘지는 않아요."

"진학반 아니야? 대학 안 가니?"

"붙었어요. 수시로."

"아, 공부 잘하나 보구나?"

의외라는 기색이 얼굴에 드러났다. 해솔은 점점 기분이 나빠지기 시작
했다.

"그럼 지금은 한창 다이어트하고 외모 가꾸겠네?"

"다이어트 안 해요."

"왜? 보통 수능 끝나면 외모 가꾸지 않아?"

은근슬쩍 아래에서 위로 해솔을 훑어본 여자가 결정타를 날렸다.

"좀 빼야 할 거 같은데."

해솔이 순간 욱해서 어딜 봐서! 라고 소리칠 뻔했다. 때마침 도형이 나
오지 않았다면 정말 그리 소리쳤을 것이다.

"여태 쟁반도 안 치우고 뭐 했어."

거기 네 앞에 선 그 여자가 내 앞길을 가로막았거든.

해솔이 표정으로 그리 말했지만 도형이 알아들을 리 만무했다. 도형은
해솔을 대신해 쟁반을 치워주고는 다시 그녀에게로 다가섰다. 여자는 친
근하게 도형을 향해 웃으며 말을 걸었다.

"도형아, 오늘 엄청 바빴지?"

"조금요."

도형은 아르바이트하는 카페에서도 여전히 서도형다웠다. 자신보다 나
이가 많든 적든, 상대가 여자이든 남자이든 상관없었다. 저 짧은 대답을
하는데도 어찌나 무심한 모습인지 여자는 잠시 표정 관리를 하지 못하고
얼굴을 굳혔다. 하지만 이 정도는 아무것도 아니라는 듯 곧바로 웃으며 다
시 친근하게 말을 걸었다.

"아무튼, 오늘 수고했어. 내일도 오전 타임이지?"

"네."

"나도 내일 오전 타임에 나오는데. 내일 보자."

도형이 짧게 고개를 숙이고는 해솔을 끌어당겼다. 카페를 나선 두 사람은 잠시 오가는 대화 없이 걷기만 했다. 평소라면 귀가 아플 정도로 떠들어야 할 해솔이 오늘따라 유독 조용했다. 그는 곧 해솔의 얼굴을 살피고는 미간을 좁혔다. 그사이 뭐에 불만이 생긴 건지 입이 나와 있었다.

"왜 심통이야?"

"내가 뭘?"

"입이 오리 주둥이처럼 나왔는데."

"말 예쁘게 안 할래? 오리 주둥이가 뭐야?"

횡단보도 앞에 선 도형이 걸음을 멈췄다. 대체 왜 화가 난 건지 모를 일이었다. 씩씩거리며 다시 입을 삐죽 내미는 행동에 도형이 짧게 웃음을 터트렸다.

"맞네, 오리 주둥이."

"말 예쁘게 하라고 했다?"

일단 저녁을 먹고 들어가야 할 것 같아 주변을 둘러보던 도형은 도로 건너편의 작은 분식집을 가리켰다.

"저기 가자."

"저기는 왜?"

"떡볶이 먹으러 가자며."

"안 먹어. 나 다이어트할 거야."

해솔이 굳은 결심을 하고는 도형을 올려다봤다. 이렇게 말하면 보통 여자에게 호감이 있는 남자들이 보일 반응은 정해져 있었다.

네가 뺄 데가 어디 있어.

너 안 뚱뚱해.

너 정도면 보통이지.

난 딱 너 같은 체형이 좋은데.

지금이 딱 보기 좋아.

등등······.

듣기에도 좋고 서로를 기분 좋게 만드는 말이 얼마나 많은가. 도형에게 저 정도의 말을 기대한 건 아니었기에 해솔은 그저 '하지 마.' 정도의 대답을 듣기를 원했다. 그녀는 초롱초롱한 눈빛으로 도형을 올려다봤다.

"그래, 좀 해."

하지만 돌아온 대답은 그녀가 기대한 것과는 거리가 멀었다. 해솔이 울상을 지었다.

기대한 내가 바보지. 나쁜 놈.

툭— 검은 봉투에 담긴 무언가를 손에서 내려놓은 도형이 침대에 앉아 있는 해솔의 곁에 자리를 잡고 앉았다.

"뭐야?"

"너 닮은 거."

해솔이 슬쩍 봉투를 열어보고는 표정을 확 구겼다.

"야!"

"먹어."

"다이어트한다니까."

"쓸데없는 짓 그만하고 먹으라고."

도형이 사온 것은 붕어빵이었다. 해솔은 정말 다이어트를 시작했고, 고구마와 오이만으로 며칠을 버티고 있었다. 그 좋아하는 군것질도 전혀 하지 않았다. 작심삼일로 끝나겠거니 싶었지만 벌써 일주일을 버텼고 결국 도형이 중재에 나섰다.

"뺄 거면 운동을 해서 빼든가."

"추워. 이런 날 운동하면 감기 걸려."

"핑계는."

도형이 피식 웃고는 붕어빵을 하나 꺼내어 해솔에게 직접 내밀었다.

"안 먹는다니까."

"왜? 동족학살 같아서?"

"너 나 놀리러 왔어?"

심통 난 얼굴로 해솔이 씩씩거렸다. 그는 다시 한 번 붕어빵을 내밀었다.

"먹으라고."

"싫어. 안 먹어."

"주해솔."

"왜?"

그가 가만히 해솔의 얼굴을 바라봤다. 왜 저렇게 보나 싶어 해솔이 주춤하며 몸을 살짝 뒤로 물린 순간이었다.

"네가 살을 뺄 데가 어디 있어?"

"뭐?"

"너 안 뚱뚱해. 지금이 딱 좋아."

해솔이 놀란 토끼 눈이 되어 도형을 바라봤다. 서도형이 이런 말을 해주다니. 기분이 좋아져 화를 내던 것도 잊고 입매가 절로 풀어졌다. 하지만.

"이제 됐냐?"

덧붙여진 말에 좋았던 기분은 다시 바닥으로 추락했다. 해솔은 그럼 그렇지, 라는 표정을 했다. 다이어트를 한다고 했을 때 그는 이미 그녀가 바랐던 대답을 다 알고 있었으면서 말해주지 않았다.

"그래. 살 빼서 무슨 영광을 보겠다고."

한숨을 내쉬고는 결국 붕어빵을 손에 들었다. 한입 베어 먹으니 너무 맛있어서 눈물이 다 날 것 같았다. 이 맛있는 걸 왜 일주일이나 안 먹고 살

앉을까. 해솔은 붕어빵을 열심히 먹었다. 4개의 붕어빵을 혼자 모두 먹어 치우고 나서야 행복감에 젖은 얼굴을 했다.

"먹어보라는 소리도 안 하지."

"먹어보라고 해도 안 먹을 거면서. 아르바이트는?"

"끝났어."

"일주일하고?"

"사람 구할 때까지만 해주기로 한 거니까."

해솔은 조금 신이 난 얼굴로 엉덩이를 앞으로 끌어당겨 앉았다. 덕분에 도형과의 거리가 좀 더 가까워졌다.

"그럼 너 이제 한가하겠네?"

"면허 따러 다닐 거야."

"뭐야. 그럼 나 또 혼자 놀아야 돼?"

"내일은 한가해."

"그럼 영화 보자."

아르바이트다 뭐다 해서 한동안 함께 놀아주지 못했다. 한 번 더 튕겼 다가는 삐쳐서 며칠이나 말을 안 할 것이 분명했다.

"그러든가."

"그럼 내일 내가 너희 집으로 갈게."

"우리 집에는 왜?"

"보고 싶었던 영화 있는데 벌써 상영 끝났거든. 디브이디로 나왔다고 해서 빌려 보려고. 그게 더 저렴하기도 하잖아."

도형이 잠시 떨떠름한 얼굴을 했지만 이내 고개를 끄덕였다. 사람 많은 영화관을 가는 것보다는 그게 더 나을지도 모른다는 생각이 들었다.

"내일 점심때쯤 갈게."

도형이 별다른 대답 없이 몸을 일으켜 세웠다. 그대로 방을 나서려다 말고 걸음을 늦춘 그는 방향을 다시 틀어 창가 쪽으로 다가섰다. 창문 앞을 지나쳐 가다 스치듯 본 무언가가 눈에 거슬렸기 때문이었다.

"왜?"

집 근처에 모자를 푹 눌러쓴 남자 한 명이 서 있었다. 이상하리만큼 빤히 도형과 해솔의 집을 주시하고 있었다. 남자는 곧 돌아서서 멀어져 갔다. 무심한 얼굴로 남자가 사라진 방향을 쳐다보던 도형은 침대에 앉아 자신을 올려다보고 있는 해솔을 향해 물었다.

"집에 지금 누구 있어?"

"나 혼자인데. 왜?"

도형은 답하지 않았다. 그리고 다시 침대에 걸터앉았다.

"안 가?"

"아저씨 좀 뵙고 가려고."

"아빠 저녁에나 올 텐데."

"알아."

그 말은 저녁까지 있겠다는 소리였다. 해솔이 고개를 끄덕이고는 그대로 침대 위에 풀썩 누워 버렸다. 배가 부르니 잠이 솔솔 쏟아졌다. 하지만 이어진 도형의 말에 단번에 잠이 달아나 버렸다.

"그렇게 먹고 자니까 살이 찌지."

해솔이 울상을 지으며 몸을 일으켜 세웠다. 누구한테는 폭탄을 던져 놓고 본인은 편하게 침대 위에 누워 버렸다. 슬쩍 눈을 뜬 그는 울상이 된 해솔의 얼굴을 보고 작게 웃음을 터트리기까지 했다. 진짜 나쁜 놈이다.

해솔의 아버지에게 딱히 드릴 말씀은 없었지만, 도형은 그녀의 아버지가 귀가할 때까지 기다렸다가 늦은 저녁이 되어서야 집으로 돌아왔다. 그리고 얼마 지나지 않아 도형의 아버지도 집으로 귀가했다.

"술 한잔하셨어요?"

"그래. 석훈이랑 한잔하고 들어왔다. 너는 이 시간에 어딜 갔다 와?"

"해솔이랑 같이 있었어요."

도형은 아버지를 따라 방으로 들어섰다. 겉옷을 받아 옷걸이에 걸어두고는 아버지가 샤워하는 동안 이부자리를 펴고 물이 담긴 작은 주전자와 컵이 담긴 쟁반까지 방에 가져다 놓았다.

"그런 거 하지 말라니까. 애비가 알아서 하고 잘 건데, 네가 뭐 하러 그런 걸 해."

어릴 때 어머니를 여읜 도형이 이렇게 아버지를 챙기는 것은 이미 당연하게 해야 할 일 중 하나가 되었다. 살가운 성격도 아니었고 다정하게 대화를 나누는 부자도 아니었지만, 그는 이렇게 작은 행동에서부터 아버지를 챙기고 있었다.

"면허학원은 등록했어?"

"네. 이틀 뒤부터 나가려고요."

"대학은 어디 쓸지 정했고?"

"네. 어렵지 않게 들어갈 수 있을 거 같아요."

"그래."

고개를 끄덕인 그의 아버지는 가져다 놓은 물을 마시고는 컵을 한쪽으로 치워냈다. 그 손에는 커다란 흉터가 있었다. 그리고 그와 비슷한 흉터가 다리에도 있었다. 그걸 본 도형의 표정이 조금 굳어졌다. 볼 때마다 늘 마음이 편치 않았다. 손에 남은 흉터 외에도 여기저기 크고 작은 흉터가 있다는 것을 도형은 알고 있었다.

"아버지."

"그래."

"이제 그 일…… 안 하시면 안 돼요?"

조금 어렵게 꺼낸 도형의 말에 아버지는 잠시 표정을 굳혔다.

"그만하셨으면 좋겠어요."

도형의 아버지는 사채업을 하고 있었다. 일반 사람들이 사채하면 생각하는 것처럼 말도 안 되는 악질적인 이자를 붙이고, 사람을 풀어 협박하는 그런 사채업자는 아니었다. 그래도 은행보다 훨씬 높은 이자를 받고 돈을 빌려주는 것은 분명했고, 갚지 않으면 독촉을 하고, 도망간 사람들을 잡으러 다니는 것은 똑같았다.

"위험하기도 하고, 이제 그 일 안 하셔도 괜찮잖아요."

도형은 아버지가 이 일을 그만뒀으면 해서 몇 년 전부터 같은 이야기를 몇 번이나 하고 있었다. 잠자코 듣고 있던 그의 아버지는 고개를 끄덕였다.

"안 그래도 정리하려고 생각 중이다."

"하루라도 빨리요."

"이것저것 정리하려면 시간이 좀 걸리지. 애비가 알아서 할 테니 걱정할 거 없다."

"아버지."

"약속 지키마. 최대한 빨리 정리할 게야. 걱정하지 말고, 어서 가서 자."

대화를 마치고 안방을 나선 도형은 갈아입을 옷을 챙겨 들고 욕실로 향했다. 샤워를 하고 다시 방에 들어선 그는 버릇처럼 창가 쪽으로 다가섰다. 그의 방에서는 창을 통해 해솔의 방을 올려다볼 수 있었다. 방에 아직 불이 켜져 있는 것을 보고는 시간을 확인했다.

"주해솔 저건 또 뭘 하느라 아직 안 자?"

불이 켜진 창을 올려다보며 도형이 벽에 몸을 기대고 섰다. 그 역시 오늘은 마음이 심란해 잠이 올 것 같지 않았다.

'안 그래도 정리하려고 생각 중이다.'

이미 몇 차례나 꺼낸 이야기를 다시 한 번 꺼내어 아버지의 마음을 불편하게 만든 것은 아닌가 하는 생각이 들었다. 도형의 부친은 악덕으로 이자를 받은 것도 아니었고 나름 원칙을 지켜 일하셨다. 도형도 그것을 알고 있었다. 아버지가 하는 일이 나쁘다고는 생각하지 않지만, 그렇다고 좋은 일도 아니라고 생각했다. 그래서 하루라도 빨리 정리하기를 바랐다.

"서도형!"

상념에서 깨어난 도형이 고개를 들었다. 해솔이 창가에 몸을 기대고는 크게 손을 흔들었다. 동네 사람들을 다 깨울 기세였다.

"잠이나 자."

퉁명스러운 도형의 말에 손을 내린 해솔이 입을 삐죽였다.

"너야말로 안 자고 뭐 해?"

"이제 잘 거야."

"내일 일찍 갈까?"

"어딜?"

"어디긴. 너희 집이지. 내일 영화 보기로 했잖아."

멈칫한 도형이 뭔가 깨달은 얼굴을 했다. 잊고 있던 모양이었다.

"뭐야. 그새 까먹었어?"

"어차피 초인종 누르고 들어올 것도 아니잖아. 멋대로 문 열고 들어올 거면서. 알아서 해."

"일찍 갈 거니까 늦잠 자지 마. 뭐 먹고 싶은 거 없어?"

저게 또 무슨 사고를 치려고. 그리 생각하며 도형이 경고하듯 말했다.

"우리 집에서 요리할 생각 하지도 마."

"사갈 거거든?"

해솔은 내일 두 손 가득 뭔가를 들고 오거나 도형을 끌고 마트를 갈 것이다. 안 봐도 훤히 그려지는 모습에 그가 짧게 미소 짓다가 다시 위를 올려다봤다. 불어오는 바람이 차다. 해솔은 씻고 나온 건지 반팔 티에, 수건으로 젖은 머리를 감싸 올린 채였다. 저러니 감기에 걸리는 거다.

"창문 닫고 잠이나 자."

"알았어."

"머리 말리고 자고."

"잔소리는. 네가 내 아빠냐?"

드르륵— 창문을 닫고 돌아서는 해솔의 모습이 눈에 들어왔다. 바로 잠을 잘 거라 생각한 것과 달리 40분 정도의 시간이 더 지나고 나서야 그녀의 방에 불이 꺼졌다. 도형도 그제야 걸음을 돌려 잠을 청했다.

"야, 그만 사."

"왜? 이거 맛있어."

"이걸 어떻게 다 먹겠다는 거야?"

이른 아침에 도형의 집을 찾은 해솔은 영화를 보기 전에 먹을거리부터 제대로 준비해야 한다며 도형을 끌고 마트에 갔다. 오픈 시간에 맞춰 마트에 들어선 두 사람은 계속해서 티격태격하고 있었다. 카트에 담은 먹을거리는 이미 두 사람이 먹기에 넘치고도 남을 정도였는데 해솔이 계속 물건을 집어 들었기 때문이었다.

"두고 먹으면 되잖아."

"유통기한은 괜히 있어? 먹을 만큼만 사."

그리 말한 도형이 뭔가를 발견했는지 허리를 굽혀 카트 안으로 손을 뻗었다.

"이건 또 언제 넣었어?"

버터구이 오징어를 꺼내어 든 그는 헛웃음을 터트렸다.

"그거 맛있어."

"아무리 맛있어도 오징어가 종류별로 세 봉지씩이나 필요하지는 않겠지."

도형은 오징어를 한 봉지만 남기고 나머지는 원래 있던 자리에 가져다 놓았다. 해솔은 카트 안에 먹을거리를 담고, 도형은 그것을 다시 꺼내는 행동을 반복했다. 결국 봉투 하나에 여유 있게 담을 수 있는 양을 구매해 마트를 나서는 해솔의 표정이 조금 뚱했다.

"이리 내놔."

해솔의 손에 들린 봉투를 빼앗듯이 가져간 도형이 대신 그것을 손에 들었다.

"으, 추워. 오늘 되게 춥네."

횡단보도 앞에서 신호가 바뀌길 기다리고 있을 때였다. 발을 동동 구르며 몸을 움츠린 그녀의 모습을 도형이 힐끗 내려다봤다. 오른쪽에 서 있던 그가 이내 자리를 바꿔 그녀의 왼쪽에 섰다.

"왜?"

해솔은 갑자기 왜 그런 행동을 한 건지 도형에게 이유를 물었지만, 그는 아무 일도 없던 것처럼 신호를 주시하고 있었다. 고개를 갸웃거린 그녀는 얼마 지나지 않아 도형이 왜 그런 행동을 했는지 알아챘다. 지금 도형이 서 있는 방향에서 바람이 불어오고 있었다. 그가 자리를 바꿔준 덕분에 해솔에게는 벽이 생겼고, 완전하게는 아니어도 그가 어느 정도 바람을 막아주고 있었다. 덕분에 조금 전보다 춥지 않았다.

"어묵탕 해줄까?"

마트에서 실랑이를 벌인 건 그새 잊은 건지 해솔은 한껏 기분이 좋아진 얼굴을 했다.

"갑자기 무슨 어묵탕?"

"너 좋아하잖아. 날도 추우니까."

"부엌 출입 금지랬지."

"안 다치고 만들면 돼."

"퍽이나."

신호가 바뀌었다. 도형이 먼저 걸음을 옮겼고 해솔이 그의 곁에 바짝 붙어 섰다.

"먹을 걸 이렇게 많이 사놓고 무슨 어묵탕이야?"

"네가 좋아하는 게 없잖아."

도형은 군것질을 좋아하지 않았다. 봉투 안에 담긴 나초나 오징어 같은 것들은 그가 좋아하는 것들이 아니었기에 뭐라도 하나 만들어주고 싶었다.

"어묵탕만이야."

고개를 끄덕인 해솔이 배시시 웃었다. 조심한다고 해도 주해솔은 칼을 쓰면 분명 손을 다칠 것이다. 칼을 쓰는 일은 자신이 해야겠다고 생각하며 그가 해솔을 내려다봤다.

"그건 또 언제 꺼냈어?"

해솔은 작은 상자에 담긴 과자 하나를 꺼내어 먹고 있었다. 봉투는 도형이 들고 있는데 알아채지 못할 정도로 민첩하게 잘도 꺼냈다.

"하나 줄까?"

"됐어. 걸으면서 뭐 안 먹어."

결국 해솔은 홀로 과자를 다 먹어치웠다. 하나로는 부족했는지 더 먹겠다는 걸 집에 가서 먹으라며 서로 티격태격하다 보니 어느새 집 앞에 도착했다. 해솔은 자연스럽게 자신의 주머니에서 열쇠를 꺼내어 문을 열었다.

"누가 보면 네 집인 줄 알겠다."

뒤에서 그 행동을 지켜보고 있던 도형은 헛웃음을 터트리다 말고 문득 뺨에 닿는 시선을 느끼고는 고개를 돌렸다. 입가에 남은 웃음이 그대로 사라졌다. 뭔가를 발견한 건지 뒤로 한 걸음 물러서는 그의 표정이 잔뜩 굳어져 있었다. 골목 끝에 선 남자가 이쪽을 주시하고 있는 것 같았다.

"뭐 해? 안 들어오고."

벽에 기대어 서 있던 남자는 곧 모습을 감췄다. 도형이 손에 들린 봉투를 해솔에게 건네었다.

"잠깐만. 이거 가지고 들어가 있어."

"어? 야, 어디 가!"

해솔을 두고 골목 끝으로 달려간 도형은 조금 전 남자가 사라진 방향을 확인했다. 하지만 텅 빈 골목만이 눈에 들어올 뿐 사람의 기척이라고는 찾아볼 수 없었다.

'그때 봤던 남자 아닌가.'

해솔의 방에서 창밖을 내다봤을 때 봤던 남자와 인상착의가 비슷했다. 그는 껄끄러운 느낌이 들어 잠시 걸음을 돌리지 못했다.

"서도형!"

주변을 한 차례 더 살펴보려 했지만 해솔이 자신을 찾고 있었다. 그는 할 수 없이 걸음을 돌렸다. 집 안으로 들어서서 부엌으로 향하려던 그는 거실 창의 블라인드가 올라가 있는 것을 확인했다.

"너 또 창문 열고 문 안 잠갔지."

도마를 꺼내던 해솔이 순간적으로 움직임을 멈췄다가 배시시 웃어 보였다.

"지금은 너랑 있잖아. 혼자 있을 때만 꼭 잠그라며."

"습관 좀 들여."

해솔의 곁으로 다가선 도형은 꺼내놓은 어묵의 양을 확인했다.

"조금만 만들어. 딱 지금 꺼내놓은 것만."

"알았어. 방해되니까 저기 거실에 앉아 있어."

"네가 무슨 사고를 칠 줄 알고."

"조심해서 할게. 저리 가. 집중 안 돼."

어묵 하나 써는데 집중까지 해야 하다니. 도형이 어처구니없는 얼굴로 해솔을 바라보다 하는 수 없이 거실로 터벅터벅 걸음을 옮겼다. 소파 위에 놓여 있던 TV 리모컨을 손에 들고 전원 버튼을 누르려던 그가 멈칫했다.

"뭐야."

집은 보일러를 틀어놓은 상태였다. 마트를 다녀올 때까지만 해도 집 안의 온도는 훈훈하다 싶을 정도였는데 지금은 유독 거실만 춥다는 느낌이 강하게 들었다. 갑자기 느껴지는 한기에 도형은 주변을 살폈다. 그리고 어렵지 않게 그 원인을 찾아냈다. 거실 창이 반쯤 열려 있었다.

"이건 왜 또 열려 있어?"

분명 조금 전까지는 블라인드만 올라가 있을 뿐 창문은 닫혀 있었다.

리모컨을 손에서 내려놓은 그는 의아하다는 기색을 드러내며 창가로 다가 섰다. 열린 창문을 닫고 문을 걸어 잠그는데 유리창에 누군가의 모습이 비 쳤다. 검은 모자를 쓴 남자였다. 도형이 소스라치게 놀라며 뒤를 돌아봤 다.

"뭐야, 당신."

모자 아래의 검은 두 눈이 섬광처럼 번뜩였다.

"당신 뭐냐니까. 왜 남의 집에 함부로…… 윽!"

도형이 놀라 굳어진 얼굴로 고개를 들었다. 남자는 다짜고짜 도형에게 뭔가를 휘둘렀다. 운동신경이 좋은 그가 재빠르게 피했지만 스치듯 뺨에 무언가 닿았고 이내 싸한 통증이 느껴졌다. 뺨을 매만지자 손끝에 피가 살 짝 묻어났다. 그의 눈에 동요가 일었다.

"다, 다 니들 때문이야! 너희 같은 쓰레기 때문에 내 인생이 이렇게 된 거라고!"

남자는 알 수 없는 말을 외치며 도형을 노려봤다. 도형은 그제야 남자 가 자신에게 휘두른 것이 무엇인지 확인했다. 극도로 흥분한 남자는 두 손 으로 칼을 쥐고 있었다. 그 손은 불안정한 남자의 상태를 드러내듯 부들부 들 떨리고 있었다. 도형은 부엌 입구를 스치듯 바라봤다. 해솔이 나오지 않기를 바라며 남자의 관심을 최대한 자신에게 묶어두려 할 때였다.

"뭐야, 무슨 일인데 이렇게 시끄……."

놀란 해솔이 부엌에서 뛰쳐나왔다가 눈앞에 펼쳐진 광경에 말끝을 흐 리고는 뒤로 주춤 물러섰다. 극도로 흥분한 남자의 두 눈이 해솔에게 닿았 다.

"들어가, 주해솔."

"저 사람 누구……."

"들어가라고!"

잔뜩 겁을 집어먹은 해솔의 두 눈이 불안하게 흔들렸다. 도형의 외침이 들렸지만 다리가 얼어붙은 것처럼 움직이지 않아 그 자리에서 꼼짝도 할 수 없었다. 거기다 위험한 상황이라는 걸 알면서 도형을 홀로 둔 채 도망칠 순 없었다. 도형은 다시 남자를 향해 시선을 돌렸다. 일단 흥분한 남자를 설득할 생각이었다.

"이봐요. 대체 무슨 소리를 하는 건지 모르겠는데, 저는 그쪽 얼굴도 지금 처음 봅니다."

"니들 때문이야. 다 너희들 때문에."

"칼, 내려놔요."

"와이프는 날 버리고, 애들도 데리고 떠났어. 이제 완벽하게 혼자라고."

"제발요. 조용히 나가주면 없던 일로 할 테니까 제발 칼 내려놓고 나가요."

남자를 설득하면서도 도형은 틈틈이 해솔의 상태를 살폈다. 하얗게 질린 얼굴에 공포감이 가득했다. 도형이 해솔을 향해 한 걸음 움직이려는 순간이었다.

"허튼짓하지 마!"

"서도형!"

남자가 칼을 휘둘렀고 도형의 몸이 창에 크게 부딪혔다. 윽— 소리를 내며 도형이 눈앞의 남자를 노려봤다. 다행히 남자가 휘두른 칼은 도형에게 닿지 않았다.

"어떡해. 너 괜찮아?"

잔뜩 겁을 집어먹은 목소리가 들려왔다. 해솔은 이제 울고 있었다.

"울지 말고, 부엌으로 들어가."

"움직이지 마!"

남자는 위협하듯 칼을 든 손을 해솔이 서 있는 방향을 향해 움직였다. 다리에 힘이 풀린 건지 해솔이 그대로 자리에 주저앉았다. 남자와 꽤 거리가 있는 상태였지만 그녀에게는 충분히 위협이 되고도 남을 행동이었다.

도형이 해솔과 두 눈을 마주했다. 소리 없이 입 모양으로 괜찮아, 하고 그녀를 안심시키고는 다시 남자를 주시했다.

"원하는 게 뭡니까."

도형의 말에 남자의 시선이 다시 그에게로 향했다. 남자는 칼을 쓰는 일에 조금도 익숙해 보이지 않았다. 칼을 쥔 두 손은 부들부들 떨리고 있었고 이 자리에 있는 누구보다 겁을 먹고 있었다. 충동적인 선택이었을 것이다. 잘만 설득하면 누구도 다치지 않을 것이라 생각했다.

"원하는 거? 하하하."

남자는 미친 사람처럼 웃었다.

"아무것도 없어. 이제 나한테 아무것도 없다고! 그러니까 니들도 나처럼 똑같이 잃어봐야 해!"

또다시 알 수 없는 말을 하며 남자는 도형에게 달려들었다. 칼을 휘두르는 손을 피해 몸을 튼 도형은 남자의 팔을 잡아 꺾었다.

"이거 놔!"

칼이 바닥에 떨어졌고 도형은 기회를 놓치지 않고 남자에게로 달려들었다. 두 남자는 뒤엉킨 채 바닥을 굴렀다. 도형은 민첩했지만 남자가 도형보다 체격이 더 좋아 힘에서 조금 밀리는 듯했다.

"어떡해."

해솔이 자리에서 일어서려 했지만 자꾸만 다리에 힘이 풀렸다. 그녀는 간신히 몸을 일으켜 세워 주변을 둘러봤다.

"전화. 전화기가……."

거실에 놓여 있는 전화기는 엉켜 있는 두 남자를 지나쳐 가야만 사용할 수 있었다. 휴대전화를 찾으려 주머니를 마구 뒤적이던 해솔은 부엌 식탁에 휴대전화를 놓아두었다는 것을 뒤늦게 기억해 냈다. 그녀가 돌아서려던 순간이었다.

"윽!"

도형의 신음에 해솔의 걸음이 멈췄다. 그녀는 조금 전까지 자신이 무슨 일을 하려 했는지 잊은 것처럼 멍한 얼굴로 도형의 모습을 바라봤다. 시간이 멈춰 버린 듯했다. 남자의 손에는 다시 칼이 쥐어져 있었다. 그리고 그 칼끝에 피가 묻어나 있었다.

"하아, 하아."

해솔이 두 손을 들어 입을 틀어막았다. 너무 놀라 비명조차 나오지 않았다. 남자의 거친 숨소리만이 한동안 거실에 울려 퍼졌다. 뚝— 뚝— 붉은 핏방울이 바닥에 연신 떨어져 내렸다. 도형의 손에서 흘러내린 피였다.

"서, 서도형."

"들어가."

"팔, 팔 어떻게 해."

"제발 들어가 있어!"

바닥은 이미 도형의 손에서 흘러내린 피로 흥건했다. 그저 스치듯 칼에 닿은 것이 아닌 모양이었다. 많은 양의 피를 본 해솔이 넋이 나간 얼굴로 도형에게 다가서려 했다.

"오지 마!"

걸음이 멈췄다. 눈물로 인해 눈앞이 자꾸만 흐려져 도형의 모습이 제대로 보이지 않았다. 칼을 든 남자가 다시 한 번 미친 듯이 웃었다. 이내 남자의 손에 들린 칼의 방향이 해솔에게로 향했다.

"너, 너도 그 자식 가족이야?"

"그 애 건드리지 마!"

서슬 퍼런 칼날이 금방이라도 해솔을 향해 달려들 것만 같았다. 해솔이 주춤 뒤로 한 걸음 물러섰고 도형은 조금의 망설임도 없이 남자를 향해 달려들었다.

"이거 놔! 다 죽여 버릴 거야!"

두 남자가 다시 뒤엉켜 바닥을 굴렀다. 격한 움직임으로 인해 도형의 손에서 계속해서 피가 흘러내렸다. 다친 도형을 두고 홀로 도망칠 순 없었다. 해솔이 뒤늦게 정신을 차리고는 도형을 돕기 위해 주변을 둘러봤다. 그녀는 곧 나무로 된 무거운 장식품을 손에 들었다. 곰의 모양으로 깎아놓은 장식품은 무게도 무거웠고 크기도 꽤 컸다. 해솔은 뒤에서 기회를 엿봤다. 엉켜 있던 두 남자의 몸이 잠시 떨어졌다. 해솔의 앞을 가로막은 도형이 화가 난 얼굴로 소리쳤다.

"위험한 짓 하지 말고 들어가!"

도형은 그녀가 무엇을 하려는지 알아채고 소리쳤다. 그렇게 도형이 뒤에 서 있는 해솔에게로 시선을 돌린 사이, 남자가 있는 힘을 다해 칼을 휘둘렀다. 두 남자의 몸이 다시 뒤엉켰다.

"다 죽여 버릴 거야!"

남자의 두 눈은 광기로 물든 것 같았다. 비명에 가까운 말을 외치며 칼을 휘둘렀고 도형은 그 칼을 간발의 차로 피했다. 칼을 피하느라 바닥으로 쓰러진 도형이 빠르게 몸을 일으켜 세우고 뒤를 돌아봤다. 그는 더 이상 아무것도 할 수 없었다. 시간이 멈춰 버린 듯했다.

"아."

해솔의 입에서 짧은 신음이 새어 나왔다. 손에 들려 있던 장식품이 둔탁한 소리를 내며 바닥에 떨어졌다. 남자의 손에 들려 있던 칼은 어느새 해솔의 가슴에 꽂혀 있었다.

남자는 분명 도형을 공격하려 했다. 하지만 도형은 재빠르게 피했고 남자를 공격하기 위해 몰래 그들에게 다가섰던 해솔이 대신 칼을 맞게 되었다. 해솔이 지척에 다가서 있다는 것을 몰랐던 도형은 자신이 그 칼을 피함으로써 해솔이 찔리게 될 것이라고는 상상도 하지 못했다.

"주해솔!"

도형의 비명이 뒤늦게 집 안에 울려 퍼졌다. 남자가 뒤로 주춤 물러섰다. 해솔은 지금 자신에게 무슨 일이 일어난 건지 자각조차 하지 못한 얼굴이었다.

"이거 봐! 다 죽여 버릴 거라고 했잖아!"

남자는 미친 듯이 웃다가 고개를 가로젓는 행동을 반복했다. 그러다 해솔을 찌른 칼을 내려다봤다. 뒤로 한 걸음 물러선 남자의 눈이 공포로 물들었고 이내 그대로 도망을 쳤다. 도형은 망설임 없이 해솔에게로 달려갔다.

"……도형아."

잔뜩 겁을 집어먹은 해솔의 목소리가 들렸다.

"이거……. 이거 뭐야…….."

그녀의 왼쪽 가슴에 칼이 박혀 있었다. 도형은 어찌할 바를 모를 얼굴을 하고 있었다. 이렇게까지 당황해하는 도형의 얼굴은 처음이었다. 쓰러질 듯 비틀거리는 해솔의 몸을 품에 안은 도형의 손이 잔뜩 떨리고 있었다.

"괜찮아. 괜찮을 거야. 지금 구급차 부를게. 구급차……."

남자가 휘두른 칼을 도형이 피했다. 하지만 그를 돕기 위해 장식품을 들고 서 있던 해솔은 그 칼을 피하지 못했다. 뒤에 해솔이 서 있는 것을 알았다면 그는 휘두른 칼을 그렇게 피하지 못했을 것이다.

"무, 무서워. 너무 아파."

도형은 간신히 전화기를 손에 들었다. 구급차를 부르고 해솔을 다시 품에 안았다. 구급차가 도착할 때까지 도형은 품 안에서 해솔을 놓지 않았다. 두 사람에게 억겁 같은 시간이 그렇게 지나갔다.

수술실에 불이 들어와 있었다. 수술실 앞 의자에 앉아 두 손으로 얼굴을 가리고 있는 도형은 마치 시간이 멈추기라도 한 것처럼 미동조차 보이지 않았다. 조금의 시간이 더 지나고 난 뒤 해솔의 아버지와 태훈이 그에게로 달려왔다.

"도형아."

그가 고개를 들었다. 도형의 손에는 붕대가 칭칭 감겨 있었다. 그마저도 도형이 거부하는 것을 병원에서 억지로 치료를 하고 감아놓은 것이었다. 병원에 도착한 두 사람의 얼굴은 하얗게 질려 있었다. 해솔의 아버지는 망연자실한 얼굴로 수술실 문을 바라봤고 있었다.

"도형아."

"형, 해솔이가…… 그 미친놈이 해솔이를……."

"괜찮아. 괜찮을 거야."

"칼에, 칼에 찔렸는데……."

"괜찮을 거라니까. 조금 다친 걸 거야. 그러니까 정신 좀 차려."

도형의 상태가 너무 좋지 않았다. 지금 당장 이 자리에서 쓰러져도 이상하지 않을 모습이었다.

"너 치료는? 너도 칼에 찔렸다던데, 괜찮은 거야?"

도형은 대답하지 못하고 두 손으로 다시 얼굴을 가렸다. 칼에 찔린 해솔의 모습이 자꾸만 선명하게 눈앞에 그려졌다. 시간은 계속해서 흘렀다. 수술실에 불이 꺼지고 의사가 밖으로 나왔다.

"선생님, 저희 해솔이는 괜찮습니까? 아무 문제 없는 거지요?"

"일단 위험한 고비는 넘겼습니다. 칼이 꽤 위험한 부분에 깊게 박혔는데……. 고비는 넘겼고 수술도 잘됐습니다만, 경과를 지켜봐야 할 것 같습니다."

비틀거리는 아버지의 몸을 태훈이 뒤에서 붙잡아주었다. 태훈의 안색역시 하얗게 질려 있었다. 곧 불이 꺼진 수술실 문이 열리고 호흡기를 낀해솔이 모습을 드러냈다.

"해솔아."

해솔의 아버지와 태훈이 이동식 침대를 향해 달려갔다. 눈을 감은 채미동도 하지 못하는 모습은 꼭 죽은 사람 같았다. 얼굴마저 하얗게 질려 있었다. 도형은 자신의 앞을 스쳐 지나가는 그 모습에서 시선을 떼어내지 못했다.

수술을 마친 해솔은 중환자실로 옮겨졌다. 도형은 복도에 설치된 의자에 앉아 몇 시간을 꼼짝도 하지 않았다.

"너도 이제 좀 쉬어. 위험한 고비 넘겼다잖아. 해솔이 괜찮을 거라니까."

그런 그를 걱정한 태훈이 몇 차례나 그만 좀 쉬라며 설득을 했지만 소용없었다.

"서도형."

도형은 여전히 넋이 나간 얼굴을 하고 있었다. 어쩌다 일이 이렇게 됐을까. 장을 보고, 영화를 보고, 그냥 그렇게 평범한 하루를 보내려던 것뿐이었는데.

칼을 휘둘렀던 남자의 모습이 떠올랐다. 모자 아래로 보이던 살의를 담은 두 눈도, 칼을 휘두르던 모습도, 하나씩 선명하게 머릿속에 그려졌다. 도형이 주먹을 꽉 쥐었다. 뼈마디가 드러난 손이 부들부들 떨리고 있었다.

"그 새끼 잡아야 해."

"도형아."

"내가 얼굴 봤어. 꼭 잡아야 해."

자리에서 일어서려는 도형의 몸을 태훈이 붙들었다.

"범인 잡았어."

"……잡았다고?"

"그래."

도형의 얼굴에 분노가 드러났다. 지금껏 한 번도 보지 못한 분노가 그의 얼굴에 드러나 있었다.

"그 미친 새끼 지금 어디 있어?"

"도형아. 일단 너 진정 좀 하고. 지금 가도……."

"진정? 내가 어떻게 진정을 해? 칼에 찔렸어! 그 미친놈이 주해솔을 칼로 찔렀다고!"

"서도형!"

"죽을 뻔했어! 대체 뭐 하는 새끼야! 뭐 하는 새끼인데 갑자기 나타나서 나한테 이러는 건데!"

도형이 거칠게 숨을 몰아쉬었다. 분노를 억누르지 못한 모습을 그대로 드러내듯 그의 어깨가 크게 들썩였다. 두 사람이 서 있는 곳은 중환자실 앞의 복도였다. 태훈은 일단 도형을 끌고 그곳을 벗어났다.

"도형아."

"누구야? 형은 아는 거지? 그 새끼가 왜 그랬는지 아는 거잖아!"

태훈의 반응이 이상했다. 도형은 남자가 이런 행동을 한 이유에 대해 태훈이 이미 모두 알고 있는 거라 판단했다. 태훈은 작게 한숨을 내쉬었다.

"지금 아저씨가 경찰서에 가 있어."

태훈이 말하는 아저씨가 자신의 아버지라는 걸 눈치챈 그는 잠시 표정을 굳혔다.

"아버지가 왜?"

그러고 보니 도형과 해솔이 다쳤다는 사실을 알았다면 바로 달려왔을 아버지의 모습이 보이질 않았다.

"그 남자, 아저씨한테 빚진 채무자야."

"뭐?"

"네 아버지한테 빚진 채무자라고."

"······근데?"

도형은 비웃듯이 헛웃음을 터트리고는 재차 물었다.

"그게 뭐 어쨌는데?"

"네 아버지뿐만이 아니라 여러 군데서 돈을 빌린 모양이야. 근데 그중 한 채권자가 조금 지나칠 정도로 협박했나 봐. 가족들한테까지 손을 대는 바람에 이혼까지 당하고 남자한테는 신체 포기 각서까지 요구했다는데."

"우리 아버지가 그랬다는 거야?"

"그럴 리가."

태훈이 고개를 가로저었다. 도형의 두 눈에 눈물이 차올라 있었다.

"그럼 그 새끼한테 가야지. 왜 우리 집이야? 왜 나였냐고!"

머뭇거리던 태훈은 결국 자신이 들은 이야기를 도형에게 해주었다. 도형의 얼굴에서는 점차 표정이 사라졌다. 채권자의 질 나쁜 협박에 가족을 모두 잃고 홀로 남게 된 남자는 자신의 현실에 분노했고 원망을 쏟아부을 화풀이 대상이 필요했다. 하지만 자신을 협박한 채권자에게 그걸 쏟아붓기에는 겁이 났고 결국 채권자 중 가장 그 남자의 형편을 봐주고 기한까지 대가 없이 늘려줬던 만만한 도형의 아버지를 표적으로 골랐다.

도형이 넋이 나간 얼굴을 했다가 이내 실없는 웃음을 터트렸다. 텅 비어버린 공허한 웃음이었다.

"뭐야, 그럼."

"도형아."

"우리 아버지 때문에 주해솔이 저렇게 된 거란 말이야?"

"그렇게 말하지 마."

"그게 아니면 대체 뭔데!"

그는 끓어오르는 이 분노를 어디에 터트려야 좋을지 알 수 없었다. 많은 것들이 후회되었다. 오늘 하루 해솔과 함께 있지 않았다면, 잠겨 있지 않은 창문을 발견했을 때 바로 잠가두었다면, 남자가 마지막으로 휘둘렀던 칼을 도형이 피하지만 않았더라면. 침대에 누워 있는 사람은 해솔이 아니었을 것이다.

도형은 다시 중환자실 앞으로 갔다. 면회마저 불가능한 상태였지만 그저 하염없이 그 앞의 복도에 앉아 시간을 보냈다. 그런 도형의 곁으로 뚜벅— 가까워지는 발걸음 소리가 들려왔다.

"죄송합니다."

고개를 들지 않아도 도형은 그 사람이 누구인지 알고 있었다. 이건 도형의 잘못이 아니었다. 그럼에도 그는 사과했다.

"죄송합니다."

해솔의 아버지와 도형의 아버지는 어릴 때부터 한동네에 살았고 지금까지도 인연을 이어오고 있을 만큼 막역한 사이였다. 해솔의 집이 한 차례 기울어 다들 모르는 척 등을 돌렸을 때, 아무런 조건 없이 돈을 융통해 줬던 사람도 도형의 아버지였다. 사업이 성공하고 번듯하게 자리를 잡아 빌린 돈을 몇 배로 갚으려 했지만 도형의 아버지는 이자는커녕 원금마저 받지 않았다.

서로 어려울 때 도움을 줬고 의지할 수 있는 친구 사이였기에, 이번 일이 도형과 그의 아버지의 잘못이 아니라는 것을 알고 있기에, 해솔의 아버지는 도형의 사과에 눈물을 쏟았다.

"그런 소리 마라. 해솔이 괜찮을 게다. 그리고 도형이 네가 무사해서 얼마나 다행이야."

물론 사고는 원망스러웠다. 왜 하필 해솔이었을까, 왜 하필 자신의 딸이어야만 했을까. 그런 생각이 들지 않는 것은 아니었다. 하지만 결국 도형을 원망할 수도, 도형의 아버지인 진형을 원망할 수도 없었다.

"네 아버지는 내게 은인이고, 둘도 없는 친우야. 이건 사고였다. 네 잘못도, 네 애비 잘못도 아니야. 사고다, 도형아. 사고였어."

"……죄송합니다."

해솔은 그날 눈을 뜨지 않았다. 하루가, 지독하리만큼 길었다.

10

시계 초침이 움직이는 소리마저 거슬릴 정도의 고요한 침묵이 병실 안에 내려앉았다. 손을 들어 두 눈을 가린 채 숨을 몰아쉬고 있던 도형이 몸을 일으켜 세웠다. 그의 한쪽 팔에는 붕대가 감겨 있었다.

"어디 가려고?"

"비켜."

"못 가."

마침 병실 문을 열고 안으로 들어선 태훈이 도형의 앞을 가로막아 섰다.

"지금 가봐야 면회도 안 돼, 인마."

도형은 당장 내일이라도 퇴원할 수 있었다. 하지만 해솔은 아니었다. 상태는 어떤지, 정말 괜찮은 건지, 묻고 싶은 것들이 많았다. 하지만 그것은 차마 소리가 되어 나오지 않았다. 돌아올 답이 두려웠기 때문이었다. 바짝 마른 입안은 모래라도 씹은 것처럼 껄끄러운 느낌이 가득했다.

"주해솔은? 아직 의식 없어?"

그는 한참을 망설이고 나서야 태훈을 향해 물었다. 어렵게 건넨 질문에 태훈은 답을 하지 않았다. 답을 하지 않는 것이 충분한 답이 되는 아이러니한 상황이었다. 도형은 버석하게 마른 웃음을 지었다. 지옥 같던 24시간이 지났다. 하루가 어떻게 흘러갔는지 기억조차 나지 않았다. 어제의 일이 아직도 꿈같기만 했다.

"뭐 좀 먹어야 하지 않아?"

태훈은 훈련도 참가하지 않은 채 병원에 와 있었다. 해솔도 해솔이지만 도형의 상태가 걱정되어 도저히 그대로 돌아갈 수 없었다.

"괜찮으니까 신경 쓰지 마."

"그래도 뭘 먹어야지, 인마. 안 그래도 심란한데 너까지 이러면 어쩌냐. 아저씨도 네 걱정하느라 얼굴이 반쪽이 되셨던데."

도형이 손을 들어 얼굴을 반쯤 가린 채 고개를 숙였다. 오랜 시간을 봐 왔지만 태훈에게는 이렇게 고개 숙인 도형의 모습이 낯설었다. 위로할 수도, 그렇다고 화를 낼 수도 없는 상황이었다. 태훈이 한숨을 내쉰 순간, 드르륵— 병실 문이 열렸다. 도형의 아버지가 안으로 들어섰다.

"오셨어요."

"그래. 태훈이 와 있었구나."

"아저씨가 도형이 데리고 나가서 밥 좀 먹이세요. 고집이 보통이 아니에요."

분위기를 조금이나마 풀어보려 애썼다. 태훈이 도형의 등을 툭 건드리며 그의 아버지를 향해 말했지만 이어진 침묵은 되레 무겁기만 했다. 결국 나오는 것은 한숨뿐이었다.

"저 나가볼게요."

자리를 비켜주듯 태훈이 병실을 나섰고 도형과 그의 아버지만이 병실 안에 남게 되었다.

"몸은? 팔을 다쳤다고 하던데, 그거 외엔 괜찮은 거야?"

"괜찮아요."

다 갈라진 목소리가 새어 나왔다. 괜찮다는 대답과 달리 도형의 얼굴은 말 한마디 할 때마다 고통스러워 보였다. 무겁게 내려앉은 침묵 속에 아버지는 아들의 얼굴을, 아들은 아무것도 없는 하얀 벽을 바라보고 있었다.

"미안하다."

그의 표정이 순식간에 일그러졌다. 도형은 팔을 다쳤고, 해솔은 칼에 찔려 현재 의식조차 찾지 못했다. 이런 일을 당해놓고도 원망을 쏟아부을 수 있는 대상이 없었다. 도형의 시선이 뒤늦게 아버지를 향했다. 그는 울음을 참는 것처럼 떨리는 숨을 뱉어냈다.

"그 일, 정리하시면 안 되냐고, 안 하시면 안 되는 거냐고 늘 말씀드렸잖아요. 전에도 집에 채무자가 찾아온 일 때문에 제가 아버지가 어떤 일 하시는지 알게 된 거, 잊으셨어요?"

"도형아."

"아버지 원망하고 싶지 않아요. 아버지 탓이 아닌 것도 알겠어요. 아는데도, 해솔이 저렇게 된 게 제 탓 같아서, 결국 아버지 탓인 것만 같아서. 자꾸만…… 자꾸만 아버지 원망하게 되잖아요."

실핏줄이 터질 것처럼 두 눈이 붉었고, 가득 고인 눈물은 금방이라도 떨어질 것처럼 위태롭게 도형의 눈에 고여 있었다.

"저러다 주해솔 눈 못 뜨면 어떻게 해요. 혹시 어디 이상이라도 생기면요?"

한 차례 크게 숨을 터트린 그가 다시금 손을 들어 얼굴을 가렸다. 그 손이 확연하게 떨리고 있었다.

"아버지가 진작 그 일 정리하셨으면, 제 말 조금이라도 귀 기울여 주셨으면 좋았잖아요. 하필 그날 집으로 주해솔 부르지만 않았으면, 저랑 같이 있지만 않았다면, 주해솔은 당하지 않았을 일이라고요."

점차 격해져 가는 음성이 도형의 불안한 상태를 그대로 드러내고 있었다. 칼을 휘두른 남자를 정면으로 마주한 것은 도형이었다. 그때의 불안과 공포가 그에게도 여전히 남아 있었지만 지금 도형을 가장 두렵게 하는 것은 의식을 찾지 못한 해솔의 상태였다.

"아니, 이것도 다 핑계지."

결국 그는 폭발하듯 소리쳤다.

"그때 휘두른 칼을 내가 피하지만 않았다면! 차라리 내가 찔렸다면!"

"도형아!"

아버지의 외침에도 도형은 조금 전 한 말을 되돌리고 싶은 생각 따위는 조금도 없어 보였다. 그가 숨을 한 차례 골랐다. 크게 들썩이는 어깨가 여전히 불안한 그의 상태를 고스란히 드러내고 있었다.

"지금 말한 것 중 하나라도 제 가정대로 됐다면 주해솔 저렇게 안 됐을 거예요. 온종일 그 생각이 머릿속에서 떠나지를 않아요. 제가 피한 칼이 주해솔한테로 향한 그 끔찍한 장면이 눈 감아도, 눈 떠도 수없이 반복된다고요."

결국 눈에 맺혀 있던 눈물이 툭— 떨어져 내렸다.

"무사해서 다행이래요. 아저씨가 눈도 못 뜨는 주해솔 두고 저한테 하신 말씀이에요. 그렇게 말씀하시는 아저씨 심정은 또 어떻겠어요."

비난하고 싶지 않았다. 아버지의 잘못이 아니라는 것도 알고 있었다. 하지만 이 원망스러운 마음과 들끓는 화를 어디로 돌려야 할지 알 수 없었다.

"……미안하다."

끝내 그의 아버지가 할 수 있는 말은 이것뿐이었다. 아버지의 사과에 더욱 고통스러운 얼굴을 한 도형은 결국 아버지에게서 등을 돌렸다.

1분 1초가 느리게만 흘러갔다. 모두에게 지옥 같은 시간이 흘러갔고, 하루가 더 지나고 나서야 해솔이 의식을 찾았다. 다행히 의식을 찾은 뒤로는 빠른 회복 속도를 보였고 일주일이 더 지난 뒤 일반 병실로 옮길 수 있었다.

"오빠."

"왜?"

"저기 밖에 누구 있는 거 아니야?"

해솔의 시선이 살짝 열려 있는 병실 문으로 향해 있었다. 냉장고에서 물을 꺼내다 말고 뒤를 돌아본 태훈은 그녀의 시선이 향한 곳으로 고개를 돌렸다. 태훈이 서 있는 위치에서는 사람이 보이지 않았지만 그래도 확실하게 확인하려 걸음을 옮긴 그가 문을 활짝 열었다.

"있긴 누가 있어? 아무도 없는데."

뒤를 돌아본 그는 표정을 굳혔다. 침대 끝으로 도망치듯 물러선 해솔이 온몸을 움츠리다 못해 벌벌 떨고 있었다.

"주해솔, 왜 그래?"

놀란 태훈이 빠르게 다가섰다. 해솔은 한참을 움직이지 못하고 벌벌 떨고만 있다가 시간이 조금 더 흐르고 나서야 팔을 치워내고 고개를 들었다.

"아무도 없어?"

"없다니까."

"누가 있었는데."

"잘못 봤겠지."

해솔이 태훈의 등 뒤를 힐끗 응시했다. 열린 문에는 아무도 없었고 이내 그 문을 통해 도형이 들어섰다.

"문을 왜 이렇게 활짝 열고 있어?"

"주해솔이 자꾸 누가 있는 거 같다고 그래서."

침대에서 물러선 태훈이 다시 물을 꺼내어 해솔의 손이 닿는 곳에 놓아두었다. 이상하리만큼 주변 눈치를 보는 해솔의 상태에 도형이 의아한 얼굴을 했다. 가방을 내려놓은 뒤 그녀의 곁으로 다가섰다.

"왜 그렇게 식은땀을 흘려?"

"어? 아니. 아무것도 아니야."

고개까지 가로저으며 대답했다. 그리 말하면서도 해솔은 도형의 옷깃을 꼭 쥔 채 놓아주지 않았다. 마치 생명줄이라도 되는 것처럼 강하게 붙들고 있었다. 손안에서 셔츠가 잔뜩 구겨졌지만 그는 개의치 않는 얼굴이었다.

"야, 서도형 어디 도망 안 간다. 그거 좀 놔라."

태훈의 말에도 해솔은 손에 힘을 풀 생각을 하지 않았다. 도형은 결국 의자를 끌어와 그녀의 곁에 앉았다. 차츰 셔츠를 쥔 손에 힘이 빠지는 것이 느껴졌다.

해솔은 겉으로 보기에는 아무 이상이 없어 보였다. 수술은 잘됐고, 회복도 빠른 편이었다. 가끔 멍하게 딴생각을 할 때가 있었고 창밖이나 열린 문틈을 바라보다 흠칫 몸을 굳히는 경우가 있었지만 그게 큰 문제는 되지 않는다고 생각했다. 그러던 중 한 번은 복도를 걷다 갑자기 도망을 치는 바람에 놀란 태훈이 해솔을 뒤쫓기도 했었다.

"갑자기 왜 뛴 건데?"

"놀라서 그랬어."

"뭐가?"

"모자 쓴 남자가 있었어."

"뭐?"

"근데 그 모습이 그 사람이랑 닮아서. 너무 닮아서."

해솔은 눈물 고인 눈으로 그렇게 말했다. 시일이 얼마 지나지 않았으니 칼을 휘두른 남자의 인상착의와 그저 조금 비슷한 모습에도 놀랄 수 있겠거니 싶었다. 그리 생각하며 해솔을 다독이고 상황을 넘겼다. 하지만 이런 행동은 시간이 갈수록 그 횟수를 점차 늘려갔다. 그럴 때마다 해솔은 도망을 치거나 곁에 있는 누군가의 손을 꼭 잡았다. 마치 무언가에 공포를 느끼듯이.

"오늘이 며칠이더라?"

"12월 14일."

"벌써?"

"어."

"조금 있으면 방학 시작하겠네."

해솔은 병원에 한 달간을 입원해 있어야 했다. 그 한 달 사이에는 해솔이 모르는 많은 일이 일어났다. 기자가 몇 명 다녀갔지만 인터뷰도 기사도 모두 원치 않았기에 거절했다. 신문의 아주 작은 귀퉁이에 짧은 기사 하나가 났지만 그마저도 관심을 받지 못하고 조용하게 지나갔다. 해솔의 아버지는 온 힘을 다해 이 사건이 사람들의 입에 오르내리지 않도록 조치를 취했다. 그렇게 모든 것이 해결되었다 싶을 때쯤, 생각지도 못한 곳에서 가장 중요한 문제가 터졌다.

"왜 내 말 안 믿어? 내가 봤다니까!"

퇴원 후에 해솔의 상태는 급격하게 나빠졌다.

"누가 있다고! 누가 있단 말이야!"

쨍그랑— 유리 깨지는 소리가 연이어 두 번이나 울렸다. 현관에 막 들어선 도형은 해솔의 비명에 놀라 2층으로 빠르게 달려갔다. 문을 여는 것과 동시에 화병 하나가 날아와 벽과 부딪쳤다. 산산조각 나 깨진 화병이 바닥에 아무렇게나 뒹굴었다. 그중 하나의 파편이 도형의 뺨을 스치고 지나갔다.

"야, 너 괜찮아?"

한줄기 길게 피가 배어 나왔다. 놀란 태훈이 도형에게 다가섰지만 도형은 아픈 기색조차 없었다. 그저 엉망이 된 해솔의 방을 한 차례 시선으로 훑어낸 그는 쉼 없이 주변을 살피는 해솔을 바라보고 있었다. 그녀는 다시금 무언가를 손에 쥐었다. 이번에는 탁상시계였다.

"주해솔 왜 저래?"

"갑자기 저래."

"그러니까 왜?"

"나도 비명 듣고 올라온 건데, 누가 있다고 막 소리 지르더라. 창문 가리키면서 자꾸 소리치기에 아무도 없다고 와서 보라고 손을 끌어당겼더니, 갑자기 물건 집어 던지면서 저 상태야."

해솔의 숨소리가 점점 거칠어지고 있었다. 지금 해솔이 지닌 불안과 공포를 그대로 담고 있는 것만 같은 소리였다. 도형이 조심스럽게 그녀에게 다가섰다.

"주해솔."

마주하고 있는 두 눈이 불안하게 흔들렸다.

"내려놔."

초점을 잃은 것만 같은 눈이 방 안 이곳저곳을 살피다 다시 도형을 바라봤다.

"그거 내려놔."

그가 한 걸음 다가서면 해솔은 한 걸음 물러섰다. 그럴 때마다 슬리퍼 아래의 유리 밟히는 소리가 소름 끼치게 들려왔다. 벽에 등이 닿아 더는 물러설 곳이 없자 해솔은 울음을 터트렸다. 도형이 조심스럽게 해솔의 손에 들린 시계를 빼앗아 바닥에 내려놓았다. 고개를 숙인 해솔의 양 뺨을 손으로 감싸 들어 올렸다. 도형의 두 눈에는 동요가 없었다. 자신이 불안감을 드러내면 해솔이 더 놀랄 거라 생각했기 때문이었다. 그는 해솔의 두 눈을 마주한 채로 물었다.

"누가 있는데?"

"그 사람…… 그 사람이 왔어."

"누구?"

"너도 봤잖아. 모자 쓴 남자."

도형의 표정이 삽시간에 굳어졌다. 해솔이 갑작스럽게 도형의 팔을 붙들고 그의 몸 이곳저곳을 살폈다.

"넌 다친 곳 없어? 그 사람이 또 여길 왔어."

"그 새끼 이제 여기 없어."

"아니야. 저기 밖에 있었어. 내가 봤어."

"네가 잘못 본 거야."

"왜 너도 내 말 안 믿어? 분명 있었다니까. 저기 밖에서 쳐다보고 있었어!"

도형의 손을 뿌리치고 그를 밀어낸 해솔이 반쯤 열려 있는 창문을 두려운 눈으로 바라봤다. 다시 도형과 두 눈을 마주했을 때, 그녀는 울고 있었다. 도형은 주먹을 꽉 쥐었다. 불안감을 드러내지 않으려 했지만 발을 딛고 있는 땅이 서서히 무너져 내리는 느낌이 들었다.

"여기 없어."

"아니라니까! 칼 들고 웃었다고!"

"주해솔, 제발……."

"나 보고 웃었단 말이야!"

"그 새끼 이제 여기 없다니까! 너 대체 왜 이래!"

"아니야!"

뒤에 서서 그 모든 상황을 지켜보고 있는 태훈도 이제 거의 넋이 나간 상태였다. 이건 괜찮은 것이 아니었다. 해솔의 상태는 심각했다. 그녀는 도형을 지나쳐 걸어가 창문을 닫고 걸어 잠그기까지 했다. 그거로도 모자라 블라인드를 내리고 방문을 잠갔다. 마치 방 안이 자신을 보호할 수 있는 유일한 공간이라도 되는 것처럼 모든 것을 걸어 잠그고, 차단한 뒤 방의 제일 구석에서 몸을 웅크렸다.

"형."

넋이 나가 있던 태훈의 시선이 도형의 등에 닿았다.

"빨리 아저씨한테 연락해."

해솔의 상태를 다시 한 번 확인한 태훈이 그대로 방을 나섰다. 둘만 남게 된 공간에서 도형은 해솔을 가만히 바라보고만 있었다. 그녀는 몸을 잔뜩 웅크리고 무릎 위에 고개를 묻었다. 틈틈이 주변을 살피며 아무것도 없는 것을 확인하고도 몸을 흠칫 굳히는 것이 눈에 보였다. 도형이 천천히 무릎을 굽혀 자리에 앉았다.

"그러지 마, 주해솔."

해솔이 고개를 들었다. 눈물로 범벅된 얼굴이 도형의 두 눈에 담겼다.

"제발 그러지 마."

몸은 나았다. 더는 이상이 없었다. 하지만 정신적인 후유증이 비로소 나타났다. 그녀는 병원에서부터 내내 창문이나 열린 문틈을 보며 누가 있다고 말하며 흠칫하고는 했다. 건장한 체격을 지닌 남자, 혹은 모자를 쓴 사람을 보면 도망가는 행동까지 보였다. 그것은 모두 이런 상황을 미리 알리는 신호였다. 해솔은 고개를 가로저었다.

"그 남자, 또 올 거야. 너무 무서워."

그리 말하며 주변을 살피는 해솔의 눈에서 다시금 눈물이 뚝뚝 떨어져 내렸다.

"너도 여기 있어. 나가면 안 돼. 또 올 거란 말이야."

무서워— 연신 중얼거리는 그 말이 도형을 끝없이 짓눌렀다. 해솔은 어두운 방 안에 홀로 자신을 가뒀다.

"주해솔은?"

"방에."

"오늘은 어떤데?"

"똑같지 뭐."

이른 아침, 해솔의 집을 찾은 도형은 닫혀 있는 방문을 한참이나 응시했다. 그는 매일 해솔의 집을 찾았고 평소와 다름없이 태훈의 얼굴은 화가 난 듯 굳어져 있었다. 아마 아침부터 해솔과 실랑이를 벌인 모양이었다.

"저거 진짜 어쩌려고 저러냐."

해솔은 매일 밤 악몽을 꿨고, 소리를 지르고, 실신 직전까지 울었다. 더 큰 문제는 방 안에서 한 걸음도 나오지 않으려고 했다.

"안 갈 거야! 아무도 들어오지 마!"

닫힌 방문 너머에서 해솔의 목소리가 들려왔다. 상태는 더더욱 심각해져만 갔다. 처음에는 병원에 입원을 시킬까도 했지만 해솔이 소리를 지르며 쓰러진 적이 있었다. 깨어난 뒤에는 태훈과 아버지에게 매달리며 제발 두고 가지 말라고 빌며 또 빌었다. 그 모습에 결국 가족들은 입원을 강행하지는 못했다.

"내가 들어가 볼게."

하루의 반나절을 실랑이를 벌이다 간신히 병원에 데려가서 치료를 받고, 또 며칠 뒤에 그 행동을 반복했다. 정신과 치료를 받으며 상황은 어느 정도 나아졌다 싶었지만, 잠시뿐이었다. 해솔은 주기적으로 이렇게 밖으로 나가는 것 자체를 거부했다.

"싫다니까!"

문이 열리자마자 해솔의 비명이 가득 울려 퍼졌다. 그리고 어김없이 벽을 향해 무언가가 날아와 부딪치며 깨졌다. 해솔의 방에는 이제 남아나는 물건이 없었다. 창문은 여전히 틈 하나 없이 꼭꼭 닫혀 있었고, 블라인드는 항상 내려진 채였다. 문을 잠그고 구석에서 몸을 웅크린 채로 앉아 있다가 갑작스레 소리를 지르는 일도 있었다. 도형은 문턱이 경계라도 되는 것마냥 잠시 그 앞에 서 있다가 조심스레 방 안으로 들어섰다.

"병원 가야 돼."

뒤를 따라 들어온 태훈은 결국 화를 참지 못하고 소리쳤다.

"언제까지 이럴 거야! 평생 이렇게 방구석에서 한 발자국도 안 나올 거냐고!"

해솔의 이런 모습에 누구보다 마음이 아플 사람은 그녀의 가족들이었다. 소리치는 태훈의 눈은 이미 붉게 충혈되어 있었다. 도형이 태훈의 앞을 막아섰다.

"그렇게 소리치면 놀라서 더 움츠러드니까 그러지 마. 병원에서도 강압적으로 소리치거나 끌어내지는 말라고 했다며."

"다독인다고 될 일이었으면 진작 됐겠지!"

"형."

씨발— 그가 돌아서며 낮게 중얼거린 음성은 떨리고 있었다. 태훈이 몇 번이나 방에서 해솔을 끌어내려 했지만 소용없었다. 여전히 사람을 만나는 것 자체를 거부했고, 모르는 사람이 집에 찾아올 때면 그날은 해솔의 비명이 집 안 가득 들어찼다. 오늘같이 병원에 가는 일조차 매번 전쟁이었다.

"주해솔."

방구석에 몸을 웅크리고 앉은 해솔이 도형을 바라봤다. 그는 해솔의 앞에 무릎을 굽히고 앉은 채 시선을 맞췄다.

"병원 가야 돼."

"가기 싫어."

"약속했잖아. 입원 안 하는 대신 병원은 꼬박꼬박 가기로."

해솔의 커다란 눈동자가 갈피를 잡지 못한 채 불안으로 이리저리 움직였다.

"그 사람 또 올 거야. 서도형 너도 가지 마."

억센 힘으로 그녀는 도형의 팔을 붙들었다. 해솔은 몇 달 전에 비해 무척이나 야위어 있었다. 그럼에도 어디서 이런 힘이 나오는 건지 알 수 없을 정도로 강한 힘으로 도형을 잡고 있었다. 공포와 두려움, 그 모든 불안한 감정들이 해솔의 얼굴에 드러나 있었다.

"그 남자 이제 안 와. 두 번 다신 안 올 거야. 계속 말했잖아."

"아니야. 어제도 봤어. 저 밖에 모자 쓰고 여기 쳐다보고 있었어."

"잘못 본 걸 거야."

"아니야. 그 남자였단 말이야. 저 창문 열면 항상 있어."

도형은 해솔이 가리킨 방향을 바라봤다. 창문은 블라인드로 가려져 있는 상태였다. 매번 같은 대화, 같은 행동을 반복하는 해솔을 보며 도형은 하루하루가 말라가는 느낌이었다. 그의 목울대가 크게 한 번 움직였다. 숨을 길게 한 차례 토해내고 최대한 언성을 높이지 않으려 애썼다.

"절대 못 오게 할게. 형도 있고, 나도 있잖아."

"너도 다쳤잖아."

"나는 괜찮아."

도형이 손을 내밀었다. 해솔은 그 손을 바라보기만 할 뿐 잡지 않았다. 하지만 도형은 끈기 있게 30분에 가까운 시간을 기다렸다.

"정말 없어?"

"없어."

"병원만 다녀올 거야?"

"그렇다니까."

결국 한참을 망설이던 해솔이 그 손을 잡았다. 두 사람은 간신히 집을 나서 병원으로 향했다.

"벨트 매고."

병원은 태훈의 차를 타고 가기로 했다. 해솔의 상태에 속상해진 태훈은 차 밖에서 한참을 서성이며 시간을 보낸 뒤 차에 올라탔다. 일주일에 세 번씩, 이렇게 병원에 갈 때마다 가족들은 전쟁 같은 시간을 보내야 했다. 그나마 도형이 올 때는 조금이나마 수월하게 해솔을 병원에 데려갈 수 있었다.

"아무리 울며 빌어도 그때 입원시켰어야 했어. 차라리 입원시키는 게 나을 거야."

마른 손으로 얼굴을 쓸어내린 태훈이 의자에 앉으며 한숨을 내쉬었다. 도형도 그와 같은 생각이었다. 해솔의 상태가 괜찮아질 때까지는 차라리 병원에서 치료를 받게 하는 것이 좋을 것 같았다.

"먼저 가 있어. 여기 차 키."

처방받은 약을 받기 위해 도형에게 키를 건넨 태훈은 약국으로 먼저 걸음을 옮겼다. 도형은 진료를 받고 나온 해솔을 데리고 주차장으로 향했다. 밖으로 나가야 하는 것에 또다시 잔뜩 겁을 집어먹은 해솔이 그에게로 바짝 붙어 섰다.

"어디 안 도망 가. 그리고 이제 집에 갈 거야."

사고가 난 뒤로 한 달을 병원에, 두 달 가까운 시간은 대부분 집에서만 갇혀 지냈다. 석 달 가까운 시간이 흘렀지만 나아진 것은 아무것도 없는 것 같았다.

"눈은 또 언제 이렇게 왔어."

병원에 있는 사이에 눈이 내린 모양이었다. 꽤 많은 양의 눈이 쌓여 있었고 지금도 계속해서 내리고 있었다. 주변을 살피며 긴장을 풀지 않는 해솔을 한 차례 시선으로 확인한 그는 주머니에서 느껴지는 진동에 잠시 걸음을 멈췄다.

"네, 아저씨."

해솔의 아버지에게서 온 전화였다. 아마 진료를 받은 해솔의 상태가 궁금해서 전화를 걸었을 것이다. 도형이 통화하는 동안 불안한 시선으로 주변을 둘러보며 그를 따르던 해솔은 무슨 이유에서인지 점차 걷는 속도를 늦추다가 아예 자리에 멈춰 서고 말았다.

"네. 형이 지금 처방받은 약 가지러 갔어요."

팔을 꽉 쥐고 있던 힘이 약해지고 이내 떨어져 나갔다. 도형이 뒤늦게 손이 허전해진 것을 알아채고는 뒤를 돌아봤다. 해솔은 점점 더 뒤로 물러서고 있었다.

"주해솔?"

휴대전화를 천천히 아래로 내린 도형은 그녀의 상태가 이상하다는 것을 뒤늦게 눈치챘다. 하얗게 질린 얼굴로 그녀가 바라보고 있는 곳에는 누군가와 대화를 나누고 있는 남자가 서 있었다. 도형의 두 눈이 커졌다. 검은 모자를 푹 눌러쓴 남자였다.

"아니야! 주해솔!"

"꺄아아!"

그저 검은색 모자를 쓴 남자였다. 그럼에도 해솔은 귀신이라도 본 것처럼 소리를 지르고 도망쳤다.

[도형아. 무슨 일이니? 도형아?]

도형은 그대로 전화를 끊고 해솔을 향해 달렸다. 그의 눈이 불안감으로 물들었다. 위태롭게 거리를 달리는 해솔의 앞에는 6차선 도로가 있었다.

"주해솔!"

끼이익— 차가 급정거를 하는 소리가 소름 끼치게 귓가에 울려 퍼졌다. 도형이 크게 숨을 몰아쉬었다. 등골이 다 서늘해졌다. 빠르게 달리던 차는 정확히 해솔의 앞에서 멈춰 섰다. 조금만 더 늦었더라면 그대로 치였을 것이다.

"야! 너 미쳤어?"

흥분한 운전자가 창문을 내리고 소리쳤다. 멍하니 뒤를 돌아본 해솔의 시선이 도형을 향해 있었다. 그는 빠르게 그녀를 향해 달려갔다.

"주해솔!"

눈에 보이는 세상이 천천히 기울어졌다. 해솔의 몸은 그대로 바닥을 향해 쓰러졌다.

띠— 띠— 띠—

일정하게 울리는 기계음이 귓가에 전해졌다. 온몸이 물에 젖은 솜처럼 무겁기만 했다. 해솔은 손끝에 전해지는 다른 이의 체온을 느끼며 간신히 눈을 떴다.

"해솔아."

그녀는 흐릿해진 시야를 바로잡기 위해 몇 차례 눈을 깜빡였다. 한 손을 꽉 부여잡고 뺨을 쓰다듬는 사람은 그녀의 아버지였다.

"아빠."

"그래. 아빠 여기 있다."

주변을 둘러본 해솔은 지금 자신이 누워 있는 곳이 병원이라는 것을 알아챘다. 갑작스레 밀려드는 두통에 신음을 내며 인상을 찌푸렸다.

"선생님 모셔오마."

해솔이 의식을 찾았다는 말에 태훈도 도형도 모두 병실 안으로 모였다. 의사는 깨어난 해솔에게 질문을 건네며 이곳저곳을 살폈다.

"해솔 양. 어디 불편한 곳은 없어요?"

"머리가 좀 아파요."

"그 외에는? 특별하게 불편함을 느끼는 부분 같은 건 없어요?"

"딱히 아픈 곳은 없어요."

고개를 끄덕인 의사가 해솔에게서 돌아섰다.

"괜찮은 건가요?"

"외상은 없지만 혹시 모르니 검사를 좀 더 제대로 하고 퇴원을 하는 게 좋을 것 같습니다. 해솔 양 같은 경우는 이전에 일어난 사고도 있으니……."

그녀의 아버지와 의사가 잠시 대화를 나누고 있을 때였다.

"근데 왜 이렇게 눈이 많이 내렸어?"

모두의 시선이 해솔에게로 향했다. 그녀는 멍한 얼굴로 창밖을 바라보며 중얼거렸다.

"아직 11월인데, 첫눈치고는 엄청 내렸네."

해솔을 제외한 그 자리에 있는 모두가 표정을 굳혔다. 두어 차례 기침하며 가슴을 두드린 해솔은 자신에게로 쏠려 있는 시선에 뒤늦게 의아한 얼굴을 했다.

"다들 왜 그렇게 봐?"

"해솔 양."

"네?"

"조금 전에 뭐라고 했어요?"

"……눈이 많이 왔다고요."

"아니, 그거 말고 그전에. 지금이 몇 월이라고 했죠?"

해솔은 눈동자를 굴렸다. 왜 이런 질문을 하는 건지 이해하지 못한 얼굴이었지만 그녀는 일단 머릿속에 떠오르는 답을 건네었다.

"11월이요."

잘못 들은 것이 아니었다. 해솔이 칼에 찔리고 난 뒤 석 달에 가까운 지옥 같은 시간이 흘렀다. 그리고 오늘은 2월의 첫날이었다. 하지만…….

"11월이잖아요."

해솔의 시간은 되돌려진 듯 그 이전으로 돌아가 있었다.

해솔은 추가로 검사를 받기 위해 병원에 며칠 더 입원하기로 했다. 현재를 11월로 기억하는 해솔은 3개월간의 기억을 통째로 잃어버린 상태였다. 마치 스스로 지워 버리기라도 한 것 같았다.

"해리성 기억상실입니다."

"해리성 기억상실이요?"

"다른 기능은 정상적으로 유지하고 있지만 심리 상황에 따라 일부 기억을 잃는 증상이에요. 음, 쉽게 말하면 해솔 양 같은 경우 사고 후의 심각한 외상 후 스트레스를 받았고 그 때문에 자기방어를 하는 것처럼 기억을 스스로 봉인한 겁니다. 기억을 통째로 잊어버리는 일도 있는데, 딱 그 사고를 기점으로 고통받았던 시기의 기억만 없더군요."

3개월간의 기억을 잃은 해솔은 마치 며칠 전과는 다른 사람처럼 이전의 공포감을 드러내지 않았다. 평범하게 대화하고 즐겁게 웃기도 했다. 예전 주해솔의 모습이었다.

"차라리 잘된 일이네."

병원 밖으로 나온 도형은 태훈을 향해 낮게 중얼거렸다. 도형뿐만이 아니라 가족 모두가 차라리 해솔이 기억을 잃은 쪽이 다행이라고 여겼다. 그녀의 아버지는 같은 동네에 사는 사람들에게 한 집, 한 집 찾아가 사정을 설명하고 그때의 일에 대해 아는 것이 있어도 모르는 척해달라고 고개 숙여 부탁했다. 해솔은 자신이 교통사고를 당해 병원에 입원한 거로 알고 있었고, 다른 이들도 모두 그렇게 알고 있는 것으로 상황을 마무리시켰다.

"당장은 괜찮은 것 같은데, 혹시라도 기억 돌아오면 또 어쩌냐."

태훈이 쓴웃음을 머금고는 머리카락을 거칠게 헝클어뜨렸다. 병실에서는 이제 해솔의 퇴원 준비가 한창이었다. 병원 건물을 올려다본 도형은 이를 잠시 악물었다.

"형."

"왜?"

태훈을 불러놓고 그는 잠시 아무런 말을 하지 않았다. 도형은 3개월간의 일을 떠올렸다. 창문을 닫고, 블라인드를 내리고, 빛 하나 들어오지 않는 방의 한구석에 웅크리고 앉아 있던 해솔의 모습이 눈앞에 그려졌다. 매일같이 악몽을 꾸고, 소리를 지르고, 병원 갈 때를 제외하고는 집 밖으로 한 걸음도 나서지 못하는 생활을 했다. 울고, 또 울고, 아무것도 하지 못하고. 그렇게 평생을 살지도 모를 일이었다.

하지만 기억이 평생 돌아오지 않으면, 다신 그럴 일은 없을 것이다. 지금으로서는 언제, 어디서, 어떻게 다시 기억을 찾을 수 있을지 누구도 알지 못했다. 해솔의 사고에 대해 알고 있는 의사는 만일 이대로 기억을 찾지 않기를 바라는 거라면 충격을 받을 수 있는 일은 피하고 그때 일어난 일과 겹쳐지는 풍경이나, 비슷한 장소, 비슷한 인간관계를 반복하지 말라는 조언을 했다.

"서도형. 왜 불러놓고 말을 안 해?"

의사가 말하는 그 모든 것들은 하나같이 도형을 가리키고 있었다.

"의사 선생님 말씀, 형도 들었지? 그때 일어난 일과 겹쳐지는 풍경이나, 비슷한 장소, 비슷한 인간관계를 반복하다 보면 어느 순간 잃었던 기억이 돌아올지도 모른다고. 그게 자주 반복될수록 기억이 돌아올 확률은 더 높다고."

"그래서?"

"내가 없어야 할 거 같아."

"뭐?"

"주해솔 곁에 내가 없어야 할 것 같다고."

병원을 올려다보던 검은 눈동자가 태훈에게로 향했다. 무슨 생각을 하는 건지 알 수 없을 정도로 그의 두 눈에는 동요가 없었지만 어째서인지 물기가 조금 어려 있는 것 같았다.

"너, 대체 지금 뭐라는 거야?"

"생각해 봐. 칼에 찔린 뒤 3개월의 시간 동안 주해솔과 가장 많은 시간을 보낸 것도 나고, 칼에 찔릴 때 함께 있었던 것도 나야. 심지어 칼에 찔린 곳은 우리 집이었어."

"그게 뭐 어쨌다고?"

"겹쳐지는 풍경이나, 비슷한 장소, 비슷한 인간관계. 그거에 제일 해당하는 사람이 누구야? 나잖아. 주해솔이 기억을 찾는데 가장 큰 영향을 끼칠 사람이 나라고. 그 기억은 여기 있는 그 누구도 돌아오길 원치 않는 기억이고."

"서도형."

"형은, 저런 주해솔 보면서 평생 마음 놓고 살 수 있어?"

도형이 버석하게 마른 웃음을 지으며 고개를 가로저었다.

"나는 못해. 다신 못 보겠어. 그러니까 평생 기억 못하게 할 거야."

"그럼 뭘 어쩌겠다는 건데? 그저 거리를 두는 거로 되는 문제가 아닌 거 너도……."

"달라져야지."

"뭐?"

"날 통해서는 절대 예전 기억을 떠올릴 수 없을 정도로 달라질 거야. 내가 완전히 다른 모습으로 주해솔을 대하면, 이전의 기억과는 그 무엇 하나 겹치는 게 없으니 나로 인해 과거를 떠올리는 건 더더욱 어려울 거 아니야. 형조차도 내 얼굴 보기 힘들 정도로 거리 둘 거야. 주해솔이랑 같이 있는 일은 아예 없을 거고."

"무슨 소리를 하는 거야, 대체. 아예 안 보고 살겠다고?"

"할 수 있다면."

"서도형!"

"아무것도 모르니까, 이유조차 모르니까. 아마 많이 울 거야. 형이 옆에서 좀 달래주든가 해."

도형이 무슨 생각을 하는 건지 짐작한 태훈이 주먹 쥔 손으로 가슴을 두어 차례 두드렸다. 어떻게 저런 결론을 낼 수 있을까. 그는 답답하다는 얼굴로 크게 소리쳤다.

"그래, 다 좋아. 그럼 너는? 너는 어쩌려고, 인마."

"괜찮아."

그는 조금도 괜찮지 않은 얼굴로 태훈을 향해 대답했다. 그리고 이어진 답에 태훈은 할 말을 잃고 말았다.

"주해솔이 괜찮아야, 내가 괜찮을 거 같아."

녹지 않은 눈은 아직 곳곳에 모습을 남긴 채였고 시린 겨울바람은 매서

우리만큼 세차게 불어오고 있었다. 그 추위 속에서 태훈은 무섭게 굳어진 얼굴로 도형을 바라보고 있었다.

"도와줘, 형."

"야. 네가 주해솔을 얼마나 좋아하는지 내가 다 아는데. 그런 걸 부탁이라고……."

그는 지금 화를 내고 있었다. 한숨을 내쉬며 머리를 헝클어트린 태훈은 도형의 말을 다시 한 번 곱씹어보고는 헛웃음을 터트렸다.

"이 미친놈아. 주해솔도 내 동생이지만, 너도 내 동생이나 다름없어. 해솔이 아프지 말라고, 너 힘들 거 뻔히 알면서 모르는 척하라고?"

"형."

"네가 아무리 뭐라고 말해도 이건……."

"칼에 찔리는 주해솔 모습이 수도 없이 꿈에 나타나."

태훈의 표정이 다시 급격하게 굳어졌다. 사고에 대한 후유증은 해솔에게만 나타난 거로 알고 있었지 도형은 한 번도 그런 내색을 하지 않았기 때문이었다.

"너, 한 번도 그런 얘기 안 했잖아. 왜 진작 얘기 안 했어?"

"주해솔 괜찮아지면, 나도 잊을게."

"인마, 그런 문제가 아니잖아."

"괜찮아. 형, 나 진짜 괜찮은데. 지금은 괜찮은데. 주해솔 한 번 더 무너지면, 그땐 못 버틸 거 같아. 그러니까 제발, 형."

그는 고개를 숙였다. 태훈의 손등에 물방울이 떨어져 내렸다. 지금 도형은 울고 있었다. 고개까지 숙여가며 부탁하는 모습에 결국 태훈은 도형의 부탁을 들어줄 수밖에 없었다.

"너, 언젠가 후회할 거야."

"안 해."

도형의 부탁은 그저 앞으로 자신이 할 모든 일에 대해 해솔이 아무리 물어도 모르는 척해달라는 것뿐이었다. 도형이 해솔을 상처 줘도, 차갑게 굴어도, 전혀 다른 사람처럼 모질게 대해도. 그저 모르는 척, 정말 아무것도 모르는 척해달라는 것이 전부였다.

도형은 다시 병원으로 들어서서 해솔이 있는 병실로 향했다. 퇴원 준비를 하고 있던 그녀의 아버지는 짐을 옮겨두기 위해 자리를 비운 건지 병실에는 해솔만이 남아 있었다.

"야, 넌 나 퇴원하는데 어디 가 있었어?"

뒤늦게 도형의 모습을 발견한 해솔이 입을 삐죽이고는 빠르게 그에게로 다가섰다.

"서도형."

"왜?"

"가다가 아이스크림 좀 사줘. 아빠가 환자라고 찬 거 못 먹게 하는 거 있지. 교통사고라고 해봐야 난 기억도 안 나고 아픈 곳도 없는데."

그리 말하며 해솔은 배시시 웃어 보였다. 다시는 못 볼 줄 알았던 밝은 얼굴로 웃고 있었다. 도형이 손을 들어 그녀의 이마를 장난스럽게 툭 밀었다. 이런 행동을 할 수 있는 것도 오늘이 마지막일 것이다.

"다 나으면."

도형은 수십, 수백 번 해솔을 보며 빌었다.

"완전히 다 나으면."

제발, 기억하지 말아달라고.

퇴원 절차를 모두 마쳤고 주차장으로 내려오라는 태훈의 연락을 받았다. 주차장으로 향하는 동안 도형은 내내 해솔의 모습을 바라보고 있었다. 조금 앞서 걷고 있던 해솔이 뒤를 따르고 있는 도형을 돌아보려다 중심을 잃고 비틀거렸다. 그가 빠르게 잡아주지 않았다면 그대로 넘어졌을 것이다.

"또 덜렁대지."

"누워 있어라, 쉬어라. 자꾸 이러니까 내내 안 움직여서 그런 거잖아."

"잡아."

"어?"

"잡고 걸으라고."

해솔의 작은 손이 도형의 팔을 붙들었다. 그것이 마지막이었다. 겉으로는 퉁명스럽고 차가운 것으로 보여도 해솔에게만큼은 그래도 다정했던 서도형의 모습을 보는 것은.

'할 얘기 없다고 분명 얘기했던 거 같은데. 귀찮게 굴지 말라고도 분명 얘기했고.'

그는 한순간에 차갑게 변했다. 도형이 태도를 완벽하게 바꾼 이유를 그녀는 알지 못했다. 해솔은 자신도 모르는 사이에, 지금의 평온한 생활을 얻는 것 대신 서도형을 잃었다. 그 결정에, 해솔의 의지는 조금도 반영되지 않았고, 그녀에게는 선택할 기회조차 없었다.

전해줄 게 있다는 후배의 말에 도형은 잠시 야구부의 부실에 들렀다. 후배가 말한 시간보다 15분 정도 일찍 도착한 도형은 한쪽에 자리를 잡고 앉아 주변을 둘러봤다. 이미 야구를 관둔 지는 한참이었는데 라커룸과 한쪽에 모아놓은 배트를 보니 새삼 옛 기억들이 떠올랐다. 그렇게 홀로 상념에 잠겨 있는 사이, 도형의 휴대전화가 울렸다. 액정에 뜬 번호는 태훈의 것이었다.

"이 시간에 형이 웬일이야?"

[내가 훈련하다 말고 아무리 생각해도 열불이 뻗쳐서 전화했다.]

"왜?"

[야. 너 아무리 그래도 그렇지. 대체 어떻게 했기에 주해솔 저게 매일 집에 와서 쳐 울어? 학교만 갔다 오면 아주 자동이야. 창문에서 네 방 내려다

보다가 울고, 네 사진 보다가 울고, 심지어 어제는 밥 처먹다가 울더라.]

도형이 작게 한숨을 내쉬고는 손을 들어 이마를 짚었다.

"예상한 일이잖아."

[알아. 그래도 그렇지. 넌 어찌 된 게 적당히, 라는 말도 모르냐? 저러다 주해솔 기억 돌아오면 뭐라고 하려고?]

"형."

화가 난 감정을 고스란히 드러내듯 낮아진 음성이 들려왔다.

"절대 그럴 일 없어. 그러기 위해서 내가 이렇게까지 하는 거잖아."

[아무리 생각해도 이건 아닌 거 같다. 내가 잠시 미쳤었지. 이런 말도 안 되는 일에 동조를 다 해주고.]

"그럼 어쩌라고? 사실대로 다 이야기라도 하겠다는 거야?"

도형은 진심으로 화를 냈다. 두 사람은 통화하며 한참이나 실랑이를 벌였다. 그 때문에 입에 올리지 않으려던 사고 이야기가 다시금 쏟아져 나왔다.

"주해솔이 칼에 찔린 게 불과 3개월 전 일이야. 형은 벌써 잊었어? 그것 때문에 해솔이가 어떻게 생활했는지?"

사채업자, 채무자, 해솔을 찌른 칼, 병원, 정신과 치료, 해리성 기억상실까지. 도형은 지금 이곳이 어디인지도 잊고 태훈에게 그것들을 언급하며 화를 냈고 그를 설득하기 위해 전화를 했던 태훈은 결국 두 손, 두 발다 들고 말았다. 그렇게 통화를 마쳐 갈 때쯤이었다.

"선배님, 들어가지 않고 여기서 뭐 하세요?"

등 뒤에서 들려온 목소리에 도형이 휴대전화를 귀에서 떼어내고 빠르게 뒤를 돌아봤다. 문은 닫혀 있었다. 하지만 그 앞에서 누군가의 음성이 분명 들려왔다.

[그래. 내가 네 고집을 어떻게 꺾겠냐. 너 분명히 말하는데 나중에 분명 후회……]

휴대전화 너머에서 태훈의 목소리가 들려왔지만 그대로 전화를 끊은 도형은 조금의 망설임도 없이 닫혀 있는 문을 벌컥 열었다.

"어? 선배님, 일찍 오셨네요."

그곳에는 도형을 이곳으로 부른 후배와 도형과 함께 야구를 했던 부원 하나가 서 있었다. 승준이었다.

"바쁘실 텐데 불러서 죄송해요. 전해 드리고 싶은 게 있는데 이틀 뒤에는 졸업식이기도 하고, 그땐 더 바쁘실 거 같아서요."

"들었어?"

"네?"

심상치 않은 분위기에 도형의 후배가 눈동자를 굴리며 승준을 바라봤다. 도형은 분명 자신의 후배가 아닌 승준을 향해 말하고 있었다.

"조금 전 통화, 들었어?"

그는 아무런 대답도 하지 않았다. 도형이 승준의 멱살을 잡았다.

"들었냐고 묻잖아."

"어? 선배님 왜 이러세요."

도형의 후배가 두 사람을 중재하려 가운데로 몸을 밀어 넣고 그의 앞을 막아섰다. 승준이 구겨진 셔츠를 탁탁— 털어내고는 불쾌한 기색을 얼굴에 드러냈다.

"무슨 말을 하는 건지 모르겠는데. 난 준서가 불러서 온 것뿐이야."

준서는 이 자리에 도형을 부른 후배의 이름이었다. 그는 야구부 활동을 할 때 도움을 줬던 도형과 승준에게 고맙다는 말과 함께 선물을 주고 싶어 두 사람을 이곳으로 불렀지만, 자신 때문에 분위기가 험악해진 것 같아 이유도 모른 채 두 사람에게 미안해했다.

"선배님, 뭐 때문인지는 모르겠지만 화 푸세요."

그는 자신의 앞을 막아선 준서마저 밀어냈다.

"권승준. 네가 조금 전에 여기서 뭘 들었든 안 들었든, 그거 함부로 떠들지 않는 게 좋을 거야."

무시무시한 기세에 승준이 짧게 웃음을 터트렸다.

"분위기 험악해서 안 되겠다. 네가 다짜고짜 멱살부터 잡아서 나도 좀 삐딱하게 나갔어. 사실 못 들었어. 조금 전에 막 온 거고, 준서가 마침 말 걸어서 문을 열지 못한 것뿐이야. 훔쳐 듣거나 하지 않았어."

도형은 승준의 말에도 의심스러운 시선을 거두지 않았다.

"정말이야. 믿든 안 믿든, 그건 네 자유지만."

어깨를 으쓱이며 승준은 능청스러운 표정을 지었다. 도형은 그의 어깨를 팍 밀치고 지나갔다.

"선배님!"

뒤에서 준서가 불렀지만 그는 돌아보지 않았다. 그렇게 이틀 뒤, 도형은 졸업했다. 다시 볼 일이 없을 줄로만 알았던 승준을 다시 보게 된 것은 몇 달 후의 일이었다.

'너보다 한참 작은 여자애를 그렇게 밀면 되겠냐.'

권승준이 해솔의 곁에 있었다. 승준은 아니라고 했지만 도형은 그가 통화 내용을 들었다는 것을 확신했고, 결국 찾아가 확인까지 했다. 승준이 조금이라도 그때의 일에 대해 떠든다면 어떻게든 막을 생각이었지만 그 역시 해솔을 아끼는 건 사실인 건지 제 입으로 말하지 않겠다는 약속 하나 만큼은 지켰다.

"형."

"왜?"

"권승준이라고 알아?"

"들어봤는데. 누구더라?"

"주해솔 아는 사람 중에 그런 이름 가진 사람, 없어?"

해솔의 이름이 언급되고 나서야 태훈은 승준의 이름을 어디서 들어본 건지 기억해 냈다.

"아, 기억났다. 그 주해솔 친구인가? 요즘 되게 친하게 지내는 남자애 하나 있던데."

"혹시 말이야. 그 녀석한테 조금이라도 이상한 낌새 보이면 얘기해 줘."

"야, 이상한 낌새는 나보다 네가 더 먼저 알아채겠지. 아닌 척하면서 매일 주해솔 곁 맴도는 거, 내가 모를 것 같냐?"

해솔은 몰랐겠지만 도형은 그녀의 앞에 모습을 드러내지 않은 채 주변을 맴돌았다. 그걸 태훈은 알고도 모른 척하고 있었다.

"아무튼, 좀 걸리는 점이 있어서 그래."

태훈은 알겠다며 고개를 끄덕였다. 하지만 그가 승준에 대해 이상한 낌새를 느끼게 될 일은 없었고 자연스레 도형에게 그에 대해 말하게 될 일도 없었다.

승준은 꽤 오랜 시간 해솔의 곁에 있었다. 한 번, 두 번, 함께 있는 모습을 보게 되는 횟수가 점점 늘기 시작하더니 어느 순간부터 그는 해솔과 꼭 붙어 다녔다. 그러다 두 사람은 연인이 되었다. 금방 헤어질 거라 생각했지만, 두 사람의 인연은 오래 이어졌고 도형은 더는 해솔의 곁을 맴돌지 않았다.

"닭 쫓던 개 지붕 쳐다본다는 말 아냐? 그거 딱 너다, 너."

태훈의 말에 도형은 픽 바람 빠진 웃음소리를 냈다.

"잘됐잖아."

"정말 그렇게 생각해? 이거 몰랐는데, 진짜 병신일세."

아무렇지도 않게 막말을 하며 태훈은 술잔을 넘겼다. 도형 역시 앞에 놓인 술잔을 비워냈다. 잘된 일이었다. 이제 문제 될 것은 아무것도 없었다. 해솔은 예전 일을 기억하지 못했고, 평온한 일상을 얻었고, 곁에는 그녀를 지켜줄 누군가도 있었다.

"내가 후회하면 안 되는 거지."

저 스스로 결정한 일이었다. 해솔의 의견은 들어보지도 않고, 묵살하고, 홀로 판단하고. 그럼에도 이제 와 자꾸 욕심이 생겼다. 그렇게도 지키려던 해솔의 평온한 일상이 또다시 자신으로 인해 깨져 버릴 수도 있는 걸 알면서도 자꾸 욕심이 났다. 그래서 도형은 결론을 내렸다.

"형."

"왜?"

"나, 한국 떠나."

차라리 눈에 안 보이는 곳으로 떠나기로.

태훈은 잠시 말이 없었다. 술잔을 채우고, 그것을 비워내고. 그 행동을 서너 번 반복하다 자리에서 일어섰다.

"진짜 병신일세."

작게 중얼거리는 그의 목소리가 살짝 떨리고 있는 것을 그는 모르는 척했고 그저 웃었다.

도형과 야구를 함께했던 부원들이 송별회 자리를 만들어줬다. 도형은 두 차례나 거절했지만 이마저도 못하게 하면 너무 서운하다고 말하는 바람에 결국 자리에 참석했다. 그곳에는 오지 않으리라 생각했던 승준까지 찾아왔다.

'그래도 한국 떠나는 건데, 해솔이한테는 얘기해야 했지 않아? 모르고 있던데.'

'그래서 내가 이야기했어. 아무리 사이 틀어졌다고는 해도 주해솔은 알아야지.'

'걱정 마. 예전처럼 주해솔이 너한테 매달리거나 힘들어할 일은 없어. 지금도 봐. 너 간다는데도 달려오는 일 없잖아.'

승준이 건넨 말들을 다시 곱씹어본 도형은 픽 웃고 말았다. 다행이라고 해야 할지, 섭섭하다고 해야 할지. 도형 자신이 바라는 대로 주해솔의 삶은 이제 정말 평온해진 모양이었다.

승준은 이미 모습을 감춘 지 오래인데, 도형은 자리로 돌아가지 못했다. 그는 걸음을 돌려 발길 닿는 대로 걸었다. 정신을 차렸을 때는 이미 익숙한 길에 접어들고 있었다. 예전에 살던 집으로 향하는 골목이었다. 도형은 천천히 앞서 걷는 사람의 발걸음 속도에 맞춰 걸음을 옮겼다.

"날씨 더럽게 춥네."

추운 날씨에 어깨를 잔뜩 움츠린 채로 걸어가고 있는 여자는 해솔이었다. 투덜거리는 목소리에 도형이 작게 미소 지으며 고개를 숙였다. 해솔은 그때의 일을 전혀 기억하지 못했다. 오랜 시간이 흘렀고, 그 사건에 대해 알고 있는 이들은 이제 모두 하나같이 입을 맞춘 듯 말했다.

'이제는 됐어. 기억은 돌아오지 않을 거야.'

영영 잠겨 버린 기억이라면 이제는 주해솔의 곁에 있어도 좋을 텐데. 그리 생각하는 자신의 마음은 욕심일까. 도형은 고개를 가로저었다. 해솔의 곁에는 이미 다른 누군가가 있었다.

해솔이 집 안으로 모습을 감췄고 도형은 담배를 꺼내었다. 사흘 전쯤 사두었던 것 같은데 한 번도 펴보지는 않았다. 담배 하나를 꺼내어 불을 붙이고 깊게 숨을 빨아들였다. 곧 하얀 연기가 허공에 피어올랐다.

'서도형!'

골목 끝에서, 2층 창문에서, 정원 한가운데서, 그의 이름을 부르며 손을 흔드는 해솔의 모습이 저절로 눈앞에 그려졌다. 도형의 시선은 이제 다른 이의 소유가 되어버린 집으로 향했다.

"저거 부수면, 또 울 텐데."

마지막으로 남겨둔 것은 저거 하나였다. 그의 아버지는 이미 시골로 내려간 지 오래였고 외국으로 떠나게 된 도형은 집을 팔기로 했다. 그는 주거용 집을 구하는 사람이 아닌, 집을 부수고 새로 건물을 올릴 사람에게 집을 판매했다. 저 집은 해솔이 칼에 찔렸던 장소였다. 저걸 부수고 나면 이제 해솔을 괴롭힐 것들은 아무것도 남지 않는 것 같았다.

"잘 있어라, 주해솔."

반쯤 태운 담배가 바닥으로 떨어졌다. 아무도 듣지 못할 인사를 건네고 그는 돌아섰다.

한국을 떠난 그는 해솔에 대해 무엇 하나 잊지 못했음에도 불구하고 마치 모두 잊은 것 같은 일상을 보냈다. 나란히 함께 걸어가던 길이 이제 각자의 길로 바뀌었고, 그만큼 긴 시간을 홀로 보냈다.

'주해솔은요?'

간혹 전화를 걸 일이 생기면, 목 끝까지 차오른 그 말을 애써 억눌러야만 했다. 그러던 어느 날, 해솔의 아버지가 이제 그만 한국으로 돌아오는 것이 어떻겠냐며 정식으로 AK건축의 스카우트 제안서를 보내왔다.

거절하려 했다. 마음 써주시는 일이야 감사하지만, 그래도 거절하는 것이 맞다 여겨졌다. 그 생각을 전하려 해솔의 집에 전화를 걸었던 날이었다. 하필 술에 취한 주해솔이 그 전화를 받았다.

[도형아.]

그 짧은 통화를 하면서 도형은 저울 위에 해솔을 올려두고 끊임없이 고민했다. 이제 정말 괜찮은 건지, 그때의 기억은 영영 사라져 버린 건지, 자신이 돌아가도 되는 건지, 가늠하고 또 가늠했다.

[서도형.]

해솔은 울었다. 어린아이처럼 엉엉 소리 내어 울었다.

[보고 싶어.]

울음 섞인 고백에 도형은 웃지도 울지도 못하는 얼굴을 했다.

[보고 싶단 말이야.]

결국 도형은 항공권을 끊었다. 그리고 다시 해솔을 마주했다. 한국을 떠난 후 늘 텅 빈 것처럼 허전했던 마음이, 채워지지 않을 것 같던 마음의 결여된 부분이, 너를 보고 나서야 거짓말처럼 가득 들어찬 느낌이 들었다.

11

　늦은 밤이었지만 태훈은 술이나 한잔하자는 민건의 연락을 받고 집을 나섰다. 뒤축을 구겨 신은 운동화를 제대로 고쳐 신으며 스마트키의 버튼을 눌렀다. 삐빅— 소리와 함께 불빛이 들어오며 잠겨 있던 차 문이 열린 순간이었다.

　"어디 가?"

　"아, 깜짝이야."

　흠칫— 몸을 굳힌 태훈이 뒤를 돌아보고는 놀란 가슴을 쓸어내렸다. 해솔이 담벼락 앞에 쭈그려 앉아 있었다.

　"이게 달밤에 머리는 왜 귀신같이 풀어헤치고 거기 앉아 있어?"

　해솔은 잠시 기가 차다는 얼굴을 했다. 그냥 뒤에서 말만 걸었을 뿐인데 진짜 놀란 모양이었다. 덩치는 산만 해서 뭐가 무섭다는 건지.

　"이 시간에 어디 가냐니까?"

　"너야말로 여기서 청승맞게 왜 그러고 있어?"

해솔은 잠시 고민했다. 이걸 주태훈한테 말해도 되는 걸까. 끙— 앓는 소리를 내다가 깊은 한숨을 내쉬고는 조심스럽게 입을 열었다.

"서도형이 갑자기 뛰쳐나갔는데 전화를 안 받아."

"그게 뭐? 서도형이 한두 살 먹은 어린애도 아니고. 가출이라도 했을까 봐?"

"누가 그렇대?"

"그럼."

"표정이 이상했단 말이야. 뭔가 어디 가서 사고 하나 칠 얼굴이었는데. 진짜 화난 얼굴이었다고."

"서도형이 너냐. 아무 데서나 사고치고 다니게?"

하는 말마다 어쩜 저렇게 신경을 긁는지. 짜증이 배로 솟구쳤다. 도움은커녕 머리만 더 아플 걸 뻔히 알면서 왜 주태훈을 잡았을까. 해솔이 뒤늦게 후회를 했다.

"됐어. 내가 뭘 바라. 그냥 가. 어서 가던 길 가세요."

그녀는 손을 내젓고는 길게 이어진 골목길을 다시 응시했다. 뚜벅— 가까워지는 발걸음 소리가 들려오더니 머리 위에서 비추던 가로등 불빛이 사라졌다. 조금 전보다 시야가 어두워진 것을 느낀 해솔이 고개를 들었다.

"가라니까 안 가고 뭐 해?"

"주해솔."

"긁을 거면 그냥 가. 나 분명히 가라고 했다?"

까칠하게 구는 태도에 태훈은 코웃음을 쳤다. 아예 무릎을 굽히고 자리에 앉은 그는 시간을 한 차례 확인하고는 해솔의 얼굴을 다시 마주했다.

"다른 건 모르겠고, 내가 이거 하나는 말해줄게."

"또 무슨 이상한 소리를 하려고?"

"서도형이 너한테 해가 될 행동을 하겠냐?"

"뭐?"

"잘 생각해 봐. 그 녀석이 너한테 뭘 감추고 있다면 그럴 만한 이유가 분명 있겠지. 너 고집스러운 것도 알겠고, 다들 너한테 아무 말도 안 해주고 속이는 분위기인 것 같아서 답답한 것도 알겠는데. 그래도 일단 그냥 그 녀석 하라는 대로 좀 해. 너 생각해서 하는 행동이지, 절대 너한테 해가 될 일은 아닐 테니까."

무슨 소리를 하나 했더니만. 태훈이 하는 말을 가만히 듣고 있던 해솔이 심드렁한 반응을 보였다.

"말은 청산유수지. 누가 들으면 내가 아니라 서도형이 주태훈 동생인 줄 알겠네."

"몰랐냐? 내가 서도형 친동생처럼 아끼는 거."

"길 가는 사람 백을 잡고 물어봐라. 그게 친동생처럼 아끼는 행동인지."

해솔은 확신했다. 주태훈과 서도형 사이에 일어났던 그 무수히 많은 사건을 읊는다면 백이면 백, 사람들은 서도형이 불쌍하다 대답할 것이다.

"이게, 생각해서 도움 될 만한 말을 해줘도 삐딱하게 나오지?"

태훈이 손을 들어 해솔의 볼을 잡아당기려는 순간이었다. 띠링— 문자 한 통이 도착했다. 아마 민건이 보낸 문자일 것이다. 그는 손을 거둬낸 채 자리에서 일어섰다.

"날 추운데 들어가라. 너 감기라도 걸리면 또 겉으로는 티를 내지도 못하고 속으로 걱정하는 엄한 놈만 마음고생 하니까."

해솔은 대꾸하지 않았고 태훈의 차는 그대로 골목을 빠져나갔다. 홀로 남겨진 그녀는 턱을 괸 채로 다시 골목 끝을 응시하다 작게 한숨을 내쉬었다.

"대화하다 말고 그런 식으로 갑자기 뛰쳐나가서 여태 연락도 없다 이거지?"

걱정할 사람은 생각도 안 하는 건지 전화는 열 통이나 무시했다. 열 통에 추가로 한 통을 더한다고 해서 자존심이 더 상하는 것도 아닌데, 한 번 더 전화를 거는 일이 쉽지 않았다. 휴대전화를 매만지던 해솔은 몸을 일으켜 세우고는 걸음을 옮겼다. 집으로 들어가기보다는 그냥 발길 닿는 대로 걷고 싶은 마음이었다. 하지만 얼마 가지 못하고 자리에 멈춰 섰다. 그녀의 걸음이 닿은 곳은 예전에 도형이 살았던 집 앞이었다.

"여긴 아직도 낯서네."

그가 살았던 집은 이제 주택이 아닌 상가로 바뀌어 있었다. 지금은 작은 카페로 운영되고 있었는데, 그리 오랜 시간을 봐왔음에도 상가보다는 도형이 살았던 집의 풍경이 더 익숙한 느낌이었다. 도형도 없는 집에 홀로 들어가 만화책을 보거나, 돌아온 그와 함께 식사하거나, 웃고 떠들고, 제 집만큼이나 많은 시간을 보냈던 기억들이 하나둘씩 떠올랐다.

"뭐 해. 거기서."

익숙한 음성이 해솔을 현실로 끌어당겼다. 상념에서 깨어난 그녀는 빠르게 뒤를 돌아봤다. 홀로 옛 기억을 되새기느라 골목에 차가 진입하는 것도 눈치채지 못했다. 차에서 내린 도형이 그녀의 뒤에 서 있었다.

그녀는 도형의 얼굴을 보자마자 화를 내려고 했다. 누구한테 온 전화였기에 그런 식으로 뛰쳐나간 건지, 또 승준을 만나는 일에는 왜 그렇게 화를 낸 건지, 전화는 왜 안 받은 건지, 모두 따져 물을 생각이었다. 하지만 그 많은 말 중 단 하나도 꺼내지 못한 채 입을 꾹 다물고 말았다.

지치고, 피곤하고, 힘들다. 아닌 척해도 그러한 감정들이 도형의 얼굴에 드러나 있었다. 그 얼굴을 마주하니 생각했던 말들은 입 밖으로 나오지 않았다.

"산책."

머릿속에 떠오른 핑계가 이것뿐이었다. 도형이 미간을 좁혔다. 그래, 이해가 안 되겠지. 이 추운 날 홀로 산책이라니.

"야, 서도형."

집 안으로 들어서려던 그가 뒤를 돌아봤다.

"나 산책하러 갈 건데."

"근데?"

"시간이 좀 늦지 않았나?"

"알면 집에 들어가."

"집에 있긴 좀 답답해."

뭐 어쩌라는 거야. 그런 얼굴로 도형이 그녀를 쳐다봤다. 함께 가자는 것을 돌려 말한 건데 도형은 알아듣지 못한 얼굴이었다.

"야, 됐어."

말을 말자— 작게 중얼거리며 돌아선 해솔이 터벅터벅 지친 발걸음을 옮겼다. 산책을 나온 거라고 거짓말을 했으니 이대로 집에 들어갈 수는 없었다. 대충 조금만 돌다 들어가자고 생각하며 걸음을 옮기고 있는데 하나 였던 해솔의 그림자 옆으로 또 다른 누군가의 그림자가 생겨났다.

"왜 따라와?"

도형은 대답 없이 해솔과 보폭을 맞춰 걸었다. 조금만 걷다가 돌아가려던 처음 생각과는 다르게 산책이 꽤 길어졌고, 두 사람은 가까운 공원의 산책로로 들어섰다. 오가는 대화 없이 조용히 걷기만 했는데도 조금도 어색한 느낌이 들지 않았다. 한참을 걷고 나서야 그 사실을 깨달은 해솔은 홀로 피식 웃고 말았다. 오랜 시간을 떨어져 있었다고는 해도 해솔에게 도형만큼 오랜 시간을 함께한 사람도 없었다. 걷는 속도를 점차 늦추며 해솔은 그의 얼굴을 힐끗 올려다봤다.

'제발 네 과거와 연관된 사람 만나지 말란 말이야!'

집을 나서기 전, 화를 내던 도형의 모습이 문득 떠올랐다. 왜 그렇게까지 화를 낸 건지는 여전히 의문이었지만, 태훈이 한 말도 있고 지쳐 보이는 도형의 얼굴을 보니 마음이 약해졌다.

"일 때문에 만나는 경우는 어쩔 수 없어."

우뚝— 그의 걸음이 멈췄다. 그로 인해 두어 걸음 앞서 나간 해솔도 걸음을 멈추고 뒤를 돌아봤다. 굳이 앞뒤 설명을 하지 않아도 그는 지금 해솔이 무슨 말을 하는 건지 알고 있는 얼굴이었다.

"먼저 연락이 올 때에는 전화 받을 거야. 내가 백번 이해해서, 네가 그렇게까지 화를 내는 이유가 있을 거라고 생각할게. 그러니까 만나는 건 최대한 줄여보겠지만, 그래도 전부 거절할 수는 없어. 내 입장이라는 것도 있으니까. 뭐, 주태훈이 한 말도 있고."

해솔은 다시 걸음을 옮겼다. 도형 역시 그 뒤를 따라 걸었다.

"형이 또 무슨 소리를 했는데?"

그는 곧바로 가시를 세웠다. 이거 봐라. 주태훈에 대한 서도형의 믿음은 고작 이 정도였다. 친동생은 무슨.

"별 얘기 안 했어. 그냥 네가 자기 친동생이나 다름없다던데."

돌아보지 않아도 떨떠름한 얼굴을 하고 있을 도형의 모습이 선명하게 눈앞에 그려져 해솔이 옅게 미소를 지었다.

"으, 춥다. 이제 그만 돌고 들어…… 으악!"

고요한 공원에 짧은 비명이 울려 퍼졌다. 해솔이 발을 헛디뎌 넘어질 뻔한 것을 도형이 손을 뻗어 잡아주었다. 허리를 감싼 손이 단단하게 그녀를 지탱해 주고 있었다. 놀란 가슴을 쓸어내리며 몸의 중심을 잡은 해솔은 그의 손을 내려다보고는 이내 조금 전보다 더 놀란 얼굴을 했다.

"야, 너 손 왜 그래?"

그는 잠시 멈칫했지만 곧 아무렇지도 않게 손을 치워냈다. 해솔의 시선이 따라붙자 아예 주머니에 손을 감추듯 넣었다.

"야, 너 손……."

"뭐?"

해솔이 멍한 얼굴로 그를 바라봤다. 너무 태연한 얼굴로 물어서 하마터면 자신이 본 게 허상인 걸로 잠시 착각할 뻔했다.

"손 이리 꺼내봐."

주머니에 감춘 손을 꺼내려는데 되레 그가 반대편 손을 뻗어 해솔의 손을 잡았다. 힘에서 확연하게 차이가 나다 보니 억지로 손을 빼내기가 어려웠다. 해솔은 결국 화를 내듯 소리쳤다.

"손 다쳤잖아! 손을 그 지경으로 만들어놓고 네가 지금 한가하게 산책할 때야?"

어디에서 뭘 하다 온 건지 한 손이 엉망이었다. 치료조차 제대로 하지 않아 이리저리 까진 상처에 피가 굳어 있었다.

"산책하자고 한 사람이 누구인데."

"그거야 네 손이 그 지경인지 몰랐으니까……."

"괜찮아."

그는 또 제멋대로 상황을 종결시키는 한마디를 건네었다. 해솔이 기가 차다는 얼굴을 했다.

"내 눈에는 하나도 안 괜찮아 보이거든?"

쓴웃음을 입가에 그려낸 도형은 잡고 있던 해솔의 손을 놓아주었다. 처음 승준의 메시지를 확인했을 때는 정말 눈앞이 확 도는 것만 같았다. 통화 후에 분을 이기지 못해 차 안의 이곳저곳을 내려치다가 손에 상처가 난 것이었다. 거친 숨을 몰아쉬다 어느 정도 진정이 되고 정신을 차렸을 때는 이미 한 시간이 훌쩍 지나가 있었다.

"손 이리 내놔보라니까?"

그는 가만히 해솔의 얼굴을 바라봤다. 자신을 마중 나온 것도 아니고, 기다렸던 것도 아니다. 주해솔은 그저 산책을 나온 거라고 답했다. 그 말을 곧이곧대로 믿어주기에는 어설픈 곳이 한두 군데가 아니었지만, 도형은 그냥 모르는 척 넘어가 주었다.

해솔의 얼굴을 보고 나니 끓어오르던 분노도, 쉼 없이 밀려들던 불안감도 다 사라졌다. 다 괜찮은 것 같았다. 그녀가 괜찮은 모습을 보니 다시금 마음은 차분하게 가라앉았다.

"들어가서 치료할 거야."

"일단 좀 봐. 너 그 나이 먹고 어디 가서 싸움질하고 다니는 거 아니지?"

도형이 손을 들어 얼굴을 한 차례 쓸어내렸다. 그 틈을 놓치지 않고 해솔이 주머니에 찔러 넣은 그의 반대편 손을 붙들었다.

"야, 피가 다 굳었잖아."

자신의 몸에 난 상처도 아니면서 본인이 아픈 것 같은 얼굴로 인상을 찌푸렸다.

"주해솔."

"왜?"

"너 어디 해외 나갈 생각 없냐?"

손을 이리저리 살피던 해솔이 고개를 들었다. 도형의 표정이 너무 진지해서 이걸 농담으로 받아들여야 하는지, 진담으로 받아들여야 하는지 가늠이 되지 않았다.

"혹시 술 먹었어?"

그가 작게 웃는 것과 동시에 바람이 불었다. 불어오는 바람에 잠시 눈을 감은 사이, 도형이 해솔을 향해 고개를 숙였다. 순식간에 가까워진 거리에 그녀의 몸이 잔뜩 긴장했다. 도형의 얼굴이 해솔의 뺨을 스치듯 지나쳤고, 어깨에 툭— 무게감이 전해졌다.

"너 뭐 해?"

그는 해솔의 어깨에 기대어 섰다. 뭘 하는 건가 싶어 그를 밀어내려는 순간이었다.

"아무도."

낮게 가라앉은 음성이,

"아는 사람 하나 없는 곳에서."

귓가에 속삭이듯 전해졌다.

"살았으면 좋겠다."

그의 어깨에 닿지 못한 손은 갈피를 잡지 못한 채 허공을 맴돌았다. 도형이 하는 소리가 무슨 의미를 담고 있는 건지 하나도 이해하지 못했지만, 이거 하나만큼은 알 수 있었다. 서도형은 지금 힘들다. 누구보다도 힘들어하고 있었다.

"무인도라도 가."

해솔은 퉁명스럽게 말하면서도 결국 그를 밀어내지 못하고 천천히 손을 내렸다. 작게 웃는 기척이 느껴졌다. 남의 속도 모르고— 도형이 그렇게 중얼거린 것도 같았다.

'주해솔이 괜찮아야, 내가 괜찮을 거 같아.'

네가 괜찮아야, 내가 괜찮다. 오랜 시간이 흐른 지금까지도 도형의 그 생각에는 변함이 없었다.

평소와 다르지 않은 평화로운 분위기 속에서 아침 식사를 했다. 가장 먼저 식사를 마친 아버지가 부엌을 빠져나갔고 남은 사람들 역시 식사를 마쳐 가고 있을 때쯤이었다. 태훈이 갈비찜을 하나 가져와 밥공기 위에 올려두며 해솔과 도형의 얼굴을 번갈아 응시했다. 어제 분명 무슨 일이 있었을 것이라 짐작이 됐지만 두 사람의 얼굴은 평소와 다름없었다.

"어제 일은 잘 해결됐나 보다?"

"무슨 일?"

도형이 담담한 얼굴로 묻고는 젓가락을 내려놓았다. 그는 식사를 마친 건지 물을 마시고는 태훈을 바라봤다. 태훈의 젓가락이 이내 정확하게 해솔을 가리켰다.

"얘가 어제 대문 앞에서 주인 잃은 강아지처럼 오매불망 너만 기다리던데."

"내가 언제!"

"이게 어디서 소리를 질러?"

발끈해서 소리친 해솔이 아랫입술을 꾹 깨물며 젓가락을 내려놓았다. 아직 아버지는 출근 전이었다. 이른 아침부터, 그것도 식탁 앞에서 싸웠다가는 아버지의 불호령이 떨어질 것이 분명했다.

"뭘 일 없었어?"

"아무 일 없는데."

"그럼 주해솔 쟤는 널 왜 기다린 건데?"

식사를 마쳤지만 아직 자리에서 일어서지 않은 도형이 해솔을 가만히 바라봤다. 무슨 생각을 한 건지 그의 입매가 살짝 위로 올라갔다.

"산책시켜 달라고."

산책하러 함께 가자는 것도 아니고, 산책을 시켜달라니. 도형의 답에 태훈은 크게 웃음을, 해솔은 어처구니없다는 얼굴을 했다.

"야, 내가 무슨 너희 집 강아지냐? 산책을 시켜줘?"

"그것 때문에 기다린 거 아니야? 네가 어제 같이 가달라고 했잖아."

"내가 언제?"

"그럼 그게 같이 가달라는 말이 아니었다고?"

빙 돌려 말하긴 했지만, 그 말이 그 말이었다. 해솔은 입을 꾹 다물었다. 어제 어깨에 기댔을 때 확 밀쳐 버릴 걸 그랬다며 후회 아닌 후회를 하는 중이었다. 끼익— 의자 끄는 소리와 함께 자리에서 일어선 그가 해솔을 향해 손을 뻗었다. 머리 위에 툭— 무심한 듯 다정한 손길이 닿았다. 어쩌면 착각이 아니었나 싶을 정도로 아주 찰나의 순간이었다. 태훈은 밥을 먹느라 그 행동을 보지 못한 건지 별다르게 관심을 보이지 않았다. 해솔이 고개를 들었을 때, 도형은 이미 손을 떼어내고 부엌을 빠져나가는 중이었다.

"잘 먹었습니다."

해솔도 얼마 지나지 않아 그 뒤를 따라나섰다. 2층으로 올라갔던 그녀는 출근 준비를 마친 뒤 다시 1층으로 내려왔다. 먼저 출근을 했을 거라 생각한 도형은 태훈과 현관 앞에 서서 대화를 나누고 있었다.

"형, 오늘 훈련 없는 거지?"

"어. 왜?"

"저녁에 별다른 약속 없으면 나랑 술 한잔하자고."

"별다른 일은 없는데. 그래, 그럼. 이따 끝나는 시간에 연락하든가."

두 남자가 술 약속을 잡았다. 도형은 먼저 집을 나섰고 해솔은 돌아서려는 태훈을 붙들었다.

"나도."

방으로 걸음을 옮기려던 태훈이 자신을 붙든 해솔의 손을 한 번 내려다보고 다시 고개를 들었다.

"너도 뭘?"

"나도 같이 가."

"네가 왜 껴?"

"뭐야. 왜 나 따돌려? 둘이 마시겠다고?"

"서도형이 너 불렀어?"

"아니."

"지금 여기에 다 같이 있었는데도 너한테는 말 안 한 이유가 뭐겠어?"

해솔이 입을 꾹 다물었다.

"알면 빠져."

태훈은 그대로 방으로 모습을 감췄다. 해솔이 입을 삐죽 내밀었다가 부엌으로 들어서서 냉수를 마시고는 탕— 소리가 나게 컵을 내려놓았다.

"내가 니들 아니면 술 마실 사람이 없을까 봐?"

해솔은 전투적인 걸음으로 집을 나섰다. 회사 주차장에 도착해 차에서 내리는데 비슷한 시간에 출근한 지혁이 엘리베이터 앞에 서 있는 것을 발견했다. 빠르게 뛰어가 그의 등을 찰싹 때렸다.

"신 대리!"

지혁이 흠칫 몸을 굳혔다가 손을 들어 등을 매만졌다. 꽤 아픈 모양이었다.

"아침부터 기운이 넘치시네요. 호랑이 기운이라도 먹고 나오셨어요?"

"뭐, 호랑이 기운은 아니어도 잘 차려진 아침상을 먹긴 했지. 너 오늘 바빠?"

"왜요?"

"바쁘냐고."

지혁은 잠시 대답하지 않고 머리를 굴렸다. 바쁘냐고 묻는 이유가 뭘까. 하나 떠오르긴 하는데, 최근에는 잠잠하지 않았나?

"머리 굴리지 말고."

해솔의 팔이 지혁의 목을 감았다. 장난스럽게 힘을 주는 행동에 그는 미간을 좁혔다.

"이유부터 들으면 안 될까요?"

"그건 퇴근 후에 별로 안 바쁘단 소리지?"

"술 끊은 거 아니었어요?"

"다른 날은 몰라도, 오늘은 꼭 마셔야겠어."

몇 주 잠잠하다 했다. 예전에는 퇴근하고 해솔과 가볍게라도 술자리를 할 때가 많았는데 도형이 온 뒤로는 그 횟수가 줄기 시작하더니 최근에는 전혀 그럴 일이 없었다. 자연스럽게 술을 먹을 일이 줄어들었고 일까지 바빠져 지혁 역시 그간 금주 아닌 금주를 했었다.

'뭐, 가볍게 마시는 거면 괜찮겠지.'

그리 생각하며 지혁이 고개를 끄덕였다. 그제야 목을 감고 있던 팔이 떨어져 나갔다.

"술은 팀장님이 사요."

"오냐."

"조금만 마시는 거예요."

"알았어."

"이번에도 취하면 정말 길바닥에 버리고 갈 거라고요."

"알았다니까 그러네."

두 번이나 재차 대답을 들었음에도 어째서인지 조금도 신임이 가지 않았다. 지혁이 작게 한숨을 내쉬었지만 번복할 수도 없었다. 이미 대답을 했으니 엎질러진 물이었다.

"지혁아."

"네."

"오늘이 무슨 요일이더라?"

"금요일이잖……."

말끝을 흐린 그는 중요한 사실을 뒤늦게 깨달았다. 내일 회사를 쉬는구나. 오늘이 불금이었구나. 옆에 선 해솔을 내려다본 그는 억지웃음을 지었다.

"팀장님."

"왜?"

"전 오늘부터 다음날 일을 나가지 않아 부담이 없는 금요일에도 술 취한 사람은 길바닥에 버리고 가기로 했습니다. 그렇게 살기로 결심했어요."

그의 말에 해솔이 크게 웃음을 터트렸다. 뒤이어 지혁의 등을 툭— 건드리는 손길은 어쩐지 평소보다 힘이 실려 있었다.

"진짜 조금만 마실게. 딱 취하지 않을 정도로만."

여전히 신임이 가지 않는 말이었지만 지혁은 체념했다. 지하 2층에 도착한 엘리베이터의 문이 열렸다. 문이 닫히고 두 사람이 올라탄 엘리베이터는 유유히 위로 올라갔다.

◈

　도형은 퇴근 후에 태훈과 술을 한잔하기로 했지만 급한 일이 생겼다는 연락이 왔고 약속은 그대로 깨지고 말았다. 태훈뿐만이 아니라 해솔 역시 조금 늦어진다는 연락을 했고, 덕분에 저녁 식사는 도형과 해솔의 아버지만이 함께했다. 식사 후에 차를 한잔 마시며 회사 일에 관한 이야기를 좀 더 나누고 나서야 2층으로 올라왔다.

　"주해솔 이건 뭐 하느라 여태 안 와."

　도형은 닫혀 있는 해솔의 방문을 열었다. 불을 켠 뒤 방 안을 잠시 둘러보고는 시간을 확인했다. 어느덧 시간은 9시에 가까워져 있었다. 그는 방 한가운데에 어중간하게 선 채로 잠시 생각에 잠겼다.

　「주해솔 술 마시고 싶은 모양이던데 걔 데리고 나가든가.」

　태훈이 도형과의 약속을 취소하며 덧붙인 문자가 뒤늦게 떠올랐다.

　"회식인가?"

　도형이 알기로 리모델링 사업부는 요즘 일이 바빠 팀 회식이 잡힐 틈이 없었다. 그러니 회식은 아닐 것이다. 그저 개인적인 일이 있겠거니 싶어 돌아서서 방을 나섰다. 자신의 방으로 돌아간 그는 책상 앞에 앉았지만 다른 일이 손에 잡히지 않는 건지 노트북을 열고도 전원 버튼조차 누르지 않았다. 그의 고개가 살짝 왼편으로 기울어졌다.

　팀 회식은 아니더라도 주해솔에게는 그의 마음에 들지 않는 술친구가 한 명 존재했다. 자리에서 일어선 도형이 휴대전화를 손에 쥐었다. 먼저 해솔에게 전화를 걸었지만 받지 않았다. 저장해 둔 지혁의 번호를 찾기 위해 목록을 뒤지고 있는데 때마침 전화가 걸려왔다.

　「신지혁 대리.」

액정에 뜬 이름을 보고 그가 한숨을 내쉬었다. 신지혁, 이라는 석 자의 이름을 확인하자마자 자신의 감이 맞을 거라는 확신이 들었다.

"서도형입니다."

[……본부장님. 저 신지혁 대리입니다.]

"압니다. 그 주정뱅이가 또 신 대리 붙잡고 안 놔주고 있습니까?"

지혁은 잠시 말이 없었다. 수화기 너머에서 누군가와 대화를 나누는 해솔의 목소리가 작게 들려왔다. 무슨 내용인지는 알아듣지 못했지만 지혁이 지금 해솔과 함께 있는 것만큼은 분명했다.

[아니요. 붙잡고 안 놔주고 있는 건 아닙니다. 전적이 있어서 못 믿으시겠지만, 정말 적당히 마셨어요. 팀장님도 아직 술에 취한 상태는 아니고요. 멀쩡합니다.]

"그럼 뭐가 문젭니까. 취하기 전에 데려가라고 전화한 겁니까."

통화하는 지혁이 누군가의 눈치를 보고 있는 낌새가 느껴졌다. 목소리가 점점 더 작아지고 있었기 때문이었다. 도형이 시간을 확인하고는 한숨을 내쉬었다.

"버리고 갈 거라면 집 앞에 좀 버려줬으면 좋겠는데."

그리 말하면서도 도형은 해솔이 있는 곳으로 갈 생각인 건지 침대 옆 탁상 위에 놓아두었던 스마트키를 손에 들었다.

[바쁘시지 않으면 지금 좀 빨리 와주셔야 할 것 같습니다.]

지혁은 분명 해솔이 취하지 않았다고 했다. 적당히 마셨고 아무 문제가 없는 상황이라면 도형을 재촉해서 부를 이유가 없었다.

"무슨 일 있습니까."

[술을 마시고 있는데, 안면이 있는 분이 하필 이 가게에 와서 합석하게 됐습니다.]

"아는 사람과 합석? 누구 말입니까."

잠시 침묵 끝에 지혁의 음성이 들려왔다. 기어들어 가듯 현저하게 작아진 목소리였지만 도형은 정확하게 그 이름을 알아듣고는 표정을 굳혔다.

"지금 누구라고 했습니까?"

해솔과 누가 함께 있는 건지 도형은 이미 알아들은 상태였다. 그럼에도 그는 다시 한 번 지혁을 향해 물었다.

[아모르 대표, 권승준 씨요.]

"그럼 지금 곁에서 신나게 떠들고 있는, 저 주정뱅이랑 대화하는 사람이 권승준이라 이 말입니까."

[신나게는 아니고, 그냥 평소보다 말이 조금 많은 편인…….]

"신 대리."

[네.]

"지금 당장 주해솔 있는 위치 문자로 보내요."

그리 말하는 도형은 이미 차 키와 외투를 챙겨 들고 집을 나서고 있었다.

업무를 마치고 퇴근을 한 해솔과 지혁은 회사 근처에 있는 호프집으로 향했다. 내일은 휴일이라는 둥, 오랜만에 마시는 건데 그리 조금만 마셔서 되겠냐는 둥, 지혁을 향해 계속 떠들었지만 사실 해솔은 오늘 간단하게 마시고 돌아갈 생각이었다.

"무슨 고민 있어요?"

"딱히 그런 거 없는데."

"기분 좋아서 마시자고 한 것 같지는 않고, 그렇다고 기분 나쁜 일 있어서 마시자고 한 것 같지도 않은데. 그럼 고민 있는 거 아니에요?"

딱히 고민이라고 여길 만한 일은 없었다. 공원에서 했던 도형의 말이 마음에 좀 걸리는 건지 계속 생각나기는 했지만, 그건 고민이라 말할 정도의 일은 아니었다. 접시에 담긴 튀김 하나를 쿡 찍어 반을 베어 문 해솔이 턱을 괸 채로 고개를 기울였다.

"신지혁."

"네."

"아는 사람 하나 없는 곳에서 살았으면 좋겠다는 말이 무슨 뜻일까?"

지혁은 5초 정도 생각하는 듯싶더니만 곧장 답을 내놓았다.

"여행 가고 싶다는 말 아니에요? 인간관계에서 스트레스받는 일이라도 있었나 보네요."

서도형이 인간관계에서 스트레스라니. 그건 좀 아니지 않나? 그리 생각하면서도 확신은 서지 않았다. 어느 순간부터 서도형에 대해 아는 것보다 모르는 것이 많아졌으니 말이다.

"하나 더 시킬까요?"

"그래."

그는 생맥주 500cc 두 잔을 추가로 주문하고는 시간을 확인했다.

"이것만 마시고 일어나요."

해솔 역시 추가로 주문한 맥주만 마시고 돌아가는 것이 좋겠다는 생각이 들었는지 고개를 끄덕였다. 주문한 맥주 두 잔이 나오고 해솔이 먼저 그것을 손에 든 순간이었다.

"주해솔?"

등 뒤에서 해솔을 알아본 누군가가 말을 걸었다. 맞은편에 앉아 있던 지혁이 먼저 그 얼굴을 확인했다. 그는 잠시 당황스러운 기색을 얼굴에 드러냈다가 곧장 자리에서 일어섰다.

"안녕하세요, 대표님."

"네. 안녕하세요."

해솔도 뒤늦게 상대방의 얼굴을 확인했다. 뚜벅— 그녀에게로 가까워지던 발걸음이 멈췄다. 맙소사. 해솔이 놀란 얼굴로 입을 반쯤 벌렸다. 승준이 바로 지척에 서 있었다.

"이런 곳에서 다 만나네."

승준이 운영하는 레스토랑은 이곳에서 거리가 꽤 있었다. 그 사실을 떠올린 해솔은 의아한 얼굴로 물었다.

"승준이 넌 여기 웬일이야? 여기까지 술 마시러 왔어?"

"설마. 가까운 가게 다 놔두고 왜 여기까지 술을 마시러 오겠어?"

"그럼?"

"아는 형이 하는 가게인데, 잠깐 뭐 좀 전해주러 왔어. 회사 회식 자리는 아닌 것 같고, 둘이 마시는 거야?"

해솔이 눈동자를 굴리며 대답을 망설였다. 여기서 어떻게 대답하느냐에 따라 이후의 상황이 달라질 것 같았기 때문이었다. 하지만 딱히 다른 핑계를 댈 것이 없었고 그녀는 고개를 두어 차례 끄덕이는 것으로 대답을 대신했다.

"그럼 나도 합석해도 돼?"

이럴까 봐 답을 망설였다. 일어나려던 참이야, 라고 말하기에는 방금 주문한 맥주 두 잔이 테이블 위에서 영롱한 빛을 내며 자리를 잡고 있었다. 딱히 거절할 이유를 찾지 못했다. 해솔이 나는 괜찮은데, 하고 말끝을 흐렸다.

"합석해도 괜찮아요?"

그는 곧바로 의미를 알아채고는 해솔 뿐만이 아니라 지혁에게도 동의를 구했다.

"네. 앉으세요."

결국 세 사람이 한 테이블에 앉아 술잔을 기울이게 되었다. 500cc 맥주 한 잔만 마시고 일어서기로 했지만 승준의 합석으로 인해 생각보다 더 오래 자리에 앉아 있게 되었고 그만큼 더 많은 술을 마시게 되었다.

"일 끝나고 둘이서 술 자주 마셔?"

"자주는 아니고 가끔. 오늘은 서도형이 오빠랑 한잔한다는데, 난 안 끼워준다고 해서 지혁이 붙들고 한잔하러 온 거야."

지혁은 처음 듣는 이야기였다. 도형이 마셔주지 않아서 대신 자신을 끌어들였다는 사실을 그제야 알아챈 지혁은 황당하다는 얼굴로 해솔을 바라봤다.

"서도형 지금 에이케이 본부장으로 있는 거 아니야? 그런 얘기 여기서 해도 돼?"

한껏 낮춘 목소리가 들려왔다. 아마 지혁을 의식한 발언이었을 것이다. 해솔이 가볍게 웃음을 흘리고는 고개를 끄덕였다.

"지혁이도 다 알아."

"다 안다고?"

"응. 서도형이 내 첫사랑이었다는 것도, 그 녀석이 지금 우리 집에서 사는 것도, 다."

조금 놀란 듯 커진 승준의 두 눈이 지혁의 얼굴에 닿았다.

"해솔이랑 많이 가깝게 지내는 모양이네요."

"오래 알기도 했고, 주 팀장님이 워낙 저를 좀 편하게 생각하셔서요. 남매 같은 사이예요. 친동생 같은, 그런 거요."

이와 비슷한 말을 전에도 했던 것 같은데. 지혁이 애써 미소 지으며 대답했다.

"너 너무 많이 마시는 거 아니야?"

승준이 해솔의 앞에 놓인 잔을 내려다보고는 말했다. 꽉 채워져 있던 잔이 어느새 반 이상 비어 있었다.

"서도형이 그간 술 마시지 말라고 해서 계속 못 마셨거든. 술도 못 마시게 해, 늦으면 전화해. 내가 차라리 집에서 독립하고 말지."

"그런 성격 아니잖아."

"그러니까. 근데 의외로 잔소리 심해."

지혁과 둘이 앉아 마실 때만 해도 해솔은 오늘따라 유독 말이 없는 편이었다. 하지만 승준이 합석한 뒤로 그녀는 내내 도형에 대해 떠들고 있었다. 지혁은 슬슬 앉은 자리가 가시방석처럼 느껴졌다. 승준은 그녀의 이야기를 조용히 경청해 주고 있는 것 같았지만 기분이 좋지 않아 보였고, 해솔은 그것을 알면서도 도형에 관해 이야기하는 것 같았다.

"그만 일어나죠? 팀장님 취한 것 같은데요."

주량을 넘기지는 않았지만 해솔이 살짝 취했다 싶을 때쯤 지혁이 자리를 정리하려 했다.

"무슨 소리야? 나 완전 멀쩡해."

지혁도 알고 있었다. 해솔은 지금 살짝 취기가 올랐을 뿐 멀쩡했다. 그런데 오늘따라 왜 이렇게 한껏 취한 것처럼 행동하는 건지 그는 이해할 수 없었다.

"그만 일어나요. 데려다줄게요."

더는 마시게 하면 안 될 것 같았다. 지혁이 억지로라도 그녀를 일으켜 세워 집에 데려다주려 했지만 승준이 그녀를 붙들었다.

"제가 데려다주겠습니다."

"네? 아니요, 제가……."

"술 마시지 않았어요?"

그러는 댁도 같이 마신 거 아닌가?

지혁이 뒤늦게 테이블 위의 잔을 내려다봤다. 그의 생각과 다르게 승준의 잔은 맥주가 그대로 채워져 있었다.

"저는 술 한 모금도 입에 대지 않았으니까 제가 데려다줄게요."

지혁이 슬쩍 눈치를 봤다. 뭘 믿고 여기에 해솔을 두고 간단 말인가.

"걱정할 거 없어요. 예전에도 자주 데려다줘서 집도 알고 있습니다. 조금만 더 같이 있다가 데려다줄게요."

"그래도……."

"못 믿겠으면 같이 있어도 괜찮고요. 조금만 더 대화 나누다가 돌아가죠."

지혁은 결국 다시 자리에 앉았다. 하지만 대화는 끝날 기미가 보이지 않았다. 그 조금만이 벌써 몇 분째인지. 고민하던 그는 눈치를 보다 자리에서 일어섰고 테이블에서 조금 떨어진 곳으로 가 도형에게 전화를 걸었다. 해솔이 승준을 피하는 일도 있었기에 이대로 두고 갈 수는 없었다. 그러니 이건 정말 어쩔 수 없는 선택이었다.

"……본부장님. 저 신지혁 대리입니다."

도형은 이미 지혁이 왜 전화를 했는지 아는 것 같았다. 그리고 승준이 함께 있다는 말에 예상대로 바로 달려올 기세를 드러냈다.

[지금 당장 주해솔 있는 위치 문자로 보내요.]

띠링— 통화 종료음이 귓가에 전해졌다. 까만 어둠이 들어찬 액정을 가만히 내려다보던 지혁이 작게 한숨을 내쉬고는 카운터로 걸어갔다. 그는 가게의 주소를 물어 도형에게 문자를 보낸 뒤 다시 자리로 돌아갔다.

"저 가봐야 할 것 같은데, 두 분은 더 있다가 가실 거예요?"

"한 시간 정도만 더 있다가 가려고요."

그 시간이면 도형이 집과 이곳을 왕복하고도 남을 시간이었다.

"그럼 저는 먼저 일어나 보겠습니다."

머릿속으로 계산을 마친 지혁이 먼저 집에 돌아가겠다며 자연스럽게 자리에서 일어서자 해솔이 잘 가라며 손을 흔들었다. 곧 닥쳐올 불행도 모르고 신이 났다. 쯧— 짧게 혀를 찬 그는 무거운 마음으로 가게를 벗어났다.

"일단 부르긴 했는데, 괜히 일만 더 커지는 거 아니야?"

가게 밖으로 나온 지혁이 도형을 기다리다가 담배 하나를 입에 문 순간이었다. 차에서 내리는 도형의 모습이 보였고 그는 곧장 담배를 다시 입에서 빼내고는 시간을 확인했다. 해솔의 집과 술을 마신 곳의 거리를 가늠해 봤을 때 도형이 엄청나게 속력을 내서 이곳에 도착했다는 것을 알 수 있었다.

"빨리 오셨네요."

"나머지는 내가 알아서 할 테니, 먼저 가봐요."

"저, 본부장님."

가게 안으로 들어가려던 도형이 걸음을 멈추고 뒤를 돌아봤다.

"더 할 말 있습니까."

"그게 말입니다."

"빨리 말 안 합니까."

도형의 인내심은 이미 한계에 달한 듯 폭발하기 직전이었다. 그는 들어가자마자 테이블이라도 엎을 것 같은 흉흉한 기세를 내보이고 있었다. 아무래도 괜히 부른 것 같다는 생각이 짙어졌다. 그냥 억지로라도 자신이 데려다줘야 했던 것이 아닌가 싶어 지혁이 뒤늦게 후회를 했다.

"권승준 씨 합석한 뒤로, 주 팀장님은 내내 본부장님에 관한 얘기만 했습니다."

주해솔은 다른 남자와 앉아 내내 네 얘기만 했다. 너밖에 모르더라, 라는 얘기를 돌려 말했다. 도움이 될지는 모르겠지만 이 점이라도 어필하려 건넨 말이었다.

'도움이 안 된 건가?'

지혁은 초조한 기색으로 도형을 바라봤다.

"신지혁 대리."

"네."

"개인적으로 부탁 하나 해도 됩니까."

그 부탁 거절하면 어떻게 되는 건데요? 라고 묻고 싶었지만 지혁은 머릿속에 떠오른 것과는 전혀 다른 답을 내어놓았다.

"말씀하세요."

"이번에 리모델링 팀에서 맡은 일 말입니다. 공사는 이미 들어갔으니 앞으로 남은 미팅이 얼마 없기야 하겠지만 아모르 미팅 건은 쭉 신 대리가 나가줬으면 좋겠습니다."

그가 건넨 말은 부탁이라고 할 것도 없었다. 이미 해솔의 지시로 아모르 미팅은 지혁이 나가고 있었고 이건 업무적인 지시에 포함되는 것이기도 했다.

"그거야 뭐, 어렵지 않습니다. 팀장님이 따로 하신 말씀도 있고요."

부탁이라는 건 그게 끝인 건지 도형은 고개를 작게 끄덕이고는 돌아섰다.

"그럼 조심해서 돌아가요. 월요일에 봅시다."

뚜벅— 구두 소리를 내며 도형이 가게 안으로 들어섰다. 문을 열고 안으로 들어서자 조금은 시끌벅적한 분위기가 그를 반겼다. 시선으로 한 차례 가게 안을 훑어낸 그는 조금 더 안쪽으로 걸음을 옮겼다. 하지만 아무리 둘러봐도 해솔과 승준의 모습은 보이지 않았다. 미간을 좁힌 도형이 시간을 한 차례 확인하고는 다시 돌아서서 가게를 나섰다.

"신지혁 대리."

지혁은 아직 담배를 피우고 있었다. 기왕 꺼낸 거 하나만 피우고 집에 갈 생각으로 가게 앞을 서성이던 중이었다. 홀로 가게를 나선 도형의 모습을 본 발견한 그는 의아하다는 기색을 얼굴에 드러냈다.

"왜 혼자 나오세요?"

"없습니다."

"네?"

"주해솔이 안에 없어요."

"그럴 리가……."

그는 가게 입구를 쳐다봤다. 지혁이 자리를 뜨고 도형이 도착하기까지 20분의 시간도 걸리지 않았다. 그사이에 자리를 떴다는 건가? 지혁이 황망한 표정을 지었다.

"가게에 입구가 하나 더 있는데, 그사이에 돌아갔나 봅니다."

도형이 미간을 확 좁혔다. 지혁은 당황한 기색을 숨기지 못한 얼굴로 입구를 바라보다 담배를 꼈다.

"권 대표님은요?"

"없습니다."

도형은 짜증이 묻어난 얼굴로 주변을 둘러봤다. 지혁과 다시 가게 안으로 들어간 그는 해솔과 승준이 앉았던 자리를 확인하고 두 사람의 행방에 대해 물었다. 10분 전에 자리를 떴다는 직원의 대답이 돌아왔다.

'한 시간은 더 있겠다더니.'

지혁의 얼굴에 난감한 기색이 스쳤다.

"신 대리."

"네."

"주해솔, 많이 취해 있는 상태였습니까."

"아니요. 그냥 좀 취기가 오를 정도로 마시긴 했는데, 주량 이상으로 마시지는 않았습니다."

"알겠어요. 피곤할 텐데 그만 들어가요. 나머지는 내가 알아서 할 테니까."

그는 곧장 다른 입구로 나가 주변을 살폈다. 술을 마신 가게에서 그다지 멀어졌을 것 같지는 않아 뛰면서 주변을 확인하고 있는데 전화가 걸려왔다. 해솔에게 온 전화였다. 걸음을 멈춘 그는 한 차례 호흡을 고르고는 전화를 받았다.

"여보세요."

[왜 전화했어?]

"너 지금 어디야?"

차가 지나다니는 도로를 바라보며 그가 물었다.

[왼쪽.]

"뭐?

[너 지금 서 있는 방향에서 왼쪽.]

그는 고개를 왼쪽으로 돌렸다. 조금 한산해 보이는 인도가 눈앞에 있었다. 그리고 도형은 곧 어렵지 않게 해솔의 모습을 찾아냈다. 한 문구점의 인형 뽑기 기계 앞에 그녀가 서 있었다. 도형이 통화 종료 버튼을 터치한 뒤 해솔에게 다가섰다.

"뭐 하는 거야?"

해솔은 기계에 동전을 넣고 인형 뽑기를 하고 있었다. 집게는 작은 곰 인형이 담긴 상자를 잡았다가 들어 올리는 과정에서 놓치고 결국 빈손으로 돌아왔다. 해솔이 조금 아쉽다는 얼굴을 했다.

"주해솔."

"안 취했어."

도형이 잠시 가늠하듯 해솔의 얼굴을 바라봤다. 이번에는 진짜였다. 취했는데 안 취했다며 주정을 부리는 것이 아니었다. 지혁의 말대로 해솔은 정말 자신의 주량을 넘기는 술을 마시지 않았고 그저 살짝 취기가 오를 정도의 술을 마셨다.

"권승준은?"

주변을 둘러봐도 승준의 모습은 보이지 않았다. 다시 동전을 넣은 해솔이 바람 빠진 웃음소리를 냈다.

"신지혁 이놈, 이제 보니까 스파이일세."

승준에 대해서는 답을 듣지 못했지만 해솔이 혼자인 걸 보니 아무래도 그는 먼저 돌아간 것 같았다.

"아깝다."

탄식에 가까운 해솔의 목소리가 들려왔다. 이번에도 집게는 빈손으로 돌아왔다. 조금 짜증이 난 얼굴로 잡지 못한 곰돌이를 노려보던 그녀는 다시 동전을 꺼내었다.

"차라리 그 돈 주고 사는 게 더 빠르지 않겠냐."

"저게 가지고 싶어. 근데 넌 주태훈이랑 한잔한다더니, 생각보다 일찍 들어왔나 보네?"

"형이 약속 생겼대서."

"뭐야. 주태훈한테 바람맞고, 나 찾은 거야?"

"넌 신지혁 대리 좀 그만 괴롭혀."

"술 마시고 싶은데 딱히 불러내서 마실 사람이 없더라고. 너는 나랑 같이 안 마셔주잖아?"

생각해 보니 도형과는 참 많은 시간을 함께 보냈고 여러 가지 일들을 함께했지만 술을 같이 마셔본 적은 없었다.

"안 마셔준 게 아니라, 마시자고 한 적이 없었지."

"그 말은 마시자고 했으면, 같이 마실 거란 소리야?"

해솔이 드디어 인형 뽑기 기계에서 손을 떼어냈다.

"권승준 만나지 말라고 했잖아."

허공에 대고 혼잣말을 하듯 중얼거린 해솔이 돌아서서 기계에 몸을 기댄 채 그를 바라봤다.

"오늘은 이거 안 해?"

돌아오는 답이 없었다. 딱히 웃을 만한 내용의 대화가 아니었음에도 해솔은 술 때문에 기분이 좋아진 건지 작게 웃음을 터트렸다.

"오늘 권승준 만난 건 정말 우연이고 대화 좀 하다 헤어진 게 다야."

"안 물어봤어."

"궁금해서 여기까지 뛰어온 거 아니야?"

주사를 부릴 정도로 취한 것은 아니지만 적당히 오른 취기 때문인지 얼굴에 열이 오르는 것 같았다. 해솔은 뺨에 손을 가져다 대며 작게 중얼거렸다.

"오는 연락 피하지는 않겠다고 했고 만나야 할 상황에서는 만난다고 했으니까 딱히 오늘 일에 대해 변명할 이유는 없지만, 그래도 하루 만에 내가 한 말 어긴 거 같아서 하는 변명이야."

"무슨 일 있었어?"

"별다른 일은 없었는데."

해솔은 정말 아무 일도 없다는 얼굴로 도형을 바라보고는 어깨를 가볍게 으쓱였다. 하지만 평소와 뭔가 미묘하게 다른 느낌이었다. 술 때문인가. 도형이 가늠하듯 해솔을 바라봤다.

"2차 가자."

"어딜 가?"

"2차. 네가 아까 그랬잖아. 안 마셔준 게 아니라 마시자고 한 적이 없었다고. 그러니까 오늘 마시자."

"차 가지고 나왔어. 그냥 들어가."

"그럼 집에서 마시지 뭐. 아니면 집 근처에서 마시든가."

"주해솔."

"싫으면 너 혼자 가. 난 혼자라도 마시고 들어갈 거야."

도형이 미간을 좁히고는 시간을 확인했다. 어차피 내일은 회사를 쉬는 날이었고 약속이 깨지지만 않았다면 그는 오늘 태훈과 술을 한잔했을 것이다. 술을 함께 마실 상대가 태훈에서 해솔로 바뀌는 것뿐이었다. 결국 도형은 그녀가 원하는 대로 술을 마시기로 했다.

"가볍게 마셔."

"알았어."

"주사 부리면 그대로 길에 버리고 갈 거야. 빈말 안 하는 거 알지?"

해솔이 가볍게 웃음을 터트리고는 고개를 끄덕였다. 도형이 먼저 걸음을 옮겼고 그 뒤를 해솔이 따랐다. 앞서 걸어가는 그의 등을 바라보는 해솔의 얼굴에서 점차 표정이 사라졌다.

웃음기 사라진 건조한 얼굴이 도로 쪽으로 향했다. 빠르게 차가 지나가는 풍경을 바라보며 해솔은 도형이 도착하기 전 승준과 나눈 대화를 떠올렸다. 도형이 승준을 만나는 일에 대해 불안감을 드러냈던 이유를 해솔은 오늘에서야 알게 되었다. 그것도 고작 10분 전, 승준과의 대화를 통해서였다.

술을 한 모금 마신 해솔은 곁눈질로 지혁의 빈자리를 확인했다. 모르는 척했지만 그가 가게를 나서기 전, 테이블과 조금 떨어진 곳에서 통화한 내용이 해솔의 귀에도 들려왔다. 완벽하게는 아니어도 어느 정도 알아들을 수 있을 만큼의 내용이 들려왔고 그것을 통해 통화를 하고 있는 상대방이 도형이라는 것을 그녀는 짐작할 수 있었다. 진동으로 해둔 휴대전화에는 도형에게서 걸려온 부재중 전화가 찍혀 있었다. 그걸 보니 더 확신이 들었다.

'둘이 언제부터 저렇게 친해진 건지.'

소리 없이 미소 지은 해솔이 승준을 바라봤다.

"우리도 나가자."

"벌써?"

술은 아직 그대로 남아 있었고 지혁이 자리를 뜬 지 고작 10분이 지났을 뿐이었다. 하지만 해솔은 일단 가게를 벗어나고 싶었다. 약속을 잡고 만난 것도 아니었고 우연히 만난 것이었지만 그래도 승준과 함께 있는 모습을 보면 도형이 또 화를 낼지도 모르겠다는 생각이 들었다. 일단 자리를 다른 곳으로 옮기는 것이 좋을 것 같았다.

"좀 걷고 싶어서."

승준의 답이 돌아오기 전에 그녀는 가방을 챙겨 들고 먼저 자리에서 일어섰다. 승준 역시 별말 없이 그 뒤를 따랐다. 정문이 아닌 또 다른 문으로 가게를 나선 해솔은 승준보다 두어 걸음 앞서 걷다가 근처의 벤치를 눈짓으로 가리켰다.

"잠깐만 저기 앉아 있어."

편의점으로 들어선 해솔은 따뜻한 캔 커피 두 잔을 사서 그중 하나를 승준에게 건네었다.

"마셔."

그의 옆에 앉아 캔의 마개를 따려 하자 승준이 먼저 마개를 딴 캔 커피를 건네주고는 해솔의 손에 들려 있던 커피를 가져갔다. 이런 매너는 여전했다.

"나는 내일 쉬지만, 너는 레스토랑 나가봐야 하지 않아? 내가 너무 오래 잡고 있었나 보다."

"괜찮아. 이 정도는."

커피를 한 모금 마신 해솔이 잠시 숨을 고르고는 승준의 얼굴을 바라봤다. 이유는 정확히 알 수 없어도 도형은 그녀가 승준을 만나는 일에 대해 이상하리만큼 불안감을 보이며 화를 내고 있었다. 기회를 달라는 승준의 말을 거절하지는 못했지만, 그녀는 역시 승준과 다시 시작할 생각이 없었다. 선을 긋는 편이 나을 거라 생각되었고, 그 때문에 합석한 술자리에서 일부러 도형에 대해 떠든 것이었다. 눈치 빠른 승준은 아마 그 의미를 진작 알아챘을 것이다.

"서도형이 나에 대해 뭐라고 한 모양이네."

역시. 알고 있는 모양이었다. 씁쓸한 미소가 그의 입가에 그려져 있었다.

"너 내 앞에서는 서도형 얘기 잘 안 하잖아. 내가 먼저 묻지 않는 이상."

고개를 숙인 채 캔 커피의 표면을 손바닥으로 두어 차례 문지른 해솔이 어렵게 입을 열었다.

"승준아."

"말해."

"미안."

무엇에 대한 사과인지, 설명도 없는 불친절한 사과였다. 그럼에도 그는 이미 의미를 알아챈 듯 표정을 굳혔다.

"설마 서도형한테 다시 마음이 생긴 거야?"

다시 생긴 건가? 잠시 생각에 잠긴 해솔은 아니라는 결론을 내리고는 고개를 가로저었다.

"난 내가 아무렇지도 않은 줄 알았거든. 다 잊었고 그 녀석 미워하는 줄 알았어. 근데 내가 술에 취해서 보고 싶다고 했다네. 그 말 한마디에 서도형은 한국으로 다시 왔고. 웃기지?"

해솔이 버석하게 마른 웃음을 지었다.

"다시 생긴 게 아니라, 여전히 남아 있었다고 말하는 게 맞는 거 같아."

"주해솔."

"서도형이 예전처럼 다시 곁에 있으니까, 내 눈에 보이기 시작하니까, 그 남아 있던 마음이 점점 더 확실해지는 거 같아."

"그래서? 그 녀석도 너랑 같은 마음이래?"

해솔이 또 한 번 고개를 가로저었다.

"나야 모르지. 서도형 마음이 어떤지는. 그거랑 상관없이 너와 내 문제는 확실하게 해야 할 것 같아서 말하는 거야. 기회를 달라는 말에 내가 확실하게 행동하지 못해서 미안해."

해솔은 승준의 눈을 바라봤다. 이런 이야기일수록 진심으로 이야기해야 했다. 과거에도 지금도, 승준에게는 정말로 미안한 마음뿐이었다.

"미안해 승준아. 나는 너랑 다시 시작하고 싶은 마음이 없어. 이렇게 시간이 흘렀는데도, 그 녀석 잊지 못한 거 보면 안 되는 게 맞아."

"넌 그렇게 상처받고, 매일 울었으면서 또 같은 걸 반복하려는 거야?

손바닥 뒤집듯 차갑게 굴었다가 다시 네 옆으로 왔다는, 고작 그 이유 하나만으로?"

"서도형이 나한테 그렇게 차갑게 굴어야 하는 사정이 있었어. 그건 확실해."

"대체 그 사정이 뭔데?"

헛웃음과 함께 건네어진 음성은 한껏 낮아져 있었다. 승준은 지금 화를 내고 있었다. 해솔이 도형으로 인해 얼마나 많은 상처를 받았는지 알고 있는 사람이었기에 대신 화를 내주는 것이라 생각한 해솔은 승준에게 더욱더 미안해졌다.

"절대로 네 마음 받아주지 않을 거야. 받아준다고 해도 또 언제 돌아설지 모를 일이고."

해솔은 도형의 마음에 대해 확신할 수 없었다. 그 오랜 시간을 알아왔어도 확신할 수 없는 일이 많았다. 하지만 승준은 마치 도형에 대해 누구보다도 잘 알고 있는 사람처럼 그에 대한 확신으로 가득 차 있었다.

"널 보면서 수없이 많은 일을 저울질하고, 결국 또 버릴 거라고."

승준의 표정은 이제 도형에 대한 적의마저 느껴졌다. 주해솔과 권승준의 시작에는 서도형이 있었고, 그 끝에도 서도형이 있었다. 시작의 이유가 도형이었고 끝을 낸 이유 역시 도형이었다. 승준이 도형을 싫어하는 것은 바로 그 때문이라고 생각했다. 하지만 조금 이상했다.

'제발 네 과거와 연관된 사람 만나지 말란 말이야!'

도형은 승준을 과거와 연관된 사람이라고 말했다. 그리고 서도형이 해솔에게 감추고 있는 것은 과거였다.

"승준아."

그녀는 표정 없는 얼굴로 승준을 바라봤다.

"서도형이 내가 널 만나는 걸 불안해해. 난 그걸 이해할 수 없었거든. 싫어하는 게 아니라, 왜 불안해할까."

해솔이 캔을 쥔 손에 힘을 주었다.

"너, 뭔가 알아?"

화를 내던 승준의 표정이 그 순간 딱딱하게 굳어졌다.

"아는구나."

미묘한 변화였지만 해솔은 그걸 알아챘다.

"서도형이 나한테 뭘 감추고 있는 건지 넌 아는 거야. 그래서 서도형이 널 만나지 말라고 했던 거고."

도형이 해솔을 대하는 태도가 바뀌었던 것은 졸업식을 며칠 앞둔 시점이었다. 그리고 해솔과 승준은 졸업식 날 처음으로 대화를 나눴다. 그것이 계기가 되어 친해졌다. 해솔은 곧 생각하고 싶지 않은 결론에 도달했다.

"너, 설마…… 처음부터 알았어?"

그는 대답하지 않았다. 해솔이 헛웃음을 터트리고는 자리에서 벌떡 일어섰다.

"대체 뭔데? 졸업식 전이라면 너랑 나는 인사 한 번 나누지 않았던 사이였잖아. 아무 상관도 없는 사이였다고. 그런데 너조차도 알고 있는 일을 나만 모른다고? 당사자인 나만? 그게 말이 되는 소리야?"

해솔이 화를 내듯 건넨 질문에 그는 여전히 아무런 대답도 하지 못했다. 승준은 굳어진 얼굴로 해솔을 바라보다가 무슨 말을 해도 변명이 안 될 거라는 것을 깨닫고는 손을 들어 얼굴을 한 차례 쓸어내렸다.

"그래."

그가 천천히 몸을 일으켜 세웠고 해솔과 시선을 맞춘 채 입을 열었다.

"처음부터 알고 있었어. 공원 분수대 앞에서 울고 있는 너한테 말 걸었던 것도, 네가 어떤 이유로 울고 있는 건지 이미 알고 그랬던 거야."

"권승준."

"그래도 내 마음이 거짓이었던 건 아니니까, 그거에 대해서는 사과 안 해. 알고도 모르는 척한 거, 그건 내가 사과할게."

"그래서 네가 알고 있는 게 뭔데?"

해솔은 기가 차다는 얼굴을 했고, 그는 서글프게 웃었다.

"절대로 내 입으로는 말 안 해. 서도형도 자기 입으로는 아마 평생 말하지 않을 거야. 그리고 네 옆에서 끊임없이 저울질하겠지. 내가 장담해. 결국 너는 또 울게 될 거야."

두 사람 사이에 잠시 침묵이 흘렀다. 짧은 시간에 너무도 많은 일이 일어났다. 정리되지 않은 생각들이 머릿속을 어지럽혔다. 취기까지 더해져 속이 메스꺼워질 정도로 해솔은 지금 혼란스러웠다. 안색이 나빠진 것을 알아챈 승준이 해솔을 향해 손을 뻗었다. 하지만 해솔은 그 손을 차갑게 쳐냈다.

"다음에 다시 얘기하자. 술도 마셨고, 오늘은 이쯤 하는 게 좋을 거 같아. 데려다줄게."

"필요 없어. 말해줄 거 아니라면 그냥 가. 혼자 있고 싶으니까."

허공을 맴돌던 손이 이내 천천히 아래로 내려갔다. 승준은 돌아섰고 해솔만이 그 자리에 남겨졌다.

"권승준도 알고 있었다고? 근데 그걸 여전히 나만 모른다고?"

혼잣말을 중얼거린 해솔이 자조적인 웃음을 터트렸다. 두 손을 들어 얼굴을 가린 채 숨을 몰아쉬었다. 시간이 어느 정도 지나자 조금 안정이 되긴 했지만 여전히 머릿속은 복잡하기만 했다. 일단 집으로 돌아가야 할 것 같았다. 해솔은 다시 자리에서 일어나 걸음을 옮기려다 익숙한 누군가의 모습을 발견하고 걸음을 멈췄다. 도형이 그녀의 시야에 들어섰다.

가게 밖으로 나온 그는 누군가를 찾는 것처럼 거리를 뛰어다녔다. 그가 찾는 사람이 자신이라는 것을 해솔은 금세 알아챘다. 애써 표정을 관리한 뒤 주변을 둘러본 그녀는 인형 뽑기 기계 앞에 섰다. 동전을 넣고 휴대전화를 꺼내어 도형에게 전화를 걸었다.

[여보세요.]

멀지 않은 곳에 그가 있다는 것을 알고 있으면서도 해솔은 모르는 척 물었다.

"왜 전화했어?"

[너 지금 어디야?]

이유는 알 수 없지만, 그의 목소리 하나만으로 울컥— 눈물이 쏟아져 나올 것 같았다.

두 사람은 집 앞에 차를 세워두고 근처의 공원으로 향했다. 캔 맥주 몇 개를 사서 벤치에 앉았다. 도형은 봉투 안에 담긴 맥주를 보고 어처구니없다는 얼굴을 했다.

"왜? 가볍게 마시자며? 이보다 가벼울 수가 있어?"

"춥지도 않나?"

"술 마셔서 열이 오르는 건지 나는 별로 안 추운데. 이 시간에 집에 가서 마시기에는 아버지 눈치도 보이고, 그렇다고 가게로 가자니 가볍게 마시는 게 안 될 거 같고."

그래서 선택한 장소가 공원이라니. 늦은 시간이라 인적이 드물긴 했지만, 날이 너무 추웠다. 해솔이 캔 맥주 하나를 도형에게 건네었고 그는 체념한 듯 마개를 딴 캔 맥주를 입에 가져다 댔다. 그의 목울대가 크게 움직였다.

술을 마시는 동안 별다르게 오가는 대화는 없었다. 실컷 떠들 줄 알았던 해솔은 오늘따라 유독 조용하기만 했다. 그녀는 손에 든 맥주가 장식품이라도 되는 것처럼 술은 마시지 않고 가만히 정면만 바라보고 있었다. 도형이 손을 뻗어 그녀의 손에 들린 캔을 빼앗듯이 가져갔다.

"이럴 거면 뭐 하러 마시자고 했어?"

도형이 두 캔을 비워낼 동안 해솔은 맥주를 조금도 마시지 않고 그대로 들고 있기만 했다. 담담한 얼굴로 그를 바라보다 봉투에서 캔 맥주 하나를 더 꺼내어 도형에게 내밀었지만, 그는 받지 않았다.

"하나 더 마셔."

"너 지금 뭐 하는 거야?"

미묘하게 평소와 다르다 했더니 역시 무슨 일이 있는 모양이었다. 그리고 그건 권승준과 관련된 일인 것 같아 도형의 심기가 불편해졌다. 해솔이 힘없이 웃음을 터트렸다.

"표정 좀 풀어."

"주해솔."

"물어보고 싶은 게 있는데 술이라도 먹어야 네가 내 질문에 대답할 거 같아서 그랬어. 근데 지금 다시 생각해 보니까 넌 술을 마셔도 대답 안 할 질문에는 입 꾹 다물 거 같아. 원래 그런 성격인데, 내가 잠깐 잊고 있었네."

"뭐가 궁금한 건데? 말해."

해솔이 잠시 운동화 끝을 내려다보다 고개를 들어 그와 다시 시선을 마주했다. 돌려 말해봐야 시간 낭비일 것 같았다.

"네가 나한테 감추고 있는 일, 권승준이 알아?"

도형의 표정이 딱딱하게 굳어졌다. 승준이 보였던 반응과 너무도 비슷했다.

"그래서 만나지 말라고 한 거였어?"

그는 해솔의 말을 부정하지 못했다. 주먹 쥔 도형의 손에 힘이 실리는 것이 보였다.

"권승준이 뭐라는데?"

뼈마디가 드러난 손을 잠시 내려다본 해솔이 손에 쥔 캔으로 도형의 손을 툭— 가볍게 건드렸다.

"그렇게 금방이라도 뛰어가서 주먹 휘두를 것 같은 얼굴 하지 마. 아무것도 못 들었으니까."

"아무것도 못 들었는데 갑자기 왜 그런 말을 해?"

그는 지금 화를 내고 있었다. 제대로 된 상황도 모르면서, 권승준이 엮였다는 이유 하나만으로 이렇게 반응했다.

"네가 권승준을 경계하는 이유를 생각해 봤어."

도형의 눈가가 잠시 떨렸다. 해솔은 멈추지 않고 계속해서 말을 이었다.

"그걸 생각하다 보니 자연스럽게 답이 나왔고. 권승준은 그런 내 생각에 확신만 조금 더해준 것뿐이야."

해솔은 도형이 거절한 캔 맥주를 손에서 내려놓고 자신이 마시던 맥주를 다시 가져갔다. 시간이 꽤 지났음에도 추운 날씨 때문인지 저릿할 정도의 차가운 감각이 손끝에 전해졌다.

"아버지도, 주태훈도, 너도, 권승준까지. 모두 알고 있는 일인데도 나만 모르고 있는 거라면 좋지 않은 일이라는 건 확실하네."

그녀는 술을 한 모금 마시고는 캔을 내려둔 뒤 자리에서 일어섰다. 앞으로 서너 걸음 나아간 상태에서 등 뒤에 앉은 그를 향해 말했다.

"예전 일에 대해 알아내려고 하지 마라. 네가 괜찮지 않다고 생각하게 만들지 마라. 권승준 만나지 마라. 네가 나한테 말한 게, 이게 다였나?"

그녀가 걸음을 멈추고 한 차례 크게 숨을 골랐다. 여전히 그에게는 등을 보인 채였다.

"그럼 내가 더는 과거 일에 얽매이지 않고, 권승준과 거리를 두고, 네가 감추고 있는 것에 대해 궁금해하지도 않으면, 뭔가 달라져?"

승준은 해솔을 향해 확신을 가진 얼굴로 말했다. 절대로 도형은 해솔을 받아주지 않을 거라고. 받아주더라도 끊임없이 가늠하고 저울질하다 결국은 버릴 거라고. 그래도 확인하고 싶었다. 해솔이 뒤를 돌아봤다.

"좋아해."

완전하게 그를 향해 돌아선 채 두 눈을 빤히 바라보며 말했다.

"이 말에 대한 네 대답이 지금은 달라지는 거야?"

1분 1초가 느리게만 흘러갔다. 무겁게 닫힌 도형의 입은 쉽게 열리지 않았고 해솔은 가볍게 웃음을 터트렸다. 달라질 리가 없지. 무슨 생각을 한 건가. 이제 그만 돌아가자는 말을 하려는 찰나였다.

"그렇다면?"

도형의 말에 해솔은 조금 놀란 듯 두 눈을 크게 떴다. 그는 자리에서 몸을 일으켜 세웠고 순식간에 두 사람의 거리가 좁혀졌다. 해솔이 저도 모르게 주춤 뒤로 한 걸음 물러서려 하자, 도형이 손을 뻗어 그녀의 손목을 붙들었다.

"내가 그렇다고 대답한다면, 지금 말한 것들 다 그만할 거야?"

잠시 고요한 침묵이 흘렀다. 엄지로 손목 안쪽을 느릿하게 쓸어내리는 손길에 온몸의 신경이 곤두섰다. 옭아매듯 집요한 그의 시선은 어느새 해솔의 얼굴 위에 머물러 있었다.

"그럴 수 있냐고."

고요하다 싶을 만큼 담담하고 낮은 그 음성이, 큰 파장을 일으켰다. 해솔은 가늠할 수 없었다. 지금 이 순간이 또 다른 끝이 되려는 건지, 새로운 시작이 되려는 건지.

12

시간이 멈추기라도 한 것처럼 두 사람 모두 움직임을 멈췄다. 해솔은 그가 한 말을 머릿속으로 곱씹어보며 그 의미를 정확하게 파악하려 애썼다. 시린 바람이 뺨을 스치고 지나갔다. 스륵— 손목을 잡은 손에 힘이 풀리는 것을 느끼고 나서야 그녀는 정신을 차렸다.

"그러니까 네 말은…….."

말끝을 흐린 해솔이 흐트러진 머리카락을 뒤로 쓸어 넘기고는 그를 올려다봤다.

"서도형 네가 하지 말라는 그 일들을 내가 모두 하지 않겠다고 약속한다면 우리 관계가 달라질 거라는 거야?"

또 다른 끝과 새로운 시작. 도형의 답이 과거와 다른 방향이라면, 후자가 남는다. 해솔은 믿을 수 없다는 얼굴로 도형을 바라봤다. 그는 손을 들어 얼굴을 한 차례 쓸어내렸다. 그 작은 행동에는 잠시였지만 갈등하는 기색이 담겨 있었다. 도형은 돌아섰고 빈 캔과 남은 맥주를 봉투 안에 담아

주변을 정리했다.

"못 들은 거로 해."

혼자 상황을 끝내 버리려는 것처럼 도형이 걸음을 옮겼다. 해솔이 빠르게 달려가 두 팔을 양쪽으로 벌리며 그의 앞을 가로막았다.

"잠깐만. 들은 걸 어떻게 못 들은 거로 해?"

"대답 망설인 건, 약속할 수 없다는 거 아니야?"

"그건……."

"약속할 수도 없는데 내 대답 들어서 어쩌겠다고."

그의 말대로 망설인 것이 사실이다. 지금도 망설여졌다. 해솔은 양팔을 천천히 내리고는 잠시 입을 꾹 다물었다. 과거 일에 대해 알아내는 걸 포기할 생각은 없었다. 해결되지 않은 문제라면 언제든 터질 거라 생각했으니까. 해솔은 가만히 도형의 얼굴을 올려다봤다.

서도형이 미웠다. 죽을 만큼 미웠고, 원망스러웠고, 그렇게 떠나 버린 그에게 화도 났다. 잊으려고 노력했고, 그 없이도 잘살고 있다는 것을 보여주려 더 열심히 살았다. 하지만 방심한 틈을 타 툭 하니 도형에 대한 기억이 떠오르고 그를 그리워한 것을 해솔은 부정할 수 없었다. 술을 마신 채 보고 싶다고 울었던 것은 그런 해솔의 진심이 나온 것이었다. 도형과 함께 있는 시간이 많아질수록 꼭 닫아둔 기억들이 다시 고개를 내밀었고, 감정은 밖으로 넘쳐흘렀다.

"고민할 거 없어. 내가 괜한 얘길 한 것 같으니까 그냥 잊어."

대답하지 못하고 서 있자 그는 홀로 결론을 내려 버리고는 그녀를 스쳐 지나갔다. 멀어져 가는 발걸음 소리가 들려왔다.

과거의 도형이 어쩔 수 없는 이유로 자신을 버린 거라면. 정말 싫어서 자신에게서 돌아선 것이 아니라면, 해솔은 지금 꼭 그를 잡아야 할 것 같다는 생각이 들었다. 이 기회를 놓치면 도형과의 관계가 조금도 달라지지 않을 것 같았다. 조금 전까지 그가 서 있던 곳을 물끄러미 바라보고 있던 해솔이 이미 거리가 꽤 멀어진 그를 향해 달렸다.

"좋아!"

그의 걸음이 멈췄다. 열 걸음 정도의 거리를 두고 해솔이 자리에 멈춰서서 숨을 몰아쉬었다. 도형이 천천히 뒤를 돌아봤다.

"알았다고! 안 해! 안 하면 되잖아!"

공원이 울릴 정도로 크게 소리친 그녀는 다시금 거친 숨을 몰아쉬었다. 해솔이 어쩐지 조금 억울하다는 얼굴을 했지만 조금 전 자신이 건넨 말을 번복할 생각은 없어 보였다. 뚜벅— 가까워지는 발걸음 소리가 유독 크게 귓가에 전해졌다. 거리를 좁혀온 그는 이제 손을 뻗으면 닿을 거리에 서 있었다.

"뭐라고 말 좀 해! 난 대답했잖아. 네가 하지 말라는 그것들, 다 안 한다고."

도형이 손을 뻗었다. 해솔이 그 움직임을 가만히 바라봤다. 이내 딱— 소리와 함께 이마에 강한 충격이 전해졌다. 너무 놀라 비명도 지르지 못한 그녀는 손을 들어 통증이 느껴지는 이마를 매만졌다.

"동네 사람들 다 깨울 생각이야?"

하필 두 사람이 서 있는 위치가 가로등이 없는 곳이라 해솔은 지금 그가 어떤 얼굴을 하고 있는지 제대로 볼 수 없었다. 하지만 타박하듯 내뱉은 도형의 음성에는 웃음기가 묻어나 있는 것 같았다. 그는 다시 돌아섰고 해솔은 그 뒤를 따랐다. 어떤 말이든 대답을 해줄 거라 생각했는데 아무리 기다려도 돌아오는 답은 없었다. 해솔이 빠르게 걸음을 옮겨 그의 곁에 바짝 붙어 섰다.

"그게 다야?"

도형이 힐끗 시선을 내려 해솔의 얼굴을 한 차례 확인하고는 다시 정면을 바라봤다.

"야, 서도형."

그녀는 황망하다는 표정을 지었다가 도형을 노려봤다. 그냥 생각 없이 해본 말에 자신이 넘어간 건가 싶은 생각이 들어서였다. 해솔이 아랫입술을 꾹 깨물고는 걸음을 멈췄다. 심각하게 고민하고 대답한 자신이 바보 같았고, 어쩐지 눈물이 날 것만 같아 눈에 힘을 줬다. 서너 걸음 멀어진 상황에서 도형은 걸음을 멈추고 뒤를 돌아봤다.

"안 오고 뭐 해?"

해솔은 요지부동이었다. 작게 한숨을 내쉰 도형이 그녀에게로 다가서서 손목을 잡고 끌어당겼다. 해솔은 저항하지 않고 그를 따랐다.

"안 한다고."

"알아."

"네가 말한 거 다 안 한다니까?"

조금이라도 확신을 가질 수 있는 대답을 듣길 원했다. 해솔이 잡힌 손목을 빼내려고 하는 순간, 손목을 잡고 있던 그의 손이 천천히 아래로 내려갔다. 어느덧 도형의 손은 해솔의 손을 잡고 있었다. 그녀는 그 손의 움직임을 가만히 내려다봤다. 손가락 사이사이로 그의 손가락이 얽혀들었다. 한쪽에서 끌어당기는 것이 아닌, 서로의 손을 맞잡은 형태가 되었다.

"다 제대로 들었으니까……."

걸음을 멈춘 그가 해솔을 내려다봤다.

"약속이나 어기지 마."

도형이 지금 손을 뻗는 일에 얼마나 많은 고민을 하고 수많은 가정을 세웠는지 해솔은 알지 못할 것이다. 수없이 많은 상황을 가늠하고 무엇을 두고 저울질했는지, 또 이 손을 잡는데 얼마나 긴 시간이 걸렸는지도 알지 못할 것이다. 몰라도 괜찮았다. 영원히 알지 못한다면 더 좋을 것이다.

"그래서 이제 정확히 뭐가 달라진 건데?"

도형이 그녀의 얼굴을 가만히 내려다봤다. 고작 이 정도로는 대답이 되지 않는 모양이었다.

"애매하게 굴지 말고 확실히 해. 내일 다시 네 마음이 또 바뀔지 어떻게 알아? 손바닥 뒤집듯, 그렇게 하루아침에 태도 바꿀 수 있는 사람이잖아? 나는 뭐 쉽게 대답한 줄 알아? 큰 결심하고 대답한 거란 말이야."

물러서지 않겠다는 확고한 의지가 그녀의 얼굴에 드러나 있었다. 이렇게까지 신임이 없어서야. 도형이 입매를 잠시 끌어 올렸다. 시린 겨울바람에 얼얼해진 해솔의 뺨과 목덜미 위로 조금 다른 체온이 와 닿았다. 해솔이 신경을 곤두세운 채 그 손의 움직임을 주시하고 있던 순간이었다.

"너, 웃지 말고 제대로 말……."

도형이 그녀를 끌어당겼다. 부드럽게 입술 위에 닿은 감촉과 동시에 그녀의 목소리는 끝을 맺지 못하고 사라져 버렸다.

탕—

캔 맥주가 바닥에 떨어지는 소리가 들렸다. 해솔이 저도 모르게 뒤로 한 걸음 물러서려 하자 목을 감싼 그의 손에 조금 더 힘이 실리는 것이 느껴졌다. 갈피를 잃은 해솔의 손은 결국 그의 어깨를 붙들었다. 아랫입술을 가볍게 깨물어 벌어진 입술 틈으로 혀가 얽혀들었다. 그의 손은 어느새 단단하게 그녀의 허리를 감고 있었다. 긴 입맞춤이 이어졌고, 이내 떨어져 나간 입술 사이로 가쁜 호흡이 흩어졌다.

해솔은 놀란 얼굴로 도형을 바라봤다. 지금 무슨 일이 일어난 건가.

"제대로 대답하라며."

"말로 하면 되는 거지 누가 이렇게 대답하래?"

"너도 잘 알다시피, 내가 말을 예쁘게 못해."

해솔은 할 말을 잃은 얼굴로 서 있었고 그는 다시 그녀의 손을 잡고 걸음을 옮겼다. 얽혀든 손가락이 단단하게 해솔을 붙들었다. 속도를 맞춰 그가 이끄는 방향으로 걸음을 옮기던 해솔은 앞서 걷는 그의 넓은 등을 바라봤다.

'좋아해.'

조금 전 그 행동이 해솔의 말에 대한 대답이라면, 그는 해솔의 마음을 받아준 것이 된다. 보고 싶다는 한마디에 한국으로 돌아오고, 좋아해, 라는 말에 이번에는 다른 답을 내놓았다. 그가 한국으로 돌아와 해솔과 보낸 시간은 그런 감정의 변화를 갖기에 너무도 짧은 시간이었다. 그럴 계기가 있기는 있었던가? 꼬리에 꼬리를 문 생각이 이내 다른 결론을 냈다.

　만일 처음부터였다면.

　시작부터 같은 마음이었다면.

　한국을 떠나기 전부터 그런 마음을 가지고 있었다면.

　해솔의 입술이 살짝 움직임을 보였지만, 그 어떤 소리도 내지 못한 채 다시 굳게 입을 다물었다.

　그럼 그땐 왜 그랬어?

　그때도 날 싫어했던 건 아니었던 거야?

　만일 나와 같은 마음이었다면, 대체 왜 그렇게까지 모질게 해야 했는데?

　네가 감추고 있는 게, 대체 뭔데.

　묻고 싶은 말들이 목 끝까지 차올랐지만 해솔은 끝내 입을 열지 않았다. 묻지 않기로 했다. 과거에 대해 더는 알아내지 않겠다고 약속했다. 그 약속을 깨고 입을 여는 순간 도형이 돌아설 것 같아서, 지금 일어난 모든 일이 하룻밤의 꿈으로 끝나 버릴 것만 같아서, 해솔은 그 무엇도 묻지 못했다.

　그녀는 그의 뒷모습을 시선으로 좇았다. 도형이 점차 걷는 속도를 늦추었고 어느 순간부터 해솔과 나란히 서서 보폭을 맞춰 걷기 시작했다. 집으로 돌아가는 내내 오가는 대화는 더 없었지만, 그것만으로도 좋았다. 그 긴 거리가 무척이나 짧게 느껴질 만큼 이 시간이 흐르는 것이 아쉽게만 느껴졌다.

해가 중천에 떴다. 평소라면 일어나고도 남았어야 할 시간이었지만 해솔은 아직 이불 밖으로 나올 생각이 없어 보였다. 어제 술을 마신 영향도 있었고 집에 돌아오고 난 뒤에도 도형과의 일을 떠올리다 잠을 설쳤기 때문이었다.

몸을 뒤척인 그녀는 푹신한 이불 속으로 얼굴을 푹 파묻었다. 새근새근 고른 숨소리를 내며 계속해 잠을 청하다가 눈을 번쩍 뜨고는 상반신을 일으켜 세웠다. 부스스한 머리카락이 이마 위로 흐트러졌다.

'제대로 대답하라며.'

귓가에 그 목소리가 맴도는 듯했다. 해솔이 커다란 눈동자를 좌우로 굴렸다. 도형과 입을 맞춘 기억이 연이어 떠올랐다. 그녀는 두 손을 들어 얼굴을 가리고 발길질을 마구 하다가 이불을 끌어안고 그 위로 얼굴을 묻었다.

"미쳤어."

"그런 거 같아 보이긴 하는데. 대체 뭐 해, 너."

해솔이 흠칫 몸을 굳혔다. 움직임을 멈추고 천천히 고개를 들자 반쯤 열린 문 앞에 도형이 서 있는 모습을 볼 수 있었다. 조깅이라도 다녀온 건지 그는 트레이닝복 차림이었다. 해솔은 잠시 당황해하는 기색을 드러냈지만 이내 아무렇지도 않은 척 기지개를 켜며 자리에서 일어섰다.

"아침부터 운동했어?"

"넌 지금이 아침이냐?"

해솔이 그제야 시간을 확인했다. 정오가 넘은 시간이 눈에 들어왔다.

"내가 이렇게 오래 잤단 말이야?"

"그 머리나 좀 어떻게 해."

"내 머리가 왜?"

"밖에 나가면 참새가 둥지인 줄 알고 앉겠다."

도형의 말에 빠르게 손을 들어 흐트러진 머리카락을 정리했다. 어제 그런 일이 있었는데도 도형은 평소와 다름이 없었다. 그냥 딱 평소의 서도형이었다. 어제 그 일로 관계가 달라진 거 아닌가? 뭐 저리 퉁명스러워? 해솔이 돌아서는 도형의 모습을 기가 차다는 얼굴로 바라보다 빠르게 방을 달려나갔다. 닫히려는 도형의 방문을 손으로 잡고는 그를 따라 안으로 들어섰다.

"왜?"

"너 뭐야?"

"뭐가?"

"어제 그런 일이 있었는데, 왜 아무렇지도 않아?"

"어제 무슨 일이 있었는데?"

돌아선 도형이 팔짱을 낀 채로 책상에 기대어 서서 해솔을 마주했다.

"몰라서 물어?"

그는 대답 없이 해솔의 얼굴을 가만히 바라보고만 있었다.

'설마 이 자식이 고작 맥주 두 캔 마셔놓고 필름 끊겼다는 헛소리를 하려는 건 아니겠지?'

해솔이 불안한 눈으로 그를 바라보며 입을 열었다.

"어제 네가 나한테……."

"너한테?"

"키…… 그러니까 키……."

"뭐?"

"……입 맞췄잖아."

기세 좋던 처음과는 다르게 마지막은 기어들어 가는 목소리로 답했다. 정말 기억이 안 나는 건가? 해솔이 가늠하듯 그의 얼굴을 바라보다 절망하려는 순간이었다. 그가 작게 웃음을 터트렸다. 해솔은 그제야 도형이 어제의 일을 기억하고 있다는 것을 알아챘다.

"넌 나 놀려먹는 게 재밌지?"

도형은 대답 대신 손에 쥐고 있던 무언가를 해솔에게 던져 주었다. 포물선을 그리며 가볍게 날아온 상자를 받아 든 해솔은 그것을 유심히 내려다봤다. 상자에 담긴 것은 어제 그녀가 인형 뽑기 기계에서 뽑으려다 실패한 작은 곰 인형이었다.

"나 가지라고?"

"그럼 그걸 내가 어디에다 써?"

입가가 절로 풀어지려 했다. 아랫입술을 꾹 깨물고는 애써 기쁘지 않은 척 돌아선 해솔이 상자를 열어 곰 인형을 꺼내었다. 그냥 작은 인형인 줄 알았는데 꺼내보니 휴대폰 줄이었다. 당장 끼우고 싶어 휴대전화를 가지러 방으로 돌아간 그녀는 침대에 걸터앉았다.

"왜 이렇게 안 들어가?"

금방 끼울 수 있을 것 같았는데 작은 구멍에 줄을 끼우는 일은 생각보다 너무 어려웠다. 낑낑거리며 끼우지를 못하고 있자 어느새 해솔의 방에 들어서서 그걸 쳐다보고 있던 도형이 미간을 좁히고는 인형과 휴대전화를 빼앗았다.

"이걸 하나 못해."

하지만 도형도 제대로 끼우지 못했다. 해솔이 그런 도형을 보고는 픽 웃었다.

"지도 못하면서."

해솔의 말을 들은 도형의 이마에 자그마한 핏대가 섰다. 웃고는 있는데 그 웃음이 살벌했다. 줄을 끼우다 말고 해솔에게 힐끗 시선을 보낸 그가 손을 들어 이마에 딱밤을 때렸다. 해솔이 아! 비명을 지르고는 이마를 매만졌다. 씩씩거리다 손을 내렸을 때는 곰 인형이 달린 휴대전화가 그녀의 앞으로 내밀어져 있었다.

"대체 이게 뭐라고 이거 하나 뽑는데 그렇게 용을 쓴 건데?"

도형이 자신을 찾아다니는 것을 발견한 해솔은 그냥 뭐라도 하고 있던 척을 하려고 인형 뽑기 기계 앞에 섰던 것이지만 굳이 그 사실을 입에 올리지 않았다. 퉁명스럽고 무뚝뚝한 것 같아도 작은 것 하나를 그냥 지나치지 않는 도형의 이런 행동이 정말 예전의 서도형으로 돌아온 것만 같은 느낌을 주었다. 해솔이 휴대전화에 매달린 곰 인형을 매만지다 고개를 들었다.

"우리 오늘 뭐 해?"

이제 확실해졌다. 도형과의 관계에 변화가 생겼다. 기대감에 찬 눈으로 답을 기다리고 있는 해솔을 향해 도형이 허리를 굽혔다.

"뭘 하긴."

한 뼘 정도의 거리를 두고 멈춰 선 그가 속삭이듯 낮은 음성으로 말했다.

"씻기나 해."

관계에 변화가 생겼다고 해도, 역시 서도형에게 다정함을 기대해서는 안 되는 모양이었다.

「어제 대체 어떻게 된 거예요? 본부장님 만나긴 만났어요?」

해솔은 5시간 전에 도착한 문자를 멍하니 내려다봤다. 늦잠을 자는 바람에 지혁에게 도착한 문자를 뒤늦게 확인했다. 답장할까 하다가 그대로 휴대전화를 내려놓았다. 몰래 도형에게 연락하고 해솔을 속인 괘씸죄 때문이었다.

"씻기나 하자."

방을 나서 욕실로 들어선 그녀는 치약을 듬뿍 묻힌 칫솔을 입안으로 밀어 넣었다. 세면대 앞에 서서 거울을 보며 전투적으로 양치질하고 있을 때였다. 문득 시선을 느끼고는 고개를 돌렸다. 왜 문을 안 닫았을까. 입안 가득 담긴 거품을 뱉어낸 해솔이 도형을 바라봤다.

"왜 거기 서 있어?"

"빨리 씻고 나와."

"욕실 쓸 거면 1층 써."

"나갈 거야. 씻고 1층으로 내려와."

어딜, 이라고 물으려 했지만 그대로 문이 쾅— 소리를 내며 닫혀 버렸다.

"나갈 생각 없는 것 같더니."

양치와 세수만 하려던 해솔은 생각을 바꿔 방으로 가서 갈아입을 옷과 속옷을 챙겨 다시 욕실로 향했다. 샤워를 하고 간단하게 외출 준비를 마친 뒤 그녀는 1층으로 내려갔다. 도형은 소파에 앉아 커피를 마시고 있었다. 그는 이미 외출 준비를 끝낸 건지 하얀 셔츠에 네이비 색상의 싱글 코트를 입고 있었다. 해솔이 그의 등 뒤로 다가섰다.

"어디 갈 건데?"

커피 잔을 내려놓은 도형이 고개를 들어 해솔의 모습을 확인하고는 미간을 좁혔다.

"머리."

"머리? 머리가 뭐?"

"제대로 말리고 내려오지?"

급하게 내려오느라 머리를 반 정도만 말렸는데 그게 도형의 눈에 보인 모양이었다. 겨울이라 바람이 차긴 해도 어차피 차를 타고 이동할 테니 괜찮을 거 같았다.

"이 정도는 괜찮아."

"말리고 나가."

"괜찮다니까."

성에 차지 않는 대답이었지만 더 해봐도 해솔은 고집을 부릴 것이 뻔했다. 도형이 작게 한숨을 내쉬고는 자리에서 일어섰다. 이제 나가려는 건가 싶어 어딜 가는 거냐고 목적지를 물으려는데 때마침 방에서 나온 태훈이 난데없이 도형을 불러 세웠다.

"야, 서도형."

해솔과 도형의 걸음이 동시에 멈췄다. 어젯밤에 뭘 한 건지 퀭해진 얼굴로 두 사람을 향해 다가선 그는 다짜고짜 도형의 팔을 붙들었다.

"나랑 얘기 좀 하자."

"지금?"

"아니면 술 한잔하든가. 어제 못 먹은 술 오늘 마시자."

"약속 있어."

"약속? 어디 가는데?"

해솔이 아까부터 궁금해하던 것을 태훈이 대신 물어줬다. 잠시 대답 없이 서 있던 도형은 해솔의 얼굴을 응시했다. 눈이 마주쳤고 그는 담담한 얼굴로 답했다.

"아버지한테 좀 다녀오려고."

"아저씨한테?"

중요하지 않은 약속이면 다음으로 미루라고 말하려 했다. 하지만 도형이 그의 아버지를 만나러 간다는 말에 더는 붙잡을 수 없었다. 그래서 태훈은 생각을 바꿨다.

"그럼 나도 같이 가자."

"형은 다음에 가."

"왜? 뭐 중요한 일로 가나 보다?"

"조금."

"그럼 할 수 없지. 자고 올 거냐?"

"아니. 좀 늦긴 할 텐데, 자고 오지는 않을 거야."

"잘 갔다 와라. 아저씨한테 안부 전해 드리고."

돌아서서 방으로 향하려던 태훈은 도형의 뒤에 가만히 서 있던 해솔을 뒤늦게 발견했다.

"너도 어디 가나 보다?"

"어? 어, 나도 약속 있어."

"이것들이 매번 집에만 있다가 왜 오늘따라 다 나가는 거야?"

"너도 나가 그럼."

"너?"

험악해진 태훈의 기세에 해솔이 금세 꼬리를 내렸다.

"오빠도 외출 좀 하시든가요."

쯧— 혀를 찬 태훈은 방으로 들어서려다 말고 물이나 한잔 마실 생각으로 부엌을 향해 걸음을 옮겼다. 냉수를 컵에 가득 따라 마시던 그는 뒤늦게 뭔가 이상한 점을 깨닫고 서둘러 부엌을 빠져나왔다. 그의 손에는 물이 반쯤 담긴 컵이 들려 있었다.

"야."

현관으로 향하던 두 사람의 걸음이 멈췄다. 해솔은 청바지에 하얀 목폴라를 입고 그 위에 베이비핑크 색상의 코트를 입고 있었다. 손에 휴대전화만 들려 있을 뿐 어깨나 손에 가방은 보이지 않았다. 코트 주머니도 굴곡이 없는 걸 보니 다른 걸 주머니에 넣어둔 것 같지도 않았다. 스마트키가 없다. 결정적으로 집 앞에서 해솔의 차를 보지 못했다.

"니들 설마 같이 가냐?"

저 귀신.

두 사람 모두 태훈의 질문에 답하지 않았지만 이미 그는 확신한 얼굴이었다. 태훈은 가늠하듯 도형의 얼굴을 바라봤다. 하지만 그 얼굴에선 무엇도 읽어낼 수가 없었다. 도형이 수없이 갈등하던 일에 대해 드디어 마음을 굳혔다는 것만 짐작할 수 있을 뿐이다. 남은 물을 한 번에 마시고 두 사람을 향해 다가선 태훈은 도형의 등을 툭— 주먹으로 한 대 쳤다.

"잘 다녀와라."

태훈은 더는 묻지 않고 방으로 모습을 감췄다. 해솔이 가는 거라면 자기도 가겠다며 따라나설 거라 생각했던 것과는 다른 반응이었다. 해솔이 의아한 얼굴로 닫힌 문을 바라보고 있는데 손목에 다른 체온이 전해졌다. 끌어당기는 도형의 힘에 그녀는 그대로 걸음을 옮겼다.

"아저씨 뭐 좋아하시더라?"

큰 도로에 진입한 차가 신호에 걸려 잠시 멈춰 섰다. 해솔의 질문에 도형은 왜, 라고 이유를 물으려다 말고 미간을 좁혔다.

"너, 부엌 들어갈 생각도 하지 마."

"왜? 나 이제 요리해도 손 안 다치거든?"

"오이 썰다가 다친 걸 내 눈으로 봤는데, 어디서 사기를 쳐."

"그거야 네가 뒤에서 깜짝 놀라게 해서 그런 거고. 지난번에 아저씨 과일도 깎아드렸어."

"과일 깎아드린 게 요리야?"

"그러니까 오늘 하겠다고."

티격태격하는 사이 신호가 바뀌었다. 도형은 다시 운전에 집중했고 해솔은 저녁으로 먹을 만한 메뉴의 레시피를 인터넷으로 검색했다.

"마트 들렀다가 가자."

끝내 요리를 할 모양이었다. 도형이 작게 한숨을 내쉬었다.

"아버지 김치찌개 좋아하셔. 그냥 그거나 만들어."

그나마 간단한 메뉴를 이야기했고 해솔은 알겠다며 고개를 끄덕였다. 결국 장을 다 보고 난 뒤에야 아버지 댁에 도착할 수 있었다. 미리 연락한 건지 도형의 아버지는 지난번과 다르게 놀란 기색 없이 두 사람을 반갑게 맞아주었다.

"무슨 또 요리를 한다고 그래? 그냥 있어. 아저씨가 할 테니까."

"아니에요. 제가 할게요."

해솔은 도착하자마자 저녁을 차리겠다며 부엌으로 들어섰고 도형의 아버지는 그런 해솔을 말리느라 진땀을 뺐다.

"그냥 두세요, 아버지."

"그래도 그렇지. 여기까지 고생해서 왔는데 무슨 또 요리까지 해."

"주해솔 요즘 고집 엄청 세져서 말 안 들어요."

"저러다 또 손이라도 베이면 어쩌려고."

도형이 한 생각을 그의 아버지도 한 모양이었다. 해솔을 혼자 부엌에 보내게 되면 마음이 편치 않은 사람이 한둘이 아니었다. 요리할 때마다 손을 베이거나 어딘가를 다치는 일은 도형만이 알고 있는 것이 아닐 정도로 자주 일어난 일이기 때문이었다.

"쉬고 계세요. 제가 가서 좀 도울게요."

결국 도형이 부엌으로 향했다. 순조롭게 진행이 되어가고 있는 건지 부엌 입구에 들어서자마자 맛있는 냄새가 코끝을 스쳤다. 해솔은 가스레인지 앞에서 국자를 손에 든 채로 심각한 얼굴을 하고 있었다. 도형이 그녀의 곁으로 다가섰다.

"뭐 문제 있어?"

"서도형."

"왜?"

"다시다가 없어."

다시다? 도형이 김치찌개를 내려다봤다. 보기에는 이미 완성이 된 것처럼 그럴듯한 모양새였다.

"근데? 그게 뭐 어쨌다고?"

"그거 있어야 돼."

"그럼 아까 샀어야지."

"당연히 있을 줄 알았지."

"그냥 빼고 해."

"네가 잘 모르나 본데. 다시다가 없으면……."

중대한 사실을 전하듯 해솔이 심각한 얼굴로 목소리를 한껏 낮췄다.

"맛도 없어."

도형이 인상을 찌푸렸다.

"내가 장금이도 아니고, 요리를 엄청 잘하는 것도 아닌데. 그거 마법의 조미료라고."

도형은 해솔의 손에 쥐어져 있는 국자를 가져갔다. 간을 보는 작은 접시에 국물을 조금 덜어낸 뒤 그것을 맛본 그의 얼굴에 잠시 표정이 사라졌다. 도형은 말없이 김치찌개를 내려다보다 어처구니가 없다는 얼굴로 헛웃음을 터트렸다.

"야."

일단 부르긴 했지만, 그는 말을 잇지 못했다. 그 한마디에 많은 의미가 함축된 것 같았다. 도형은 물을 한 모금 마시고는 부엌을 이리저리 뒤지다 스틱으로 낱개 포장된 조미료를 하나 찾아냈다.

"이거면 돼?"

그것을 건네주자 해솔이 고개를 끄덕였다. 조미료를 넣고 한참을 끓이다가 도형의 옷깃을 잡아당겼다.

"먹어봐."

해솔이 숟가락으로 국물을 떠서 도형의 앞으로 내밀었다. 그는 잠시 그것을 내려다보다 허리를 숙여 맛을 보았다. 처음 먹었던 것보다 훨씬 나았다.

"맞네. 마법의 조미료."

"야, 그냥 맛있다고 해줘야지."

해솔이 입을 삐죽 내밀었다가 냄비 뚜껑을 덮고는 다시 그의 옷깃을 잡아당겼다. 자연스럽게 도형의 시선이 그녀의 얼굴에 닿았다.

"아저씨한테는 다시다 넣은 거 비밀이야."

좁은 부엌 안에 작게 웃음소리가 번졌다. 아무래도 마음이 편치 않아 도와주려 방을 나선 도형의 아버지는 부엌 안에 딱 붙어 서서 티격태격하고 있는 두 사람의 모습을 확인하고는 그대로 돌아서서 다시 방에 들어섰다.

함께 저녁을 먹고 후식으로 차를 한잔 마신 뒤에야 두 사람은 집으로 돌아가려 자리에서 일어섰다. 아쉬운 기색을 애써 감추며 두 사람을 배웅하려 나선 도형의 아버지는 어서 가보라며 등을 떠밀었다. 차에 올라타기 전 도형은 아버지의 얼굴을 잠시 바라봤다. 해솔이 이곳을 찾았던 날, 마지막으로 봤던 아버지의 모습을 떠올렸다.

'아버지 원망, 더는 안 해요. 이제 그럴 나이도 아니고요. 저는 그냥 주해솔이 몰랐으면 좋겠어요.'

그런 말을 하는 게 아니었는데. 집으로 돌아가는 내내 후회를 했다. 괜한 걱정을 끼쳐 마음을 불편하게 만들어 드린 것 같았다. 그래서 지금은 잘 지내고 있다고, 해솔과 이제 이렇게 다시 잘 지내고 있다는 것을 아버지에게 보여 드리고 싶었다.

"아버지."

그는 차 안에 타 있는 해솔을 한 차례 응시하고는 아버지를 향해 담담한 얼굴로 말했다.

"자주 올게요."

그의 아버지는 소리 없이 미소 지으며 고개를 끄덕였다.

"저도요. 저도 자주 올게요, 아저씨."

보조석에 올라타 있던 해솔이 어느새 창문을 내리고는 배시시 웃는 얼굴로 말했다.

"다음에는 아저씨가 올라가마. 태훈이 그 녀석 얼굴도 보고 싶고, 석훈이 본 지도 오래됐으니."

그리 말하며 고개를 숙인 도형의 아버지가 해솔의 손을 잡았다.

"해솔아."

주름진 손이 해솔의 손을 두어 차례 쓸어내렸다.

"고맙다."

뭐가요, 라고 물으려 했지만 어쩐지 입이 떨어지질 않았다. 이유도 모른 채 마음이 아려 해솔은 그 손을 맞잡았다.

"진짜 자주 올게요, 아저씨."

"그래."

도형이 운전석에 올라탔다. 해솔이 그만 들어가시라고 말했지만 도형의 아버지는 시야에서 두 사람의 모습이 사라질 때까지 그 자리에 서 있었다.

차는 좁은 골목을 빠져나와 큰 도로에 진입했다. 도형은 운전하는 내내 말이 없었다. 생각에 잠긴 듯 무심한 얼굴이 조금은 낯설다. 어쩐지 방해를 하면 안 될 것 같아 해솔은 일부러 말을 걸지 않았다. 창밖의 풍경만 가만히 바라보고 있었다. 어느덧 차는 서울에 진입했고 그녀는 곧 잠이 들었다. 늦은 밤이 되어서야 두 사람은 집에 도착했다.

"먼저 들어가. 잠깐 편의점 좀 들렀다가 갈 테……."

차를 세운 도형은 안전벨트를 풀다가 말끝을 흐렸다. 잠든 해솔의 모습을 그제야 발견했다. 새근새근 일정하게 울리는 숨소리만이 고요한 차 안에 울려 퍼졌다. 그는 하던 행동을 멈추고 해솔의 얼굴을 가만히 내려다봤다.

"주해솔."

작게 이름을 불러보았다. 해솔은 눈을 뜨지 않았다. 손을 뻗어 이마 위로 흐트러진 머리카락을 귀 뒤로 넘겨주었다. 너무 곤히 자는 것 같아 도형이 볼을 살짝 잡아당겨 보았다. 표정을 찌푸리며 짜증이 난 듯 신음을 내긴 했지만 끝내 눈을 뜨지는 않았다.

"업어가도 모르겠네."

손을 거둬낸 그는 보조석에 기대어 턱을 괸 채로 그녀의 얼굴을 한참이나 바라봤다. 승준으로 인해 혹여 해솔이 기억을 찾을 만한 단서를 가지게 될까 두려웠다. 하지만 그것이 화를 냈던 이유의 전부는 아니었다. 도형은 사실 해솔이 다시 권승준에게 가는 것이 싫었다. 혹여 다시 찾을지 모르는 기억에 대한 불안감으로, 주해솔이 또 무너질지 모른다는 공포감으로, 그녀를 확실하게 잡을 용기도 없었으면서 주해솔 곁에 자신이 아닌 다른 누군가가 함께 있는 모습을 보는 것이 괴로웠다.

'좋아해.'

해솔이 무너질지도 모른다는 불안감과 주해솔에 대한 마음. 어느 한쪽으로 치우치지 못한 저울이 그 말 하나에 단번에 해솔에게로 기울었다. 그 오랜 시간이 지났으니 이제는 정말 괜찮지 않을까. 수없이 고민하고 갈등하던 시간들이 그 한마디에 무너졌다. 보고 싶다던 한마디에 한국행을 결정한 것처럼. 그는 결국 해솔을 붙들었다. 여전히 불안한 것이 사실이었지만 한 번 잡은 손을 다시 놓고 싶지는 않았다.

그렇게 얼마의 시간이 지났을까. 몸을 뒤척인 해솔이 눈을 떴다. 두어 차례 눈을 깜빡이며 흐릿해진 시야를 바로 잡았다. 익숙한 풍경에 그제야 집에 도착했다는 사실을 깨달은 해솔은 운전석 쪽을 바라봤다. 도형은 보조석 쪽으로 몸을 한껏 기울인 상태에서 그녀를 보고 있었기에 두 사람의 거리는 꽤 가까운 상태였다.

"뭘 그렇게 봐? 얼굴 뚫어지겠네."

해솔이 아직 잠에 취한 얼굴로 웃음을 터트렸다. 하지만 그 웃음소리는 금세 사라졌다. 입술 위에 부드럽고 따뜻한 체온이 내려앉았다. 뒤통수에 닿은 커다란 그의 손이 해솔의 머리카락 사이를 파고들었고 벌어진 입술 사이로 혀가 얽혀들었다.

'그 남자, 또 올 거야. 너무 무서워.'

도형의 손에 힘이 들어갔다. 입술이 떨어졌고 그는 해솔의 얼굴을 가만히 바라봤다. 눈물을 뚝뚝 흘리던 얼굴이 겹쳐졌다. 마치 어제 일처럼, 그 모습이 선명했다.

"울지 마."

알고 있었다. 지금의 해솔은 울고 있지 않다는 것을. 그때의 일을 기억조차 하지 못한다는 것을. 그럼에도 그는 조금 서글픈 얼굴로 웃으며 그리 말했다.

"내가 언제 울었……."

해솔의 목소리는 다시 그대로 사라졌다. 촉— 소리를 내며 입술이 닿았다. 두 사람만이 세상 전부인 것처럼 주변은 온통 고요하기만 했다. 골목에 드문드문 설치된 가로등 불빛만이 두 사람의 위에서 희미한 빛을 쏟아내고 있었다.

리모델링 사업부 팀원들이 회의실에 모여 앉았다. 공사 현장을 방문하고 아모르 대표인 승준과 미팅까지 마치고 돌아온 지혁이 정리한 내용의 서류를 팀원들의 앞에 한 부씩 놓아주었다. 현재까지의 진행은 순조로웠고 공사도 시일 내로 마칠 수 있을 것 같았다.

"옥상정원에 성벽은 뭐야?"

서류를 넘겨보던 해솔이 미간을 좁힌 채로 물었다.

"일반적인 난간보다는 어른이 기대도 떨어질 위험이 없을 정도의 높이로 성벽을 지어서 연출하고 싶다고 하네요."

"난간 전체를 다?"

"네."

"하중은? 오버되는 거 아니야?"

"저도 처음에는 난간을 성벽처럼 빙 두르면 문제가 되지 않을까 싶었는데 옥상정원 규모가 그리 큰 편이 아니라서 문제 되지 않는다는 답변 받았습니다. 성벽에는 아모르 대표 문양을 곳곳에 새겨 넣고, 성벽 양쪽 끝에 오벨리스크를 설치할 예정입니다."

가만히 듣고 있던 팀원 중 한 명이 오벨리스크 이야기에 작게 웃음을 터트렸다.

"농사라도 지을 건가."

"뭐, 덩굴성 식물 같은 거 키울 수 있는 작은 텃밭도 만들 건가 보더라고요."

그냥 던진 말인데, 지혁은 진지하게 대답했다. 옥상정원에 정말 농사라도 지을 모양이었다.

"허가받는데 문제없다면 클라이언트가 요구하는 방향으로 공사 진행해."

"네."

그 뒤로 30분간의 회의가 더 이어졌다. 해솔은 서류를 다시 한 차례 훑어보며 문제가 없는지 확인하고는 자리를 정리했다.

"이상, 해산. 남은 커피만 마저 마시고 다들 돌아가서 일들 해요."

해솔이 가장 먼저 회의실을 빠져나가 복도를 걸었다. 얼마 지나지 않아 뒤로 바짝 붙어서는 기척이 느껴졌다. 지혁일 것이다. 돌아보지 않아도 이미 누구인지 눈치챈 해솔은 엘리베이터 앞에 서서 버튼을 누르며 입을 열었다.

"뭐가 그리 궁금해서 자꾸 쫓아와?"

"그날 권 대표님이 데려다준 거예요?"

"아니."

"그럼요? 본부장님 만났어요?"

해솔이 손을 들어 지혁의 귀를 잡아당겼다.

"아아!"

짧게 비명을 지른 지혁이 손을 들어 귀를 매만졌다. 꽤 아픈 모양이었다.

"너 한 번만 더 스파이 짓 해봐."

"스파이 짓이라뇨. 그 상황에서 팀장님을 구해줄 사람이 본부장님 외에 누가 있어요?"

"넌 대체 뭘 안다고 자꾸 그 녀석 편을 드는 거야?"

"다른 건 모르겠고……."

말끝을 흐린 그가 옆으로 자리를 옮겨 해솔과 나란히 선 채로 시선을 맞췄다.

"팀장님 일이라면 무조건 달려나오잖아요."

"그게 뭐?"

"사실 본부장님은 바로 옆에서 불났다고 해도 약간 무심한 얼굴 하고 있을 것 같은 사람이잖아요?"

지혁의 솔직한 평가에 해솔이 작게 웃음을 터트렸다.

"근데 그런 사람이 다른 일 제쳐 놓고 달려나올 정도라면 주 팀장님은 본부장님한테 꽤 중요한 사람이라는 거잖아요. 그런 사람한테 해를 끼칠 만한 일을 할 리가……."

"나에 대해 그렇게 잘 아는 줄은 몰랐는데요."

찬물을 끼얹은 것처럼 주변이 조용해졌다. 지혁은 말끝을 흐린 채로 표정을 굳혔고 해솔은 뒤를 힐끗 확인했다. 도형이 두 사람의 곁에 다가서서 걸음을 멈췄다.

"안녕하십니까. 본부장님."

지혁은 울고 싶은 얼굴로 애써 입꼬리를 끌어 올렸다. 그 얼굴이 어색하기 그지없었다. 해솔은 가볍게 묵례를 건네었다.

"긴장 풀어요. 내 뒷담화한 것도 아닌데 뭘 그리 겁을 냅니까."

"뒷담화라니요. 절대 그런 의미는 아니었습니다, 본부장님."

"압니다."

알아준다니 다행이다. 지혁이 들리지 않게 안도의 한숨을 내쉬었다.

"그래도 옆에서 불났다고 하면 신고 정도는 해줄 겁니다. 그렇게까지 야박한 사람은 아닌데, 신 대리 눈에는 내가 그렇게 보였나 봅니다."

아무래도 지혁이 떠든 이야기를 모두 들은 모양이었다. 지혁은 울상을 지었고 해솔은 웃음을 참느라 어깨를 가늘게 떨었다. 그사이에 도착한 엘리베이터의 문이 열렸다. 지혁이 먼저 엘리베이터에 올라타고 해솔이 그 뒤를 따라 타려고 했다. 하지만 갑작스레 도형이 그녀의 손목을 잡았고 어정쩡한 자세로 걸음을 멈출 수밖에 없었다.

"안 타세요?"

해솔과 도형이 아직 엘리베이터에 타지 않았기에 열림 버튼을 꾹 누르고 있던 지혁이 의아한 얼굴을 하고는 물었다.

두 사람의 관계에 변화가 생겼고 그 계기가 만들어진 것은 지혁의 공이 컸다. 썩 마음에 들지는 않아도 아군은 아군이었다. 앞으로도 종종 도움을 받을 일이 생길 것 같았다. 무언가 변했다는 것에 대해 넌지시 힌트 정도만 주면 눈치 빠른 지혁은 금세 알아챌 것이 분명했다.

"점심시간까지 3분 정도 남았네요."

"네?"

도형이 해솔의 손에 들려 있는 서류를 지혁에게 넘겼다.

"같이 점심 먹고 돌려보낼 테니, 이것 좀 부탁합시다."

"네? 아, 네."

예상한 대로 지혁은 금세 눈치를 채고는 버튼에서 곧바로 손을 떼어냈다. 쓸 만한 아군이었다. 엘리베이터의 문이 닫혔고 방향을 튼 해솔이 그를 올려다봤다.

"밥 같이 먹으려고?"

도형은 대답 없이 손목을 잡고 있던 손을 그대로 놓았다. 그는 해솔의 어깨너머를 응시하고 있었다.

"안녕하세요, 본부장님."

회의실에 남아 있던 직원들이 단체로 몰려나왔기 때문이었다. 도형은 가볍게 그 인사를 받아주었다.

"주 팀장, 혹시 점심 선약 있습니까."

"네?"

갑작스러운 말에 해솔이 커다란 눈동자를 굴렸다. 도형의 질문이 뭘 의도한 건지 알아챈 그녀는 팀원들의 눈치를 한번 보고는 답했다.

"아니요."

"그럼 남은 얘기는 식사라도 같이하면서 하죠. 차는 내 차 타고 이동하면 될 것 같으니까 먼저 주차장으로 내려가 있어요."

뚜벅— 멀어져 가는 발걸음 소리가 들려왔다. 해솔의 곁으로 다가선 팀원 한 명이 멀어져 가는 도형의 모습을 확인하고는 꽤나 걱정스러운 얼굴로 물었다.

"본부장님이랑 식사하면서 일 얘기라니. 뭐 잘못된 거라도 있어요?"

해솔은 애매한 웃음으로 대답을 대신했다. 지하로 내려간 그녀는 어렵지 않게 도형의 차를 찾아냈고 그 앞에 서 있었다. 그렇게 5분 정도의 시간이 지났다. 고개를 숙인 그녀의 시선 끝에 스트레이트 팁 디자인의 검은색 구두코가 보였다.

"남은 얘기가 뭡니까, 본부장님."

고개를 들어 시선을 맞춘 해솔이 능청스럽게 물었다. 도형은 한쪽 입매를 끌어 올리고는 보조석 문을 열었다.

"까불지 말고 타."

도형은 웬만해서는 회사에서 개인적일 일로 아는 척을 하지 않았고 공사 구분을 중시했다. 그런 서도형이 지혁의 앞에서 대놓고 해솔과 함께 점심을 먹겠다는 말을 한 거로도 모자라 팀원들에게 거짓말까지 해가며 그녀와 함께 회사를 나섰다.

뭔가 중요하게 할 말이 있는 건가 싶어 괜스레 긴장되었다. 하지만 도형은 별말 없이 식사에만 집중하고 있었다. 할 말이 있어 따로 자리를 마련한 게 아니라면 갑자기 왜 이러나 싶어 해솔은 식사를 하는 도중 틈틈이 그의 얼굴을 살폈다.

"젓가락이 멈췄는데."

도형의 말에 정신을 차린 해솔이 젓가락을 쥔 손을 다시 움직였다. 점심 메뉴는 칼국수였다. 그다지 특별한 메뉴도 아니었고 해솔이 평소 즐겨 먹는 음식도 아니었지만, 도형이 좋아할 것 같아 메뉴를 이것으로 정했다.

"먹고 있어."

그녀는 면을 건져 올려 입에 가져다 댔다. 다섯 젓가락 정도 먹고 난 뒤에 또 힐끗 시선을 들어 도형을 바라봤다. 이번엔 정확하게 눈이 마주쳤다.

"내 얼굴 그만 쳐다보고 빨리 먹기나 해."

도형은 이미 식사를 끝냈는지 젓가락을 내려놓고 물을 한 모금 마셨다. 그는 식사를 빠르게 하는 편이 아니었는데 오늘은 해솔이 늦장을 부려 차이가 난 모양이었다. 아직 반 정도 남아 있는 칼국수를 내려다본 해솔은 그때부터 도형의 얼굴을 쳐다보지 않고 열심히 젓가락을 움직이며 식사에 집중했다.

"다 먹었어."

국물이 많이 남긴 했지만 면은 거의 다 먹은 것 같았다. 배도 부르고 더는 먹을 생각이 없어 젓가락을 내려놓았다. 도형은 계산서를 들고 자리에서 일어섰다. 정말 순수하게 해솔과 밥을 먹으러 나온 모양이었다.

"수고하세요."

가게를 나선 해솔은 시간을 확인했다. 점심시간이 꽤 긴 편이라 식사를 마치고도 아직 40분 정도의 시간이 남아 있었다. 도형과 많은 대화를 나눈 것도 아니었고 이대로 돌아가기에는 조금 아쉬웠다. 이왕 나왔으니 커피라도 마시고 갈까 싶어 주변을 둘러보고 있을 때였다. 그가 해솔의 손을 붙잡고 걸음을 옮겼다. 회사로 빨리 돌아가려는 건가 싶었지만 도형이 향하는 방향은 차를 세워둔 주차장과는 정반대였다.

"어디 가?"

그는 뒤를 돌아보며 해솔과 한 차례 눈을 마주쳤을 뿐, 질문에는 답하지 않았다. 목적지를 물어도 이런 식으로 대답을 해주지 않는 일은 자주 있었다. 이제는 답을 듣지 못하는 쪽이 더 자연스러울 정도라 해솔은 체념한 얼굴로 그가 이끄는 대로 걸음을 옮겼다. 도형과 함께 도착한 곳은 귀금속을 판매하는 매장이었다.

"어서 오세요."

낭랑한 여직원의 목소리가 두 사람을 반겼다. 투명한 유리 진열대 위를 손으로 한 차례 슥 훑으며 매장 안쪽으로 들어선 도형이 유리 위를 검지로 툭툭 가볍게 두드렸다.

"찾으시는 거 있으세요?"

"반지 좀 보여주세요."

"어떤 분이 하실 건데요? 옆에 여자 친구분께 선물하시는 건가요?"

여직원이 해솔을 바라보며 말했다. 멍하니 서 있던 그녀는 여자 친구라는 말에 깜짝 놀란 기색을 얼굴에 드러냈다.

"여자 친구는 무슨. 아니……."

저도 모르게 손까지 내저으며 부정하려던 해솔이 말끝을 흐렸다. 도형과 해솔의 관계는 이제 변화를 맞았다.

'여자 친구 맞지 않나?'

그 사실을 뒤늦게 깨닫고는 도형을 바라봤다. 그는 어처구니없다는 얼굴로 해솔을 잠시 바라보다 매장 직원을 향해 말했다.

"생판 남인데, 반지 좀 나눠 끼려고요. 몇 개 추천해서 보여주세요."

도형의 말에 여직원이 웃음을 참는 것이 보였다.

"잠시만 기다리세요."

도형의 옷차림을 보고 심플하고 정갈한 스타일을 좋아한다는 것을 알아챈 여직원은 화려하지 않은 디자인의 반지 몇 개를 진열대 위에 올려두었다. 반지를 슥 훑어본 그는 작은 큐빅이 박혀 있고 사선으로 포인트 문양이 들어간 18k 반지를 손에 들었다. 안 막음이 되어 있는 심플한 디자인의 반지였다.

"껴보시겠어요?"

도형이 해솔의 손을 잡아 반지를 끼웠다. 치수가 맞지 않아 조금 헐렁한 반지가 그녀의 약지에 끼워졌다. 반지를 손끝으로 매만지며 내려다보고 있던 그는 곧 해솔의 얼굴을 확인했다. 굳이 마음에 드냐고 물을 필요도, 대답을 들을 필요도 없었다. 표정만으로도 해솔이 지금 어떤 생각을 하는지 그는 알 수 있었다.

"이걸로 주세요."

해솔이 지금 낀 반지를 마음에 들어 하는 것을 알아챈 그는 반지를 빼내어 다시 진열대 위에 놓아두었다. 손가락의 치수를 재고 반지가 나올 날짜를 전해 들은 뒤에 두 사람은 귀금속 매장을 나섰다. 도형이 자신에게 반지를 선물할 거라고 생각지 못한 해솔은 매장을 나선 뒤로 계속 얼떨떨한 얼굴을 하고 있었다.

"너 어디 아픈 거 아니야?"

결국 운전석에 도형이 올라타자마자 손을 들어 그의 이마를 짚었다. 도형이 그 손을 치워내고는 해솔이 앉은 방향을 향해 몸을 틀었다.

"또 뭐가 있었더라. 너무 오래전이라 정확히 기억이 안 나네."

핸들에 기대어 손으로 머리를 받친 자세로 그는 해솔을 마주하고 있었다. 알 수 없는 말에 해솔은 영문을 모르겠다는 얼굴을 했다.

"뭐가 잘 기억이 안 나?"

"나랑 하고 싶다고 했던 것들."

서도형과 하고 싶다고 했던 것들이라니. 그런 말을 한 적이 있었나?

해솔이 눈동자를 굴렸다. 기억은 나지 않지만 만일 그런 말을 한 적이 있다면, 그건 아마도 도형이 자신에게 돌아서기 전인 학생 때의 일이었을 것이다. 하지만 그때는 하고 싶은 일이 있다면 망설일 이유 없이 바로 그 자리에서 도형에게 그 일을 하자고 졸랐을 것이다. 귀찮아하긴 했어도 그는 해솔이 하자는 일들은 대부분 해주었다. 해솔이 잠시 생각에 잠긴 채 기억을 더듬고 있을 때였다.

"대충 커플링, 놀이공원, 여행이었던 것 같은데."

과거의 자신이 도형과 커플링을 하고 싶다고 직접 말했을 리 없었다. 반박하려던 그녀는 입술을 반쯤 벌렸다가 다시 꾹 다물어 버렸다. 오래된 기억 하나가 떠올랐고, 그제야 도형이 무엇을 말하는 건지 알아챘기 때문이었다.

'애인 생기면 커플링 맞출 거야. 둘이서만 놀이공원도 갈 거고, 여행도 갈 거야.'

입버릇처럼 그 말을 입에 달고 산 적이 있었다. 도형을 생각하며 했던 말이긴 하지만 그걸 겉으로는 내색하지 않았고 그 말을 했을 땐 도형에게 고백하기도 전이었다. 하지만 그는 오래전 그 말을 들었을 때부터, 해솔의 말이 자신을 두고 한 말이라는 것을 알고 있던 모양이었다.

"내가 그 말을 하긴 했는데, 너랑 하고 싶은 일이라고는 말 안 했어."

"그럼 누구랑 하고 싶은 거였는데?"

"말했잖아. 애인 생기면 하고 싶은 일이라고."

대답해 놓고 해솔은 멈칫하며 입을 다물었다. 그러니까 그 애인이 지금

415

은 서도형 아닌가? 고개를 들어보니 도형은 이미 그런 해솔의 생각을 읽어낸 것 같았다. 시동을 건 그는 차를 출발시켰고 해솔은 좌석에 몸을 깊게 기댄 채로 괜스레 불평하듯 중얼거렸다.

"넌 그런 걸 어떻게 다 기억해?"

딱히 대답을 듣기 위해 한 말은 아니었다. 해솔은 창문에 머리를 툭— 기대었다.

"머리만 좋아서는."

그게 머리가 좋다고 해서 기억할 수 있는 일이 아니라는 것을 해솔도 알고 있었다. 차가 신호에 걸려 멈춰 선 사이, 도형은 어느새 눈을 감고 있는 해솔의 얼굴을 바라봤다. 해솔과 그 오랜 시간을 떨어져 있었음에도 사소한 말들조차 지워내지 못한 자신이 신기할 때가 있었다. 무슨 말을 했는지, 뭘 좋아하고 뭘 싫어하는지, 어떤 습관과 버릇이 있는지, 전부 말할 수 있을 정도로 그는 해솔에 대해 무엇 하나 잊지 않았다.

일부러 기억하려고 남겨둔 것들은 아니었다. 차라리 잊혔으면 했던 시간들이 대부분이었지만, 잊을 수가 없어서 남겨진 기억들이 있었다. 주해솔에 관한 것들이 대부분 그랬다. 도형은 다시 정면으로 시선을 돌렸다. 신호가 바뀐 것을 확인하고는 차를 출발시킨 순간이었다.

"그래서……."

언제 깨어난 건지 해솔이 도형을 바라보고 있었다. 도형이 힐끗 시선을 돌렸다가 다시 운전에 집중하려 정면을 바라봤다. 해솔은 그의 옆얼굴을 바라보며 물었다.

"놀이공원은 언제 갈 건데?"

그는 난감하다는 얼굴로 미간을 좁혔다. 기억하고 있는 세 가지 일 중, 가장 내키지 않는 일을 주해솔이 입에 올렸다. 도형은 결국 조만간이라는 두루뭉술한 대답을 건네었다. 도형의 차는 곧 회사 주차장으로 진입했다.

"바로 안 올라가?"

그는 해솔의 질문에 꺼내어 든 담배를 눈짓으로 가리켰다. 담배를 한 대 피우고 올라가겠다는 뜻을 알아챈 그녀는 고개를 끄덕이고는 홀로 엘리베이터로 향했다.

―3층입니다.

스륵― 엘리베이터의 문이 열렸다. 사무실로 향하는 복도를 걷다 말고 해솔은 어중간한 위치에서 잠시 걸음을 멈췄다. 진동이 느껴져 휴대전화를 꺼내어 든 그녀는 못 박힌 듯 그 자리에 서서 액정에 뜬 번호를 내려다봤다. 승준에게서 걸려온 전화였다.

'절대로 내 입으로는 말 안 해. 서도형도 자기 입으로는 아마 평생 말하지 않을 거야. 그리고 네 옆에서 끊임없이 저울질하겠지. 내가 장담해. 결국 너는 또 울게 될 거야.'

마치 바로 앞에서 떠드는 것처럼 승준의 그 말이 선명하게 귓가에 들리는 것 같았다. 휴대전화를 쥔 손에 절로 힘이 들어갔다. 해솔은 저도 모르게 약지를 매만졌다. 몇 분 전, 도형이 반지를 끼워줬던 손이었다.

'생각하지 말자.'

해솔은 다시금 불안해지려는 마음을 다잡고는 휴대전화를 내려다봤다. 진동은 계속해서 울리고 있었다. 도형과의 약속도 있고, 승준과는 확실하게 정리를 할 생각이었다. 리모델링 공사도 어느 정도 마무리가 되어가고 있어 완공까지 그리 오래 걸리지는 않을 것 같았다. 그전에 승준을 만나 제대로 정리를 해야 할 일이 남아 있었다. 결국 해솔은 전화를 받았다.

"안녕하세요, 대표님."

잠시 침묵이 흘렀고 해솔은 멈췄던 걸음을 옮겼다. 또각― 구두 소리가 복도를 울렸다.

[선 확실히 긋네.]

승준은 한참 만에야 대답을 건네었다. 웃음기 섞인 음성에는 서운함이 묻어나 있는 것 같았다.

"회사니까요. 이 시간에 전화 주실 때는 개인 번호 말고, 사무실로 전화 주셨으면 합니다."

[정말 화났구나.]

도형이 해솔에게 감추고 있는 것이 무엇인지 알고 있으면서도 모르는 척, 그 긴 시간을 속였다. 고마운 마음과 원망스러운 마음이 동시에 들었다. 그래서 그녀는 화가 났다는 승준의 말을 부정하지 않았다.

사무실로 들어선 해솔은 자신보다 먼저 자리로 돌아와 앉아 있는 팀원들을 향해 간단하게 눈인사를 하고는 자리에 앉았다. 파티션으로 인해 시야가 가려졌다. 누군가 통화를 하는 목소리와 작게 틀어놓은 음악, 서류를 넘기는 소리, 자판을 두드리는 소리가 뒤섞여 들려왔다.

[시간 돼?]

그 소리 사이에서 가장 선명하게 들려오는 것은 승준의 목소리였다. 책상 위를 검지로 툭툭— 두어 차례 가볍게 두드린 해솔이 굳게 닫혀 있던 입술을 떼어내려는 순간이었다.

[우리, 아직 할 얘기 남은 거 같은데.]

해솔도 같은 생각을 하고 있었다. 길게 끌어봐야 복잡한 생각들로 인해 마음만 더 무거워질 것 같았다. 이미 마음을 정한 일이었기에 해솔은 대답을 망설이지 않았다.

"그래. 오늘 보자."

승준이 운영하는 또 다른 레스토랑 매장에서 보는 것으로 약속을 잡은 뒤 전화를 끊었다. 해솔은 시간을 확인했다. 퇴근까지는 앞으로 다섯 시간 정도가 남아 있었다.

퇴근 시간에 맞춰 회사를 나선 해솔은 승준이 운영하는 레스토랑으로 향했다. 집에는 친구를 만나느라 조금 늦을 것 같다는 연락을 해두었다. 레스토랑에 도착해 주차하고 내리려는데 때마침 도형에게서 전화가 걸려왔다.

"깜짝이야."

나쁜 짓을 하다가 걸린 것처럼 순간 심장이 철렁 내려앉는 느낌이 들었다. 그녀는 호흡을 한 차례 길게 내쉬고는 전화를 받았다.

"여보세요."

[어디야?]

해솔의 행방에 관해 묻는 걸 보니 그는 벌써 집에 도착한 모양이었다. 눈동자를 좌에서 우로 한 번 굴린 그녀는 뭐라 대답해야 할까 망설이다 아랫입술을 살짝 깨물었다. 해솔이 오늘 이곳에 온 이유는 승준과의 관계를 확실하게 정리하기 위해서였다. 그러니 이것은 선의의 거짓말이었다.

"친구 좀 만나러 나왔어."

[친구 누구?]

"대학 친구라서 너는 잘 모를 거야. 잠깐 얼굴 보러 나온 건데, 오래 안 걸릴 거 같아. 저녁은 집에서 먹을 거 같은데. 기다렸다가 같이 먹든가."

도형은 잠시 답이 없었다.

[알았어.]

특유의 무심한 음성이 뒤이어 들려왔다. 통화를 마친 해솔은 작게 한숨을 내쉬고는 차에서 내려 레스토랑 안으로 들어섰다. 빨리 대화를 마친 뒤 집으로 돌아가려는 생각에 걸음을 서둘렀다.

"대표님 좀 뵈러 왔는데요."

"누구시라고 전해 드릴까요?"

"주해솔입니다. 선약 잡고 왔으니 말씀드리면 알 겁니다."

"잠시만요."

직원은 카운터에 있는 전화를 들었다. 확인이 된 건지 곧 2층의 대표실로 해솔을 안내했다.

"어서 와."

커다란 책상 앞에 앉아 서류를 보고 있던 승준이 자리에서 일어나 해솔을 반겼다.

"커피 두 잔만 부탁해요."

"네, 대표님."

직원이 방을 빠져나가고 승준은 사무실 중앙에 있는 소파에 앉았다. 그리고 해솔을 향해 오른쪽 자리를 가리켰다.

"앉아."

해솔이 자리에 앉고 얼마 지나지 않아 커피 두 잔이 테이블 위에 놓였다. 승준이 커피 한 모금을 마시고 잔을 내려놓으며 그녀와 시선을 맞췄다. 해솔은 손에 든 가방조차 내려놓지 않았다. 마치 금방이라도 일어날 것 같은 모습이었다. 승준이 입가에 쓴웃음을 그려냈다.

"그날 사과했지만, 다시 한 번 제대로 말할게. 속인 건 미안해."

회사를 나서 이곳에 도착할 때까지, 해솔은 승준과의 관계에 대해 계속해서 생각했다. 자신을 속였다는 사실에 화도 나고 원망스럽긴 해도 미워할 수는 없었다. 그 시절에 권승준이 없었다면 해솔은 그 긴 시간을 버티지 못했을 것이다.

"됐어. 너한테 화내려고 여기까지 온 것도 아니고, 사과받으러 온 것도 아니야."

해솔은 시간을 한 차례 확인했다. 레스토랑에 들어선 지 이제 고작 8분여의 시간이 지났다. 예전이라면 좀 더 사적인 대화를 나눌 수도 있었겠지만 오늘은 그럴 생각이 없었다.

"너 아직 일하는 중이니까 본론부터 말할게. 지금 진행하는 일은 우리 팀에서 제대로 마무리하고 싶어. 미팅은 신지혁 대리가 계속해서 오게 될 거고 나랑 부딪치게 될 일은 없겠지만 그래도 혹시 나로 인해 불편한 점이 있다면 얘기해. 최대한 맞춰줄 테니까."

"마치 앞으로는 나랑 안 보겠다는 소리로 들리네."

"맞아. 개인적으로는 이제 볼 일 없을 거고, 일에 관련된 자리에도 내가 나가는 일은 없을 거야."

해솔은 그의 말을 부정하지 않았다. 앞에 놓인 커피를 한 모금 마시고는 그녀가 다시 고개를 들어 승준의 두 눈을 마주 봤다. 웃지 않는 그의 얼굴은 서늘했다.

"나도 사과할게. 처음부터 그런 식으로 네 마음 받아주면 안 되는 거였는데. 그때 내가 너무 어렸고 힘들어서 잘못된 선택을 했어. 오래전 일이지만, 그래도 다시 사과하고 싶어."

"그건 딱히 네가 사과할 일이 아니야. 알고도 시작한 건 나니까."

알고 있지만 그래도 사과하고 싶었다. 과거 일에 대한 사과는 이 정도면 됐다 싶었다. 해솔은 이제 가장 중요한 이야기를 하기로 했다.

"나, 서도형 옆에 있기로 했어."

커피 잔을 손에 들던 그의 행동이 멈췄다. 웃지 않을 때면 서늘해 보이는 승준의 얼굴은 해솔에게 익숙한 모습이었지만 그래도 오늘처럼 차갑게 느껴진 적은 없던 것 같았다.

"서도형이 그러자고 해?"

해솔은 답하지 않았다. 그것이 긍정의 의미라는 것을 승준은 알고 있었다.

"네가 모르는 일에 대해서 내가 말해준다면……."

"아니."

해솔은 그의 말을 자르고 선을 그었다.

"말하지 마."

예전 일에 대해 알아내지 않기로 그와 약속했다. 그래서 더는 과거 일에 관해 묻지도, 듣지도 않기로 했다. 마주하고 있는 그녀의 두 눈에는 흔들림이 없었다. 단호한 해솔의 태도에 승준은 헛웃음을 터트렸다.

"아예 묻어두기로 한 거야? 그 녀석 옆에 있기 위해서?"

관계가 변한 이후, 도형과 함께 보낸 시간들을 떠올렸다. 해솔은 이대로도 괜찮을 거라는 결론을 내렸다. 도형이 좀 더 편히 웃어주고, 자신의 옆에 있어줄 수 있는 지금이 좋았다.

"우리 오빠가 나한테 이런 말을 했었어. 서도형이 하는 행동들은 날 생각해서 하는 거지, 절대 나한테 해가 될 일은 아닐 거라고. 그 말이 맞아. 서도형은 원래 그런 사람이었는데 내가 잊고 있었어."

도형은 겉으로 드러내지 않아도 항상 해솔을 걱정하고 챙겨주었다. 자신의 상처에는 무딘 편이면서 해솔이 작은 상처라도 달고 오면 있는 대로 표정을 구기고 잔소리를 늘어놓았다. 그 말 없는 서도형이 그 순간만큼은 말이 많아지고는 했었다. 도형의 태도가 갑자기 변하고, 그 긴 시간을 떨어져 있는 바람에 잊고 있었지만 과거의 도형은 분명 그런 사람이었다.

"그런 서도형이 나한테 감추는 일이라면, 그냥 모르고 살기로 했어."

"너는 여전히 불안하잖아."

"맞아. 불안해. 그래도 이게 내가 내린 결론이야."

수없이 고민하고 생각하다가 내린 결정이었기에 해솔은 담담하게 답할 수 있었다.

"넌 여전히 서도형뿐인 거네."

해솔은 승준의 말을 부정하지 않았다. 이제 그녀가 전해야 할 말은 하나만이 남아 있었다.

"기회 달라고 했지만, 안 될 거 같아."

완고한 거절이었다.

"이 말 하려고 왔어. 그만 가볼게."

자리에서 일어선 해솔은 그를 지나쳐 걸음을 옮겼다. 승준은 그런 해솔을 잡지 않았고 움직임 없이 정면만을 바라보고 있었다. 곧 문이 열리는 소리가 들렸다. 하지만 문이 닫히는 소리는 들려오지 않았다. 문을 연 해솔이 밖으로 한 발자국도 나서지 못한 채 그 자리에 멈춰 서 있었기 때문이었다.

고개를 숙인 채 문을 연 그녀의 시야에 스트레이트 팁 디자인의 검은색 구두코가 보였다. 흔히 볼 수 있는 디자인의 구두였지만 예감이 좋지 않았다. 그녀가 천천히 고개를 들었다.

"뭘 그렇게 놀라? 거짓말이라도 했다가 들킨 사람처럼."

도형이 그녀의 앞에 서 있었다.

13

집에 있어야 할 도형이 왜 이곳에 있는 걸까. 해솔은 소리 없이 눈동자를 굴렸다. 몇 분 전, 그녀를 이곳으로 안내한 직원이 난감한 얼굴을 한 채 그의 뒤에 서 있는 것을 볼 수 있었다. 앞으로 걸어나온 직원은 승준을 향해 고개를 숙였다.

"죄송합니다, 대표님. 잠시 자리를 비운 사이에 여기로 올라오신 것 같은데 제가 모시고 내려가겠습니다."

"그냥 두세요. 제 손님 맞습니다. 금방 돌아갈 것 같으니 차는 더 내올 필요 없어요. 내려가서 일 보세요."

꾸벅 묵례한 직원이 돌아서서 모습을 감췄다. 해솔은 여전히 놀란 기색을 지워내지 못한 얼굴로 그를 올려다봤다. 도형이 왜 이곳에 있는 건지, 언제부터 이 문 앞에 서 있던 건지 짐작조차 할 수 없었다.

"너 어떻게 여길……."

말끝을 흐린 해솔의 얼굴에 낭패의 기색이 스쳤다. 승준을 만나지 말라고 했는데 단 며칠 만에 약속을 어겼다. 깔끔하게 끝을 내려고, 정리하기 위해 이곳에 찾아온 것이었지만 도형에게 먼저 설명하지 않고 거짓말을 했다는 사실은 변하지 않았다.

"대학 친구라."

도형의 중얼거림을 들은 그녀의 몸이 긴장으로 잔뜩 굳어졌다. 그는 지금 해솔의 어깨너머로 승준을 쳐다보고 있는 것 같았다.

"맞긴 맞네, 대학 친구."

그의 시선이 다시 해솔의 얼굴에 닿았다.

"내가 잘 모르는 사이는 아닌 것 같지만."

표정으로만 봐서는 화를 내는 것 같지 않았지만 덧붙인 말로 인해 해솔은 그가 지금 화가 났다는 것을 알 수 있었다.

"거짓말하려던 건 아니었……."

"알아."

그는 해솔의 손목을 잡아 그대로 끌어당겼다. 순식간에 그의 등 뒤에 서게 된 해솔은 눈치를 보다 도형의 어깨너머를 바라봤다. 승준과 눈이 마주쳤다. 그는 소파에 앉아 두 사람의 모습을 바라보고 있었다.

"얘기 끝난 거 같은데, 데려간다."

"서도형."

해솔을 데리고 돌아서려던 도형의 걸음이 우뚝 멈췄다.

"결국 넌, 주해솔의 안위보다 네 욕심이 먼저라는 거네."

그녀의 손목을 잡은 도형의 손에 힘이 들어갔다. 해솔은 승준의 말이 무얼 뜻하는 건지 이해할 수 없었지만 그 말이 도형을 자극하고 있다는 것쯤은 알 수 있었다. 도형이 해솔의 손을 놓고 방향을 틀었다. 금방이라도 승준을 향해 달려갈 기세에 그녀는 빠르게 그의 앞을 막아서고는 손을 붙들었다.

"그냥 가. 응?"

만일 도형이 그녀를 뿌리치고 승준에게 주먹을 날렸다면 해솔은 그를 막아서지 못했을 것이다. 다행히 도형은 자신을 붙든 해솔의 손을 잠시 내려다보고는 그대로 걸음을 돌렸다. 레스토랑을 빠져나온 두 사람은 주차장으로 들어섰다. 멀지 않은 곳에 서 있는 도형의 차가 눈에 들어왔다.

"권승준 만나지 말라고 분명 말했던 것 같은데."

"해야 할 말이 있어서 만난 거였어."

"그걸 꼭 얼굴 보고 해야 하는 건 아니지. 휴대전화는 장식이야?"

그의 말에 해솔이 잠시 입을 꾹 다물었다. 승준이 그녀를 속였다고는 해도 고마웠던 일까지 없어지는 것은 아니었다. 다시 시작하고 싶다는 말까지 들은 상황에서 전화로 그 마음에 대해 거절의 말을 전하는 것은 예의가 아닌 것 같았다. 해솔은 작게 한숨을 내쉬었다.

"전화로 할 이야기가 아니었어. 앞으로는 정말 개인적으로 만날 일 없을 거야."

해솔에게 화를 낼 일이 아니었다. 대표실 안에서 두 사람이 어떤 대화를 나눴는지 들었기에 더더욱 화를 낼 이유가 없었다. 그녀는 승준과의 관계를 정리하기 위해 이곳에 온 것이었다. 도형은 그 사실을 눈치챘지만, 과거 일에 대해 모두 알고 있는 승준이 엮이게 되면 자신도 모르게 날을 세우게 됐다. 지금도 손바닥에 식은땀이 흥건했다. 긴장된 몸은 경직되어 있었고 머리가 깨질 것처럼 아팠다.

"일단 집으로 가서 얘기해."

그는 주변을 둘러봤다. 각자 차를 타고 왔기에 함께 돌아갈 수는 없었다. 그녀가 먼저 주차장을 빠져나가는 모습을 본 뒤에야 자신의 차를 세워둔 쪽으로 걸음을 옮긴 도형은 운전석 문을 연 채로 잠시 위를 올려다봤다.

2층에 자리 잡은 대표실의 창문 앞에 승준이 서 있는 모습이 보였다. 도형은 오늘 연락도 없이 승준을 찾아왔다. 해솔의 곁을 맴돌지 말라는 경고를 하기 위함이었다. 그런데 이곳에서 해솔의 모습을 발견했다. 익숙한 차량을 발견하고는 설마 하며 그녀에게 전화를 걸었다.

'친구 좀 만나러 나왔어.'

통화를 끊고 차에서 내리는 해솔의 모습을 보는 순간 화가 나다 못해 되레 머리가 차갑게 식었다. 조금의 시간을 두고 차에서 내린 그는 입구를 지나쳐 곧장 2층으로 올라섰다. 다행히 카운터를 담당하는 직원이 잠시 자리를 비운 터라 누군가 그를 막아서는 일은 없었다. 문 앞에 선 그는 두 사람이 나눈 대화 내용을 모두 들었다.

도형은 차가운 시선으로 경고하듯 승준을 올려다보고는 차에 올라탔다. 집 앞에 도착해 차를 세우자마자 보조석 창문 쪽으로 무언가가 바짝 다가섰다. 해솔이었다. 먼저 집에 도착했지만 들어가지 않고 밖에서 그를 기다리고 있던 모양이었다. 도형이 차에서 내리자 그녀는 운전석 쪽으로 빠르게 달려갔다.

"서도형."

해솔은 조심스럽게 그의 이름을 부르고는 눈치를 보며 물었다.

"화났어?"

아마 해솔은 도형보다 5분 정도 일찍 집에 도착했을 것이다. 이 추위 속에서 도형을 기다리며 혹시나 화가 나지 않았을까, 하고 작은 머리로 연신 고민하고 있었을 것을 생각하니 마음이 좋지 않았다.

'네가 모르는 일에 대해서 내가 말해준다면……'

'아니. 말하지 마.'

해솔은 분명 과거의 일에 대해 말해주려던 승준의 말에 선을 그었고 거절을 했다. 약속을 깬 것이 아니라 약속을 지키기 위해 간 것이었다. 머리로는 알고 있었다. 그녀는 오늘 도형을 위해 승준을 만난 거다. 그걸 알고 있음에도 화가 나는 것은 두 사람이 함께 있는 모습을 보고 싶지 않았기 때문이었다. 두 번 다시 해솔이 권승준과 함께 있는 모습을 보고 싶지 않았다.

"진짜 화났어?"

이어진 긴 침묵에 해솔이 초조함을 드러냈다. 아랫입술을 잘근 씹으며 도형의 얼굴을 한 차례 올려다보고는 고개를 숙였다. 도형이 정말 화가 났다고 생각하는 건지 얼굴에 미안해하는 기색이 드러났다. 도형은 손을 뻗어 해솔의 턱을 잡고 아랫입술에 엄지를 가져다 댔다. 살짝 힘을 주자 짓이기듯 깨물렸던 입술이 쉽게 빠져나왔다.

"앞으로 권승준 만나지 마. 어쩔 수 없는 상황이 생긴다면, 차라리 나랑 같이 나가든가 해."

입술 위에서 멀어진 손은 해솔이 입고 있는 코트에 닿았다. 옷깃을 여며주고는 대답을 기다리듯 시선을 맞추고 있자 그녀는 곧 고개를 끄덕였다. 도형의 손에 들린 스마트키를 빼앗아 버튼을 누른 해솔은 코트 위에 닿아 있는 그의 손을 잡고 끌어당겼다.

"얼른 들어가서 저녁 먹자. 배고프다."

하지만 도형은 한 걸음도 움직일 생각을 하지 않았다. 해솔이 의아한 얼굴로 그를 올려다봤다.

"뭐, 더 할 말 있어?"

"……"

"왜 그렇게 빤히 봐? 내 얼굴에 뭐 묻었어?"

손을 들어 뺨을 매만지는 해솔을 향해 그는 알 수 없는 질문을 건네었다.

"좋아서 만난 게 아니었어?"

"뭐가?"

"3년 넘게 그 자식 옆에 있었던 거."

그제야 도형이 무슨 말을 하는 건지 알아들은 해솔의 얼굴이 살짝 굳어졌다.

"권승준을 좋아한 게 아니라, 그 녀석 옆에 있었던 게 나 때문이었냐고 묻는 거야."

해솔이 승준의 옆에 있었던 것은 그를 잊기 위해서였다. 마음이 변해서, 승준을 좋아해서, 그 긴 시간을 옆에 있던 것이 아니었다. 승준과 나눈 대화 중에 그 사실을 짐작할 만한 대화가 있었다. 도형은 그것을 놓치지 않고 알아챈 것이다.

해솔은 옭아매듯 자신을 바라보고 있는 검은 눈동자를 마주했다. 아니야, 라고 대답을 하려 했는데 목에 무언가가 걸리기라도 한 것처럼 그 말은 소리가 되어 나오지 못했다. 더는 거짓말을 하고 싶지 않았다.

"그래."

이제 와서 숨길 게 무엇이 있겠는가.

"좋겠다, 서도형."

그녀는 결국 부정하지 않았다.

"나한테 네가, 한없이 강자인 거 알아채서."

자신을 올려다보며 힘없이 웃어 보이는 해솔의 얼굴이 어쩐지 조금 아파 보여서 도형은 저도 모르게 손에 힘을 꽉 주었다. 해솔이 힘들어했던 시간도, 자신으로 인해 받은 상처도, 누구보다 도형이 가장 잘 알고 있었다.

'강자라니……'

약자는 자신이었다. 예전에도, 지금도, 앞으로도. 주해솔에게 서도형은 약자였다. 해솔이 모르고 있을 뿐, 그 사실은 계속 변하지 않을 것이다. 전하지 못한 진심을 삼켜내듯 도형의 목울대가 크게 한 차례 움직였다.

"다음 주말에."

도형이 무언가 말을 하려다 말고 입을 꾹 다물었다. 다음 주말이라면 크리스마스였다. 해솔이 이어질 뒷말을 기다리다 고개를 기울였다.

"다음 주말에 뭐?"

"가까운 곳으로 여행이라도 가자."

해솔이 하고 싶다던 일 중 하나였다. 도형과 반지를 맞추고, 함께 여행을 간다. 얼마 전까지는 생각도 못한 일이었다. 가볍게 웃음을 터트린 그녀가 도형을 향해 장난기 가득한 얼굴로 물었다.

"은근슬쩍 건너뛰네. 왜? 놀이공원은 도저히 안 되겠어?"

세 가지 일들 중 하나는 이루어지지 않을 것이라는 걸 그녀는 알고 있었다. 서도형이 사람으로 넘쳐 나는 놀이공원에, 그것도 놀이기구를 타기 위해 그곳을 찾을 리 없었다. 미간을 살짝 좁힌 도형은 손을 뻗어 해솔의 어깨 위를 감싸 그녀를 끌어당겼다.

"다른 거 해."

이번에도 '조만간.'이라는 답을 하면 해솔은 '그게 언제인데.'라고 물으려고 했다. 하지만 도형은 해솔의 그런 반응을 예상이라도 한 것처럼 빈말로도 함께 가겠다는 말을 하지 않았다. 거길 대체 왜 가고 싶은 거냐는 타박 어린 음성만 덧붙여 들려왔다. 해솔의 웃음소리가 작게 울려 퍼졌다. 별거 아닌 일에도, 사소한 대화에도, 그냥 웃음이 났다. 함께 정원을 걸어 올라가는 두 사람의 뒷모습은 그 어느 때보다 다정하고 평화로워 보였다.

스륵— 종이 넘어가는 소리가 들려왔다. 방 안이 어찌나 조용한지 그 작은 소리가 크게 느껴질 정도로 지금 도형의 방은 침묵에 휩싸여 있었다. 그 고요한 분위기 속에서 책을 읽고 있던 도형은 다섯 페이지 정도의 분량을 더 읽어 넘기고 나서야 뒤늦게 위화감을 느꼈다.

요즘 해솔은 저녁 식사를 한 뒤 자신의 방에서 보내는 시간보다 도형의 방에서 보내는 시간이 더 길었다. 특별하게 하는 일은 없었다. 대화를 나누거나, 저녁에 잠깐 산책을 함께 다녀오거나 하는 것이 전부였다. 오늘은 방에서 함께 시간을 보내고 있었는데 평소라면 재잘재잘 떠들고도 남았어야 할 해솔이 오늘따라 조용했다. 책을 뒤집어 덮어놓은 뒤 의자를 돌려 뒤를 돌아봤다. 도형의 침대를 마치 제 침대인 것처럼 차지한 해솔이 눈에 들어왔다. 그녀는 껍질을 깐 귤을 입에 쏙 밀어 넣고는 입을 우물거리면서 도형을 빤히 바라보고 있었다.

"왜?"

"책 재밌어?"

"네 취향은 아니야."

단호한 대답에 해솔이 헛웃음을 터트렸다. 하도 집중해서 읽고 있어 물어본 것뿐이지 자신이 읽을 생각으로 물어본 것은 아니었기 때문이었다. 도형은 다시 의자를 돌렸다. 읽던 책을 다시 읽기 위해 책을 펼쳤는데 불쑥 손이 어깨 위로 넘어와 책의 페이지를 가렸다. 해솔의 손이었다.

"뭐 하는 거야?"

도형이 책을 가린 그녀의 손을 치워내려 하자, 해솔은 반대편 손까지 뻗어 양손으로 아예 책을 읽지 못하도록 내용을 가려 버렸다. 도형이 뒤를 돌아봤다. 바로 지척에 해솔의 얼굴이 있었다.

"책 좀 그만 봐. 나 심심해."

등 뒤에 해솔의 몸이 닿아 있고 양손은 어깨 위를 넘어와 책을 가리고 있었다. 어쩌다 보니 뒤에서 안는 자세가 되었다는 것을 해솔은 자각하지도 못하고 있었다. 작게 한숨을 내쉰 도형은 결국 손에서 책을 내려놓았다.

"까분다, 주해솔."

도형은 그녀의 손을 잡아 위로 들어 올렸다. 해솔이 어찌할 새도 없이 위로 들어 올린 두 손을 한쪽으로 치워내고는 그대로 의자를 돌리자 이제 서로 마주 본 상태가 되었다.

"그래서, 뭐 하자고?"

오늘은 날씨가 너무 추웠다. 밖에 나갈 엄두도 나지 않을뿐더러, 나가기에는 시간이 애매하기도 했다. 일단 도형의 관심을 끌긴 했는데 막상 둘이 할 수 있는 일이 생각나지 않았다. 해솔이 눈동자를 굴리며 생각에 잠겼다.

"영화 볼까?"

방에서 할 수 있는 일은 한정되어 있었고 도형은 해솔의 답을 예상하고 있었다. 그는 자리에서 일어나 침구를 정리하고 해솔이 남겨둔 귤을 한쪽으로 치워냈다. 해솔 역시 쪼르르 침대 쪽으로 다가서서 리모컨을 손에 들고 VOD로 나온 영화들을 검색했다.

도형은 침대 헤드에 기대어 누웠고 해솔은 그 옆에 자리를 잡고 앉아 볼만한 영화가 있는지 찾아보기 시작했다. 많은 영화 중 시선을 확 잡아끄는 포스터를 보고 확인 버튼을 눌렀다. 대략적인 줄거리와 출연자에 관한 상세 내용이 화면에 떴다.

"이거 보자."

해솔이 선택한 것은 스릴러 영화였다. 혼자라면 보기 겁났겠지만, 도형이 함께 있으니 괜찮을 것 같았다.

"그러든가."

그는 힐끗 화면으로 시선을 주고는 대답을 했다. 아무래도 영화 내용에는 관심이 없어 보였다. 무성의한 대답에 해솔이 팔꿈치로 그의 옆구리를 살짝 가격하고는 편하게 침대 헤드에 기대었다. 도형이 헛웃음을 터트리며 조금 전 해솔에게 맞은 부위를 매만졌다.

"아프지도 않으면서 엄살은."

작게 중얼거린 그녀의 목소리가 들려오는 것과 동시에 영화가 시작되었다. 해솔은 화면을 집중해서 보고 있었고, 도형은 그런 그녀의 얼굴을 쳐다보고 있었다. 해솔은 미간까지 좁혀가며 굉장히 심각한 얼굴로 영화를 보고 있었다. 표정 변화가 어찌나 다양한지 도형이 소리 없이 미소 지은 순간이었다.

─살려주세요!

방 안 가득 여자의 비명이 들렸다. 자연스럽게 도형의 시선이 화면으로 향했다. 순식간에 머리가 차갑게 식었다. 해솔이 화면을 바라보다 깜짝 놀라 몸을 굳히고는 도형의 옷깃을 잡았다. 하지만 그는 미동조차 없이 가만히 화면을 바라보고 있었다.

"이거 진짜 무섭다."

그 소리에 정신을 차린 도형이 고개를 옆으로 돌렸다. 해솔은 몸을 잔뜩 움츠린 채 화면을 바라보고 있었다. 옷깃을 꽉 쥔 작은 손이 눈에 들어왔다.

"어떡해. 저 여자도 죽나 봐."

그는 해솔이 보자던 영화를 제대로 확인하지 않은 것을 뒤늦게 후회했다. 10분 정도만 봤을 뿐인데 도형은 지금 화면에 나오고 있는 영화가 '묻지 마 살인'을 주제로 한 영화라는 것을 알아챘다. 영화의 가장 중요한 줄기가 되는 사건이 그에 관한 것이었다. 여자의 비명이 또 한 번 울려 퍼졌고 도형의 시선이 화면에 닿았다. 칼을 들고 웃어 보이는 남자의 얼굴이 클로즈업되어 있었다.

'이거 놔! 다 죽여 버릴 거야!'

악에 받친 목소리가 바로 곁에서 들리는 것만 같은 착각이 들었다. 그와 동시에 화면을 가득 채우고 있는 익숙한 배우의 얼굴에 낯선 남자의 얼굴이 겹쳐졌다. 눈을 질끈 감아버린 도형은 간신히 리모컨을 손에 들고는 화면을 꺼버렸다. 심각한 얼굴로 영화를 보고 있던 해솔이 깜짝 놀라 화면과 그의 얼굴을 번갈아 바라봤다.

"왜?"

도형의 상태가 이상한 것을 감지한 해솔이 걱정스러운 기색을 드러내며 그의 안색을 살폈다.

"갑자기 왜 이렇게 식은땀을 흘려?"

불시에 찾아든 공포감에 온몸이 차갑게 식어버린 느낌이 들었다. 서늘해진 몸에 따뜻한 체온이 닿았다. 해솔의 작은 손이 그의 이마를 짚었다.

"열은 없는데. 어디 아파?"

도형과 다르게 정작 그녀는 아무렇지도 않아 보였다. 키나 체격이 비슷한 남자만 봐도, 모자를 쓴 비슷한 옷차림만 봐도, 공포감에 짓눌려 질식할 것처럼 굴던 그때와는 달랐다.

괜찮다. 주해솔은 이제 정말 괜찮은 거다. 차갑게 식은 몸에 그제야 피가 도는 것 같은 느낌이 들었다. 긴장이 풀렸고 도형은 이마에 닿은 해솔의 손을 잡았다. 그리고 가만히 시선을 맞췄다.

"피곤해서."

낮은 음성이 그의 입에서 한숨처럼 흘러나왔다.

"뭐? 그럼 진작 말하지. 저거 결제한 거 아깝잖아."

불평하듯 말했지만 해솔은 여전히 걱정스러운 얼굴을 하고 있었다. 그녀는 몸을 덮고 있던 이불을 살짝 치워냈다.

"나 그럼 내 방으로 갈게. 쉬어."

해솔이 몸을 일으키려 했지만 도형이 손을 놓아주지 않았다. 그 때문에 해솔은 침대를 벗어나지 못한 상태에서 어정쩡한 자세로 움직임을 멈췄다. 도형은 그런 해솔의 손을 끌어당겼다. 그녀의 몸이 다시 침대 헤드에 닿자 그는 해솔의 어깨에 머리를 툭 기대었다.

"내가 베개냐."

그는 눈을 감은 채로 작게 웃었다. 이런 자세로는 도형이 편히 쉴 수 없을 것 같아 자리에서 일어설까 했지만, 새근새근 들려오는 숨소리는 마치 지금 이 상태가 가장 편하다고 답하는 것만 같아 관두기로 했다.

"이대로 자려고?"

돌아오는 답이 없었지만, 역시 이대로 있는 것이 좋을 것 같다는 생각이 들었다. 경직된 상태로 몸을 굳히고 있던 해솔은 어깨에 조금씩 힘을 빼고 이내 편하게 몸을 기댔다.

"뭐야, 안 자?"

가만히 정면을 바라보고 있던 그녀가 시선을 아래로 내렸다. 자는 줄로만 알았던 도형이 손을 잡았고 천천히 서로의 손가락이 얽혀들었다. 눈을 뜬 그는 맞잡은 손을 내려다봤다. 두 사람의 약지에는 같은 디자인의 반지가 끼워져 있었다.

그는 다시 눈을 감고 편히 몸을 기대었다. 영원히 채워지지 않으리라 생각했던 그의 결여된 부분이 채워져 나갔다. 해솔이 옆에 있으므로 가능한 일이었다.

"가는 날이 장날이라더니."

해솔은 손목에 찬 시계를 내려다보고는 한숨을 내쉬었다. 아침부터 날씨가 심상치 않기는 했었다. 먹색 구름 가득한 하늘을 보고 뒤늦게 일기예보를 확인한 그녀는 오늘 비 또는 눈이 내릴 거라는 기상캐스터의 음성을 듣게 되었다. 크리스마스이니 차라리 눈만 조금 내렸다면 좋았겠지만, 도형과 해솔이 공항에 도착한 뒤로 계속해서 비가 쏟아지고 있었다. 그것도 억수같이 굵은 빗줄기가 무서우리만큼 세차게 쏟아졌다.

"이러다 결항되는 거 아니야?"

해솔이 우울한 얼굴을 했다. 비만 내리는 것도 아니고 바람마저 심상치 않았다. 한 시간 정도 운항이 지연된 제주행 비행기는 여전히 출발할 기미를 보이지 않았다.

"그치겠지. 잠깐 있어. 마실 거라도 사올 테니까."

멀어져 가는 도형의 뒷모습을 바라보던 해솔은 다시금 시간을 확인했다. 아버지에게 도형과 함께 여행을 간다는 사실을 숨기기 위해 서로 다른 알리바이까지 만들었다. 여행 갈 생각에 며칠 전부터 들떠 있던 그녀는 지금의 상황이 무척이나 우울하기만 했다. 해솔이 있는 곳으로 돌아온 도형이 따뜻한 커피를 그녀에게 내밀고는 옆에 앉았다.

"만약에 결항되면 우리 뭐 해?"

해솔은 정말 우울해하고 있었다. 목소리와 표정에 그게 확연하게 드러나고 있었다.

"태풍 온다고 한 것도 아닌데, 뜨겠지."

"인터넷 검색해 보니까 강풍 주의보 뜬 곳도 있던데."

하필 오늘 비가 올 게 뭔가. 도형 역시 생각지도 못한 상황에 난감하기는 마찬가지였다. 두 사람은 공항에서 두 시간이 넘는 시간을 보냈다. 지연된 제주행 비행기는 결국 결항되었다.

"설마 했는데."

해솔은 울상을 지었다. 빗줄기가 어느 정도 약해지면 갈 수 있을 거라 생각했지만 심상치 않은 날씨는 결국 두 사람을 도와주지 않았다.

"너랑 난 여행 갈 팔자가 아닌가 봐."

해솔의 중얼거림에 도형은 작게 한숨을 내쉬었다. 오늘만 날이 아니니 여행이야 다음에 갈 수도 있지만 해솔의 실망감이 이만저만이 아닌 것 같았기 때문이었다. 비행기 결항으로 인해 그가 계획하고 잡아놓은 일정은 모두 취소가 되었다. 비가 오는 이런 날씨에도 크리스마스라는 이유 하나만으로 거리에는 사람들이 넘쳐 날 것이다. 지금 예약을 할 수 있는 식당도 없을 것이고 공연마저도 모두 매진일 것이 분명했다. 연인이 되고 맞이한 첫 크리스마스가 엉망이 되었다.

"집에 가자."

결국 내릴 수 있는 결론은 하나였다. 마음을 비운 해솔이 먼저 말을 꺼내었다. 이 상황에서는 어딜 가도 사람에 치일 것이 분명했고 그건 해솔도 원치 않았다. 짐도 한가득이고 비까지 오니 일단 집으로 돌아가는 것이 좋을 것 같았다.

차에 올라탄 두 사람 사이에는 한동안 대화가 없었다. 라디오를 틀어놨는데 나오는 노래들이 온통 크리스마스 캐럴이었다.

"화이트 크리스마스는 무슨. 눈은커녕 비만 오는데."

캐럴의 노래 가사를 지금의 상황과 빗대어 중얼거린 해솔은 볼을 부풀렸다. 빗줄기는 약해질 기미를 보이지 않았고 그걸 보고 또 신경질이 난 해솔이 라디오를 아예 꺼버리자 도형이 짧게 웃음을 흘렸다.

사거리에서 좌회전 신호를 받은 도형의 차가 지하 차도로 들어섰다. 창밖을 바라보고 있던 해솔이 뒤늦게 창밖의 풍경이 낯설다는 것을 깨달았다. 도형이 차를 운전하고 있는 방향은 집으로 가는 길이 아니었다.

"뭐야. 왜 이쪽으로 가? 집에 안 가?"

"여행 가는 거 숨기려고 둘 다 다른 알리바이 만들었는데, 지금 나란히 같이 들어가면 들키지."

"그럼 어디 가려고?"

그는 답하지 않고 차의 속력을 조금 더 높였다. 얼마 지나지 않아 도형의 차는 어느 한 건물 안으로 들어섰다. 두 사람이 도착한 곳은 집에서 그리 멀지 않은 곳에 위치한 오피스텔이었다.

"여기가 어딘데?"

차에서 내린 해솔이 주변을 둘러보며 물었다. 여기가 어딘지, 왜 이곳에 온 건지 그 이유를 알 수 없어 영문을 모르겠다는 얼굴을 했지만 그는 여전히 대답이 없었다. 도형이 차에서 짐을 내린 뒤 그녀의 손을 잡고 무작정 걸음을 옮겼다. 뒤를 따르는 해솔이 체념한 얼굴을 했다.

"그래. 다 씹어 먹어라."

등 뒤에 대고 중얼거린 말에 그의 희미한 웃음소리가 들려왔다. 엘리베이터를 타고 5층에서 내린 도형이 자연스럽게 도어록의 번호를 누르고 안으로 들어섰다. 등 뒤로 쾅— 닫히는 문소리가 들려왔다. 해솔이 조심스럽게 안을 살폈지만 사람의 기척은 느껴지지 않았다. 조금 전 비밀번호를 누르고 안으로 들어서는 도형의 행동은 마치 제집처럼 자연스럽기만 했다.

"너, 설마 집 구했어?"

"한국 들어오기 전에 계약했어. 계속 비워두긴 했지만."

안으로 들어서서 다시 한 차례 주변을 둘러본 해솔은 기가 차다는 얼굴을 했다. 거실에 작은 부엌, 그리고 욕실과 방 하나의 구조로 이루어진 오피스텔 안에는 당장 사람이 들어와 살아도 문제가 없을 정도로 모든 것이 갖춰져 있었다. 거기다 사람이 없는 집은 그게 티가 날 만도 한데, 자주 와서 관리한 건지 집은 무척이나 깨끗하고 깔끔했다.

"그러니까, 처음부터 집을 못 구한 게 아니라 안 구했다고 말한 것도 거짓말이었네? 지금 당장 들어와서 살아도 문제없겠는데?"

실내 온도를 조금 더 높여둔 도형이 겉옷을 벗어 한쪽에 놓아두고는 해솔에게로 다가섰다.

"안 그래도 조만간 옮길 거야."

"갑자기 왜? 안 나가겠다더니. 생각이 바뀌었어?"

"너랑 내 관계가 바뀌었으니까."

해솔이 잠시 멍한 얼굴로 그를 올려다봤다. 어디선가 수건 하나를 가져온 도형은 그것을 앞으로 내밀었다.

"씻는 게 좋지 않겠어? 비 맞았잖아."

차로 이동을 할 때 비를 조금 맞은 상태였다. 많이 젖은 것은 아니었지만 도형의 말대로 씻는 것이 좋을 거 같긴 했다. 여행을 가려고 챙겨온 짐에 갈아입을 옷도 있으니 해솔은 그러겠다며 고개를 끄덕였다.

욕실로 가서 간단하게 샤워를 하고 나온 해솔은 본격적으로 집 구경을 시작했다. 혼자 살기 위해 얻은 집이었고 그리 크지 않아서 구경이라고 해봐야 얼마 걸리지도 않았다. 부엌을 한 차례 확인하고, 거실을 둘러보고,

마지막으로 굳게 닫힌 방문 앞에 섰다. 문고리를 잡으려는데 어느새 씻고 나온 도형이 간발의 차로 그녀의 손목을 덥석 잡았다.

"여긴 들어가지 마."

"왜?"

"아직 정리가 안 돼서 엉망이야."

해솔은 문고리를 잡았던 손에 천천히 힘을 풀었다. 고집을 부리지 않고 몸을 돌린 그녀는 소파에 앉아 리모컨을 손에 들었다.

"좀 으슬으슬한 거 같아. 따뜻한 거 마시고 싶은데 커피나 차 같은 거 있어?"

도형은 부엌으로 들어섰다. 커피보다는 따뜻한 차가 좋을 거 같아 홍차 티백 두 개를 꺼내어두고 물이 끓기를 잠시 기다렸다. TV에서 흘러나오는 소리가 등 뒤에서 들려오고 있었다. 경제 뉴스를 틀어놓은 모양이었다.

'경제 뉴스?'

해솔이 그걸 볼 리 없었다. 뒤를 돌아본 도형은 비어 있는 소파를 확인하고는 시선을 좀 더 왼쪽으로 돌렸다. 닫혀 있던 방문이 열려 있었다. 작게 한숨을 내쉰 도형이 전기 포트의 전원을 꺼버리고는 그대로 방을 향해 걸음을 옮겼다.

부엌으로 들어선 도형의 눈치를 보다 자리에서 일어선 해솔은 결국 방문을 열었다. 서도형은 할 일을 미루는 사람이 아니었다. 거기다 깔끔한 그의 성격을 떠올려 봤을 때 정리를 못해서 방이 엉망이라는 말은 믿을 수 없었다. 역시 예상대로 방 안은 깨끗했다.

조심스럽게 안으로 들어서서 주변을 둘러보던 해솔의 걸음이 어중간한 위치에서 멈춰 섰다. 그녀는 한쪽 벽에 불규칙하게 설치된 4개의 검은색 선반 위를 바라보았다.

선반 위에는 액자가 빼곡하게 놓여 있었다. 사진은 대부분 해솔과 도형이 함께 찍은 사진이었다. 코흘리개 어린 시절에 세발자전거를 옆에 두고 함께 찍은 사진이 가장 먼저 눈에 들어왔다. 그 옆에는 함께 눈썰매를 타러 갔을 때 찍은 사진이 있었고 중학교 교복을 입고 찍은 사진들도 있었다. 도형의 팀이 야구시합에서 이겼을 때 태훈을 포함해 셋이 함께 찍은 사진은 고등학생 때 찍은 사진이었다. 그것들은 모두 해솔의 기억 속에 있는 장면들이었다.

해솔이 선반 앞으로 천천히 다가섰다. 또 다른 선반 위에는 함께 찍은 사진이 아닌, 해솔 홀로 찍은 사진들이 놓여 있었다. 고등학교 졸업식 날 퉁퉁 부은 눈으로 찍은 사진, 대학 졸업식에서 찍은 사진, 첫 출근을 했던 날 찍은 사진, 가족과 여행을 갔을 때 찍은 사진까지. 도형 없이 홀로 보냈던 해솔의 시간이 그 자리에 있었다.

"말 진짜 안 듣지."

문에 기대어 선 그가 해솔을 바라보고 있었다. 그녀가 뒤를 돌아봤다. 두 사람의 시선이 잠시 허공에서 얽혀들었고 그는 곧 해솔의 어깨너머를 바라봤다. 웃고 있는 해솔의 사진들이 하나, 하나 눈에 담겼다.

"형이 보내줬어."

"네가 보내달라고 했어?"

"그럴 리가."

"그럼 주태훈이 이걸 왜 보내?"

"그러게."

"무슨 대답이 그래?"

해솔의 목소리가 떨렸다. 이유를 알 수 없이 왈칵 눈물이 쏟아져 나올 것 같았다.

"이걸 왜 가지고 있어? 네 사진도 아니고 함께 찍은 것도 아닌데. 주태훈이 억지로 보내준 거면 그냥 버리지."

도형은 담담한 얼굴을 하고 있었다. 동요 없는 얼굴로 가만히 해솔을 바라보다 되물었다.

"그걸 어떻게 버려?"

고작 사진이었다. 부탁한 것도 아니고, 태훈이 억지로 보내준 것이라면 그의 성격상 쉽게 버릴 수 있는 것들이었다. 그녀는 할 말을 잊은 얼굴을 했다. 뭐라 답해야 좋을지 알 수 없었다. 묵직한 돌덩이를 올려놓은 것처럼 마음이 답답해졌다.

"주해솔."

고개를 숙였던 해솔의 시선이 다시금 자연스럽게 도형에게 닿았다. 그는 지금 해솔이 무슨 생각을 하고 있는지, 그녀가 어떤 혼란을 느끼고 있는지, 충분히 이해할 수 있었다. 하지만 지금 이 자리에, 자신과 있다는 것 외에 다른 생각은 그 무엇도 하지 않기를 바랐다.

"쓸데없는 생각하지 마."

그리 말하며 해솔을 향해 손을 내밀었다.

"이리 와."

두 사람이 집을 비우게 된 시간은 이틀. 그 시간 동안 두 사람은 이곳에서 함께 시간을 보낼 예정이었다. 해솔이 그에게 다가서서 손을 잡았다. 손가락 사이사이로 얽혀든 그의 손가락이 단단하게 그녀를 붙들었다. 손 전체에 닿는 체온은 따뜻했고, 가끔 마주 웃어주는 이 얼굴이 좋았다. 해솔은 다시 한 번 마음을 다잡았다. 도형이 감추고 있는 것이 뭐가 됐든 더는 알아내지 않기로 하지 않았던가. 약속했다. 그리고 이제 그가 곁에 있으니 다 괜찮을 것 같았다. 해솔은 그리 생각하기로 했다. 더는, 그 무엇도 의심하지 않을 것이다.

도형의 오피스텔은 당장 사람이 들어와 생활하기에 무리가 없을 만큼 웬만한 것들이 모두 준비되어 있었지만 식료품은 하나도 없었다. 아침부터 커피 외에는 아무것도 먹지 못한 두 사람은 일단 끼니부터 해결하기로 했다. 어딜 가든 사람으로 넘쳐 나는 날이라 식당보다는 집에서 밥을 해 먹는 것을 택했고, 비를 뚫고 가까운 마트로 향했다.

"뭘 그렇게 자꾸 담아? 어디 피난 가?"

"밖에 비 오는 거 봐. 오늘 종일 못 나갈걸? 집에 있으려면 이 정도는 사 가야지."

도형의 타박에도 해솔은 꿋꿋하게 먹고 싶은 것들을 담았다. 말려도 듣지 않을 기세였다. 간단하게 점심을 해결할 정도의 식료품만 사려고 했던 처음 생각과 달리 결국 삼시 세끼 다 해결할 수 있는 양을 사고 말았다. 거기다 해솔이 먹고 싶다는 간식까지 몇 가지 샀다. 2시간 가까이 마트에서 시간을 보낸 뒤에야 두 손 가득 봉투를 들고 오피스텔로 돌아올 수 있었다.

장을 봐온 봉투를 식탁 위에 놓아둔 도형은 옷에 묻은 빗물을 무심한 손길로 툭 털어냈다. 그사이 부엌으로 쪼르르— 따라 들어선 해솔이 봉투에 손을 가져다 대자 그 손을 제지하듯 붙들었다.

"내가 할게."

"뭘?"

"요리."

"너 요리하는 거 별로 안 좋아했잖아? 잘하지도 못하면서."

"먹을 만한 정도는 돼."

도형이 만든 요리를 먹는 것도 나쁘지 않을 것 같았다. 고개를 끄덕인 해솔은 그럼 정리만 같이하겠다며 봉투를 열었고 장을 봐온 물건들을 정리하고 난 뒤 거실로 나섰다. 식사 준비가 끝날 때까지 홀로 TV를 볼까 싶어 자리에 앉았다. 화면을 보는 둥 마는 둥 하다가 음악 채널로 돌려놓고는 방이나 다시 구경할까 싶어 자리에서 일어선 순간이었다.

"주해솔."

식사 준비가 다 된 모양이었다. 해솔은 방향을 틀어 부엌으로 향했다.

"꽤 그럴싸하네?"

접시에 먹기 좋게 담긴 크림파스타는 모양만 봐서는 꽤 그럴싸했다. 식탁 앞에 앉은 해솔은 파스타를 한입 먹고는 조금 놀란 얼굴로 그를 바라봤다. 먹을 만한 정도라는 도형의 말은 겸손이었다. 어린 시절부터 집에 홀로 있을 때가 많았고, 해솔의 집에 오지 않을 때는 웬만한 끼니를 혼자 챙겨 먹었다는 걸 알고는 있었지만 도형은 이 정도로 요리를 잘하지는 못했었다. 말 그대로 먹을 만한 정도였다. 하지만 지금 만든 파스타는 맛있다는 말이 절로 나올 정도로 훌륭했다.

"엄청 늘었네."

"2년 정도 같이 생활했던 친구 중에 요리 배우는 애가 있었어. 싫다는데도 배워두면 좋다면서 귀찮게 구는 덕분에 몇 가지 정도는 쉽게 만들 수 있어."

"그 친구는 지금 뭐 하는데?"

"쉐프."

"성공했네. 지금도 연락해?"

"가끔."

"나중에 소개해 줘."

해솔이 포크로 돌돌 만 파스타를 입에 밀어 넣고는 대답을 기다렸다. 그녀는 이제 생각을 바꿨다. 자신이 알지 못하는 도형만의 시간이 생겼다는 것에 대해 서운해하지 않기로 했다. 알아가면 되는 것이다. 그는 알겠다며 고개를 끄덕였다.

"또 말해줘."

"뭘?"

"그동안 어떻게 지냈는지."

그는 잠시 말이 없었다. 무엇을 말해야 좋을지 몰랐기 때문이었다. 딱히 특별하게 지낸 건 없었다. 미친 듯이 공부했고, 자연스럽게 건축 일을 시작했다. 처음에는 느리게만 흘러가던 시간이 어느덧 반년이 지나고, 일 년이 되고, 또다시 삼 년이 되고, 어느덧 여기까지 왔다.

"일만 했던 거 같은데."

도형의 답에 해솔이 잠시 미간을 좁혔다. 처음에는 대충 둘러대는 답이 아닌가 싶었는데 아무래도 진심 같았다. 좀 더 깊게 생각해 보니 도형이라면 그러고도 남을 거라는 결론이 내려졌다.

"너는 안 궁금해? 내가 그동안 어떻게 지냈는지."

이어진 질문에 그는 소리 없이 짧게 미소 지었다. 해솔이 그간 어떻게 지냈는지에 대해 궁금할 리 없었다. 태훈을 통해서 그녀에 관한 이야기를 지겹게도 들었으니 말이다. 함께 있지 못해도 도형은 해솔에 대해 많은 것들을 알고 있었다. 하지만 굳이 그 사실을 입 밖으로 내지 않았다.

"얼른 먹기나 해."

해솔은 잠시 입을 삐죽였지만 곧 다시금 분위기를 바꿔 웃는 얼굴로 떠들기 시작했다. 조용히 식사하는 도형과는 반대로 해솔은 쉬지 않고 이야기를 했다. 오가는 대화 속에 드문드문 웃음소리가 섞여들었다. 대화 대부분은 해솔이 떠든 것이었지만, 도형은 짧게라도 대답을 해주고 조금씩 웃어주기도 했다. 창을 두드리는 빗소리에, TV에서 희미하게 들려오는 노랫소리에, 섞여드는 익숙한 음성과 웃음소리가 좋았다.

"비 그쳤어."

온종일 내릴 것처럼 퍼붓던 비는 저녁이 되어서야 그쳤다. 비만 그치면 어디든 나가리라 생각했지만, 날이 추운 탓에 비가 쏟아져 내린 길은 얼어 있었고 시간까지 늦어 밖으로 나갈 엄두가 나지 않았다. 그렇다고 그냥 시간을 죽이기에는 아까워 둘이 집 안에서 뭘 할까 생각하고 있던 해솔이 갑자기 자리에서 일어나 큰 상자 하나를 들고 왔다.

"이거 하자."

"그게 뭔데?"

"부루마블."

마트에 갔을 때 집 밖으로 나가지 못하는 상황을 대비해 부루마블을 카트에 넣어 함께 계산했었다. 바닥에 앉은 해솔은 상자를 내려두고 그 안에 부속품들을 꺼내기 시작했다. 눈짓으로 맞은편 자리를 가리키자 도형이 그곳에 자리를 잡고 앉았다.

"어떻게 하는 건데?"

"어떻게 하긴. 어릴 때 주태훈이랑 나랑 했었잖아."

도형은 전혀 기억이 없다는 얼굴이었다.

"주태훈이 매번 너랑 나한테 사기 쳤었잖아. 주사위 합이 육 나오면 우리 몰래 일곱 칸 가고 그랬던 거 기억 안 나?"

그런 걸 기억할 리가. 도형은 난감하다는 얼굴로 웃었다.

"게임할 때마다 내기해서 네가 매번 당했었는데, 나중에서야 사기 친거 알아서 판 엎은 적도 있었잖아. 그때 진짜 웃겼는데. 주태훈 도망가고 너 열 받아서 쫓아가고. 하긴, 그 뒤로 너 부루마블은 다신 안 한다고 해서 기억 안 날 만도 하겠다. 그냥 하면 재미없으니까 내기할까?"

뭐라도 걸어야 승부욕 강한 도형이 열심히 할 것 같았다. 조건을 걸자마자 그는 고개를 끄덕였다. 해솔이 대충 규칙을 설명하고는 게임을 시작했다. 그리고 판은 금세 한쪽으로 기울었다.

"야, 너 기억 안 나는 거 맞아?"

도형은 부루마블에서 노른자 땅이라 불리는 수도를 모두 샀고 해솔은 거의 파산 직전까지 갔다. 해솔이 두 개의 주사위를 손에 쥐고 잠시 판을 내려다봤다. 합이 5가 나오면 게임은 끝이 날 상황이었다. 서울을 도형이 샀고 주사위의 합이 5가 나올 시 해솔이 그 땅에 걸리기 때문이었다. 그녀는 두 눈을 질끈 감은 채 주사위를 던졌다.

"말도 안 돼."

탄식에 가까운 목소리가 들려왔다. 1과 4. 주사위의 합은 5였고 해솔은 결국 파산을 했다.

"끝났네."

무덤덤한 그의 목소리에 해솔이 볼을 부풀렸다. 이 자식은 져 주는 것도 없다. 그런 해솔의 생각을 읽은 건지 도형이 짧게 웃음을 터트렸다.

"네가 하자고 해놓고 왜 심통 난 얼굴인데?"

"넌 어떻게 된 게 져 주는 법이 없어?"

뭔가를 기대하고 물은 것은 아니었다. 일부러 져 주는 서도형이라니. 사실 그런 건 상상조차 되지 않았으니까. 짧게 한숨을 내쉰 해솔이 게임판을 정리하기 시작했다.

"뭐 들어줘? 빨리 말해. 킵 없어."

지난번처럼 원하는 것을 뒤로 미뤄두지 못하도록 해솔은 사전에 차단했다. 내기에서 이기면 뭘 요구할 건지 딱히 생각해 보지 않았던 도형은 잠시 고민하는 얼굴이었다. 해솔은 마음속으로 열을 셌다. 열을 셀 때까지 도형이 뭔가를 말하지 않는다면 이건 무효라고 우길 작정이었다. 그렇게 일곱을 센 순간이었다.

"조만간 집을 나올 생각인데."

돈과 황금열쇠 카드를 정리하고 마지막으로 게임판을 접으려던 해솔이 손의 움직임을 멈추고 고개를 들었다.

"왜?"

"불편하니까."

"이제 와서?"

"방해되는 게 너무 많아."

방해라니? 해솔이 무슨 말인지 모르겠다는 얼굴을 하자 도형이 이번에는 빙빙 돌리지 않고 제대로 의미를 전달했다.

"너랑 연애하는데 방해되는 게 너무 많다고."

너무 담담한 얼굴로 말을 해서 처음에는 잘못 들은 건가 싶었다. 그녀는 지금 도형과 연애를 하고 있었다. 당연한 사실이고 인지를 하고 있었음에도 도형의 입으로 듣고 나니 새삼 자신이 그와 정말 연애를 하고 있구나, 라는 것이 확연하게 와 닿았다.

"그렇게 되면 네가 주말마다 여기로 와."

"그게 다야?"

"어."

생각보다 싱겁다. 해솔이 고개를 끄덕이려는 찰나, 작게 덧붙이는 그의 목소리가 들려왔다.

"그냥 같이 있어."

함께 있는 것이 예전에는 당연한 일이었다. 해솔은 휴일이나 시간이 날 때마다 도형을 자신의 집으로 부르거나 그의 집에서 살다시피 했다. 그것이 어느 순간부터 해솔에게는 당연하지 않은 일이 되었고, 도형에게는 할 수 없는 일이 되었다.

할 수 없는 일. 그걸 생각하자 게임 한 판에 너무 과한 걸 얻은 건 아닌가 하는 터무니없는 생각이 들어 도형은 작게 웃고 말았다.

"어디 가?"

"담배 하나만 피우고 올게."

자리에서 몸을 일으켜 세운 도형은 담배와 라이터를 챙겨 들고 밖으로 나섰다. 건물 내에서는 금연이었기 때문이었다. 홀로 남은 해솔은 주변을 정리하고 욕실로 향했다. 샤워를 하고 다시 거실로 나설 때까지도 도형은 돌아오지 않았다.

"담배 하나가 아니라 세 개는 피우고도 남았겠네."

5분 정도 더 기다렸지만 도형은 돌아오지 않았고 결국 해솔은 겉옷을 챙겨 입고 건물 밖으로 나섰다. 주변을 둘러본 그녀는 어렵지 않게 도형의 모습을 찾아냈다.

"안 추워?"

그는 벤치에 앉아 있었다. 해솔이 뒤에서 어깨너머로 고개를 쏙 내밀자 도형은 손에 든 담배를 다시 담뱃갑에 넣었다. 거리가 지척임에도 담배 냄새가 나지 않았다. 이제 보니 담배는 하나도 피우지 않은 모양이었다.

"또 머리 안 말리고 나오지."

"네가 안 들어오니까 그런 거잖아."

입을 한 차례 삐죽인 해솔이 그의 옆에 자리를 잡고 앉았다. 추위에 절로 몸이 움츠러들었지만 그렇다고 혼자 들어가고 싶지는 않았다. 두 발을 모아 위아래로 살짝 움직이다 탁— 소리를 내며 바닥에 두 발을 붙이고는 도형을 바라봤다.

"담배도 안 피웠으면서 혼자 여기서 뭐 했어?"

"생각할 게 있어서."

"나보고는 쓸데없는 생각하지 말라더니."

"쓸데없는 생각인지 어떻게 알아?"

"네 얼굴에 쓰여 있어."

그녀의 말에 도형은 손을 들어 얼굴을 한 차례 쓸어내리고는 턱을 괸 채로 해솔의 얼굴을 물끄러미 바라봤다. 해솔은 그 시선을 마주한 채로 살며시 미소 지었다.

"왜? 달빛 아래 보니까 오늘따라 예뻐 보여?"

농담으로 건넨 말에 당연히 퉁명스러운 대답이 돌아올 거라 생각했는데 그는 대답 없이 해솔을 바라보고 있었다. 정확히는 해솔만 바라보고 있었다.

"민망하게. 대답도 안 하고. 뭘 그렇게 봐?"

"주해솔."

"왜?"

"나랑 살래?"

해솔의 입가에 남아 있던 웃음기가 사라졌다. 자신이 지금 뭘 들은 건가 싶어 잠시 말문이 막혔다. 그는 여전히 동요 없는 담담한 얼굴로 그녀를 바라보고 있었다. 잠시 넋을 놓고 그 모습을 바라보고 있는 사이, 불어오는 겨울바람에 실려온 나지막한 목소리가 다시금 귓가에 속삭이듯 전해졌다.

"아주 좋은 집은 아니어도 이 오피스텔처럼 둘이 살 수 있는 작은 집 정도는 구할 수 있고, 너 먹여 살릴 수 있을 만큼 돈 벌 능력도 될 것 같은데."

그리 크지 않은 음성임에도 그 목소리가 선명하게 귓가에 와 닿는 느낌이었다. 깍지 낀 자신의 두 손을 잠시 내려다본 그는 몇 번이나 속으로 삼켜낸 말을 어렵게 꺼내었다.

"다만, 여기 말고. 조금 멀리서."

언젠가 아는 사람 하나 없는 곳에서 살았으면 좋겠다던 도형의 말이 떠올랐다. 그걸 생각하니 조금 멀리라는 곳이 어느 정도인지 가늠이 되지 않았다. 한국을 떠나자는 의미인 걸까.

"여긴 안 되고?"

침묵이 이어졌다. 역시 한국을 떠나자는 의미인 모양이었다. 두 사람은 한동안 시선을 마주한 채로 서로의 얼굴을 가만히 바라보고만 있었다.

"흘려들어. 헛소리야."

무겁게 이어지던 침묵을 먼저 깬 것은 도형이었다. 자리에서 일어선 그가 먼저 걸음을 옮겼고 해솔이 그 뒤를 따르다 슬며시 옷깃을 잡았다. 그 손을 힐끗 내려다본 도형이 손을 떼어내 입고 있는 코트 주머니에 억지로 손을 넣게 만들었다. 추우니까 주머니에 손 넣고 가, 라는 식의 다정한 말을 건넨 것도 아니고, 손을 잡아주는 상냥한 행동을 하는 것도 아니었지만 이건 어쩐지 서도형다운 배려라 작게 웃음이 터져 나오고 말았다.

"서도형."

"왜?"

"지금은 대답 못하고, 1년 뒤에 다시 물어봐."

그의 걸음이 우뚝 멈췄다. 그로 인해 서너 걸음 앞서 걷게 된 해솔 역시 걸음을 멈추고 뒤를 돌아봤다.

"지금 하는 일도 있고, 나도 여러 가지 준비는 해야 하니까. 그리고 구렁이 담 넘어가듯 이렇게 대충 묻지 말고, 제대로 준비해서 물어."

복잡한 감정을 드러낸 얼굴로 해솔을 바라보던 그는 곧 손을 들어 이마를 짚었다. 표정만 보면 마치 이런 대답을 원한 것 같지 않아 보였지만 그녀는 알 수 있었다. 원했지만, 조금도 기대하지 않았던 것뿐이겠지.

"조금 멀리라는 게, 한국 떠나자는 의미였어."

"알아. 네가 하도 숨기는 게 많아서 눈치가 제법 늘었나 봐."

"네가 쌓아놓은 삶은 전부 여기 있잖아."

"알면서 나한테 그런 말은 왜 한 건데? 그래도 널 택해주길 바란 거 아니야?"

해솔이 다시 걸음을 옮겨 승강기 앞에 서서 버튼을 눌렀다. 도형이 지척에 다가서는 것이 느껴졌다.

"내가 앞으로 살아갈 삶에 서도형 네가 있었으면 좋겠어."

잠시 멈추는 기척이 느껴졌지만 해솔은 돌아보지 않은 채 붉은 숫자를 올려다보며 속삭이듯 덧붙여 말했다.

"그 이유 하나면 충분할 것 같아."

1층에 도착한 승강기의 문이 열리자마자 도형이 해솔의 손목을 붙들었다. 거센 힘에 해솔이 깜짝 놀라 뒤늦게 그를 바라봤다. 빠르게 층수 버튼과 닫힘 버튼을 연이어 누른 그는 승강기가 위로 향하는 동안 해솔의 손을 놓아주지 않았다.

"갑자기 뭘 이렇게 서둘러?"

도어록의 번호를 누르는 도형의 손길이 다급했다. 한 차례 번호를 잘못 눌러 경고음이 울려 퍼졌다. 낮게 욕을 내뱉는 소리가 들릴 듯 말 듯 해솔

의 귓가에 전해졌고 두 번째는 제대로 번호를 누른 건지 쉽게 문이 열렸
다. 안으로 들어서기가 무섭게 등 뒤의 문이 쾅 소리를 내며 닫혔고 해솔
의 등이 그 문에 닿았다. 그리고 입술이 겹쳐졌다.

아랫입술을 살짝 깨물어 벌어진 틈으로 그의 혀가 들어섰다. 손을 들어
해솔의 뺨을 감싼 채 그는 그녀의 입안 깊숙한 곳까지 침범했다. 상냥한
듯하면서도 조금은 사나운 키스였다. 자동 센서로 인해 켜진 불빛은 한동
안 두 사람의 머리 위에서 쏟아져 내리다 곧 사라졌다. 암흑이 찾아왔지만
두 사람은 그 뒤로도 한참이나 입술을 겹쳤다.

"서도형, 좀 천천히……."

입술이 떨어지자마자 도형의 손에 이끌려 집 안으로 들어섰다. 끝맺지
못한 그녀의 말이 그의 입안에서 흩어져 소리를 감췄다. 침실까지 그 짧은
거리를 이동하는 중에도 몇 번이나 입을 맞췄고 세 번째 키스가 이어졌을
때는 어느덧 침대 위에 누운 상태가 되었다. 그는 해솔의 목에 고개를 묻
었다. 여린 피부 위에 입술이 닿았다. 살짝 깨물었다가 피부 위를 빨아들
이는 행동에 해솔이 간지러운지 작게 웃음을 터트렸다.

"웃음이 난다 이거지?"

"간지러워."

툭— 가볍게 무언가가 떨어지는 소리가 들려왔다. 간지러움을 참지 못
해 꼬물거리며 움직이던 해솔이 그제야 움직임을 멈추고는 다시 도형을
올려다봤다. 입고 있던 셔츠를 벗어 던진 그는 해솔의 입술을 삼키듯 입에
물었다.

조금 전과는 달리 긴장한 것 같은 해솔을 달래려는 것처럼 그는 아랫입
술을 빨아 당기고 입술 위를 혀로 훑아냈다. 숨을 뱉느라 잠시 벌어진 입
술 사이로 혀가 들어왔다. 입천장을 훑어내고 혀뿌리를 건드린 혀가 서로
뒤엉켰다. 타액이 섞였고 누가 먼저라고 할 것도 없이 가쁜 숨이 입안에서
흩어졌다.

"괜찮아?"

입술이 떨어짐과 동시에 그의 한 손은 해솔의 목을 부드럽게 쓸어내렸다.

"뭐가?"

도형의 손이 망설이는 기색을 드러내고 있었다. 그제야 해솔은 괜찮냐는 말이 이대로 내가 너를 안아도 괜찮냐는 의미라는 걸 알아챘다. 그는 지금 긴장하고 있었다. 서도형답지 않게.

"웃겨, 진짜."

그녀는 소리 없이 미소 짓고는 도형의 목에 손을 두르며 그를 끌어당겼다.

"평소에 묻지 않던 거, 이런 상황에서 묻지 마. 안 괜찮으면 진작 발로 차버렸으니까."

단호한 해솔의 답에 도형은 작게 웃음을 터트렸다. 그리고 조금 전 망설이던 것이 거짓말인 것처럼 그는 해솔이 입고 있는 셔츠를 걷어 올려 순식간에 옷을 벗겨냈다. 집 안의 온도는 훈훈했지만 몸에 닿는 도형의 손이 차가워 그녀는 손이 몸에 닿을 때마다 살짝 몸을 움츠렸다. 그 온도 차는 도형이 자신을 만지고 있다는 것을 확연하게 느끼게 하였다.

잠시 떨어졌던 입술이 다시 서로를 탐했다. 브래지어를 밀어 올리고 그녀의 소담한 가슴을 손에 쥔 그는 부드럽게 그녀의 가슴을 주물렀다.

"흐응. 읏."

열에 들뜬 신음이 입술을 비집고 새어 나왔다. 자신이 내는 소리가 낯선지 해솔이 아랫입술을 깨물자 도형이 그러지 못하도록 입술 새에 손을 밀어 넣었다. 그리고 다시금 그녀의 입술에 입을 맞췄다. 해솔의 몸이 움찔거릴 때마다 그는 입술을 살짝 떼어내고 작게 속삭이듯 그녀의 이름을 불러주었다.

친구로 오랜 시간을 보냈고, 서로에게 첫사랑이었다. 불안정한 감정이 점차 형태를 이루고 그것이 사랑이라는 것을 깨달았지만, 서로에게 마음을 전하기도 전에 이별부터 배워야 했다. 간절히 원했지만 이뤄지지 않을 거라 생각했고, 또 불가능하다 여겼던 순간이 지금 눈앞에 있었다. 손을 뻗으면 닿을 곳에, 품 안에, 해솔이 있었다. 멀리 돌아온 간절한 마음 때문인지 함께 있는 지금 이 순간이 더 애틋하게만 느껴졌다.

"아."

어느덧 가슴께로 그의 얼굴이 내려갔다. 조금 전까지 손으로 집요하게 괴롭히던 곳을 그가 입술로 머금었다. 해솔이 몸을 흠칫 떨자 다독이듯 그녀의 평평한 배를 어루만져 주고는 남은 속옷마저 벗겨냈다. 침대 아래에는 두 사람이 벗어낸 옷들이 어지러이 흩어져 있었다.

"하아, 하아."

열에 들뜬 호흡이 침실 안에 울려 퍼졌다. 허벅지부터 천천히 올라온 그의 손이 그녀의 은밀한 곳에 닿았다. 아래가 자극되는 감각에 해솔이 몸을 비틀었지만 도형은 조금도 물러설 생각이 없다는 듯 그녀를 놓아주지 않았다.

"도형아."

"그래, 나 여기 있어."

허벅지 안쪽의 여린 피부를 깨물었다가 세게 빨아들이자 붉은 흔적이 피부 위에 남게 되었다. 손끝으로 그 부분을 한 차례 쓸어내린 도형이 가볍게 입을 맞추고 조금 더 아래쪽에 같은 흔적을 남겨놓았다. 몇 번이나, 소중한 것을 대하듯, 그렇게 자신의 흔적을 남겨두었다.

계속되는 애무로 인해 해솔의 얼굴은 붉어졌고 숨소리는 더욱 가빠졌다. 눈가에 맺힌 눈물을 혀로 살짝 핥아낸 도형이 다시 입을 맞추자 그녀는 지금 이 순간 도형이 전부인 것처럼 매달려 왔다.

"꿈같다."

도형의 목소리가 들릴 듯 말 듯 전해졌다. 그 말이 오랜 시간을 홀로 참아왔던 도형의 마음을 전부 대변해 주고 있는 것 같아 해솔의 눈시울이 순식간에 붉어지고 말았다. 자신만 이토록 떨리는 것은 아닐까. 지금 느끼는 행복감을 도형도 느끼고 있을까. 해솔의 그런 생각들을 단번에 무너트리는 말이었다.

"울지 마."

"네가 울린 거잖아."

결국 눈물이 한 방울 툭― 흘러내리고 말았다. 도형은 그 자리에 입을 맞췄다. 다정한 입맞춤과 동시에 다리 사이에 머물던 그의 손이 해솔의 허벅지를 단단하게 붙들었다.

"주해솔."

이름을 부르는 그의 음성에도 열기가 가득 묻어났다. 그녀의 손가락 사이사이로 그의 손가락이 얽혀들었다. 빈틈없이 맞잡은 손에 힘이 실리는 것과 동시에 서서히 도형의 것이 그녀의 몸 안으로 들어섰다. 완전하게 해솔의 몸 안으로 들어선 그는 잠시 호흡을 고르고는 가는 목에 고개를 묻었다. 행복감에 이대로 숨이 멎을 것만 같았다. 해솔을 품에 안은 이 순간, 마음 한쪽에 남아 있던 작은 공허함마저 완벽하게 사라진 느낌이었다.

"으웃, 아."

도형이 천천히 허리를 움직였다. 민감해진 몸은 그가 움직일 때마다 계속해서 자극을 받았고 그녀의 신음도 커져만 갔다. 붉은 흔적이 곳곳에 남아 있는 목에 다시금 이를 박아 넣고 그녀의 여린 피부를 깨물었다.

"아. 도형아. 으웃."

해솔의 신음이 높아질수록 그의 움직임 역시 빨라졌다. 다시 입술을 머금고 입안 곳곳을 탐했다. 모두 먹어치울 것처럼 사나운 키스였다. 그녀가 어깨를 단단히 끌어안자 그는 더욱 빠르게 허리를 움직였다. 해솔의 몸은 그의 움직임을 따라 속절없이 흔들렸다. 침실 안에는 이제 해솔의 신음과 그녀의 이름을 부르는 도형의 목소리만이 남게 되었다.

"윽, 주해솔."

강하게 허리를 쳐올린 그가 해솔을 꽉 품에 안았다. 두어 번의 거센 움직임에 해솔의 신음이 높아진 순간, 그는 그녀의 안에 사정했다.

"하아, 하아."

열기에 휩싸인 거친 숨이 귓가에 전해졌다. 도형은 허리를 두어 번 세게 쳐올리고는 다시금 느릿하게 허리를 위아래로 움직였다. 다시금 이어진 긴 입맞춤을 끝낸 뒤에야 그녀의 몸에서 서서히 빠져나갔다. 해솔의 가쁜 숨소리가 귓가에 전해졌다. 땀에 젖은 머리카락을 뒤로 넘겨주고 이마 위에 입술을 꾹 눌렀다.

그녀는 앞으로 살아갈 자신의 삶에 도형이 있었으면 좋겠다고 했다. 그 이유 하나면 충분하다고 했다. 해솔의 곁에 정말 이대로 있어도 되는 걸까, 라는 생각으로 수없이 고민하고 갈등했던 그의 마음에 대신 답을 해준 것만 같았다. 이대로도 괜찮다고. 정말 괜찮다고.

도형이 그녀를 품에 안았다. 마주 안으며 품 안으로 파고드는 기척이 느껴졌다. 그렇게도 원했던 이의 체온이 품 안에 있다. 이대로 사라져도 좋을 것 같다는 생각이 들 정도로 행복했다.

14

이틀간의 짧은 휴식을 마치고 다시 일상으로 돌아왔다. 비록 여행은 가지 못했지만 온전하게 도형과 단둘이 보낼 수 있었던 48시간이 해솔에게는 특별한 의미로 남게 되었다. 두 사람은 이제 일을 마치고 단둘이 저녁을 먹고 귀가할 때도 있었고, 공연이나 영화를 보러 가기도 했다. 집은 물론이고 회사에서도 얼굴을 보고 있는데 밖에서도 늘 함께 있다 보니 어쩐지 온종일 도형과 붙어 다니는 느낌이었다. 일주일 뒤 도형이 오피스텔로 이사할 예정이라 한집에서 사는 건 이번 주로 끝이 나지만 말이다.

전신 거울 앞에 선 해솔은 외출을 하기 전 마지막으로 옷차림을 확인했다. 니트에 코트까지 따뜻하게 차려입었지만 머리를 하나로 틀어 올려 묶었더니 목이 허전해 보였다. 옷장을 열어 네이비 색상의 넥워머를 꺼내어 착용했다. 이쯤이면 된 것 같아 가방을 챙겨 들고 휴대전화를 꺼내었다.

"차 막힐지도 모르니까 지금 나가야겠다."

오늘은 정아가 주선한 고교 동창 모임이 있는 날이었다. 차에 올라탄 해솔은 출발 전에 도형에게 문자를 보내두었다. 도형 역시 함께 모임에 가기로 했지만 일이 생겨 잠시 아버지를 뵈러 지방으로 내려갔다. 그는 아버지의 집에서 출발해 지금 서울로 오는 중이었다.

「나 이제 출발해. 장소 잘 모르겠으면 근처 와서 전화해.」

해솔은 평소보다 속력을 줄여 운전했다. 제설작업을 했다고는 해도 새벽부터 내린 눈이 녹지 않은 채 거리 곳곳에 남아 있었다. 예상했던 것보다 길이 막히지 않아 해솔은 여유 있게 약속 장소에 도착했다.

"으, 엄청 춥네."

넥워머를 하고 나오길 잘했다는 생각이 들 정도로 날이 추웠다. 숨을 내쉴 때마다 하얀 입김이 허공으로 흩어졌다. 발을 동동 구르며 차 문을 잠근 해솔은 휴대전화를 다시 꺼내었다.

「조금 늦을 거 같아. 30분 정도.」

그사이 도형에게 문자가 도착해 있었다. 길이 미끄러우니 조심해서 운전하라는 답장을 보내고는 가게 안으로 들어섰다.

"해솔아! 여기!"

약속 시각보다 조금 이르게 도착했지만, 정아를 비롯한 친구들 몇 명은 그녀보다 먼저 도착해 자리를 잡고 있었다.

"주해솔, 이게 얼마 만이야, 대체."

"진짜 오랜만에 본다."

해솔과 몇 년 만에 얼굴을 보게 된 친구들이 저마다 반가워하며 인사를 건네었다. 곧 수다의 장이 열렸다. 오랜만에 만났지만 마치 어제 만난 사이처럼 순식간에 편해진 상태로 웃으며 대화를 나눴다.

"근데 서도형은? 같이 온다고 하지 않았어?"

"올 거야. 조금 늦는다고 했어."

"해솔이 너는 도형이랑 계속 연락하고 지냈나 봐?"

"야, 둘이 엄청 친했잖아. 당연히 계속 연락하고 지냈겠지."

해솔이 소리 없이 미소 짓고는 시간을 확인했다. 30분 정도 늦는다던 도형은 아직 약속 장소에 도착하지 않았다. 전화해 볼까 고민하고 있는데 맞은편에 앉은 정아가 갑작스레 자리에서 일어나 손을 들어 보였다.

"어? 안 헤매고 잘 찾아왔네?"

휴대전화를 꺼내어 들려던 해솔이 고개를 돌려 뒤를 확인했다. 혹시 도형이 온 건가 싶었지만, 예상치 못한 얼굴이 눈에 들어왔다.

"어라? 웬일이야. 권승준? 진짜 권승준이야?"

승준의 등장에 놀란 다른 친구의 목소리가 들려왔다.

"내가 불렀어."

"정아 네가? 너 승준이랑 연락하고 지냈어?"

"전에 백화점에서 우연히 만났거든. 모임에 코빼기도 안 보이기에 이번에 내가 한번 불렀는데, 웬일로 나온다고 하잖아. 오늘은 그동안 얼굴 보기 힘들었던 해솔이도 나오고 권승준에 서도형까지. 대박 모임 아니냐?"

정아가 속삭이듯 건넨 말에 주변에 앉아 있던 이들이 웃음을 터트렸다. 뚜벅— 가까워지던 발걸음 소리가 멈췄다. 승준이 표정 없는 얼굴로 해솔을 내려다봤다.

아모르 리모델링 공사는 얼마 전 완공이 되었다. 공사가 끝났으니 승준과도 다시는 보게 될 일이 없을 거라 생각했는데 생각지도 못한 자리에서 그를 다시 만나게 된 이 상황이 달갑지 않았다.

"여기 앉아."

정아가 옆으로 자리를 옮기며 승준이 앉을 자리를 만들어주었다. 하필 해솔의 맞은편 자리였다. 웃지 않는 그의 얼굴은 여전히 서늘한 느낌이 들었다.

"오랜만이네."

승준이 먼저 인사를 건네었다. 언제 차가운 얼굴을 했냐는 듯이 그는 입가에 미소를 그려내고 있었다. 해솔은 그 인사에 답하듯 힘없이 웃어 보이고는 시간을 다시 한 번 확인했다. 도형이 오기 전에 차라리 일어나야 할까, 고민하고 있던 순간이었다.

"야, 서도형 왔나 보다."

정아의 목소리에 모두의 시선이 한곳으로 향했다. 여유 있는 걸음으로 가게에 들어서는 그의 모습이 눈에 들어왔다. 도형의 시선이 해솔의 얼굴에 닿았다가 살짝 옆으로 움직임을 보였다. 걸음은 멈추지 않았지만 그의 얼굴이 미묘하게 굳어졌다. 승준을 봤다는 것을 어렵지 않게 알 수 있었다.

"진짜 왔네? 해솔이한테 너 나온다는 소리 듣고도 정말 나오려나 싶었는데."

"졸업하고 처음 보는 거 같아. 모임 아예 안 나왔었잖아."

도형의 등장으로 주변이 시끄러워졌다. 저마다 그를 반기며 반갑게 인사를 건네었고 도형은 승준을 향한 감정을 내색하지 않으며 가볍게 그 인사를 받고는 해솔의 옆에 섰다.

"여기 앉아. 빈자리 있어."

해솔과 같은 방향에 앉아 있던 누군가가 도형을 향해 자신의 옆자리를 가리키며 말했다.

"그냥 이쪽에 앉을게."

빈자리가 있었지만 그는 압박하듯 해솔의 옆에 섰고 그녀는 눈치껏 자리를 옆으로 옮겨 앉았다. 자연스럽게 도형이 그녀의 옆에 앉았고 덕분에 이제 도형과 승준이 마주 보는 상태가 되었다. 해솔이 묵직한 한숨을 내쉬었다.

"오늘 못 나온 애들 땅 좀 치겠다. 둘 다 뭐가 그렇게 바빠서 코빼기도 안 비쳤어? 특히 도형이 너는 연락되는 애들도 거의 없던데."

"한국 들어온 지 얼마 안 됐어. 그간 자리 잡느라 바쁘기도 했고."

도형은 물을 한 잔 마시고는 특유의 무심한 얼굴을 한 채 답했다. 정아는 승준과 도형의 얼굴을 힐끗 쳐다보며 작게 웃음을 터트렸다.

"누구랑 똑같은 대답하네. 아무튼, 반갑다."

그의 앞에도 술잔이 놓였다. 한 잔, 두 잔, 주거니 받거니 하며 대화를 나누고 점점 무르익어 가는 분위기 속에서 도형은 말없이 술잔을 기울였다. 승준도 마찬가지였다. 아예 서로를 무시하는 것 같은 행동이었다. 해솔은 가시방석에 앉은 것처럼 불편한 얼굴을 하고 있다가 옆에 놓여 있던 음료수를 홀짝이며 마셨다.

"알아주는 애주가가 웬일로 탄산음료를 다 마셔?"

최근 결혼을 한 친구의 신혼 이야기에 누군가 크게 웃음을 터트렸을 때였다. 도형이 해솔의 앞에 놓인 투명한 음료수 컵을 손끝으로 툭 건드리고는 속삭이듯 물었다.

"내가 무슨 애주가야?"

"아니라고?"

차마 아니라고는 못하겠다. 해솔이 입을 삐죽이다가 심통이 난 얼굴로 되물었다.

"언제는 술 마시지 말라며?"

"나 없는 곳에서 취할 정도로 마시지 말란 소리였지."

"그럼 너 있을 때는 취할 정도로 마셔도 되고? 그러다 주사 부리면 귀찮다고 버리고 갈 거면서."

그는 술잔을 손에 든 채로 작게 웃음을 터트렸다. 해솔은 가늠하듯 그 얼굴을 바라봤다. 승준과 마주쳤음에도 생각보다 도형의 기분은 나빠 보이지 않았다. 처음 걸어오던 기세로 봐서는 그대로 끌고 나가는 건 아닌가 싶었는데, 두 사람 모두 이상하리만큼 말을 아끼며 술만 마시고 있었다.

'하긴. 어린애들도 아닌데 여기서 주먹다짐할 것도 아니고.'

유쾌하지 않은 상황이긴 해도 두 사람 모두 선을 지킬 줄 아는 성인이었기에 서로에 대해 적대시하는 감정을 행동으로 드러내지 않았다. 세 사람만 있는 자리도 아니었고, 서로 날을 세우는 모습을 보였다가는 괜스레 좋은 분위기를 망칠 수도 있었다. 아무래도 별다른 문제는 생기지 않을 것 같았다.

"나 그럼 술 마신다?"

그제야 마음이 놓인 해솔이 맥주잔을 손에 들었다. 정아가 승준을 향해 뭐라 말을 했고 그에 답하듯 소리 없이 미소 짓는 승준의 얼굴이 눈에 들어왔다. 예의상 짓는 웃음이었다. 그는 아무래도 이 자리가 지루하다는 얼굴을 하고 있었다.

"적당히 마셔."

잠시 방심한 사이 해솔은 손에 들고 있던 잔을 빼앗겼다. 그녀는 빈손을 내려다보고는 헛웃음을 터트렸다.

"별로 안 마셨거든?"

멀리 치워둔 맥주잔을 노려보던 해솔이 문득 손에 닿는 체온을 느끼고는 시선을 아래로 내렸다. 테이블 아래 놓인 해솔의 손으로 그의 손이 얽혀들었다. 그는 자연스럽게 손깍지를 꼈다. 맞잡은 손에는 같은 디자인의 반지가 끼워져 있었다. 해솔이 남은 한 손으로 턱을 괴고는 입가에 웃음을 머금었다.

"이러면 안주를 못 드실 텐데요?"

해솔이야 왼손이 잡혀 있다지만 도형은 오른손이었다.

"원래 술 마실 때 안주 잘 안 먹어."

뻔뻔하리만큼 태연한 답을 건네고 그는 술을 한 모금 마셨다. 그녀는 잠시 주변을 둘러봤다. 처음에는 같은 주제로 함께 웃고 떠들다가 지금은 서너 명씩 갈라져 다른 주제로 대화를 나누고 있었다. 술에 취한 건지 몇몇의 목소리는 처음보다 무척이나 커져 있었다. 그 모습을 확인한 해솔은 다시 도형에게로 시선을 돌리고는 목소리를 낮춰 조심스럽게 물었다.

"아저씨는 잘 뵙고 왔어?"

"어."

"갑자기 무슨 일로 내려간 건데?"

그는 잠시 입을 다물었다. 또 침묵시위인가 싶었지만, 깍지 낀 손을 좀 더 자신 쪽으로 끌어당기며 입을 열었다.

"지붕 수리하시다가 사다리에서 떨어지셨다고 해서."

"진짜? 그래서? 괜찮으셔? 병원은?"

쏟아져 나온 질문에 도형은 짧게 웃음을 터트렸다.

"하나씩 물어."

"어떻게 됐는데? 많이 다치신 거야?"

"병원 다녀왔고, 지금은 괜찮으셔. 혹시 몰라서 이것저것 검사받고 오는 길이야."

"더 있다가 올라오지. 혹시 모임 때문에 급하게 올라온 거야?"

"크게 다친 건 아니고 그냥 좀 놀라신 거 같더라고. 더 있다가 오려고 했는데 아버지도 그만 올라가라고 하도 성화여서."

거기까지 말한 도형은 갑작스레 입매를 끌어 올리며 웃어 보이고는 손을 들어 해솔의 뺨을 툭 건드렸다.

"그리고 네가 또 무슨 사고를 칠 줄 알고 혼자 보내?"

"내가 무슨 사고를 쳐?"

해솔이 발끈한 얼굴을 했다가 곧 이 자리에 둘만 있는 게 아니라는 것을 깨닫고는 깍지 낀 손에 잔뜩 힘을 주었다. 나름 화를 낸 것이었는데 그는 담담한 얼굴을 하고 있었다. 아픈 기색이라고는 조금도 보이지 않았다.

"뭐야, 둘이 무슨 얘기를 그렇게 재밌게 해?"

정아의 큰 목소리에 대화를 나누고 있던 이들의 시선이 두 사람에게로 쏠렸다. 깍지 낀 손은 다른 이들에게 보이지 않을 테지만, 그래도 혹시 몰라 해솔이 손을 빼내려는데 도형이 그 손을 놓아주지 않았다.

"둘이 학교 다닐 때도 엄청 붙어 다니더니. 너들 진짜 사이좋구나."

"난 둘이 사귀는 줄 알았잖아."

"나도."

"주해솔 찾으려면 무조건 야구부 연습장 가면 찾을 수 있을 정도였는데."

정아의 말에 곁에 있던 이들이 작게 웃음을 터트렸다. 맞아, 정말 그랬어. 동조하는 목소리가 덧붙여졌다.

"니들 그러다가 마흔 될 때까지 결혼 못하면 둘이 결혼해라. 잘살 거 같은데."

마흔이라니. 정아의 농담에 해솔이 그런 소리 말라며 손을 내저으려는 순간이었다. 도형이 잡은 손을 테이블 위로 들어 올렸다. 자연스럽게 정아의 시선이 두 사람의 깍지 낀 손으로 향했다.

"어? 나 지금 이상한 거 봤어. 니들 반지 뭐야? 아니, 그전에 둘이 손을 꼭 붙잡고 있네?"

해솔이 잠시 당황한 얼굴을 했지만, 도형은 태연했다. 정아의 말에 두 사람 모두 침묵을 유지할 뿐 답을 하지 않았다. 가게 안은 무척 소란스러웠지만 해솔이 앉은 테이블만큼은 잠시 고요한 침묵이 흘렀다. 이리저리 시선만이 오갔다.

"뭐야. 그냥 해본 말인데, 니들 진짜 사귀어?"

누군가가 그리 물었고 도형은 대답 대신 엉뚱한 말을 내뱉었다.

"마흔 전에는 할 거 같은데."

뭘? 해솔이 놀란 눈으로 그를 바라봤다. 해솔의 맞은편에 앉은 정아가 손가락으로 두 사람을 번갈아 가리키며 기함할 말을 건네었다.

"둘이 결혼해?"

"아니야!"

해솔이 바로 소리쳤지만 이미 그 자리에 있는 사람들 모두 믿지 않는 얼굴이었다.

"아니긴. 서도형 말이 딱 그런데. 이제 보니까 서도형이 그래서 모임 나왔구나? 해솔이 혼자 안 보내려고."

"그래. 둘이 왜 안 사귀나 했어."

"사실 사귀는 거나 다름없었잖아. 붙어 다니는 거 보면 거의 잉꼬부부 수준이었지."

"축하해. 결혼할 때 꼭 불러라."

여기저기서 축하한다는 말이 들려왔다. 당황스러워하는 해솔과 다르게 담담한 표정으로 앉아 있는 도형의 시선은 정면을 향해 있었다. 해솔은 그가 왜 굳이 이 자리에서 두 사람이 사귀는 것을 드러낸 건지 그제야 깨달았다. 자신과의 관계에 대해 승준에게 못을 박은 것이다. 표정 없이 술잔을 기울이고 있던 승준이 잔을 내려놓고는 자리에서 일어섰다.

"어? 왜 일어나? 벌써 가려고?"

"아니. 잠깐 담배 좀 피우고 올게."

테이블 위에 놓여 있던 스마트키와 휴대전화까지 챙겨 든 그는 걸음을 옮겼다. 승준은 다시 자리로 돌아오지 않을 것이다. 해솔은 그 사실을 알고 있었다. 멀어져 가는 발걸음 소리가 귓가에서 완전하게 사라졌을 때쯤, 도형이 자리에서 일어섰다. 해솔은 곧장 그의 옷깃을 붙들었다.

"왜?"

"어디 가?"

"담배 피우러."

"왜 하필 지금 나가?"

"지금 피우고 싶어졌으니까."

"서도형."

도형은 조금 전 승준이 나간 방향을 한 차례 응시하고는 다시 해솔을 내려다봤다. 마치 머릿속을 들여다보기라도 한 것처럼 그는 해솔을 안심시키듯 답했다.

"아무 일 없어."

"지금 그 말은 내가 생각하는 게 뭔지 알고 있다는 거네?"

"뭘 생각했는데?"

"네가 지금 담배만 피우러 가는 게 아니라는 거."

그는 옷깃을 쥔 해솔의 손을 쉽게 떼어냈고 머리를 살짝 토닥였다.

"적어도 네가 걱정하는 일 같은 건 없을 테니까, 얌전히 놀고 있어."

"야."

"술 너무 많이 마시지는 말고. 취하면 버리고 갈 거니까."

"진짜 버리고 가지도 못할 거면서."

해솔의 중얼거림에 그는 짧게 웃어 보이고는 돌아섰다. 혹시나 해솔이 따라올까 싶어 가게 입구에서 뒤를 한 번 더 확인했지만 그녀는 정아에게 붙들린 채 무언가의 대화를 주고받고 있었다. 도형이 입구의 마지막 계단을 밟은 순간이었다. 가게 안으로 들어서려던 남자와 부딪친 도형의 몸이 살짝 뒤로 밀려났다.

"죄송합니다."

짧은 사과를 건넨 도형은 발밑을 내려다봤다. 둔탁한 소리가 난다 싶었는데 천 뭉치로 보이는 작은 물건이 그의 구둣발 옆에 떨어져 있었다. 상대방이 떨어트린 물건 같았다. 그것을 주워주기 위해 도형이 허리를 굽힌 순간이었다. 남자가 도형을 밀쳐 내고는 떨어트린 자신의 물건을 손에 쥐었다. 도형은 하마터면 뒤로 넘어져 구를 뻔했지만 계단 난간을 잡아 간신히 몸의 중심을 잡았다.

"앞 좀 똑바로 보고 다녀요."

남자는 주운 물건을 손에 쥐고는 날을 세운 음성을 냈다. 조금 전 충돌은 도형의 잘못이라고만 보기에는 어려웠지만, 괜스레 소란을 일으키고 싶지 않아 그것에 대해 따져 묻지 않았다. 남자는 도형을 지나쳐 가게 안으로 들어섰다. 구겨진 옷을 한 차례 털어낸 그는 남자가 사라진 방향을 잠시 응시하다 그대로 걸음을 돌렸다.

　가게를 나선 도형은 멀지 않은 곳에 서 있는 승준의 모습을 발견했다. 지척에 다가서는 동안에도 그는 기척을 느끼지 못한 듯 뒤를 돌아보지 않았다. 달칵— 지포 라이터를 여는 소리가 귓가를 울렸다. 승준이 입에 문 담배에 불을 붙이고 한 모금 깊게 빨아들인 순간이었다.

　"나도 하나 줘라."

　승준은 그제야 뒤를 돌아봤다. 가늠하듯 도형의 얼굴을 바라보다 별다른 말없이 담배와 라이터를 건네주었다. 달칵— 소리와 함께 붉은 불빛이 허공에 모습을 드러냈다가 곧 사라졌다.

　"설마 나 따라나온 건 아닐 테고."

　"맞는데."

　짧고 간결한 대답을 끝으로 도형이 승준의 옆에 섰다. 한동안 두 사람 사이에는 불편한 공기만이 흘렀다. 인도에 나란히 선 두 남자는 도로 위를 지나는 차를 응시하며 담배를 피웠다. 담배를 끈 승준은 시간을 한 차례 확인했다. 더는 가게 안에서 시간을 허비하고 싶지 않았고 이대로 돌아가는 것이 좋을 것 같았다. 지갑과 휴대전화도 챙겨 나왔으니 그대로 돌아가면 그만이었다. 하지만 어쩐지 쉽게 발걸음이 떨어지질 않았다. 도형 때문이었다. 승준을 따라 가게를 나섰던 도형은 별다른 말없이 계속해서 침묵만을 유지하고 있었고 승준은 그것이 몹시 신경에 거슬렸다.

　"할 말 있으면 해."

　승준은 결국 자리를 뜨는 것 대신, 길게 이어지던 침묵을 깨는 쪽을 택했다. 날이 선 음성에 도형 역시 담배를 끄고는 승준의 시선을 마주했다.

　"뭐 하나 묻자."

　"말하라고 했잖아."

　"왜 아무 짓도 안 해?"

　"질문 이상하네. 내가 무슨 짓을 해야 하는데?"

"신문 기사 나한테 보낸 것만 보면 뭐라도 저지를 것 같았는데."

"뭐라도 저지르다니. 설마 내가 주해솔한테 말하기라도 해야 했다는 거야?"

승준은 기가 차다는 얼굴을 했다. 불쾌감을 숨기지 않는 시선이 도형을 향하고 있었다.

"말했을 텐데. 내 입으로 말할 일은 없다고."

"네가 나한테 보낸 기사, 찾으려고 해도 찾기 힘든 기사야. 주해솔 가족들이 할 수 있는 힘 모두 동원해서 기사 막았으니까. 근데 그걸 굳이 찾아서 나한테 보낸 거라면 네가 의도한 게 있을 거 아니야."

"당연한 걸 뭘 물어? 네가 무너지길 바란 거지."

조소가 섞인 대답이었다. 뚜벅— 구둣발 소리가 들려오는 것과 동시에 두 사람의 거리가 조금 더 좁혀졌고 승준은 코앞에서 도형의 얼굴을 마주한 채로 한껏 낮춘 음성을 내뱉었다.

"그날 일은 서도형 너한테도 트라우마로 남았을 테니까. 너 스스로 무너져서 물러나길 바랐던 거지 주해솔이 무너지길 바란 적은 없어."

그런 승준의 행동에도 도형은 동요하지 않았다. 되레 확인하려던 무언가에 확신을 얻은 것처럼 담담한 얼굴을 했다.

"그럼 너는 앞으로도 이 일에 대해 주해솔에게는 절대 말할 생각이 없다는 거네."

"너 원래 이렇게 사람 말 못 알아듣는 애였냐? 몇 번을 말해?"

"그럼 됐어. 어떤 말을 하든, 갖은 방법을 동원해 날 뒤흔들든, 그런 거 상관없어. 그게 내가 아닌 주해솔한테만 향하지 않는다면 너 하고 싶은 대로 얼마든지 해."

예상치 못한 대답에 승준은 이제 정말 질렸다는 얼굴을 했다.

"그렇게 주해솔 소중하게 생각하면서, 어떻게 버렸냐?"

"너야말로 질문 이상하게 하네."

"뭐?"

"소중하게 생각하니까 버렸지."

그 상황에서 도형이 할 수 있는 최선이라고 생각했다. 밀려드는 공포감에 미쳐 버린 사람처럼 자신을 가두는 삶보다는, 그냥 도형이 없는 삶이 나을 테니까. 대화는 끝이 났고 더는 할 이야기가 없다고 생각한 도형이 먼저 걸음을 돌렸다.

"나도 뭐 하나만 묻자."

발걸음을 붙드는 낮은 음성에 도형은 얼마 멀어지지 못한 상태에서 걸음을 멈췄다. 승준은 표정 없는 얼굴로 그의 등을 주시하고 있었다.

"너 내가 야구 왜 관뒀는지 아냐?"

돌아선 도형은 잠시 기억을 더듬는 듯했다. 하지만 답을 찾아내지 못한 건지 침묵을 유지한 채로 승준의 얼굴을 다시 마주했다. 야구부에 속해 있다고 해도 두 사람은 잘 맞지 않는 점들이 많았다. 물과 기름처럼 쉽게 섞일 수 없는 관계가 된 것은 해솔의 일이 계기가 되긴 했지만, 그전부터 승준과 도형은 딱히 친하지도 그렇다고 서로를 싫어하지도 않는 애매한 관계에 놓여 있었다. 짐작 가는 것이 없다는 도형의 얼굴에 승준은 냉소를 입가에 머금었다.

"시합하다 부상을 당했어. 수비하다가 너와 크게 충돌했거든."

시합 중에 일어난 일이었다. 2루수의 키를 넘긴 공이 중견수와 우익수 사이의 어중간한 위치로 떨어졌고 중견수였던 도형과 우익수였던 승준이 크게 부딪힌 일이 있었다. 도형은 부상이 없었지만 승준은 그 충돌로 인해 어깨 부상을 당했다. 몇 달 정도 치료를 받고 충분한 휴식도 취했지만 마치 고질병이 된 것처럼 계속해서 어깨 통증이 오고 그게 문제가 됐다. 그리고 그 뒤로 승준은 계속 부진했다.

"너랑은 다르게 나는 야구로 진로를 정하고 싶었고 그만큼 간절했는데. 결국 그 일로 관두게 됐어."

승준은 조금 전과 달리 평온을 찾은 얼굴을 하고 있었다. 다만, 더는 도형을 바라보고 있지 않았다. 빠르게 차가 지나다니는 도로를 응시하며 그는 혼잣말하듯 재차 중얼거렸다.

"너랑은 다르게 나한테는 간절했는데."

도형은 다시 기억을 더듬어봤지만 그때의 일이 정확하게 떠오르지 않았다. 시합 중 그런 사고가 일어났다면 당연히 사과했을 것이다. 팀이었고, 그걸 제외하더라도 자신과의 충돌로 다친 사람에게 사과조차 하지 않을 만큼 도형은 나쁜 사람이 아니었다.

"네 말대로라면 시합 중에 일어난 일이잖아."

"알아. 머리로는 알아도 도저히 인정이 안 되는 것들도 있어. 왜 하필 나였을까? 나는 야구를 계속하고 싶었고, 넌 쉽게 관둘 사람이었는데. 차라리 내가 아니라 네가 다쳤다면 좋았을 텐데. 그런 비겁한 생각을 하다가 자괴감이 들 때도 많았어. 그럴수록 네가 더 싫어졌고."

승준을 가만히 바라보던 도형이 손을 들어 입가를 한 차례 매만졌다. 기억나지도 않는 일에 대해 이제 와서 건네는 사과는 의미가 없을 것 같았지만 그래도 사과를 해야 할 것 같았다.

"사과하지 마."

하지만 그의 입술이 움직이려는 순간, 승준이 먼저 차갑게 선을 그었다.

"하지 마. 나도 사과 안 할 거니까. 절대 안 해."

승준은 다시금 담배 하나를 꺼내어 입에 물었다. 부상에 관한 이야기는 죽어도 하고 싶지 않았는데, 이제 다시 만날 일이 없을 거라 생각하니 이대로는 조금 억울했던 모양이었다. 밑바닥을 보인 것 같다는 생각에 승준이 쓴웃음을 입가에 머금었다.

"미안."

승준은 도형이 그대로 돌아설 것이라 생각했다. 하지만 불시에 건넨 사과에 그는 움직임을 잠시 멈췄다가 굳어진 얼굴로 도형을 바라봤다. 하지 말라는 말에도 도형은 굳이 사과를 건네었다.

"넌 하지 말라고 했지만, 그래도 해야겠어. 미안하다."

할 말을 잊은 얼굴로 가만히 그 모습을 바라보고 있던 승준이 억지로 입매를 끌어 올렸다. 웃는 얼굴이라기보다는 울음을 참는 얼굴 같았다.

"변했네, 너."

바람결에 그 목소리가 들릴 듯 말 듯 작게 전해졌다. 혼잣말에 가까운 그 말을 끝으로 승준은 고개를 숙인 채 손을 들어 얼굴을 가렸다.

그는 도형이 그 기사를 보면 쉽게 무너질 거라 생각했다. 기다리면 저절로 틈이 벌어지고 다시 위태롭게 흔들릴 거라 생각했던 관계는 어쩐지 이전보다 더 단단해진 것 같았다. 가게 안에서 본 두 사람의 모습은 이제 아무런 문제도 없어 보였다. 도무지 낄 틈이 없어 보였다. 과거에 해솔의 옆에 있을 때도 승준은 늘 그런 느낌을 받았다. 단 한 번도 서도형을 이겼다는 생각을 해본 적이 없었다.

"이게 뭐야. 꼴사납게."

이제 정말 그만해야 할 것 같았다. 도형이 미웠을 뿐, 해솔에게 상처 주고 싶은 것은 아니었다. 처음이야 울고 있는 해솔에게 의도적으로 다가선 것이라 해도, 끝내 그가 해솔에게 가졌던 마음은 모두 진심이었다.

"약속 지킬 거니까 그만 좀 가라."

멀어지는 발걸음 소리가 들리지 않았다. 승준이 짜증이 난 얼굴로 그를 향해 다시 한 번 소리친 순간이었다.

"그만 좀 가라니……."

"꺄아!"

귀를 찢을 것 같은 비명이 들렸다. 그 목소리는 한 사람의 것이 아니었다. 도형과 승준의 시선이 자연스럽게 소리가 들려온 방향으로 향했다. 인도에는 인적이 드물었고 비명은 어느 한 건물 안에서 들려오고 있었다. 소리가 들려온 건물에서 갑작스레 사람들이 쏟아져 나왔다. 조금 전까지 두 사람이 술을 마셨던 건물이었다.

"미쳤나 봐. 완전 무서워."

"나, 휴대폰 못 챙겨서 나왔는데."

"누가 신고 좀 해주세요! 안에 칼부림 났어요!"

비명 섞인 여자의 목소리가 도형의 귀에 전해졌다. 딱딱하게 굳어진 얼굴로 입구를 바라본 그는 조금의 망설임도 없이 가게로 뛰어들어 갔다. 밖으로 빠져나오려는 사람들과 충돌이 있었고 그 와중에 칼을 든 남자가 안에 있다며 도형을 막아서는 사람도 있었지만 그는 멈추지 않았다.

아수라장이 된 가게 안에서 빠져나오지 못한 해솔과 정아를 찾아냈다. 한 남자가 여자 한 명을 인질처럼 붙들고 위협하듯 이리저리 칼을 휘두르고 있었다. 가게 안에는 해솔과 정아 외에도 몇 명의 사람들이 더 있었다. 남자가 입구 쪽에 서 있어 미처 빠져나가지 못한 사람들이었다.

"사, 살려주세요!"

"오기만 해봐! 다 죽여 버릴 줄 알아!"

여자의 비명이 가게 안에 울려 퍼졌지만 누구도 쉽게 그곳으로 다가설 수 없었다. 남자는 미친 사람처럼 칼을 휘두르다 여자의 목을 세게 조르듯 팔로 감으며 서슬 퍼런 칼날을 목에 가져다 댔다.

"내가 그랬지? 너 가만 안 둘 거라고."

"오, 오빠. 왜 이래? 이거 놔줘."

남자와 여자는 아는 사이 같았다. 도형은 남자의 얼굴을 그제야 제대로 확인했다. 몇 분 전, 입구에서 도형과 충돌이 있던 남자였다. 풀어진 천이 남자의 발밑에 아무렇게나 뒹굴고 있었다. 그 안에 칼을 숨기고 있던 모양이었다.

"어떻게 해."

해솔의 목소리가 도형의 시선을 자연스럽게 끌어당겼다. 굳어진 얼굴로 남자와 여자의 모습을 바라보고 있는 해솔의 얼굴은 잔뜩 겁을 집어먹은 것 같았다. 정아는 아예 고개조차 들지 못했다.

"밖에서 신고한다고 했어. 조금만 있으면 경찰 올 거야. 괜찮아."

해솔을 향해 괜찮다고 다독여 봤지만 상황은 더 악화될 뿐이었다. 악에 받친 남자의 고함이 가게 안에 비명처럼 울려 퍼졌다.

"그러게 왜 내 말을 안 들어? 왜 무시해?"

"이, 이러지 마. 제발 놔 줘."

"헤어지긴 누가 헤어져? 그냥 죽어. 너도 죽고 나도 죽자고!"

"꺄아아!"

여자의 비명에 모두가 굳어진 얼굴을 했다. 그리고 잠시 무거운 침묵이 흘렀다. 남자의 칼이 스친 건지 여자의 목에서 피가 흘러내렸다. 모두가 숨죽여 두려움에 떨고 있는 사이, 칼을 다시 고쳐 잡아 목에 가져다 댄 남자는 실성한 것처럼 웃었고 여자는 이제 제발 살려달라며 애원하고 있었다.

도형은 남자가 막고 선 입구를 바라봤다. 밖이 소란스러웠다. 경찰이 온 모양이라 생각하며 괜찮다고 해솔을 안심시키기 위해 고개를 숙인 순간, 도형의 얼굴이 단번에 굳어졌다. 해솔이 이상하리만큼 몸을 떨고 있었다. 그녀의 시선은 못 박힌 것처럼 남자와 여자에게로 고정되어 있었다.

"주해솔."

해솔은 도형의 목소리에도 반응하지 않은 채 잔뜩 겁을 집어먹은 얼굴로 정면만을 바라보고 있었다. 그는 해솔의 어깨를 붙들고 세게 흔들었다.

"주해솔!"

하지만 반응이 없었다. 결국 도형이 해솔의 뺨을 감싸 억지로 고개를 돌리게 만들었다. 공포에 질린 초점 없는 두 눈이 이내 도형을 담아냈다. 그리고 천천히 아래로 고개를 숙였다.

'다 죽여 버릴 거야!'

해솔이 불쑥 도형의 팔을 붙들었다.

'너 이 흉터 뭐야? 이런 흉터가 있었어?'

경찰이 가게 안으로 들이닥쳤다. 남자는 칼을 휘두르고 여자는 비명을 질렀다. 가게 안은 온통 아수라장이었다. 하지만 도형은 그곳을 쳐다보지 못했다. 금방이라도 무너질 것 같은 얼굴을 하고 있는 해솔 때문이었다. 긴 셔츠를 입고 있어 흉터가 보이지 않을 텐데도 그녀의 손은 정확하게 도형의 팔에 남은 흉터 위를 매만지고 있었다.

"주해솔."

간신히 고개를 든 해솔이 도형의 얼굴을 올려다봤다.

"도형아."

"그래. 괜찮아. 경찰 왔으니까 이제……."

"너, 팔 괜찮아?"

도형의 팔을 꽉 부여잡은 손은 해솔의 힘이라 믿을 수 없을 만큼 강한 힘이 들어가 있었다. 그녀의 음성은 잔뜩 떨리고 있었고 도형은 아무런 대답을 할 수 없었다.

"……뭐?"

한참 만에야 되묻고 말았다. 불안으로 물든 그의 눈동자가 해솔을 바라보고 있었다. 팔을 붙들고 있는 손에 힘이 빠지는 것이 느껴졌다. 눈이 감기고, 어둠이 몰려들었다. 해솔의 몸이 그대로 도형을 향해 무너져 내렸다.

도형은 차마 병실 안에 들어서지 못하고 복도에 설치된 의자에 앉아 있었다. 멀지 않은 곳에 앉아 휴대전화를 보고 있는 아주머니들의 대화가 그의 귓가에 전해졌다.

"아휴, 세상이 어찌 되려고. 여자가 헤어지자고 해서 남자가 칼을 휘두른 거라는데."

"원, 세상에. 그런 미친놈이 다 있어?"

"요즘은 딸 키우기 무섭다니까."

몇 시간 전 도형이 겪었고 눈앞에서 지켜본 사건이 TV에서 방송되는 것은 물론, 사람들의 입을 통해 오르내리고 있었다. 여자는 목에 상처를 입었지만 목숨에는 지장이 없었다. 헤어지자는 여자의 말에 분노한 남자가 칼을 들고 여자가 있는 곳에 찾아와 일을 만든 것이었다. 쓰러진 해솔은 입원을 했고 아직 의식을 찾지 못했다. 두 손으로 얼굴을 감싼 도형이 크게 숨을 몰아쉬었다. 복도에 있던 사람들은 이제 모습을 감췄고 도형은 홀로 남겨졌다. 그렇게 어느 정도의 시간이 흘렀을까.

"서도형."

자신을 부르는 음성에 그가 고개를 들었다. 거칠게 숨을 몰아쉬며 도형의 얼굴을 한 차례 확인한 태훈은 망설임 없이 병실 안으로 들어섰다. 도형 역시 그제야 병실 안으로 걸음을 옮겼다. 침대 위에는 해솔이 누워 있었다. 어디 하나 다친 곳 없이, 평온하게 잠을 자는 모습이었다.

"얘 왜 이러는데? 어디 다쳤어?"

"그건 아니야."

"그럼?"

"정신을 좀 잃은 거 같아."

태훈은 안도의 한숨을 내쉬었다. 대충 상황을 전해 듣긴 했지만 큰일이라도 벌어진 줄 알고 훈련 중에 뛰어온 그는 혹여 비슷한 사건으로 해솔이 또 다친 건가 싶어 심장이 철렁했다. 놀란 감정을 추스른 태훈은 안색이 창백해진 도형을 확인하고는 팔을 툭 두드렸다.

"쓰러진 것뿐이라면서 넌 왜 세상 끝난 얼굴을 하고 있는데?"

"형."

그의 목울대가 한 차례 크게 움직였다.

"왜? 또 왜 그러는데?"

"주해솔이……. 주해솔이 나보고 팔 괜찮냐고……."

차마 뒤의 말을 잇지 못했다. 겁이 났다. 눈을 뜬 해솔이 혹시라도 기억을 되찾았을까 봐. 태훈의 표정도 굳어져 있었다.

"……설마, 기억난 거야?"

"모르겠어. 팔 괜찮냐고 물었는데, 그 뒤에 그냥 쓰러져 버려서."

태훈은 잠든 해솔의 얼굴을 다시 한 번 확인했다. 이미 13년 전의 일이었다. 여태껏 찾지 못한 기억이 하필 이때 돌아올 리 없다고 생각했지만 태훈 역시 불안한 것이 사실이었다.

"아버지한테는 말씀 안 드렸어. 아무 일 아닐 수도 있으니까 일단 기다려 봐."

그리 말했지만 태훈의 얼굴은 여전히 긴장과 불안으로 굳어져 있었다. 두 남자는 차마 앉아 있지도 못하고 병실 안에 서서 해솔이 깨어나기를 기다렸다. 두 시간이 훌쩍 지나고 나서야 해솔은 의식을 찾았다.

"정신 들어?"

몇 차례 눈을 깜빡이던 해솔이 태훈의 얼굴을 먼저 확인했다. 도형은 두어 걸음 떨어진 곳에 서서 그녀를 바라보고 있었다.

"여기가 어디야?"

"병원이야. 너 쓰러졌어."

"내가?"

깜짝 놀라 상반신을 일으켜 세운 해솔이 주변을 둘러봤다. 병실이라는 것을 확인한 그녀는 자신이 쓰러지기 전의 기억을 떠올렸다.

"어떻게 됐어? 그 여자분은 괜찮아? 칼 휘두른 남자는? 잡았어?"

"괜찮아. 경찰이 와서 다 해결됐어."

아무런 말도 하지 못하는 도형을 대신해 태훈이 뉴스에서 들은 것을 토대로 해솔에게 답을 건네었다. 깨어난 해솔의 반응으로 봐서는 기억을 찾은 것 같지 않았고, 아무런 문제도 없는 것 같았다. 태훈은 작게 안도의 한숨을 내쉬었다. 굽혔던 허리를 곧게 편 그는 뒤에 선 도형을 바라봤다. 해솔 역시 뒤늦게 도형의 모습을 확인하고는 걱정스러운 기색을 드러내며 물었다.

"넌 괜찮아?"

도형은 아무런 대답을 하지 못한 채 해솔의 얼굴을 바라보다 손을 들어 얼굴을 가렸다. 해솔은 결국 그때의 일에 대해 기억하지 못했다. 짧은 시간 동안 천국과 지옥을 몇 번이나 오간 기분이었다. 순간의 긴장은 풀렸지만 도형은 조금도 안도할 수 없었다.

'너, 팔 괜찮아?'

그건 대체 뭐였을까.

두려움에 떨던 그 음성이 계속해서 귓가에 전해지는 것만 같았다.

"설마 다쳤어?"

도형의 안색이 좋지 않았다. 침대 아래로 두 다리를 내리려는 해솔의 행동을 저지한 태훈이 도형을 대신해서 답했다.

"다치긴. 멀쩡해."

"근데 쟤 안색이 왜 저래?"

태훈 역시 걱정스럽게 도형을 바라봤다. 그는 아무런 대답을 해주지 않은 채로 병실을 나섰다. 뒤에서 자신을 부르는 해솔의 목소리가 들려왔지만 그는 돌아보지 않았다. 빠르게 복도를 걷던 도형의 걸음은 코너를 돌자마자 멈춰 서고 말았다. 멀지 않은 곳에 승준이 서 있었다.

경찰에 신고한 것은 승준이었고, 그 역시 함께 병원으로 따라왔지만 차마 안으로 들어서지 못하고 밖을 서성이고 있었다. 몇 시간이 지나고 나서야 해솔의 상태를 확인하기 위해 병원 안으로 들어선 것이었다. 승준은 아무런 말을 하지 못했다. 마주하고 있는 도형의 눈시울이 붉었다. 그는 금방이라도 무너질 것 같은 얼굴로 서 있었다.

'넌 다친 곳 없어? 그 사람이 또 여길 왔어.'

'왜 너도 내 말 안 믿어? 분명 있었다니까. 저기 밖에서 쳐다보고 있었어!'

'그 남자, 또 올 거야, 너무 무서워.'

억지로 닫아둔 기억들이 불시에 틈을 비집고 나왔다. 모든 것이 넘쳐흐르는 기분이었다. 주해솔은 기억을 찾은 것이 아니었다. 알고 있었다. 하지만 오늘 일은 단단히 마음을 굳혔던 도형에게 큰 파장을 일으켰다.

해솔이 자신에게 매달린 채 과거의 그 사건에 대해 기억해 낸 것 같은 말을 꺼낸 순간, 도형은 세상이 무너지는 기분이었다. 발을 딛고 있는 땅이 무너져 내리고 끝없는 암흑 속으로 떨어지는 느낌. 그것은 그가 언젠가 한 번 느꼈던 공포와 다르지 않았다. 해솔이 칼에 찔렸던 순간, 그때 느꼈던 공포였다. 무섭고 두려웠다. 해솔이 망가질까 봐. 또 한 번 그녀를 잃어야 할까 봐.

"네가 옳았을지도 몰라."

도형의 그 말이 서늘한 복도에 나지막이 울려 퍼졌다. 모든 걸 다 체념한 것처럼, 아무 감정이 느껴지지 않는 공허한 음성이었다. 순식간에 빈껍데기가 되어버린 그의 마음을 닮아버린 목소리였다.

99%의 확률이 1%의 확률로 줄어들었다 해서 그 확률이 완전하게 사라진 것은 아니었다. 승준의 말은 옳았다. 도형은 그대로 승준을 지나쳤고 그는 도형을 붙잡지 않았다.

칼을 든 남자가 안에 있다는 것을 알면서도 도형은 망설임 없이 가게 안으로 뛰어들어 갔다. 한 차례 그와 비슷한 사고를 당했고 분명 도형에게도 트라우마가 있을 텐데 그는 망설이지 않았다. 그 뒷모습이 자꾸만 생각났다.

자신이 같은 일을 당했다면?

그 질문에 대한 답을 승준은 이미 알고 있었다. 자신은 절대 할 수 없는 일이었다.

❖

뉴스에 나올 정도로 큰 사건이었지만 해솔은 작은 상처조차 입지 않았다. 정신을 잃은 것뿐이었고 그날 바로 퇴원을 할 수 있어 집으로 돌아왔다. 아버지는 해솔이 쓰러진 사실을 모르고 있었기에 태훈과 해솔 모두 오늘 있었던 일에 대해서는 함구했다. 아무 일도 없었던 것처럼 일상으로 돌아왔지만 해솔은 조금도 편히 있을 수가 없었다. 병실을 나선 도형이 돌아오지 않았기 때문이었다. 새벽까지 기다렸지만 그는 집에도 돌아오지 않았다. 전화와 문자를 몇 번이나 해도 역시 돌아오는 답은 없었다.

"다음 일 미팅 잡혔어요."

덜컹— 캔 음료 하나가 꽤 큰 소리를 내며 떨어져 내렸다. 허리를 굽힌 지혁이 그것을 꺼내어 들고는 멀지 않은 곳에 앉아 있는 해솔에게로 다가섰다. 벌써 일을 잡았냐며 불평을 할 줄 알았는데 돌아오는 것은 침묵뿐이었다. 지혁이 의아한 기색을 드러낸 얼굴로 그녀를 바라봤다. 홀로 딴 세상에 가 있는 모양이었다. 자판기에서 막 꺼낸 음료를 해솔의 뺨에 가져다 댔다. 화들짝 놀란 해솔이 그제야 고개를 들어 지혁을 바라봤다.

"완전 넋 놓은 얼굴이네. 무슨 생각을 그렇게 해요?"

"아, 미안. 무슨 말 했어?"

"일 얘기요. 미팅 잡혔다고요. 내일 오후 4시요."

캔 음료를 받아 든 해솔이 작게 고개를 끄덕였다. 마개를 따지 않은 캔을 만지작거리다 자리에서 일어섰다. 지혁 역시 별말 없이 그녀를 따라 사무실로 걸음을 옮겼다.

"혹시 오늘 회사에서 본부장님 봤어?"

"네."

"언제?"

"아까 점심시간쯤이었나? 1층 로비에서 잠깐 마주쳤어요. 왜요?"

해솔은 아침 일찍 출근한 뒤부터 지금까지 도형의 얼굴을 보지 못했다. 마주친다 해도 사원들의 보는 눈이 있어 제대로 말을 걸지 못할 것이 분명했지만 그래도 얼굴이라도 확인하고 싶은 마음이었다.

"아니, 아무것도 아니야."

전화 여섯 통에 문자 다섯 통. 어젯밤부터 오늘 새벽까지 해솔이 도형의 휴대전화에 남긴 기록이었다. 무슨 일이 생겨 출근을 안 했다면 모를까, 멀쩡히 출근한 도형이 그걸 못 봤을 리 없었다. 무시했다? 갑자기 왜? 도형이 자신을 피하는 이유를 생각해 봤지만 짐작 가는 것이 단 하나도 없었다.

"미팅 4시라고 했지?"

"네."

"알았어."

사무실로 복귀한 두 사람은 각자의 자리로 이동했다. 일을 시작하려 마우스를 쥔 손을 두어 번 움직인 해솔이 화면 하단의 시간을 먼저 확인했다. 퇴근까지 2시간이 남아 있었다. 복잡한 생각들이 머릿속을 헤집었지만 일단은 일에 집중해야 할 것 같았다. 때마침 해솔의 자리로 다가선 지혁이 서류 하나를 넘겨주고 갔다. 아마 다음 일에 관련된 서류일 것이다. 의자에 몸을 기댄 해솔은 퇴근 시간에 맞춰 휴대전화의 알람을 하나 설정해 두고 서류를 꺼내어 들었다. 그 뒤로 해솔은 일에 집중할 뿐, 단 한 번도 시간을 확인하지 않았다.

알람이 정확히 퇴근 시간에 맞춰 울렸다. 그녀는 하던 일을 멈추고 곧장 짐을 챙겨 들고 주차장으로 내려와 도형의 차를 찾았다. 아직 퇴근하지 않은 건지 차가 있는 것을 먼저 확인한 해솔은 자신의 차를 맞은편 자리에 다시 주차하고 차 안에서 도형을 기다렸다. 퇴근하는 직원들의 모습이 그녀의 시야에 모습을 드러냈다가 사라지기를 반복했다.

"왜 안 내려와? 퇴근 시간 한참 지났는데."

이미 시간은 8시에 가까워져 있었다. 하지만 도형의 모습은 보이지 않았고 초조한 마음은 커져만 갔다. 해솔이 아랫입술을 살짝 깨물었다가 고개를 뒤로 젖히고 눈을 감았다. 병실에서 봤던 도형의 얼굴이 내내 마음에 걸렸다. 정확히 기억은 나지 않는데, 언젠가 한번 그런 비슷한 얼굴을 본 기억이 있는 것 같았다.

다시 눈을 뜬 해솔은 핸들에 기댄 채로 정면을 주시했다. 도형은 그로부터 한 시간이 더 지난 뒤에야 주차장에 모습을 드러냈다. 9시를 넘긴 시간이었다.

"서도형."

이제 주차장에는 빈자리가 더 많을 정도로 직원 대부분이 퇴근한 뒤였다. 차에서 내린 해솔은 눈치 보지 않고 망설임 없이 도형에게로 다가섰다. 마주한 얼굴에서는 무엇도 읽어낼 수가 없었다. 해솔의 얼굴을 확인한 그는 손목에 찬 시계를 내려다봤다. 일부러 늦게 퇴근을 한 것인데 설마 해솔이 여기서 자신을 기다리고 있을 거라고는 생각지 못했다.

"일이 그렇게 많아? 퇴근이 왜 이렇게 늦어? 아니, 이게 중요한 게 아니지. 너, 내가 전화하고 문자한 거 확인 못했어?"

도형은 아무런 대답이 없었다. 짧은 침묵에도 해솔은 숨이 막혔다. 어제까지만 해도 가장 가까이에 있던 도형이 지금 이 순간에는 가장 먼 사람처럼 느껴졌기 때문이었다. 일부러 전화를 피하고 문자를 무시하고, 묻는 말에는 대답조차 하지 않았다. 자신을 피하는 것이 여실히 느껴졌다. 언젠가 한번 겪었던 일이기에 해솔은 지금 도형의 태도에 불안감을 느낄 수밖에 없었다.

"오늘은 그냥 돌아가."

도형은 그 대답만을 남기고 돌아섰다. 스마트키를 누른 건지 짧은 알림 소리와 함께 차에 불이 들어왔다. 해솔이 빠르게 다가서서 운전석 앞에 선 그의 손을 붙들었다.

"뭔데?"

최대한 태연한 척해보려 했다. 하지만 자신의 의지와는 상관없이 목소리가 떨렸다. 해솔은 겁이 났다. 지금의 이 상황이 무척 두려웠다.

"너 또 무슨 생각하는데?"

그는 여전히 해솔이 알고자 하는 것에 대해서는 답이 없었다. 순간의 짧은 침묵에도 그녀는 숨이 막혔다.

"야, 서도형."

도형이 운전석의 문을 열었지만 해솔이 그를 밀어내고는 다시 쾅— 소리가 나게 문을 닫았다. 조용했던 주차장에 해솔의 목소리가 크게 울려 퍼졌다.

"왜 또 무시해? 얼마 전까지만 해도 같이 살자더니. 왜 또 손바닥 뒤집 듯 태도가 바뀌었는데?"

"그런 거 아니야."

지치고 갈라진 음성이 흘러나왔다. 마주한 도형의 얼굴에 힘든 기색이 드러났지만, 해솔은 그를 비난하듯 쏟아내는 말을 멈추지 않았다.

"아니라고? 근데 왜 자꾸 나 피해? 너 진짜 나 가지고 장난해? 내가 그렇게 우스워?"

눈시울이 시큰해졌고 금방이라도 눈물이 터져 나올 것 같았다. 결국 참지 못한 해솔은 손에 든 가방으로 있는 힘껏 도형을 때렸다.

"뭐라고 말 좀 해!"

도형은 묵묵히 맞아주기만 했다. 가방을 휘두르던 손에 힘이 빠져 더는 아프지도 않을 때쯤, 도형이 그 손을 붙들었다.

"차라리 무시할 수 있으면 얼마나 좋겠어!"

폭발하듯 소리친 그가 크게 어깨를 들썩였다. 화가 난 것처럼 굳어졌던 얼굴은 눈물 고인 해솔의 눈을 마주하고는 점차 미안한 기색을 담아냈다. 해솔에게 화를 내는 것이 아니었다. 도형은 그저 지금의 이 상황이 숨 막혔다. 해솔이 괜찮은 것을 확인하고도 평온을 찾을 수 없었다. 그제야 깨달았다. 그 사고에 대해 가장 잊어야 할 사람은, 그 누구도 아닌 바로 도형 자신이라는 걸.

"시간을 좀 줘."

의미를 알 수 없는 말에 그녀는 가늠하듯 도형의 얼굴을 올려다봤다.

"무슨 시간?"

"당분간 오피스텔에 있을 거야. 어차피 다음 주에 나가기로 했으니까."

"어차피 다음 주에 나갈 거면서 뭘 그렇게 서둘러? 갑자기 왜?"

자신의 손목을 붙든 도형의 손을 뿌리친 해솔이 눈물 가득 고인 눈으로 그를 올려다봤다. 그리고 악에 받친 듯 소리쳤다.

"너한테 시간이 왜 필요해? 왜 우리 관계에 갑자기 그런 시간이 필요한 건데?"

뭐라고 대답을 해야 할까. 해솔에게 말할 수 있는 이유가 하나도 떠오르지 않았다. 이래서는 과거의 그날과 달라진 것이 하나도 없었다. 결국 또 상처만 주게 될지도 모른다는 생각에 마음이 아렸다.

그는 손을 들어 얼굴을 한 차례 쓸어내렸다. 그 작은 행동에도 지친 기색이 역력했다. 한숨도 못 잔 얼굴은 금방이라도 무너져 내릴 것처럼 보였다.

"말해."

"말했잖아. 시간을 좀 달라고."

"시간 주면? 그러다가 또 말도 없이 갑자기 사라져 버리려고?"

발밑이 무너져 내리는 기분이었다. 과거 도형이 떠난 날 느꼈던 감정을 해솔은 지금 이 순간 다시 한 번 느끼고 있었다.

"네가 원하는 대로 다 했잖아. 사고에 대해서 알아보려고 하지 않았고, 승준이 만나지도 않았고, 내 과거에 대해 더는 집착하지도 않았어. 근데 대체 또 뭐가 문제야?"

해솔의 말대로였다. 하지만 그 모든 것을 지켰음에도 해솔이 괜찮지 않을 수도 있다는 상황을 눈앞에서 목격한 도형의 불안감은 그때의 일을 떠올리게 하기에 충분했다. 작은 방 안에 자신을 가두고 공포에 미쳐 버린 것처럼 두려움에 떨던 그 모습이 다시금 그를 괴롭혔다. 오피스텔에 홀로 돌아온 그는 밤새 한숨도 자지 못했다. 울며 비명을 지르던 해솔의 모습이 내내 그를 괴롭혔다. 세상에서 가장 길고 괴로운 밤이었다.

그는 가만히 해솔을 내려다봤다. 차라리 오지 말걸, 그랬으면 좋았을까. 몇 번이나 스스로 그리 물었다가 결국 고개를 가로저었다는 것을 그녀는 모를 것이다. 두 번 다신 헤어지고 싶지 않았다. 두 번 다시는.

도형의 눈시울이 점차 붉어졌다. 금방이라도 울 것 같은 그 얼굴에, 도형에게서 처음 보는 그 얼굴에, 해솔의 얼굴에서 점차 표정이 사라졌다.

"미안해."

뭐가 미안하냐고 묻고 싶었다. 하지만 돌아올 대답이 겁이 나 묻지 못했다. 대화는 그것으로 끝이 났다. 결국 마음에 담아둔 그 어떤 말도 끝내 소리가 되어 나오지 못했다.

"장어 먹자, 장어."

"갑자기 장어는 무슨."

"열심히 훈련했으니 몸보신해야지."

훈련장을 나선 민건이 태훈의 어깨에 손을 올리며 연신 장어 타령을 해 댔다. 두 사람은 오늘 시간이 가는 줄도 모르고 훈련장에서 시간을 보내다 저녁때를 놓쳐 버렸다. 어차피 시간이 늦어 저녁은 밖에서 해결하고 들어가야 할 것 같아 태훈이 알겠다며 고개를 끄덕였다.

"근데 이 시간에 장어집이 연 곳이 있어?"

"찾아보면 있겠지. 어? 저기 해솔이 아니야?"

민건의 말에 태훈이 고개를 들어 주차장 쪽을 바라봤다. 막 차에서 내린 해솔이 정말 두 사람을 향해 다가서고 있었다. 그 기세가 어찌나 사나운지 멀리서도 분위기가 심상치 않다는 것이 느껴질 정도였다.

"너 또 뭔 짓 했냐?"

"무슨 짓?"

"해솔이 화난 거 같은데."

"화는 무슨. 최근에 훈련 때문에 집에 늦게 들어가서 얼굴도 잘 못 봤는데."

거리가 가까워졌다. 태훈이 멈췄던 걸음을 옮기며 해솔에게 다가선 순간이었다.

"주해솔. 네가 여기 웬일……"

퍽— 소리와 함께 태훈의 목소리가 끝을 맺지 못하고 사라졌다. 해솔의 가방이 태훈의 어깨를 세게 강타했다. 태훈은 그대로 굳어졌고 놀란 민건은 그의 어깨에 올린 손을 빼내고는 뒤로 한 걸음 물러섰다.

"이게 갑자기 나타나서 오빠한테 무슨 짓이야?"

태훈이 굳어진 얼굴로 그녀를 향해 말했지만 해솔의 행동은 거기서 끝나지 않았다. 이제는 막무가내로 가방을 휘둘렀다. 머리부터 어깨, 가슴까지 태훈의 몸을 사정없이 때렸다. 그제야 해솔의 상태가 뭔가 심상치 않다는 것을 알아챈 태훈이 당황스러운 기색을 드러냈다. 하지만 해솔의 행동은 멈추지 않았다.

"말해!"

"야, 주해솔. 너 대체 왜 이래?"

"말하라고!"

"그러니까 뭘?"

"오빠도, 아빠도, 서도형까지! 나한테 뭐 숨기고 있는지 말하라고!"

악에 받쳐 소리친 해솔이 잠시 가방을 휘두르던 행동을 멈추고는 태훈을 바라봤다. 크게 들썩이는 어깨가, 거친 호흡이, 지금 해솔의 상태가 얼마나 불안정한지를 고스란히 드러내고 있었다. 울음을 참아보려 했지만 커다란 눈에서 눈물이 흘러내렸다.

"말해."

둔탁한 소리를 내며 가방이 바닥에 떨어져 내렸다. 해솔은 주먹 쥔 손으로 태훈을 때렸다. 힘이 다 빠진 약한 손길이었지만 태훈은 차마 그 손을 막지 못했다.

"말해!"

결국 해솔은 폭발하고 말았다. 오늘 마지막으로 마주했던 도형의 얼굴이 너무 아파 보여서 차마 더는 이유를 물을 수도, 그를 잡을 수도 없던 해솔이 결국 그 설움을 터트린 것은 자신의 오빠인 태훈이었다.

15

　해솔의 격해진 감정은 좀처럼 가라앉을 줄을 몰랐다. 태훈은 할 수 없이 민건을 먼저 돌려보낸 뒤 가까운 카페로 그녀를 데리고 들어섰다. 그는 휴대전화를 몇 번이나 매만지다 두 손으로 머리를 감싸 쥐었다. 도형에게 전화를 걸었지만 전원이 꺼져 있었다. 사실 그는 지금의 상황에 대해 따로 설명을 들을 필요는 없었다. 어제 도형의 상태만 봐도 지금의 이 상황이 벌어진 이유가 짐작되었으니까 말이다.

　"이거 좀 마시고 진정 좀 해."

　태훈이 따뜻한 홍차를 해솔이 앞으로 내밀었다. 보기 드물게 자상한 행동이었지만 해솔은 그 차를 내려다보기만 할 뿐 꿈쩍도 하지 않았다. 그사이 진정이 좀 됐는지 더는 소리를 지르지도 가방을 휘두르지도 않았지만 그녀는 여기 오는 동안 내내 울었다. 얼마나 울었는지 눈은 물론이고 코끝까지 빨개진 상태였다. 태훈이 티슈를 몇 장 내밀었지만 그조차도 받지 않았다.

"왜 딴 데서 뺨 맞고 나한테 화풀이야?"

그 말에 해솔이 다시금 눈물을 쏟았다.

"서도형이 또 나 피해. 거리 두고 있단 말이야."

"네가 착각한 거겠지. 잠깐 바쁜 일이 있거나 피곤해서 그럴 수도 있고."

"내가 바보야? 자기 입으로 말했어. 시간 좀 갖자고."

태훈이 끙 앓는 소리를 냈다. 결국 도형이 해솔을 피하고 거리를 둔 모양이었다. 결국 그 등신이 또— 작게 중얼거리는 목소리가 들릴 듯 말 듯 전해졌다. 그는 손을 들어 관자놀이를 꾹 눌렀다.

"예전에도 그랬잖아. 이런 식으로 나 피하고, 무시하고, 거리 두다가 아예 사라져 버렸다고. 또 그럴 거야."

그녀는 울먹이는 음성으로 서러움을 토해냈다. 어찌할 바를 모르겠다는 얼굴로 해솔을 바라보던 그는 깊은 한숨을 내쉬었다. 그 일이 있은 지 자그마치 13년이 지났다. 또다시 도형이 제 마음을 접고 힘든 길을 택하는 것도, 자신의 동생인 해솔이 그 결정으로 힘들어지는 것도 원치 않았다. 그리 생각하면서도 지금 해솔이 알고자 하는 일에 대해 말해주지 못하는 것은 그 역시 마음 한편에 아주 작은 불안감이 남아 있기 때문이었다. 낮은 확률의 일이라도 도형이 걱정하는 것들이 사실로 이루어질까 그것이 조금 두렵기는 했다. 저울은 아직 팽팽한 균형을 이루고 있었다. 태훈 역시 쉽게 결정을 내릴 수 없기는 마찬가지였다.

"그러니까 말해."

"너 답답한 거야 누가 모르겠냐. 근데 내가 지금 입장이 좀 곤란해."

"곤란해? 뭐가? 너 내 오빠잖아. 가족이잖아. 근데 왜 내 편 안 들어주는데? 이유만 말해달라는데 왜 그것조차 안 해주는데?"

"서도형도 다 이유가 있어서……."

"그러니까 그게 뭐냐니까? 그게 정말 합당한 이유면 그 녀석 원하는 대로 나도 더는 서도형 안 봐."

답을 기다렸지만 돌아오는 것은 또 한 번의 긴 침묵뿐이었다.

"대답 안 할 거면 집에 가."

자리에서 벌떡 일어서는 해솔의 행동에 화들짝 놀란 태훈이 다급하게 그녀를 붙들었다.

"야, 주해솔."

"아빠한테 물을 거야. 아빠도 대답 안 해주면 도형이 아버지 찾아갈 거야. 아저씨도 이유 알지? 아저씨한테라도 직접 그 이유 물을 거야."

"너 진짜 이럴래?"

"네가 내 입장 돼봐!"

태훈이 해솔을 억지로 자리에 다시 앉게 하였다. 카페 안에 앉아 있던 몇몇 손님들이 이쪽을 바라보고 있었다. 태훈이 모자를 좀 더 깊게 눌러쓰고는 고개를 숙였다. 소란을 피운 것에 대한 사과의 의미였다. 다시 자리에 앉은 그는 지치고 힘들어 보이는 해솔의 얼굴을 마주하다 마지막으로 휴대전화를 내려다봤다. 아, 모르겠다. 그는 체념한 얼굴로 티슈를 뽑아 들었다.

"일단 그거부터 마셔. 눈물도 좀 닦고. 얼굴이 그게 뭐야? 화장은 다 번져서."

태훈이 손을 뻗어 엉망이 된 해솔의 얼굴을 닦아줬다. 상냥하기보다는 조금 거친 행동이었지만 태훈 나름의 다정함이라는 것을 알 수 있었다. 그런 태훈의 행동에 해솔은 서러움이 밀려드는 건지 다시금 눈물을 쏟아냈다.

"주해솔."

고개조차 들지 못한 채 해솔은 울고만 있었다. 평소 만나기만 하면 아옹다옹 다투는 남매였지만 표현을 안 할 뿐이지 누구보다 소중한 동생이었다. 그 동생이 이렇게 우는 걸 보니 마음이 편치 않을 수밖에 없었다. 결국 팽팽하게 유지되던 저울이 한쪽으로 기울었다.

"알았어. 알았으니까 그만 좀 울어."

원하는 답을 들었음에도 해솔의 눈물은 한동안 멈출 줄을 몰랐다. 태훈은 어디서부터 어떻게 이야기를 해야 하나 고민하다 흐느낌이 사라져 갈 때쯤 입을 열었다.

"13년 전에 너, 교통사고 당한 게 아니야."

이제 막 입을 떼어냈을 뿐이었다. 그럼에도 태훈은 정말 이래도 되는 건가 싶은 망설임이 느껴져 잠시 말을 잇지 못했다. 해솔은 가만히 태훈을 바라보고 있었다. 표정 없는 그 얼굴이 지금 이 순간 해솔이 얼마나 힘들어하고 있는지를 나타내고 있는 것만 같았다. 결국 태훈은 다시금 입술을 떼어냈다.

"칼에 찔렸어."

묵직하게 전해진 그 음성과 동시에 눈가에 맺혀 있던 눈물이 다시금 툭— 떨어져 내렸다.

"뭐?"

"칼에 찔렸다고."

잘못 들은 것이 아닌가 싶어 되물었지만 돌아온 답은 변하지 않았다. 태훈은 감추고 있던 진실들을 이야기했다. 자신의 이야기지만 마치 제 것이 아닌 것만 같은 그 과거의 기억들을 전해 듣는 동안 해솔은 아무런 말도 하지 못했고, 대화를 끝맺었을 때는 끝내 무너지듯 소리 내어 울어버렸다.

뜬눈으로 밤을 지새웠다. 퉁퉁 부은 눈으로 아버지를 마주할 수 없어 일부러 이른 새벽에 집을 나선 해솔은 사무실에 앉아 자리를 지키고 있었다. 갈증이 나 생수를 한 병 사왔지만 책상 위에 두기만 했을 뿐 한 모금도 마시지 못했다. 그녀는 미동 없이 상념에 잠겨 있었다.

기억에도 없는 과거는 자신의 이야기가 아닌 남의 일 같았다. 그래서 현실감이 느껴지지 않았지만 태훈에게 들은 이야기와 지난날 도형이 자신에게 보였던 행동들을 연이어 떠올릴수록 하늘이 무너지는 느낌이었다.

"안녕하세요."

반갑게 인사를 건네는 목소리에 상념에서 깨어난 해솔이 사무실 입구를 바라봤다. 벌써 출근을 하는 직원이 있었다. 해솔은 짧게 눈인사를 하고는 자리에서 일어섰다. 차가운 캔 음료 하나를 뽑아 직원 휴게실로 들어선 그녀는 캔을 눈 위에 가져다 대고 부은 눈을 가라앉혔다. 고개를 뒤로 젖힌 채 휴식을 취하고 있는 사이, 주머니에 넣어둔 휴대전화에서 진동이 느껴졌다. 태훈에게서 걸려온 전화였다.

"왜?"

[괜찮아?]

"뭐가?"

[몰라서 물어? 그리고 너 대체 집에서 몇 시에 나간 거야?]

"아버지랑 안 마주치려고 일찍 나왔어."

꽉 잠긴 목소리가 흘러나왔다. 태연한 척해보려고 했는데 그게 잘되지 않았다. 이래서는 일을 하는데 지장이 생길 것 같았다. 해솔이 다시금 마음을 다잡으려 애썼다.

[이제 어쩔 거야? 도형이한테는······.]

"오빠."

말을 끊은 해솔이 캔을 치워내고는 눈을 떴다.

"서도형한테는 아무 말도 하지 마. 내가 만나서 얘기할 테니까."

태훈은 한동안 답을 하지 못하다가 끝내 알겠다는 대답을 끝으로 통화를 마쳤다. 해솔은 직원 휴게실에서 30분 정도 시간을 보낸 뒤 다시 사무실로 돌아왔다. 출근한 지혁이 해솔의 안색이 안 좋다는 것을 금세 알아채고는 이유를 물었지만 그녀는 그저 웃음으로 대답을 대신했다. 그녀는 업무를 시작했고, 평소와 다르지 않게 일을 해나갔다. 여전히 도형에게서 오는 연락은 없었고 사내에서도 그의 얼굴을 보게 되는 일은 없었다.

"운전 제가 할게요."

"괜찮아. 내가 할게."

"고집부리지 말고, 제 차 타요."

해솔의 마음은 여전히 어수선했고, 운전하다 저도 모르게 딴생각을 할 것 같았다. 그녀는 지혁의 말대로 더는 고집을 부리지 않고 그의 차에 올라탔다. 두 사람은 4시에 잡힌 미팅 장소로 함께 이동했다.

"본부장님은 어디 아프신 거예요?"

"왜?"

"오늘 출근 안 하셨던데요. 개발사업부 팀장님이 말씀하시는 거 들었어요."

도형이 자신을 피해 다녀 사내에서 얼굴을 마주하지 못한 것뿐이라 생각했는데 아예 출근하지 않은 모양이었다. 창가에 머리를 툭 기댄 해솔이 힘 빠진 목소리로 답했다.

"나도 몰라."

"팀장님이 모르면 누가 알아요? 한집 살면서."

"나갔어."

"네?"

"집에서 나갔다고. 이제 같이 안 살아."

때마침 신호에 걸린 차가 멈춰 섰다. 그제야 해솔의 얼굴을 확인한 지혁은 자신이 괜한 말을 한 건가 싶어 입을 다물었다. 흘러나오는 음악만이 침묵이 내려앉은 좁은 공간을 메웠다.

미팅 장소에 도착한 두 사람은 클라이언트를 만났다. 해솔은 차 안에서와는 달리 아무 일도 없던 것처럼 평소대로 클라이언트와의 미팅에 집중했다. 이번 클라이언트는 유명 푸드스타일리스트였는데 성격이 굉장히 쾌활한 사람이었다. 화기애애한 분위기 속에 대화를 나누다 보니 시간이 가는 줄도 몰랐고, 그 때문에 생각보다 미팅이 길어져 퇴근 시간을 훌쩍 넘기고 나서야 두 사람은 건물을 빠져나왔다.

"난 대체 언제 정시 퇴근을 해보나."

8시에 가까워지고 있는 시간을 확인한 지혁이 옆에서 불평을 늘어놓았다. 해솔 역시 시간을 한 차례 확인하고는 주변을 둘러봤다.

"지혁아."

"네."

"너 먼저 가."

"네?"

"나 어디 좀 들렀다가 갈게."

"차도 안 가지고 나왔으면서 어떻게 회사로 돌아가려고요?"

"알아서 할 테니까 먼저 들어가. 오늘 수고했어."

지혁이 뭐라 답하기도 전에 해솔은 때마침 바뀐 신호를 확인하고는 횡단보도를 건넜다. 도로 건너편에서 멍하니 굳어져 있는 지혁을 향해 두어 번 손을 흔들어 보였다. 그제야 걸음을 돌리는 지혁의 모습을 확인한 해솔은 휴대전화를 꺼내어 누군가에게 전화를 걸었다. 몇 번의 신호음 끝에 상대방이 전화를 받았다.

"지금 좀 볼 수 있어? 내가 레스토랑으로 갈게."

미팅 장소가 레스토랑 아모르 근처였다. 시간이 안 된다고 해도 그녀는 오늘 어떻게든 승준의 얼굴을 볼 생각이었다. 다행히 그에게서 알겠다는 대답이 돌아왔다. 통화를 마친 그녀는 망설임 없이 승준이 있는 아모르로 향했다.

"감사합니다."

해솔이 차를 내어준 직원에게 짧게 인사를 건네었다. 직원이 대표실을 나서고 이제 승준과 단둘만이 남게 되었다. 그는 이미 해솔이 자신을 찾아온 이유를 짐작하고 있는 얼굴이었다.

"이유 안 묻네? 내가 왜 갑자기 널 찾아온 건지 궁금하지 않아?"

승준은 아무런 답을 하지 못했다. 이어진 침묵은 그녀의 생각이 틀리지 않았다는 것을 증명하고 있었다. 그는 해솔의 얼굴만 보고도 그녀가 자신을 찾아온 이유를 짐작할 수 있었다.

"다 알았구나."

"응. 그래서 너한테 확인하고 싶은 게 하나 있어서 왔어."

해솔은 차를 한 모금 마시고는 찻잔을 다시 내려놓았다. 적막감이 흘렀고 해솔은 잠시 눈을 감은 채로 고개를 숙였다. 입 안쪽의 여린 살을 깨물었다가 눈을 뜬 그녀는 힘겹게 입술을 떼어냈다.

"사실대로 대답해 줬으면 좋겠어."

"말해."

"너 만나고 돌아온 날, 서도형이 갑자기 집을 뛰쳐나간 적이 있었어. 유난히 널 만나는 것에 대해 예민하게 굴었고, 그날은 널 만난 일로 다퉜어. 난 그때 서도형의 그런 행동을 이해할 수 없었거든. 단순히 너랑 사이가 안 좋아서라고 보기에는 지나칠 정도였으니까."

붉은빛을 띠고 있는 홍차를 가만히 내려다보던 해솔이 고개를 들어 다시 승준의 두 눈을 마주했다. 이어진 질문이 조용한 사무실 안에 그 어느 때보다 무겁게 울려 퍼졌다.

"혹시 협박했어?"

그녀의 얼굴은 담담했다. 어떤 대답이 나와도 놀라지 않을 것 같은 얼굴로 그녀는 승준을 마주하고 있었다. 이미 모든 것을 알게 된 해솔에게 더는 무엇을 숨길까. 작게 한숨을 내쉰 승준은 손을 들어 얼굴을 한 차례 쓸어내렸다.

"그래."

"어떻게 협박했는데?"

더는 좋은 사람으로 남을 수도, 그럴 이유도 없었다. 어떻게 변명해도 승준 자신의 행동은 해솔에게 밑바닥을 보인 셈이나 마찬가지였다. 승준은 도형에게 보냈던 기사를 해솔에게 보여주었다. 그녀는 기사를 한참이나 내려다봤다. 그리고 홍차 옆에 놓인 물 잔을 들어 승준에게 뿌렸다. 차가운 물이 방울져 그의 턱 끝에서 툭툭 떨어져 내렸다.

"다 알면서, 다 알고 있었다면서, 이걸 서도형한테 보냈다고? 어떻게 그런 짓을 해?"

차마 아니기를 바랐지만 제 눈으로, 제 귀로 확인하고 나니 견딜 수 없이 승준이 미웠다. 물 잔을 힘없이 내려놓은 해솔이 자리에서 일어섰다. 돌아서려는 그녀의 발걸음을 붙든 것은 이어진 승준의 음성이었다.

"서도형 말이야. 안에서 칼부림 난 거 안 순간, 네가 거기 남아 있다는 걸 알고 조금의 망설임도 없이 너 구하러 들어가더라. 자기도 칼에 찔릴 뻔했었는데, 그 큰 상처를 입었었는데, 정말 1초도 망설이지 않았어."

해솔이 몸을 돌려 승준을 내려다봤다. 그는 이미 모든 것을 체념한 얼굴이었다.

"어떤 말을 해도 변명이 안 될 거라는 거 알아."

물기를 한 차례 손으로 닦아낸 그가 해솔을 마주했다. 진심으로 사과하고 싶었다.

"미안하다."

돌아오는 답은 없었다. 해솔은 그대로 레스토랑을 벗어났고 승준은 한참이나 그 자리를 지키고 있었다. 이제는 정말 끝이구나— 작게 중얼거리는 그 음성을 끝으로 승준은 눈을 감았다.

몸이 좋지 않았다. 하필이면 이럴 때 몸살이 올 줄이야. 도형은 병원을 다녀온 뒤로 침대 위를 벗어나지 못했다. 정신적으로 지쳐 있던 것이 아무래도 몸에 영향을 준 것 같았다. 약을 먹기 위해 미리 포장해서 사온 죽을 냉장고에서 꺼내어 전자레인지에 돌렸다. 몇 숟갈 뜨고는 남은 죽을 다시 넣어두고 약을 먹은 뒤 시간을 확인했다. 10시 20분을 막 넘긴 시곗바늘이 눈에 들어왔다.

오늘 하루는 해솔에게서 온 연락이 없었다. 차라리 다행이라 생각했다. 아직 확신을 갖지 못한 마음으로는 그 어떤 답도 해주지 못할 것 같았기 때문이었다.

하루 대부분을 침대에서 보낸지라 더는 잠이 올 것 같지 않았지만 억지로라도 잠을 청해야 할 것 같았다. 침대에 누우려던 도형은 곧 의아한 얼굴로 현관문을 바라봤다. 도어록의 버튼을 누르는 소리가 들려왔기 때문이었다. 단번에 열린 문을 통해 해솔이 들어섰다. 눈이 마주쳤지만 그녀는 망설이지 않고 구두를 벗고는 성큼 안으로 들어서서 순식간에 거리를 좁혀왔다.

"다행이네. 진짜 아픈 건 맞아서."

곁에 놓여 있는 약 봉투와 도형의 안색을 확인한 해솔은 그가 정말 몸이 좋지 않아 회사를 빠졌다는 것을 알아챘다. 도형은 조금 놀란 얼굴로 그녀를 바라보다 자신만큼이나 안색이 좋지 않은 것을 확인하고는 걱정스럽게 물었다.

"얼굴이 왜 그래?"

"네가 할 질문이야?"

침대로 다가선 해솔은 가방을 한쪽에 내려두고는 그의 옆에 자리를 잡고 앉았다. 가늠하듯 그녀의 얼굴을 바라보는 그의 시선이 혼란으로 가득했다. 오늘 해솔은 전화 한 통 하지 않았다. 시간을 좀 달라는 도형의 말을 받아들인 것처럼 보였지만, 그건 아니었는지 오피스텔로 그를 찾아왔다. 그 이유를 짐작해 보려 해도 딱히 짐작이 가는 바가 없었다. 생각을 정리하는 사이, 해솔은 그의 팔을 붙들었고 망설임 없이 셔츠를 걷어 올렸다. 긴 흉터가 그녀의 시야에 들어왔다.

"이거야? 그때 칼에 베여서 남은 흉터가?"

도형의 표정이 삽시간에 굳어졌다. 하지만 해솔은 거기서 멈추지 않았다.

"내 가슴에 남은 흉터는 그때 칼에 찔린 거고?"

"너……."

"어떻게 알았냐고? 왜? 혹시 기억이라도 찾았을까 봐 걱정돼? 그런 거 아니니까 걱정 마. 여전히 기억은 없으니까."

"……형이구나."

"그래, 다 들었어. 내 귀로 직접 들어놓고도 실감이 안 나더라고. 기억이 안 나니까 내 일 같지가 않아. 지금도 그래."

그녀는 울 것 같은 얼굴을 한 채 자조적인 웃음을 입가에 머금었다. 이렇게라도 하지 않으면 그의 앞에서 눈물을 쏟아낼 것 같았기 때문이었다.

"정말 미치기 직전이었다며? 집 밖으로는 나가지도 못하고 헛소리만 하고. 네가 왜 그런 선택을 했는지, 오빠가 이해했을 정도라면 말 다 했네 뭐."

억지로 웃고 있었지만 목소리가 잔뜩 떨렸다. 도형의 얼굴은 이루 말할 수 없이 복잡한 감정을 담았다가 이내 고통으로 일그러졌다. 그는 해솔이 기억을 찾는 것과는 상관없이 그때의 일에 대해 평생 모르고 살기를 바랐다.

"서도형. 내가 기억을 잃지 않았다면, 그 일로 널 원망했을까?"

기억이 없다 해도 해솔은 확신할 수 있었다. 그건 도형의 잘못이 아니었다. 원망하지 않았을 것이다.

"나한테 선택권이 있었다면, 그 공포감에서 벗어나는 것 대신 널 잃는 걸 택했을까?"

아닐 것이다. 이것 역시 해솔은 확신할 수 있었다. 그럼에도 도형은 홀로 결정을 내렸다.

"난 다 아니라고 생각하는데."

"주해솔."

"왜 넌 늘 그렇게 제멋대로야?"

비난 아닌 비난이었다. 마주한 도형의 얼굴은 금방이라도 울 것만 같았다.

"넌 몰라. 그때의 네가 어땠는지. 그런 널 보는 내가 어떤 심정이었는지. 하루하루가 지옥이었어. 그 작은 방 안에 갇혀서 나오지 못하고 매일 울며 소리치는 너 보는 게, 나한테는 지옥이었다고."

"그래서?"

해솔은 흔들림 없는 목소리로 물었다.

"이제 어쩔래?"

자신에게도, 도형에게도 상처가 되는 질문을 덧붙였다.

"또 버릴래?"

도형의 얼굴에서 표정이 사라졌다. 순식간에 차오른 눈물이 해솔의 시야를 온통 흐리게 만들었다. 그로 인해 도형의 얼굴이 제대로 보이지 않았다. 간신히 참아내고 있던 눈물이 결국 툭— 볼을 타고 흘러내렸다.

"그 확률이 네가 없어진다고 해서 사라지는 게 맞아? 네가 없는 곳에서 내가 기억을 찾으면? 그럼 어떻게 되는 건데?"

도형은 아무런 답을 하지 못했다. 해솔이 모르는 사이, 그는 상처를 입었고 그것을 감췄다. 그것이 모두 해솔을 위한 일이었다고 한다. 그럼 자신은 그런 그에게 고맙다고 말해야 하는 걸까, 화를 내야 하는 걸까, 원망해야 하는 걸까.

"그래. 날 위해서였다고 치자. 그땐 정말 어쩔 수 없는 선택이었다고 쳐. 그럼 지금은?"

그는 답을 하지 못했다. 결국 화를 참지 못한 해솔이 자리에서 일어나 도형의 등과 어깨를 주먹으로 마구 때렸다.

"내가 진짜 화나는 게 뭔지 알아? 네가 지금 또 한 번 날 버릴 생각을 했다는 거야. 그래, 가! 가버려! 아주 멀리 가서 두 번 다신 오지 마! 내가 제일 힘들 때 옆에 있어줘야지! 어떻게 떠나는 거로 결론을 내려! 너는 이제 내가 어떻게 살 거 같은데? 그 기억 없다고 행복하게 살 수 있을 거 같아? 네 희생으로 만들어진 행복을, 나한테 누리면서 살라고? 이 나쁜 새끼야!"

어깨와 등을 때리는 손길보다 손등 위로 떨어져 내린 해솔의 눈물이 더 마음 아팠다. 끝내는 힘이 빠져 제대로 때리는 것조차 하지 못했다. 눈물로 얼룩진 얼굴이 엉망이었다. 하지만 도형은 그 눈물조차 닦아내 주지 못했다.

해솔이 돌아섰다. 엄마 잃은 아이처럼 망연자실한 얼굴로 그 뒷모습을 바라보던 도형이 빠르게 몸을 일으켜 세웠다. 머릿속의 생각보다 몸이 먼저 움직였다.

해솔이 현관문 손잡이를 돌려 문을 반쯤 열었을 때였다. 거센 힘에 그녀의 몸이 다시 돌아갔고 쾅 소리를 내며 문이 닫혔다. 도형이 해솔을 품에 안았다. 거세게 반항하며 그 손을 뿌리치려 했지만 도형은 절대로 놓아줄 수 없다는 듯이 그녀를 꽉 품에 안았다.

"못해."

그 말을 건네고 나서야 해솔의 움직임이 멈췄다.

"두 번은 못해. 못하겠어."

세상에서 가장 긴 밤을 보냈고, 도형은 수없이 생각하고 고민했다. 하지만 결론을 하나였다. 두 번은 할 수 없었다. 이번에는 정말 도형 자신이 먼저 미쳐 버릴 것 같았다.

곁에 있고 싶다. 욕심이라도 상관없었다. 더는 좋아하는 마음을 감추고 싶지도, 억지로 밀어내고 싶지도 않았다. 아무렇지 않은 척했지만, 도형은 조금도 행복하지 않았다. 그럴듯한 직장을 얻고, 그럴듯한 생활을 하고, 그럴듯한 삶을 살았다. 하지만 그것은 빈껍데기에 가까운 삶이었다.

밥을 먹다 문득 떠오르는 네 생각에 더는 눈시울을 붉히고 싶지 않고, 길을 걷다 문득 보고 싶어지는 마음에 숨이 차게 달리고 싶지도 않다. 수십 번 전화기를 손에 들었다가 놓으며 널 그리워하고 싶지도 않고, 네 사진 앞에서 더는 울고 싶지도 않다.

원망해도 된다. 미워해도 된다. 혹시라도 기억을 찾아서 해솔이 미칠 것 같으면 함께 미쳐도 괜찮을 것 같았다. 두 번 다신 떨어지고 싶지 않다.

해솔은 움직임 없이 도형의 말을 듣고 있다가 눈을 감았다. 매달리는 그를 향해 끝내 아무런 답을 해주지 않았다.

훈련이 있는 날이었다. 평소라면 조금 서둘러 집을 나섰을 태훈이 오늘 따라 이른 아침부터 해솔의 방을 찾았고 나갈 생각을 하지 않고 있었다. 뒤에 서서 정신 사납게 이리저리 걸음을 움직이던 그는 결국 참지 못하고 해솔의 등에 대고 소리쳤다.

"야, 그게 사실 서도형 잘못은 아니잖아. 다 널 위해서였는데."

책장 앞에 서서 버릴 책들과 남겨둘 책들을 정리하고 있던 해솔이 뒤를 돌아보고는 작게 한숨을 내쉬었다. 태훈은 며칠 전부터 도형의 변호 아닌 변호를 하고 있었다. 얘기해 달라고 할 때는 그렇게 숨기더니, 이제는 온

종일 그때의 일에 대해서만 떠들고 있었다. 그때 왜 도형이 해솔에게 차갑게 굴어야 했는지, 도형이 한국을 떠나고도 얼마나 해솔의 일에 대해 신경쓰고 있었는지, 귀에 못이 박히도록 이야기했다.

"안 바빠?"

"바쁘지. 엄청 바빠."

"그럼 나가."

"야, 주해솔."

"대체 하고 싶은 얘기가 뭔데?"

"둘이 계속 이렇게 지낼 거야? 회사에서 매일 얼굴 보는데 안 불편하냐?"

태훈의 말대로였다. 도형이 집을 나갔다고 해도 회사에서는 계속 얼굴을 봐야 했다. 사무실이 달라 매일 얼굴을 보는 것은 아니었지만 사내에서 몇 차례 그와 마주친 적이 있었다. 하지만 두 사람 모두 서로에게 아무런 말을 하지 않았다. 해솔과 도형은 그날 이후 제대로 된 대화를 나누는 일도, 따로 얼굴을 보는 일도 없었다. 서로 각자의 시간을 가졌고 해솔은 해솔 나름대로 도형과의 관계에 대해 생각을 정리하고 있었다.

"불편해도 내가 불편하지, 오빠랑 무슨 상관이야?"

"야, 주해솔."

"나랑 서도형 일이야. 이제 감춘 거 하나 없이 다 털어놨고 나는 나대로 우리 관계에 대해 진지하게 생각 중이라고. 나한테도 생각할 시간을 줘야 할 거 아니야."

"서로 좋아하면 됐지, 뭐가 이렇게 복잡해?"

"복잡하게 만든 게 누군데?"

"아오, 나도 몰라. 그래! 네가 알아서 해라."

성난 기세를 드러낸 목소리에 해솔이 이마를 매만졌다. 골이 다 울릴 지경이었다. 그대로 돌아설 줄 알았던 태훈이 다시 문 앞에서 걸음을 멈추고 서 있는 모습에 해솔이 지친 얼굴로 물었다.

"또 왜? 뭐 할 얘기 남았어?"

"어제 도형이 그 자식이랑 통화하는데 목소리 들으니까 힘이 하나도 없는 게 아픈 거 같더라. 그 흔한 감기도 잘 안 걸리는 녀석이 얼마나 아프면 목소리가 그렇게 다 죽어가겠어?"

"그래서?"

"넌 걱정도 안 돼?"

"그렇게 걱정되면 오빠가 가보든가."

해솔의 말에 질렸다는 얼굴을 한 태훈이 쾅— 소리가 나게 문을 닫아버렸다. 어찌나 세게 닫았는지 그 충격으로 책상 위에 버리려 놓아둔 책들이 중심을 잃고 쓰러져 바닥에 떨어졌다.

"힘만 세가지고는."

괜스레 불평 어린 목소리를 냈지만 태훈이 이런 말을 하는 것은 모두 도형과 자신을 생각해서 하는 말이라는 걸 알고 있었다. 무릎을 굽히고 자리에 앉은 해솔은 쓰러진 책들을 정리해 차곡차곡 쌓아두었다. 마지막으로 가장 멀리 떨어진 책을 주워 들려는데 책 사이로 사진 한 장이 빠져나와 있는 것이 눈에 들어왔다.

"이게 언제 찍은 사진이야?"

도형이 해외로 떠난 걸 알게 된 뒤, 해솔은 도형과 찍은 사진들을 남김 없이 버렸다. 덕분에 그 오랜 시간을 함께 보냈음에도 불구하고 그와 찍은 사진이 하나도 남아 있지 않았다. 하지만 예상치도 못한 곳에서 그와의 추억을 하나 찾아내고 말았다. 도형이 잠든 얼굴을 몰래 찍은 사진이었다. 다른 사진들은 앨범에 끼워놓았었지만 이 사진은 도형이 볼까 봐 몰래 책 사이에 숨겨두었던 모양이었다.

사진을 보니 옛 기억이 새록새록 피어올랐다. 도형의 집에 놀러 갔던 해솔이 거실 소파에서 잠든 도형의 모습을 보고 사진을 몰래 찍었었다. 혹

도형이 깰까 싶어 얼른 카메라를 들고 도망쳤던 기억이 났다. 그리 잘 나온 사진이 아님에도 해솔은 이 사진을 책에 끼워두고 자주 꺼내어 봤다. 그 사진을 가만히 내려다보고 있으려니 도형의 집에 놓여 있던 자신의 사진들이 떠올랐다. 도형 역시 같은 마음으로 그 사진들을 보고 있었던 걸까. 눈물이 핑 돌았다. 해솔이 고개를 뒤로 젖히고는 작게 숨을 내쉬었다.

"아, 한계인가 보다."

고작 일주일을 못 봤을 뿐이다. 그럼에도 꽤 오래 못 본 기분이 들었고 갑자기 도형이 보고 싶어 견딜 수가 없었다.

"이기지도 못할 거면서."

자신이 언제 서도형을 이겨본 적이 있긴 하던가. 그 생각을 한 해솔이 힘없이 웃고 말았다. 태훈이 저리 나서서 변호를 해주지 않아도 해솔은 결국 도형을 밀어낼 수 없었다. 사실 내일 당장 도형이 떠난다는 소식이라도 들려온다면 자신은 공항까지 그를 잡으러 갈지도 모른다. 더는 숨기는 것도 없고 두 번은 못하겠다는 대답까지 얻어냈으니 괜찮을 것이다. 이 이상 버티면서 고집을 부리는 것은 시간 낭비였다. 도형도 떨어져 있는 시간 동안 많은 생각을 정리하고 결론을 내렸을 테니까. 책을 한쪽으로 치워둔 그녀는 시간을 확인하고는 코트를 챙겨 입고 집을 나섰다.

밤새 내린 눈이 녹지 않아 길 위 곳곳에 쌓여 있었다. 그 덕분에 도형의 오피스텔까지 도착하는데 평소보다 오랜 시간이 걸렸다. 도어록의 비밀번호를 이미 알고 있었지만 해솔의 손은 근처를 맴돌기만 할 뿐 버튼을 누르지 못했다. 한참을 망설이다 도어록이 아닌 초인종 버튼을 눌렀다. 인터폰을 받는 소리가 들려왔지만 누구냐는 질문이 돌아오지 않았다. 그는 이미 화면을 통해 해솔의 얼굴을 확인했을 것이다.

안 열어줄 건가?

도어록의 버튼을 눌러야 하나 잠시 고민하는 사이, 문이 열렸다. 도형이 모습을 드러냈고 해솔은 잠시 아무런 말을 하지 못했다. 회사에서는 멀쩡해 보이더니만 지금 도형의 모습은 엉망에 가까웠다. 흐트러짐 없이 늘 깔끔해 보이던 도형의 모습은 찾아볼 수 없었다. 아프다는 태훈의 말이 거 짓이 아닌 모양이었다. 그 모습을 보니 괜스레 울컥— 감정이 북받쳤다. 해솔은 길게 숨을 한 차례 토해내고는 도형의 두 눈을 마주했다. 아무렇지 않은 척하려 했지만, 목소리가 떨렸다.

"주말마다 오기로 했는데, 내가 깜빡했어."

도형은 잠시 그녀의 말을 이해하지 못했다. 좀 더 시간이 지나고 나서 야 게임에서 이긴 조건으로 주말마다 이곳에 오기로 약속한 것을 기억해 냈다.

"매주 올 거야. 약속이니까."

"……."

"그러니까 너도 약속 지켜. 두 번은 못한다고 네 입으로 분명히 말했 어."

도형의 얼굴이 일그러졌다. 그제야 해솔이 자신을 찾아온 의미를 알아 챈 모양이었다. 그녀는 눈물 가득 고인 눈으로 도형을 올려다보며 희미하 게 미소 지었다.

"할 말 없어?"

그가 해솔의 손목을 잡아끌었다. 쉽게 끌려온 그녀의 몸이 복도에서 사 라지고 쾅— 소리를 내며 문이 닫혔다. 그녀를 품에 안은 그가 어깨에 이 마를 기대었다.

"미안해."

그는 해솔에게 계속해서 사과했다. 그리고 좀 더 세게 그녀를 품에 안 았다. 도형이 한국으로 돌아오기 전, 우연히 그의 전화를 받은 해솔이 술 에 취한 채 보고 싶다고 울었던 날. 그는 전화가 끊어진 뒤에도 한참이나 수화기를 내려놓지 못했다. 차마 전하지 못하고 마음속으로 수십 번 삼켜 낸 말이 있었기 때문이었다.

"나도……."

오랫동안 전하지 못한 그 말을 지금 이 순간, 해솔의 귀에 속삭이듯 전했다.

"보고 싶었어."

전하지 못해 시리도록 아팠던 말이었다. 해솔은 손을 뻗어 그를 마주 안았다.

도형의 어깨너머로 창을 통해 눈이 부신 햇살이 쏟아져 내렸다. 곳곳에 남은 눈은 이제 녹아 없어질 것이고, 길었던 겨울은 끝이 나고 봄이 찾아올 것이다. 도형이 전하지 못한 채 오랫동안 품고만 있던 마음을 전한 순간, 해솔의 마음도 그와 같이 따스한 햇볕에 눈 녹듯 녹아내렸다.

설령 기억이 돌아온다 해도 해솔은 이제 괜찮을 것 같았다. 무섭기도 하겠지. 두렵기도 하겠지. 하지만 도형이 있다면 언젠가는 이겨낼 수 있을 것이다. 이제는 끝까지 곁에 있어줄 것이라는 믿음도 있었다. 그의 순정은 여전히 제멋대로일지라도, 처음부터 끝까지 한 사람만을 향해 있었으니까.

에필로그 1

날씨가 무척 좋았다. 무거워 보이던 사람들의 옷차림은 가벼워졌고 곳곳마다 피어 있는 꽃과 불어오는 따스한 바람은 계절의 변화를 알리고 있었다. 지혁의 눈에 보이는 모든 풍경은 정말 완연한 봄을 드러내고 있었다. 딱 하나만 제외한다면 말이다.

"기다리는 전화 있어요?"

무슨 이유에서인지 해솔의 얼굴에는 그늘이 드리워져 있었다. 화사한 지금의 계절과는 참으로 어울리지 않는 모습이었다. 점심을 나가서 먹자는 말에 회사 근처에 맛집으로 소문난 가게까지 찾았지만 테이블 위에 놓인 스파게티의 양은 거의 줄지 않았다. 더는 식사를 이어나가고 싶은 생각이 없는 모양인지 포크를 손에서 내려놓은 해솔이 작게 한숨을 내쉬며 대답했다.

"아니."

"언행일치가 안 되는데요."

지혁은 눈짓으로 테이블 위에 놓여 있는 휴대전화를 가리키며 말했다. 해솔이 틈만 나면 휴대전화를 뚫어질 듯 바라보고 있었기 때문이었다.

"기다리는 전화 없다면서 휴대전화는 왜 그렇게 노려봐요?"

"안 기다렸어. 그냥 눈에 보이는 곳에 휴대전화가 있었을 뿐이야."

그렇게 말하면서도 해솔은 여전히 휴대전화에서 시선을 떼어내지 못하고 있었다. 자세히 관찰하니 우울하기보다는 무언가에 심통이 난 얼굴이었다.

"더 먹을 거야?"

"아니요. 다 먹었어요."

"그럼 일어나자."

계산을 마치고 가게를 나선 해솔은 잠시 걸음을 멈추고 하늘을 올려다봤다. 최근 들어 가장 맑은 날이 아닐까 싶을 정도로 햇볕은 따스했고 구름 한 점 없는 파란 하늘이 눈에 들어왔다. 화장실에 다녀오느라 조금 늦게 가게를 나선 지혁이 그녀의 곁에 섰다.

"바로 회사로 들어갈 거죠?"

"신지혁."

"네."

"애인이랑 사흘이나 떨어져 있는데, 전화 한 통 없는 거에 대해 어떻게 생각해?"

드디어 해솔이 심통을 내는 이유를 알아챈 지혁은 잠시 입을 다물었다가 쓴웃음을 입가에 머금었다. 서도형 본부장이 출장을 갔고, 자리를 비운 지 오늘로 딱 사흘이었다. 굳이 묻지 않아도 사흘이나 연락이 끊긴 해솔의 애인이 누구인지 그는 알고 있었다.

"잘은 모르겠지만, 연락할 수도 없을 만큼 바쁜 일이 있나 보죠."

"아무리 바빠도 그렇지."

"그럼 먼저 해요."

"했어. 어제까지는 하루에 두 번씩 내가 먼저 했다고."

"전화 정도야 누가 먼저 하든 그게 무슨 상관이……."

"그러니까!"

지혁의 말을 자르고 소리친 해솔이 손에 들린 휴대전화를 다시금 노려봤다.

"먼저 좀 하면 안 돼? 손가락이 부러지기라도 했어? 어떻게 된 게 전화 한 통을 먼저 안 해?"

혹여 화를 참지 못하고 휴대전화를 그대로 던질까 싶어 지혁은 긴장했다. 홧김에 던진다면 받아줄 생각으로 마음의 준비까지 마쳤을 때였다.

"안 되겠어."

다행히 이성을 되찾은 건지 지혁이 걱정하는 일은 일어나지 않았다. 휴대전화를 가방 안에 넣은 해솔이 서둘러 걸음을 옮겼다. 지혁이 안도의 한숨을 내쉬며 그 뒤를 따르다 그녀에게로 바짝 붙어 섰다.

"뭐가요?"

"나도 안 할 거야."

"뭘요?"

"전화."

어째서 이런 결론이 나오는 걸까. 눈에는 눈, 이에는 이라는 건가. 지혁이 알기로 도형의 출장 기간은 총 일주일이었다. 서울로 돌아오려면 아직 나흘이나 남았다. 그동안 해솔이 정말 전화를 하지 않고 기다릴 수 있을지 의문이었다. 거기다 만일 남은 기간 도형이 한 통의 전화도 하지 않는다면? 결국 마음 상하는 것은 해솔일 것이다.

"그러지 말고……."

조언을 해주려던 지혁은 말끝을 흐리고는 다시 입을 꾹 다물었다. 남의 연애에 감 놔라 배 놔라 하고 싶지 않았다. 특히나 해솔과 도형 사이의 일에 관여하면 꼭 안 좋은 일이 일어나고는 했다. 괜히 끼어들어 잘못된 결과가 나온다면 모든 책임을 뒤집어써야 할지도 모른다. 거기다 해솔과 지혁이 친남매 같은 사이라는 말을 이제 정말 믿어주는 건지 최근 그를 대하는 도형의 태도는 상당히 유해져 있었다. 괜스레 긁어 부스럼을 만들고 싶지 않았다.

"왜? 뭔데 말을 하려다 말아?"

"아니에요. 점심시간 끝나겠어요. 얼른 들어가죠."

분명 지혁은 조언 한마디 하지 않았다. 나흘간 해솔이 어떤 결론을 내리든 관여하지 않기로 했다. 분명 그리 마음먹었고 행동으로 실천하기도 했다. 그런데 어째서 이런 일이 생긴 걸까.

"좋은 밤입니다. 본부장님."

분명 겨울은 끝이 났는데 지혁은 지금 순간적인 한기를 느꼈다. 등골이 서늘하고 모골이 다 송연해졌다.

"좋은 밤?"

지혁의 말을 곱씹으며 되물은 도형이 그의 어깨너머를 바라봤다. 한 손에 휴대전화를 든 채 씩씩거리다가 울먹이는 해솔의 얼굴이 눈에 들어왔다. 마찬가지로 도형의 손에도 휴대전화가 들려 있었다. 그는 통화종료 버튼을 터치하고는 다시 지혁의 얼굴을 바라봤다.

"내 애인이 이 늦은 시간에 딴 놈이랑, 그것도 내 집에 같이 있는 걸 봤는데 좋은 밤일 리가 있겠습니까."

크게 높낮이가 느껴지지 않는 담담한 목소리였음에도 지혁은 긴장했다. 그래서 머릿속에 떠오른 생각을 정리하지 못한 채 입 밖으로 내고 말았다.

"생각하시는 그런 거 아닙니다."

"내가 무슨 생각을 했는데요?"

큰일이다. 아무래도 폭탄을 피하려다 지뢰를 밟은 것 같다.

잠시 말문이 막힌 지혁은 손을 들어 한 차례 얼굴을 쓸어내리고는 잠시 뒤를 돌아봤다. 해솔은 상대방이 먼저 전화를 끊었다며 나쁜 놈이라고 욕을 하고 있었다. 그는 그 남자 여기 있잖아, 라고 소리치고 싶은 걸 간신히 참고 대답했다.

"뭘 생각하시든 다 아닙니다. 전 여기가 본부장님 댁인지도 몰랐고, 술 취한 팀장님이 혹시 남의 집에 무단침입이라도 하시려는 건가 싶어 걱정돼 따라온 것뿐입니다. 다행히 무단침입은 아닌 것 같지만요."

잠시의 침묵이 흘렀고 긴장한 듯 지혁의 목울대가 한 차례 움직임을 보였다. 도형은 그런 지혁을 향해 짧게 미소 짓고는 친근하게 어깨에 손을 올렸다.

"뭘 그리 긴장합니까. 농담입니다."

아니잖아? 농담 아닌 게 내 눈에 보였는데?

지혁은 머릿속에 떠오른 말들을 애써 지워내고는 그러시냐며 어색하게 입매를 끌어 올려 웃었다. 그제야 구두를 벗고 집 안으로 들어선 도형은 캐리어를 한쪽에 내려두고는 바닥에 주저앉아 있는 해솔을 내려다봤다.

"그런데 본부장님, 이틀 뒤에 오시는 거 아니었습니까."

"일정이 조금 일찍 마무리됐습니다. 그나저나 주해솔은 왜 이런 상태입니까."

"오늘 저희 팀 회식 있었습니다."

대답이 돌아오자마자 도형이 미간을 좁혔다. 한국에 돌아와 처음 해솔의 모습을 마주한 날을 제외하고 나면 이렇게까지 취한 모습은 처음 보는 거였다. 회식이 잡히더라도 주량 이상 마시지 않겠다고 그와 약속을 했고, 한동안 술을 입에 대지도 않을 정도로 해솔은 지나치게 약속을 잘 지켰다. 그새 뭔가 속상한 일이라도 생긴 건가 싶었다.

"대체 얼마나 마시면 이 상태가 됩니까."

지혁은 잠시 답을 망설였다. 해솔을 위해 변명을 해줘야 하는 걸까, 아니면 또 다른 문제가 터질 수도 있으니 입을 꾹 다물어야 하는 걸까. 고민 하던 그는 결국 전자를 택했다. 미운 정이 이래서 무섭다.

"주 팀장님 회식 시작하고 처음 1시간은 술은 입에 대지도 않으셨습니다. 몸이 안 좋다는 핑계 대시고 술은 안 드실 생각으로 자리만 지키고 계셨는데 하필 먼저 취한 저희 팀 부하 직원 중 한 명이 애인 자랑을 늘어놓기 시작하는 바람에……"

말끝을 흐린 지혁이 손을 들어 이마를 짚었다.

"그러게 전화 좀 해주시죠."

"전화?"

설명을 요구하는 그의 시선에 지혁이 한숨을 내쉬었다. 처음에 해솔은 정말 술은 입에 대지도 않았다. 도형과 약속한 게 있다며 지혁에게만 넌지시 얘기하고 팀원들에게는 다른 핑계를 대고 고기만 먹었다. 하지만 그런 해솔의 행동은 딱 1시간이 한계였다. 팀원들과의 대화로 화기애애한 분위기를 이어가던 그녀가 어느 순간부터 술을 마시기 시작했다. 아니, 술만 마시기 시작했다. 팀원 예리의 애인 자랑이 시작된 이후부터였다. 그건 지금으로부터 딱 3시간 전에 일어난 일이었다.

잔에는 술이 채워져 있고 불판의 고기는 먹기 좋게 잘 익었다. 회식을 시작한 지 한 시간 정도 지나 분위기가 무르익은 시점이었다. 술잔을 기울이며 일 얘기로 시작해 최근 일어난 연예인의 스캔들 이야기, 그리고 기혼 직원들의 자식 자랑이나 싱글들의 썸 타는 이야기로 넘어간 대화의 주제는 이제 팀의 막내인 예리의 애인 자랑으로 이어졌다.

"얼마나 잘해주는지 몰라요. 사귄 지 벌써 3년이 넘어가는데도 하루에 전화 다섯 통은 기본이고, 매일 보고 싶다고 하는걸요."

예리도 술에 취한 상태였다. 그러니 저런 이야기를 얼굴색 하나 붉히지 않고 하는 거겠지. 팀원들은 모두 예리의 이야기를 들으며 애인이 참 다정하고 상냥하다며 한마디씩 덧붙였다. 3년이나 만났고 그리 좋은 애인이면 조만간 결혼하는 거냐며 지혁 역시 한마디 거들었다. 그러다 뒤늦게 뭔가 불길한 기운을 감지하고는 고개를 돌렸다.

"술, 안 드신다면서요?"

술을 입에 대지도 않던 해솔이 어느새 홀로 소주 두 병을 비워낸 뒤였 다. 그것도 홀로 자작을 해서 마셨다. 지혁이 난감한 얼굴로 그 모습을 바 라보고 있는 사이, 해솔은 조용한 휴대전화를 한번 노려보고 술잔을 비워 내고, 또 휴대전화를 노려보는 일을 반복했다.

"설마 전화 한 통도 안 왔어요?"

돌아오는 답이 없다. 지혁이 쓴웃음을 입가에 머금고는 아직 애인 자랑 중인 예리의 모습을 바라봤다. 누군가에게는 하루 다섯 통이 기본인 전화 가 해솔에게는 이틀째 한 통도 걸려오지 않고 있었다. 거기다 저쪽은 벌써 3년을 사귄 연인이었다. 지혁이 알기로 도형과 해솔은 연인이 된 지 고작 3개월이 채 지나지 않았다.

"너무 많이 드시는 거 아니에요?"

"오늘 같은 날 안 마시면 언제 마시라는 거야?"

대체 오늘 같은 날이 어떤 날인 건지. 몇 분 전까지만 해도 술은 입에 대지도 않았던 사람의 입에서 나올 말이 아닌 것 같았지만 이러는 이유를 충분히 짐작하고 있는 지혁은 조금 안쓰러운 얼굴로 해솔을 바라봤다. 도 형의 성격이 다정하고 살가운 편이 아니라는 것은 지혁도 알고 있었지만 그래도 전화 한 통은 먼저 해줄 수 있는 거 아닌가.

"그럼 안주라도 드시면서 마시세요. 속 버리겠네."

말려봐야 듣지 않을 것 같았다. 지혁의 말에도 해솔은 꿋꿋하게 안주 없이 술을 마셨다. 결국 회식이 마무리되고 가게를 나설 때, 지혁은 또다 시 짐을 떠맡아야 했다. 술에 취한 해솔을 집에 데려다주는 일이 워낙 오 랜만이기도 했고, 오늘은 술에 취했어도 얌전히 있는 편이라 쉽게 귀가할 수 있을 것 같아 좋게 생각하기로 했다.

"택시 잡을게요."

"나 혼자 갈게."

도로 쪽을 향해 손을 내민 지혁이 잠시 뒤를 돌아봤다. 오늘따라 또박 또박 말도 잘한다. 몸의 균형도 잃지 않으려 힘을 준 건지 비틀거리지 않고 잘 서 있기까지 했다. 하지만 지혁은 속지 않았다. 취했다. 백 퍼센트 취했어.

"만취한 팀장님 혼자 보냈다가 누구한테 칼 맞으라고요."

지혁은 대답 후에 곧장 택시를 잡았다. 행선지를 묻는 기사의 말에 대략적인 주소를 말하려는데 해솔이 먼저 대답을 했다.

"한일 오피스텔이요."

이제는 술에 취해도 집 주소를 말할 수 있을 정도로 발전했구나. 그리 생각한 순간이었다. 해솔의 답을 곱씹어본 지혁이 화들짝 놀랐다. 그녀가 말한 행선지는 그녀의 집이 아니었다.

"거기가 어딘데요?"

"나 거기 갈 거야."

"그러니까 거기가 어디냐고요?"

"같이 가기 싫지? 그럼 빨리 내려."

한일 오피스텔은 회식 장소와 가까웠다. 기본요금 정도 나오는 거리라 택시는 금세 오피스텔 앞에 도착했다. 요금을 내고 해솔을 따라 차에서 내린 지혁은 거침없이 직진하는 그녀를 따라 오피스텔 안으로 들어섰다.

"여기 아는 사람 살아요?"

"응."

"시간 되게 늦었어요. 이 시간에 찾아가면 민폐라고요."

"집에 없어. 그러니까 괜찮아."

하마터면 아, 그러냐고 대답할 뻔했다. 집에 없으면 더 안 괜찮은 것이 아닌가.

두 사람이 올라탄 승강기는 5층에서 멈췄다. 자연스럽게 도어록에 손을 가져다 대는 행동에 지혁이 기함했다. 무단침입이라도 하려는 건가 싶어 말리려 했지만 해솔이 더 빨랐다. 띠리리— 짧은 알림음과 함께 문이 열렸다. 도어록의 버튼을 누르고 문을 열기까지의 행동이 너무 자연스러워서 주거침입이라고는 생각할 수 없을 정도였다. 문이 닫히기 전, 지혁이 빠르게 그녀를 따라 안으로 들어섰다. 자동 센서로 인해 현관에 불빛이 들어와 주변이 조금 환해졌지만, 집 안은 아무도 없다는 것을 알리듯 고요한 침묵에 휩싸여 있었다.

"여기가 어디예요?"

대답 없이 신발을 벗고 안으로 들어선 해솔이 불을 켰다. 단순한 것 같지만 자세히 보면 상당히 잘 꾸며놓은 인테리어가 시야에 들어왔다. 해솔은 휴대전화를 꺼내고는 가방을 아무렇게나 던져 두었다. 뭘 하는 건가 싶어 지혁은 잠자코 그녀의 행동을 주시하고만 있었다. 누군가에게 전화를 걸었다. 그것도 상당히 비장한 얼굴로.

단순히 통화를 할 거였다면 그냥 길에서 해도 괜찮았고, 집에 가서 해도 되는 일 아니었나, 라는 생각을 하며 한숨을 내쉰 순간이었다.

"야, 이 나쁜 새끼야!"

아무래도 길에서 하기에는 조금 문제가 있는 전화였다. 길에서 통화하지 않은 걸 천만다행으로 생각하며 지혁이 마른침을 꿀꺽 삼켰다.

"너 손가락이 부러졌어? 아니면 전화 안 터지는 오지에라도 가 있어? 어디 정글이라도 갔냐고!"

앞뒤 잘라먹은 말을 상대방이 제대로 이해하긴 했을까. 쉼 없이 쏟아지는 말에 지혁이 할 말을 잊은 얼굴을 했다. 굳이 묻지 않아도 전화를 받은 상대방이 누구인지 짐작되어 저걸 말려야 하나 고민하는 순간이었다.

띠띠띠띠—

도어록의 버튼을 누르는 소리에 지혁이 몸을 굳혔다. 사고가 제대로 되지 않았다. 집주인이 들어오면 뭐라고 해야 하나 고민하기에는 너무 짧은 시간이었다. 결국 생각을 정리하기도 전에 문이 열리며 누군가 모습을 드러냈다.

"서도형 이 나쁜 새끼!"

머릿속이 새하얘졌다. 만일 집주인에게 답할 변명거리를 생각했더라도 그 순간이 되면 아무런 답을 하지 못했을 것이라고 지혁은 확신했다.

"나쁜 놈아."

그 나쁜 놈이 지금 문을 열고 들어섰다.

거기까지 얘기를 전해 듣게 된 도형은 전화를 먼저 끊었다며 울먹거리고 있는 해솔을 다시 내려다보고 작게 헛웃음을 터트렸다.

"그러니까 결국, 이러고 있는 게 나 때문이라 이겁니까."

"아니라고는 할 수 없을 것 같습니다."

그제야 해솔이 전화기에 대고 쏟아부은 말들을 이해할 수 있었다. 도형이 고개를 끄덕이고는 지혁에게 다가섰다.

"오늘 고생했습니다. 차 안 가지고 왔을 텐데, 택시 불러줄 테니 타고 가요."

"아니요. 저는 술 별로 안 마셨습니다. 앞에 바로 정류장 있던데, 그냥 버스 타고 가겠습니다."

두고 가도 되는 건가. 지혁이 잠시 고민했지만 쓸데없는 고민이라는 결론을 내렸다. 어차피 두 사람 문제이니 당사자들이 직접 해결하는 것이 좋았다. 지혁이 짧게 묵례를 하고는 오피스텔을 나섰다. 쾅— 닫히는 문소리가 들리기 무섭게 돌아선 도형이 그녀의 곁으로 다가가 앞에 주저앉았다. 바로 코앞에 있는데 얼굴을 확인할 생각이 없는 것처럼 해솔은 하염없이 휴대전화만 내려다보고 있었다.

"주해솔."

도형이 바닥에 떨어져 있는 휴대전화를 손에 들어 멀리 치워 버리고는 해솔을 일으켜 세워 침대 위에 앉혔다. 그제야 해솔의 시선이 따라붙었고 그의 얼굴을 확인했다.

"어? 서도형이다."

도형이 바로 곁에 앉아 양손으로 뺨을 감쌌다. 꾹 눌러 힘을 주자 해솔의 입술이 앞으로 쭉 내밀어졌다.

"이틀간 지나치게 조용해서 일이 바쁜 줄 알았더니."

"이그 느아."

도형이 한숨을 내쉬고는 뺨에서 손을 떼어냈다. 내색하지 않으려 했지만 넥타이를 끌어 내리고 셔츠 단추를 하나 풀어내는 그의 얼굴에 피로감이 묻어나 있었다. 고개 숙인 해솔은 또다시 푸념하고 있었다.

"진짜 나쁘다. 어떻게 전화 한 통을 안 하냐? 누구는 다섯 통이라는데, 누구는 한 통도 안 하고."

대체 어떤 놈이 하루에 전화를 다섯 통이나 해서 이런 상황을 만든 건지.

"최대한 빨리 일 끝내고 온 사람한테 그게 할 소리야?"

도형이 고개를 살짝 숙여 시선을 맞추려 했지만 해솔이 도형의 이마를 밀어버렸다.

"일하고 온 건지, 놀고 온 건지, 내가 알 게 뭐야."

퉁명스러운 대답에 도형이 짧게 웃음을 터트렸다. 조금 전처럼 양 뺨을 힘주어 누른 것도 아닌데, 해솔의 입이 앞으로 삐죽 나왔다. 전화를 해봐야 목소리밖에 들을 수 없으니 도형은 차라리 조금 무리하더라도 일정을 빨리 끝내고 올라와 해솔의 얼굴을 보는 쪽을 택했다. 그런데 그게 되레 해솔을 서운하게 만든 모양이었다.

"도착해서 전화하려고 했어. 어차피 오늘 올라올 예정이었으니까."

515

사실 전화가 아니라 얼굴을 보기 위해 이 늦은 시간에 집에 찾아갈 생각을 하고 있었다. 하지만 돌아오는 것은 불신이 담긴 시선이었다. 네가 절대 그럴 리 없어, 라는 시선에 도형이 난감한 얼굴을 했다. 그간 보인 행동들이 있으니 당연한 반응이겠지만 정말 잠자는 시간까지 쪼개가며 일정을 마치고 올라온 도형으로서는 억울한 부분이 없지 않아 있었다.

　"나쁜 놈."

　해솔이 코끝을 살짝 찡그리며 훌쩍이고는 도형을 원망하듯 바라보았다. 그리고 다음 일은 순식간에 일어났다. 도형은 너무 놀라 비명조차 지르지 못했다. 해솔이 주먹 쥔 손으로 도형의 머리를 때렸기 때문이었다. 그것도 정말 딱 소리가 날 정도로 세게 때렸다.

　"예전에 나한테 그렇게 차갑게 굴고, 거짓말도 했으면서. 하나도 안 다정해."

　머리에 싸한 통증이 느껴졌다. 어찌나 세게 때렸는지 맞은 부위는 시간이 지나도 얼얼한 느낌이 들었다. 여전히 분이 풀리지 않는 건지 씩씩거리고 있는 해솔의 모습에 헛웃음을 터트린 그는 다시 자신에게로 향하려는 손을 잡아챘다. 못 본 새에 운동이라도 했는지 팔심이 보통이 아니었다.

　"야, 진짜 아파."

　"놀이공원도 같이 안 가주고선."

　또 나왔다. 그놈의 놀이공원 타령. 도형이 곤란한 기색을 드러내며 소리 없이 미소 지었다.

　"사귄 지 3년 넘은 연인도 매일 통화하고, 보고 싶다고 하는데 넌 뭐야."

　해솔은 뭐가 그리 서러운지 아랫입술을 꾹 깨물고 침대 시트 위를 노려보다가 이번에는 주먹 쥔 손으로 도형의 허벅지를 때렸다. 머리를 맞았을 때와 달리 그다지 아프지 않아 해솔이 하고 싶은 대로 하게 두었다. 일곱 대 정도를 때리고 나서야 결국 제 풀에 지친 그녀가 에이씨— 하고 작게 중얼거린 말에 도형의 입매가 느슨하게 풀어지고 말았다.

"알았어. 같이 가."

결국 이리될 것을 그간 왜 고집을 피운 건지. 주말에 사람 많은 놀이공원에 갈 생각을 하니 벌써 머리가 아팠지만 해솔이 서운해하는 것보다는 한번 다녀오는 게 좋을 것 같았다.

원하는 답을 들었음에도 해솔은 반응 없이 조용하기만 했다. 놀이공원에 가기로 했으니 서운한 마음을 푼 건가 싶었지만, 그리 생각하기에는 지나치리만큼 조용해서 불안할 정도였다.

"주해솔."

이름을 부르는 음성에도 반응이 없었다. 며칠이나 얼굴을 보지 못했는데 해솔이 자꾸 고개를 숙이고만 있자 도형이 다시 양 뺨에 손을 가져다 대고 그녀의 얼굴을 자신에게 향하도록 했다. 그리고 그는 웃고 말았다. 툭 건드리면 그대로 침대 위에 쓰러져 잠들 것처럼 해솔이 졸린 얼굴을 하고 있었기 때문이었다.

손을 들어 눈을 비비는 행동에 도형이 그 손을 잡아채고는 시간을 확인했다. 태훈에게 연락해 여기서 재울까 싶었지만, 다음날 그의 입을 통해 이야기가 어떻게 와전될지 충분히 짐작할 수 있었기에 생각을 바꿨다. 시간이 늦더라도 집에 데려다주는 쪽이 좋을 것 같았다. 다만, 이대로 돌려보내기에는 도형도 아쉬웠기에 조금 더 함께 있다가 돌려보내기로 했다.

해솔이 침대에 누우려 했지만 도형에게 잡힌 손 때문에 여의치 않자 아예 그가 앉은 방향으로 쓰러지듯 누워 버렸다. 갑작스러운 행동에도 도형은 당황하지 않고 그녀를 품에 안았다.

"니도 없는데 여긴 왜 와 있어? 아까 신 대리 낭황한 거 못 봤어?"

해솔이 뭐라 중얼거리고 있었다. 목소리가 잘 들리지 않아 고개를 숙인 도형이 해솔의 입술에 귀를 바짝 가져다 댔다.

"……사진."

"사진?"

"네 사진 있잖아."

도형은 반쯤 열려 있는 방문을 바라봤다. 벽에 설치한 선반 위에 올려놓은 액자에는 해솔 홀로 찍은 사진도 있지만 과거에 두 사람이 함께 찍은 사진도 꽤 많았다. 저걸 보기 위해 여기까지 왔다는 건가 싶어 잠시 의문 섞인 시선을 보내고 있을 때였다.

"난 사진 다 버려서 없어."

잠에 취한 듯 평소보다 조금 느리고 힘이 빠진 음성이 도형의 시선을 다시 제자리로 돌려놓았다.

"네가 너무 못되게 구는 바람에 다신 안 보려고 앨범째 다 버렸단 말이야. 보고 싶은데."

해솔에게는 도형과 함께 찍은 사진이 남아 있지 않았다. 그의 사진이라고는 책 사이에서 발견한 잠든 사진 한 장이 전부였다. 몽땅 버렸고, 흔적없이 사라졌다.

"먼저 전화하긴 싫고, 사진만 몰래 보고 가려고 했는데. 신지혁 때문에 다 망했어. 널 왜 부른 거야."

부르다니. 도형은 지혁이 부른다고 해서 당장 올 수 있는 곳에 가 있는 것이 아니었다. 출장지는 제주도였다. 엄청난 오해를 하는 것 같았지만 지금 설명해 봐야 내일이면 까맣게 잊을지도 모른다는 생각에 관두기로 했다. 도형이 턱을 괸 채로 가만히 해솔의 얼굴을 바라보다 조금 전 들은 말을 곱씹어보고는 입매를 살짝 끌어 올렸다.

"혹시라도 그 소리 할까 봐 먼저 전화 안 한 거야."

고개를 든 해솔이 졸린 눈을 두어 차례 깜빡이고는 도형과 시선을 마주했다. 그의 말을 이해하지 못한 얼굴이었다.

"전화해서 보고 싶다고 하는 거."

보고 싶다는 말이 얼마만큼의 효력을 가졌는지 그는 이미 한 차례 경험

했던 터였다. 파리에 있을 때, 그 먼 거리도 비행기를 타고 날아왔으니 제주도에서 서울로 오는 건 일도 아니었다. 하지만 일을 팽개치고 올 순 없었다. 덧붙인 설명에도 해솔은 그저 눈만 깜빡일 뿐이다. 여전히 그의 말을 이해하지 못한 것 같았지만 상관없었다. 가만히 자신을 올려다보고 있는 해솔의 이마에 도형이 입술을 가져다 댔다. 가볍게 닿은 입술이 이마에서 떨어지고 콧등으로, 또 입술로 천천히 내려갔다.

아랫입술을 가볍게 빨아들였다가 벌어진 틈으로 그의 혀가 들어섰다. 혀를 얽은 그는 그녀의 입안 깊숙한 곳까지 침범했다. 조금도 서두르지 않는, 상냥한 키스였다. 셔츠를 붙든 해솔의 손에 힘이 들어가는 것이 느껴졌다. 도형은 아쉬운 듯 입술을 떼어내고 그녀의 얼굴을 마주했다. 타액으로 번들거리는 입술 위를 엄지로 한 차례 슥 매만져 준 그가 짧게 그 위에 다시 한 차례 키스했다. 조금 가쁜 숨을 몰아쉬던 해솔은 살짝 붉어진 뺨을 매만지며 여전히 억울하다는 목소리로 중얼거렸다.

"그래도 나쁜 놈."

하루에 나쁜 놈 소리를 몇 번이나 듣는 건지. 아무래도 해솔 덕분에 도형은 오래 살 것 같았다. 평소에 크게 소리 내 웃는 일 없던 도형이 그 순간만큼은 크게 소리 내어 웃었다. 그의 웃음소리는 한참이나 방 안에 흩어졌고, 그게 신기한 건지 멍하니 그 모습을 바라보고 있던 해솔은 시선이 마주치자마자 배시시 웃어 보였다. 도형이 웃으니 저도 좋은 모양이었다.

"뭘 좋다고 웃어."

도형의 손이 가볍게 해솔의 뺨을 건드렸다. 퉁명스러운 음성과는 다르게 마주한 시선은 다정했고, 뺨에 닿는 손길은 상냥했다. 술에 취한 해솔은 그걸 알아채지 못하고 계속해서 전화 한 통 안 해줬다며 나쁜 놈이라는 말만 반복했다.

"나 보고 싶지도 않던? 이 나쁜 놈아."

지칠 정도로 빡빡한 일정을 마치고, 잠도 제대로 자지 못한 상태였다.

원래대로라면 일정을 마쳤다 해도 내일 오전에 올라와야 하는 것을 고집을 부려 이 늦은 밤에 서울로 올라왔다. 도형의 그 모든 선택의 중심에는 주해솔이 있었다.

오피스텔에 도착해 현관문을 열기 전까지만 해도 침대에 누우면 그대로 잠들 수 있을 만큼 피곤했다. 하지만 지금은 잠이 싹 달아나 버렸다. 이렇게 해솔을 마주한 것만으로도 피로가 풀리는 느낌이 들었다. 턱을 괸 채로 그녀의 얼굴을 바라보고 있는 도형의 입매가 다시 한 번 느슨해졌다. 답은 이미 나오지 않았는가. 도형은 지금 자신의 눈앞에 있는 여자가 하루라도 빨리 보고 싶었던 것이다.

한 시간만 더, 십 분만 더, 오 분만 더 있다가 보내야지, 하고 생각하다 결국 도형이 해솔을 데리고 오피스텔을 나선 시간은 새벽 3시였다. 해솔의 집 앞에 도착했을 때는 그로부터 20분의 시간이 더 흘러 있었다. 이래서는 외박과 다를 바가 없지 않나, 라는 생각이 잠시 들긴 했지만 그래도 아침 귀가보다는 지금이라도 들여보내는 것이 나을 것 같았다.

"똑바로 좀 서."

"나 이렇게 똑바로 섰는데?"

도형의 팔을 뿌리치고 해솔은 차렷 자세를 하려 했지만 중심을 잡지 못했다. 다행히 그가 재빠르게 잡아준 덕분에 바닥으로 꼬꾸라지는 것은 면할 수 있었다. 언젠가 한 번 겪은 상황을 되풀이하는 것 같아 도형은 어처구니없다는 얼굴을 했지만, 자신의 팔에 매달린 해솔의 모습이 귀여운지 곧 가볍게 웃음을 터트리며 시간을 다시 확인했다.

이 집에 사는 사람 중 도형을 모르는 사람은 없었다. 거의 한 가족이나 다름이 없지만 이미 집을 나와 따로 사는 상황에서 몰래 문을 열고 들어가는 것은 실례가 되는 일 같았다. 할 수 없이 도형은 태훈에게 전화를 걸었다. 잠을 자고 있다가 전화를 받은 태훈은 불평불만을 10분가량 늘어놓은 뒤에야 문을 열어주었다.

"그냥 열고 들어오면 되잖아. 아니면 시간도 늦었는데 그냥 재우고 오던가."

"어디서?"

"어디긴 어디야? 네 오피스텔이지."

"아저씨 아시면 어쩌려고."

"어이구, 그거 걱정하는 놈이 새벽 4시가 다 되어가는 시간에 애를 귀가시키셨어요? 야, 사실 이 정도 시간이면 외박 아니냐?"

"좀 늦은 귀가야."

자정을 넘기긴 했어도 일단 집에 돌아왔으니 외박은 아니었다. 도형은 당당하게 답했다. 뒤에서 코웃음을 치는 소리가 들려왔지만 무시하고 걸음을 옮겼다. 방으로 해솔을 옮기고 이불을 덮어주는데 뒤에서 문이 열리는 소리가 들렸다. 방으로 돌아간 줄 알았던 태훈이 냉수 한 잔을 내미는 행동에 도형이 그 컵을 건네받았다.

"그러지 말고, 빨리 데려가던가. 아버지랑 아저씨는 너희 사귀는 거 알고 난 뒤로 올해 안에 사돈 맺을 분위기던데."

도형이 물을 한 모금 마시고는 잠든 해솔의 얼굴을 내려다봤다.

"나도 그러고는 싶은데."

작게 중얼거리는 목소리에 이어 태훈의 얼굴을 마주한 그는 조금 곤란한 미소를 입가에 머금었다.

"형이 먼저 가야 말이지."

태훈의 얼굴이 순식간에 굳어졌다. 그는 흉흉한 기세를 드러낸 채 신경질적으로 소리쳤다.

"야! 요즘 누가 순서 따진다고."

"아무리 그래도 지킬 건 지켜야지. 찬물도 위아래가 있는데."

"마음에도 없는 소리 하고 있네."

"진심이야."

표정 하나 바뀌지 않고 건넨 뻔뻔한 대답에 태훈이 몸서리를 쳤다.

"와, 이 새끼 이거 연기하는 거 봐. 잔말 말고 얼른 데려가기나 해."

"재촉 안 해도 때 되면 데려갈 거야."

안 데려간다는 소리는 또 안 하지.

해솔과의 관계가 변한 탓인지, 예전보다 마음이 편해진 탓인지, 최근의 도형은 예전보다 솔직하게 감정을 보이거나 제 생각을 전할 때가 있었다. 그 변화가 나쁘지 않았다. 태훈이 소리 없이 미소 짓고는 그의 어깨를 손으로 한 차례 툭 두드렸다.

"기왕 데려갈 거 빨리 데려가라."

태훈은 그대로 돌아서서 방을 나섰다. 그것도 활짝 열려 있던 문까지 꼼꼼하게 닫아주고 갔다. 더 있다가 가라는 의미인 것 같아 도형은 한동안 자리를 뜨지 않았다. 방 안에는 이제 고요한 침묵이 감돌았다. 잠든 해솔의 일정한 숨소리만이 귓가에 희미하게 전해질 뿐이다.

'난 사진 다 버려서 없어. 네가 너무 못되게 구는 바람에 다신 안 보려고 앨범째 다 버렸단 말이야. 보고 싶은데.'

그리 말하며 울먹이던 얼굴이 문득 떠올랐다. 해솔의 말대로 방 한쪽에 놓인 액자에는 함께 찍은 사진은커녕, 도형이 나온 사진이 단 한 장도 없었다. 워낙 오랜 시간을 함께했고 두 사람이 함께 찍은 사진만 모아도 두꺼운 앨범 3권을 가득 채울 정도로 사진이 많았었는데 다 버린 모양이었다.

집에 있는 사진 중 함께 찍은 사진을 하나 가져다줄까 생각하다 관두었다. 함께할 시간이 많으니 앞으로의 시간을 남겨두면 될 일이다. 방 하나를 가득 채우고도 남을 사진을 찍을 수 있을 것이다. 그것이 가능할 만큼의 시간을 함께할 수 있을 테니까.

이른 아침에 마주하기에는 살인적인 햇살이 창을 통해 쏟아져 내리고 있었다. 밀려드는 숙취에 끄응— 앓는 소리를 낸 해솔이 눈도 뜨지 못한 채 이불을 머리끝까지 끌어 올렸다가 숨이 막혀 다시 고개를 쏙 내밀었다.

"아, 머리야."

쇳소리가 나듯 갈라진 음성이 작게 흘러나왔다. 침대 위를 손으로 더듬거린 그녀는 휴대전화로 추정되는 물건을 손에 쥐었고 곧장 시간부터 확인했다. 9시를 막 넘긴 시간이 눈에 들어왔다. 오늘이 토요일이 아니었다면 해솔은 절망했을 것이다. 출근을 하지 않으니 두 시간만 더 자자는 생각으로 휴대전화를 손에서 내려놓으려는데 때마침 띠링— 소리가 나며 메시지가 도착했다.

「팀장님. 저한테는 선택의 여지가 없었어요. 그 이상 어떤 사고도 치지 않았기를 바라지만, 혹시라도 또 다른 사고를 쳤다면 대답은 그냥 하나로 일관하세요.」

띠링— 다시금 메시지가 도착했다. 액정에 뜬 내용이 해솔의 눈에 박히듯 들어왔다.

「모르겠습니다. 잘 기억이 나지 않습니다. 이런 거요.」

아침부터 무슨 헛소리를 하는 걸까. 가만히 액정을 바라보던 해솔이 표정을 굳히고는 벌떡 몸을 일으켜 세웠다. 갑작스러운 움직임에 골이 다 울렸지만 지금 그건 중요치 않았다. 파노라마처럼 떠오르는 어제의 일들이 순식간에 머릿속을 가득 채웠다. 절망하듯 머리를 부여잡은 해솔이 침대 위로 다시 쓰러져 버렸다.

"미쳤어, 주해솔."

도형에게 나쁜 놈이라고 고래고래 소리를 지른 것으로도 모자라 주먹 쥔 손으로 머리를 때렸다. 그것도 엄청난 힘으로 말이다. 침대 위에 누운 해솔이 엎드린 채로 발장구를 쳤다.

"술 덜 깼냐?"

발의 움직임이 멈췄고 잠시 무거운 침묵이 감돌았다. 고개를 들고 뒤를 확인한 해솔은 울상을 지었다. 외출하려는 건지 말끔한 차림의 태훈이 열린 문 앞에 서 있었다.

　"넌 출장 다녀와서 피곤한 놈한테 술주정 부리고 싶냐?"

　"어떡해. 서도형 화났어?"

　"글쎄다."

　"무슨 대답이 그래? 대신 전화해서 화났는지 상황 좀 봐주면 안 돼?"

　"전화 같은 소리 하고 있네. 내가 무슨 니들 사랑의 메신저냐? 서도형 그 새끼도 출장 기간 내내 나한테 전화해서 너 잘 있냐고 물어보더니. 너한테 직접 전화하면 될 걸 왜 나한테 전화를 해? 그것도 아침저녁으로. 별 쓸데없는 얘기만 하다가 꼭 끝에 너 뭐 하냐고, 잘 있냐고 물어보더라. 가만 보면 결국 그게 목적이었던 것처럼."

　불평하듯 쏟아낸 말을 끝으로 태훈은 손에 들린 뭔가를 해솔에게 던져 주고는 방을 나섰다. 포물선을 그리며 침대 위에 떨어진 것은 숙취해소제였다. 주태훈이 웬일로 이런 걸 사다 준 건가 싶어 잠시 놀란 해솔은 곧 그게 태훈이 사온 것이 아니라는 것을 직감했다.

　"일어났네. 지도 하이킥할 짓 한 건 아는지 발 동동 구르고 있더라."

　역시. 누군가가 2층으로 올라오고 있었다. 태훈이 말을 건 사람이 누구인지 충분히 짐작할 수 있던 해솔은 얼음이라도 된 것처럼 움직임을 보이지 못했다. 예상대로 열린 문을 통해 도형이 모습을 드러냈다. 청바지에 흰 셔츠를 입은 말끔한 차림으로 문에 기대어 선 그가 해솔을 바라보다 턱짓으로 손에 들린 숙취해소제를 가리켰다.

　"뭐 해? 얼른 마셔."

　"왜?"

　"왜긴."

　"몰라."

고개까지 가로저으며 건넨 뜬금없는 답에 도형이 미간을 좁혔다.

"뭘?"

"나 아무것도 기억이 안 나."

해솔은 지혁이 알려준 방법을 열심히 실천했다. 하지만 너무 뻔뻔하게 내민 오리발이었다. 고개를 살짝 기울이며 한쪽 입매를 끌어 올린 도형이 성큼 걸어와 그녀와의 거리를 좁혔다. 침대 바로 앞까지 다가선 그는 해솔의 볼을 쭈욱 잡아당겼다.

"기억이 안 나?"

"아으니야. 미아네."

"소주 두 병 이상 마시지 마."

"으으응."

도형이 손을 놓아주고는 병 주고 약 주듯 뺨을 한 차례 다정하게 매만졌다.

"두 병 이상 마셔야 할 때는 날 부르던가, 아님 꼭 신 대리 있는 자리에서 마셔."

"왜?"

"너희 팀에서 술 취한 널 길바닥에 버리고 가지 않을 유일한 사람이 신 대리야."

그는 숙취해소제를 가져가 대신 뚜껑을 열고 다시 해솔에게 건네었다.

"얼른 마시고 씻어. 나가게."

"어딜?"

"놀이공원."

간단하게 답을 건넨 도형이 그대로 방을 나섰다. 해솔은 자신이 제대로 들은 건가 싶어 눈만 깜빡이다가 아무렴 어떤가 싶어 빠르게 숙취해소제를 마시고는 욕실로 향했다. 활동하기에 편한 반바지와 셔츠를 입고는 거울 앞에 서서 머리를 하나로 틀어 올렸다. 가방에 지갑과 작은 파우치를 넣고 마지막으로 휴대전화를 챙기려던 해솔이 갑자기 모든 행동을 멈추고는 열려 있는 문을 응시했다.

　아침에 너무 정신이 없어 중요한 걸 깨닫지 못하고 태훈의 말을 흘려들었다. 불평하듯 건넨 태훈의 말을 다시 곱씹어 떠올린 해솔은 배시시 웃고 말았다. 자꾸만 입매가 풀어지며 웃음이 새어 나왔다. 도형은 해솔에게 한 통의 전화도 하지 않았지만 대신 태훈에게 전화해 자신의 근황을 묻고 있었다. 그것도 하루도 빠짐없이.

　"뭐가 또 좋아서 혼자 웃고 있어?"

　기다리다 지친 도형이 다시 2층으로 올라왔다. 시간을 한 차례 확인하고 손을 내미는 그의 행동에 해솔이 웃으며 그 손을 잡았다. 겉으로 드러내지 않을 뿐, 그는 여전히 그만의 방식대로 다정했다. 그건 해솔만이 알고, 해솔에게만 한정된 서도형의 다정함이었다.

에필로그 2

　"아, 죽겠다."

　갈라지다 못해 목에서 쇳소리가 나는 느낌이었다. 말을 할 때마다 목에 따끔거리는 통증이 느껴져 해솔은 옆에 놓아둔 미지근한 물을 마셨다. 꽤 오래 잔 것 같은데도 시간은 고작 잠들기 전으로부터 두 시간이 흘렀을 뿐이었다. 작게 한숨을 내쉰 그녀는 손을 이마에 가져다 댄 채 눈을 감았다. 열어둔 창을 통해 불어오는 바람이 그나마 열기를 식혀주었다.

　"이 더운 날에 감기라니."

　평화로운 휴일에 해솔이 몸져누운 이유는 감기 때문이었다. 집에 누구라도 있으면 좋을 테지만 태훈은 시합 때문에 지방에 내려가 있었고, 그녀의 아버지는 아는 분의 장례식장에 가셨다. 장례식장이 울산이라 내일 올라오신다고 했으니 그녀는 내일까지 완벽하게 혼자였다.

　"병원 갔다 와야겠다."

　약을 먹고 한숨 자면 괜찮겠지 싶었지만 아무래도 나아질 기미가 보이지 않았다. 이래서는 저녁에 호되게 고생을 할 것 같아 해솔은 조금 힘들더라도 병원에 다녀오기로 마음먹었다. 미적거리며 천천히 자리에서 일어났음에도 현기증이 났다. 잠시 숨을 고르고 있는 사이, 조용하던 휴대전화가 울렸다. 태훈에게서 걸려온 전화였다.

"여보세요."

[……어? 주해솔?]

"뭘 물어? 네 동생 맞아."

[야, 너 목소리가 왜 그러냐?]

"감기인가 봐."

[이 날씨에?]

태훈의 질문에 해솔은 창밖의 풍경을 잠시 바라봤다. 따스하다 못해 뜨거운 햇볕이 쏟아져 내리고 있었다. 코끝을 살짝 찡그린 그녀는 옷장 문을 열어 갈아입을 옷을 꺼내 들었다.

"왜 전화했어?"

[아버지 집에 안 계셔? 전화 안 받으시네.]

웬일로 먼저 전화를 했나 했더니 해솔이 아닌 아버지의 행방이 궁금했던 모양이다.

"장례식장 가셨어. 내일 올라오신다고 했고."

말을 할 때마다 목이 아파 절로 인상이 찌푸려졌다. 셔츠를 꺼내어 침대 위에 놓아두고는 목을 매만지고 있는데 안 그래도 곤두선 신경을 있는 대로 긁는 태훈의 말이 들려왔다.

[무슨 납량특집 찍는 것도 아니고 목소리 봐라. 완전히 갔네. 병원이라도 좀 가던가. 또 미련하게 약만 먹고 누워 있지?]

해솔의 입술 끝이 비틀리듯 위로 올라갔다. 알고 있다. 이건 주태훈 나름대로 걱정해서 하는 말이라는 것을. 하지만 머리로 이해한다고 해서 마음으로까지 받아들일 수 있는 것은 아니었다. 이런 걸 오빠라고. 해솔이 쯧— 혀를 차고는 손을 들어 관자놀이를 짚었다.

"머리 울리니까 좀 작게 말해. 그리고 안 그래도 지금 병원 가려던 참이야. 끊어, 택시 부르게."

[택시는 왜? 서도형은 뭐 하고?]

"아저씨 뵈러 갔잖아."

[그럼 너 아픈 것도 모르겠네?]

"그래, 모르니까 괜히 전화해서 말하지 마. 쓸데없는 짓 하기만 해봐."

[오빠한테 말하는 거 봐라.]

"가는 말이 고와야 오는 말이 곱지. 끊어."

해솔이 전화를 끊고는 휴대전화를 침대 위로 대충 던지듯 내려놓았다. 안 그래도 아플 때 혼자여서 우울한 기분이 더 바닥으로 가라앉았다. 이럴 때 도형이 곁에 있으면 좋겠지만 그는 오랜만에 아버지를 뵈러 내려가 서울에 없는 상태였다. 오랜만에 부자가 오붓한 시간을 보냈으면 해서 해솔은 일부러 다른 일정이 있다는 핑계를 대고는 따라가지 않았다. 거기까지 따라갔다가 이런 상태를 보였다면 오붓한 시간이고 뭐고 도형은 당장 서울로 올라오려 했을 것이다. 처음부터 다른 핑계를 대고 따라가지 않은 것이 다행이라는 생각이 들었다.

옷을 갈아입고 일회용 마스크를 찾아낸 해솔은 지갑을 챙겨 들고 집을 나섰다. 운전은 도저히 할 수 없을 것 같아 택시를 타고 병원으로 향한 그녀는 진료를 받고 나온 뒤에야 휴대전화를 침대 위에 그대로 두고 왔다는 사실을 깨달았다.

"뭐, 어차피 전화 올 곳도 없는데 상관없지."

도형은 먼저 전화를 자주 하는 편이 아니었다. 아버지 댁에 도착했을 때 걸려온 전화 이후로는 감감무소식이었으니 집을 비운 몇 시간 사이에 전화를 했을 것 같지 않았다.

"그나저나 밥은 먹고 약을 먹어야 할 텐데."

아주머니도 오늘은 쉬는 날이라 집에 가면 혼자 밥을 차려 먹어야 했다. 입맛도 없으니 차라리 죽을 사가자 싶어 잠시 걸음을 멈추고 주변을 둘러봤다. 다행히 멀지 않은 곳에 죽을 파는 가게가 보였다.

해솔은 야채죽을 하나 사고 택시에 올라탔다. 여전히 열이 있었고 목은 부어 있는 상태였지만 그래도 집에 도착했을 때쯤에는 몸 상태가 그나마 좀 나아진 느낌이었다. 약을 먹고 한숨 자면 더 괜찮아질 것 같았다. 해솔은 집에 들어서자마자 죽으로 끼니를 때운 뒤 약을 먹고 2층으로 올라갔다.

"피곤해."

몸에 힘이 제대로 들어가지 않았다. 젖은 빨래처럼 축 늘어진 몸이 침대에 닿자마자 어디선가 진동이 울리는 소리가 들려왔다.

"아, 휴대폰."

침대 끝부분에 놓여 있는 휴대전화를 손에 든 해솔이 잠시 놀란 얼굴을 했다. 아버지나 태훈의 전화일 거라 생각했지만, 전화를 걸어온 사람이 도형이었기 때문이었다.

"어떡하지."

열은 좀 내렸다고 해도 꽉 잠기다 못해 갈라진 목소리는 여전히 심각한 상태였다. 전화를 받으면 아마 목소리 때문에라도 아픈 걸 금방 들키고 말 것이다. 그럼 도형은 당장 서울로 올라올 테지. 망설이는 사이 전화는 끊어졌고, 해솔은 결국 전화를 받지 않는 쪽을 택했다. 무음으로 변경해 둔 전화를 책상 위에 올려두고는 그대로 침대 위에 누워 버렸다.

조금 전까지는 눕자마자 잠이 올 것 같았는데 조금 전 도형에게 걸려온 전화 때문인지 잠이 싹 달아나 버렸다. 마음 같아서는 전화를 받아 아프다며 투정을 부리고 싶었다. 아픈 날 혼자 있으려니 괜히 서러운 느낌이 들었기 때문이었다. 그러다 문득, 머릿속에 떠오른 생각에 해솔은 상반신을 일으켜 세웠다.

도형은 어땠을까.

형제자매가 없고, 어머니를 일찍 여읜 도형의 가족은 아버지뿐이었다. 외국으로 떠난 그와 달리 아버지는 한국에 남아 있었고 친한 친구들도 모두 이곳에 있었다. 도형만이 홀로 멀리 떠나 있었다.

새로운 곳에서 새로운 관계를 만들었다 해도 그 관계가 두터웠을까? 무심하고 남에게 감정 표현을 잘 하지 않는 도형이 아프다는 내색을, 또 그런 말을 할 수 있을 정도의 관계는 없었을 것이라는 생각이 들었다. 그러니 그는 아플 때도, 기쁜 일이 있을 때도, 슬퍼할 때도 혼자였을지 모른다.

생일에 축하는 받았을까. 누군가 미역국은 끓여줬을까. 그 긴 시간 동안 홀로 외롭지는 않았을까. 끝없이 이어지는 생각들이 마음을 무겁게 짓눌렀다. 해솔은 결국 이불을 걷어내고 자리에서 일어나 휴대전화를 다시 손에 들었다. 도형에게 전화를 걸려 했지만 잠시 사고가 멈춘 것처럼 아무런 움직임을 보이지 못했다.

"……열한 통?"

언젠가 해솔은 도형이 먼저 전화를 하지 않는다며 서운해했던 적이 있었다. 그런 서도형이 지금은 부재중 전화 열한 통을 남겨놓았다. 그것도 단 15분 사이에. 무슨 일이 생긴 건가 싶어 도형의 번호를 터치하려는 순간이었다. 벌컥— 방문이 열렸고 해솔이 화들짝 놀라 뒤를 돌아봤다. 숨을 몰아쉬는 도형이 눈앞에 있었다.

"너 왜 여기 있……."

성큼— 순식간에 거리를 좁혀온 도형이 손을 뻗어 해솔의 이마를 짚었다.

"아프다며."

"어?"

"열이 펄펄 끓어서 움직이지도 못한다고 하던데."

"……누가? 내가?"

되묻는 목소리에 도형이 미간을 좁혔다. 열은 생각보다 높지 않다고 해도 조금 전의 목소리가 그녀의 상태를 고스란히 말해주고 있었기 때문이었다.

"형이 전화했어."

하지 말라고 했음에도 태훈이 도형에게 전화한 모양이었다. 그것도 사실보다 더 과장되게 전했다. 얼마나 부풀려서 말을 했기에 도형이 이리 달려왔을까. 해솔이 작게 한숨을 내쉬고는 화가 난 것처럼 굳어진 그의 얼굴을 마주했다.

"병원 다녀왔고 열도 내렸어. 괜찮아."

"목이 이런데, 괜찮다고?"

"목만 좀 부은 것뿐이야. 이것도 좀 쉬면 나을 거고. 넌 주태훈 전화 받고 바로 올라온 거야? 아저씨는?"

"어차피 올라오려던 참이었어."

"오랜만에 내려간 거잖아. 저녁까지 먹고 오지."

괜스레 미안해진 해솔이 휴대전화에서 도형의 아버지인 진형의 번호를 찾아냈다. 통화버튼을 누르려 했지만, 그보다 도형의 행동이 더 빨랐다.

"너 아프다는 말씀 안 드렸어. 그 목소리로 전화하면 걱정하시니까 통화는 다음에 해."

휴대전화를 낚아채 가져간 그는 책상 위에 놓여 있는 약 봉투를 응시했다.

"약은?"

"먹었어."

"밥은?"

"먹었지."

"그럼 얼른 자."

모르는 사람이 듣는다면 별로 친하지 않은 사이라 생각할 정도의 간단하고 짧은 대화였다. 하지만 해솔은 알고 있다. 조금 전 질문들은 모두 도형이 해솔을 걱정해서 하는 말이라는 것을. 그녀는 터져 나오려는 웃음을 참고는 고개를 끄덕인 뒤 침대 위에 누웠다. 도형이 와준 것만으로도 조금 전의 우울했던 기분이 모두 사라진 것 같았다.

때마침 걸려온 전화를 받기 위해 도형은 잠시 방을 나섰다. 통화하는 그의 뒷모습이 눈에 들어왔다. 그대로 돌아갈 건가? 기왕 온 거 같이 있어주면 좋을 텐데. 그리 생각하며 이불을 목까지 끌어 올린 해솔이 눈동자를 굴리고 있을 때였다. 다시 방 안으로 들어선 그는 침대 옆으로 의자를 끌어와 자리를 잡고 앉았다. 잠들 때까지 함께 있어주려는 모양이었다. 해솔이 배시시 웃자 도형도 짧게 미소 지었다.

"또 뭐가 좋아서 웃어?"

"그냥."

도형이 있어 마음이 편한 건지, 아니면 이제야 약 기운이 도는 건지 졸음이 쏟아져 내렸다. 몸이 좋지 않음에도 어쩐지 이대로 잠들기 아쉬워 멀어지려는 의식을 붙잡아보려 했다. 해솔은 반쯤 잠에 취한 음성으로 그를 불렀다.

"서도형."

자연스럽게 그의 시선이 해솔의 얼굴 위에 닿았다.

"한국 떠나 있을 때, 외롭지 않았어?"

뜬금없는 질문에 도형은 턱을 괸 채로 잠시 생각에 잠겼다. 고개를 살짝 기울이며 다시 두 눈을 마주한 그의 입가에 씁쓸한 미소가 그려져 있었다.

"너는 내가 혼자 있다고 외로워할 사람으로 보여?"

"그렇지 않은 사람이 어디 있어? 아프거나, 힘들거나, 그럴 때 있잖아."

"별로."

그리 답한 도형은 의자에 몸을 깊게 기댄 채 잠시 창가를 바라봤다.

"다른 사람이 없다는 이유로 외로움을 느낀 적은 없었어."

거짓말— 작게 덧붙이는 음성이 들릴 듯 말 듯 귓가에 전해졌다. 얼마 지나지 않아 새근새근 고른 숨소리가 들려왔다. 잠이 든 건지 해솔은 눈을 감고 있었다. 자리에서 일어선 도형은 해솔이 깨지 않게 조심스러운 움직임으로 침대에 걸터앉았다.

해솔의 말은 틀리지 않았다. 아프거나 힘들 때, 혼자 있으면 외롭지 않은 사람이 어디 있을까. 하지만 도형은 혼자 있어서 외로움을 느낀 것이 아니었다. 한국을 떠나기 전에도 그는 혼자 있는 시간이 많았다. 아버지는 일로 바빴고, 도형은 친구를 집으로 부르는 것도 좋아하지 않았다. 아프거나, 기쁜 일이 있거나, 힘든 일이 있을 때, 늘 곁에 있어주던 사람은 주해솔 하나였다. 그러니 도형이 만일 외로움을 느꼈다면 그 이유는 딱 하나뿐이었다.

"네가 없었을 뿐이지."

그것이 도형이 느낀 외로움의 전부였다.

해솔이 잠에서 깨어난 것은 그로부터 다섯 시간이 흐른 뒤였다. 목이 아직 부어 있긴 해도 몇 시간 사이에 몸이 훨씬 가벼워진 느낌이었다. 두 다리를 침대 아래로 내린 채 멍한 얼굴로 주변을 둘러봤다. 도형의 스마트 키와 지갑이 책상 위에 놓여 있었지만 그의 모습은 보이지 않았다.

"1층에 있나?"

아직 잠기운이 남아 있는 상태로 방을 나서 1층으로 향했다. 계단을 밟아 아래로 내려갈수록 도형의 목소리가 가까워졌다. 소리는 부엌에서 들려오고 있었다. 그는 누군가와 통화를 하는 중이었다.

"제대로 좀 설명하지?"

[야, 나는 제대로 설명하고 있는데 네가 못 알아듣는 거지. 그리고 이거 내가 전에 다 알려준 건데 그땐 듣는 둥 마는 둥 하더니 왜 뒷북이야? 알려준다고 했을 때 제대로 배웠어야지.]

휴대전화를 눈높이와 맞는 위치에 내려두고 영상통화를 하는 도형의 뒷모습이 눈에 들어왔다. 상대방이 도형과 꽤 친한 모양이었다. 그와 저런 식으로 대화할 수 있는 사람은 손에 꼽을 정도라 해솔이 조금 신기하다는 기색을 드러내며 주변을 둘러봤다.

식탁 위에 죽이 담긴 그릇이 놓여 있었다. 만든 지 얼마 되지 않은 건지 김이 모락모락 피어오르고 있었다. 해솔이 사온 죽이 아니었다. 아무래도 직접 만든 죽 같았다.

그녀는 다시 도형의 뒷모습을 바라봤다. 앞치마를 허리에 두른 낯선 모습을 보며 해솔은 문득 잊고 있던 한 기억을 떠올렸다. 아마, 열일곱 살 여름이 끝나갈 무렵이었을 것이다.

몸 상태가 좋지 않았던 해솔이 학교 수업을 마치지 못하고 조퇴를 한 날이 있었다. 해솔은 그날 아무도 없는 빈집에서 약을 챙겨 먹고 침대에 누워 죽은 듯이 잠을 잤다.

'뭐야, 비 오나?'

눈을 뜬 것은 창을 두드리는 빗소리가 들렸을 때였다. 툭— 투둑— 불규칙하게 떨어져 내리던 빗방울은 이내 창밖의 풍경을 모두 흐릿하게 만들어 버릴 만큼 거세게 쏟아졌다. 창문을 두드리는 빗소리가 시원했다. 해솔은 멍하니 창문을 바라보다 꽉 잠기다 못해 조금 갈라진 목소리를 냈다.

"서도형 이 자식 우산 안 가져갔을 텐데."

"서도형 그 자식 여기 있으니 걱정하지 마시지."

흠칫— 몸을 굳힌 해솔이 뒤늦게 몸을 반대편으로 돌렸다. 책상 앞에 앉아 한 손에 펜을 쥐고 있는 도형의 모습이 눈에 들어왔다.

"언제 왔어?"

"한 시간 전쯤."

어릴 때부터 해솔의 집에서 살다시피 한 도형은 이 집의 열쇠를 가지고 있었다. 오고 싶을 때 언제든 오라는 의미도 있었지만, 해솔의 오빠인 태훈이 훈련과 경기로 바쁘고, 아버지 역시 일 때문에 바빠 홀로 있을 그녀를 돌봐달라는 의미이기도 했다.

"연습은?"

"비 오잖아."

비는 지금 내리기 시작한 거 같은데? 머릿속에 떠오른 말을 굳이 입 밖으로 내지 않았다. 베개에 얼굴을 다시 푹 파묻자 사각사각— 작은 소음이 빗소리 사이로 섞여들었다. 도형은 제집처럼 편하게 해솔의 책상에 앉아 노트 필기를 하고 있었다.

"너 뭐 해?"

"다음 시험 범위 필기."

"그러니까 그걸 왜 우리 집에서, 그것도 내 방에서 하고 있는 거냐고 묻는 건데."

도형은 꽤 집중한 얼굴이었다. 해솔은 아무렴 어떠냐 싶어 더 묻는 것을 관두었다. 사각사각— 종이 위를 스치는 펜 소리가 듣기 좋았다.

"너 그러다 머리 터진다? 야구도 잘하는 게 운동이나 하지."

도형은 야구부 주전으로 뛸 만큼 그쪽에 재능이 있었지만, 운동을 하면서도 학업을 게을리하지 않았다. 성적이 상위권인 해솔보다도 더 높은 성적이 나올 정도였다.

'안 그런 것 같으면서 욕심도 많아.'

물끄러미 도형의 옆얼굴을 바라보던 해솔이 젖어 있는 그의 머리카락을 보고 물었다.

"비 맞고 온 거야?"

"아니. 샤워하고 바로 와서 그래."

"왜?"

대체 뭐가 급해서 머리카락도 안 말리고 왔다는 건지. 해솔은 의아한 얼굴로 그를 바라봤다. 시선을 느낀 건지 필기를 하던 손이 멈췄다.

"매일 시끄럽던 게 하도 조용해서. 혹시 시체 치울까 봐."

"감기인데, 무슨."

눈이 마주쳤다. 손에 쥔 펜을 놓아두고 의자에 깊게 몸을 기댄 도형이 벽에 걸린 시계를 확인했다.

"조퇴했다더니, 집엔 몇 시에 왔냐?"

"한 시쯤인가?"

"아픈데 왜 혼자 궁상이야."

"그럼 어떡해. 오빠는 훈련 갔고, 아빠는 일 때문에 해외에 계셔서 주말에나 오시고."

"약은?"

"먹었어."

"밥은?"

"안 먹었어."

배고프다— 작게 중얼거린 해솔이 시무룩한 얼굴을 했다. 비 맞은 강아지마냥 불쌍한 표정으로 쳐다보자 도형이 다시금 시선을 맞춰왔다.

"아프긴 진짜 아팠나 보네. 네가 밥을 다 거르고."

"그러니까 조퇴까지 했지."

"아주머니는 어디 가셨어? 안 계시던데."

"오늘 집에 제사 있다고 못 나오신다고 했어."

"결국 스스로 차려 먹기 귀찮아서 안 먹은 거네."

"너도 아파봐. 손가락 하나 까딱하기 싫었단 말이야."

"뭐 먹고 싶은데?"

"야채죽. 학교 앞 사거리에 있는 죽 집에서 파는 거."

1초의 망설임도 없이 기다렸다는 듯 바로 답이 나왔다. 학교 앞의 죽 집이라면 해솔의 집과 거리가 상당했다. 도형은 잠시 미간을 좁혔다가 자리에서 일어나 지갑을 챙겨 들었다. 그대로 방을 나서려다 말고 방향을 틀어 침대로 다가서 해솔의 이마를 짚었다.

"열은 그래도 내렸네."

이마를 짚은 손이 시원했다. 도형은 남들보다 손이 차가운 편이었다. 야구부 활동으로 인해 생긴 단단한 굳은살이 조금 거친 느낌이었지만 그래도 좋았다. 해솔이 배시시 웃었다.

"그러다 옮는다?"

가소롭다는 얼굴로 장난스럽게 머리를 쥐어박은 도형이 돌아서서 방을 나섰다. 그가 사라진 방 안에는 지면과 창을 두드리는 빗소리만이 남게 되었다. 해솔은 이불을 목까지 끌어당기고는 창문을 응시했다.

'비 오는데. 괜히 갔다 오라고 했나?'

멍하니 창문을 바라보며 두 눈을 깜빡이다 어느새 잠이 들었다. 약이 꽤 독한 모양인지 계속해서 몸이 나른하고 졸음이 쏟아졌다. 다시 눈을 떴을 때는 이미 어둑어둑한 저녁이 되어 있었다.

"뭐야, 대체 얼마나 잔 거야."

상반신을 일으켜 세운 해솔은 침대 옆 탁상 위에 놓인 작은 조명을 켜고는 방 안을 둘러봤다.

"깨우지. 그냥 갔나 보네."

도형이 두고 간 것으로 보이는 물건들이 책상 위에 놓여 있었다. 포장된 야채죽과 귤 한 봉지, 그리고 노트 한 권이 눈에 들어왔다.

'노트?'

저건 왜 두고 간 건가 싶어 몸을 일으켜 세운 해솔은 노트를 손에 들었다. 연한 하늘색 바탕에 하얀 꽃이 그려진 노트였다. 서도형의 취향치고는 참 거리가 있다 싶어 노트를 펼쳐 본 해솔은 픽— 웃고 말았다.

"뭐야, 이거 내 거잖아."

이곳에 앉아 필기를 한 노트는 도형의 것이 아니었다. 해솔의 것이었다.

해솔이 아플 때면 도형은 걱정을 안 하는 척하면서도 그녀의 곁에 있어 주려 했다. 이유도 제각각이었다. 노트 필기를 하려고, 읽고 싶은 책이 해솔에게 있어서, 날이 더운데 에어컨이 고장 나서. 그 외에도 여러 가지 이유를 대며 해솔의 방에서 시간을 함께 보냈다. 왜 그때는 도형이 일부러 그리 행동했다는 것을 몰랐을까. 상념에서 깨어난 해솔이 조심스레 그와의 거리를 좁혀 나갔다.

[너 파스타는 제대로 할 줄 알잖아. 그거 만들어줘.]

"아픈 애한테 어떻게 그런 걸 먹여?"

[와, 이 새끼 보게. 나 장염 걸렸을 때 복숭아 사다 준 놈이 할 소리냐?]

서운한 기색을 있는 대로 드러내는 상대방의 얼굴을 확인한 도형이 곤란한 미소를 입가에 머금었다.

"진짜 몰랐다니까."

복숭아가 장염에 안 좋은 음식인 걸 모르고 사다 준 적이 있었는데 그걸 몇 년째 이야기하고 있었다.

[요리 가르쳐 준다고 해도 언제는 만들어줄 여자 없다고 안 배우겠다더니. 내가 배워두면 너도 좋고, 두고두고 써먹을 날이 있을 거라고 했지?]

"그래서 이제 어쩌라고? 빨리 설명이나 해."

[나도 그러고 싶은데, 먼저 인사부터 해야 할 것 같아. 뒤에 누가 있는데?]

도형의 어깨너머로 해솔의 모습이 보인 모양이었다. 액정에 떠 있는 얼굴과 도형의 얼굴을 번갈아 바라본 해솔이 일단 도형의 곁으로 붙어 서서 작게 고개를 숙였다. 그의 친구들을 몇 번 보긴 했지만, 지금 통화를 하는 사람은 처음 보는 얼굴이었다.

[안녕하세요. 강하준이라고 합니다.]

상대방은 반갑게 인사를 했다. 굉장히 활발한 성격인 것 같았다. 해솔이 제대로 자신을 소개하려는데 도형이 그 앞을 가로막았다.

"인사할 거 없어. 언제 일어났어?"

"조금 전에."

[와, 서운해. 인사할 거 없다니. 해솔 씨 맞죠?]

분명 얼굴을 본 적이 없었다. 그런데 어떻게 이름을 알았을까? 해솔이 고개를 쏙 내밀어 조금 놀란 얼굴로 액정을 바라보았다.

[사진 봤어요. 도형이랑 2년 정도 같이 살았거든요.]

"쓸데없는 소리 말고, 전화 끊어."

[어? 그냥 끊어도 되겠어? 아직 완성 못했잖아?]

도형의 입술 끝이 비틀리듯 위로 올라갔다. 흉흉한 기세를 드러내고 있었지만 마치 이런 상황이 익숙한 것처럼 하준은 어깨를 으쓱여 보일 뿐이었다. 언젠가 도형에게 함께 살았던 친구에 대해 들은 적이 있는 것 같아 해솔이 기억을 더듬었다.

"그때 말한 그 쉐프 일한다는 친구야?"

[도형이가 제 얘기를 했어요?]

"네? 아, 네. 자세하게는 아니고 그냥……."

[말 안 해줘도 돼요. 뭐라고 말했을지 충분히 예상되는지라 하나도 안 궁금하네요. 좋은 얘기 안 했겠죠, 뭐.]

해솔이 웃음을 터트렸다. 도형의 친구 중에 이런 사람은 없었다는 생각이 들 정도로 재미있는 사람이었다.

[도형이가 배절임 만드는 법 알려달라고 해서 그거 알려주고 있었어요. 지금 보니 해솔 씨 때문에 만들려고 했나 보네요.]

"배절임이요?"

[네. 근데 부탁하는 태도가 공손하지 못하길래 일부러 어렵게 알려줬어요. 고생 좀 하라고.]

"야."

이를 악문 도형의 부름에 하준이 크게 웃음을 터트렸다. 작게 한숨을 내쉰 도형이 해솔의 팔을 끌어당겼다.

"잠깐 앉아 있어."

그녀를 식탁 의자에 앉힌 도형은 배절임을 마저 만들기 시작했다. 더 시간을 끌면 도형이 화를 낼 것 같아 하준은 그 뒤로 성실하게 배절임 레시피를 알려주었다.

[자, 이제 됐지?]

"바쁠 텐데 이제 네 할 일 해."

[하나도 안 바쁘거든? 매정한 놈. 지 볼일 다 봤다고 끊으려는 것 좀 봐. 조만간 얼굴이나 보자. 해솔 씨도 데리고 나와. 밥은 네가 사고.]

거절하면 조만간 집으로 한번 찾아올지도 모를 일이다. 도형이 알겠다며 고개를 끄덕였다. 다음에 다 같이 얼굴 한번 보자는 인사를 끝으로 하준과의 통화는 끝을 맺는 듯했다.

[아, 맞다.]

통화 종료 버튼을 터치하려던 도형이 멈칫했다. 해솔의 시선 역시 액정에 나타나 있는 하준의 얼굴에 닿아 있었다.

[해솔 씨.]

"네?"

[따로 할 말 있는데, 괜찮으면 전화 좀 잠깐 해솔 씨가 받아봐요.]

도형이 미심쩍은 얼굴을 했다.

"무슨 말?"

[해솔 씨한테 할 말이라니까.]

"나한테 못하는 말이면 주해솔한테도 따로 할 거 없어."

[야, 내가 전화로 나쁜 짓이라도 하냐? 의심은. 진짜 따로 해줄 말이 있어서 그래.]

두 사람이 티격태격하는 사이, 해솔이 그의 손에 들린 휴대전화를 가져갔다. 그리고 도망치듯 도형에게서 물러섰다. 그는 허리에 손을 올린 채 어처구니없다는 얼굴을 했다. 금방이라도 쫓아와서 손에 들린 휴대전화를 낚아채 갈 기세를 드러내고 있었다.

"말씀하세요."

[해솔 씨. 빨리 말할 테니까 잘 들어요. 도형이 저랑 살 때 딱 한 번, 진짜 만취할 정도로 술 마신 날 있었거든요. 원래 그냥 잠드는 편인데 그날은 집에 와서 해솔 씨 보고 싶다고 울기까지 하더니만 사진 앞에서 떠날 줄을.]

액정에 나타나 있던 하준의 얼굴이 사라졌다. 도형이 통화 종료 버튼을 터치했기 때문이었다. 잠시 무거운 침묵이 부엌 안에 감돌았다. 그는 애써 담담한 표정을 지으며 휴대전화를 가져가고는 목을 한 차례 큼— 가다듬었다.

"아니야."

"……뭐가?"

"울기는 누가. 내가?"

사실 해솔은 그 말을 곧이곧대로 믿지 않았다. 몇 분 통화한 것만으로도 하준의 성격이 어떤지, 두 사람이 얼마나 친한 사이인지 알 수 있었기에 당연히 장난으로 한 말이라 생각했다. 다른 사람도 아니고 도형이 누군가가 보고 싶어 울다니. 제 귀로 듣고도 믿을 수 없는 내용이었다.

하지만 도형의 반응을 보니 백 퍼센트 거짓말은 아닌 모양이었다. 멍하니 그의 모습을 올려다보던 해솔은 하준의 말을 다시 떠올려 보고는 픕— 웃음을 터트렸다. 담담한 척하고 있지만, 그는 지금 당황해하고 있었다.

그런 도형의 반응이 너무 귀엽게 느껴졌다.

"아니라니까."

"뭐가 아닌데? 운 건 아니고, 보고 싶다고 한 건 맞는 거야 그럼?"

그는 미간을 좁혔다. 아니라고 말하지 못하는 걸 보니 그게 맞는 모양이었다.

"이 새끼 헛소리 잘해."

괜히 딴소리다. 멋쩍은 듯 그리 말하고 돌아서는 도형의 허리를 해솔이 뒤에서 끌어안았다.

"나도 한번 보고 싶다."

"뭘?"

"너 만취한 거."

도형이 낮게 웃음을 터트렸다.

"넌 절대 볼 일 없어."

작게 덧붙이는 목소리에 여전히 웃음기가 묻어나 있었다.

오랜만에 집 안이 시끌벅적했다. 시즌이 시작되고 얼굴을 자주 보지 못했던 태훈이 집에 왔고, 도형뿐만이 아니라 그의 아버지인 진형까지 서울에 올라와 함께 저녁을 먹게 되었다. 과거에는 두 집안이 함께 모여 밥을 먹거나 놀러 가는 일이 그다지 특별한 일은 아니었지만 좋지 않았던 사고 이후로는 한 번도 이런 자리를 마련할 수 없었다. 해솔이 고등학교를 졸업한 이후 처음 있는 일이었다.

"아저씨, 제 술 한잔 받으세요."

태훈이 자리에서 몸을 일으켜 세워 도형의 아버지를 향해 두 손으로 술을 내밀었다. 태훈의 아버지에게 도형이 아들이나 다름없는 것처럼, 그의 아버지에게 태훈 역시 아들이나 마찬가지였다. 대화는 끊이지 않았고 웃음 가득한 분위기 속에 몇 번이나 술잔이 오갔다. 그 와중에도 해솔은 술을 입에 대지 않고 얌전히 밥만 먹었다. 얼마 전 만취해 도형에게 술주정을 부린 사건 때문에 자중하는 중이었다.

"넌 웬일로 술을 한 모금도 입에 안 대냐?"

"생각 없어."

해솔의 답에 태훈이 코웃음을 쳤다.

"그러게 서도형한테 술주정을 작작 부렸어야지."

"아니거든?"

"아니긴."

새 잔을 가져와 소주를 가득 채운 태훈이 그것을 해솔의 앞으로 내밀었다.

"오빠가 책임지마. 마셔."

해솔이 잠시 갈등하듯 앞에 놓인 소주잔을 바라봤다. 마실까 말까 고민하는 사이, 도형이 그 술잔을 가져가 자신의 입술 위로 기울였다. 그리고 그는 소주가 아닌 다른 술을 하나 가져왔다. 요즘 유행하는 도수 3%의 과일 맛이 나는 술이었다.

"이거 마셔."

마개까지 직접 따서 건네준 술을 한 모금 마셔본 해솔은 그대로 캔을 손에서 내려놓았다. 이건 술이라기보다는 음료수 같았다.

"안 마실래."

"왜?"

"맛없어."

단호한 답에 도형의 입매가 느슨하게 풀어졌다. 그는 오늘 말을 하는 것보다는 대부분 듣는 편에 가까웠고, 크게 소리 내어 웃는 것도 손에 꼽을 정도였다. 하지만 해솔은 알 수 있었다. 도형은 지금 기분이 무척이나 좋았다.

 술을 마실 수 없어 불만을 표하는 척했지만, 사실 해솔 역시 이 자리 자체가 좋았다. 좋아하는 사람들이 한자리에 모여 이런 시간을 가질 수 있다는 것이, 그 자리에 도형과 자신이 있다는 것이, 행복하기만 했다. 그녀가 배시시 웃어 보이자, 도형은 뭔가 오해를 한 건지 그래도 안 된다는 짧은 대답을 건네고는 소주잔을 멀리 치워 버렸다.

 "네가 그렇게까지 하지 않아도 오늘은 안 마실 거야."

 해솔은 도형이 좋아하는 음식 몇 가지를 작은 접시에 담아 그의 앞에 놓아주었다. 그 뒤로도 한 시간 정도 대화가 이어졌다. 대화의 주제는 어느새 사업 이야기로 넘어갔다. 태훈은 누군가와 통화를 하고 있었고 주변을 한 차례 둘러본 해솔이 도형의 옷깃을 살짝 잡아당겼다.

 "우리 이제 나가면 안 돼?"

 작게 속삭인 말에 도형 역시 주변을 둘러보고는 목소리를 낮춰 물었다.

 "왜?"

 "아이스크림 먹고 싶어."

 자리가 정리되지 않았는데 먼저 일어서기에는 눈치가 보이는 상황이었다. 시간을 한 차례 확인한 그가 스마트키를 손에 쥐었다.

 "내가 사올 테니까 너는 여기 있어."

 "어?"

 사실 아이스크림이 중요한 게 아니었다. 이제 둘만 같이 있고 싶어 한 말이었는데, 도형이 혼자 다녀오겠단다. 생각지도 못한 답에 잠시 말문이 막힌 해솔은 뒤늦게 정신을 차리고는 홀로 일어서려는 그의 팔을 빠르게 붙잡았다.

 "왜?"

 "아니야. 그냥 있어."

 "먹고 싶다며."

"갑자기 안 먹고 싶어졌어."

다시 자리에 앉은 도형이 해솔의 얼굴을 물끄러미 바라보다 소리 없이 짙게 미소 지었다. 뒤이어 툭— 가볍게 머리에 닿는 손길에 해솔은 그가 제 생각을 눈치챘으면서도 모르는 척했다는 것을 알게 됐다.

"뭐야."

"조금만 더 있다가."

그 말에 또 기분이 풀린 건지 해솔이 작게 고개를 끄덕였다. 목소리를 낮춰 서로에게 속닥거리듯 대화를 나누고 있는 모습을 다른 이들이 어느 순간부터 주시하고 있다는 것을 도형과 해솔은 눈치채지 못했다. 해솔의 아버지가 그 모습을 흐뭇한 얼굴로 바라보다 모두 들으라는 듯이 일부러 언성을 높였다.

"그나저나 해솔이 넌, 시집 언제 갈 거야?"

도형과 대화를 나누다 말고 흠칫 어깨를 굳힌 해솔이 놀란 눈으로 아버지를 바라봤다. 모두의 시선이 자신에게 쏠려 있는 것을 확인한 그녀가 난감한 기색을 드러내며 웃었다.

"아빠는. 오빠도 아직 결혼 안 했는데 왜 저한테 그러세요?"

"넌 이제 데려갈 놈이 있으니까 그러지."

데려갈 놈이라니. 해솔은 무심코 옆에 앉은 도형의 얼굴을 힐끗 바라봤다.

"언제 데려갈 거야?"

도형을 말한 게 맞는 모양이었다. 다시 한 번 아버지의 재촉이 이어졌는데 이번에는 정확히 도형을 바라보며 물었다. 그는 아마 웃음으로 상황을 넘기거나 정확한 답을 하지 않을 것이다. 도형이 곤란해하는 것 같아 해솔이 중재를 하려던 참이었다.

"허락하신다면, 올해 안에 데려가고 싶습니다."

생각지도 못한 답이 그의 입에서 흘러나왔다.

"허락이고 뭐고 딴 놈 줄 생각 없으니까, 얼른 데려가."

해솔의 아버지는 그리 말하며 크게 웃음을 터트렸고 도형의 아버지는 말없이 미소만 지으셨다. 통화를 마치고 자리로 돌아온 태훈 역시 이 상황이 즐겁다는 얼굴로 한마디 거들었다.

"올해는 무슨. 야, 그냥 오늘 데려가."

다시금 집 안 가득 웃음꽃이 피어났다. 제 생각은 안중에도 없는 건지 이미 결론을 내려 버린 가족들을 향해 해솔이 한마디 하려던 순간이었다. 손가락 사이사이로 얽혀드는 체온이 있었다. 도형이 식탁 아래에서 그녀의 손을 맞잡았다. 잠시 그 손을 내려다보다 고개를 들자 진심으로 행복해 보이는 도형의 얼굴이 눈앞에 있었다. 그저 작게 미소 짓고 있는 것뿐임에도, 그는 지금 자신의 감정을 조금도 숨기지 않는 것 같았다. 행복해하는 감정이 그 얼굴에 모두 드러나 있었다.

"너, 취했지?"

해솔의 질문에 그는 조금 더 짙은 미소를 입가에 머금었다. 도형이 행복해하는 얼굴을 보니 태훈의 말대로 지금 당장 그에게 시집을 가도 괜찮을 것 같았다. 두 사람의 부친은 이미 서로를 사돈이라 부르고 있었다.

두 사람의 부친이 먼저 자리를 뜨고 태훈까지 방으로 돌아갔다. 부엌 정리는 술을 마시지 않은 해솔이 하기로 했다. 식탁 위를 치워내고 설거지까지 마친 해솔이 아직 자리를 뜨지 않고 자신을 기다리고 있는 도형의 옆에 앉았다.

"꿀물 타줄까?"

도형이 고개를 가로저었다. 그는 평소보다 조금 풀어진 모습이었다. 그게 신기한 건지 해솔이 턱을 괸 채로 가만히 그 모습을 바라보았다. 눈이 마주치고 시선이 얽혀들었다.

"주해솔."

"응."

"같이 살자."

그는 이미 해솔에게 이와 비슷한 말을 한 적이 있었다. 하지만 그때와는 조금 달랐다. 그는 진심으로 지금 이 순간 해솔에게 청혼하고 있었다. 그의 말은 서두르는 감 없이 느릿했지만, 그래도 긴장하고 있는 듯 목소리가 조금 떨리고 있었다.

"이 말조차 제멋대로인 거 알아."

자신을 스스로 평가하는 말에 해솔이 작게 웃음을 터뜨렸다. 그는 대화하는 동안 잠시도 시선을 피하지 않았다. 눈앞에 마주한 사람이 전부인 것처럼, 해솔의 두 눈을 마주하고 있었다.

"나는 너한테 아무 선택권을 주지 않았고."

"그러게."

"또 멋대로 돌아와서 아무것도 모르는 널 두고 끊임없이 저울질하고 상처 줬지만."

"알긴 아네."

가차 없는 해솔의 대답에 도형은 잠시 말을 멈추고는 힘없이 웃어버렸다.

"그래도."

"응."

"나는 너 하나뿐이었으니까."

해솔의 눈시울이 어느새 살짝 붉어져 있었다. 툭— 건드리면 금방이라도 울 것 같은 얼굴로 그녀는 미소 지었다. 슬퍼서 눈물이 나는 것이 아니었다. 제대로 된 반지도 화려한 꽃다발도 없지만, 지금 이 순간이 행복해서, 너무 꿈만 같아서 눈물이 날 것 같았다.

"한국 떠나서?"

돌아온 질문에 그 역시 조금 울 것 같은 얼굴로 웃었다. 그리고 고개를 가로저었다.

"아니."

더는 그러지 않아도 된다.

"어디든 괜찮아."

너만 있다면— 삼켜낸 뒷말이 무엇인지 굳이 말하지 않아도 서로가 알고 있었다. 더는 그 무엇도 상관없었다. 그저 함께라면 괜찮을 것 같았다. 해솔이 고개를 끄덕이자 도형은 손을 뻗어 그녀의 뺨을 매만졌다. 그리고 두 사람의 입술이 닿았다. 긴 입맞춤 끝에 떨어져 나간 그의 입술은 해솔의 이마에, 콧등에, 그리고 또 입술에, 차례로 닿았다. 입술이 떨어져 나가고 서로를 마주한 두 사람의 얼굴에는 진한 웃음이 배어 있었다.

원치 않음에도 어긋나야 했고, 원하고 있음에도 제 손으로 버려야 했다. 찍어냈을 정도로 같은 감정임에도, 서로를 바라보고 있음에도 닿지 못했던 마음은 드디어 완전하게 서로에게 닿았다. 그것만으로 충분했다.

비로소, 두 사람은 서로의 자리를 찾았다. 너와 함께 있는 이곳이 내가 있을 곳이었다.

안녕하세요, 이노입니다. 어느덧 '이노'라는 이름을 달고 나온 일곱 번째 책인데도 후기는 쓸 때마다 어렵고 새로운 느낌이 듭니다. 이제 정말 제 손을 떠나게 되는 원고의 마지막 작업이라 그런 것 같습니다.

〈제멋대로 순정〉은 따스한 봄에 시작해, 유독 더웠던 여름 내내 함께하다가 다시 선선해진 가을에 이야기를 끝맺게 되었습니다. 그리고 수정 작업을 거쳐 추운 겨울에 책이 나오게 됐네요. 초고 작업을 진행했을 때만 해도 오빠인 태훈이의 이야기까지 포함된 장편인 글이었는데 이렇게 단권으로 인사를 드리게 됐습니다. 이번 책에서는 도형이와 해솔이의 이야기만 담아 출간을 하게 되었지만, 후에 태훈이 이야기도 따로 작업해서 인사드리고 싶습니다.

서툰 풋사랑으로 시작해 서로의 마음이 닿아 하나가 되고, 서로에게 없어서는 안 될 존재가 되어가는 과정의 이야기를 좋아합니다. 일방통행이 아닌 같은 마음인 것을 알면서도 어쩔 수 없는 이유로 해솔과 어긋나는 선택을 한 도형이는 이 과정을 참 많이 돌아오게 됐습니다. 제멋대로이긴 하지만 결국 한 사람뿐이었던 도형의 순정이 제자리를 찾았으니 앞으로는 두 사람이 행복한 꽃길만 걷기를 바랍니다.

　글을 쓰면서 주변 분들께 많은 도움 받고 있습니다. 어려운 부탁에도 늘 흔쾌히 도움 주시는 카페 운영자분들, 정말 감사합니다. 제 글이 예쁜 옷을 입고 세상에 나올 수 있도록 도움 주신 예원북스 출판사분들께도 감사 인사드립니다.
　후기 뒤에 이어질 'Bonus track'도 재미있게 봐주시길 바라며 저는 이만 짧은 후기를 마칩니다. 또 다른 이야기로 다시 인사드리겠습니다. 늘 행복하세요. 감사합니다.

이노 올림.

Bonus track

보름간의 해외 출장으로 도형이 집을 비웠다. 해솔과 결혼을 한 뒤로 그렇게 긴 시간을 떨어져 보낸 것은 처음이었다. 신혼이기도 하고, 출장 기간이 생각보다 길어 해솔은 괜스레 불만을 토해냈지만 일 때문이라는 것을 알고 있기에 결국 잘 다녀오라며 도형을 배웅했다. 물론 하루에 한 번, 꼭 전화하겠다는 약속을 받아낸 뒤였다.

도형은 그 약속을 착실하게 지켰다. 다만 도형이 하루에 한 통 전화하면 해솔에게서 두세 통의 전화가 돌아왔을 뿐이다. 뭐가 그리 할 말이 많은 건지 도형은 한국에 있지 않으면서도 그녀의 일거수일투족을 알 수 있을 정도였다.

처음 보름으로 예정되어 있던 출장은 이틀 정도 일찍 마무리됐다. 이왕 온 김에 이틀 더 남아 있겠다는 다른 일행과 달리 도형은 항공권의 일자를 변경해 곧장 한국으로 돌아왔다. 해솔 때문이었다.

집에 도착했을 때는 늦은 밤이었고 해솔은 잠들어 있었다. 일부러 전화하지 않고 왔는데, 아마 내일 아침이면 놀란 토끼 눈이 되어 도형을 바라볼 것이 분명했다. 캐리어를 한쪽에 내려둔 그는 잠든 해솔의 곁에 앉아 주변을 둘러봤다. 해솔과 결혼을 한 지 1년이 지났다. 고작 1년이었음에도 이 공간이 익숙해졌고, 제집에 돌아왔다는 생각에 마음이 편해졌다.

방 한쪽에는 두 사람의 결혼 사진이 크게 걸려 있었다. 그 아래에는 여행을 가거나, 데이트하며 함께 찍은 사진들이 작은 액자에 놓여 있었다. 도형은 다시금 그녀와 많은 시간을 보내며 추억을 쌓아가고 있었다.

사진을 바라보던 도형의 시선이 다시금 해솔의 얼굴 위에 닿았다. 손을 뻗어 흐트러진 머리카락을 정리해 주며 그는 옅은 미소를 입가에 머금었다. 출장을 간 지 딱 열흘째의 일이었다. 늦은 밤, 전화를 건 해솔이 도형에게 보고 싶다는 말을 했다. 그는 잠시 대답을 하지 못했다. 딱히 답을 바라고 한 말은 아니었는지 해솔은 얼른 돌아오라는 말을 덧붙이고는 전화를 끊었다.

'보고 싶어.'

얼마 전까지만 해도 도형에게 그것보다 더 아픈 말은 없었다. 아픈 가시처럼 깊게 박힌 말이었다. 하지만 과거처럼 멀리 떨어져 있는 지금, 해솔에게 다시 그 말을 듣게 된 순간 그는 세상 누구보다 행복했다.

해솔은 모를 것이다. 그 말이 도형에게 어떤 의미인지. 그는 문득 들려오는 빗소리에 창가를 바라봤다. 어느새 비가 쏟아지고 있었다. 도형의 인생에서 가장 중요한 선택을 했던 날, 그날도 이렇게 비가 내렸다. 한 치 앞도 볼 수 없을 만큼 많은 비가 내린 날이었다.

해가 질 무렵, 오랜만에 비가 내렸다. 도형이 3년을 근무하던 회사를 퇴사한 날이었다. 부슬부슬 약한 빗줄기를 쏟아내던 하늘은 한 시간도 지나지 않아 거센 빗줄기를 뿌려댔다. 앞이 잘 보이지 않을 정도의 엄청난 양이었다.

집에 도착한 도형은 샤워를 하고 나와 맥주 한 캔을 꺼내어 들었다. 함께 살던 하준이 집을 나가고 홀로 남게 된 뒤로 집에 돌아온 그를 반기는 것은 고요한 침묵뿐이었다. 하준이 있을 때는 시끄럽다며 늘 타박하고는 했는데 가끔 그 소리가 그리울 때도 있었다. 아마 하준 앞에서 이런 말을 한다면 당장 짐을 싸서 다시 집으로 돌아올지도 몰라 단 한 번도 입 밖에 낸 적은 없었지만 말이다.

오늘은 그나마 창을 두드리는 빗소리 덕분인지 혼자 있다는 느낌이 강하게 들지는 않았다. 소파에 편히 몸을 기댄 도형은 맥주를 한 모금 마셨다. 퇴사 전까지 업무량이 과다였고 최근 보름간은 집에 와서 잠만 자고 나갔을 정도로 바쁘게 지냈다. 긴장이 풀린 몸은 그제야 힘들다며 피로감을 알리는 것 같았다.

다니던 회사의 퇴사를 결정한 것에 별다른 이유는 없었다. 직속 상사로 온 이의 업무 방식이 도형과는 조금 맞지 않았고, 그것이 때마침 자신을 돌아볼 시간이 필요하다는 생각이 든 시기와 맞아떨어졌을 뿐이다. 이제 석 달간은 휴식을 취하고 앞으로의 일들에 대해 생각해 볼 것이다.

'차라리 독립해서 따로 작은 건축 회사를 차릴까.'

나쁘지 않았다. 그리 생각하며 캔을 손에 든 도형이 잠시 미간을 좁혔다. 딴생각을 하며 마시다 보니 어느덧 맥주 한 캔을 다 비워냈다. 어차피 내일부터는 출근하지 않을 것이고 늦잠을 자도 상관없었다. 조금 부족한 감이 있어 캔 맥주 하나를 더 꺼내오려는 그의 시야에 어지러이 놓여 있는 우편물이 보였다. 이틀 전, 우편함에 있던 것을 가져다 놓은 것인데 일이 바쁘고 몸이 피곤해 열어보지 못했다.

도형은 일어서려던 것을 관두고 대신 우편물을 손에 쥐었다. 대부분 버려야 할 것들이었지만 그중 눈길을 하나 끄는 우편물이 있었다. 태훈이 보낸 것이었다. 봉투를 손에 쥔 도형은 쓴웃음을 입가에 머금었다. 열어보지 않아도 안에 든 것이 무엇인지 그는 이미 알고 있었다. 봉투를 열자 예상한 대로 사진이 쏟아져 나왔다. 해솔의 사진이었다.

"보내지 말라니까."

그리 말하면서도 도형은 사진을 한 장, 한 장 넘겨봤다. 대부분 해솔 홀로 찍힌 사진이었다. 환하게 웃고 있는 해솔을 따라 웃기라도 하듯 도형의 입가에는 어느새 옅은 미소가 그려져 있었다. 사진을 모두 한 번 보고, 다시 한 장씩 천천히 넘겨보고 있는데 전화가 걸려왔다.

"여보세요."

[우리 서도형이, 잘살고 있냐?]

목소리만 들어도 상대방이 누구인지 알 수 있었다. 태훈에게서 걸려온 전화였다. 사진을 손에서 내려놓은 도형은 시간을 확인했다. 도형이 있는 파리는 저녁 7시를 넘긴 시간이었다. 한국은 지금 새벽일 것이다.

"지금이 몇 신데 전화해?

[민건이랑 같이 술 한잔하고 돌아가다가 네 생각나서 전화했지. 넌 지금쯤 퇴근했을 거 아니야. 아, 내가 보낸 우편물 받았냐?]

도형의 시선이 내려놓은 사진에 스치듯 닿았다.

"이제 그만 보내."

[또 마음에도 없는 소리 한다.]

"형."

[너 이제 그만 한국 들어와라.]

도형이 고개를 뒤로 젖히고는 손을 들어 두 눈을 가렸다. 굳게 마음먹었지만 가끔 이렇게 흔들릴 때가 있었다. 해솔이 미치도록 보고 싶은 날, 불시에 해솔에 대한 기억이 떠오르는 날, 지금처럼 그때의 일을 아는 사람이 이제 괜찮다며 그만 돌아오라 말하는 순간들. 도형이 길게 숨을 한 차례 토해냈다.

[너 회사 관둔다며? 아버지가 스카우트 제안서 보냈다던데.]

"한국으로는 안 갈 거야."

[고집 좀 그만 부려 새끼야.]

"아저씨한테는 형이 좀⋯⋯."

[거절이든 수락이든 네가 직접 전화해라. 아, 안 그래도 좀 전에 집에 전화하니까 아버지 잠 안 오신다고 거실에 혼자 앉아 계신다더라. 적적하신 거 같은데, 지금 전화해 보던지. 네 전화면 새벽이라도 반기실 테니까. 끊는다.]

도형이 뭐라 할 새도 없이 태훈은 제 할 말만 하고 전화를 끊었다. 자리에서 일어선 도형은 담배 하나를 꺼내어 입에 물었다. 하지만 불은 붙이지 못했다.

태훈의 말대로 스카우트 제안을 받았지만 그는 거절할 생각이었다. 여전히 한국으로 돌아갈 생각은 없었다. 비로 인해 흐려진 창밖을 바라보며 잠시 생각에 잠겨 있던 도형은 다시 휴대전화를 손에 들었다. 망설이는 기색이 그의 얼굴에 드러나 있었다.

새벽이다. 아무리 깨어 있다고 해도 실례일 것이다. 도형은 전화기를 내려놓았다가 다시 손에 들었다. 그 행동을 서너 번 반복하고 나서야 전화를 걸었다. 번호를 찾을 필요도 없었다. 이미 외워 버린 번호는 그의 머릿속에 또렷하게 남아 있었다.

[여보세요.]

누군가 전화를 받았다. 그리고 도형은 순간 말문이 막혔다. 조금 들뜬 목소리로 전화를 받은 이가 누구인지 단번에 알아챘기 때문이었다.

"⋯⋯주해솔?"

[네. 제가 주해솔이고 여긴 주해솔의 집입니다.]

몇 년 만에 들은 목소리임에도 단번에 그녀를 알아본 도형과 달리 해솔은 아직 전화를 건 상대가 도형인지 모르는 것 같았다. 전화 너머에 해솔이 있다. 손끝이 희미하게 떨렸다.

"주석훈 회장님 계십니까."

[아버지는 고모님 댁에 가셔서 오늘 안 들어오십니다.]

해솔이 전화를 받은 순간부터 예상했지만, 역시 태훈이 거짓말을 한 것이다. 집에는 해솔만이 있었다. 그는 다시금 시간을 확인했다. 이곳은 저녁이었지만 한국은 지금 새벽 2시를 넘겼을 것이다.

"태훈이 형은요?"

[주태훈도 집에 없습니다. 아무도 없어요. 다 어디 갔지?]

직접 보지 않아도 해솔이 지금 술에 취했다는 것을 알 수 있었다. 도형은 손을 들어 입가를 매만졌다. 끊을까. 끊어야 할까. 잠깐은 괜찮지 않을까. 아니, 그러다 알아보면. 수없이 갈등하며 전화를 끊을지 조금만 더 통화할지 망설이고 있는 순간이었다.

[근데 서도형이랑 목소리 되게 비슷하네.]

뭐가 좋은 건지 헤헤 웃는 소리가 따라붙었다. 도형이 난감한 얼굴로 입가에 웃음을 머금었다. 눈가에는 살짝 물기가 차올랐다. 울고 싶은데 차마 울지 못해 웃는 얼굴 같았다.

"술 많이 마셨어?"

[응.]

도형이 이제 반말로 말을 걸어서 그런지, 해솔도 그를 따라 반말로 대답했다. 그가 작게 웃음을 터트렸다. 끊어야 한다고 생각했지만 이대로 전화를 끊고 싶지 않았다. 5분만, 딱 5분만 목소리를 더 듣고 싶었다.

"아픈 곳 없지?"

[없어.]

"이따 잘 때 창문 닫고 자. 너 이맘때쯤 감기 잘 걸리잖아."

[응.]

"술을 얼마나 마신 거야. 속은 괜찮아?"

잠시 대화가 끊겼다. 이 정도면 됐다. 도형이 전화를 끊으려는 순간이었다.

[도형아.]

그녀는 처음에 그저 목소리가 도형과 비슷하다고 말했었다. 그런데 아예 확신을 한 모양이었다. 언제부터일까. 도형이 잠시 걸음을 멈추고 비가 내리는 창밖을 바라봤다. 여전히 시야가 뿌옇고 흐리기만 했다. 그것이 세차게 내리는 비 때문인지, 자신의 눈에 고인 눈물 때문인 건지, 도형은 알지 못했다.

"응."

[서도형.]

"그래."

그는 전화를 끊는 대신, 대답했다.

[보고 싶어.]

순간이었다.

[보고 싶어, 도형아.]

그녀는 불시에 도형을 뒤흔들었다.

[한국 안 와? 오면 안 돼?]

해솔이 울고 있는 건지 잔뜩 떨리는 목소리로 그를 향해 애원하듯 말했다. 결국 마지막 말을 전할 때는 엉엉 소리 내 울었다.

[보고 싶단 말이야.]

네가 없다는 외로움, 긴 시간을 버틴 그리움이 물밀듯이 밀려들었다.

보고 싶어.

나도 네가 보고 싶어.

네가 너무 보고 싶은데.

사무치게 혀끝에 맺힌 말. 차마 소리가 되어 나오지 못한 말은 무겁게 가슴을 짓눌렀다. 전화는 그대로 끊어졌다. 도형이 먼저 끊은 것이 아니었다. 끊어진 전화를 한참이나 내려다보던 도형이 얼굴을 일그러트렸다. 울음을 참듯 도형의 목울대가 크게 움직였다. 손을 들어 두 눈을 가린 그는 결국 무너지듯 그대로 자리에 주저앉고 말았다.

보고 싶었다.
그저, 많이 보고 싶었다.
많은 것을 바라는 것이 아니었다.
사진으로가 아닌, 자신의 눈으로 직접 그녀를 보고 싶었다.

고개 숙인 그의 아래로 물방울이 툭 떨어져 내렸다. 창밖의 시야를 온통 뿌옇게 만든 굵은 빗줄기보다 더 무겁고 아픈 그의 눈물이었다.

"한국, 너 때문에 온 거야."
"왜?"
"보고 싶다고 울었잖아, 네가."

만일 그날 자신이 전화를 걸지 않았다면, 그 전화를 네가 받지 않았다면, 술에 취한 네가 보고 싶다는 말을 하지 않았다면, 우리가 조금만 더 엇갈렸다면. 지금 네 곁에 있는 사람은 내가 아니었을까.

도형의 상념은 거기까지였다. 그는 잠든 해솔의 얼굴을 다시 내려다봤다. 긴 시간을 돌아왔고 그만큼 아프게 만들었다. 더는 울게 하지 않을 것이다. 도형의 입술이 해솔의 이마에 천천히 내려앉았다.

'보고 싶어.'
너는 모르지. 그 한마디에 긴 시간을 참아냈던 모든 것이 무너져 내렸다는 것을.

　'보고 싶어.'

　너는 여전히 모르지. 다시 듣게 된 너의 그 한마디에 내가 지금 얼마나
행복한 사람이 됐는지를.

마침.